La Magdalena

William M. Valtos

LA MAGDALENA

Um mistério de Theo Nikonos

Tradução

Talita Rodrigues

BestSeller

CIP-BRASIL. CATALOGAÇÃO-NA-FONTE
SINDICATO NACIONAL DOS EDITORES DE LIVROS, RJ.

V286m Valtos, Wiliam M.
La Magdalena: um mistério de Theo Nikonos / William M. Valtos; tradução Talita Rodrigues. — Rio de Janeiro: Best*Seller*, 2007.

Tradução de: La Magdalena
ISBN 978-85-7684-041-1

1. Ficção americana. I. Rodrigues, Talita Macedo. II. Título.

06-4378 CDD 813
CDU 821.111(73)-3

Título original norte-americano
LA MAGDALENA

Publicado mediante acordo com
Hampton Roads Publishing Co. Inc.,
Charlottesville, Virgínia, EUA.

Capa: Sérgio Campante
Editoração eletrônica: Valéria Teixeira

Impresso no Brasil

ISBN 978-85-7684-041-1

Para minhas

amadas

Grace e Chloe

"Durante o tempo em que Pedro esteve em Roma, [Marcos] escreveu sobre os atos do Senhor, sem, entretanto, declarar tudo, nem aludir aos mistérios, mas selecionando aqueles que pensou serem os mais úteis... Pois nem todas as verdades são para serem ditas a todos os homens."

CLEMENTE DE ALEXANDRIA

Escondido sob as maciças paredes de pedra da Biblioteca do Vaticano, numa câmara secreta construída originalmente para ser um abrigo antiaéreo para os papas católicos romanos, fica um nicho abobadado cuja existência é um dos segredos mais bem guardados da Igreja. Somente ao pontífice é permitida a entrada.

O nicho abriga um único objeto: um cubo de metal cintilante que mede 60 centímetros. O revestimento externo do cubo, dizem, é feito de uma combinação especial de titânio e urânio empobrecido, não-radioativo, uma liga suficientemente forte para resistir a uma explosão nuclear. O interior das paredes do cubo é revestido com um protetor térmico desenvolvido para os ônibus espaciais americanos que resiste a mais de 1.500 graus centígrados.

Aninhado em veludo negro, no centro do cubo bem acolchoado, está um objeto considerado uma antiga relíquia. Na frente do objeto misterioso estão dois cilindros de prata com amostras de cabelos. Entre os cilindros, uma placa de prata, em que estão gravados os resultados de um teste de carbono-14 da relíquia e uma análise do DNA mitocondrial de duas amostras de cabelos.

Aqui se conta a história de como o Vaticano tomou posse desses objetos e por que sua existência tem sido mantida em segredo.

Até agora.

Um

Foi na grande catedral de Valência, logo na entrada para a capela do Santo Graal, que o seio esquerdo da jovem e encantadora freira espanhola encostou de leve nas costas da minha mão direita.

Na hora, achei que tinha sido por acaso. Mas o que se deu depois desse primeiro contato logo me fez acreditar que não era bem assim.

O toque do seio da freira disparou pelo meu corpo um forte tremor, muito parecido com o choque que senti um ano antes, quando as pás do desfibrilador elétrico ressuscitaram meu coração.

Ela recuou de imediato, olhando-me com uma expressão que revelava ao mesmo tempo medo e desaprovação. Por um instante, nenhum do dois ousou respirar. Seu rosto, emoldurado pela touca de linho branco engomado, estava vermelho. Ela parecia confusa, entre o sentimento de vergonha e o temor do iminente castigo divino.

— Perdão — esforcei-me para murmurar.

Em quase todos os países onde as freiras abandonaram seus hábitos tradicionais por roupas mais convencionais, um incidente desse tipo seria motivo de divertido constrangimento. Mas estávamos na Espanha, a terra de Torquemada, onde a rainha que desencadeou a Inquisição espanhola ainda era venerada. No país católico mais rigidamente conservador do mundo, as freiras ainda são consideradas "Noivas de Cristo", comportam-se e vestem-se segundo as regras definidas séculos antes pelos fundadores de suas respectivas ordens. Qualquer afronta à sua dignidade é considerada grave ofensa pela polícia local, senão pela Guardia Civil.

O que fez minha transgressão parecer ainda mais pecaminosa foi a santidade do ambiente em que ela ocorreu. A catedral de Valência, com 13 séculos de existência, é um dos locais mais importantes da cristandade, uma igreja de peregrinação que recebe milhares de visitantes todos os dias. Eles são atraídos até a estrutura gótica suntuosamente lúgubre, como eu fui, por nada menos do que o suposto Santo Graal da lenda. Na versão mais popular da sua história, o Graal foi o cálice em que Jesus Cristo bebeu na Última Ceia, e que depois foi usado para recolher seu sangue aos pés da cruz.

O vaso místico inspirou o poema "Morte d'Arthur", de Mallory, e tem sido objeto de desejo de incontáveis gerações de pesquisadores de tesouros fictícios e reais, desde *sir* Lancelot e Parsifal, passando pelos cruzados e, mais recentemente, aquele notório colecionador nazista de relíquias religiosas, Heinrich Himmler.

Meu próprio interesse pelo Graal de Valência baseava-se mais na curiosidade do que na reverência. Eu sabia da existência de pelo menos 12 "Santos Graals" circulando pela Europa, mas este em particular tinha o melhor pedigree, e era o que o Vaticano considerava autêntico. Trata-se de um cálice de ágata com alças de ouro e cravejado de pedras preciosas. De acordo com as brochuras vendidas na catedral, foi originalmente levado para o Vaticano por São Pedro, onde permaneceu sob a posse do bispo de Roma até o século III, quando o papa Sisto, sitiado, por segurança o mandou para Aragão — por intermédio de um discípulo. Lá, o Graal ficou escondido em um santuário na montanha até 1399, quando o rei Martin o trouxe para Valência.

Justamente quando eu estava tentando pegar um folheto informativo, o seio da freira encostou em minha mão. A primeira coisa que senti foi o toque áspero da sarja do seu hábito, vestimenta sem forma destinada a proteger de olhares curiosos os corpos das freiras. Mas então, de modo inequívoco, veio o calor de um seio bem formado, que cedeu com delicadeza quando pressionado contra minha mão.

Eu havia tocado o intocável, e isso mudaria minha vida para sempre.

Dois

Nossos olhos se encontraram naquele breve e erótico instante, antes que ela recuasse.

Era uma jovem bonita, com pouco mais de 20 anos e um rosto que, embora sem um traço sequer de maquiagem, irradiava uma beleza que parecia misteriosamente familiar. Apesar de não nos conhecermos, eu tinha certeza de já ter visto aquele rosto antes. Só mais tarde é que percebi onde: nas pinturas religiosas e nas esculturas de igreja, nos ícones dourados russos e nas iluminuras de manuscritos. Era Nossa Senhora de Guadalupe, Santa Teresa de Lisieur, *Madona com a Criança*, Verônica enxugando o rosto de Jesus e dezenas de outras representações de santas, todas com traços surpreendentemente semelhantes. Elas sempre foram retratadas com os mesmos olhos tristes, os lábios graciosos e o contorno elegante do queixo e das maçãs do rosto que eu via diante de mim. Até agora, sabendo o que sei a respeito da freira, ainda acho extraordinário que, por alguma inexplicável coincidência de determinismo estético, seu rosto encantador tenha sido imortalizado por artistas que pintaram sua imagem séculos antes do seu nascimento.

Ela exalava uma aura de virgindade que me fez sentir vergonha do inesperado contato íntimo. Talvez eu devesse me perguntar por que ela havia permitido que seu corpo se aproximasse tão perigosamente do meu. Em vez disso, fiquei imaginando se eu teria sido o primeiro homem a tocá-la daquele jeito. Qual seria sua reação? Gritar e alertar a multidão de fiéis peregrinos de que um estrangeiro havia cometido o pecado imperdoável de acariciar uma freira dentro da igreja?

— Eu sabia que ia me encontrar — ela disse em voz baixa.

— Como assim?

— Não diga nada — ela murmurou. — Estamos sendo vigiados.

Ela baixou os olhos com recato e se afastou um pouco de mim.

Comecei a me desculpar de novo, mas ela me fez calar com um gesto. E, com pressa, procurando sob as dobras do hábito, tirou de lá um pequeno envelope branco e o colocou em minha mão.

— Leve isto para o padre Serrano — falou.

Era a mão dela que tremia?

Ou a minha?

— Mas quem é...?

— O endereço está no envelope — ela sussurrou. — Certifique-se de não entregá-lo a ninguém além do padre Serrano.

Àquela altura, eu não podia mais ver seu rosto. Ela estava totalmente virada de costas, com certeza para proteger a conversa.

— Eu lhe imploro, tenha cuidado. Você pode estar correndo perigo. Há gente vigiando por toda parte.

Perigo? Gente vigiando por toda parte? Eu sabia da atração dos espanhóis por melodramas e intrigas, aquilo era ridículo. Eu havia tocado indevidamente uma freira, mas que "perigo" havia nisso? Quem eram os "vigilantes" misteriosos? Um psicólogo mais severo do que eu teria de imediato diagnosticado a freira como paranóica e delirante, quem sabe uma esquizofrênica incipiente. Não havia dúvida de que ela estava usando a linguagem característica desses distúrbios, e o modo como passou o envelope, os sussurros para não ser ouvida eram também sintomáticos de uma personalidade paranóica. Os acontecimentos do ano anterior, entretanto, haviam me ensinado a ser mais tolerante em minha avaliação das outras pessoas, e eu sabia que havia explicações menos severas para o seu comportamento: talvez uma imaginação sensível demais — nada de extraordinário numa pessoa que passava os dias isolada num convento — ou uma pequena fobia ou medo irracional desencadeado pela falta de contato com o mundo exterior.

E, é claro, havia sempre a possibilidade de que ela não sofresse de nenhum distúrbio mental, que seu aviso tivesse fundamento e nós estivéssemos mesmo sendo vigiados.

Eu me virei devagar, tentando dar a impressão de um movimento casual, como se estivesse procurando um amigo. Em geral, as pessoas à nossa volta estavam preocupadas em passar pela porta que levava à capela escura onde o Graal ficava exposto. Elas passavam por mim devagar, sem olhar duas vezes. O que eu estava procurando? Um rosto suspeito? Uma figura espectral? Um olhar irado?

Havia umas cem pessoas, ou mais, naquela parte da catedral. Via-se de tudo, desde mendigos e mochileiros a turistas de câmeras na mão e mulheres da região vestidas com elegância para a missa do meio-dia. Se havia "vigilantes" no meio dessa gente, era impossível para mim dizer quem seriam eles. O perseguidor mais enlouquecido podia estar bem ali a meu lado, sem se revelar.

A uns 50 metros, perto da entrada da catedral, uma multidão menor se aglomerava ao redor da lojinha de suvenir que vendia réplicas do Graal, cartões-postais, terços e outras lembrancinhas religiosas. Nenhum dos compradores parecia demonstrar qualquer interesse por mim.

A única pessoa cujo olhar encontrou o meu foi um padre idoso, um homem tão velho que não poderia ser considerado ameaça alguma, muito menos alguém com a tarefa de seguir quem quer que fosse. Calculei que tivesse uns 90 anos, embora pudesse ter mais de cem. Era altíssimo, mesmo para um espanhol, muito acima das cabeças cobertas por mantilhas das mulheres. Mas a idade havia lhe desgastado a espinha, curvando sua cabeça e pescoço até parecerem pender em eterna oração. Sem conseguir levantar o queixo encostado no peito, ele foi forçado a virar a cabeça de lado para me olhar. Seus olhos havia muito tinham se retraído para o fundo das órbitas. Os lábios, quando se separavam, eram da finura de uma folha de papel. Com muito esforço, ele conseguiu sorrir para mim. Era um sorriso amável, impessoal, do tipo que os padres dirigem aos paroquianos desconhecidos no final da missa.

Atrás de mim, escutei o barulho das contas de um rosário e, quando me virei, a freira não estava mais lá.

Forcei a passagem no meio da multidão para chegar até a capela do Graal, para onde achei que ela tivesse ido. Três freiras estavam lá dentro, ajoelhadas diante do altar. A capela não é um lugar onde as pessoas se empurram e se espremem para abrir caminho até o altar, mas foi isso que fiz, numa atitude muito antipática, tenho certeza. Alguns turistas revidaram, as pessoas da região sussurraram "*Basta!*" e coisa pior, mas eu só queria chegar perto da jovem freira. Ela não era uma daquelas que estavam no altar. As pontas empinadas de seus véus indicavam que ela nem pertencia à mesma ordem. A freira tinha desaparecido. O único elo que me restava para encontrar sua identidade era o envelope que ela me havia passado. Ignorando os olhares irritados das pessoas que empurrei para entrar, tentei sair dali com mais cuidado.

Procurei o velho padre, achando que talvez ele reconhecesse o hábito da freira e pudesse me dizer onde ficava seu convento. Mas ele também tinha desaparecido. Retirou-se, supus, para algum santuário dentro da catedral, onde poderia descansar o velho corpo.

Não fazia sentido procurá-la do lado de fora. Era dia de mercado e a Plaza de la Reina estava tomada por vendedores. Cada carroça ocupando seu posto, com os toldos de lona erguidos, transformava a enorme praça em um confuso cercado de vielas estreitas apinhadas de compradores e turistas e, segundo meu guia de viagem, batedores de carteira.

Abriguei-me sob o vão de uma porta, longe do amontoado de pessoas, para examinar o envelope. Era de um tipo que eu nunca tinha visto. O papel era grosso, com um luxuoso acabamento creme, sugerindo ter sido feito a mão. Havia uma fita branca em volta, com as pontas presas por um lacre vermelho que prendia a aba de trás. O nome do padre Javier Serrano e o endereço estavam escritos na frente do envelope em caligrafia delicada. No canto superior esquerdo, onde costuma ficar o endereço do remetente, a mesma escrita elegante assinalava as palavras *La Magdalena* em letras separadas.

Madalena.

Seria o nome dela?

Se fosse, pensei, era um jeito muito incomum para uma freira espanhola se identificar.

Ter o mesmo nome de Maria Madalena não era nada de extraordinário para uma freira. Mas o que me deixou intrigado foi a ausência do nome Maria, que não só era o de Madalena, como também o adotado por todas as freiras como um gesto de homenagem à mãe de Cristo. Faltava também o termo honorífico típico *hermana*, identificando sua condição de religiosa. A assinatura correta deveria ser: *hermana Maria Magdalena* e não *La Magdalena*. Parecia uma curiosa afetação.

Dei a volta pelo lado sombreado da catedral, onde encontrei um lugar para sentar enquanto estudava meu mapa Michelin para descobrir como chegar àquele endereço onde deveria entregar o envelope. *Calle* Nueva Ecija não parecia tão distante, talvez uns cinco minutos a pé dali da praça. O caminho mais curto parecia ser cortando o mercado. Eu já havia descido metade da escadaria da catedral quando recebi um forte tranco de alguém com muita pressa, que me deixou estatelado no chão. Parecia um dos turistas que eu vira dentro da catedral: um homem de meia-idade com um colete de fotógrafo, óculos dobráveis e um desses chapéus Tilly, mole, de abas largas, teoricamente para proteger o viajante dos efeitos nocivos dos raios solares. Notei o chapéu, porque mesmo quando o sujeito caiu no chão junto comigo ele continuou preso em sua cabeça, a aba larga escondendo quase todo o rosto dele. O homem se desculpou rapidamente, sacudiu a poeira da roupa e desapareceu no meio da multidão, na aparente busca dos seus companheiros de excursão.

Na verdade, não demorei a descobrir, ele fugiu com o envelope que a freira havia me dado.

Três

— Tudo bem? — perguntou uma voz atrás de mim.

— Acho que sim — murmurei.

Procurei a carteira de dinheiro. Lá estava ela, segura pelo botão do bolso da calça. O mapa jazia aos meus pés, pisoteado pelo meu agressor na pressa para ir embora. A única coisa que estava faltando era o envelope. Por que um assaltante levaria o envelope e não se interessaria pelo meu dinheiro, me perguntei. Não fazia sentido. A não ser que seu interesse fosse o envelope.

— Deixe-me ajudá-lo a se levantar — disse a voz atrás de mim.

Ao virar o rosto para agradecer, reconheci meu bom samaritano como o padre idoso que tinha visto dentro da catedral. Ele passou as mãos ossudas pelos meus braços e, com toda a facilidade, me colocou de pé. Foi uma demonstração de força surpreendente para uma figura tão cadavérica.

— Estes mercados podem ser muito perigosos — ele falou. O sotaque soava mais francês do que espanhol; seu fraseado, formal. — Tem certeza de que não se machucou?

— Estou bem, obrigado.

Limpei a poeira da camisa.

— Nada de mais, apenas um pequeno inchaço no cotovelo.

Havia também uma curiosa marca vermelha nas costas de minha mão, mas no momento não prestei muita atenção nela.

— Viu o rosto dele?

— Não.

— Pena. Ele levou sua carteira?

— Não.

— Talvez estivesse procurando outra coisa?

Já eram perguntas demais, pensei, de repente desconfiado. Meus instintos de investigador, adormecidos durante tanto tempo, pelo visto continuavam funcionando.

— Não — menti. E na mesma hora fiquei na dúvida se o padre teria visto a freira colocar o envelope em minha mão.

Seria um dos espiões sobre os quais ela havia me alertado?

Recuei para longe do alcance daqueles braços poderosos. Ele pareceu perceber logo minha desconfiança e seus lábios finos se abriram num triste e compreensivo sorriso.

— Vou deixá-lo em paz agora, meu filho. Ainda tem muito trabalho a fazer — sussurrou, afastando-se. — Mas, lembre-se, não acredite em tudo que ouvir.

Fiquei olhando espantado para ele, enquanto desaparecia dentro da catedral. Trabalho? De que ele estava falando? Eu não trabalhava; minha carreira como investigador de experiências de quase-morte tinha acabado num tiroteio espetacular, que me deixou com o que os médicos chamam de "dores fantasmas" no local onde a bala perfurou meu peito. Eles explicaram que pode ter sido uma lesão no nervo, mas eu preferia achar que era a dor de um coração partido, sofrendo ainda com a morte da mulher amada.

Eu estava na Europa para fugir da excitação da mídia em torno do meu julgamento. Quando os repórteres do *National Enquirer* e da *Fox News* tentaram me encontrar, mergulhei temporariamente na vida monástica do monte Athos. Ali encontrei consolo em antigos manuscritos e estudos metafísicos. E jurei jamais retornar ao trabalho de investigador.

Mas velhos hábitos não morrem com facilidade, e não pude deixar de sentir curiosidade pelo que estava dentro do envelope perdido. Que segredo havia ali? Um roubo à luz do dia na escadaria de uma catedral, bem à vista de peregrinos e compradores, sugeria uma mensagem muito importante para alguém.

Mas, então, por que a carta me foi confiada? Por que a jovem freira me escolheu como seu mensageiro? Afinal de contas, eu era um estranho. Pior ainda, um estrangeiro, e visivelmente desajeitado. E esse padre Serrano a quem o envelope estava endereçado? Mesmo numa existência enclausurada, deveria haver um modo mais eficaz de uma freira se comunicar com um padre. Teriam me escolhido como o inocente intermediário de um romance ilícito? Estaria esse romance para ser revelado em conseqüência de um descuido meu?

Não me sentia na obrigação moral de avisar ao padre sobre o roubo do envelope. E poderia ter continuado com meu passeio turístico, descartando o incidente como um desses infelizes contratempos pelos quais todos os turistas acabam um dia tendo de passar.

Exceto pelas palavras do velho padre.

"Você ainda tem muito trabalho a fazer."

Eu já tinha escutado a frase antes. Não neste mundo, pensei, com um arrepio, mas na terra dos mortos.

Quatro

Quem já voltou do mundo dos mortos é diferente dos mortais comuns.

Podemos caminhar no mundo dos vivos. Podemos comer, beber, viver e amar como seres humanos comuns. Mas ficamos para sempre assombrados pela jornada na vida após a morte, quando alguns de nós vimos realmente a face de Deus. Por que, perguntamos, fomos escolhidos entre inúmeras outras pessoas que morreram naquele exato momento para retornar ao nosso corpo terreno?

"Ainda não chegou sua vez", me disseram. "Você ainda tem muito trabalho a fazer."

E, quase instantaneamente, retornei ao meu corpo, sendo recebido por um paramédico sorridente que pensou que foram as pás do seu desfibrilador que me ressuscitaram. "Bem-vindo, meu caro", ele disse. "Achamos que tínhamos perdido você."

Eu não queria voltar, respondi. Queria ficar do outro lado com minha amada Laura. Mas eles me levaram para o hospital, onde os médicos consertaram meu peito e me disseram que tinha chegado muito perto de morrer. Desprezaram a história da minha jornada após a vida como um delírio, e desfiaram uma série de desgastadas explicações que não convencem mais. Só em meu julgamento por assassinato é que pude fazer alguém acreditar que minha experiência de vida fora do corpo foi de fato uma visita ao outro mundo.

Mas eu continuava ouvindo as palavras que me mandaram de volta.

"Você ainda tem muito trabalho a fazer."

Que trabalho?

Que possível missão na Terra poderia ser importante o suficiente para exigir minha presença?

Eu não era uma pessoa importante. Minha capacidade de influenciar os outros era insignificante. Apesar de um futuro acadêmico promissor, jamais alcancei nenhum dos objetivos que idealizei para mim mesmo. Abandonei o estudo da psicologia antes do doutorado. Meu único casamento terminou em divórcio. Fui despedido do emprego como perito de uma companhia de seguros. E minha carreira como detetive particular especializado em experiências de quase-morte foi encerrada com aquela bala no peito.

A única coisa positiva que eu tinha feito, além de ser absolvido da acusação de duplo assassinato, foi o livro que escrevi sobre minha experiência, que teve um rápido flerte com as listas dos mais vendidos. Infelizmente, isso só fez aumentar minha notoriedade. A tevê sensacionalista me transformou no que chamam de "caçador de fantasmas", em vez do investigador científico e objetivo que na verdade eu era.

No início, ir para a Europa me pareceu uma boa idéia. A mídia logo se esqueceu de mim e a estada no monte Athos foi ideal para um homem com os meus interesses acadêmicos. O mosteiro em que fiquei, apenas um dentre mais de quatro mil existentes na ilha, fora fundado no século IV. Designaram para mim um mentor espiritual, irmão Kyriakis. Por um ano ele traduziu antigos manuscritos para mim, ensinando-me mais sobre a verdadeira história do cristianismo do que eu jamais poderia saber se dependesse unicamente dos Evangelhos Canônicos. Ele me conduziu pelos Evangelhos "secretos", que foram eliminados por Clemente com a espantosa declaração de que "nem todas as verdades são para serem ditas a todos os homens". E especulou sobre a natureza dos ensinamentos secretos de Cristo, a que fazem referência os Evangelhos de Lucas e Marcos, a carta de Paulo aos romanos e várias outras fontes apócrifas. Porém, por mais fascinantes que fossem essas explicações teológicas, eu não estava achando que estudar frágeis manuscritos num mosteiro do século IV, numa ilha habitada apenas por homens, fosse o trabalho para cuja conclusão eu tinha sido mandado de volta à Terra. Com o incentivo do irmão Kyriakis, parti como um Sidarta moderno em busca da iluminação.

Viajei por toda a Europa, visitando igrejas famosas e locais sagrados como Glastonbury e Stonehenge, Lourdes e São Pedro, interrogando padres e homens que se diziam santos. As únicas respostas que obtive foram as banalidades e chavões de homens que conheciam a vida após a morte apenas dos livros.

Até que aquele padre idoso em Valência colocou-me de pé e pronunciou as palavras que ouvi pela última vez no outro mundo.

"Ainda tem muito trabalho a fazer."

Coincidência? Provavelmente, não. Como investigador, eu aprendera a não acreditar em coincidências.

Minha mente estava acelerada. Será?, pensei. Será que alguma convergência de acontecimentos cósmicos havia ordenado minha presença na Europa, havia me trazido para Valência e me colocado nesses degraus para que pudesse ouvir de novo aquelas palavras?

Mas, por quê?

A resposta, imaginei, poderia estar com padre Serrano.

Cinco

Por sorte, eu estava marcando o endereço de Serrano no meu mapa turístico quando o ladrão atacou. Ficava a menos de dois quilômetros da catedral e não era muito difícil de encontrar.

Calle Nueva Ecija deve ter sido uma rua elegante há três ou quatro séculos, quando uma quantidade incrível de ouro jorrava do Novo Mundo para a Espanha. Mas os dias de glória tinham terminado para esta estreita rua de calçamento de pedras. A fileira de prédios de um lado e do outro era uniformemente cinza, sem nenhuma das graciosas buganvílias ou gigantescos hibiscos que decoravam as áreas mais ensolaradas da cidade. Todas as janelas estavam fechadas, todas as entradas barradas por portas de madeira, a maioria desbotada e rachada por décadas de negligência. Cada centímetro disponível de espaço na calçada estava ocupado por carros estacionados, obrigando os pedestres a caminharem pela rua, onde motonetas e carros se revezavam buzinando quando alguém ousava ficar no meio do caminho.

Um conjunto de maciças portas duplas, grandes o bastante para dar passagem a uma carruagem puxada a cavalo, protegia a entrada da Casa Alonzo. Sob o sino de ferro enferrujado em cima das portas via-se uma placa de latão polido que identificava o prédio como *Residencia* jesuíta. Fiquei tentado a tocar o sino enferrujado, mas optei pela campainha brilhante. Ao apertá-la, mais uma vez notei a estranha marca vermelha nas costas da minha mão esquerda.

Quase de imediato, uma voz de mulher respondeu de um pequeno auto-falante inserido na parede.

— *Quien es, por favor?*

Até que eu sabia espanhol suficiente para compreender a pergunta.

— Estou procurando por padre Serrano — respondi.

— *Cómo?*

— *Habla mi lengua?* — perguntei.

— *Sí.*

— Padre Serrano — repeti. — Quero falar com o padre Serrano.

— Padre Serrano. *Sí.* Um momento, por favor.

Esperei um pouco e escutei o ruído de passos vindo de um pátio interno. Um orifício redondo se abriu, permitindo que um olho castanho injetado me examinasse.

— *Qué?* — Desta vez era a voz de homem.

Sorri e procurei não parecer ameaçador.

— O senhor é o padre Serrano?

Por trás das portas, escutei uma barra de metal sendo retirada da fenda. Uma pequena porta de serviço abriu-se o suficiente para que eu visse o homem que estava lá dentro.

— *Sí.* Sou o padre Serrano.

Assim que o vi, qualquer idéia de ligação romântica entre a freira e o padre se dissipou. Padre Serrano era uma espécie de frei Tuck, baixo e gordo, de bochechas rechonchudas e nariz abatatado. O topo da cabeça era coroado por um círculo, já careca. Lembro-me de ter sentido uma vaga sensação de alívio por este majestoso padre, de olhos vermelhos e cansados, não ser o belo e jovem sedutor que esperara encontrar.

— O que você quer? — ele perguntou, me fazendo acordar.

— Deram-me uma carta para entregar ao senhor... — comecei a falar.

Ele baixou os olhos para as minhas mãos vazias.

— Uma carta? De quem?

— Uma jovem freira, na catedral...

Surpreso, ele se afastou da porta, como se não quisesse ser visto.

— Pode me dar — ele falou, a voz sussurrante.

— Não a tenho mais.

— Como?

— Ela foi roubada.

— *Dios mío!* Por quem?

— Não sei. Foi logo na saída da catedral. Alguém me derrubou no chão e fugiu com a carta.

— Vai embora! — ele disse. — Rápido, antes que o vejam.

Ele tentou fechar a porta, mas eu coloquei o pé na frente.

— Não — eu disse. — Quero saber o que está acontecendo.

— Nada que lhe diga respeito.

Ele forçou ainda mais para fechar a porta. Embora mais baixo do que eu, ele era mais pesado e eu precisei empurrar a porta com o ombro para impedir que ele esmagasse meu pé. Era um estranho comportamento para um padre, pensei, e a minha curiosidade, já despertada, aumentou.

— Não vim aqui causar nenhum problema — eu disse. — Nem precisava ter vindo. Mas alguém me jogou no chão, e a carta endereçada ao senhor me foi roubada. Achei que gostaria de saber. Agora, meu cotovelo dói, estou cansado e o senhor está esmagando meu pé. Quero saber o que está acontecendo.

— Sinto muito que tenha se machucado — ele respondeu. — Agradeço seu esforço, mas não tenho nada a dizer. Por favor, vá embora.

Quanto mais ele empurrava a porta, mais determinado eu ficava. Meu pé estava ficando dormente, mas não ia desistir. Empurrei a porta com toda a força.

— Se o senhor não falar comigo — ameacei —, vou ter de falar com o outro padre.

Eu pretendia ter uma conversa com o outro padre de qualquer maneira, mas minha ameaça funcionou com o padre Serrano. Senti sua pressão sobre a porta se afrouxar por um instante.

— Que outro padre? — ouvi, num áspero sussurro.

— O padre na catedral. Ele viu o ladrão, e acho que viu a freira me entregando o envelope... *La Magdalena.*

Ao pronunciar este nome em voz alta ele soou como um pseudônimo artificialmente formal, mas o efeito foi imediato.

A pressão sobre meu pé cedeu. A porta se abriu. O rosto do padre Serrano estava corado pelo esforço. Atrás dele, vi um tranqüilo pátio com um lindo jardim e uma fonte.

— Ela lhe disse seu nome? — Ele não escondia sua surpresa. — Falou mesmo com você?

— Nós conversamos.

Não era realmente uma mentira, embora eu soubesse seu nome apenas pelo envelope. Mas eu queria lhe dar a impressão de que mais coisas haviam se passado entre nós do que uma simples troca de palavras.

— Ela disse que estava preocupada comigo; preocupada que alguém estivesse me vigiando.

— Estamos todos sendo vigiados.

— Ela disse que eu podia confiar no senhor.

Isto agora era uma mentira deslavada. Mas as mentiras mais eficazes são sempre aquelas rodeadas por pequenas verdades. Padre Serrano mostrava-se tão preocupado com os misteriosos "vigilantes" quanto a freira que se chamava La Magdalena. E, usando o nome que ela havia assinado, eu ganhara imediata credibilidade.

— Mas agora não tenho tanta certeza quanto ao senhor — blefei. — Talvez o outro padre...

— Não! Você não deve comentar com ninguém a respeito do envelope! Ainda mais com um padre. Você nem imagina o que está envolvido nisso.

Quando mencionou tais palavras, percebi que ele estava em minhas mãos.

— Então, quem sabe o senhor deveria me dizer o que é.

— Não podemos conversar aqui.

Ele espiou a rua de um lado e de outro e, para minha surpresa, também para o pátio atrás dele, como se alguém pudesse estar nos escutando escondido no meio da vegetação. A relva era verde e luxuriante, havia fontes e um renque de laranjeiras. Era típico da arquitetura espanhola esconder essas belas paisagens por trás de muros soturnos, um estilo que refletia a natureza reservada do próprio povo espanhol.

Padre Serrano sussurrou um endereço e uma hora para nos encontrarmos. Uma parte da cidade, ele disse, onde ninguém o conhecia. E me aconselhou a não pegar o caminho direto até lá, procurando me certificar de não estar sendo seguido. Depois de checar a rua pela última vez , ele fechou a porta deslizando a barra de metal para o lugar.

Tenho de admitir que a atitude dele me deixou nervoso. A rua de pedras de repente parecia mais estreita, assustadoramente apertada, como se as paredes tivessem se aproximado mais, prendendo-me num sinistro corredor de onde seria fácil impedir a única saída. Eu estava começando a sentir as primeiras gavinhas delicadas da paranóia crescendo dentro de mim. Seriam passos o que escutava atrás de mim? Tinha alguém espiando por trás das janelas fechadas? Aquele reflexo no retrovisor lateral de um carro era a imagem de uma pessoa? É claro que, sempre que eu me virava para olhar, não tinha ninguém. Se havia alguém, estava muito bem escondido.

Eu me preocupava em saber se estava sendo seguido, quando, pensando melhor, eu deveria me preocupar mais com o que vinha pela frente. Ao subir a rua, eu esfregava as costas da minha mão direita. A marca vermelha, que de início pensei ser um simples arranhão, estava me parecendo mais uma queimadura.

Seis

Encontrei-me com o padre Serrano naquela noite, às sete horas. É sabido que na Espanha janta-se tarde e a maioria dos restaurantes só abre às oito, nove ou até dez horas da noite. Por isso, nos encontramos num lugar chamado Naranjas, uma das pequenas lojas de sucos que não vendem bebidas alcoólicas, tão populares em Valência. Fica numa rua tranqüila, perto do Museo de Bellas Artes, do outro lado do Jardín del Turia.

O padre já estava esperando por mim, sentando num canto de onde podia vigiar a rua e também ver quem entrava. Parecia nervoso, como se não estivesse acostumado a se afastar dos limites de proteção da *Residencia*. Ele recomendou que eu pedisse uma *horchata*, a especialidade da casa, que era uma bebida semicongelada com sabor de amêndoas e servida com palitinhos de biscoito crocante.

— Vejamos... quem exatamente é você? — ele perguntou, sem desperdiçar conversa.

— Meu nome é Theophanes Nikonos.

— É grego?

— Grego-americano. Meus amigos me chamam de Theo.

— Posso ver seu passaporte?

Mostrei.

— Tudo bem, Theo — ele disse, comparando meu rosto com a fotografia no documento. — Qual é seu interesse aqui? O que veio fazer na Europa?

— Sou apenas um turista, a passeio — esclareci.

— Acho que não — e me devolveu o passaporte. — Turistas ficam uma semana, um mês, às vezes um pouco mais. Segundo os carimbos da Imigração, você está na Europa faz bem mais de um ano.

— O senhor está parecendo mais um detetive do que um padre.

— Estou apenas sendo cauteloso. Responda, por favor.

Relutando em revelar tantos detalhes a meu respeito a um estranho, optei por uma versão editada da verdade, omitindo qualquer referência ao meu julgamento.

— Tudo bem — eu disse. — Primeiro, vim ver meu pai. Minha mãe morreu há muitos anos e ele, quando se aposentou, resolveu voltar para a Grécia, onde nasceu. Eu fiquei algumas semanas com ele até começarmos a nos irritar um com o outro e, desde então, estou andando por aí. Passei algum tempo num mosteiro em monte Athos...

— Por que no monte Athos? — interrompeu ele.

— Curiosidade, eu acho. Não a respeito da vida monástica, mas a respeito de mim mesmo. Eu tinha tido alguns problemas e queria um pouco de solidão... Precisava de tempo para olhar para dentro de mim mesmo.

— E o que viu quando olhou para dentro?

Sacudi os ombros.

— Lembranças. Do passado. Erros que cometi. Nenhuma grande revelação. Acabei passando meu tempo discutindo teologia e história da Igreja com os monges. Era um mosteiro ortodoxo oriental, a religião do meu pai. Eles tinham uma biblioteca fascinante. Alguns livros e manuscritos datavam de uma época anterior a Constantino. Foi uma chance de dar um polimento no meu grego e também nas minhas noções de história da religião.

Padre Serrano ficou calado, e acompanhei seus olhos vermelhos até um rapaz que entrava na loja. O recém-chegado devia ter uns vinte e poucos anos, calculei. Tinha a barba ligeiramente crescida e usava o uniforme comum dos universitários: camiseta folgada e jeans desbotados, mochila de náilon azul pendurada no ombro e fones de ouvido ligados a um tocador de CD tão alto que dava para ouvir o som. O rapaz nos ignorou. Pediu um copo de suco de laranja e ocupou uma mesa perto da entrada. Padre Serrano voltou os olhos injetados para mim.

— Você se interessa pela história da Igreja? — perguntou. — É uma pessoa religiosa?

— Acredito em Deus, se é isso que está querendo saber. Mas não pertenço a nenhuma religião organizada. Não, desde que eu era criança.

— Não é isso o que vocês chamam, lá nos Estados Unidos, de não assumir compromissos? Tirar vantagem dos dois lados?

— Estou fazendo progressos — sorri. — Há dois anos, eu era um agnóstico. Pelo menos agora estou de volta a este lado da cerca.

Ele pareceu achar graça na resposta.

— E o que fez você vir para Valência?

— Eu queria provar as laranjas, ver se eram mesmo tão doces como dizem E comer uma verdadeira *paella valenciana*.

— E ver o Santo Graal — ele acrescentou.

— Bem, pelo menos a versão valenciana do Santo Graal.

— Você pode ter deixado de ser um agnóstico, mas continua um cético, eu acho.

— Sou psicólogo. Fui treinado para distinguir o que é percepção e o que é realidade.

— E eu sou psiquiatra. E aprendi que a percepção pode criar a realidade.

Ele passou os olhos pelo salão, mais uma vez pousando-os no rapaz que estava sentado perto da porta. Depois, inclinando-se para a frente, sussurrou, como se temesse que o rapaz pudesse escutar:

— Qual é seu interesse por La Magdalena? Por que tanta curiosidade?

Eu não podia lhe dizer exatamente que sentira o peso do seu seio na catedral. Que a maravilhosa suavidade da sua carne havia despertado em mim emoções proibidas. A idéia de um contato tão íntimo com uma freira com certeza o ofenderia. E era quase certo que resistisse a qualquer tentativa minha de vê-la de novo.

Fiquei olhando para a fina listra de pele vermelha nas costas da minha mão. Ela havia deixado uma marca. Caso tivesse sido uma reação alérgica a alguma coisa na sua roupa, como uma reação psicossomática sugerindo a intensidade com que o incidente me afetou, eu não sabia. Escondi a mão debaixo da mesa, para evitar perguntas.

— Não é La Magdalena que me deixou curioso — menti. — É o conteúdo do envelope que ela me deu. O que teria de tão importante para um ladrão querer roubá-lo em plena luz do dia?

— O que havia dentro do envelope é um assunto particular — ele sussurrou. — E, por favor, fale baixo.

Eu não podia imaginar por que ele continuava sussurrando. Não havia ninguém por perto num raio de seis metros. O balconista estava entretido espremendo laranjas e o rapaz perto da porta não estava prestando atenção em nós. Nenhum som escapava do CD player agora, mas ele continuava com os fones nos ouvidos. Daquela distância, eu tinha certeza de que ele não podia ouvir mais nada além da música.

— Desculpe — falei baixinho. — O senhor tem razão, é claro. Em circunstâncias normais, a mensagem dela para o senhor deveria permanecer reservada. Mas, ao me entregar o envelope, ela me avisou do perigo. Agora, o envelope foi roubado, e o senhor parece assustado. O que está acontecendo?

O padre não respondeu.

— Seja lá o que estiver se passando entre vocês dois, eu não pedi para ser envolvido — falei. — Se a mensagem é tão importante, por que ela confiou em mim para entregá-la? Por que colocá-la nas mãos de uma pessoa totalmente estranha? Tenho certeza de que ela conhecia outras pessoas que poderiam ter levado a carta até o senhor. Por que me escolheu?

Ele ficou um bom tempo olhando para mim, como se estivesse tentando entender. Quando por fim abriu a boca, em vez de responder à minha pergunta, fez outra:

— Você acredita em reencarnação?

Sete

A pergunta foi feita em tom de conspiração, com Serrano inclinando-se para a frente, o olhar nervoso disparando de um lado para o outro a fim de se certificar de que ninguém estivesse escutando, e depois fixando-se nos meus olhos com uma expressão que parecia estar implorando para que eu o levasse a sério. Havia alguma coisa nos seus gestos, uma vulnerabilidade no seu rosto, que me fazia lembrar aquelas centenas de pessoas que entrevistei que passaram pela experiência de quase-morte. Em geral, elas estavam tão acostumadas a ver os seus relatos de viagem ao outro mundo ridicularizados que hesitavam em discutir o assunto. Sem querer ofender esse padre que parecia sincero, respondi com a mesma seriedade com que a pergunta tinha sido feita.

— Depende de como o senhor define reencarnação — falei.

— Mas você conhece um pouco sobre o assunto, não é mesmo?

Um pouco? Como acadêmico, até me ofendi com a sugestão.

— Depende — repeti. — Depende de o senhor estar falando de reencarnação no sentido védico, no qual se supõe que os seres humanos renascem como animais e vice-versa, ou se é no sentido talmúdico, em que Deus criou um número limitado de almas que estão continuamente reencarnando até o Juízo Final. Acho os dois conceitos difíceis de aceitar. Acredito numa vida após a morte, certamente. E na imortalidade da alma. Mas isso não significa automaticamente que eu acredite que almas velhas possam ser colocadas em corpos novos.

Ao notar que tinha sua completa atenção, continuei:

— Tem ocasiões em que não consigo resistir a um pouquinho de exibicionismo intelectual. O impulso em geral surge quando detecto uma atitude paternalista nos outros, ou, como neste caso, quando sinto que é necessário detalhar minhas credenciais.

"Mas a idéia de reencarnação é tão antiga quanto a humanidade" — prossegui. — "Portanto, não deve ser descartada com leviandade. Afinal de contas, todas as principais religiões têm traços de teoria da reencarnação inseridos em suas crenças. Não apenas os hindus e os budistas, mas as religiões mais em voga também."

Dei um gole na minha bebida. Os cristais de gelo ainda não tinham derretido.

— A crença na reencarnação pode ser encontrada no pensamento judaico desde o século III antes de Cristo. — Fui acrescentando mais detalhes. — E hoje escuto isso da boca dos rabinos hassídicos mais conservadores. Chama-se "Elo Perdido do Cristianismo", por sua importância na Igreja cristã primitiva. Por ser um padre católico, tenho certeza de que o senhor conhece os ensinamentos de Santo Gregório, que diz ser preciso mais de uma vida para purificar e curar uma alma. É extraordinariamente semelhante à filosofia oriental quando ela fala do caminho para a iluminação e a Grande Roda do carma, e as crenças dos muçulmanos drusos e sufis.

O modo como ele me ouvia, como me deixava continuar falando sem parar, me fez lembrar o programa de mestrado na Universidade de Nova York, quando éramos regularmente submetidos a testes orais para saber se tínhamos de fato domínio da matéria exigida no curso.

— Contam-se muitos casos de pessoas com lembranças de vidas passadas — falei. — Como psicólogo, minha inclinação para explicar essas situações é mais no sentido da teoria de hereditariedade psíquica e memória residual de vidas ancestrais de Carl Jung. Mas sei que há mais gente no mundo acreditando na reencarnação do que em Jesus Cristo, portanto estou disposto a me deixar convencer.

A expressão de assombro no seu rosto me agradou, porque eu já estava cansado de padres que agem como se só eles fossem donos de todo o conhecimento espiritual.

— Estou impressionado — ele falou. — Não sabia que ensinavam essas coisas nas aulas de psicologia nos Estados Unidos.

— E não ensinam — retruquei. — Exceto como exemplos de pensamento ilógico. Uma das razões pelas quais nunca consegui concluir meu doutorado.

Enquanto outras pessoas talvez tivessem pegado no sono com as voltas que dei para responder a uma simples pergunta, parece que o padre Serrano viu em mim uma alma gêmea. Éramos, afinal de contas, dois acadêmicos que haviam buscado áreas de estudo semelhantes com resultados drasticamente diversos. Não demorou muito para estarmos os dois relaxados, trocando idéias como velhos amigos em algum *campus* universitário. A teoria da reencarnação foi substituída pelo que parecia ser um esforço intencional da parte de Serrano em conhecer-me melhor. Ele me interrogou sobre cada detalhe do meu *curriculum vitae*, não apenas sobre os cursos de psicologia, mas sobre as aulas de religião comparada, misticismo oriental e arqueologia que freqüentei apenas porque me davam prazer. Ele me fez falar sobre meu gosto pela pesquisa e de como meu casamento fracassado desviou-me para um emprego de investigador de uma companhia de seguros. Mas ele parecia estar especialmente interessado no trabalho que realizei como investigador de EQM para o professor DeBray. Em situações normais, acho que o clero tende a ridicularizar qualquer discussão sobre experiências de vida fora do corpo, o que não deveria acontecer, considerando-se que a vida após a morte é um dos alicerces da fé cristã. Mas o padre Serrano era fascinado pelo assunto. Sua curiosidade se concentrava em minhas técnicas de investigação, e em como eu podia saber se alguém que afirmasse ter voltado do mundo dos mortos estava falando a verdade.

Ele fez um bom trabalho puxando por mim. Não demorou muito e eu estava lhe contando sobre minha própria experiência e o subseqüente julgamento por assassinato no qual me retratei como um "autenticador" da vida após a morte. Ele parecia simplesmente fascinado com minha descrição do Outro Mundo. Falei do meu livro sobre o assunto, que apresentei como minha monografia de doutorado só para vê-la recusada como "indigna de reconhecimento acadêmico".

— Deve ter sido uma decepção — ele comentou.

— Não mesmo. Depois do que passei, um Ph.D. já não parece tão importante.

— Você tem antecedentes fantásticos — continuou. — Quem sabe foi seu carma que o trouxe até Valência.

— Não sabia que os padres católicos acreditavam em carma.

— Jesus Cristo foi enviado à Terra especificamente para morrer pelos nossos pecados. É um caso clássico de carma, não acha?

Respondi com um movimento de ombros. Não queria me deixar envolver numa discussão de religiões comparadas logo agora.

— Voltemos a La Magdalena e ao envelope — propus.

— Ah, sim, La Magdalena. — Padre Serrano aproximou-se de novo no seu tom conspirador. — Ela é uma criatura muito especial. Uma flor rara que tem sido resguardada e protegida de influências externas. Não conhece outra vida a não ser a dos conventos, onde vive desde bebê. Ela é uma criança inocente, pura e simples, que acredito incapaz de mentir. Mas fala de algumas coisas que são segredos terríveis, que só os Apóstolos de Cristo sabiam.

Padre Serrano esperou essa informação ser assimilada enquanto sorvia bem devagar a *horchata*... talvez tentando decidir exatamente o quanto poderia me contar.

— Ela foi minha paciente. Fui seu psicoterapeuta. Infelizmente, não sou mais. O gabinete do vigário-geral encerrou meu trabalho com ela. Confiscaram minhas anotações e correspondências e me proibiram de qualquer outro contato com La Magdalena. — Ele inclinou a cabeça e me olhou com renovada curiosidade. — Mas agora você aparece, um estranho com experiência em investigações em questões metafísicas. Talvez tenha sido enviado para ter sucesso onde eu falhei.

— Sucesso? — perguntei. — Sucesso em quê?

— Em trazer à luz a história dessa jovem. É um relato surpreendente, que desafia as crenças mais preservadas pelos cristãos.

Ele fez uma pausa.

— Se for verdade.

Outra pausa.

— E se você viver para escrevê-la.

Oito

— O senhor está querendo me assustar — eu disse, sorrindo.

— Absolutamente. Pelo que me contou, acho que não se assusta assim tão fácil. Mas eu estaria me omitindo se não lhe dissesse o que penso sobre a situação. Fui avisado desde o início de que o caso de La Magdalena era um assunto muito melindroso. Que eu deveria ser discreto. Como você, não acreditei. Afinal de contas, eu não estava investigando crime algum. Sou um padre. Um jesuíta. Um psiquiatra. Estava aconselhando uma freira. Era um assunto da Igreja. Mas coisas estranhas começaram a acontecer. Onde eu ia, tinha alguém me seguindo. Meu quarto era sempre vasculhado na minha ausência. Uma tarde, na catedral, um homem atrás de mim... acho que era padre também, avisou-me para tomar cuidado, que minha vida corria perigo.

— Quem era ele?

— Não sei. Ele me disse para não me virar.

— Por que o senhor acha que ele era padre?

— Pela voz. Parecia a voz de um homem idoso. Pensei ter reconhecido de quem era. Mas não posso ter certeza. E ele estava vestido de negro. Estou certo disso, porque me virei um pouco quando ele estava entrando no banco atrás de mim. Imagine só — Serrano teve um gesto de arrepio —, ser ameaçado dentro da catedral!

— Alguém tentou cumprir a ameaça?

— Ainda não. Mas os meus encontros com La Magdalena foram reduzidos e, por fim, suspensos. Fui avisado de que não deveria falar com ninguém sobre os resultados da minha investigação, sob pena de ser excomungado. Mas nunca pensei que fosse possível que o gabinete do vigário-geral interviesse... suspendesse o contato entre um psiquiatra e sua paciente com tamanha prepotência.

— Com o devido respeito, padre — tentei acalmá-lo. — Talvez quisessem passá-la para outro psiquiatra.

— Mas não foi o que aconteceu. Soube por outras freiras que nenhum psiquiatra tomou meu lugar. — Ele fez menção de se levantar, como se tivesse reconhecido alguém lá fora na rua. — As autoridades da Igreja a submeteram a testes, físicos e psicológicos. Mas os resultados são um segredo guardado a sete chaves, tão bem protegido como os do confessionário. Acredito que o cardinal Herrera esteja em Roma nesse exato momento discutindo o assunto com seus colegas na Cúria. Enquanto isso, estou proibido de ter qualquer contato com ela. Seguem-me por toda parte. E meu quarto continua sendo revistado quando não estou. Isso não pode ser coisa do gabinete do vigário-geral, pelo menos não sem pressão externa. Deve haver mais gente, com mais poder, interessada nesse caso. E, na Espanha, essas situações podem facilmente se tornar desagradáveis. Isso me preocupa muito, sr. Nikonos. Não durmo direito, sem saber o que vai acontecer no dia seguinte.

Pelo simples fato de falar comigo sobre a freira, padre Serrano parecia achar que estava se arriscando. O que explicaria sua impaciência no portão, a fadiga no olhar, a escolha deste obscuro local de encontro, o modo como não parava de espiar nervoso o rapaz perto da entrada. Mas o que estaria de fato acontecendo aqui? Será que ele desconfiava que o mochileiro barbado era algum espião eclesiástico, designado para segui-lo e, quem sabe, redigir um dossiê que resultasse em excomunhão?

Ou será que eu estava sendo manipulado por esse padre, lentamente sugado por uma trama misteriosa e, no caso, o rapaz com os fones de ouvido estava ali como um observador, para garantir que tudo corresse de acordo com o plano? Pode parecer dramático demais, no entanto a história da Igreja na Espanha é uma saga épica de intrigas e traições, de padres tramando com reis e rebeldes, de incríveis atos de desumanidade cometidos em nome de Deus. Embora grande parte disso seja coisa do passado, não é segredo que alguns padres de hoje aliaram-se aos movimentos bascos e catalães. Eu não queria me envolver mesmo que tangencialmente, na briga dos outros.

Mas agora estava curioso.

— De que estamos de fato falando aqui? — perguntei. — Essa jovem freira está correndo algum perigo?

— Não, ela não. La Magdalena, não. — Percebi que ele pronunciava o nome dela em tom quase de adoração. — Ela está sendo vigiada... tem sido vigiada a vida inteira, e com certeza não corre perigo. Mas, quanto a nós... — Ele deu um longo suspiro resignado. — Temo que nosso destino já esteja selado.

— Ei, espere aí — protestei. — Sou apenas um inocente espectador. Por que estaria correndo perigo?

— Tenho certeza de que já foi identificado. O fato de um ladrão lhe roubar o envelope sugere que foi visto falando com La Magdalena na catedral.

— Identificado por quem?

— Por quem a estava vigiando, é claro.

Os "vigilantes" outra vez. Suspirei.

— E quem são essas pessoas?

— Não sei. Tenho certeza de que não agem por conta própria, mas não sei quem elas representam. Tudo que sei é que em algum momento, nos últimos seis meses, foi montada uma vigilância em torno da jovem freira. Quase posso assegurar que o homem que roubou o envelope é uma dessas pessoas.

— Isto é loucura — falei, sem conseguir impedir que a frustração transparecesse no meu tom de voz. — Eu falei com uma freira. Isso é crime?

— Crime, não. Mas o fato de La Magdalena ter escolhido o senhor para falar... bem, pelo que sei, esta é a primeira vez que ela dirige a palavra a um secular. Não podia deixar de ser notado.

Eu estava falando em círculos. Tentei uma abordagem diferente.

— E o envelope? — perguntei. — O que haveria de tão importante nele?

— Ele continha... — Serrano começou a dizer, mas aí voltou atrás e reestruturou a frase com mais cuidado. — Acredito que talvez houvesse ali informações delicadíssimas.

— Sobre o quê? — tentei brincar. — Ela descobriu que o cardeal estava metendo a mão no dinheiro da Igreja? Ou tendo um caso com uma freira?

— Por favor — disse o padre. — Acredito que essa jovem freira conheça segredos que abalariam os alicerces do cristianismo. Informações que têm sido mantidas em segredo há dois mil anos.

— O senhor está brincando comigo. Estamos falando de uma jovem freira num convento isolado. Que tipo de informação secreta ela poderia ter?

Ele não respondeu de imediato, e ficamos olhando um para o outro. Serrano provavelmente continuava sem saber se poderia ou não me confiar informações que lhe pareciam importantíssimas. E eu devia ser mais compreensivo.

Mas era tão difícil fazer com que ele dissesse alguma coisa. Lembrei do meu julgamento, quando meu advogado tinha uma dificuldade enorme para fazer com que testemunhas hostis revelassem informações mínimas que pudessem ser úteis no meu caso.

— Não estou gostando desse seu joguinho — reclamei. — Se não me disser o que está acontecendo, vou descobrir de outro modo.

— Por favor, fale baixo — padre Serrano repetiu seu aviso anterior, olhando para o rapaz. — O senhor precisa compreender, grande parte do que sei sobre esse assunto me foi contado durante minha avaliação psiquiátrica da freira. Estou eticamente impedido de revelar qualquer coisa sobre isso. Vou lhe contar o que fiquei sabendo fora das sessões, mas o senhor vai me prometer não revelar nada a não ser que ela, em pessoa, o autorize.

— Não sei se posso prometer isso.

— Então pode sair daqui agora mesmo e enfrentar seu destino na ignorância.

Seus olhos estavam grudados nos meus. Ele me olhava sem piscar, desafiando-me a aceitar a ameaça.

— Esse negócio de perigo... — murmurei, esfregando as costas da minha mão por debaixo da mesa. — O senhor não está brincando, está?

Ele negou.

— Mas o senhor sabe de onde vem o perigo? — perguntei. — Talvez sem citar nomes, com que devo me preocupar?

Ele mantinha os lábios fechados, com ar severo, sugerindo que não ia dizer mais uma palavra se eu não concordasse com sua condição.

— Terei chance de falar de novo com a freira?

Ele sacudiu os ombros sem responder.

Percebi que não ia conseguir nada, e então cedi.

— Bem, acho que não faz mal escutar. Tudo bem, concordo. Não revelarei nada do que me disser, a não ser que ela permita... ou se escutar a mesma coisa de outras fontes.

— É justo — disse padre Serrano, o rosto cansado abrindo-se num sorriso. — Não sabe como estou contente porque finalmente vou poder falar sobre isso com alguém.

— Estou ouvindo.

— Magdalena tem 19 anos.

— Ela me pareceu mais velha — interrompi, lembrando do encontro na catedral. — Mas pode ter sido por causa do hábito de freira.

— Sim, bem... tem horas em que ela parece mais velha, muito mais velha — ele falou. — E não tem nada a ver com o véu e o hábito. — Ele balançou a cabeça e deu um profundo suspiro. — Conheci La Magdalena há pouco mais de um ano, quando a madre superiora do Convento de las Hermanas del Sangreal me pediu que a examinasse... é o Convento das Irmãs do Santo Graal — ele traduziu, sem necessidade. — Como psiquiatra e padre, costumo ser chamado quando um membro de uma ordem religiosa em Valência apresenta sintomas de problemas mentais. A diocese é muito sensível nesses casos, em especial em se tratando de uma freira.

— Entendo.

— Magdalena foi uma noviça e uma freira modelo até completar 18 anos, quando, durante uma missa solene, na hora em que a hóstia estava sendo consagrada, ela começou a gritar e a chorar desesperada. Queixava-se de imagens horríveis que apareciam de repente na sua cabeça. Foi logo retirada da capela. Depois de um rápido exame, um médico da região sugeriu que ela estava sofrendo de estresse e precisava apenas de descanso e tranqüilidade. Fácil de conseguir num convento, *no*?

Eu concordei, mantendo minha mão escondida embaixo da mesa.

— Ela ficou certo tempo isolada, talvez umas seis semanas, sem um mínimo de contato com as outras freiras. Exatamente o que o médico havia recomendado. Mas, depois disso, nunca mais foi a mesma. As imagens voltaram, cada vez mais intensas. Seu comportamento foi alterado. Ou, pelo menos, mudou em comparação com o que poderia se esperar de uma freira.

"Suas atitudes começaram a perturbar a vida no convento" — ele continuou. — "Ela falava de coisas que uma freira enclausurada não deveria saber. Fazia, às vezes, longos discursos, numa língua que ninguém entendia. Questionava as leis de obediência e se recusava a aceitar a autoridade dos padres. Na capela, fazia comentários sobre a liturgia que algumas freiras da ordem consideravam blasfêmias. A madre superiora estava convencida de que alguma criatura maligna havia se apossado da alma da jovem."

A ardência nas costas da minha mão parecia aumentar.

— A madre superiora estava pensando em possessão da alma — padre Serrano prosseguiu. — E eu estava pensando em esquizofrenia. Mas, depois de algumas sessões, descobri que estávamos ambos errados. La Magdalena era uma pessoa maravilhosa, equilibrada e sadia cujo comportamento estranho tinha uma explicação simples.

— Qual?

— Eu acho que ela estava tendo vislumbres de uma vida passada.

— Está brincando.

— Gostaria de estar — padre Serrano disse. — A minha vida... talvez eu devesse dizer a minha fé... estaria mais segura se eu tratasse tudo isso como uma enorme brincadeira. Uma fraude, para ninguém acreditar.

— Isso é possível. Tenho certeza de que o senhor já teve pacientes que tentaram enganá-lo.

— Sim. Pacientes que até enganam a si mesmos. Mas até os mais espertos não conseguem manter a mentira durante muito tempo. Passei quase três meses trabalhando com La Magdalena, conversando com ela, observando-a, comprovando suas histórias com pesquisas independentes. Estou convencido de que ela não estava me enganando. Trabalhei muito com pessoas amnésicas, casos de memória suprimida, pacientes com falsas memórias reprimidas. Mas nunca tive um paciente como essa freira. Às vezes ela tem flashes de lembranças episódicas tão intensas e vívidas como aquelas que em geral associamos à síndrome de estresse pós-traumático, mas com um contexto espaço-temporal mais forte. O que Atkinsons chamou de memória "autobiográfica". Em outras ocasiões, ela tem interlúdios mais longos daquilo que conhecemos como memória "semântica", uma reserva de conhecimentos gerais, que inclui material factual, língua, hábitos e normas culturais. Mas todas essas lembranças são de um outro tempo, um tempo antigo. Parecem não ser suas próprias lembranças, mas as de uma outra pessoa, alguém que viveu há dois mil anos.

— E quem é essa pessoa?

— É isso que parece mais incrível. Deve ser por esse motivo que me afastaram do caso.

— De que estamos falando? — insisti. — Quem ela pensa que é?

— Maria Madalena — ele falou baixinho. — Essa freira de 19 anos acredita ser a reencarnação de Maria Madalena.

Ele deixou a frase no ar, enquanto dava mais um longo gole na bebida.

— E na minha considerada opinião profissional, por mais impossível que pareça, acredito que possa ser verdade.

Nove

Era um diagnóstico que eu jamais pensaria ouvir de um psiquiatra.

O reducionismo secular que permeia o ambiente acadêmico psiquiátrico moderno afirma que as crenças metafísicas são meras formas de delírio ou fantasias. Anjos da guarda, milagres, aparições e coisas desse tipo são em geral consideradas produtos, não raro inofensivos, da imaginação de pessoas excessivamente religiosas, embora às vezes a intensidade dessas crenças seja indício de graves distúrbios mentais.

Embora um psiquiatra católico ordenado pudesse estar mais disposto a aceitar crenças religiosas como parte de processos mentais de um comportamento normal, o reconhecimento clínico de uma reencarnação era espantoso. Seus votos sacerdotais, afinal de contas, o teriam ligado para sempre às crenças aceitas pela Igreja Católica, que falavam de uma única vida na Terra, acompanhada pela ressurreição do corpo no Dia do Juízo Final.

— O senhor deve estar surpreso em escutar da boca de um padre um diagnóstico como esse... ainda mais de um jesuíta — ele falou, como se estivesse lendo meus pensamentos.

— É estranho — respondi. — Afinal de contas, a Igreja deu as costas para esses ensinamentos primitivos sobre reencarnação por volta do século VI.

— A Igreja desviou-se de vários outros ensinamentos primitivos — ele falou com um toque de tristeza na voz. — O senhor deve estar se referindo ao Concílio de Constantinopla, que se reuniu em 543 e declarou anatemáticos os ensinamentos de Orígenes sobre a reencarnação e seus seguidores sujeitos à excomunhão.

— E depois disso, o clima ficou hostil — falei.

— Mais do que hostil — Serrano respondeu em voz baixa. — A crença na reencarnação foi uma das supostas heresias usadas para justificar a Cruzada Albigense, que eliminou grande parte da população do Sul da França no século XIV. E a simples menção dessa palavra teria bastado para queimar o ofensor na fogueira durante a Inquisição.

Isso tinha acontecido havia meio milênio. Mas esse padre falava com uma voz tão abafada que parecia ainda haver algum resquício do medo de perseguição perturbando sua mente.

— Não obstante, sempre houve dissidentes — ele continuou com voz sussurrante. — O Concílio de Constantinopla, por exemplo, foi convocado pelo imperador Justiniano, não pelo papa. E o papa Virgílio, não só não estava lá, como se recusou a endossar suas conclusões, inclusive o anátema contra Orígenes. Curiosamente, nunca houve uma encíclica papal proibindo acreditar na reencarnação. A transmigração de almas foi adotada por uma série de líderes católicos, entre eles São Francisco de Assis, São Jerônimo, Santo Agostinho de Hipona. Até o papa Pio XII, um de nossos pontífices mais conservadores, pensou seriamente em conceder o reconhecimento oficial à doutrina.

Minha impressão era de que Serrano estava racionalizando, na tentativa de justificar seu diagnóstico como algo aceitável para um padre católico. Mas, para cada reencarnacionista que ele citava, eu conhecia dezenas de editais, anátemas e avisos distribuídos durante séculos por teólogos do Vaticano que juraram preservar o dogma existente. Isso talvez explicasse por que ele havia sido retirado do caso da freira. Mas não explicava por que, apesar de conhecer a posição da Igreja nessas questões, ele persistia em seu polêmico diagnóstico original. Um diagnóstico que, pelo menos em parte, parecia impossível de se acreditar.

— Francamente, está parecendo meio Hollywood demais para mim — comentei.

— Não compreendo.

— Esse negócio de freira dizer que foi Maria Madalena numa vida passada... Mesmo que eu acreditasse na hipótese de reencarnação, isso me lembra essas estrelas de cinema e celebridades do showbiz que gostam de falar de suas vidas passadas. Eles sempre dizem terem sido Cleópatra ou um general romano, ou uma outra personalidade qualquer. Nunca falam de terem vivido como operários imigrantes, criminosos ou pessoas comuns que compõem o grosso da população em qualquer época da história. É sempre alguém glamouroso.

— Não tem nada do que você chama de "Hollywood" em La Magdalena — Serrano protestou. — Pelo que sei, ela nunca viu um filme. É uma menina simples, honesta...

— ... levantando uma hipótese escandalosa — falei. — Eu acreditaria mais se ela afirmasse ter sido uma dona-de-casa, uma vendedora de peixe ou professora na sua vida passada. É isso que dá tanto crédito à pesquisa de Stevenson. Todos os seus casos são de pessoas comuns que afirmam terem vivido vidas anteriores como... pessoas comuns.

Eu estava me referindo ao dr. Ian Stevenson, diretor do Departamento de Medicina da Universidade de Virgínia, que pesquisou e documentou mais de dois mil casos de pretensas reencarnações. Seu livro *Twenty Cases Suggestive of Reincarnation* continua sendo um clássico nessa área, um trabalho de metodologia e objetividade científicas que recebeu elogios relutantes até dos céticos.

— Ela não escolheu ser a reencarnação de uma mulher famosa como Maria Madalena — padre Serrano contestou. — Essa decisão foi tomada por um poder superior.

— Só estou dizendo que o aspecto da celebridade torna mais difícil acreditar.

— Mas, e se for verdade? — ele perguntou, aproximando-se mais. — E se as lembranças de uma vida há dois mil anos forem autênticas? Acho que é isso que as autoridades da Igreja desconfiam. Acho que foi por isso que me afastaram do caso. Há alguma coisa sobre Jesus Cristo e a fundação do cristianismo que muita gente não quer ver revelada.

— *Se* for verdade. — Eu estava descartando a possibilidade.

— O senhor é um descrente — suspirou o padre. — Por que ela escolheu um descrente como o senhor para ser seu mensageiro é o que me deixa intrigado. Mas ela deve ter percebido alguma coisa no senhor. — Ele estudou meu rosto com curiosidade, como se esperasse encontrar ali alguma resposta.

— O senhor percebe que isso tudo parece absurdo — falei.

— Eu sei. É inacreditável. Foi o que o vigário-geral disse quando me recomendou para não comentar nada com ninguém. Não fique achando que não pensei duas vezes, que não questionei meu diagnóstico. Já estou sofrendo as conseqüências de ter formado uma opinião tão ousada. Eles me colocaram numa espécie de purgatório profissional, sem pacientes, sem atribuições, nada além dos meus livros para me manter ocupado. Mas persisto no meu diagnóstico, sr. Nikonos. Minha reputação pode estar arruinada, mas sustento meu ponto de vista.

Ele estava mesmo falando sério, eu podia ver isso. Não era uma avaliação de improviso, impulsiva, de uma paciente por um psiquiatra ambicioso querendo causar sensação. Algo na jovem freira o havia tocado profundamente, e ele estava disposto a desafiar seus superiores pagando um preço bem alto por isso.

— Com o devido respeito — eu disse. — Aprovar ou não um caso de reencarnação é muito difícil. Já pensou que isso tudo pode tratar-se de uma espécie de fraude?

Eu sabia que estava sendo grosseiro, mas se estávamos tendo uma conversa séria sobre a jovem, certas dúvidas tinham de ser esclarecidas. Uma fraude, fosse ela intencional ou inconsciente, era uma das primeiras possibilidades que todo pesquisador paranormal deveria considerar.

— Pensei nisso, sim — ele falou. — Mas não encontrei nenhuma evidência de fraude, nenhum motivo, e nem uma só vez a peguei numa mentira, ou contradição, nem nada nas suas lembranças de vidas passadas que não pudesse ser provado a partir de fontes independentes.

— Essas lembranças... como elas surgiram? Numa regressão por hipnose?

Era uma pergunta capciosa. Eu estava me referindo à técnica originalmente usada no famoso caso Bridey Murphy e hoje em uso entre os devotos da Nova Era. Embora tenha alguns francos adeptos, a regressão hipnótica tem igual número de críticos, incluindo o dr. Stevenson.

— Não! Sou um psiquiatra, não um hipnotizador — Serrano falou. — Conheço as falhas e os defeitos da regressão por hipnose, as "memórias fantasmas" que podem ser criadas por indivíduos ansiosos por agradar ou iludir o hipnotizador. Eu não hipnotizei La Magdalena. Não usei nenhuma droga. Ela estava totalmente consciente quando falou comigo. Descreveu sua vida como Maria Madalena do mesmo modo como o senhor se lembraria de fatos acontecidos numa época bem anterior de sua própria vida.

— O senhor disse que pensou em esquizofrenia?

— Sim. E rejeitei a idéia. Ela não apresenta nenhum dos sintomas.

— Distúrbio de múltipla personalidade?

— Essa foi umas das primeiras possibilidades que considerei. Mas descartei logo. Nesses casos, em geral há alterações de voz, expressão facial e atitudes. La Magdalena jamais adotou uma personalidade diferente.

— E a possessão por outros espíritos?

Eu estava seguindo a mesma lista de verificação que o dr. Stevenson costumava usar nos seus protocolos. Só depois de eliminar todas as explicações alternativas possíveis é que Stevenson achava que a reencarnação podia ser considerada com seriedade.

— O senhor disse que a madre superiora achou que ela estava possuída por um espírito maligno.

— Essa foi fácil de descartar — Serrano disse. — Em primeiro lugar, não há nada inerentemente maligno nas explosões de La Magdalena. Quando ela faz objeções aos evangelhos ou aos rituais da Igreja, não cospe obscenidades, não exibe habilidades psicocinéticas nem qualquer outra manifestação paranormal quase sempre associada com a possessão por espíritos. Ela parece aborrecida, às vezes, sim, mas suas queixas são educadas, dentro dos limites da sua personalidade normal. Em geral, nos casos de possessão o espírito visitante assume total controle sobre o organismo físico. Não vi nenhuma evidência de um controle desse tipo ou de mudança de personalidade. Quando La Magdalena fala da sua vida passada, parece uma jovem normal lembrando de coisas que aconteceram faz tempo.

— O senhor disse que ela nunca havia mencionado essa vida passada antes de completar 18 anos? Isso não é incomum? Os casos mais bem documentados de reencarnação envolvem crianças.

Um exemplo desses casos era o de uma menina de três anos, na Índia, que mal aprendeu a falar começou a descrever uma vida passada numa cidade a centenas de quilômetros de distância, onde supostamente teria se casado e vivido numa casinha caiada de branco com uma porta vermelha.

Quando os pais, na dúvida, a levaram até lá, a menina os guiou até a casa branca de porta vermelha, reconheceu o nome de todos os parentes daquela vida anterior e, como prova final, enfrentou o ex-marido contando detalhes de natureza tão pessoal e íntima da sua vida de casada que ninguém mais naquela casa poderia saber, muito menos uma criancinha morando a quilômetros dali.

— A lembrança espontânea de vidas passadas iniciada tardiamente não é comum — padre Serrano concordou. — Mas não é inédita. É possível que ela tenha se lembrado dessas coisas quando era mais nova, mas ficou assustada demais ou com vergonha de contar para outras pessoas. Lembre-se, ela foi criada num convento. Pensar no mundo lá de fora, mesmo sendo um mundo de dois mil anos atrás, não é uma coisa que seja incentivada.

Como psicólogo, aprendi há muito tempo a não confiar no que os outros me dizem, por mais inteligentes ou bem-intencionados que sejam. O padre parecia confiável e, aparentemente, acreditava no que estava me dizendo, mas continuei cético. Tendo pelo menos me convencido de que ele havia considerado algumas das diversas explicações alternativas para o seu caso de "reencarnação", recostei-me na cadeira e deixei que ele contasse a história à sua maneira.

— Seu nome, o que lhe deram no convento, é Mariamme, que é a forma grega do hebraico Miriam, cuja versão em espanhol é Maria. As outras freiras passaram a chamá-la de La Magdalena quando ela começou a falar da sua vida passada — Serrano explicou. — No princípio era uma brincadeira, uma forma de ridicularizá-la. Mas agora elas usam o nome porque acreditam que ela é realmente a Magdalena renascida.

Dei um gole na minha *horchata*, cujo gelo derreteu enquanto conversávamos.

— Entrei na história achando que ia lidar com uma religiosa histérica — Serrano continuou. — E isso por causa da descrição do modo como La Magdalena às vezes falava numa língua incompreensível, que a madre superiora me havia feito. Os fundamentalistas chamam a isso "falar em línguas".

— Glossolalia — murmurei, achando necessário lembrar a ele que eu não era um neófito quando se tratava de compreender as excentricidades da mente humana.

— Isso mesmo. Glossolalia. Clinicamente falando, é o uso de uma linguagem inventada conhecida apenas pelo falante, ou uma explosão descontrolada de palavras sem sentido, em geral um sintoma de compulsão histérica ou frenesi religioso. Mas a versão de La Magdalena parecia mais estruturada e tinha um ritmo mais natural do que as explosões verbais semelhantes, de outros pacientes de quem eu havia tratado. Então, gravei uma fita e mandei para um amigo meu, professor Naghib Abramakian, especialista em línguas semíticas e em lingüística, da Universidade do Líbano. Segundo ele, a língua gravada na fita era aramaico, uma versão do hebraico usada na Judéia na época de Cristo.

A coisa estava ficando mais interessante. A habilidade lingüística fora do comum era uma das "marcas" de reencarnação que o dr. Stevenson relatou em alguns dos seus casos mais convincentes. Mas, como Stevenson, fui atrás de explicações alternativas.

— Ela poderia ter aprendido no convento — falei.

— Eu verifiquei isso. Ninguém no convento fala hebraico, e não há dicionários ou livros de hebraico na biblioteca. No todo, as freiras falam espanhol, francês, inglês, italiano e sabem um pouco de latim. Mas nenhuma fala hebraico, muito menos o dialeto aramaico, que não é falado há mais de dois mil anos.

— A língua não desapareceu exatamente — procurei corrigi-lo. — Parte dos Manuscritos do Mar Morto, segundo me lembro, foram escritos em aramaico. O que significa que os estudiosos ainda conseguem ler.

— Sim, mas é a língua escrita. E, como qualquer pessoa que estudou francês sabe, a língua escrita pode ser muito diferente da que se fala. É verdade que a educação religiosa judaica ainda inclui o aramaico, visto existirem passagens em aramaico no Antigo Testamento, e é a língua de muitos outros textos religiosos, entre eles o Talmude de Jerusalém. Mas, para lhe dar uma idéia de como essa língua é obscura, a versão aramaica usada na maioria dessas obras religiosas antigas é em geral redigida usando-se o alfabeto hebraico, não o aramaico.

— E com isso fica muito mais difícil determinar como era falado — eu disse, acompanhando meu interlocutor.

— Exatamente! Além do mais, segundo Abramakian, o estudo da língua torna-se ainda mais problemático pela quantidade de dialetos distintos que dela evoluíram. Na época do nascimento de Cristo, falavam-se tantos dialetos que hoje eles são classificados com o título geral de "aramaico oriental" e "aramaico ocidental". O aramaico palestino judeu, a língua de Jesus, era um dos dialetos do "aramaico ocidental".

— E, supostamente, essa língua que a jovem freira fala...

— Uma das várias línguas que ela fala — Serrano interrompeu.

— Esse aramaico palestino ocidental que ela supostamente fala... é uma língua que ninguém mais fala?

— Está extinta, segundo Abramakian. Não só está morta, como não existe mais na sua forma fonética original... e não é falada nessa forma há quase dois mil anos.

— Bem, se é assim — fiquei imaginando. — Então, como esse professor Abramakian consegue compreendê-la?

— Essa é uma história por si só maravilhosa — Serrano disse, nitidamente se divertindo com o modo como aos poucos ele ia desenredando os fios do que julgava ser seu inteligente trabalho de detetive. — Não foi por acaso que entrei em contato com o professor Abramakian. Ele não é apenas um dos maiores especialistas em línguas semíticas, ele é fluente em muitas delas. Tendo sido criado no Líbano, o árabe era sua língua materna, e o hebraico uma importante segunda língua. As duas foram para ele uma porta de entrada para dezenas de dialetos falados nos países vizinhos, que ele estudou nas suas viagens pela região. Um desses dialetos é o siríaco, que hoje talvez seja falado por umas 200 mil pessoas no Iraque, na Turquia, no Irã e na Síria. Esse dialeto, segundo Abramakian, é o elo fonético moderno mais próximo do antigo aramaico. Não é uma linhagem lingüística perfeita, talvez, mas é o suficiente para o que precisamos. Ele disse ter ficado surpreso ao receber a fita. Nunca havia escutado falar nenhuma das línguas aramaicas com a fluência e a inflexão, e com o que pareciam ser expressões idiomáticas, que ouviu na fita.

— Deve haver uma explicação lógica — falei. — Pode não estar visível facilmente, mas tenho certeza de que existe uma explicação.

— Para uma só língua antiga, talvez. Mas ela fala também o hebraico bíblico do período tardio, assim como o latim.

— Suponho que o hebraico bíblico e o aramaico sejam semelhantes e não há nada de extraordinário numa freira católica que sabe latim.

— Estudei latim — ele disse — e conheço alguns padres mais velhos que falam latim. Mas ela fala com a facilidade e a fluência de quem está se expressando em sua língua mãe.

— Obviamente, resultado da prática — acrescentei.

— Sim, a prática seria necessária — ele continuou. — Com qualquer língua, a prática é necessária para manter a fluência. Mas onde ela praticaria? E com quem? Desde o Vaticano II, nem a missa católica romana é mais rezada em latim. Nossos padres mais novos têm pouco conhecimento da língua. Ela também fala grego clássico, não o moderno, aquele com o qual o senhor deve estar familiarizado, mas o grego falado na Judéia e em Samaria.

— Ela poderia ter pegado algumas palavras numa leitura atenta dos textos originais do Novo Testamento. — Eu continuava buscando uma racionalização.

— O original foi escrito em grego clássico. Ela poderia ter aprendido comparando com textos em espanhol.

Vi que minha persistente descrença estava irritando Serrano.

— Então, como o senhor explica seu conhecimento do que parece ser o protoprovençal? — ele perguntou. — Não o provençal falado no Sul da França, hoje, acrescido de tantas palavras modernas, mas a língua antiga, a língua usada na Gália do Sul, sob ocupação romana, antes de se tornar parte da França.

— Então ela é poliglota.

— Por favor, sr. Nikonos. Escute o que estou dizendo. Claro que a jovem é poliglota. Ela fala espanhol moderno e inglês, como muitos de nós. Mas ela fala também cinco das línguas chamadas "mortas". Línguas adormecidas. Os vocabulários dessas quatro línguas ficaram congelados na Antiguidade. Ela afirma desconhecer termos em aramaico, latim, grego, hebraico bíblico ou protoprovençal para qualquer coisa que tenha sido inventada ou descoberta pelo mundo civilizado nos últimos dois mil anos. Não apenas coisas como computadores e televisão, aviões e automóveis, mas conceitos mais antigos, tais como tipos móveis, moinhos de vento e pólvora. É com isso que a arqueologia lingüística trabalha. O professor Abramakian ficou eufórico, queria pegar um avião e vir conhecê-la, mas, é claro, isso estava fora de questão.

Apesar de professar minha incredulidade, eu estava fascinado com a história de Serrano. Mesmo não acreditando muito na reencarnação, poderia haver outros mistérios aqui que mereciam ser investigados.

— Conte-me mais sobre esse comportamento — pedi.

— Ela foi vista mais de uma vez rasgando páginas da Bíblia na capela. E continua a interromper a missa para discutir com o padre sua interpretação dos evangelhos. Recusa-se a rezar diante do crucifixo, a fazer o sinal-da-cruz, a usar o crucifixo como parte do hábito da sua ordem. Certa ocasião, foi encontrada tentando destruir um crucifixo.

— Está me parecendo a heresia dos antigos cátaros — afirmei. — Os cátaros rejeitam a veneração da cruz e do crucifixo como símbolos sagrados. Eles também acreditam na reencarnação. O senhor acha que ela poderia ter tido acesso a algum depósito secreto de livros sobre os cátaros?

— Duvido. Ela acredita firmemente em um Deus único, que Jesus Cristo era seu filho, que ele se tornou homem. Ela também afirma ter assistido à sua crucifixão. Essas são todas crenças cristãs fundamentais que os cátaros rejeitaram.

— Mas ela destrói o crucifixo, o próprio símbolo da sua fé.

— Ela detesta a visão de uma cruz ou de um crucifixo. Mas gosta de contar histórias para as outras freiras sobre Jesus e sobre sua vida em Magdala, em Jerusalém e na Galiléia. Na verdade, ela atraiu um grupo regular de freiras, que hoje são suas leais defensoras.

— Talvez seja tudo parte de um plano. Talvez ela queira sair do convento, e está tentando subverter a ordem das coisas para que a expulsem.

— Ah, não. Em todas as minhas entrevistas, ela parecia muito contente com a vida no convento. Ela diz gostar do isolamento, das orações, da atmosfera contemplativa.

— Poderia ser uma representação subconsciente de um desejo reprimido — eu falei, descambando para o jargão da psicologia.

— Não que eu pudesse determinar. Ela admitiu ter plena consciência do que estava fazendo e por quê. Alegou que suas ações eram simplesmente tentativas para corrigir erros na Bíblia. Certos capítulos foram inventados, segundo ela, e não estão baseados em fatos. O significado de outros capítulos mudou quando se eliminaram certos elementos contextuais. E muitas das palavras de Jesus, segundo ela, não foram ditas por ele.

— Existem muitos teólogos modernos que concordariam com ela — observei. — De acordo com a Comissão de Jesus, 82 por cento das palavras atribuídas a Jesus Cristo no Novo Testamento foram inventadas.

— O senhor e eu podemos saber disso. Mas, no convento, La Magdalena não teve acesso ao que esses teólogos escreveram. Dentro dos muros do convento, qualquer revisionismo moderno é reprimido. Mesmo a madre superiora parece não saber da existência de muitas das teorias dos teólogos revisionistas atuais. Mas os comentários de La Magdalena sobre capítulos específicos e situações no Novo Testamento vão muito além do que os teólogos mais radicais ousam contestar.

— E a madre superiora a agüenta? Por que não a expulsa de lá?

— Esta é minha pergunta também, porque no início eu achava que muitas das suas atitudes beiravam a blasfêmia. A madre superiora tentou, é claro. Mas, ela me contou que a chefe da ordem se recusou a considerar a idéia de expulsar La Magdalena. Veja bem, a jovem não tinha para onde ir.

— E os pais dela? Não tem família fora do convento?

— Ninguém parece saber. Ao que tudo indica, ela foi levada para o convento quando bebê. Talvez a mãe não fosse casada e não quisesse enfrentar a vergonha de criar uma filha fora do matrimônio. De qualquer modo, parece que não existe certidão de nascimento. A linhagem de La Magdalena é totalmente desconhecida.

Dez

O mistério estava aumentando, e com ele o meu interesse.

— Deve haver um registro do seu nascimento em algum lugar — persisti.

— Não necessariamente — Serrano retrucou. — Ela pode ter nascido em um dos *barrios* ou nas montanhas, onde não há médicos. Muitas parteiras em áreas distantes são analfabetas, e não sabem preencher os papéis necessários.

— Mas as freiras não perguntaram nada na época? Qualquer pessoa que aceite ficar com uma criança pede algum documento. Para sua própria proteção perante a lei, ao menos pela da criança.

— Segundo o que me contaram, a menina foi encontrada num cesto na soleira da porta do convento.

— Como Moisés entre os juncos. — Não pude deixar de sorrir. — O senhor acredita mesmo nisso?

Serrano deu de ombros.

— Deixar uma criança na porta de um convento era uma tradição comum na Idade Média. Não tanto hoje em dia, com todos os serviços sociais à disposição das mães pobres. Mas acontece. Não há motivo para não acreditar nisso.

— Por que as freiras não entregaram a menina para as autoridades competentes?

— As irmãs do Santo Graal vivem segundo regras que não lhes permitem recusar os enjeitados que lhes são confiados. A licença para isso data do século XII, e o comportamento delas é bastante medieval. Conhecem muito pouco os costumes do mundo exterior, e não têm nenhum desejo de participar dele. A maior parte do dia é dedicada às orações. Elas saem do convento só para visitar a catedral, onde meditam diante do Santo Graal. Quando encontraram a recém-nascida na soleira da porta, devem tê-la considerado um presente de Deus.

Conforme ele seguia na explicação, sua voz foi ficando mais delicada, mais complacente.

— Pode imaginar o impacto que um acontecimento como esse deve ter causado no seu mundo austero? O senhor tem aqui uma sociedade fechada de mulheres, afastadas de qualquer contato com seus entes queridos. Seus votos lhes proíbem até de pensar numa possível maternidade. E, de repente, surge uma criança no meio delas. Elas devem ter recebido muito bem o bebê. Ouvir a risada de uma criança dentro do convento, os pezinhos correndo de um lado para o outro pelos corredores escuros; uma criança inocente cheirando a talco e sabonete para pegar no colo e beijar... deve ter sido uma alegria enorme na vida delas.

Havia uma expressão distante nos seus olhos enquanto ele falava, como se estivesse visualizando a pequena Magdalena nas brincadeiras de menininha sob o olhar vigilante das mães de criação vestidas de negro.

— Magdalena é uma criança desse mundo — ele falou. — Ela foi criada pelas freiras de uma das ordens mais fechadas da Espanha. Ela deve ter causado um prazer enorme em sua vida estéril enquanto brincavam com ela e lhe ensinavam seus hábitos. Mas agora que ela cresceu, não conhece outra vida. Talvez seja esse o medo. Como um pássaro raro solto de repente da gaiola, ela não conseguiria sobreviver no mundo exterior.

— O senhor disse "talvez".

— Sim. Talvez. Talvez haja algum outro motivo, também. Acho muito estranho que as autoridades da Igreja se recusem a tomar alguma atitude contra. Em vez disso, elas se voltaram exclusivamente contra mim.

Essa era uma questão intrigante, e talvez eu devesse seguir sua pista, mas estava interessado em saber mais sobre os incidentes relacionados com o comportamento ofensivo. Sem dúvida, não era a primeira vez que uma criança educada segundo uma ética moral rígida transformava-se numa jovem rebelde e sem papas na língua como a que padre Serrano descrevia.

— O senhor disse que ela se levantava e corrigia os padres na missa?

— Segundo as outras freiras, sua expressão preferida era: "Não é assim que eu me lembro disso." Os padres, é claro, se surpreendiam. Mas não podiam proibi-la de assistir à missa.

— Uma atitude bastante ousada para uma freira — falei. — Desafiar abertamente os padres assim. E logo durante uma missa, dentro da igreja.

— Para uma jovem freira, sim, era ousado. Até inconcebível. Mas para alguém como Maria Magdalena era totalmente previsível. Especialmente se escuta os padres descrevendo a Madalena original como uma mulher decaída. Esse tipo de linguagem a deixa furiosa. Há séculos, os padres católicos vêm caracterizando Maria Madalena como uma prostituta. Mas não existe nenhuma palavra no Novo Testamento que sustente essa hipótese.

— Há a referência a Jesus expulsando do seu corpo sete demônios — concordei. — Mas isso está muito longe de chamá-la de prostituta.

— Exatamente. Hoje, a maioria dos estudiosos da Bíblia e teólogos reconhece que os "sete demônios" eram na verdade conseqüência de um distúrbio mental. A caracterização de Maria Madalena como uma prostituta arrependida parece ter se originado nos séculos II e III, quando, por algum motivo, os líderes da Igreja decidiram ser importante destruir a reputação de Madalena. O papa Gregório, o Grande, oficializou isso no século VI ao proclamar que ela era uma "mulher pecadora" no Evangelho de Lucas, e que os "sete demônios" eram os sete pecados, e também que ela perfumava o corpo para atos pecaminosos. Roma anulou a bula de Gregório em 1966, mas o estigma permanece. É claro que nossa freirinha não lembra do que aconteceu depois da morte de Maria Madalena. Mas ela supõe que as críticas começaram com Pedro.

— Pedro? O apóstolo Pedro?

Padre Serrano fez que sim.

— Parece que ele tinha muito ciúme da sua intimidade com Jesus. Do modo como La Magdalena conta, ela e Pedro tiveram discussões terríveis. Ela está convencida de que foi ele quem iniciou os ataques ao seu caráter. Segundo ela, foi tudo parte de um esforço bem-sucedido de excluir as mulheres da hierarquia da Igreja. E há muita verdade nisso. Na Igreja primitiva, homens e mulheres serviam como iguais, seguindo as instruções de Cristo. Mas, a partir do século II, os homens começaram a tomar conta dos ministérios. As mulheres estavam mais uma vez sendo relegadas às mesmas posições de inferioridade que ocupavam nos templos dos judeus, antes da vinda de Cristo. Tertuliano emitiu a ordem de que as mulheres não podiam ter voz na Igreja. As mulheres eram retratadas como portadoras do pecado original. E os líderes masculinos começaram a contar as mentiras mais escandalosas e horríveis sobre o caráter de Maria Madalena. Portanto, quando Magdalena diz que foi tudo parte do esforço de garantir o domínio masculino na hierarquia, ela tem razão.

— Então, agora temos Maria Madalena reencarnada como feminista moderna — sorri.

— O que ela diz não pode ser descartado como feminismo moderno — insistia Serrano. — Suas discussões com Pedro tocam a própria essência do que significava seguir Cristo. Ela foi bastante específica a respeito das discussões e dos argumentos envolvidos, especialmente os que aconteceram depois da morte e da ressurreição de Cristo, quando os apóstolos ficaram desanimados e confusos. Ela falou de questões que não foram registradas nos Evangelhos Canônicos.

— Como os ensinamentos secretos que Jesus revelou apenas a ela — acrescentei.

— Sim. É isso.

— E a recusa de Pedro e André em acreditar que Jesus não revelou esses segredos aos outros apóstolos.

— Sim, sim. Como o senhor sabe?

— Porque essa discussão entre Maria Madalena e Pedro está relatada, quase *ipsis verbis*, no *Códice de Berlim*.

Os olhos de Serrano se estreitaram.

— Onde o senhor ouvir falar do *Códice*?

— Um monge do mosteiro no monte Athos me contou.

Enquanto as atenções do mundo concentravam-se quase todas nos Manuscritos do Mar Morto, uma série totalmente distinta de descobertas, com relevância bem mais direta para o desenvolvimento da Igreja cristã primitiva, estava sendo estudada por especialistas no assunto. Era a Biblioteca de Nag Hammadi. O *Códice de Berlim*, a que havia me referido, era anterior à descoberta desses antigos textos cópticos. Ele surgiu de repente no Cairo, em 1896, ali foi colocado à venda e seguiu seu caminho por uma rota tortuosa até Berlim, onde foi rotulado como *Papyrus Berlinensis* 8502. Pretendia ser o Evangelho de Maria que estava perdido. Só em 1945, quando 13 "livros" foram encontrados num jarro de barro na região de Nag Hammadi, no Alto Egito, é que os estudiosos puderam validar o *Códice de Berlim*. A descoberta de Nag Hammadi consistiu em 52 tratados, inclusive o Evangelho de Tomás, o Evangelho de Felipe, o Evangelho da Verdade e fragmentos do Evangelho de Maria, descoberto antes. Ficou comprovado que são cópias cópticas, do século IV, de manuscritos gregos perdidos, cujos originais datam dos séculos I e II. Os textos de Nag Hammadi, cujas traduções tive permissão para ler no monte Athos, faziam um retrato bem mais íntimo da interação de Jesus com seus seguidores do que os evangelhos tradicionais de Mateus, Marcos, Lucas e João.

— É possível — observei — que ela tivesse tido acesso a parte do material encontrado em Nag Hammadi. Isso explicaria seu conhecimento das discussões que se seguiram à morte e ressurreição de Cristo.

E nesse caso, imaginei, explicaria também a raiva que ela sentia de Pedro. Porque, nos evangelhos, Pedro estava sempre manifestando a frustração por Maria Madalena privá-lo de uma intimidade maior com Jesus do que qualquer outro apóstolo.

— O senhor me surpreende com seu conhecimento — admirou-se padre Serrano —, mas sem dúvida sabe que muitos desses textos gregos do século II foram condenados por Atanásio e outros pais da Igreja primitiva, como expressões heréticas perigosíssimas para a fé. Deveriam ter sido destruídas. Não foi permitido a nenhum mosteiro ou convento possuir cópias desses documentos, sob pena de excomunhão.

— Talvez porque enfatizem o papel central das mulheres na formação da primitiva Igreja Católica — sugeri. — Porque poderiam ameaçar o papel tradicional dos homens como padres. Talvez seja por isso que um escriba desconhecido foi obrigado a esconder seus documentos, transcritos arduamente, num jarro de barro no deserto.

Padre Serrano deu um suspiro e balançou a cabeça com ar triste.

— O senhor acha que é assim tão simples — disse. — Acha que se trata de uma jovem que leu alguns desses documentos proibidos por acaso e inventou uma *faux persona*?

— É uma possibilidade — respondi.

Na verdade eu achava que era muito mais do que mera possibilidade. Embora as crenças na reencarnação datem de épocas longínquas perdidas nas brumas da pré-história, o crescente interesse pelas teorias da Nova Era produziu abundante safra de falsos profetas proclamando sua existência em vidas passadas. Alguns são vítimas inocentes dos próprios delírios, enquanto outros praticam a fraude intencionalmente por dinheiro. O verdadeiro problema, segundo o dr. Stevenson e outros pesquisadores reconhecem, é que vidas passadas são quase tão fáceis de inventar quanto a identidade em cartões de crédito falsos.

— Talvez o senhor esteja certo no seu ceticismo — ele disse. — No início, sua atitude me perturbou, mas agora acho que estou entendendo. Um bom investigador deve examinar todas as possibilidades, *no*? Acho que o senhor é um investigador muito bom. E penso que é por isso que Deus o enviou até mim.

— Desculpe, não estou entendendo.

— Estava rezando para o senhor chegar — ele explicou. — Não sabia quem era, mas tinha fé de que viria.

— O senhor voltou àquela história do carma, de novo.

— Pode chamar de carma, predestinação, destino, como quiser. É só uma outra maneira de dizer que o senhor me foi enviado por um poder superior. O senhor veio bater à minha porta quando eu mais precisava.

— Toquei a campainha do seu portão porque me deram uma carta endereçada ao senhor.

— Exatamente! — o padre exclamou.

Ele bateu com as mãos na mesa entre nós dois como se eu tivesse acabado de provar o que ele estava dizendo. O mochileiro tinha ido embora e o rapaz do balcão fazia muito barulho limpando o espremedor de frutas, por isso não havia mais motivo para temer que alguém o escutasse.

— E por que acha que La Magdalena resolveu confiar essa carta ao senhor? De todas as pessoas em Valência, por que ela o escolheu como seu mensageiro?

— Por acaso — disse. — Sou apenas um turista.

— Freud disse que nada é acidental — ele me lembrou. — O senhor é um turista que, por acaso, é um investigador treinado, com mestrado em psicologia, e tem conhecimentos de teologia. Eu diria que La Magdalena fez a escolha perfeita. O senhor é exatamente a pessoa certa para a função.

— Que função?

Mesmo fazendo a pergunta, eu já temia saber a resposta. Ele acertou os óculos e sorriu:

— O senhor está aqui para assumir minhas investigações — ele falou. — Acho que é por isso que me foi enviado.

— O senhor quer que eu ateste que Maria Madalena reencarnou numa freira espanhola? — Ri da idéia. — Acho que não.

— Mas... mas por que não? Teoricamente, o senhor é adequado para a tarefa. Tem os antecedentes profissionais e acadêmicos que esse tipo de caso exige. Eu lhe entregarei com prazer meus livros e outros materiais de pesquisa. Compilei uma boa bibliografia sobre o assunto.

Serrano fazia tudo parecer simples demais. Mas eu sabia que confirmar um caso de reencarnação era muito mais difícil do que poderia parecer. Em parte o problema se deve ao fato de que muitos dos indicadores isolados por Stevenson e Moddy, e outros, parecem pertencer à experiência universal de vida e, portanto, são muito fáceis de descartar ou explicar de outra maneira. Quantos de nós já não experimentamos sensações de *déjà vu*, possuímos uma habilidade que "parece surgir naturalmente" ou ouvimos dizer que nosso comportamento lembra o de um parente morto faz tempo? Quantas vezes lemos sobre criancinhas que sabem ler, tocar piano ou resolver equações matemáticas complexas, enquanto outras da sua idade ainda brincam empilhando blocos?

Serrano franziu a testa e acertou os óculos.

— Se a sua preocupação é dinheiro, posso lhe garantir que pagarei pelo seu trabalho. Tenho alguns recursos disponíveis, e posso conseguir mais com minha família. Quanto o senhor cobra?

— Não se trata de dinheiro — falei. — Não tenho muita certeza se desejo voltar a trabalhar como investigador... e, mais ainda, investigando um caso de reencarnação.

— Mas sem dúvida reconhece a importância desse caso — ele implorou. — Pode imaginar o impacto de tudo o que ela for capaz de lembrar de sua vida passada... a importância para a Igreja e para as futuras gerações? Como posso descrever a enormidade de tudo isso?

— Se for verdade — observei. — E é um *se* muito grande.

— É claro, é claro. E por isso é tão importante que a questão seja resolvida. Para descobrir a verdade. Por favor, sr. Nikonos. O senhor precisa fazer isso.

Será que Serrano realmente achava que — depois de dois mil anos de distorções, repressões e, em alguns casos, cabal assassinato de um caráter, não só por padres, estudiosos e até papas — alguém hoje poderia ter esperanças de descobrir a verdade sobre Maria Madalena?

Há pouco tempo, ela havia se tornado um símbolo para as mulheres, um ícone para as feministas católicas, na sua luta para conquistar o que consideravam seu justo lugar na Igreja. Mas o culto de Madalena não era novidade. A mulher tantas vezes desprezada como pecadora e prostituta foi objeto de veneração por toda a Europa, sobretudo no Sul da França, durante séculos. A igreja mais famosa dedicada à sua memória é La Madeleine, em Paris. Mas há muitos outros santuários dedicados a ela por toda a Europa. Cada um parece ter sua própria lenda. Algumas comemorações chegam a ser grotescas, como a procissão pelas ruas da Provença todos os anos, no dia 22 de julho, em que um crânio humano supostamente de Maria Madalena é exibido a uma multidão em ovações. Outras são mais delicadas, como a da gruta de Sainte Baume, onde dizem que Madalena rezou nos últimos anos de vida. Mas, uma coisa todas elas têm em comum: a aparente incapacidade dos teólogos especializados em arqueologia de comprovar a verdade sobre essa mulher que hoje é uma figura de fato mítica.

E se ninguém sabia a verdade sobre Maria Madalena, como seria possível autenticar qualquer hipótese que a jovem freira pudesse levantar com relação a sua suposta vida passada?

— Então, o que o senhor acha? — o padre perguntou. — Aceita o caso?

— Sinto-me lisonjeado por acreditar que posso ajudar — falei. — E reconheço que fiquei intrigado com sua história. Mas é só isso. Uma história. Tudo que o senhor me contou sobre La Magdalena tem uma explicação lógica.

— Ah, mas eu não lhe contei tudo. Talvez, quando vir o que tenho aqui comigo, mude de idéia.

Ele estendeu o braço sob a mesa, levantou a batina e sacou uma surrada maleta marrom que mantinha entre os tornozelos.

— O vigário-geral pensa que ficou com todos os meus documentos. Mas eu salvei os mais importantes. — Ele acariciou a tampa da maleta de couro. — Tenho todos aqui. Fotografias. Mapas. Fitas gravadas. Inclusive a versão de Madalena para a parte que está faltando do Evangelho de Maria.

Ele disse isso tão casualmente que eu quase não entendi. Precisei parar um instante e considerar a importância do que ele havia acabado de pronunciar. Partes de todos os documentos de Nag Hammadi tinham se deteriorado ao longo dos séculos, deixando pequenas lacunas no texto que só poderiam ser preenchidas por adivinhação. Mas alguma coisa diferente tinha acontecido com o Evangelho de Maria. Em algum momento no último milênio, alguém retirara uma seção inteira do evangelho. Era a parte que tratava dos ensinamentos secretos de Cristo. Só restou a introdução, que sugeria que ali estava explicado como Jesus Cristo realizava os milagres.

— Está dizendo que ela afirma conhecer os ensinamentos secretos de Cristo? — perguntei.

Meu súbito interesse abriu um sorriso no rosto dele.

— Bem, claro que sim — Serrano falou. — Caso contrário, não acreditaria que ela é a reencarnação de Maria Madalena, não é mesmo? Afinal de contas, ela foi descrita no Evangelho de Felipe como "a mulher que sabia Tudo". E acredito que tenha sido para revelar esse conhecimento ao mundo que a mandaram de volta.

Depois de passar mais uma vez os olhos pela sala, para se certificar de que ninguém estava olhando, ele colocou a pesada maleta sobre a mesa. Ajeitou-a cuidadosamente entre nossos copos e colocou as mãos espalmadas sobre a superfície de couro como se ali estivesse contido um grande tesouro.

— O gabinete do cardeal pensa que tem todas as minhas anotações — ele sussurrou. — Mas o que tenho aqui é a primeira metade do Verdadeiro Evangelho de Jesus Cristo, que ela ditou para mim. Se estou correto quanto a essa freira ser a reencarnação de Maria Madalena, este é o único relato de uma testemunha ocular do ministério de Cristo. Ele inclui parte dos ensinamentos secretos de Cristo, que o Evangelho de Marcos afirma que Jesus compartilhou em segredo com seus discípulos, e que Paulo diz ter aprendido, também.

Serrano tentava destravar o segredo do cadeado com seus dedos gorduchos.

— Mas a revelação mais surpreendente que ele contém...

A tampa da maleta abriu-se de estalo, derrubando meu copo de *horchata*. Dei um pulo para trás, mas já era tarde. O líquido branco espalhou-se rápido pela mesa, escorreu pela borda e pingou na minha calça.

— Desculpe! *Lo siento!* Perdão, sou muito desajeitado!

Padre Serrano tentou secar o líquido com uma pilha de guardanapos de papel, e me ofereceu um punhado para limpar as calças.

O líquido me molhou num lugar constrangedor. Felizmente, não tinha mais ninguém no bar além do garçom. O jovem mochileiro havia desaparecido.

— É melhor ir lavar — padre Serrano aconselhou. — Se não passar logo uma água, vai ficar uma mancha horrível. Desculpe. Realmente, sinto muito.

Dirigi-me para a porta marcada com uma placa de *caballeros*, notando, de relance, que o rapaz tinha esquecido sua mochila azul.

Mal tive tempo de abrir a torneira quando uma enorme explosão derrubou a parede do banheiro em cima de mim. Reboco e tábuas me jogaram contra o espelho em frente. O choque violento deixou-me sem respiração e estourou nos meus ouvidos.

Onze

Não sei quanto tempo fiquei desacordado.

Quando voltei a mim, a boca estava cheia de poeira de gesso. O cheiro residual oleoso de explosivos detonados pairava no ar. Escutei o barulho da água escapando dos canos rompidos ao meu redor. O isolamento da parede derrubada formava um pesado cobertor de proteção sobre as minhas costas. Estilhaços do revestimento de madeira da parede, das placas do teto, fórmica e rolos de papel higiênico flutuavam na água juntando-se ao meu redor. Meus ouvidos doíam, mas eu conseguia escutar o som das sirenes de emergência... fraco no início mas ficando cada vez mais alto. Meu primeiro pensamento foi agradecer por meus tímpanos não terem sofrido nenhum dano. Lentamente, mexi com os dedos das mãos, dos pés, tentei me certificar de que as partes do meu corpo continuavam funcionando. O nível da água ao meu redor subia, chegando até minha boca.

As duas tentativas que fiz para me levantar falharam. A parede derrubada com sua esquadria de madeira era pesada demais. Meus braços escorregavam debaixo de mim. Quis gritar por socorro, mas minha garganta não parecia querer funcionar. Foi a água que me ajudou a sair daquela situação. Misturada com o pó e o gesso, e talvez até com restos do líquido da saboneteira quebrada, ela formou uma pasta lubrificante que me ajudou a escorregar por debaixo do entulho.

Quando por fim me vi livre, era uma mistura nojenta sobre as pernas bambas, coberto de lama e poeira e provavelmente com uma aparência muito pior do que podia imaginar. Mas não parecia ter quebrado nenhum osso e não havia nenhum sinal de sangue em mim. Por sorte, eu tinha conseguido não me cortar com os pedaços de espelho quebrado. Quando olhei pelas lascas de madeira do revestimento é que percebi que, por milagre, ainda estava vivo.

O interior da loja de sucos estava totalmente destruído. O que restava era uma caverna enegrecida, fuligem e fumaça ainda pairando no ar. Os ladrilhos do teto tinham sido arrancados. A fiação despencava dos caibros. As janelas e a porta não existiam mais. A bomba — só podia ter sido uma bomba! — deve ter sido deixada perto da entrada, porque todo o mobiliário fora lançado para o fundo da sala, onde eu estava. Tive de abrir caminho com cuidado por entre um aglomerado de cadeiras e mesas quebradas, e pedaços do balcão, para procurar o padre Serrano.

Tudo que tinha sobrado dele era uma massa informe ensangüentada jogada num canto, identificável apenas pelo hábito marrom. Havia um outro corpo dilacerado ali perto, a camisa branca identificando-o como o rapaz que servia no balcão.

Dois policiais entraram correndo, os imaculados uniformes azuis e os sapatos bem engraxados parecendo horrivelmente deslocados no meio dos destroços. Quando me viram, pegaram-me imediatamente pelos braços e me levaram para fora. Uma multidão já havia se formado, atraída por aquele impulso sinistro que faz as pessoas se aproximarem de cenas de tragédia humana. Por um instante pensei ter visto, numa porta do outro lado da rua, uma figura alta, familiar. Mas a polícia bloqueou-me a visão. Achei que estivessem me interrogando, mas não falavam minha língua e eu não conseguia entender o que perguntavam.

Os paramédicos chegaram logo. Um entrou, enquanto outro cuidava de mim. Ele me fez algumas perguntas em espanhol, que eu não compreendi. Em seguida, balançando a cabeça, impaciente, apontou para os meus olhos com uma caneta de luz. Eu já conhecia o exame para verificar se a pessoa está em estado de choque, e acompanhei seu dedo de um lado para o outro sem mexer a cabeça. Ele conferiu meu pulso, mediu minha pressão arterial, examinou meu couro cabeludo e desabotoou minha camisa para me auscultar com o estetoscópio.

— Já esteve envolvido em atos de violência antes? — perguntou uma voz num inglês carregado.

Era uma voz profunda, autoritária, e quando levantei os olhos, vi que vinha de um homem de aparência distinta, à paisana. Estava impecavelmente arrumado, o lábio superior delineado por um bigodinho fino, os cabelos negros brilhantinados grisalhos nas têmporas. Olhava para a cicatriz do lado esquerdo do meu peito, minha lembrança permanente da tentativa de Harrison Duquesne de me matar.

— Não é algo que me dê prazer — murmurei.

— E onde está o homem que atirou no senhor?

— Morreu.

— O senhor deve ser um homem de sorte — ele disse. — Sobreviveu a um tiro no peito e agora a um ataque terrorista a bomba. Acho que gostaria de conversar um pouco mais com o senhor.

Ele fez um movimento rápido com a mão e os paramédicos recuaram, deixando que um dos policiais me conduzisse até uma pequena caminhonete preta. Fui empurrado para o fundo do carro, algemado e colocado sentado com as pernas presas a um cano que passava por baixo do banco.

— O seu passaporte, por favor — o homem de aparência distinta pediu. A essa altura eu já tinha percebido que devia ser um oficial da justiça graduado.

Ele parecia elegante demais, muito seguro de si, para ser um simples detetive à paisana.

Entreguei-lhe meu passaporte encharcado. Ele conferiu se meu rosto combinava com a fotografia e em seguida examinou o documento, virando-o em vários ângulos sob a luz do sol como se suspeitasse de falsificação.

— O que estava fazendo aqui? — ele quis saber.

— Eu vi o homem que deixou a bomba — contei-lhe. — Tenho certeza de que posso identificá-lo se o vir novamente.

O interrogador ficou olhando para mim.

— Como conheceu o homem morto... o com hábito de padre?

Alguma coisa no meu subconsciente, um sinal que eu estava captando no tom de voz daquele homem, me avisou para tomar cuidado com o que eu ia responder.

— Eu não o conhecia — menti.

— Mas estavam conversando.

Meu interrogador deve ter uma testemunha, pensei. Mas como, se ele não teve tempo para falar com mais ninguém a não ser comigo?

— Era uma conversa casual — respondi. — Sou um turista e estava pedindo orientação.

— Orientação para quê?

— Para chegar na catedral. — Foi só o que me passou pela cabeça.

— O senhor estava no banheiro quando a bomba explodiu...

— Sim. O copo virou em cima da minha calça e eu tive de limpar...

Ele olhou para as minhas calças, e balançou a cabeça. Com elas encharcadas e sujas como estavam, percebi que não havia como comprovar essa parte da história.

— O senhor fala com o padre, depois se levanta e vai para o banheiro, e ele é morto por uma bomba.

— Basicamente, sim. Foi o que aconteceu. Mas havia outra pessoa aqui. Um rapaz com uma mochila azul. A bomba devia estar na mochila.

— E onde está essa outra pessoa?

— Foi embora.

— Sim. E o senhor foi para o banheiro. Não é, como se diz, muito conveniente? Talvez o senhor tenha ido para o banheiro para se proteger da explosão.

— Eu não estava me protegendo! — Eu sabia que não era uma boa idéia levantar a voz, mas não gostei da insinuação. — Se o senhor tiver um desenhista da polícia, posso lhe descrever o homem que deixou a mochila. Era jovem, magro e tinha uma barba curta. A bomba devia estar na mochila que ele deixou perto da porta, porque todos os móveis foram lançados para o fundo da sala.

— O senhor entende alguma coisa de bombas, não é mesmo?

— É só... uma questão de bom senso — argumentei. — De qualquer forma, eu já lhe disse, o rapaz saiu antes de eu ir para o banheiro.

— Mas se o senhor não tivesse ido ao banheiro, teria morrido também, não é?

— Sim, mas...

— Leve-o — ele disse para o policial. — Falo com ele mais tarde.

Doze

Fui levado para o quartel-general da Guardia Civil de Valência, a polícia civil nacional espanhola. Não existe um correspondente exato nos Estados Unidos para essa unidade, que resolve questões de ordem pública consideradas importantes ou melindrosas demais para a polícia local.

Não questionei nem protestei. Deixei que me levassem, o choque da explosão da bomba havia me transformado temporariamente numa pessoa dócil. Meu cérebro procurava não tentar entender o horror que eu acabara de testemunhar, um exemplo clássico de mecanismo psicológico de defesa em ação. Em vez de ficar pensando na morte do padre Serrano e na minha salvação por um triz, meu cérebro se concentrou nas minúcias do ambiente em que me encontrava: os computadores antiquados sobre as mesas da Guardia, o retrato do rei Juan Carlos na parede, o belo braço de madeira entalhada da cadeira onde me colocaram algemado, o vago cheiro de fumaça de charuto que persistia numa sala onde ninguém parecia estar fumando.

O que me ajudou a sair do meu estado de fuga foi a surpreendente descoberta da qualidade do café que a polícia espanhola toma no trabalho. Algemado à cadeira de uma delegacia movimentada, serviram-me um café que deve ter sido o melhor que já provei. Diferente da água morna e marrom disfarçada de café da maioria dos restaurantes e escritórios americanos, o líquido espesso e perfumado que me deram parecia o puro *arabica*. Embora a xícara fosse de plástico, havia uma farta espuma castanha. Junto com o café havia meia xícara de creme de verdade e quatro cubinhos de açúcar embrulhados em papel. Por alguns instantes eu me vi de novo no Starbucks perto de casa, embebedando-me com o meu sabor preferido de cafeína. Mas fui logo despertado para a realidade por um policial que me levou para deixar minhas impressões digitais e ser fotografado.

Embora eu desconfiasse que a maioria dos policiais da Guardia que eu encontrava falavam pelo menos um pouco da minha língua, eles pareciam fazer de tudo para fingir o contrário. Eles se expressavam por meio de uma combinação de linguagem de sinais e palavras simples que qualquer turista deveria conhecer: *Sí... no... por favor... está aquí... prohibido...* e muito gesticular de braços e apontar de dedos. Supus que fosse uma de suas técnicas de interrogação, um truque que usavam na esperança de escutarem por acaso alguma confissão vital de um prisioneiro estrangeiro incauto.

Depois de tiradas as impressões digitais e de ser fotografado, levaram-me para uma sala estreita onde uma jovem atraente aguardava atrás de uma mesa contendo uma pequena cuba retangular com um líquido cheirando a cera. Com o sorriso de alguém que gosta do que faz, ela enfiou imediatamente as minhas mãos no líquido escaldante e as manteve ali durante um tempo que pareceu eterno, mas que não deve ter sido mais do que dez ou 15 segundos. O líquido era parafina derretida. Não tão quente quanto água fervendo, mas o bastante para doer. Minhas mãos saíram com uma espécie de luva branca de cera. O procedimento foi repetido quatro vezes, até que a camada de cera estivesse com a espessura suficiente para ela retirar de cada mão um molde. Ele seria examinado, supus, como prova de alguma coisa.

Dali, levaram-me para outra sala, onde um guarda entediado me mandou tirar *"camiseta y pantalones y zapatos, por favor"*.

"Para evidencia", ele explicou.

Calculando meu tamanho (corretamente, pelo visto), ele tirou de debaixo do balcão uma camiseta, um par de calças largas impecavelmente passadas, meias e chinelos de quarto de plástico. Agradeci não terem me pedido a cueca.

Outro guarda me conduziu para o que parecia ser uma área de segurança máxima. Era um longo corredor, com uma fileira de portas de aço, sem janelas de ambos os lados. Cada porta tinha uma vigia na altura dos olhos e uma fenda estreita próxima ao chão, que supus fosse para a bandeja da comida. A cela para onde me levaram tinha um catre, uma privada, uma pia, uma mesinha e uma cadeira. Uma única lâmpada no teto, protegida por uma grade de metal, oferecia uma mísera iluminação. Não havia interruptor na parede, o que sugeria que a luz era controlada a partir de um sistema central. A disposição física não era muito diferente da de minha cela em Riker's Island. Eu era um americano numa cadeia estrangeira, talvez uma cadeia mais civilizada do que aquelas prisões turcas demonizadas pelos roteiristas de Hollywood, mas ainda assim um lugar onde os direitos do prisioneiro muitas vezes começam e terminam segundo o humor do carcereiro. Aqui, jogava-se segundo as regras espanholas, e embora o Generalíssimo Franco já tivesse saído de cena há muito tempo, o espírito do velho ditador continuava governando a Guardia Civil.

De nada adiantava gritar, socar a porta ou exigir ver o cônsul geral americano. Com os guardas fingindo não falar inglês, todos os meus pedidos eram respondidos com um sacolejar de ombros: "*No hablo inglés.*"

Não me deixaram usar o telefone, não tive nenhuma chance de entrar em contato com um advogado.

Eu só podia esperar.

Olhar para as paredes.

E pensar.

Oito horas antes, eu era mais um turista americano apreciando as paisagens de Valência. Agora, dois homens estavam mortos, eu tinha uma ficha na polícia, por pouco não tinha morrido e aqui estava eu, preso, pelo jeito como suspeito de um ataque terrorista a bomba. Eu esperava ser liberado logo como um inocente espectador, mas havia muita coisa naquela sociedade e nos seus costumes que eu não compreendia.

Quando conheci o padre Serrano ele já estava assustado fazia tempo. Falou-me de pessoas importantes interessadas no caso de La Magdalena e parecia quase esperar que alguém tentasse matá-lo. Mas ele estava preocupado exatamente com quê? Seu trabalho com uma jovem freira que se dizia a reencarnação de Maria Madalena? Um caso polêmico para um psiquiatra jesuíta, talvez, mas decerto nada que justificasse sua morte.

E La Magdalena? Ela me alertou para o perigo, também. Por que obra do destino ela foi me escolher como seu mensageiro? Por que não me afastei quando o seio dela se insinuou contra minha mão? Será porque foi meu subconsciente que me fez colocar a mão ali para tocar o fruto proibido?

E onde entra o velho padre da catedral nisso tudo?

As últimas palavras que ele me disse foram uma repetição sinistramente exata das últimas palavras que me falaram na minha experiência de vida fora do corpo.

Se o trabalho para o qual eu teria sido enviado de volta do mundo dos mortos para terminar era tão importante, então por que os poderes que decidiram isso permitiam que eu ficasse preso?

Anwar Sadat, Nelson Mandela e outros descreveram com eloqüência os *insights* quase místicos que tiveram durante seus períodos na solitária, mas nenhuma iluminação desse tipo parecia me aguardar naquela noite. Quando a porta da cela se fechou e as luzes se apagaram, eu estava confuso, assustado e exausto. Eu só queria dormir. Minha mente estava cansada demais para buscar qualquer *insight* que não fosse saber quando me deixariam sair dali.

A única coisa que eu sabia com certeza era que iam me chamar no meio da noite para mais interrogatórios. Era uma técnica padrão, há séculos aprimorada pelos carcereiros. Nessas horas desoladas que antecedem o raiar do dia, chega um momento em que a resistência psicológica atinge seu nível mínimo. É quando nosso relógio biológico está no seu ponto mais baixo, fazendo o mais forte dos homens se sentir vulnerável. É quando os demônios da noite fazem a ronda, acordando o mais saudável de nós para preocupações que conseguimos sufocar nas horas de vigília. Para um prisioneiro numa solitária, cujo corpo clama por descanso, é de madrugada que os carcereiros sabem que um interrogatório minucioso produz os melhores resultados.

Conhecer a psicologia por trás do interrogatório no meio da noite não me ajudou muito quando o guarda abriu a porta da minha cela. Eu estava exausto, com medo e submisso.

Ele me levou a uma sala fortemente iluminada, vazia, exceto por duas cadeiras pesadas de madeira aparafusadas no chão. As paredes eram cinzentas, como a porta de metal. Pregado em uma delas havia um espelho bidirecional. Esperando por mim estava o oficial bem arrumado, à paisana, do local da explosão.

— Sou o coronel Fulgencio Velarde — ele se apresentou. — Sinto muito perturbar seu sono. Mas tenho algumas perguntas para lhe fazer.

Caí derreado em uma das cadeiras e fechei os olhos. Com sorte, pensei, tiro um cochilo durante a entrevista.

Meu captor chutou a cadeira.

— Quer ficar acordado, por favor, enquanto eu falo?

— Um café ajudaria — eu disse. Não que eu fizesse questão de ficar acordado, mas queria fingir que não estava com medo. — Ou, quem sabe, assim tão cedo, eu devesse pedir chocolate quente e *churros*.

— Talvez, quando terminarmos — ele falou.

Estava bem na minha frente. Eu não lhe fiz a gentileza de me virar para olhá-lo.

— O senhor não sofreu nenhum ferimento na explosão, exceto uma pequena queimadura nas costas da sua mão direita.

Ele estendeu o braço e virou minha mão para examinar, ele mesmo, a pele avermelhada. A marca havia assumido a forma de um corte, mais largo no meio e afinando nas extremidades.

— Insignificante — ele zombou, largando minha mão. — Tenho certeza de que o senhor nem está sentindo.

Dei de ombros, tentando fingir desinteresse.

— Dois homens morreram — ele continuou. — Desfigurados de tal forma que a identificação só foi possível pelos documentos que traziam. No entanto, o senhor apresenta apenas uma marca vermelha insignificante nas costas da mão. Como explica isso?

— Já lhe disse, fui ao banheiro masculino. Derramei *horchata* nas minhas calças e tive de lavá-la.

— O senhor estava bebendo com o padre — o coronel insistiu. — Sobre o que conversavam?

— As dúvidas típicas dos turistas — respondi, tentando desesperadamente lembrar o que lhe havia contado na cena do desastre. Essa era uma outra razão para os interrogatórios serem feitos no meio da noite: o cansaço dificulta lembrar das mentiras que já foram contadas. — Eu estava lhe pedindo informações sobre a catedral.

— *Sí, sí*... a catedral. O senhor tinha estado lá mais cedo.

Eu lhe contara isso? Não me lembrava.

— Ouve um incidente fora da catedral — ele continuou e deu a volta para ficar na minha frente, na certa procurando sinais no meu rosto que revelassem que eu mentia. — O senhor foi abordado por uma pessoa... um homem com chapéu de abas largas.

Tentei dissimular minha surpresa fingindo raiva.

— Aquele idiota — murmurei. — Um turista desastrado com pressa... ele me derrubou no chão e nem se desculpou.

— O senhor nunca o viu antes?

— Não. E espero nunca mais esbarrar com ele.

— Isso é um trocadilho — o coronel deu um sorriso formal. — O senhor tem um estranho senso de humor, sr. Nikonos. Depois de ver dois homens morrerem, ainda consegue fazer piada?

— Não foi minha intenção fazer piada.

Ele colocou as mãos sobre os braços da cadeira e chegou mais perto de mim, tão perto que pude sentir a fragrância floral da sua loção após barba.

— Alguma coisa mudou de mãos no encontro com o turista desastrado? O senhor lhe deu alguma coisa?

Claro que isso fazia parte da questão central que eu estava tentando resolver na minha cela. O envelope roubado era para o padre Serrano. A mensagem dentro dele teria de algum modo precipitado sua morte?

— Não — menti da forma mais convincente possível. — Nada mudou de mãos.

— Nenhum documento? Nenhum pedaço de papel?

— Não. — Eu tinha aprendido a mentir com autoridade no caso Duquesne, e a desviar perguntas constrangedoras. — Falando de documentos — dei a contrapartida —, padre Serrano estava com uma maleta. O que aconteceu com ela?

— O que o senhor tem com isso? — o coronel perguntou. — Disse que mal o conhecia?

— Pode ser uma prova. Ele agia como se tivesse documentos importantes na maleta. Esse pode ser o motivo da bomba.

— Eu duvido — o coronel torceu o nariz.

— Então, por que ela desapareceu?

— O senhor deve saber.

— Talvez tenha sido roubada pelo homem que plantou a bomba.

— E talvez tenha sido levada pelo senhor, sr. Nikonos.

Era uma acusação absurda, mas eu não podia ter certeza se ele estava falando a sério ou não. A técnica padrão de interrogatório é fazer uma série ininterrupta de acusações, em parte para intimidar, em parte na esperança de que uma delas resulte numa confissão de culpa

— E talvez a polícia tenha levado — respondi.

Seu rosto permaneceu impassível. Ele se sentou na cadeira diante de mim.

— Segundo a Interpol, o senhor foi preso por assassinar duas pessoas em Nova York — ele disse.

— Fui absolvido.

— Isso não significa que era inocente — argumentou. — Só quer dizer que não havia provas suficientes para condená-lo.

— O júri votou no final do julgamento, e todos os jurados disseram que eu era inocente.

— O senhor teve um advogado muito bom.

— O único que aceitou o caso foi o marido da minha ex-mulher.

— Foi uma interessante estratégia de defesa. O seu advogado alegou que o senhor não poderia ter cometido o crime porque estava morto na ocasião.

— A Interpol fornece relatórios do julgamento, também? — perguntei.

— Não — ele falou com um sorriso. — Eu acessei os arquivos do *New York Times* pela Internet. Pelo que parece, toda a defesa girou em torno de uma experiência de vida fora do corpo.

— Os paramédicos me ressuscitaram. Eles disseram que fiquei morto uns seis minutos e meio, pelo menos.

— E o júri acreditou nisso — ele falou com ar de sarcasmo.

— Havia muitas outras provas a meu favor — retruquei.

— Sim. O local onde estava a arma e o dinheiro. O senhor conhecia os números das contas bancárias, o total dos saldos, e disse à polícia onde encontrar a arma do crime. Isso prova que o senhor era culpado.

— Foram informações que eu trouxe da vida após a morte. Elas provam a realidade da experiência da vida fora do corpo.

— Sim, é claro. Essa foi sua defesa. Mas a questão da credibilidade permanece.

Estávamos medindo forças, nenhum dos dois confiava no outro, cada um na esperança de obter algum *insight* dos motivos do outro. Ao contrário do que eu tinha certeza que era sua expectativa, eu parecia cada vez mais forte, mais alerta à medida que prosseguia o interrogatório. Talvez sua sondagem sobre o caso Duquesne tenha descarregado minha adrenalina. A lembrança daquela trágica investigação, nunca enterrada de todo, continuava a despertar fortes emoções dentro de mim.

— Se o senhor quer saber a verdade sobre o caso Duquesne, leia meu livro — convidei. — Agora vamos falar sobre a bomba. Por que o senhor não traz um desenhista, para eu lhe fazer uma descrição do rapaz com a mochila.

Passamos uma hora nisso, com o coronel ignorando minha teoria para a explosão, parecendo mais interessado no meu passado. Supus que ele estava me acusando, e depois de um tempo comecei a ficar menos combativo, menos falador. Recuei para um estilo mais cauteloso de respostas monossilábicas e movimentos de cabeça. Falando menos, observava mais. Ele era um homem muito cuidadoso com a aparência. Pude ver que os cabelos grisalhos que enfeitavam as têmporas eram uma escolha artística, não um acidente da natureza: raízes grisalhas quase invisíveis no topo da cabeça sugeriam que estava chegando a hora de uma nova aplicação de tintura para cabelos. As unhas das mãos tinham acabado de passar pela manicure. Uma camada de esmalte incolor cintilava com a luz. Seu fino bigode tinha o brilho da parafina. Seria tingido também?

Na lapela direita do seu paletó havia um minúsculo alfinete de ouro. No princípio, achei que fosse uma condecoração da Guardia Civil. Talvez um prêmio ou medalha de honra ao mérito. Mas um exame mais atento revelou o desenho de um círculo, tendo no centro dois cavaleiros montados num único cavalo, cada um carregando um escudo e dividindo uma única lança erguida.

Eu já tinha visto esse símbolo antes.

Jamais num alfinete. Jamais numa pessoa de verdade. Eu o vira em livros e documentos de pesquisa, em museus, e esculpidos em paredes e portas de entrada de algumas das maiores catedrais da Europa. Dois homens, cavaleiros de armadura, cavalgando um só cavalo, portanto uma só lança. Era o símbolo de uma antiga irmandade: uma sociedade secreta que eu supunha esquecida há muito tempo.

O coronel me flagrou olhando para o minúsculo alfinete.

Nossos olhares se encontraram num instante de reconhecimento.

Ele imediatamente se levantou e anunciou que o interrogatório estava encerrado.

Treze

Sonhei com Laura Duquesne naquela noite.

Era meu sonho de sempre. Aquele em que a vejo em câmara lenta se colocar na frente de uma bala que era dirigida a mim. Eu estava deitado no chão, já com um tiro no peito. A segunda bala, a que ela recebeu, acertaria minha cabeça. Ela solta um grunhido quando a bala perfura seu estômago. Assisto impotente, talvez pela centésima vez, Laura se jogar contra o pistoleiro, desequilibrando-o. Ao cair, estilhaçando o vidro da janela, ele estica a mão num esforço desesperado de se salvar. E agarra o braço de Laura, conseguindo apenas arrastá-la com ele pela janela. O sonho termina, como sempre, com a cena em que me deixam morrer sozinho enquanto a única mulher a quem de fato amei na minha vida despenca oito andares para encontrar a morte no teto de uma van estacionada lá embaixo.

O sonho não mostra o que aconteceu depois da minha morte: como viajei pelo plano astral para a vida após a morte, onde uma Laura incorpórea me levou pela mão até a presença amorosa do Ser de Luz. A Laura que vive no após-vida nunca aparece no meu sonho. A Laura que está me esperando lá, agora, minha amada Laura do outro mundo, que até hoje foi a única mulher que ocupou meus pensamentos quando acordado... essa Laura continua fora do alcance dos meus sonhos REM mais profundos. Por motivos que compreendo muito bem, mas ainda não posso fazer nada a respeito, a parte do meu cérebro responsável pela criação de imagens de sonho não é capaz de se libertar normalmente do fato central desses momentos horríveis: Laura morreu para que eu continuasse vivo.

E sempre, quando acordo, a primeira pergunta que me ocorre é se o seu sacrifício valeu a pena.

Antes do meu julgamento, um psiquiatra designado pelo juiz explicou-me que o sonho não ia além do momento da morte de Laura porque eu ainda não havia conseguido vencer o luto.

Eu conhecia a psicologia do luto tão bem quanto o psiquiatra, e sabia que seu diagnóstico estava correto. Mas isso não me ajudava em nada. Parecia não ter nada que eu pudesse fazer. Até eu descobrir um jeito de romper o bloqueio psicológico, o sonho continuaria a se desenrolar do mesmo modo.

Saber que Laura me esperava do Outro Lado não era um grande consolo. Por que ela me deixou para trás? Por que dar sua vida para me salvar, sabendo a tristeza que eu sentiria sem ela. Eram estas as perguntas que não me deixavam em paz, as que eu me fazia todas as noites e, de vez em quando, espontaneamente, durante o dia.

Catorze

Vieram me buscar de manhã.

Dois guardas abriram a porta da minha cela na hora em que eu estava mergulhando meu último *churro* no espesso chocolate quente que me serviram para o café da manhã. Não me levaram para a sala de interrogatórios, mas para o gabinete do coronel Velarde. Era um aposento pequeno, sombrio, com pesadas cadeiras negras e uma mesa antiga que chamava a atenção pela falta de objetos amontoados. Seu nome completo — Fulgencio Victor Velarde — estava gravado em letras grandes numa placa de bronze de onde se projetavam duas canetas. Um tinteiro pequeno, tendo ao lado um mata-borrão, indicava que as canetas eram aquelas de pena, antigas. Na parede atrás da mesa ficava a usual fotografia colorida do rei Juan Carlos, assim como uma litografia do duque de Ahomada, um nobre de cabelos prateados que mais tarde fiquei sabendo ser o fundador da Guardia Civil.

Os guardas esperaram comigo até o coronel Velarde entrar na sala e dispensá-los com um movimento quase imperceptível de cabeça. Ele parecia cansado, apesar da barba feita e dos cabelos bem penteados como sempre. O terno azul fora substituído por outro de risca de giz azul-clara, portanto supus que tivesse conseguido ir para casa descansar um pouco. O alfinete de lapela dourado estava ausente do seu novo terno. Descuido de um policial cansado? Ou seria uma tentativa tardia de esconder sua filiação a uma sociedade misteriosa?

O coronel sentou-se atrás da mesa e tentou me impressionar, examinando documentos, assinando seu nome em alguns e jogando outros na cesta de lixo.

— O teste da parafina foi negativo — disse por fim, como se notasse pela primeira vez minha presença. — E não foram encontrados traços de resíduos explosivos nas suas roupas. Isso não quer dizer que não tenha nada a ver com a explosão da bomba. Significa apenas que a bomba foi feita por alguém que não foi o senhor.

Era uma lógica policial circular típica. Nada diferente do raciocínio truncado que levou à minha indiciação em Nova York.

— O homem que o senhor encontrou na casa de sucos, o homem que o senhor diz ser o padre Javier Serrano, como o conheceu?

Eu já tinha mentido antes, para proteger a identidade de La Magdalena. Não me restava outra opção a não ser continuar mentindo.

— Eu lhe disse na noite passada. Sou um turista. Estava apenas pedindo uma orientação.

— O senhor encontrou-se com ele duas vezes. Na casa de sucos e, antes, na *Residencia* dos jesuítas na *calle* Nueva Ecija. Que orientação era essa que o senhor precisou falar com ele duas vezes?

Mentir para um policial é como jogar xadrez. É preciso pensar duas mentiras à frente, e prever a direção que o interrogador pode tomar. Felizmente eu já sabia, pelo interrogatório da noite anterior, que estavam me vigiando do lado de fora da catedral. Não foi surpresa saber que tinham me seguido até a *calle* Nueva Ecija, e eu estava preparado para uma resposta descontraída.

— Eu estava perdido — disse com naturalidade. — O sujeito que me derrubou na catedral pisou no meu mapa Michelin. O mapa ficou sujo e rasgado, e eu o joguei fora. Fiquei perdido nas ruas estreitas, e bati na porta para pedir orientação.

Em parte era verdade. O mapa foi pisoteado quando eu caí no chão e me desfiz dele; e o relatório da vigilância policial documentaria que eu toquei a campainha da *Residencia*. A mistura de realidade e mentira há muito é reconhecida pelos psicólogos behavioristas como o meio mais eficaz de se obter a ilusão de verdadeiro.

— Houve uma luta na porta — o coronel disse. — O senhor tentou forçar a entrada.

— A porta ficou presa — menti, já tendo previsto que a discussão tinha sido observada. — Padre Serrano me pediu para ajudá-lo a forçar a porta para a frente e para trás, até a dobradiça destravar.

O interrogatório continuou por algum tempo, num estilo mais ou menos superficial. Meu nervosismo diminuiu e comecei a relaxar. Velarde parecia aceitar minhas respostas sem contestar, aparentemente mais interessado no conteúdo da pasta à sua frente. De fato, como não demorei a descobrir, ele estava me tranqüilizando para me dar uma falsa sensação de segurança. Eu já deveria ter percebido isso quando o coronel Velarde levantou, por fim, os olhos para mim e sorriu.

— Por que continua chamando-o de padre Serrano? — perguntou. — Sabe muito bem que aquele homem que morreu na explosão não era o padre Javier Serrano.

Quinze

— O homem que morreu na explosão, o que estava vestido com hábito de padre, não era o homem que o senhor diz que era — explicou melhor o coronel. — Obtivemos com a arquidiocese as fichas do padre Serrano. Ele não está em Valência no momento. Está de licença, viajando por algum lugar da América do Sul. Segundo sua ficha médica, à qual tivemos acesso, o verdadeiro padre Serrano tem 1,57 metro de altura, pesa 78 quilos, tem uma cicatriz de apendicectomia no umbigo e seu sangue é do tipo O negativo. Não foi preciso muito mais do que uma análise de rotina para verificar que o homem que morreu não era o padre Serrano.

Fiquei estarrecido.

— Talvez uma confusão de identidades... — tentei uma explicação. — Quem sabe existe um outro padre Serrano.

— Não em Valência — disse o coronel. — Ou o senhor está mentindo, ou foi enganado.

Eu havia mentido, é claro, mentido para proteger La Magdalena; mas não mentia ao dizer que acreditava que o homem com quem tinha me encontrado era o padre Javier Serrano. Para mim era inconcebível que me tivesse enganado. O homem parecia tão autêntico, tão culto, tão cuidadoso em confirmar minha identidade. Por que não tive esse mesmo cuidado? Para alguém que se orgulhava da sua capacidade de pesquisa, eu tinha feito papel de bobo.

— Talvez agora o senhor esteja preparado para me contar a verdade — o coronel instigou. — Quem era aquele homem?

— Só sei que ele dizia ser o padre Serrano. Ele disse que era jesuíta.

— E o senhor acreditou nele?

— Não tinha motivo para não acreditar. Não sou policial. Não costumo sair por aí pedindo a identidade das pessoas.

O coronel me observava atentamente. Embora a pesquisa mostre que algumas pistas na expressão facial, tais como a dilatação das pupilas, podem revelar tensões internas, não existem indicadores físicos universais para a mentira. Não obstante, o coronel Velarde estava com seus olhos escuros pregados em mim, como se a intensidade do seu olhar pudesse forçar meu rosto a revelar algum indício de fraude.

Se ele viu alguma coisa, só pode ter sido minha confusão mental tentando assimilar o que acabara de me revelar. Se o homem que se dizia ser o padre Serrano era um impostor, então tudo que ele me havia contado sobre La Magdalena era questionável. Toda aquela história de que ela acreditava ser a Madalena reencarnada, seu conhecimento de línguas antigas, seu estranho comportamento na capela e o grupo de seguidoras que havia formado entre as outras freiras... era tudo ficção?

E se era, por quê?

De repente, eu estava questionando tudo. Se padre Serrano não era padre, La Magdalena seria mesmo freira? Ou ela era cúmplice de uma incrível fraude? Mas fraudes, eu havia aprendido isso trabalhando como perito de companhias de seguros, estavam sempre associadas a dinheiro. Qual o interesse em se fingir de Maria Madalena? Fazia parte de alguma chantagem religiosa? Talvez um ataque à hierarquia da Igreja? Eram perguntas sem respostas. A única coisa que eu sabia com certeza era que dois homens tinham morrido, e eu estava vivo por pura sorte.

Acordei do meu devaneio com a voz do coronel Velarde.

— Decidimos que a explosão da bomba foi um ato terrorista. Ninguém ainda reivindicou sua autoria, mas parece que a responsabilidade é do Grupo Separatista Basco conhecido como ETA.

Eu havia lido sobre os separatistas bascos e as bombas que explodiam para chamar a atenção para a causa deles. Mas, depois da minha experiência em Nova York com policiais que saltavam rapidamente para a conclusão mais fácil, a explicação estava me parecendo um pouco conveniente demais.

— Pensei que os bascos estivessem no Norte, perto da fronteira com a França.

— Terroristas não limitam seus ataques ao próprio território — ele falou. — Existe um histórico de atividade basca em Valência. Durante a Guerra Civil, eles dominaram o território do outro lado do rio. E, recentemente, explodiram uma bomba mais ao Sul de nós, em Málaga. Como se isso não bastasse — ele acrescentou —, nós identificamos seu misterioso mochileiro como um membro do ETA. Nós o conhecemos apenas como Nestor. Mas um retrato foi distribuído à imprensa. Uma busca em nível nacional está sendo realizada.

— Mas, uma loja de sucos? — insisti. — Ele veio até Valência para explodir uma loja de sucos? Em que isso vai favorecer a causa basca?

— Quando descobrirmos a identidade do homem que estava se fazendo passar por padre, teremos a resposta. Talvez ele fosse o chefe de um grupo rival. Ou, quem sabe... — ele fez uma pausa e sorriu. — Talvez a bomba fosse para o senhor.

Enrijeci. Eu não tinha pensado nisso. Mas, por quê? Por causa do meu contato com La Magdalena? Haveria nela algo tão perigoso que a pessoa que dela se aproximasse deveria pagar com a própria vida? Era por isso que o homem que se dizia ser padre Serrano parecera tão assustado?

— Tem mais alguma coisa que o senhor queira dizer? — coronel Velarde perguntou.

— Não... acho que não.

— Então não há motivo para prendê-lo por mais tempo — ele jogou o meu passaporte sobre a mesa, como se estivesse feliz por se livrar dele. Ninguém se dera o trabalho de limpar a lama da capa, e a umidade tinha deixado as páginas enrugadas e retorcidas. — O senhor pode ir agora.

Levantei-me devagar. Uma coisa ainda me incomodava.

— Não lhe descrevi bem o mochileiro — eu disse. — E o senhor não chamou nenhum desenhista da polícia para falar comigo...

— Já temos um desenho do suspeito, que foi liberado para a imprensa. Uma testemunha ocular o viu sair da loja momentos antes da explosão.

Claro, pensei. A "testemunha ocular" era sem dúvida o policial que estava me seguindo. Saí da sala do coronel com um grande respeito pela eficiência da Guardia Civil.

A boa sensação durou só até a banca de jornal mais próxima. As manchetes alardeavam *"MUERTE!"*, *"ETA BOMBARDE!"*. As primeiras páginas de todos os jornais exibiam fotografias do interior da loja de sucos bombardeada, junto com o retrato falado do suspeito terrorista feito pela polícia.

Ele era mostrado com uma boina basca tradicional. Parecia um homem de meia-idade, com um rosto quadrado, sobrancelhas espessas, bigode farto e lábios cerrados. Era um rosto mau, a própria imagem de um perfeito terrorista. Eu o acreditaria capaz de qualquer coisa.

O único problema era que eu nunca tinha visto o homem antes em toda a minha vida.

O rosto que me olhava nas folhas dos jornais, o retrato fornecido pela Guardia Civil, não tinha nenhuma semelhança com o jovem mochileiro magro que eu tinha visto na loja de sucos.

Podiam estar rastreando o país inteiro, mas atrás do homem errado.

Dezesseis

Alguém menos desconfiado com a polícia do que eu poderia pensar que esse erro de identificação era um engano honesto, resultado de informações errôneas ou equívocos burocráticos. Mas eu tinha passado quase duas horas na sala de interrogatório com o coronel Velarde e estava convencido de que ele era inteligente demais para cometer tamanho disparate, particularmente no caso de um atentado a bomba de tamanha repercussão.

Fiquei andando sem rumo pelas ruas de Valência, tentando entender.

Para fazer o retrato do homem com a boina foi necessária a cooperação de um artista da polícia, a produção de uma testemunha ocular disposta a ajudar e a criação de uma série de papeladas que inevitavelmente retornariam ao coronel. Emitir um alerta em nível nacional baseado em informações falhas, senão enganosas, era um risco absurdo para um oficial da polícia de nível médio. Fez-me pensar se não estariam envolvidas outras pessoas, mais graduadas, da Guardia Civil.

Comprei uma espiga de milho torrada de um vendedor ambulante na Gran Vía e saí mordiscando enquanto continuava na minha caminhada sem destino pela cidade.

Era bem possível que o coronel acreditasse mesmo que tinha sido uma bomba plantada pelo ETA. Mas, se ele acreditava, eu não conseguia compreender por que ignorou minha descrição do mochileiro; por que negou meu pedido para falar com o artista da polícia; ou por que não me mostrou o desenho do homem com a boina antes de divulgá-lo pela imprensa. Até o recruta mais inexperiente da polícia teria seguido esses procedimentos básicos.

A não ser, é claro, que tivessem recebido ordens em contrário.

Achei que estava sendo seguido por um ou mais homens de Velarde, mas não dei sinal de estar percebendo a presença. Quando chegasse a hora de escapar deles, gostaria de apanhá-los de surpresa.

Estudei várias hipóteses enquanto caminhava. A idéia de que os superiores de Velarde pudessem estar envolvidos era intrigante. Padre Serrano tinha me alertado sobre a existência de gente poderosa interessada em La Magdalena. E quem na Espanha tinha mais influência do que o alto escalão da Guardia, que numa surpreendente demonstração de poder já havia arquitetado assumir o controle armado de todo o Parlamento espanhol?

Perdido em meus pensamentos, entrei por uma parte desconhecida da cidade, fora dos limites da área freqüentada pelos turistas em geral. Vi por acaso uma figura de pé, por trás de uma janela de um andar superior do outro lado da rua. Devo ter passado por centenas de figuras em janelas de andares superiores sem nunca olhar para cima. Que feliz obra do acaso fez com que essa janela em particular chamasse minha atenção? Continuo sem saber.

O prédio ocupava o quarteirão inteiro, com torrinhas circulares como as de um castelo erguendo-se em cada uma das esquinas. No meio do terceiro andar, na única janela com cortinas ainda abertas, havia uma figura pálida, o rosto emoldurado de branco. Parei, pasmo com o que estava vendo.

O prédio era o Convento de las Hermanas del Sangreal.

A figura na janela era La Magdalena.

Há quem diga que foi o destino que me levou até essa determinada parte da cidade, a esse exato lugar, e me fez erguer os olhos para esse prédio no preciso momento em que ela estava olhando pela janela. Eu prefiro a explicação mais mundana: que eu havia notado a localização do convento no meu mapa turístico ao procurar o endereço de Serrano e, com meus pensamentos concentrados em La Magdalena depois de sair da prisão, havia subconscientemente gravitado até lá, onde reconheci o prédio com ar de fortaleza como sendo o convento. Olhar para cima foi uma reação natural. Não sei explicar por que ela estava olhando pela janela naquele exato momento, mas há tantas coisas a respeito de La Magdalena para as quais continuo sem explicação...

Seja qual for o motivo, ali estava ela, olhando para mim, nossos olhos se encontrando e na mesma hora se reconhecendo.

No início, fiquei assustado. Tinha certeza de que Velarde mandara alguém me seguir. E era óbvio que o próprio convento estava sendo vigiado. Um homem encostado num vão da porta, na calçada em frente ao prédio, olhava para mim por cima do jornal que fingia ler. As janelas de uma van de entregas estacionada ali perto tinha os vidros cobertos com plástico preto para resguardar a identidade de seus passageiros. Quantos mais a estariam vigiando, quando ela ergueu o braço direito e tocou com a mão espalmada o vidro da janela, como se estivesse tentando me alcançar?

Talvez sentindo que estava sendo observada, ela recuou para um ponto escuro da janela, onde mal podia ser vista, até por mim. Colocando a mão por debaixo do hábito, como tinha feito na catedral, ela imitou o movimento de me entregar o envelope.

Entendi a charada muito bem. Ela queria saber se eu havia entregue o envelope.

Baixei o rosto, com vergonha de olhar para ela. Movimentei a cabeça de um lado para o outro, lentamente no início, e depois mais rápido, sem me importar mais com quem estivesse nos vigiando, com quem estivesse me seguindo, sinalizando que havia fracassado.

Ela me confiara uma missão simples, e eu não conseguira cumprir.

Um instante de descuido do lado de fora da catedral havia detonado uma seqüência de acontecimentos terríveis. Se eu tivesse conseguido ficar com o envelope e o tivesse entregado ao homem a quem estava destinado, e depois ido embora, será que teria evitado a tragédia que se seguiu? O padre me avisara sobre o risco que corria a pessoa que se envolvesse com a freira, aquela mesma que estava me olhando da janela lá em cima. Agora, o padre estava morto e uma ida fortuita ao banheiro me poupara a vida.

Um ser humano racional diria que foi naquele momento que eu devia ter me afastado... baixado a cabeça e continuado meu caminho, deixando para trás a freira, o convento, a Guardia Civil e Valência. O problema não era meu, falei para mim mesmo. A atitude mais segura seria pegar o próximo vôo para a Grécia, para Londres ou até de volta a Nova York.

Mas, assim como uma criatura da selva é despertada de seu sono pelo odor de uma presa que passa por ali, algo dentro de mim estava começando a se agitar. Eu sentia o agitar de velhos instintos e habilidades que tinham ficado adormecidos enquanto me recuperava de minhas feridas físicas e mentais.

Antes de morrer, padre Serrano tinha me suplicado para continuar com o trabalho, para investigar as declarações da misteriosa freirinha. Era um caso que eu não queria assumir. Mas agora estava começando a achar que não tinha escolha. A morte dele, eu estava convencido, estava de algum modo relacionada com ela. Eu podia não acreditar em reencarnação, mas acreditava em entregar assassinos à justiça.

Quando olhei para a janela do convento outra vez, a freira conhecida como La Magdalena não estava mais lá. Não tinha ninguém na janela. As persianas de madeira estavam fechadas. Eu a vira realmente ou fora uma miragem, uma ilusão criada pelo reflexo da luz no vidro? E no entanto, por estranho que pareça, não me importava mais se ela tinha estado ali ou não.

Eu não era mais um investigador sem um caso.

Meu cliente estava morto, não havia ninguém para me pagar, mas eu tinha um mistério para resolver.

Dezessete

Agora que eu estava de novo com um caso a solucionar, sentia-me uma pessoa diferente. Durante o ano em que vaguei ocioso, havia esquecido a sensação de euforia, de sensibilidade aguçada de quando se vive com os nervos à flor da pele.

Meus sentidos estavam em alerta total. Eu parecia mais atento ao ambiente à minha volta, mais cauteloso com o que poderia estar me esperando na próxima esquina. Sentia-me eletrizado com a perspectiva da caçada. Camadas de depressão e confusão e, sim, até de dúvidas a respeito de mim mesmo se desfizeram, expondo uma clareza de idéias e de propósito. Como um gravador místico, meus processos mentais rebobinaram a fita para o ponto onde ela estava 24 horas antes, para a imagem do padre ancião que veio me ajudar.

"*Você ainda tem um trabalho a fazer, meu filho*", ele sussurrou ao se afastar. "*Mas não acredite em tudo que ouvir.*"

Repassei mentalmente essas palavras mais uma vez.

"*... não acredite em tudo que ouvir.*"

Velarde me fez acreditar que tinha sido iludido por um impostor.

Mas agora eu estava achando que a realidade era o inverso. O coronel Velarde era quem não merecia crédito. Eu estava certo de que tudo que ele tinha me dito desde o momento da explosão da bomba era uma pretensiosa e muito bem armada mentira. Não apenas a óbvia falsificação do retrato falado da polícia, mas o envolvimento dos bascos e do grupo ETA, assim como a identidade do homem com quem me encontrei na loja de sucos. A *victima no identificada*, conforme ele descreveu nos jornais, era de fato Javier Serrano. A questão era saber por que Velarde estava mentindo.

"*Você ainda tem um trabalho a fazer.*"

Ao escutar estas palavras no momento em que estava para ser enviado contra a minha vontade de volta ao mundo dos vivos, achei que o "trabalho" que tinha a fazer era chamar a atenção das pessoas para a realidade da vida após a morte, um trabalho que pensava ter concluído com a publicação do meu livro, *O autenticador*. Mas, talvez, agora eu percebia; talvez esse tenha sido apenas o começo, não o fim, do motivo pelo qual fora enviado de volta à Terra. O que significava que estava na hora de continuar aquele trabalho.

Conduzi quem quer que estivesse me seguindo para o bairro dos turistas, para a Plaza de Toros. Localizada ao lado da estação ferroviária Renfre, a arena de touros era um ímã natural para quem vinha de fora, assim como para os 50 mil *afficionados* que apareciam regularmente para ovacionar seus *matadores* preferidos. Por isso, a costumeira aglomeração de vendedores ambulantes fixa residência quase permanente do lado de fora dos seus muros.

Comprei um saco de amendoins torrados na hora e ocupei meu lugar no meio da multidão de turistas que passeavam entre as barracas. Não fiz tentativa alguma de despistar meu seguidor. Por fim, esperando que parecesse uma decisão de momento, sentei-me para que um jovem artista que se anunciava como Aquelino Acevida desenhasse meu retrato. Minha razão para ter escolhido Aquelino entre seis outros artistas que estavam ali exercendo seu ofício foi sua facilidade com o inglês, e a disposição em seguir orientações. Fiz com que ele virasse o cavalete de frente para mim, de modo que eu pudesse observá-lo enquanto trabalhava. Enquanto mastigava meus amendoins, eu lhe dava orientações específicas para as características faciais que queria ver acentuadas no retrato. Na esperança de impedir que a pessoa que estava me seguindo visse o que eu estava pretendendo fazer, eu insistia em procurar rostos na multidão. Se fosse bom na sua atribuição, ele se misturaria com as pessoas no fundo de cena e evitaria se aproximar para ver o que eu estava realmente aprontando.

Aquelino era um artista talentoso que fez exatamente o que lhe pedi. Em poucos minutos, ele havia feito um desenho que não parecia nada comigo. O rosto que ele tão habilmente capturou foi o do mochileiro que largou a bomba na loja de sucos.

Agora eu tinha meu próprio retrato falado do suspeito.

Minha próxima parada seria a *Residencia* jesuíta.

Eu ainda não havia decidido como entrar em contato com La Magdalena, mas sabia que não estava pronto para nosso primeiro encontro. Eu teria de me preparar, rever a teoria da reencarnação e os materiais psicológicos, filosóficos e científicos relevantes, e reunir o máximo possível de fatos sobre a vida e a época de Maria Madalena. Só quando estivesse com esse armamento intelectual me sentiria qualificado para encontrar com La Magdalena. Esperava encontrar o que precisava nos aposentos de padre Serrano. Essa teria sido a primeira parada para La Guardia, que já deveria ter dado busca no local e retirado tudo que tivessem achado pertinente à investigação. O que eu procurava, com certeza, não foi considerado importante o suficiente para ser levado dali. O problema, entretanto, era passar pelo portão da frente. Para a ficção da "*victima no identificada*" funcionar, os outros padres também deveriam ter participado da fraude, e eu seria barrado no portão com a mesma mentira da Guardia de que Serrano estava vivo e bem de saúde na América do Sul.

O que eu diria para me deixarem entrar?

Sempre acreditei em minha formação acadêmica como o treinamento ideal para um detetive particular. Jamais empunhei um revólver, e espero nunca precisar disso. Minhas armas preferidas eram do tipo intelectual. Era bem preparado em lógica e pensamento analítico. Anos de trabalhos de pesquisa tinham me ensinado a encontrar e avaliar as mais obscuras informações. Inclusive, nesse caso, os nomes dos indivíduos que me deixariam passar pelo portão da frente.

Dois telefonemas depois, dirigi-me para a *calle* Nueva Ecija.

— *Quién es?* — perguntou a voz do outro lado do portão.

Usando a frase de um manual de espanhol, pedi para ver padre José Silva, reitor da *Residencia*. Com um daqueles telefonemas que dei, obtivera o nome com facilidade.

A porta se abriu e fui recebido por uma mulher ossuda, de cabelos grisalhos severamente aparados. Vestia luto e seus olhos, confirmando o que eu acreditava a respeito de Serrano, estavam inchados de tanto chorar.

— *Un momento, por favor* — ela murmurou, baixando a cabeça e fazendo um gesto para eu esperar.

Eu sabia que estava sendo observado, decerto por alguém do outro lado da rua, mas talvez de dentro do pátio também.

O reitor parecia mais um soldado do que um padre, com os cabelos grisalhos cortados curtos no estilo militar, um rosto anguloso e a expressão dura de um homem acostumado a dar ordens. Em outras circunstâncias, ele poderia ter me intimidado, mas esta não era uma visita social.

— O senhor é o padre José? — tentei parecer casual, como se fizesse isso o tempo todo.

— *Sí.*

— Prazer em conhecê-lo. — Estendi a mão. — Trago os cumprimentos do vigário-geral, Ernesto Del Pilar.

O meu segundo telefonema me rendera o nome do vigário-geral e a informação de que ele estava em Roma com o cardeal para um encontro com o papa. Isso significava que eu poderia usar seu nome à vontade, sem medo de ser descoberto.

O reitor retribuiu meu cumprimento.

— E o senhor é...?

— Meu nome é Nikonos. Theophanes Nikonos. Estou aqui para retirar os livros de padre Serrano.

O reitor contou sua mentira programada sem a mais leve hesitação:

— Padre Serrano está de férias. — Era a mesma desculpa que eu escutara do coronel Velarde. — Em algum lugar da América do Sul, acredito.

— Por favor, padre, eu sei a verdade. Padre Serrano morreu ontem, numa explosão.

A frase que pensei que fosse surpreender o reitor teve como reação apenas o erguer de uma única sobrancelha.

— Estive com ele ontem — continuei. — Discuti com ele no portão.

Se o coronel Velarde sabia da discussão, então certamente o reitor também. A zeladora, que sem dúvida estava escutando a conversa enquanto fingia varrer a área em torno da fonte, deveria ter lhes contado tudo. Agora era o momento para as minhas próprias mentiras.

— Ele deveria me entregar todos os seus livros.

— Não sei nada sobre isto.

— Tem a ver com a situação de La Magdalena — falei, misturando o pouco que Serrano me contara com o que inventei pelo caminho. — Temos os arquivos de Serrano, mas, só por segurança, o gabinete do vigário-geral também gostaria de ter todos os livros e materiais de pesquisa que possam estar relacionados com seu caso. Vim aqui ontem para recuperar o material, mas padre Serrano se recusou a entregá-los. Foi por isso que discutimos.

Conforme tinha descoberto no caso Duquesne, era fácil blefar. Não senti nenhuma culpa nessa situação em particular, visto que o reitor também estava mentindo e deve ter sido cúmplice nas buscas feitas no quarto de Serrano.

— Sei que a Guardia já esteve aqui — continuei, certo de que esta deveria ter sido a primeira parada dos seus investigadores. — Mas o vigário-geral gostaria que eu examinasse o quarto do padre e retirasse qualquer material de referência que a polícia talvez tenha deixado passar.

— Mas o senhor não é ...

— Não, não sou um padre — respondi. — Sou psicólogo, trabalho para o vigário-geral em regime confidencial. Este é um assunto muito delicado, como o senhor sabe. Nem a Guardia está a par da minha função.

Fazer-se passar por oficial da polícia era um crime quase tão grave na Espanha quanto nos Estados Unidos. Assumir a identidade de padre também poderia ser um crime nesse país conservador. Dizer a verdade sobre minha profissão seria a melhor defesa contra qualquer acusação criminal por parte do coronel Velarde quando soubesse como eu havia obtido acesso aos aposentos de padre Serrano.

O reitor abriu a porta e me deixou passar. Subiu comigo um lance de escadas e me conduziu por um corredor a céu aberto até o quarto de Serrano. Não havia nenhum lacre da polícia pregado na porta, o que significava que eu não estava desobedecendo a nenhuma lei. O reitor destrancou a porta e me deixou entrar na frente. Era um espaço espartano, lembrando aqueles que ocupei durante minha fase monástica. Tem gente que afirma ser capaz de sentir a presença de um homem morto no quarto que ele ocupava antes de morrer. Comigo, aconteceu o inverso. O que senti quando cruzei o vão da porta não foi a presença, mas a ausência do morto. A possibilidade de um espectro tenebroso ocultando-se nas sombras jamais me passou pela cabeça. O que me comoveu foram os melancólicos vestígios da vida solitária de Serrano: a cama bem arrumada e protegida por um crucifixo sobre a cabeceira. Dobrado sobre a cadeira estava o cardigã azul desbotado, esperando em vão o retorno do dono. Perfilados corretamente sob a cama estavam três pares de sapatos com os saltos gastos, entre eles um par de tênis pretos cujos suaves contornos tinham se amoldado ao formato dos pés de Serrano. Atrás da porta havia um saco com roupas sujas que não fazia mais sentido mandar para a lavanderia. O leve odor de suor seco pairava no armário, junto com um hábito marrom idêntico ao que ele vestia ontem, e mais dois ternos clericais pretos, cinco camisas pretas, três delas de mangas curtas em função do clima de Valência. A única peça de vestuário civil era, por estranho que pareça, uma camisa estilo havaiano, estampada com gigantescos hibiscos amarelos e vermelhos. Era também a única peça protegida por uma capa de plástico de lavanderia.

Era inútil procurar bilhetes e outros documentos. Atrás de pistas ocultas, a Guardia já deveria ter vasculhado todas as gavetas, caixas, peças de roupa, inclusive forros e bainhas. O fato de o quarto estar tão arrumado era um testemunho do profissionalismo deles. Já tinham retirado, conforme eu esperava, o computador do padre e esvaziado todo seu arquivo, um móvel que ficava perto do computador. É provável que nem lhes tenha passado pela cabeça que os representantes da diocese tivessem estado ali antes.

— Não há nada escondido nos livros — o reitor disse, dando um passo em direção à estante de madeira barata perto da janela. — Examinamos tudo com muito cuidado, e a Guardia fez o mesmo.

Seus comentários eram uma clara confirmação, como se eu ainda precisasse disso, de que os argumentos de padre Serrano não eram fantasias paranóicas.

Havia perto de uma centena de livros nas prateleiras, muitos deles textos banais de psicologia. Mais da metade desses volumes estava em espanhol, embora alguns fossem edições alemãs ou francesas. O que mais me interessava, o que me motivou a correr o risco de ir até lá, eram os livros que o padre teria usado como obras de referência para sua investigação. Tentei não mostrar minha euforia ao ler os títulos. Serrano havia reunido uma pequena porém esplêndida coleção, talvez umas quatro dúzias de livros, contendo praticamente todo o material referencial básico sobre a teoria da reencarnação e sobre a vida de Maria Madalena. Felizmente, para mim, a maioria era em inglês. Pelo visto, os editores espanhóis, seja devido à censura das autoridades da Igreja ou falta de interesse do público, não acreditavam muito no mercado para nenhum dos dois assuntos.

Alguns livros eram velhos e gastos, com certeza achados em sebos, enquanto outros estavam com suas capas protetoras originais e talvez tenham sido encomendados pela Internet. Eles traziam os nomes familiares de filósofos, místicos e figuras religiosas — como Edgar Cayce, Santo Agostinho, Dalai Lama — e dezenas de outros escritores importantes da Índia, China, Japão, Grã-Bretanha, Pérsia e América. A coleção incluía três traduções diferentes da Bíblia, assim como o Corão, o Bhagavad Gita, os Upanishads, o Livro Tibetano dos Mortos, o Talmude, os Manuscritos do Mar Morto, a Biblioteca de Nag Hammadi, o Pistis Sophia e os Evangelhos Gnósticos. As obras analíticas incluíam os clássicos menores: *Estudo da doutrina da metempsicose na Grécia, Carma e reencarnação na religião e na filosofia hindu, Um reexame de Jesus, Tradições asiáticas à luz das evidências que comprovam a reencarnação* e dez volumes sobre a vida e as lendas de Maria Madalena. Entre os livros científicos, os títulos variavam desde *Descobertas arqueológicas na Palestina bíblica* até *Uma história de padrões de sedimentação em terrenos de aluvião no delta do Ródano*, que estava fechado, ainda dentro do plástico da embalagem. Pelo aspecto investigativo, fiquei feliz em ver todos os cinco volumes do épico exame de dois mil casos de suposta reencarnação realizado pelo dr. Stevenson, assim como seu estudo sobre xenoglossia, a inexplicável aquisição de línguas estrangeiras. Serrano também colecionou os resultados da pesquisa do dr. Erlunder Harroldson, da Islândia, e do dr. Jurgen Keil, da Austrália. E enveredando pela literatura mais popular sobre o assunto, ele também guardara as *Lifetimes* de Lenz, a famosa obra de Bernstein sobre *Bridey Murphy*, e *Search for Omm Sety*, de Cott. A visão oposta estava representada por James Randi, Paul Kurtz, Susan Blackmore e outros céticos com relação a tudo que fosse paranormal.

Para quem não estivesse familiarizado com essas obras, seria preciso semanas, se não meses, de estudos minuciosos para dominar matérias em geral tão entediantes. Mas eu já estava acostumado com boa parte delas, ou pelo menos com as que tratavam da morte, das viagens da alma e do renascimento. Não me tomaria muito tempo adquirir fluência em reencarnação e mitologia madaleniana. Mas não era esse meu principal interesse pelos livros de padre Serrano. O que eu queria era algo que sem dúvida alguma os padres e a Guardia tinham deixado passar: as anotações do jesuíta nas margens das páginas.

Num exemplo clássico de quem olha para as árvores e não vê a floresta, eles tinham examinado os livros em busca de documentos escondidos, mas deixaram para trás o que eu estava convencido que era o principal filão de informações. Notas marginais muitas vezes revelam mais sobre um estado de espírito ou intenção do que declarações públicas. Essas notas, em memorandos e discursos, permitem que se percebam coisas que não raro contradizem as lembranças até dos conselheiros mais íntimos. O tempo todo, aqui, eu imaginava Serrano folheando seu material de pesquisa, usando o marcador amarelo preferido pela maioria dos acadêmicos, e fazendo anotações nas margens sempre que encontrava algo particularmente importante. Embora sem ousar procurá-las na frente do reitor, eu estava convencido de que os livros estavam repletos dessas anotações.

Lidas de modo correto, era quase certo que elas revelariam não só os processos mentais de Serrano como também o que o tinha levado a acreditar na história de irmã Mariamme. Seria como conversar com ele no além-túmulo.

— Posso mandar empacotar estes? — perguntei.

— Todos?

— Pode ser. — Eu tentava parecer casual, como se estivesse entediado com minha atribuição. — Vou precisar de alguém com um carrinho de mão. O senhor pode providenciar isso, também?

Foi mais fácil do que eu esperava. Logo apareceu um criado jovem, com caixas e um carrinho. Dei-lhe o endereço da minha *pensión* e deixei para ele a tarefa de empacotar e entregar os livros enquanto eu levava o reitor para tomar uma *merienda* de café e bolo. Conforme o esperado, o agente do coronel Velarde nos seguiu a uma discreta distância e os livros puderam sair da *Residencia* sem que ninguém visse. Eu sabia que o agente não demoraria a relatar minha visita ao coronel. Temendo a ira de seus superiores na diocese, mais do que a Guardia Civil, o reitor concordou em não comentar com o coronel sobre os livros. Isso me daria algum tempo, pelo menos até o vigário-geral voltar de Roma.

Mas eu tinha de encontrar um jeito de proteger os livros de uma busca repentina no meu quarto no hotel.

Dezoito

Uma das peculiaridades da indústria hoteleira na Europa é a existência de pequenos hotéis e "pensões" que ocupam apenas um ou dois andares de um determinado prédio. Uma estrutura de 14 andares pode conter quatro hotéis diferentes, duas ou três pensões, alguns andares de espaços residenciais e de escritórios e, no térreo, a usual mistura de vitrines de lojas e restaurantes.

A Pensión Adriatico, onde eu estava, ocupava o terceiro e o quarto andares de um prédio centenário, no número 420, da *calle* Museo, bem ao norte da catedral. Como grande parte da arquitetura espanhola desse período, o prédio destacava-se pelas fachadas de calcário branco cujas curvas e lintéis rebuscados caberiam melhor num bolo de noiva. Mas os quartos eram limpos e baratos, a equipe de funcionários que se revezavam na recepção era gentil, e ficava a uma pequena distância a pé de quase todo o Quarteirão Antigo.

Quando voltei para a pensão, os livros de Serrano estavam esperando por mim, cuidadosamente empilhados em quatro caixas no saguão do quarto andar. Se havia algum homem do coronel vigiando o prédio quando as caixas chegaram, deve ter achado que era mais uma das dezenas de encomendas comerciais entregues naquele endereço todos os dias. Posso ter enganado a Guardia durante um tempo, mas não tinha ilusões quanto aos seus métodos. Embora tivessem sido muito eficientes deixando tudo quase exatamente como encontraram, percebi que meu quarto tinha sido vasculhado enquanto fiquei preso. Ele seria revistado de novo, sobretudo quando o agente que estivera me seguindo informasse sobre minha visita à *Residencia*. Depois dos meus protestos negando que conhecia Serrano, eu não poderia correr o risco de encontrarem os livros dele no meu quarto.

Mas, como esconder uma centena de livros num quarto pequeno de hotel?

A resposta estava cinco andares acima de mim, na Pensión Toledano. Era uma das cinco pensões que funcionavam no prédio. No estilo reservado com que os negócios costumavam ser conduzidos na Espanha, eu duvidava que os gerentes das várias pensões chegassem até mesmo a falar um com o outro, o que se ajustava perfeitamente aos meus propósitos. Aluguei um quarto de esquina no Toledano, de onde podia ver melhor as ruas lá embaixo. Agora, eu tinha dois quartos no mesmo prédio, a Guardia sabia da existência de apenas um. Usando o elevador de serviço, transferi os livros do meu quarto no Adriático para meu novo esconderijo lá em cima. Para completar o subterfúgio, atravessei a sala de recepção do Adriático com as caixas, fingindo estar fazendo um esforço enorme, como se elas ainda estivessem cheias. Colocando-as dentro do elevador, eu disse ao funcionário do hotel que tinha havido um engano, que elas não eram para mim, que eu ia deixá-las lá embaixo para serem apanhadas mais tarde naquela mesma noite. Na verdade, joguei as caixas na lixeira no porão. Quando a Guardia indagasse sobre minhas atividades, eu tinha certeza de que fariam isso, o funcionário não os mandaria ao meu quarto investigar caixas de papelão suspeitas.

Estava satisfeito comigo mesmo, como não acontecia havia muito tempo. A letargia que tomara conta de mim depois do julgamento se evaporara. Meus sentidos estavam em alerta. Minha mente, lúcida. Eu estava "em forma"; meus processos mentais funcionando com a mesma eficiência que demonstraram no auge do caso Duquesne. A perspectiva de driblar não apenas os representantes da Igreja, mas também a notória Guardia Civil estava me deixando eufórico.

Num blefe a mais, apareci de propósito na janela do meu quarto, no Adriático, mais embaixo. Fingi estar tendo dificuldade com as persianas, mas o meu único objetivo era assegurar ao observador da Guardia de que eu estava no meu quarto e não havia fugido. Consegui ver bem quem ele era: um jovem musculoso, de camisa pólo azul e calças cinza, fazendo de conta que estava resolvendo as palavras cruzadas de um jornal. Mas talvez ele não fosse o único agente designado para me seguir.

Recuando para não ser visto, fiz um gráfico do prédio do outro lado da rua, numerando as janelas por andar e da esquerda para a direita. A janela onde se visse uma luz de noite seria eliminada com um X. Eu planejava checar repetidas vezes o prédio durante aquela noite e a seguinte, na expectativa de continuar marcando as janelas iluminadas, até restarem poucas. Uma delas teria uma linha de visão até o meu quarto. Era ali que os investigadores da Guardia estariam, temendo acender uma luz que pudesse revelar sua presença. Eu não tinha certeza do que faria com essa informação, mas estava sintonizado com uma nova e mais desconfiada sensibilidade. O instinto de autopreservação ditava que eu colhesse o maior número possível de dados sobre os métodos que estavam sendo usados contra mim.

Com as persianas fechadas e a luz acesa no meu quarto, a equipe de investigação teria o que vigiar durante as próximas horas. Mais tarde eu voltaria para apagar a luz e dar a ilusão de que tinha ido para a cama. Só depois de estar satisfeito por ter pensando em todas as precauções possíveis é que peguei o elevador de serviço até meu esconderijo secreto na Toledano.

Era um pequeno quarto de esquina, simples, com uma cama de solteiro com o colchão afundado, uma cômoda arranhada e uma minúscula alcova contendo uma privada e uma pia. Uma lâmpada no teto fornecia a única iluminação.

Na solidão desse ambiente espartano, comecei minha jornada pela trilha que custou a vida ao padre Serrano.

Dezenove

Eu estava certo quanto às anotações. Serrano era um pesquisador metódico. Ele havia examinado os livros interagindo com eles por meio de uma caneta marca-texto, disposto a fazer um estudo sério. As margens estavam cobertas de comentários rabiscados, às vezes palavras isoladas, às vezes observações profissionais. Longas passagens, com freqüência páginas inteiras, estavam destacadas em amarelo. Marcas de conferência e pontos de exclamação pontuavam períodos e frases que ele achou particularmente importantes. Repetidas vezes aparecia a inicial M, uma óbvia referência ao tema da investigação. Ele havia datado a folha de rosto interna de cada livro, o que me possibilitou colocá-los em seqüência, e examiná-los na mesma ordem usada por ele. Era quase como se padre Serrano estivesse me ajudando a seguir seu raciocínio — o professor guiando o aluno pelo caminho da descoberta.

Durante três dias permaneci enclausurado com os livros, aventurando-me a sair do prédio apenas para comer e procurar uma pomada calmante para a marca vermelha nas costas da minha mão, que agora inchava, formando uma espécie de cicatriz fina. Eu passava quase todas as horas do dia no meu esconderijo secreto no andar de cima, descendo ao meu quarto original de noite para manter a ilusão de estar residindo ali. Mesmo nessas ocasiões, eu levava um livro para continuar estudando. Não era uma forma muito glamourosa de começar uma investigação. Sem arrombamentos, telefones grampeados ou perseguições de automóvel. Apenas a pesquisa obstinada, lendo até meus olhos doerem, às vezes dormindo sentado, muito parecido com aqueles dias de virada final para as provas quando eu estava na faculdade. Mas, nesta, eu tinha certeza de que jamais teria uma segunda chance se fracassasse.

Comecei achando que já sabia muito sobre reencarnação e a história dos primórdios do cristianismo. Porém, quanto mais lia os livros de Serrano, mais percebia que não sabia muita coisa. A diferença, acredito, era que na minha época de investigador de casos de quase-morte eu tinha lido muitos desses livros com outro objetivo. Buscava informações sobre o Outro Mundo. Agora que eu estava diante da possibilidade de alguém ter de fato retornado, cada palavra que eu lia parecia soar de outro modo. Era possível, guiado pelas notas de Serrano, interpretar algumas das palavras mais conhecidas de Jesus Cristo de forma a sustentar a teoria da reencarnação. Como o famoso místico Edgard Cayce disse certa vez: "Posso encontrar na Bíblia interpretações para a reencarnação — e você interpretá-las de novo."

Serrano tinha marcado todas as citações mais conhecidas usadas pelos reencarnacionistas para provar sua tese.

Havia marcado a famosa referência em João 9:1-3, que começa quando perguntaram a Jesus: *Mestre, quem pecou, este homem ou seus pais, para ele ter nascido cego?* A nota marginal do padre chamava a atenção para a óbvia referência a uma existência anterior, o reconhecimento da reencarnação implícito na resposta de Jesus.

Ele marcou o capítulo 9 de Mateus, no qual Jesus identifica João Batista como a reencarnação de Elias.

Marcou as Bem-aventuranças. Segundo as notas de Serrano, *Colherás o que semeares* era uma insinuação extraordinariamente clara de carma: a crença budista de que o modo como um indivíduo vive uma vida determinará a natureza da próxima. *Os primeiros serão os últimos e os últimos serão os primeiros* era perfeitamente coerente com o *ciclo samsara* das existências. Na verdade, o Sermão da Montanha pregado por Cristo, segundo as notas de Serrano, poderia ter saído da boca do próprio Buda, com sua promessa da ação virtuosa conduzindo a um estado melhor: *Bem-aventurados os que sofrem, porque serão consolados. Bem-aventurados os mansos, porque herdarão a terra. Bem-aventurados os que têm fome e sede de justiça, porque serão fartos. Bem-aventurados os misericordiosos, porque alcançarão misericórdia.* As notas de Serrano chamavam a atenção para o fato de não haver terra a herdar nos Céus, ou necessidade de consolo ali, portanto, é mais lógico que os dizeres se referissem a uma vida subseqüente na Terra.

Havia dezenas de trechos destacados, alguns mais explícitos em seus significados do que outros. Mas o que Serrano considerava a frase mais clara da Bíblia sustentando a idéia da reencarnação, conforme evidenciado por seus múltiplos pontos de exclamação, foi encontrada em João 3:6, quando Jesus diz:

O que é nascido da carne é carne; o que é nascido do Espírito é espírito.

Em sua nota à margem, Serrano viu a frase como uma nítida expressão da visão dualista na qual os gnósticos baseavam suas crenças na reencarnação.

Jesus salientou, escreveu ele, que a alma existia independentemente da carne e, visto a alma ser imortal, ela podia habitar mais de um corpo terreno.

É óbvio, não há novidade alguma em tentar encontrar referências à reencarnação na Bíblia. Gregório, Clemente, Orígenes e outros já haviam trilhado esse caminho antes. Mas Serrano parecia disposto a mais do que uma simples busca do "Elo Perdido do Cristianismo".

Conforme eu passava de um livro para outro, seguindo as cuidadosas referências cruzadas do padre, indo do Antigo Testamento para o Corão, da Cabala para o Código de Manu, do Evangelho de Q para *Pistis Sophia*, dos Upanishads para o Nag Hammadi, percebi que o que ele estivera fazendo era nada menos do que desenvolver uma nova interpretação religiosa. Era fantástica em sua ousadia, no entanto ali estava, nitidamente delineada nas suas anotações às margens das páginas, e sustentada pela própria fonte na qual se baseava: uma teologia que englobava as semelhanças entre as religiões do mundo, em vez de isolá-las por suas diferenças. Por meio de uma pesquisa exaustiva, ele havia explorado os notáveis paralelos que uniam o budismo ao cristianismo, ao judaísmo, à teosofia, ao islamismo, até ao zoroastrismo e às seitas coptas e gnósticas.

Mas por quê? Com que objetivo?

Ele não me parecera um radical. Exceto pela sua formação psiquiátrica, parecia ser um clérigo relativamente convencional, um padre católico num país católico. Era um homem inteligente, com uma boa conversa, mas não parecia ser o tipo de indivíduo capaz de lançar uma nova religião. No entanto, os textos que selecionou e seus comentários atacavam alguns dos princípios mais respeitados pela fé católica, tais como o pecado original, a primazia de Pedro, o papel das mulheres e a estrutura hierárquica da Igreja em si.

Estes e outros dogmas, alguns dos quais nunca claramente expressos na Bíblia, tinham sido codificados e solidificados ao longo dos séculos por vários concílios da Igreja e reafirmados por uma extensa linhagem de papas. Não há dúvida de que muitos desses papas foram indicações políticas, mas a verdade é que os pontífices modernos invocaram o manto papal da infalibilidade para forçar os católicos a seguirem as doutrinas de seus predecessores, às vezes ilegítimos e corruptos.

Então, por que padre Serrano flertava com a heresia?

Poderia isso ter alguma relação com La Magdalena e o que ele chamava de "Verdadeiro Evangelho de Jesus Cristo"? Segundo Serrano, ela mesma havia contestado algumas dessas doutrinas, tinha discutido com os padres e rasgados páginas ofensivas do Novo Testamento. Se esse comportamento era herético ou sintomático de uma mente desorientada, a missão de Serrano teria sido a de decidir isso e em seguida resolver o problema. O que começou como um relacionamento de médico e paciente poderia ter acabado numa estranha inversão de papéis? A freira, por meio de uma estranha força de sua personalidade, teria convertido o padre ao seu modo de pensar?

Se foi assim, isso explicaria por que o vigário-geral o afastara do caso.

Parecia uma forma benigna de lidar com um padre herege em potencial, muito mais humano do que as sentenças de morte conferidas para essas atividades. A Igreja, como a própria Espanha, havia avançado muito desde aquela época de trevas.

E no entanto Serrano estava morto, e isto era tão certo como se tivesse sido condenado por algum inquisidor medieval.

Vinte

A mente humana tem uma notável capacidade de guardar segredos de si mesma. Muitas vezes são verdades incômodas que permanecem enterradas no subconsciente, de onde proporcionam uma rica fonte de renda para psicanalistas e gente como eu. Nós que estudamos o funcionamento da mente não estamos imunes às suas peculiaridades. Levei três dias para meu subconsciente finalmente reconhecer o que deveria ter suspeitado desde o início.

Já estava quase escurecendo no terceiro dia e eu me encontrava mergulhado no conteúdo da *Pistis Sophia*, a "bíblia" gnóstica que foi escrita pouco depois da morte de Cristo. As anotações de Serrano estavam ficando mais difíceis de decifrar. À medida que se tornavam mais complexas, sua caligrafia se deteriorava em rabiscos febris. Se eu não estivesse acostumado às características peculiares da sua letra, não teria podido ler aqueles apressados garranchos. Eu lutava com uma frase incompreensível quando, espontaneamente, um desses pensamentos ocultos borbulhou de dentro do meu subconsciente.

Era uma idéia que eu teria rejeitado se não tivesse reconhecido os sinais antes. Talvez por isso ela tenha ficado esperando nas profundezas da minha mente, de onde observou e avaliou o material que eu estava estudando, até decidir que eu estava num estado de espírito mais receptivo.

Relaxei as costas na cadeira, pasmo com minha própria idiotice por não ter percebido aquilo antes.

O comportamento paranóico, a obsessão com sua paciente, os misteriosos arquivos que Serrano dizia carregar na maleta, os apelos fervorosos para que eu continuasse seu trabalho, era tudo indício de que alguma coisa tinha saído muito errado em sua abordagem com a freira. Uma das mais poderosas e potencialmente perigosas ferramentas da psicoterapia é a *transferência*, um processo no qual o paciente transfere para o terapeuta emoções primitivas. E essas emoções podem ser negativas ou positivas. Em muitos casos, o paciente idealiza, idolatra, e até se apaixona pelo terapeuta, que usa essa transferência de afeto como um meio para guiar o paciente para uma nova compreensão de si mesmo. Nesse caso, entretanto, era evidente que tinha acontecido o inverso. O terapeuta havia projetado suas próprias emoções na paciente, imbuindo-a de uma autoridade que deveria ter reservado para si mesmo.

O padre havia se tornado um discípulo de La Magdalena.

Como as freiras que mencionara por alto, ele também tinha se tornado um de seus seguidores.

Era um fato que ele tinha escondido de mim durante nosso encontro uma ofuscação intencional do seu verdadeiro relacionamento com a freira. Mas ficava claro nas suas notas e marcações que era o papel em que ele se via. Era uma surpreendente inversão de papéis. Que estranho poder essa simples freira possuía para transformar um padre em seu prosélito, e se elevar aos olhos dele ao posto de profeta?

Do ponto de vista psicológico, eu sabia ser possível, pela pura e simples força de uma personalidade psicótica, sufocar e dominar um indivíduo mais submisso. Mas padre Serrano não me pareceu um tipo submisso. Eu estava convencido de que havia mais coisas atuando ali, alguma alquimia ainda inexplicada que, francamente, estava achando um pouco fantasmagórica.

Lembrei dos meus breves encontros com La Magdalena. Pensei no fenômeno, que Jung teria chamado de *sincronicidade*, de vê-la na janela do convento, a quase telepática comunicação quando ela colocou a mão contra a vidraça e olhou para mim. Ou o primeiro encontro na catedral, quando por alguma razão ainda inexplicada ela havia me escolhido entre centenas de outras pessoas para ser seu mensageiro. Baixei os olhos para a área avermelhada nas costas da minha mão, que parecia estar assumindo as características de uma marca permanente. Eu havia sido marcado por ela, pensei. Mas como e por quê, não sabia.

O quarto de repente parecia insuportavelmente quente e abafado. Eu não podia abrir a janela, porque não ousava revelar minha presença naquele esconderijo num andar mais acima. O ar foi ficando pesado e difícil de respirar, como se o nível de oxigênio tivesse baixado. Não adiantou abrir a porta que dava para o corredor. Senti necessidade de ir para a rua, onde, embora o ar fosse tão poluído como o de qualquer outra cidade grande, pelo menos não me sentiria confinado.

Ao sair do prédio, o sol da Espanha bateu nos meus olhos com o seu brilho de fim de tarde. Olhando meio de esguelha, era impossível ver se estava sendo seguido. Usei de todos os truques conhecidos, aproveitando os espelhos dos carros e vitrinas de lojas para ver atrás de mim, fingindo estar procurando alguma coisa para comprar, esperando nos cruzamentos até o último segundo o sinal abrir e então atravessar a rua correndo, e depois me virar para ver se alguém tinha cometido a imprudência de ser apanhado às claras e se revelar. Era um jogo no qual meus perseguidores eram muito mais hábeis do que eu. Eles continuaram invisíveis.

Depois de três dias confinado, eu estava gostando de sentir o calor do sol na minha pele e resolvi aproveitar a oportunidade para fazer um pouco de exercício. Subi pela Gran Vía até os Jardines del Turia, a ampla extensão de árvores e vegetação plantadas sobre o que fora antes o rio de mesmo nome. Meu plano era fazer um caminho circular que me levasse de volta ao meu ponto de partida. Mas acabei me perdendo num conjunto de ruas movimentadas perto da universidade. Nenhuma delas me parecia familiar, até que virei uma esquina e me vi na *calle* Don Bosco.

Bem em frente, do outro lado da rua, estava o Convento de las Hermanas del Sangreal ocupando todo um quarteirão. E numa janela do terceiro andar, olhando para mim, estava a figura encapuzada de uma freira. Seria La Magdalena? Eu não sabia. O reflexo do sol se pondo ocultava o rosto da freira. E, tenho de admitir, eu estava com medo de fazer um contato visual, temendo que o poder que ela teria exercido sobre o padre Serrano fosse redirecionado para mim. Baixei a cabeça e apressei o passo.

Pela segunda vez, alguma força inexplicável, do meu próprio subconsciente ou não, havia me atraído para aquele local. Uma vaga e indefinível sensação de estar tendo um pressentimento tomou conta de mim.

Se minha mente não estivesse distraída com esses pensamentos, eu teria percebido o Mercedes preto que deslizava bem devagar ao longo do meio-fio ao meu lado, talvez tivesse conseguido escapar dos dois homens que apareceram de repente ao meu lado. Eles vestiam ternos escuros e gravatas, o que de início me fez pensar que eram policiais à paisana.

— *Señor* Nikonos? — o mais baixo perguntou. Seu rosto era estreito, desfigurado, um dos lados sugerindo uma extensa cirurgia oral para reconstruir a mandíbula. Ao falar, apenas o lado esquerdo da sua boca se movia.

Antes que eu pudesse responder, os dois homens, cada um me pegando por um cotovelo, me guiaram até o banco detrás do Mercedes, que partiu dali sem mais instruções ao motorista.

Vinte e um

— *Qué pasa?* — perguntei, usando uma das minhas poucas frases do manual de espanhol.

Nenhuma resposta.

Meus dois companheiros mantinham-me apertado entre eles, o menor, com quadris ossudos, e o maior, com nádegas de músculos possantes. Ambos estavam muito bem penteados, com os cabelos esticados para trás à base de brilhantina levemente perfumada. O menor, de cara marcada, era pálido, os olhos lacrimejantes, as mãos constantemente ajeitando o vinco das calças e conferindo o nó da gravata. O maior era um homem plácido, que olhava para a frente, sem voltar os olhos uma só vez para mim depois que entramos no carro. Ele tinha o rosto áspero, curtido pelo tempo, como de um fazendeiro, com olhos injetados, de cantos caídos. Seus dedos eram grossos e cheios de calos, ao contrário dos dedos esguios de batedor de carteiras do seu companheiro.

Apesar das minhas insistentes tentativas, foi impossível arrancar uma palavra deles. O motorista uniformizado também estava impassível. Se eram policiais, até na Espanha os seus regulamentos os obrigariam a declarar suas intenções. Por outro lado, embora as atitudes fossem bruscas, eles não se comportavam como bandidos. Pareciam disciplinados demais para serem desordeiros comuns. Espremido entre meus companheiros mudos, só me restava especular quanto ao destino que planejavam para mim.

O Mercedes tomou o rumo norte, saindo de Valença pela auto-estrada beirando a costa. Atravessamos quilômetros e quilômetros de laranjais, entremeados de surpreendentes visões do Mediterrâneo, à nossa direita, e cadeias de montanhas, à nossa esquerda. Antigos castelos e fortalezas, alguns em ruínas, outros convertidos em albergues para turistas, erguiam-se sobre picos mais estratégicos. No marco indicando o KM 25 atravessamos a cidade de Sagunto. Era um lugar que planejava visitar numa viagem de ida e volta no mesmo dia, saindo de Valência, para ver as ruínas romanas e os vestígios de uma acrópole grega. Segundo os guias que li, foi ali que os primeiros judeus chegaram na Espanha, um século antes do nascimento de Cristo, e onde Aníbal iniciou a Segunda Guerra Púnica, mais de cem anos antes disso. Tive de me contentar com uma rápida visão de algumas colunas antigas no centro da cidade quando o Mercedes passou em disparada por ali.

Os laranjais continuaram à medida que subíamos a costa. Ainda não era a estação da colheita, mas os frutos amadureciam nos amplos pomares por onde passávamos, transformando a vista da janela num borrão monótono verde e laranja. O sol logo desapareceu por trás das montanhas. Os laranjais ficaram escuros. Mas uma brilhante lua de pescador iluminava o Mediterrâneo. Não fosse a circunstância em que me encontrava, teria sido uma noite maravilhosa. Se eu estivesse ao volante, teria aberto as janelas do carro para apreciar a fragrância da maresia que vinha atravessando os laranjais.

Passamos por Burriana, Benicásim e Oropesa, e comecei a imaginar se estavam me levando até Barcelona. Por fim, depois de umas duas horas na estrada, o motorista diminuiu a marcha. Estávamos nos aproximando de Peniscola, local que uma placa iluminada e muito pretensiosa descrevia como "El Mont San Michelle de España". No escuro, eu não estava vendo nada parecido com aquele espetacular ponto de referência francês, mas o luar sobre a água revelava um istmo ligando a cidade ao continente. Em cima da hora, o motorista virou à esquerda, afastando-se de Peniscola e tomando a direção das escuras montanhas longe da costa. A estrada pavimentada logo virou um caminho de cascalhos, que iam batendo ruidosamente embaixo do carro. Paramos num portão de metal. Um homem de boina surgiu de dentro da casa do porteiro e deu a volta para falar com o motorista e dar uma espiada no banco detrás. Os homens ao meu lado o cumprimentaram numa língua que não entendi. Ele resmungou alguma coisa e fez sinal para seguirmos. Quando o carro se afastou, notei outra pessoa esperando no meio dos arbustos, fora do alcance dos faróis. Dez minutos e uma subida íngreme mais tarde, passamos por uma segunda guarita, cuja sentinela acenou para continuarmos nosso caminho. Finalmente, chegamos a uma construção que parecia um chatô francês do século XVII, uma estrutura maciça de pedra com três andares de altura e meio quarteirão de largura. O castelo assentava-se sobre seu próprio pico de montanha, de onde se podia ter uma vista magnífica da cidade lá embaixo. Toda a frente do prédio estava fortemente iluminada. Espécimes selecionados de árvores de ambos os lados estavam ainda mais acentuados por holofotes escondidos. Um guarda de segurança ajoelhou-se ao lado de dois pastores alemães, tranqüilizando-os enquanto o carro passava.

A grama crescia no que restara de um antigo fosso. A ameaça de ataques sarracenos tendo deixado de existir há séculos, o portão principal fora transformado numa entrada imponente, saudando os visitantes com uma escadaria de mármore esculpido que levava a maciços portões medievais. Uma porta menor cortada em um desses portões foi aberta, não por um mordomo mas por uma criada. Era uma mulher de meia-idade, vestida com recato, de preto, com um avental branco. Ela nos recebeu falando espanhol e já sabendo da minha vinda pois me cumprimentou pelo nome. O salão de entrada me fez lembrar Versalhes, com seu candelabro de cristal, a ampla escadaria em curva, o intrincado piso de mármore marchetado. Antigos estandartes de guerra pendiam dos caibros do teto. Montando guarda ao lado de uma passagem em arco depois das escadas estava uma armadura cuja mão direita segurava um mastro de bandeira. Pendurada no mastro havia uma flâmula de seda branca desbotada com a lendária Cruz de Lorena vermelha, a *Rose Croix* que os cruzados carregavam nas batalhas durante a Idade Média. Uma grande mossa no elmo e reparos no peitoral eram uma evidência de que fora útil ao seu dono. Observando discretamente na sombra, havia um homem que poderia ter sido o irmão da sentinela que nos parou na estrada. Tinha os ombros largos e usava bigode, e ficou me olhando com uma expressão fria e desinteressada.

O meu companheiro mais baixo fez sinal para que eu entrasse por uma passagem à esquerda. A passagem dava para uma sala enorme, que uma coleção de mobílias de época, objetos de arte, prateleiras com livros antigos e uma grande lareira tornavam aconchegante. Sentado numa poltrona *bergère* estava um homem jovem pálido e esbelto, pouco mais velho do que eu. No seu colo havia um exemplar do meu livro. Antes de me cumprimentar, ele comparou com atenção meu rosto com a fotografia da capa.

— Sr. Nikonos — ele disse quando teve certeza de que era eu. — Quanta gentileza em ter vindo.

— Não tive opção.

— Sinto muito — ele falou num elegante inglês com sotaque francês. — Mas o senhor estava sendo vigiado. Tivemos de agir rápido.

Ele se virou para perguntar alguma coisa numa veloz explosão de palavras em espanhol. A resposta foi negativa.

— *Bueno* — ele murmurou, voltando-se para mim com um sorriso. — Então finalmente estou conhecendo o famoso Autenticador. Que sorte a minha o senhor ter resolvido visitar Valência.

Talvez não tanta sorte para mim, pensei ao ver meus dois seqüestradores posicionando-se ao lado da porta

— Sou Jean-Claude Flamel DesRosier.

Ele disse isso enquanto se levantava devagar, quase relutante, da sua poltrona. Para um homem jovem, tinha um ar irritantemente nobre. O nariz afilado, a testa alta e o queixo curto, tão comuns nos retratos da aristocracia libertina do século XVIII. Seu guarda-roupa era o que eu chamaria de estilo dândi francês. O *blazer* de veludo azul ostentava o que pareciam ser botões e fios de ouro puro, tecidos num complicado desenho no bolso superior. Uma echarpe de seda vermelha combinava com o plastrão vermelho no pescoço. Calças cinza muito bem passadas tinham como acessórios as meias vermelhas de seda e os esguios *scarpins* Bally. Quando estendeu a mão para me cumprimentar, quase pensei que estava esperando que eu a beijasse. Ele havia dominado a arte de falar sem mover o lábio superior.

— Bem-vindo a minha casa — ele disse. — Janta conosco?

— Gostaria de saber por que estou aqui.

— Ah, vocês americanos — ele suspirou. — São tão ásperos.

— Sinto muito — eu disse, e na mesma hora me perguntei por que estaria me desculpando com um homem que me seqüestrara no meio da rua. — Mas tenho certeza de que não me trouxe até aqui só para me convidar para jantar.

— O senhor está certo, é claro — DesRosier falou. — Minha intenção é outra. Mas tinha esperanças de que pudéssemos conversar sobre isso durante o jantar. O cozinheiro preparou um prato tradicional catalão para o senhor.

Como obedecendo a um sinal imperceptível, um conjunto de portas rebuscadamente esculpidas se abriu no fundo da sala. No vão, a mesma mulher vestida de preto que tinha me recebido na porta da frente estava aguardando.

— Já provou a verdadeira comida catalã? — DesRosier perguntou, conduzindo-me a uma enorme sala de jantar formal.

A peça central da sala era uma mesa tão comprida que precisava de dois candelabros para iluminá-la corretamente. As paredes estavam decoradas com temas que continuavam lembrando os cruzados. Sobre a lareira obrigatória havia um gigantesco quadro a óleo de algo parecido com o Templo de Salomão, em Jerusalém, cujos restos foram "salvos" das mãos dos muçulmanos na Primeira Cruzada. Decorando as outras paredes havia retratos de papas e guerreiros da Idade Média, pinturas de cenas violentas de batalhas e reproduções de igrejas, inclusive as catedrais de Chartres, Bolonha e Notre Dame. O modo como os quadros estavam dispostos nas paredes denunciava uma inquietante justaposição de carnificina e catolicismo. A inclusão das grandes catedrais era intrigante, visto terem pouca relação com o tema das Cruzadas.

— O senhor tem uma coleção de arte impressionante — eu disse, tentando encontrar alguma coisa agradável para dizer sobre a exibição estranhamente perturbadora.

— A história da minha família — DesRosier explicou. — Os quadros estão aqui há centenas de anos.

Parei diante de uma pintura bem sangrenta, que retratava um cavaleiro com uma espada ensangüentada decepando o que parecia ser a cabeça de um muçulmano de turbante. O cavaleiro barbudo sorria.

— Seus ancestrais eram cruzados? — perguntei.

— Isso foi há séculos — ele respondeu com modéstia. — Sou apenas um homem de negócios.

— É mesmo? Que tipo de negócios? — Eu sabia que estas perguntas eram consideradas grosseiras na Europa, mas ser raptado numa calçada e transportado de carro durante duas horas para jantar com uma pessoa totalmente estranha também era.

— Bancos, Marinha Mercante, computadores — ele respondeu. — Uma companhia aérea, minas de diamantes... meus ancestrais foram muito felizes em seus investimentos.

Embora houvesse cadeiras suficientes para 30 pessoas, a mesa estava posta apenas para quatro. DesRosier tomou o lugar à cabeceira, eu sentei-me à sua direita. Uma garrafa de vinho tinto — devidamente desarrolhada para poder respirar — aguardava por nós dois. Um olhar mais atento para o rótulo revelou ser um Chateau Lafite Rothschild, considerado pela maioria dos enófilos o melhor vinho tinto do mundo. Uma descoberta mais surpreendente foi a do rótulo menor indicando a safra: 1941. Como nenhum vinho tinha sido exportado durante a ocupação alemã, a garrafa deveria ter vindo da lendária "safra perdida" que os vinhateiros de maior prestígio em Bordeaux esconderam dos nazistas. Se essas garrafas fossem colocadas no mercado aberto, seu preço de leilão na certa chegaria aos milhares de dólares. Mas, com estudada indiferença, ela foi deixada ali sozinha sobre a toalha de mesa de renda, sem nem mesmo o benefício da costumeira cesta de prata. Meus seqüestradores estavam sentados longe do alcance da nossa voz, na outra ponta da mesa. Uma jarra com algo parecido com uma sangria esperava por eles. Assim que nos sentamos, uma jovem atraente, com um uniforme branco, apareceu ao lado de DesRosier para nos servir o vinho. Observei com muita expectativa o precioso líquido vermelho colorindo a lateral do copo de cristal. Mais de seis décadas depois, ele ainda conservava a magnífica coloração rubi. Mesmo antes de fazê-lo girar no copo, eu podia sentir o buquê, o delicado aroma frutoso que parecia misturar groselhas negras, cedro e, surpreendentemente, um toque de baunilha.

— *Santé* — DesRosier ergueu o copo e me dirigiu um brinde em francês. Em seguida, baixando a cabeça para espiar os dois funcionários na outra ponta da mesa, gritou em espanhol "*Salud!*".

Eles ergueram os copos em resposta. Com lentidão, sem querer apressar o momento da revelação, dei um minúsculo gole, excitando minha língua com sabores que eu sabia que nunca mais voltaria a provar. Por um instante, minha boca foi transportada de volta aos campos do Medoc, onde as longas filas de videiras carregadas aqueciam-se ao sol da França e adquiriam características quase mágicas que permitiam aos seus sabores e aromas não só sobreviver, mas também crescer e amadurecer dentro da garrafa até alcançarem uma sedosa sutileza.

— Tito e Manolo jantarão conosco, mas eles têm seus próprios assuntos para discutir — DesRosier falou. — Em todo caso, eles não são muito expansivos com estranhos.

— Eu percebi.

— São bascos. É da natureza deles desconfiar de pessoas estranhas. O senhor talvez conheça bem os bascos.

— Não mais do que a maioria das pessoas — disse com cautela. É claro que eu tinha visto notícias nos jornais sobre atentados a bomba que faziam parte do esforço basco para conquistar a tão almejada independência. Mas, com dois bascos me vigiando da outra ponta da mesa, resolvi que era muito arriscado enveredar por esse assunto. — Conheço sobre o Museu de Bilbao, que parece espetacular, e ouvi elogios a respeito da culinária basca.

— Então o senhor sabe muito pouco — DesRosier torceu o nariz. — Há evidências de que os bascos são os europeus originais, descendentes diretos do homem de Cro-Magnon. Sua língua é extraordinariamente complexa e data da Idade da Pedra. — Ele baixou a voz num sussurro. — Olhe para eles. Não parecem homens da caverna? Veja suas sobrancelhas espessas, as testas pesadas, os lóbulos das orelhas longos. Estas características são típicas dos bascos.

Nos Estados Unidos, comentários desse tipo seriam considerados ofensivos. Mas descobri que a naturalidade a respeito de diferenças étnicas ainda era bastante comum entre os europeus.

— Os bascos foram ótimos marinheiros e exploradores — DesRosier continuou. — As baleeiras deles estiveram na sua América muito antes de Colombo. Eles têm os melhores portos na Ibéria, onde no passado construíam e abrigavam a poderosa Armada espanhola. Eram um povo próspero, que conseguiu sobreviver aos romanos, aos visigodos e aos mouros.

Eu havia aprendido há muito tempo a não interromper quem estivesse discorrendo sobre um assunto no qual se julgava especialista. Havia sempre a possibilidade de aprender alguma coisa. De qualquer modo, eu estava satisfeito em ficar calado, saboreando o Lafitte Rothschild lá nos confins da minha boca fechada.

— Mas os maiores pecados foram cometidos contra o povo basco em épocas mais recentes — DesRosier continuou. — Napoleão dividiu o país deles entre a França e a Espanha. Hitler permitiu que a Luftwaffe praticasse técnicas de bombardeio arrasadoras sobre a cidade de Guernica. E Franco baniu sua língua e seus costumes, perseguiu-os e tratou seus filhos como criminosos... só por terem nascido bascos. Mas, hoje, são o povo mais próspero da Espanha. Os bascos controlam grande parte dos bancos e das indústrias espanhóis. Mas não se contentarão enquanto não recuperarem a independência.

— Mas o senhor é francês, e estamos na Espanha. Por que escolheu bascos como guarda-costas?

— Porque posso lhes confiar minha vida. Eles são talvez o povo mais reservado do mundo. E o mais destemido. — Ele acenou com a cabeça em direção ao extremo oposto da mesa. — Tito é um homem baixo para os padrões bascos. Mas já saltou de uma janela no segundo andar para salvar uma criança que estava no caminho dos touros em Pamplona. O chifre do animal rasgou seu rosto mas ele não largou a criança. Sem demonstrar medo algum. Esse é o tipo de homem que eu quero como meu guarda-costas.

DesRosier ergueu o copo para mais um brinde, este agora numa língua que não parecia francês nem espanhol.

— *Euskadi Ta Askatasuna.*

O rosto deformado de Tito se abriu num sorriso. Foi acompanhado por Manolo, de constituição mais corpulenta, e os dois homens ergueram os copos em resposta.

— *Euskadi Ta Askatasuna* — eles retribuíram o brinde.

— Estas palavras são abreviadas como ETA em suas bandeiras — DesRosier me explicou. — Significa "Liberdade para os Bascos". Está vendo como elas os fazem sorrir? — Ele riu baixinho, satisfeito com o que percebia ser sua facilidade em manipular os dois homens. — Eles continuam tramando e sonhando em ter de novo o próprio país, e são de uma lealdade feroz com quem os ajuda na sua causa.

— Como o senhor?

— Eu contribuo para muitas causas — DesRosier deu de ombros. — Inclusive para o Convento de las Hermanas del Sangreal.

Então era isso, pensei. No estilo indireto, tão ao gosto dos franceses, ele estava finalmente começando a insinuar uma razão para a minha presença ali.

Como se estivesse aproveitando uma deixa, a mulher de meia-idade, que pelo visto servia como mordomo do castelo, abriu a porta da cozinha. Atrás dela, duas mulheres jovens de uniformes brancos entraram na sala. Vinham carregando grandes bandejas de prata com uma variedade de aperitivos que nos apresentaram para aprovarmos. A jovem que tinha servido o vinho também descreveu os pratos para mim, uma tarefa que meu anfitrião aparentemente não considerava à altura de sua dignidade.

Com sua ajuda, escolhi *albergines dolce, anxoves fregides, escabetx de colomi* e *pebrot farci amb anec*, que ela explicou serem fatias de berinjela refogadas no mel, anchovas fritas crocantes, coxas de pombo em conserva frias e um pimentão vermelho doce recheado com carne de pato. Comer tem a característica maravilhosa de aliviar minhas ansiedades e, ainda por cima, com a ajuda de um vinho soberbo, relaxei e decidi gozar meu cativeiro.

— Gostei muito do seu livro — DesRosier disse entre uma mordida e outra.

— Obrigado. — Fiquei imaginando de que modo exatamente ele tinha tido conhecimento de mim ou do meu livro.

— O senhor tem uma ocupação muito curiosa, sr. Nikonos. Conheço detetives particulares, que vocês americanos chamam de "olhos particulares", mas isto é algo novo, não é mesmo?

— Sou apenas um investigador — falei. — O que faço não é assim tão diferente do que os outros investigadores fazem.

— Ah, mas o senhor se autodenomina o Autenticador. E os mistérios de que trata são os mistérios eternos. Eu jamais acreditaria que alguém pudesse autenticar a existência de vida após a morte. O senhor conseguiu o que Agostinho, Tomás de Aquino e muitos outros não conseguiram.

— Tive sorte.

— Acho que foi mais do que sorte. Acho que o senhor tem um raro talento para essas coisas. Diga-me, o senhor anda armado?

— Não.

— E no entanto às vezes se vê em situações muito perigosas. Isso não o assusta?

— Às vezes, sim — reconheci.

— Mas é claro, contra uma bomba uma arma não teria ajudado muito — ele falou.

O tom da sua voz continuava cordial, mas a conversa tinha tomado um rumo sinistro. Estendi a mão para pegar o copo de vinho, mas, nisso, pensando que deveria manter minha mente lúcida, decidi evitar o álcool e ficar com a água.

— O senhor sabe do atentado a bomba? — perguntei.

— Todo mundo na Espanha sabe. Mas o senhor parece ter sobrevivido ileso, exceto, é claro, pela marca vermelha nas costas da sua mão. Um milagre, não é mesmo?

O milagre era que ele conhecia detalhes do atentado que não tinham sido publicados, pensei. Antes que eu pudesse responder, a porta da cozinha abriu de novo. As três jovens voltaram para recolher os pratos, trazendo outros, e talheres e guardanapos, um *sorbet* de laranja para apurar nosso paladar antes de chegar o próximo prato, mais uma jarra de sangria para os bascos e outra garrafa do inacreditável Lafite Rothschild para nós. Até agora, a comida era a melhor que eu tinha provado desde que chegara na Espanha. Infelizmente, minha necessidade de manter a mente clara impedia-me de continuar bebendo aquele vinho extraordinário.

— Não sou uma pessoa fácil de impressionar, sr. Nikonos. Principalmente por americanos. Mas o senhor possui habilidades fascinantes e, considere isso sorte ou intervenção divina, parece ter uma estranha capacidade de se manter vivo. Acho que gostaria de contratá-lo.

— Contratar-me? Para quê?

— Para fazer uma investigação, é claro. É o que o senhor faz, não é mesmo?

— Já tenho um cliente.

Ele não levantou os olhos do seu prato.

— Sei que essas questões costumam ser confidenciais — ele falou. — Mas posso pedir a identidade desse cliente?

— Seu nome é Serrano. Padre Javier Serrano.

Houve um leve brilho de reação nos olhos de DesRosier. A primeira rachadura na sua fachada de aristocrática indiferença.

— Mas ele não morreu na explosão da bomba?

— Quem lhe contou isso? — perguntei.

Percebendo seu erro, meu anfitrião levou o guardanapo à boca, disfarçando qualquer reação. Mas, ao baixá-lo, tinha recuperado sua expressão suave.

— Deve ter sido uma suposição minha — ele disse. — Acho que li em algum lugar que uma das vítimas estava vestida com o hábito dos jesuítas. Estou enganado?

— Não, era o padre Serrano. Embora, por algum motivo, a Guardia gostaria que eu acreditasse em outra coisa.

— Talvez fosse um impostor.

— A Guardia gostaria que eu também acreditasse nisso — falei. — Mas era o padre Javier Serrano. Tenho provas disso.

— Entendo.

Ele se recostou na cadeira e ficou pensativo por alguns instantes. A moça que servia à mesa retirou imediatamente nossas taças de sorvete vazias.

— Mas, é claro, o senhor é o Autenticador — ele falou, balançando a cabeça. — Não se deixaria enganar. Mas, como este padre Serrano pode ser seu cliente se está morto?

— Pretendo descobrir quem o matou.

— Isso pode ser muito perigoso. Os terroristas vão colocá-lo na mira tão facilmente como fizeram com ele.

— Não acho que tenham sido terroristas.

Estudei atentamente o rosto de DesRosier procurando algum sinal de culpa, algum sinal não verbal que pudesse sugerir seu envolvimento. Mas ele não estava me vendo, perdido em algum pensamento longínquo.

— Acho que a pessoa que colocou a bomba queria me matar tanto quanto ao padre Serrano — acrescentei.

— Se for assim, podem tentar de novo.

A sala foi tomada de um silêncio sinistro; todos suspensos em ações que não chegaram a se completar. As copeiras pregaram os olhos em mim. Meus seqüestradores ficaram me observando. Eu tive a súbita e assustadora compreensão da minha total vulnerabilidade. Eu tinha sido raptado nas ruas de uma cidade estrangeira. Ninguém mais a não ser as pessoas naquela sala tinham idéia do meu paradeiro. Ao sabor de um capricho do meu anfitrião, que parecia perfeitamente capaz de atos desse tipo, eu podia ser surrupiado para um lugar ainda mais remoto e morto sem deixar vestígios. Foi por isso que ele perguntou se eu estava armado? Aguardei que estalasse os dedos finos e ordenasse minha retirada da mesa como um prato usado.

— Bem, é como o senhor diz. — Eu esperava que minha voz não tremesse muito. — Parece que tenho uma estranha capacidade de me manter vivo.

DesRosier sorriu, e todos pareceram relaxar e se comportar com naturalidade de novo.

— Bravo, sr. Nikonos — ele falou. — Tamanha coragem confirma minha crença de que é a pessoa ideal para a tarefa.

— Eu lhe disse que já tenho um cliente.

— Segundo o senhor, seu cliente está morto. Se era mesmo o padre Serrano, como diz, então penso que o senhor verá que temos notável convergência de interesses. O senhor sabia que padre Serrano estava investigando uma das freiras do convento?

— É mesmo? — fingi não saber. — Como soube disso?

As moças trouxeram uma grande sopeira de prata. Uma delas colocou pratos fundos na nossa frente. No fundo de cada prato havia uma crosta de pão francês torrado. A segunda moça serviu com uma concha um caldo grosso e dourado entremeado de nacos de frutos do mar. A terceira, que tinha servido de minha conselheira culinária, identificou a sopa como *caldereta de llagosta.* Era feita com a famosa lagosta espinhosa da ilha de Minorca. Uma rara gulodice nessa época do ano, ela explicou.

— Está certo, sr. Nikonos — disse DesRosier. — Podemos falar com franqueza. Como um dos patronos do convento, estou bem informado sobre todas as questões que afetam o bem-estar das nossas queridas freiras. Eu sabia sobre o trabalho de Serrano. Se ele é de fato o homem que morreu, então acredito que tenha sido assassinado por causa do envolvimento com a jovem freira a quem chamam de La Magdalena.

Mais uma vez a sala ficou em silêncio; o único ruído vinha do outro lado da mesa, onde os dois bascos degustavam sonoramente a sopa. Preguei os olhos no prato. Minhas mãos de repente estavam tremendo demais para tentar erguer a colher.

DesRosier parecia não ter esse problema. Provou de leve a sopa e fez um sinal afirmativo para a mulher de meia-idade. Ela ficou exultante.

— É claro, o senhor deve ter suspeitado que a bomba tinha alguma relação com a freira, não é mesmo? — ele continuou. — Um homem como o senhor não se deixaria enganar pelas canhestras tentativas da Guardia de culpar os bascos.

Estaria ele zombando de mim? Seu rosto era tão inexpressivo, ficava difícil decifrar qualquer intenção.

— É óbvio que o senhor também não creditou nisso — falei. — Já sabia que o homem morto era Serrano, certo?

DesRosier deu de ombros, continuando a mastigar um pedaço de lagosta.

— A *caldereta* está muito boa — ele me disse. — Deveria experimentar um pouco antes que esfrie.

Ele tinha razão quanto à *caldereta*. Tinha um sabor forte e aromático. A consistência era mais de um cozido do que de sopa. Pude sentir o gosto da cebola, do alho e do pimentão vermelho. Mas eram apenas um pano de fundo para o fantástico sabor delicado da lagosta.

— O caldo é feito no estilo tradicional catalão — ele explicou. — Retira-se o miolo da lagosta, que é refogado e depois misturado de volta no caldo para realçar o sabor.

Em geral, acho essas descrições repugnantes. Mas aquela primeira colherada foi absolutamente viciante. Seja lá o que eu pudesse pensar a respeito de DesRosier, ele sem dúvida acreditava no "comer bem".

— Não estou lhe pedindo para desistir da sua busca pelo assassino do padre — DesRosier falou. — Compreendo que seu verdadeiro motivo deva ser o de vingança. Afinal de contas, o senhor quase morreu na explosão que matou o padre.

Era uma interessante tentativa de *insight* psicológico, pensei. Mas ele estava cometendo um erro clássico de analista amador. Estava supondo que minha motivação seria semelhante à dele, olhando meu comportamento pelas lentes do seu próprio caráter. Mas, ao contrário dos cavaleiros guerreiros cujos feitos forravam as paredes à nossa volta, eu estava buscando justiça, não vingança. Resolvi não discutir.

— O senhor é um homem de considerável inteligência, sr. Nikonos. Gostaria que utilizasse essa inteligência no caso dessa estranha freirinha que está perturbando nosso convento.

— O que acontece dentro do convento deveria ser problema das autoridades da Igreja — falei com cautela. — Por que o senhor acha que deve se envolver nisso?

— Como lhe disse, sou um dos patronos do Convento de las Hermanas del Sangreal. Interesso-me por tudo que afete o bem-estar das freiras. Aflige-me pensar que uma heresia possa estar se espalhando entre elas. Até agora parece que as autoridades da Igreja não foram capazes de resolver o problema. Com a demora, um grupo de devotas está se formando em torno dessa freira. Por conseguinte, compete a outras pessoas como eu prestar atenção no que está acontecendo. Acho que está na hora de trazer um investigador de fora.

Parecia razoável que esse auto-intitulado patrono do convento se interessasse pelo assunto, mas alguma coisa nos seus modos me deixava apreensivo.

— Quero que o senhor investigue La Magdalena. Que a investigue e exponha suas pretensões tidas como fraudes que são.

Vinte e dois

— Não é assim que eu trabalho — contestei. — Não costumo abordar um caso com idéias preconcebidas. Apenas sigo os fatos, aonde quer que eles possam levar.

— Muito bem, então, siga os fatos. Mas encontre a verdade.

— Isso pode não ser fácil — contestei mais uma vez. — Como o senhor sabe, ela afirma ser a reencarnação de Maria Madalena, uma mulher cuja própria existência está envolta em mitos. Simplesmente não existe uma série de fatos que provem ou neguem sua história.

— O que talvez explique por que está sendo tão difícil para as autoridades da Igreja lidar com o caso — ele reconheceu. — Mas há muitos mistérios cercando La Magdalena. Ninguém sabe de onde ela veio. Quem seriam seus ancestrais. Ou por que ela fascina todos os que se aproximam dela. Quem sabe o senhor poderia começar sondando esse mistério? Descubra quem realmente ela é. Isso poderá explicar por que ela se comporta dessa maneira. E talvez ajude a determinar qual é a fonte do poder que ela parece exercer sobre todos com quem mantém contato.

Pensei de imediato no padre Serrano, e na sua aparente conversão à causa da freira.

— O seu poder, ao que tudo indica, vem da sua pretensão — eu disse.

— De ter sido Maria Madalena numa vida anterior? — Ele bufou com desdém. — Quem vai acreditar nisso?

— Não é raro membros de uma sociedade fechada, mulheres ou homens, aceitarem idéias que possam parecer estranhas, até bizarras, ao mundo exterior.

— Preciso lembrar ao senhor que estamos falando de um convento católico romano? Um lugar de preces e meditação, não um depósito de atividades religiosas bizarras?

— Conventos católicos têm produzido indivíduos extáticos e estigmáticos — respondi. — E místicos, profetas e milagreiros, muitos dos quais foram elevados à santidade depois de cuidadosa investigação pela Igreja. Nesse tipo de ambiente, uma mulher que acredite ter vivido uma vida passada pode parecer uma pessoa abençoada, escolhida por Deus para favores especiais, e portanto digna de veneração.

Tendo terminado de tomar sua sopa, ele endireitou-se na cadeira e tocou os lábios delicadamente com o guardanapo. O prato foi logo retirado.

— A crença em milagres é fundamental na nossa fé católica — ele disse. — A reencarnação, entretanto, é anátema.

— Não acho que isso seja verdade — falei. Deixei-o esperando enquanto terminava minha sopa. — O senhor está se referindo ao anátema contra os ensinamentos de Orígenes, desacreditado pelos teólogos católicos, que o consideram resultado de um concílio da Igreja realizado contra a vontade do papa. — Minha pesquisa tinha confirmado o que Serrano me dissera. — Na verdade, houve muitos líderes da Igreja primitiva, além de Orígenes, que acreditavam na reencarnação, inclusive Sinésio e Justino Mártir, e muitos outros depois, entre eles São Francisco de Assis e Santo Agostinho, e mais recentemente o arcebispo Passavalli e o cardeal Mercier. Portanto, a idéia nunca esteve distante do pensamento cristão.

— O senhor parece muito bem informado sobre o assunto — DesRosier falou.

Isso era verdade. Depois da minha conversa com Serrano e mais três dias debruçado sobre seus livros, havia pouca coisa que eu não soubesse sobre a importância da teoria da reencarnação na história cristã.

— O padre despertou meu interesse — eu disse.

Assim que meu prato de sopa foi retirado, um grupo de copeiras começou a colocar na mesa pesadas bandejas de comida.

— Naturalmente, a grande falha de qualquer argumento a favor da reencarnação está na aritmética — DesRosier argumentou.

Eu o ouvia meio distraído enquanto examinava, faminto, a primeira travessa: uma grande porção de arroz de açafrão, com seu amarelo forte decorado com flores comestíveis azuis e vermelhas.

— Se toda pessoa que morre renasce em outro corpo, pela lógica ninguém mais pode nascer enquanto alguém não morrer. Isso exigiria uma população estática. Mas a população mundial tem crescido de talvez 2 milhões de pessoas na época dos meus ancestrais até os atuais 6 bilhões.

Na segunda travessa havia algo parecido com enguias fatiadas em vários pedaços. Ele parou de falar enquanto a moça que servia identificava o prato como *rabo de toro*, ou cauda do touro.

— Se toda alma humana reencarna num novo corpo — ele continuou —, de onde todas essas pessoas... esses 4 bilhões extras... vieram? A não ser, é claro, que elas não tenham almas.

A terceira travessa colocada sobre a mesa continha *estofat de bou*, que era ensopado de carne catalão com cascas de laranja e azeitonas pretas.

— A resposta simples é que Deus continua criando novas almas — respondi. — Novas almas estão vindo ao mundo mesmo enquanto as velhas estão passando por uma sucessão de vidas. É um processo cumulativo.

Por fim chegou uma série de bandejas contendo combinações espetaculares de vegetais frescos e cozidos no vapor, alguns salpicados de queijo, camarões picados e carne de siri em tiras. Se era assim que DesRosier costumava jantar, fiquei imaginando como ele conseguia continuar tão magro.

— Existem outras respostas mais complicadas para sua pergunta — eu falei. — Os budistas lhe dirão que é o resultado da transmigração de almas de outros seres vivos. Eles acreditam num processo evolutivo que começa com as criaturas mais simples e vai subindo pelo que chamam de a Grande Roda da Existência, dependendo de como a pessoa se comporta em cada vida. Uma pessoa que é má pode renascer como cobra ou cachorro.

— As pessoas renascendo como animais? — ele bufou com desprezo. — É uma idéia absurda.

— Eu não sei. Existe a clássica história de Pitágoras, que reconheceu a alma de um amigo seu num cachorro que estava sendo espancado — eu disse, enquanto a moça ao meu lado distribuía porções de cada uma das entradas no meu prato. — E sem dúvida o senhor conhece os magníficos estábulos em Chantilly. Eles foram construídos por um dos seus conterrâneos, um nobre que acreditava que reencarnaria como cavalo e queria viver sua vida eqüina luxuosamente.

— Os franceses têm fama de excêntricos — ele disse num tom que encerrava a questão. — E não sou adepto do pensamento budista. Sou cristão.

— Então deveria ler melhor a Bíblia — eu falei. — Verá que existem lá dezenas de referências ao renascimento, algumas mais óbvias que outras. E todos os livros, do Antigo e do Novo Testamento, falam da imortalidade da alma. Essa é a base teológica que os estudiosos cristãos primitivos usaram como fundamento lógico da reencarnação. Se a alma é imortal, ela precisa ter algum lugar para ir quando a carne se decompõe. Pelo menos até o Dia do Juízo Final. Um novo corpo é o lugar mais lógico para a alma esperar enquanto não chega a hora.

Sem querer cometer um *faux pas* ao comer um prato com o qual estava tão pouco familiarizado como um rabo de touro, observei DesRosier separar habilmente a carne dos ossos, que pareciam vértebras. Foi uma façanha que não consegui imitar sem fazer sujeira.

— Qualquer bom cristão sabe que nossas almas vão para o Céu ou para o Inferno quando morremos — DesRosier disse.

— Não segundo a Bíblia — retruquei. — As Escrituras dizem que o destino da alma deve aguardar o Dia do Juízo Final. A Bíblia não fala nada sobre o que acontece com a alma desde o instante da morte até o Dia do Juízo. A idéia de que a alma é imediatamente despachada para o Céu ou para o Inferno, como o conceito de Purgatório, foi uma invenção de teólogos católicos que desejavam uma explicação para o que viam como uma grande lacuna na explicação da Bíblia para o ciclo de vida e morte. A falha nesse modo de pensar, claro, é que qualquer designação imediata para o Céu ou para o Inferno nega a própria premissa do Julgamento Final. — Boa parte dos meus argumentos vinha das notas marginais de Serrano. — Essa lacuna, aliás, não existe nos textos gnósticos, que defendem a idéia de reencarnação como o estágio provisório antes do nosso Julgamento Final. Eles acreditam, para falar a verdade, que nossa vida carnal é uma forma de Purgatório.

Da outra ponta da mesa vinha o som dos dois bascos atacando o *rabo de toro*. Eles não procuravam imitar o manejo afetado porém eficaz do garfo e da faca de DesRosier, preferindo confiar nos dedos e dentes para retirar a deliciosa cartilagem das fendas.

— *Rabo de toro* é o prato preferido de Tito — DesRosier falou. — Acho que ele imagina estar comendo a cauda do touro que o feriu.

Comemos durante algum tempo em silêncio, perturbados apenas pela ferocidade da fome de vingança de Tito. DesRosier terminou antes de mim. Seu prato foi retirado no mesmo instante, ele limpou a boca e recostou-se na cadeira.

— Está me parecendo, sr. Nikonos, que o senhor acredita em reencarnação.

— Não de todo. Apenas não sou tão radical em minha descrença quanto o senhor parece ser. Tento manter uma opinião imparcial sobre o assunto.

— Boa resposta — DesRosier sorriu. — Seus argumentos são muito bem apresentados e sua objetividade é admirável. Mas eu não esperaria outra coisa de um homem com sua reputação. Vamos discutir seus honorários?

— Não estamos nos adiantando um pouco? — protestei. — Não lembro de ter dito que concordava em aceitar o caso.

— Estou preparado para lhe pagar 2 mil dólares por semana.

— É muito dinheiro — tive de admitir.

— Com a garantia de 50 mil dólares quando terminar a investigação e entregar o relatório.

Se a intenção era me tirar o fôlego com essa quantia, ele conseguiu. Tentei desesperadamente não demonstrar meu espanto. Eu estava lidando com um bilionário, não podia esquecer disso.

— Cinqüenta mil dólares? — repeti para me certificar de ter escutado bem.

— Em dólares americanos — ele falou, sorrindo da minha reação. — Um preço justo, eu acho, considerando-se os riscos.

— Riscos? — repeti a palavra devagar, sentindo a boca seca.

— Providenciarei também um carro para seu uso pessoal. Suponho que irá precisar de dinheiro para as despesas. Para hotel, gasolina, subornos e coisas desse tipo.

— Não tenho certeza se quero fazer isto — murmurei.

Ele acenou para uma das copeiras. Ela pegou uma pequena bandeja de prata que tinha ficado até aquela hora despercebida sobre uma mesinha lateral. Na bandeja havia um telefone celular, um conjunto de chaves de automóvel e um gordo envelope branco. Ela colocou a bandeja sobre a mesa na minha frente.

— O senhor encontrará um mapa e 10 mil dólares em moeda americana dentro do envelope — DesRosier falou. — O mapa o levará ao local onde está o carro, que é um Corsa Opel preto. Por motivos de segurança, está estacionado fora de Valência, nos arredores. Embora o carro não possa ser identificado como pertencendo a mim, por favor certifique-se de não estar sendo seguido quando for buscá-lo. Os 10 mil dólares são um sinal para cobrir o pagamento da primeira semana, assim como as despesas iniciais. O telefone está programado para ligar para o meu número pessoal. Para entrar em contato direto, basta apertar o número 1. Terei uma discagem rápida semelhante no meu telefone, usando o número 5 para contatá-lo. O senhor pode ligar para mim sempre que tiver algo a relatar, ou quando estiver precisando de dinheiro. Ande sempre com esse telefone, e não se esqueça de carregar a bateria todas as noites.

A coisa parecia um tanto teatral. Mas se era para me impressionar, o ritual cumpriu seu propósito. Nunca tinham me oferecido uma quantia tão grande em dinheiro vivo de uma só vez. Nem o pagamento feito de modo tão formal, numa bandeja de prata como se fosse um delicioso aperitivo, com a promessa de mais no futuro. Eu queria estender a mão e sentir o peso do envelope, abri-lo e contar as notas. Em vez disso, me contive, temendo parecer ganancioso diante desse homem que demonstrava desprezar qualquer contato físico com dinheiro.

— O senhor hesita — ele falou. — Por quê? Por que é perigoso?

— Porque ainda não decidi se quero aceitar o trabalho.

Todos na sala me observavam. Esperando que eu pegasse o dinheiro. Esperando para ver se eu me associaria a eles a serviço desse arrogante aristocrata.

Ele parecia intrigado.

— Cinqüenta mil dólares não bastam? Quanto costuma cobrar?

— Não se trata de dinheiro.

— Está com medo — ele zombou. — Acha que é muito arriscado. Meia hora atrás o senhor estava se vangloriando de que pretendia encontrar os assassinos de Serrano. E agora tem medo de continuar o trabalho dele.

— Eu não disse isso.

— Então, o que está dizendo, sr. Nikonos?

O que eu queria dizer era que não estava gostando da atitude dele, do modo como achava que me faria cumprir suas ordens só porque estava me oferecendo muito dinheiro. Que ele não era o tipo de pessoa para quem eu gostaria de trabalhar.

— Não tenho certeza se quero me envolver... — comecei a dizer.

— Mas o senhor já está envolvido — ele interrompeu. — Pensa que os homens que mataram Serrano não sabem quem é o senhor? Pensa que não virão atrás do senhor quando souberem que está investigando a morte dele? A melhor maneira de fazê-los aparecer é encontrar a verdade. Acredito que o motivo do crime que cometeram está oculto no mistério que cerca a jovem freira. Solucione o mistério de La Magdalena e terá solucionado o mistério do assassinato de padre Serrano.

Ele estava certo, é claro. Eu sabia que ele estava me manipulando, mas seu argumento fazia muito sentido. Visto que eu ia continuar mesmo com minha própria investigação, não havia motivo para recusar a oferta de dinheiro. Se era tão arriscado como eu pensava que poderia ser, 10 mil dólares poderiam pagar alguma proteção.

Relutante, estendi a mão para o envelope. Eu podia quase sentir a tensão na sala relaxar.

— Como o senhor é capaz de imaginar, será uma investigação muito melindrosa — DesRosier continuou. — Ela deve ser conduzida com a maior discrição, para sua segurança e para a minha também. Devo insistir no total sigilo. O senhor não deve revelar a ninguém minha participação. E não comunicará o que descobrir a ninguém mais a não ser a mim.

Não parecia uma exigência fora do comum. A maioria dos investigadores faz acordos de comunicação direta com seus clientes.

— Em circunstâncias normais, eu poderia lhe dar acesso ao convento, combinar um encontro com La Magdalena e possivelmente abrir os arquivos de lá para o senhor — ele continuou. — Mas não posso deixar que meu nome fique associado de modo algum com a investigação. Suponho que o senhor encontrará meios para prosseguir sozinho. E conto com o senhor para agir com rapidez. Tempo é essencial nessa questão. Estou muito ansioso para vê-la encerrada.

As copeiras trouxeram pratos com frutas e queijo, e colocaram diante de cada um de nós uma pequena tigela de *crema catalana*, o famoso "creme queimado" da Catalunha. DesRosier terminou sua *crema* em poucas e rápidas colheradas.

— Embora eu não acredite em reencarnação, talvez o senhor encontre uma explicação alternativa para o que a jovem freira está dizendo — ele continuou. — Ficaria encantado se encontrasse uma explicação cientificamente aceitável para seu comportamento. Mas conto com sua grande capacidade para resolver esse problema.

Negócio concluído, meu anfitrião não precisava mais de minha companhia. Levantou-se e me estendeu a mão mole.

— Espero que não se ofenda se me despeço agora — ele falou. — É que tenho outros assuntos para tratar esta noite. Por favor, relaxe e aprecie o licor. Quando estiver pronto, Tito e Manolo o levarão de volta a Valência.

Enquanto nos despedíamos, meu olhar se desviou para o bordado no bolso do seu *blazer*.

Digamos que foi a fadiga. Digamos que foi a presença de tantos outros objetos fascinantes distraindo minha atenção desde que cheguei no chatô. Seja por que motivo for, eu agora percebia um símbolo familiar oculto no complicado bordado no seu bolso.

Dentro de um pequeno círculo logo abaixo do que supus ser o timbre da família DesRosier, havia algo parecido com dois cavaleiros com uma única lança, cavalgando um único cavalo.

Era a insígnia de uma sociedade que um dia foi mais rica e mais poderosa do que todos os reis da Europa.

Era a mesma insígnia que eu tinha visto no alfinete de ouro usado pelo coronel Velarde.

Ao contrário de Velarde, entretanto, DesRosier não procurou escondê-la de mim.

Considerando-se o cuidado com que ele orquestrara cada detalhe da minha visita, eu só poderia concluir que ele estivesse exibindo a insígnia de propósito.

Vinte e três

A noite toda, desde o momento do meu seqüestro até o suntuoso jantar e a brusca retirada de DesRosier, foi um espetáculo digno de Maquiavel. Ele havia me assustado e elogiado, intimidado e entretido e, no final, havia me contratado ou subornado. Ainda não sei bem qual das duas coisas. Só tinha certeza de que ele estava sabendo mais a meu respeito do que eu a respeito dele.

Os bascos concederam-me uma folga maior no banco do carro na longa viagem de volta a Valência. Passamos por longas extensões negras de campos vazios e cidades de janelas fechadas, aos quais prestei pouca atenção. Eu estava exausto, mas dormir era impossível. Meus pensamentos estavam dominados pelo encontro com meu novo cliente. Havia me contratado para solucionar um mistério, mas ele mesmo continuava sendo um mistério. Por que me mandar seqüestrar no meio da rua e fazer todo esse caminho para um encontro que poderia muito bem ter acontecido em Valência, onde o homem com aquela fortuna certamente teria um apartamento? Intimidação, talvez. Uma rude exibição de poder. Se a razão foi essa, sem dúvida funcionou. Ele fez questão de deixar claro que poderia intervir na minha vida no momento que quisesse. Seu breve discurso sobre cultura basca foi menos uma aula de história do que uma lembrança de que seus guarda-costas não gostavam de estrangeiros como eu. Passando em revista mentalmente a conversa daquela noite, percebi que cada palavra, cada atitude do meu anfitrião tinha sido calculada tintim por tintim.

Mas o que eu sabia sobre aquele homem? Não muito, concluí. Ele era francês. Pelo visto, um homem de negócios muito rico. Descendia de um cruzado. E a insígnia que usava no bolso do casaco o associava de algum modo ao coronel Velarde.

Esse emblema, tão orgulhosamente bordado com fios de ouro, é que mais me intrigava. Como muitas outras peças no chatô, o desenho tinha sua origem nas Cruzadas. Era a insígnia da Ordem dos Cavaleiros Pobres de Cristo e do Templo de Salomão, os lendários Cavaleiros do Templo, ou Cavaleiros Templários, como costumam ser chamados. Suas proezas serviram de inspiração para mais de mil anos de fábulas heróicas, desde os *Cavaleiros da Távola Redonda*, de Mallory, até *Os sete samurais*, de Kurosawa, e *Sete homens e um destino*, de Sturges.

Fiquei sabendo da existência desses monges guerreiros por um ateu militante, um dos meus professores de filosofia na faculdade. Ele usava a história dos templários para ilustrar a teoria calvinista da "depravação essencial" de todos os homens. Mesmo descontando a distorção anti-religiosa que ele dava ao tema, era uma fascinante defesa de como as intenções mais nobres podem ser vítimas da natureza maligna do homem.

No século XI, o papa Urbano II parecia estar sendo motivado pela mais pura das intenções ao propor um plano que dava mais liberdade ao movimento dos cristãos que visitavam a Terra Santa. Mas o objetivo altruísta degenerou logo num desejo de controlar não só a cidade de Jerusalém, mas toda a Terra Santa e todos os portos e pontos de entrada que levavam até ela. Conforme meu professor observou com certo prazer perverso, um homem dedicado a salvar almas iniciou o movimento que custaria a vida de dezenas de milhares de pessoas. Os guerreiros cristãos da Primeira Cruzada conquistaram todos os que se opunham à sua marcha até Jerusalém, matando todos os não-cristãos pelo caminho. Cidades foram queimadas, mulheres estupradas, crianças escravizadas numa série de batalhas vistas entre as mais sangrentas que a história já registrou. Depois de conquistar a cidade de Antioquia, por exemplo, os cruzados passaram um dia inteiro chacinando todos os homens, mulheres e crianças que ainda continuavam na cidade. Quando Jerusalém foi conquistada, a matança absurda parece ter assumido a aura de ritual sagrado. No Templo do Monte, os cruzados orgulhosamente relataram ao papa terem passado com o sangue à altura dos joelhos de seus cavalos. E num profano abuso das Sagradas Escrituras, um dos padres que participaram do ataque descreveu a cena recitando o Salmo 118: "Este é o dia que o Senhor fez. Regozijemo-nos e alegremo-nos nele."

Por mais horrível que tenha sido a carnificina, as recompensas concedidas aos vitoriosos foram assombrosas. Depois da batalha de Ascalon, para falar de apenas uma, os cruzados capturaram um tesouro tão volumoso em ouro, rubis, diamantes, sedas e outros produtos de saque que um exército de 12 mil homens não conseguiu transportá-lo inteiro até Jerusalém. O que não foi possível levar em carroças foi queimado ou destruído de algum modo. Riquezas semelhantes fluíam de todos os territórios conquistados e outras ainda maiores aguardavam em Jerusalém, onde, segundo os relatos, entre os espólios de guerra estavam alguns dos artefatos religiosos mais venerados de todos os tempos: a Arca da Aliança, a Cruz Verdadeira, a mortalha que mais tarde ficou conhecida como o Sudário de Turim.

Era esse pesadelo de sangue e ganância que estava memorizado nos quadros e peças antigas no chatô de DesRosier.

O símbolo dos dois cavaleiros bordado no seu bolso representava um lado diferente da mesma história.

Desgostoso com a crescente ganância e depravação de seus companheiros cruzados, Hugues de Payens convenceu outros cavaleiros a se aliarem a ele numa causa nobre. Eles prestariam um juramento de pobreza, castidade e obediência. Seriam monges vestidos de guerreiros, erguendo suas espadas apenas pelas causas mais puras, poupando os inocentes e protegendo os fracos. Foram os primeiros cavaleiros andantes, um nítido rompimento com os vorazes guerreiros de armadura da época. O símbolo dos dois homens dividindo um só cavalo e uma só lança representava seus votos de pobreza e fraternidade.

Lembro de ter ficado fascinado com o ar de contos de fadas da história. Até meu professor louvava os enobrecedores aspectos desse pequeno bando de monges guerreiros que mudou a imagem da cavalaria.

Seus juramentos e atos para proteger até o mais pobre peregrino eram novidade naqueles dias, quando a norma era a pilhagem e o estupro. Balduíno II, que fora instalado como rei de Jerusalém, ficou surpreso e satisfeito com a disposição dos nove cavaleiros em defender o Templo. Em troca, eles só pediam casa e suprimentos básicos. O rei lhes destinou parte da Mesquita al-Aqsa, no monte do Templo. E assim nasceu a lenda dos Cavaleiros do Templo.

A notícia sobre esse bando altruísta rapidamente se espalhou até a França, onde tomou conta da imaginação pública. São Bernardo de Clairvaux criou *A Lei*, um código de comportamento que governava a vida templária. Uma bula papal colocou os templários sob a autoridade pessoal direta do papa, liberando-os de obedecerem ordens ou leis lavradas por qualquer governo que fosse. Cavaleiros e nobres em breve competiam para se tornar membros desse novo quadro de soldados santos. Reis e soberanos doavam terras e dinheiro.

Mas, como observou meu professor da faculdade, o voto de pobreza aplicava-se apenas aos membros um a um, não à ordem em si. Conforme aumentava a riqueza dos templários, eles construíam e compravam seus próprios navios, expandiam suas bases e garantiam cidadelas por toda a Europa e Oriente Médio. E numa série de circunstâncias fascinantes, inventaram muitos dos instrumentos da moderna atividade financeira. Usando sua rede de fortalezas para transferir pagamentos em moedas de ouro e prata, os templários criaram a primeira infra-estrutura bancária internacional do mundo. Para contornar as leis da Igreja contra a usura, eles criaram o conceito de "empréstimos descontados". Embora para a maioria dos investidores a idéia de "reduzir" o fluxo de papéis negociáveis da receita tenha surgido em Wall Street, ela se originou da prática dos templários de fazer hipotecas sem juros, usando o dinheiro da receita de propriedades até o reembolso do empréstimo. Os templários viraram agiotas para nações e papas. Até o cheque na forma como o conhecemos hoje teve sua origem na prática templária de aceitar dinheiro num local e pegá-lo em outro, mediante a apresentação de um recibo por escrito.

No final do século XII, os templários tinham milhares de homens prontos para a luta, guerreiros destemidos que venciam batalhas onde quer que elas fossem travadas. Além das suas aparentemente inexpugnáveis fortalezas na Terra Santa, novas fortalezas e capítulos eram fundados na Inglaterra, Alemanha, Itália, Espanha, Portugal e França. Uma frota de 242 navios ficava sediada em La Rochelle. Eles tinham combatido e conquistado muçulmanos, turcos, mongóis e outros exércitos europeus.

Em cem anos, tornaram-se a organização mais confiável, temida e poderosa do mundo conhecido.

Mais outros cem anos, eles deixariam de existir, com seus líderes executados, suas fortalezas incendiadas, seus cavaleiros assassinados ou obrigados a se esconder.

Mas nenhum vestígio do fabuloso tesouro dos templários jamais foi encontrado: como os banqueiros da Europa, a fraternidade era proprietária de enormes depósitos de lingotes de ouro e prata. Ainda mais expressivos eram os lendários tesouros do Templo de Salomão, levados da Terra Santa como parte do legado histórico da fraternidade. Somados a peças de inacreditável valor religioso, e monetário, eles diziam possuir documentos antigos contendo ensinamentos místicos e informações proibidas sobre a Igreja cristã primitiva. Apenas um desses itens, uma mortalha conhecida como Sudário de Turim, chegou a ser visto. Enquanto se diz que o conhecimento místico faz parte dos rituais secretos dos templários, o tesouro físico em si tem fama de continuar enterrado em algum lugar no Sul da França. Porém, oito séculos de buscas por todo tipo de gente, desde o rei Felipe, o Justo, até os saqueadores nazistas de

Hitler e os que fazem isso por *hobby*, nada provaram. Outros relatos sugerem que o tesouro foi embarcado em 200 navios da frota templária sediada em La Rochelle, que deixaram o porto no dia 13 de outubro de 1307 e nunca mais foram vistos nem se teve notícia deles.

Na qualidade de jovem estudante universitário impressionável, em Nova York, achei a história dos templários um conto irresistível de cavalaria, coragem e mistério.

Na qualidade de investigador de 30 anos, em Valência, eu me perguntava se a antiga fraternidade, há muito tempo considerada extinta, continuaria ativa, ainda batalhando por suas autodesignadas responsabilidades. Uma delas, conforme eu lembrava, era a de serem os guardiões do Santo Graal, o que explicaria, de um jeito um tanto enrolado, o interesse de DesRosier pelo Convento do Santo Graal — mas por que, das moradoras do convento, só a irmã Mariamme era objeto de sua atenção?

Vinte e quatro

Investigar uma freira sem a aprovação da Igreja acarreta alguns obstáculos fora do comum, o primeiro deles é ter acesso ao objeto da pesquisa. Freiras enclausuradas, em particular, não andam por aí à vontade. Suas atividades são atentamente monitoradas por outras freiras, que se presume acionarão o alarme se alguém tentar invadir a privacidade de uma das integrantes da ordem à qual pertencem. Com a Guardia me vigiando, como eu poderia chegar perto de irmã Mariamme e realizar as extensas entrevistas necessárias a minha investigação?

Os bascos me deixaram em Valência antes do raiar do sol, quando as ruas vazias pertenciam a gatos vadios e funcionários da limpeza pública. Eles me fizeram sair do carro a poucos quarteirões do meu hotel, para não serem vistos por quem estivesse me vigiando. Eu estava exausto, sem dormir a noite inteira. O que eu queria realmente era voltar para o hotel e me enfiar na cama. Mas há dias que essa era a primeira vez que ninguém me seguia ou observava, e eu estava decidido a aproveitar a oportunidade.

De algum modo, eu sabia, precisava ter acesso à irmã Mariamme dentro do convento. Embora essa missão pudesse não ser tão difícil quanto invadir o quartel-general da CIA, um rápido reconhecimento revelou haver algumas semelhanças.

Primeiro, era preciso resolver o problema do perímetro de segurança. Este era formado pelas equipes de vigilância da Guardia, que aparentemente ficavam a postos 24 horas por dia. Mesmo às 5h30 da manhã, como não demorei a descobrir, havia um homem de pé no vão da porta do outro lado da rua, em frente ao convento, esperando para seguir a irmã Mariamme se ela deixasse o prédio. Caminhei devagar pela rua, dando-lhe um "*Buenos días*" sorridente, e de passagem memorizando seu rosto para futura referência. Passei pela van de entregas com as janelas escurecidas, mas não consegui ver nada lá dentro.

A segunda barreira era o próprio prédio. Ele parecia uma prisão compacta, com todas as janelas do andar térreo fortemente protegidas com grades. O exterior era revestido com um tipo indefinido de pedra lisa, cuja cor original desaparecera havia muito tempo sob uma pátina escura depositada por gerações e gerações de poluição e negligência. Exceto pelas quatro torrinhas que suavizavam as esquinas, não havia nenhum outro ornamento arquitetônico que pudesse funcionar como apoio para uma mosca humana que tentasse escalar as paredes. A entrada para o convento parecia severamente vedada. Cortado bem no centro do prédio, havia um conjunto de portas duplas em arco, largas o suficiente para acomodar uma junta de cavalos de tração puxando uma carga acima do normal, ou seu equivalente moderno: um caminhão reboque com 18 rodas. As vigas eram pesadas o suficiente para fazer o portão de ferro de segurança parecer supérfluo. Próximo, também guardada por um portão de ferro, ficava uma porta de tamanho padrão usada pelas freiras e por seus visitantes. Um pequeno orifício permitia à porteira conferir a identidade de quem ousasse tentar entrar.

Não havia escadas de incêndio ou outras saídas de emergência. No esforço de proteger as freiras de intrusos, todos os acessos afunilavam-se nas duas entradas. Isso simplificava a vigilância. E entrar sem permissão era impossível.

Subi a rua e me enfiei por uma viela dois quarteirões mais adiante, de onde podia observar sem ser observado.

Às seis horas em ponto, a pequena porta se abriu, o portão de metal foi destrancado e seis freiras saíram em fila do convento. Elas caminhavam rapidamente, duas a duas, em formação cerrada. O homem no vão da porta, aparentemente satisfeito por não ver a irmã Mariamme entre as seis freiras, permaneceu no seu posto. No final do quarteirão, as freiras viraram para o norte na avenida Barón de Cárcer, na direção da catedral. Saí furtivamente da viela e as segui a uma distância discreta.

Uma vez dentro da catedral, as freiras se dispersaram com rapidez, cada uma responsável por uma série de tarefas para deixar a igreja pronta para o movimento daquele dia. Elas se moviam caladas e com uma bem ensaiada precisão. Levantar os genuflexórios, colocar envelopes e missais nos devidos lugares, reabastecer as pilhas de folhetos informativos, substituir as velas votivas queimadas. A primeira missa estava marcada para as 6h30. Algumas pessoas da região, quase todas mulheres, já estavam esperando. Um homem idoso acendia uma vela votiva diante de um altar lateral. Uma jovem penitente movia-se passo a passo em direção ao altar, de joelhos, batendo no peito com uma das mãos e com a outra dedilhando um rosário. Essa primeira missa era para os paroquianos que vinham todos os dias. As multidões de turistas e peregrinos só chegariam mais tarde.

Quando os sinos badalaram chamando para a primeira missa, as seis freiras largaram suas tarefas e entraram em fila no banco da frente. Observando-as rezar, de cabeça baixa, com tanto fervor, fiquei imaginando como uma delas poderia participar de um culto que ameaçasse a santidade da sua ordem. A missa foi curta. Como para compensar a brevidade da cerimônia, quando o padre deixou a sacristia as freiras continuaram sentadas. Esgueirei-me para perto da mais velha e fiz um apressado sinal-da-cruz.

— Preciso ver La Magdalena — sussurrei para a freira, surpresa, ao meu lado.

Era uma mulher carrancuda, de rosto fino e sobrancelhas cerradas, quase masculinas. Pela sua expressão de horror, era de se pensar que eu havia feito alguma proposta indecorosa.

— Por favor, irmã — implorei. — *Por favor, hermana,* preciso falar com La Magdalena. É muito importante.

As outras freiras interromperam suas orações para ver quem estava perturbando. Não perceberam que bloqueavam a passagem da colega desesperada para fugir dali. Ela estava presa entre mim, de um lado, e as suas cinco companheiras religiosas, de outro.

— Ela me deu uma carta — tentei explicar. — Era para eu entregar ao padre Serrano.

Achei que o nome detonou um vislumbre de reconhecimento nos olhos da freira.

— A carta me foi roubada — falei.

Ela arregalou os olhos.

— E agora o padre Serrano está morto.

— *Dios mío!* — a freira exclamou, e fez rápido o sinal-da-cruz.

Ela se virou para as freiras ao seu lado e repetiu em espanhol o que eu lhe tinha dito.

As outras pareceram arrasadas com a notícia da morte de Serrano. Começaram a murmurar orações que incluíam freqüentes repetições do seu nome.

— Então é o senhor — a freira disse ao se virar de novo para mim. — O senhor é aquele que La Magdalena estava esperando.

Agora foi minha vez de ficar surpreso.

— Não compreendo.

— Ela o reconheceu logo.

— Mas como...?

— Fale-me de padre Serrano — ela interrompeu. — Como ele morreu?

— A explosão daquela bomba — eu disse. — Ele foi morto no atentado.

Observando seu esforço para compreender, percebi que ela não sabia de nada que se passava no mundo secular. Aparelhos de televisão e jornais eram sem dúvida proibidos no convento.

— Há quatro dias, uma bomba explodiu numa pequena loja de sucos perto da Estación del Norte — expliquei. — Padre Serrano e eu estávamos lá. Conversávamos sobre La Magdalena. Ele ia me mostrar uns documentos. Derramei um pouco de *horchata* nas calças e fui ao banheiro me lavar. Quando me afastei, a bomba explodiu. Padre Serrano e o garçom morreram.

O aprendizado de uma vida inteira controlando as emoções entrou automaticamente em ação. Quando seu queixo começou a tremer, ela mordeu firme o lábio inferior. Para não cobrir o rosto com as mãos, chocada, ela apertava uma palma contra a outra, entrelaçando os dedos com tanta força que as articulações empalideceram. Apesar da camuflagem protetora do seu hábito folgado, eu podia perceber todo o seu corpo enrijecido, num esforço para manter o controle de si mesma. Se ela não fosse freira, se não estivéssemos no banco da frente da grande catedral bem à vista dos paroquianos locais, eu teria tentado confortá-la tomando suas mãos entre as minhas. Mas, constrangido pelo respeito às regras segundo as quais ela e as outras freiras viviam, só me restou aguardar que a tempestade passasse.

— Tenho certeza de que ele não sofreu — disse sem muita convicção. — Tudo aconteceu em segundos.

Ela respirou fundo e deixou escapar um longo e triste suspiro.

— Faz parte do plano de Deus — ela disse por fim. — O Senhor opera de formas misteriosas. Ele levou o padre. E mandou o senhor no seu lugar.

A parte sobre ter sido enviado por Deus era a mesma coisa que Serrano tinha dito momentos antes de morrer. Mas o padre parecia entusiasmado com o que considerava ser uma intervenção divina. A freira me olhava com ar de decepção.

Eu queria corrigi-la, dizer-lhe que não tinha sido enviado por Deus, que não era um mensageiro celestial que estava aqui para cumprir uma profecia da qual as freiras pudessem pensar que eu fazia parte. Mas o que eu ia dizer? Que era um investigador que estava ali numa missão totalmente terrena? Que o meu principal objetivo era encontrar o assassino de Serrano? Que aceitei 10 mil dólares de um patrono do convento para determinar a verdadeira identidade de La Magdalena?

Ou lhe diria a verdade? A verdade que eu temia reconhecer até para mim mesmo: que uma força desconhecida estava me atraindo para a bela freira; que a imagem dela, sua voz, o suave toque do seu seio nas costas da minha mão me fazia desejar vê-la de novo. Era uma verdade que eu temia admitir porque minha criação grego-ortodoxa proíbe tais pensamentos. Fantasias românticas com freiras beiravam o sacrilégio. Levar adiante esses pensamentos, transformando-os em fantasias sexuais normais para um homem jovem e saudável da minha idade, ia contra os meus próprios princípios de respeito por mim mesmo. Era o único tabu religioso que eu ainda observava.

— Pode combinar um encontro com La Magdalena? — perguntei.

— O convento está sendo vigiado.

— Eu sei.

— Tem um homem fotografando todos os que entram ou saem.

O homem que vi não tinha câmera. Fiquei imaginando quantos outros grupos estariam mantendo o prédio sob vigilância.

— Talvez o senhor pudesse falar com ela por telefone — uma das outras freiras sugeriu. — Não temos permissão para usar o telefone, mas poderíamos dar um jeito.

— Não adianta — falei. — Devem estar monitorando as linhas. Preciso vê-la pessoalmente. E em particular.

— Isso talvez seja impossível — a primeira freira disse. — Eles a seguem por toda parte.

— Eles me seguem, também. Mas eu consegui escapar deles esta manhã.

— Essas táticas podem funcionar com o senhor. Para uma freira, não é tão fácil. Não aprendemos a evitar que nos reconheçam.

Ela estava certa, é claro. Eu não podia imaginar uma dessas freiras de hábito preto entrando às pressas por uma porta ou chamando um táxi e ordenando ao motorista: "Despiste daquele carro!" E ainda não tinha descoberto um jeito de entrar no convento eu mesmo. Minha investigação parecia fadada ao fracasso já de início.

— Deve haver um jeito — a freira murmurou.

— Vou falar com La Magdalena — ela disse. — Juntas rezaremos por uma resposta.

Nunca fui desses psicólogos que desprezam a oração como forma de racionalização dos próprios desejos. Além das minhas crenças pessoais, eu conhecia pesquisas suficientes que documentavam os benefícios, do ponto de vista médico e de vida, que era possível obter com um apelo concentrado a uma força superior. Os estudos sobre a oração, das Universidades de Harvard e Duke, em particular, validaram o poder curativo das preces. Os dados comprovaram a crença dos povos antigos de que é possível realizar curas e influenciar favoravelmente o corpo humano, mesmo quando as orações são dirigidas de muito longe, por pessoas totalmente estranhas. Pelo que sei, entretanto, nenhuma pesquisa havia provado a eficácia da oração para evitar a vigilância.

— Não tenho muito tempo — falei.

— Volte amanhã à noite — ela me disse. — Antes da missa. Terei uma resposta.

Ela fazia tudo parecer tão simples, tão rotineiro, como mandar um e-mail para Deus e esperar uma resposta com a solução para o nosso problema. É claro, ela era muito mais experiente nesses assuntos do que eu. E talvez fosse assim que as orações funcionavam.

Eu esperava que sim.

Depois que elas foram embora, esperei um tempo razoável e saí por uma porta lateral. Entrei num café do outro lado rua, escapei pela porta dos fundos e dei a volta até o vão de uma porta mais adiante, no mesmo quarteirão, onde esperei para ver quem estava me seguindo. Eu sabia que não era a Guardia, que ainda devia estar vigiando meu hotel, esperando eu voltar. E não me enganei. O homem magro que me seguia era um especialista. Ele tinha aguardado na escadaria da catedral até me ver entrar no café. Só então prosseguiu, subindo a rua a passos lentos, a jaqueta azul jogada sobre os ombros estreitos como se não tivesse nada com que se preocupar no mundo. Nenhum movimento furtivo para Tito. Ele se misturava com os outros agindo às claras.

Uma inexplicável intuição me fez olhar para a rua, na direção que eu deveria seguir. Mal deu para ver uma figura volumosa, meio escondida atrás de um jornaleiro. Era Manolo, pronto para assumir se eu identificasse Tito. Quando olhei de novo, Tito desaparecera de vista.

Vinte e cinco

Eu sabia que eles não iam me fazer mal.

Devia ser o jeito de DesRosier proteger seu investimento, garantindo que eu não pegasse os 10 mil dólares iniciais e saísse do país. Mas a idéia de que tinha mandado me seguir irritou-me.

Abri o celular e apertei o botão que me conectaria com DesRosier onde quer que ele estivesse. Uma mulher respondeu quase instantaneamente.

— *Hola?*

A princípio pensei que tinha errado o número. A voz dela era suave e sussurrante, como não querendo que ninguém mais a escutasse. Ela não se identificou, como fazem as secretárias nas empresas.

— Liguei para o sr. DesRosier. Jean-Claude DesRosier.

— Um momento, por favor.

Ela passou a falar em inglês. Ainda com o tom de voz íntimo, mas agora um pouco mais eficiente. Escutei o farfalhar de papéis, um clique, acompanhado do estalido eletrônico quando meu telefonema foi transferido para outro local.

— Já está fazendo progressos, sr. Nikonos?

Era a voz lânguida do meu novo cliente.

— Como soube que era eu?

— As maravilhas da telecomunicação moderna — ele falou. — Seu telefone envia um sinal para o telefone da minha secretária. Acho que no seu país chama-se Identificador de Chamadas. Qual o motivo do seu telefonema?

— São os bascos. Eles estão me seguindo.

— Você os viu?

— Estou num vão de porta perto da catedral. Pude ver Manolo, ou pelo menos onde ele estava se escondendo. Mas Tito parece ter desaparecido.

— Estou surpreso — DesRosier falou. — Em geral eles são bem mais discretos.

— Por que estão me seguindo?

— É para sua própria segurança. Não precisa se preocupar. Pedi que o ajudassem. Considere-os seus... guarda-costas.

"Seus espiões", pensei. Eles já deveriam ter observado minha conversa com a freira e informado DesRosier.

— Dispense-os. Não os quero por perto.

— Este é um jogo arriscado — DesRosier falou. — O senhor não deve andar por aí sozinho.

— Dispense-os — repeti.

— Tudo bem.

Suas palavras foram acompanhadas de um clique e o sinal de discar.

Fiquei esperando na soleira da porta. Passados alguns instantes, Tito ficou visível, segurando um telefone celular encostado na orelha. O telefonema foi rápido. Quando terminou, ele enfiou a jaqueta e, antes de voltar para a catedral, sorriu e acenou para mim com arrogância. Era seu sinal de que não tinha conseguido enganá-lo, afinal de contas. No extremo oposto do quarteirão, enxerguei a silhueta mais volumosa de Manolo emergir de um portal, atravessar a rua e desaparecer. Se tinham recebido ordem de suspender a vigilância, ou simplesmente esconder-se melhor, eu não sabia.

Voltei para o café para fazer o desjejum: *churros* e chocolate. Sentado perto da janela, observei as redondezas irem adquirindo vida. Gente varrendo as calçadas, passeando com cachorros, as equipes de limpeza abrindo os hidrantes para lavar as sarjetas. Na Espanha, como na França e na Itália, uma única xícara de café ou de chocolate dá direito ao cliente a ficar sentado o dia inteiro, se quiser. Minha observação das pessoas continuou, conforme as calçadas e a rua pouco a pouco se enchiam de valencianos. Jovens mulheres fascinantes, com saias surpreendentemente curtas, passavam apressadas pelo meu campo de visão, com certeza recepcionistas que iam abrir os escritórios, atender a telefonemas e cumprimentar os primeiros clientes do dia. A turma das maletas veio atrás, uma fila se formou no balcão de comida para viagem, táxis foram chamados, a hora do *rush* chegou ao auge e terminou quando surgiram os executivos mais velhos e descansados, que não precisavam se preocupar em chegar na hora no escritório. O dia de trabalho havia começado.

As primeiras lojas a abrir foram as padarias, depois as farmácias, os armazéns e, por fim, as lojas de produtos típicos. Era o que eu estava esperando. Dirigi-me até a zona comercial, atrás de equipamentos óticos. Encontrei o que queria na terceira loja em que entrei. Uma rápida visita a uma outra de equipamentos de áudio e eletrônica completou minhas compras. A próxima parada foi num cyber café, onde me coloquei diante de um computador para descobrir mais a respeito do meu novo cliente. Os *links* do programa de busca de pessoas espanholas não encontraram nenhum Jean-Claude Flamel DesRosier. Mas quando fui para as ferramentas de busca tradicionais, a primeira que abri baixou 1.627 páginas da web contendo referências a Flamel e 18.471 a DesRosier. As páginas para Flamel tratavam de tudo, desde uma empresa de biotecnologia francesa até indivíduos procurando sua genealogia.

As páginas relacionadas com o nome DesRosier cobriam tudo, de minas de diamante a navios de carga, de bancos e fazendas a estações de veraneio e *holdings* minoritárias em dezenas das principais empresas européias. Ele era um patrono da ópera, do balé, da orquestra sinfônica e de uma extensa relação de obras de caridade. Era mencionado em todas as listas de intermediários do poder político e econômico da Espanha. Em 1999, esteve presente na lista dos homens mais ricos do mundo da revista *Forbes*, com bens avaliados em 1,2 bilhão de dólares americanos. A queda nas taxas de câmbio exterior tinha reduzido o valor em dólares das suas ações mas, em números redondos, ele continuava valendo pelo menos 1 bilhão de dólares. Mil milhões de dólares. Era um número inacreditável, que teria me deixado paralisado na sua presença se eu soubesse disso na época. Havia milhares de outras páginas, também, com referências ao seu pai René e ao seu avô Louis, e algumas obscuras referências aos seus ancestrais templários, mas a maioria estava relacionada com Jean-Claude e seus negócios. Achei curioso que um bilionário, um homem com tantas atividades sociais e empresariais, desperdiçasse seu tempo tentando me convencer a investigar o que uma freira de 19 anos dizia. Mesmo se eu aceitasse sua explicação de que era patrono do convento, contratar alguém como eu me parecia tão insignificante, o tipo de coisa que ele normalmente pediria a um dos seus funcionários para resolver. Por que um bilionário se daria o trabalho de falar comigo?

A resposta não estaria na Internet, eu sabia, e depois de algumas horas desisti da busca e voltei para o meu quarto.

O recepcionista do turno da manhã da minha pensão era um rapaz de cabelos cor-de-rosa e uma argola enfiada no lábio inferior. Com seus olhos injetados e ocasionais marcas roxas, ele sempre parecia ter sido expulso de algum clube de metaleiros minutos antes de vir para o trabalho. Quando lhe pedi a chave, ele olhou em direção ao meu quarto.

— *Allí tiene visitantes* — ele me avisou em voz baixa.

Hesitei.

— *Policía?* — perguntei.

Ele fez que sim, com uma expressão de nojo que sugeria já ter tido seus próprios encontros desagradáveis com as autoridades.

Entreguei-lhe as sacolas com minhas compras de material ótico e eletrônico. Sem dizer palavra, ele as escondeu debaixo do balcão. Numa súbita esperança de que o jovem funcionário me visse como um seu companheiro de infortúnio, entreguei-lhe também meu casaco, onde estavam o telefone celular, as chaves do carro e o envelope com o dinheiro. Eu não estava certo de que voltaria a ver qualquer uma dessas coisas, mas era melhor do que a polícia ficar me interrogando a respeito delas.

A porta do meu quarto estava destrancada. Lá dentro, encontrei o coronel Velarde e dois dos seus homens.

— *Buenos días*, coronel — eu os cumprimentei.

O conteúdo da minha mala de viagem estava espalhado em cima da cama. Um dos homens do coronel a tinha virado pelo avesso e examinava meticulosamente as costuras.

— Bom dia para o senhor, também, sr. Nikonos — ele falou sorrindo.

— Não esperava visitas assim tão cedo — procurei manter o tom amistoso. Contrariar a polícia nunca foi uma boa idéia.

— Estávamos passando por aqui e resolvemos fazer-lhe uma visita — Velarde disse, mantendo a máscara de civilidade.

— Encontrou o que procurava? — perguntei.

O coronel disse algo em espanhol rápido demais para eu compreender. Os homens começaram a refazer minha mala com cuidado.

— O senhor viaja com pouca bagagem — Velarde falou.

— Tenho umas roupas lavadas secando no banheiro — eu disse. — Mas estou certo de que já verificou isso também. Olhou debaixo da cama?

— Agora o senhor está sendo, *como se dice*... sarcástico. O senhor não dormiu aqui esta noite, sr. Nikonos. Estávamos preocupados com o senhor. Posso perguntar onde esteve?

— Passeando pela costa — falei. De fato, era verdade. Mas eu não ia mencionar o nome de DesRosier, mesmo que eles fossem camaradas templários. — Fui até Sagunto para ver as ruínas romanas. É um local importante do ponto de vista histórico. Gostei muito das colunas romanas no meio da cidade.

Velarde ficara me observando atentamente, com aquele olhar de policial que serve para intimidar os suspeitos até eles contarem a verdade.

— As colunas no meio da cidade — ele repetiu. — Aquelas em frente à fonte.

— Está enganado — disse eu, evitando com todo o cuidado sua armadilha. — Não vi nenhuma fonte perto das colunas romanas.

— Ah, sim. Devo ter confundido com outra cidade. E onde o senhor dormiu quando estava em Sagunto? — ele quis saber.

Outra armadilha.

— Francamente, quando terminei o roteiro turístico já era muito tarde — eu disse. — Tomei uns drinques. Um dos habitantes da região me levou para a casa de um primo, onde têm um quarto que alugam para turistas. Provavelmente não saberei voltar lá.

Não era uma mentira muito complicada, mas o bastante para ser eficiente.

Os dois oficiais uniformizados terminaram de arrumar minha mala. Velarde mandou que saíssem.

— O senhor vai me informar, por favor, se estiver planejando passar a noite fora novamente — ele me disse.

— Vou tentar. Mas os meus planos de viagem são bastante desestruturados. Em geral, não sei onde estarei de um dia para o outro.

— O senhor deve lembrar de que não está no seu país — ele continuou. — Sair da cidade às vezes pode ser perigoso. — E, pouco antes de partir, acrescentou: — O senhor precisa descansar. Parece que não dormiu a noite toda.

Fiquei olhando pela janela até ver todos os três deixarem o prédio. Velarde e um dos oficiais partiram num veículo preto da Guardia. O outro oficial, o mais baixo, entrou no prédio do outro lado da rua.

O recepcionista estava mais falante agora que a polícia tinha ido embora.

— Eles vêm aqui todos os dias — ele disse. — Sempre quando o senhor não está. Acho que desta vez queriam que o senhor os encontrasse. — E me mostrou um armário atrás do balcão onde havia guardado meu casaco e as sacolas de compras. — Qualquer coisa que não quiser que eles encontrem, pode guardar aqui — ele ofereceu. — Exceto drogas e armas. Eles vão me responsabilizar por isso.

Um enorme sorriso iluminou seu rosto quando lhe recompensei com uma nota de 100 dólares americanos.

— Meu nome é Alfredo — ele disse. — Qualquer coisa que o senhor quiser, é só me chamar.

Antes de ir para a cama, conferi uma última vez o prédio do outro lado da rua. O reticulado que eu havia desenhado revelava mais de uma janela sendo usada para vigilância. Duas ficavam no andar bem na minha frente e duas um andar acima. As janelas estavam abertas no calor do meio-dia, como tinham ficado nos últimos dias. Mas de noite não se via nenhuma luz, nem mesmo a de um abajur. Supus que a Guardia tinha uma equipe de vigilância em um dos quartos. Os bascos deviam estar ocupando o outro.

Mas quem estava me vigiando nos outros dois?

Era hora de descobrir.

Vinte e seis

Primeiro eu tinha de me fazer invisível.

Um dos aspectos fascinantes da tecnologia moderna é a facilidade com que até os sistemas mais sofisticados podem ser driblados ou derrotados.

Minha visita à loja de material ótico tinha sido para saber tudo que fosse possível sobre o tipo de equipamento que olhos hostis pudessem estar usando para me espionar. Pelo visto, era uma solicitação que o entediado vendedor já tinha escutado antes. Ele me tratou não diferente de como tratava os paranóicos com fantasias de estarem sendo observados, ou *voyeurs* procurando novas maneiras de espiar o quarto dos vizinhos. O que quer dizer que ele estava interessado apenas em me vender o máximo do que tinha em estoque.

Aproveitando o que ele supunha serem minhas fantasias ou meus temores, ele explicou sorridente que a tradicional proteção do escuro não protegia mais ninguém de olhares curiosos. Disse que as tecnologias modernas para ver através das coisas podiam transformar a noite em dia, a sombra em luz e penetrar barreiras que antes garantiam a privacidade. A novidade em espionagem visual agora, ele explicou, era muito mais sofisticada do que as "objetivas noturnas" usadas pelo Exército americano na Guerra do Golfo, que produzia imagens fantasmagóricas sem muitos detalhes. Ele fez a demonstração de um par de binóculos Nighthawk, de fabricação russa, que se valia de um circuito eletrônico movido a bateria para produzir uma imagem com detalhes incríveis, mesmo na escuridão total. Tomando-me por paranóico e *voyeur*, ele me garantiu que o binóculo era melhor do que qualquer coisa que a polícia pudesse usar. E me vendeu um jeito de me fazer invisível para meus espiões.

Ele chamou o equipamento de "Disfarce Cinza", talvez para justificar o preço. Mas era muito simples, nada mais do que uma fina folha de plástico reflexivo com capacidade para receber e enviar reflexos. O laminado impenetrável do ponto de vista ótico tinha outra vantagem. Instalado, ele provocaria uma confusão nos quartos do prédio em frente. Enquanto a equipe de vigilância tentasse em vão recalibrar seu equipamento, seus movimentos me dariam chance para observá-los. O vendedor fez uma demonstração antes que eu saísse da loja, o que me permitiu ficar de pé, sem ser visto, atrás da vidraça, e espiar para dentro dos quartos onde eu achava que estavam as equipes de vigilância.

Quando apontei o binóculo russo na direção do primeiro quarto marcado na minha grade, aquele bem na minha frente, vi apenas uma pequena cama de solteiro sem sinais de uso. As portas de um armário de madeira estavam abertas, revelando meia dúzia de cabides de plástico vazios. Não havia indício de que alguém estivesse ocupando o quarto, seja regular ou transitoriamente. Eu só podia supor que a janela era aberta todos os dias para impedir o acúmulo de mofo.

O segundo quarto marcado na minha grade ficava no mesmo andar do primeiro, duas janelas adiante. No meio, bem afastado para não refletir a luz do sol, estava um telescópio montado num tripé com uma lente do tamanho de uma laranja-da-terra. Eu o reconheci como uma versão maior do telescópio de visão noturna que tinha visto na loja de material ótico. Estava apontado diretamente para a minha janela. Por sorte, o modo como o homem atrás do telescópio mexia nos controles indicava que minhas medidas de contra-ataque tinham dado certo. Havia um segundo homem no quarto. Usava um binóculo igual ao meu, porém sem mais sucesso do que o companheiro. Eu podia ver o movimento dos seus lábios e imaginar sua frustração. O homem no telescópio de visão noturna virou-se para falar num telefone celular. O parceiro balançou a cabeça, frustrado, mas manteve o binóculo apontado para minha janela. Ambos tinham os cabelos cortados bem curtos, no estilo militar. Eles trabalhavam de camisa de manga curta, sem insígnias. Um leve ajuste na entrada de luz permitiu que eu espiasse mais no fundo do quarto, onde uma jaqueta estava pendurada no espaldar de uma cadeira.

Era uma jaqueta de oficial azul-marinho, com um galão fino de ouro em uma das mangas. A insígnia na lapela identificava-o como membro da Guardia Civil.

Era o que eu esperava. Imaginei que o operador do telescópio estivesse falando com o coronel Velarde, que provavelmente viria me fazer outra visita.

Eu tinha mais dois quartos para verificar. A janela seguinte ficava no andar acima. Meu binóculo mostrou uma mulher de meia-idade com longos cabelos louros, uma barriga gigantesca e seis enormes. Ela estava usando um sutiã preto e um biquíni vermelho, o qual parecia pequeno demais para seus amplos quadris. A mulher polvilhava com um pó branco, talco devia ser, o espaço entre os seios. Era óbvio que não podia fazer parte de uma equipe de espionagem da polícia.

Nenhum telescópio de visão noturna, câmeras e binóculos estavam visíveis na quarta janela. O quarto era pequeno e simples. Em cima de uma cômoda havia restos de uma refeição para viagem: pedaços de pão de hambúrguer, um guardanapo amassado e uma xícara de café de plástico com os arcos dourados do MacDonald's. Havia apenas um ocupante e este estava imerso na sombra, o mais longe possível da janela. Tive de colocar o controle de abertura de luz no nível máximo para ver melhor seus traços. Era um homem jovem, de cabelos ruivos e a expressão subnutrida de um estudante. Olhava para minha janela com uma intensidade que achei irritante, como se pelo simples poder da vontade ele pudesse ver através do plástico reflexivo e observar o que eu estava fazendo.

O que vi foi o suficiente para me fazer desejar não ter enxotado os bascos.

O jovem que me olhava era o mochileiro que saiu do Naranjas pouco antes da explosão da bomba.

Larguei o binóculo e saí correndo dali.

Eu não tinha nenhum plano. Estava desarmado. Não sabia se ele tinha uma arma. Mas não ia deixá-lo escapar.

O quarto dele ficava no quinto andar, o terceiro contando do final do corredor, segundo meu rascunho. Atravessei a rua correndo, ignorei os gritos do guarda no salão e disparei escada acima.

No meio do caminho, pensei em pedir ajuda à equipe de vigilância da Guardia, mas fiquei com medo de que me atrasassem demais com perguntas irrelevantes.

Quando ia abrir a porta de incêndio do quinto andar, diminuí o passo. Se ele estivesse no corredor, eu não queria assustá-lo. Virei a maçaneta devagar, abri a porta sem fazer ruído e entrei de mansinho. Não havia ninguém ali. Mas o andar seria mesmo esse? Eu queria o quinto andar, e nas portas todos os números começavam com 4. Fiz uma rápida recontagem mental, antes de me lembrar que o sistema europeu tem um jeito peculiar de numerar os andares. O que nos Estados Unidos nós consideramos segundo andar, na Europa era contado como primeiro. Com isso resolvido, no maior silêncio possível, aproximei-me da terceira porta a partir do fundo. Quarto 420.

Lá de dentro não vinha som algum.

Bati. Delicadamente, para não assustar minha presa.

Nenhuma resposta.

— *Señor* — chamei-o, tentando disfarçar ao máximo o sotaque.

Sem resposta.

— *Señor: Está usted aquí?*

Tentei abrir a porta. Estava destrancada.

Escancarei a porta e entrei, esperando que ele pulasse em cima de mim.

Sem resposta ainda.

Com cautela, espiei dentro do quarto. Parecia vazio.

Verifiquei atrás da porta. Debaixo da cama, dentro do armário, no banheiro.

Ninguém.

As gavetas da cômoda estavam vazias. Exceto pelos restos de comida, não havia sinal de que alguém tivesse ocupado o quarto. A cama estava como se ninguém tivesse dormido nela, embora a zeladora já pudesse ter feito sua ronda diária.

Esse era outro daqueles hotéis espanhóis que ocupavam alguns andares de um prédio maior. A recepção ficava um lance de escadas abaixo, no mesmo andar do quarto da Guardia. Perguntei ao funcionário quem estava registrado no quarto 420. Ele examinou o livro de registros.

— *No ocupado* — ele disse.

Quando comecei a argumentar, ele virou o livro para me mostrar que o quarto 420 estava vazio.

— *Usted lo quiere?* — ele perguntou.

Não, não queria o quarto, eu lhe disse. Quanto tempo faz que ele foi ocupado pela última vez?

— *Una semana* — ele respondeu.

O que eu pensei que fosse um jeito esperto de virar o jogo com os meus perseguidores de repente parecia um gesto fútil, senão tolo.

Enquanto me preocupava com a Guardia, tentando descobrir como ser mais esperto do que eles, uma figura mais sinistra estivera me observando sem eu perceber. Foi só por acaso que vi o misterioso mochileiro. Como ele soube onde eu estava hospedado? E por que estava me seguindo?

Vinte e sete

O assassino de Serrano estava de volta, desta vez sua atenção focalizava-se em mim.

Se estivesse com uma bomba, ela poderia ser plantada do lado de fora da porta do meu quarto no hotel com a mesma facilidade com que a tinha deixado no Naranjas. Como outras pessoas que passaram pela experiência de quase-morte, eu não tinha muito medo de morrer. Mas, quando chegasse a hora, gostaria de já ter entregue o assassino de Serrano à justiça. Mais importante ainda: eu não queria que mais pessoas inocentes morressem em outra explosão de uma bomba qualquer.

Transferi minhas roupas e o binóculo de visão noturna para o quarto de cima, onde guardava os livros de Serrano. Paguei ao recepcionista duas semanas adiantadas, mais do que o tempo necessário, pensei, para completar minha investigação de La Magdalena. Coloquei a chave do quarto e 500 dólares num envelope fechado e pedi a Alfredo que o guardasse para mim. Até então, ele havia se mostrado ligeiramente confiável e, se eu precisasse de um aliado, o dinheiro garantiria sua ajuda.

O que eu queria agora era um lugar seguro para dormir um pouco até de noite, quando devia me encontrar com as freiras na catedral. Eu sabia que seria seguido onde quer que fosse, provavelmente pelos bascos, com certeza pela

Guardia e, muito sinistramente, pelo mochileiro. Onde eu poderia ir, um estrangeiro numa cidade estranha? Onde eu ousaria fechar os olhos sem medo de sofrer um ataque violento?

Num país com tradições religiosas tão fortes, um lugar acenou. Era o refúgio tradicional de fugitivos e oprimidos, um cenário cuja paz jamais foi estilhaçada por tiroteios e bombas. O conceito de santuário ainda era respeitado na Espanha moderna, e a grande catedral era o porto seguro que eu procurava.

Escolhi um banco bem na frente, na segunda fileira a partir do altar, bem à vista dos padres e de todos os turistas. Era um lugar exposto demais para alguém tentar me fazer mal. E eu sabia que as freiras se reuniriam ali mais tarde para as orações vespertinas.

Duas vezes durante a tarde fui acordado com as cotoveladas dos lanterninhas, reclamando dos meus roncos. Os sinos tocando o *Angelus* me despertaram às seis horas, mas meus olhos ficaram abertos apenas alguns minutos. A missa da noite começou e terminou, os sons do ritual católico romano mal me causando impressão. O que ao final me levantou do meu torpor foi o cantarolar ritmado de cinco freiras no banco de trás, rezando com mais vigor do que o normal.

Olhei e vi o rosto emoldurado em linho da freira idosa que tinha falado comigo de manhã.

Ela franziu o cenho e me censurou por ter dormido na igreja, mantendo as palavras dentro do ritmo das orações as colegas pronunciavam em uníssono.

Virei de frente para o altar, com medo de que os espiões pudessem detectar nossa comunicação.

— Ainda deseja ver La Magdalena? — ela perguntou.

— Sim, mas estou sendo seguido.

— Eu sei. Encontramos um jeito de fazer o senhor entrar no convento...

Ela parava de falar todas as vezes que as freiras terminavam o responso. Esperava enquanto a líder do grupo entoava solenemente o início da Ave-Maria seguinte, e voltava a falar comigo quando sua voz era outra vez camuflada pelo grupo respondendo.

— Podemos fazer o senhor entrar no convento esta noite sem o conhecimento dos vigilantes. Mas deve seguir minhas instruções sem fazer perguntas. Primeiro, vá até os fundos da catedral...

Ela fez uma pausa enquanto a líder do grupo dizia a primeira parte da oração.

— Saindo da capela do Santo Graal tem um corredor que vai levá-lo aos quartos de descanso, reservados aos membros de ordens religiosas. Siga até o final do corredor...

Esperei que ela continuasse durante o responso seguinte.

— No final do corredor há uma porta que dá para a sacristia. Irmã Maria Serafina estará lá dentro esperando pelo senhor. Faça o que ela disser. E rápido, antes que alguém entre na sala.

Esperei o próximo responso.

— O que está esperando? — ela sibilou, irritada. — Vá agora. E depressa. Ou estaremos todos em perigo.

Ergui-me da minha posição de dormir, dei uma espreguiçada ostensiva, passei os olhos pela catedral e subi a nave.

Era tarde da noite, a parte de trás da catedral estava mal iluminada. Encontrei a porta que ela descreveu. O corredor estava escuro. A escuridão era minha amiga, pensei, apalpando a parede para encontrar as portas das salas de descanso, passei por elas e continuei em frente até ver a nesga de luz escapando por baixo da porta da sacristia. Com muito cuidado, a abri. Lá dentro estava uma freira rechonchuda de meia-idade. Irmã Serafina sorriu com um ar conspirador e me apressou com um gesto frenético.

— *Viene aquí!* — ela sussurrou. — Depressa.

Fechei a porta.

— Tire a roupa — ela falou.

— Como?

Ela mostrou uma trouxa de roupa escura numa sacola de plástico transparente.

— Tire as suas roupas e vista estas.

— Isto é um hábito de freira — protestei.

— Idiota! Claro que é um hábito de freira. Como espera entrar no convento?

Comecei a arregaçar as pernas da minha calça, supondo que não seriam vistas por baixo do longo hábito.

— Tem de tirar tudo — ela insistiu. — No caso de nos barrarem.

— Está dizendo que levantam o hábito de uma freira?

— *Por favor, señor,* é exigência da madre superiora, não minha.

Ela virou de costas e eu, recatadamente, também me virei. Já era bastante ruim estar despindo as calças atrás de uma Noiva de Cristo mas, quando levantei os olhos, vi que estava ficando nu diante de um grande crucifixo.

— Tenho mesmo de usar esta meia-calça? — perguntei.

— Sim, *señor* — ela achou graça. — A não ser que prefira pintar as pernas de preto.

Lutei para me enfiar na meia-calça de algodão preto.

— É muito apertada — resmunguei.

— É a maior que nós tínhamos, *señor*. Toda esta roupa pertence à madre superiora que é de sua altura.

Enquanto guerreava com as meias, pensava nos travestis que se vestiam de freiras no Desfile do Orgulho Gay, em São Francisco. Teriam eles se sentido tão estranhos como eu, quando se vestiram de mulher pela primeira vez? Era uma sensação desconfortável, mais ainda quando a freira insistiu, ainda de costas, para que eu não esquecesse o amplo sutiã... que ela havia cuidadosamente recheado de algodão.

— Senão, a frente do hábito não vai parecer feminina.

Vestir a roupa do sexo oposto é descrito nos manuais de psicologia como uma forma inofensiva de experimentação de gênero, cultivada por uns surpreendentes 30 por cento da população. Embora não seja necessariamente um indicador de tendências homossexuais, parece ter forte componente libidinoso. A origem disso pode estar na excitação psicológica induzida pela quebra de tabus sexuais. Foi com esse aspecto que me apeguei na luta para resistir.

Meu corpo, coberto com o manto escuro, não parecia mais o daquele rapaz esguio que viera tropeçando pelo corredor. Meu peito adquirira as dimensões de um colo modesto. Um crucifixo envolveu meu pescoço. Um cordão branco foi enrolado na minha cintura. Dele pendia um enorme rosário. Meus pés estavam enfiados num par de sapatos justos, mas simples, que erguiam os meus calcanhares a uns três centímetros do chão. Quando a freira que me ajudava prendeu cuidadosamente a touca de linho branco ao redor do meu pescoço e do meu rosto, as últimas marcas visíveis de masculinidade desapareceram. Ninguém podia ver o meu pomo-de-adão. Meus cabelos curtos estavam escondidos por baixo da touca engomada. Quando terminei de me vestir, as únicas partes de pele ainda visíveis para quem se aproximasse de mim eram meu rosto e minhas mãos, estas podiam ficar escondidas dentro das mangas largas. Eu havia assumido a *persona* de uma das irmãs do Santo Graal.

— Eles ainda podem reconhecer meu rosto — falei.

— Duvido. As pessoas olham o hábito das freiras, não seus rostos.

— Mas continua sendo um rosto de homem.

— Não tanto quanto pensa. O senhor tem traços suaves, delicados. Deve ser uma boa pessoa.

— Verão minha barba.

— Muitas freiras têm pelos no rosto — ela riu. — Temos freiras no convento que parecem mais masculinas do que o senhor.

A porta abriu de repente e duas freiras entraram, excitadas.

— Começaram a dar busca no banheiro dos turistas — uma freira falou. — Daqui a pouco chegam aqui.

— Está na hora de ir — a freira rechonchuda me disse.

— Espere um minuto. O que vou fazer com isto? — Eu estava segurando minha carteira de dinheiro, o celular, as chaves do carro de DesRosier e os pequenos equipamentos eletrônicos que tinha comprado na loja de aparelhos de áudio. — Preciso ficar com estas coisas, mas esta roupa não tem bolso.

— Enfie no sutiã — a rechonchuda falou. — Ninguém vai procurar ali.

As outras freiras acharam graça.

— Depressa — a freira gorducha disse, enquanto me observava lutando com o desajeitado hábito.

Dividi os itens, colocando a carteira e o celular do lado esquerdo do sutiã e as pequenas unidades eletrônicas do lado direito. Eles couberam confortavelmente no tecido, e o peso parecia equilibrado. Mais ou menos o peso de seios de verdade, pensei.

— Está bem — disse a freira. — Siga-me. Mantenha a cabeça baixa e dê passos curtos. Aja como se fosse uma senhora.

Resmunguei constrangido. Vestir-me de mulher era coisa que eu nunca pensei que faria na minha vida. Era apenas uma troca de guarda-roupa, eu tentava me convencer. Nada mais do que roupas que se ajustavam de modo diferente e infra-estruturas elásticas que me alteravam a silhueta. Mas eu não conseguia evitar uma estranha sensação de algo que eu só podia descrever como estar a um passo da emasculação. Se me vestir de mulher era irritante, o que me incomodava ainda mais era usar os trajes de uma freira. Era quase um sacrilégio estar ali com minha cabeça enfiada numa touca de linho engomado, conversando com três freiras vestidas do mesmo modo e, por incrível que pareça, sentindo certa identidade com elas. O psicólogo que existia em mim estava espantado com a transformação que uma troca de roupas era capaz de provocar.

Mas estar vestido de freira na privacidade da sacristia era uma coisa. Aparecer em público era outra, bem diferente. Havia homens lá fora procurando por mim. Por mais constrangido que eu tenha ficado ao vestir a meia-calça preta, como eu me sentiria se a Guardia me descobrisse vestido assim? Eu podia imaginar minha humilhação se fosse arrastado até a sala do coronel Velarde no meu hábito de freira.

— Depressa — a irmã Serafina puxou-me pela manga.

Eu a segui até o corredor — iluminado agora por uma única lâmpada no teto estreito. Dois homens corpulentos, que não reconheci, estavam saindo do banheiro masculino. Meu primeiro instinto foi sair correndo. Mas sabia que não iria longe de hábito e sapatos de salto. Como qualquer freira teria feito, baixei recatadamente a cabeça, evitando o contato visual.

— *Buenas noches, hermanas* — eles murmuraram, espremendo-se contra a parede para nos deixar passar. Suas vozes eram educadas e gentis, respeitosas até.

— *Buenas noches* — irmã Serafina falou ao passarmos por eles.

Quando achei que tinha passado com sucesso no primeiro teste, um dos homens chamou.

— *Un momento, por favor!*

Nós dois paramos. A freira se virou para olhá-los de frente, enquanto fiquei meio de lado.

— *Cual es él?* — ela perguntou.

— *Un americano... estamos buscando. Usted vió un americano aquí?*

— *No hay hombre aquí. Solamente dos hermanas más en la sacristía.*

No momento exato, as outras duas freiras saíram da sacristia. Os homens as cumprimentaram, afastando-se para elas passarem. Enquanto nossa procissão continuava pelo corredor, eu escutava as vozes dos dois homens dando a busca no lugar.

— Existe uma segunda porta naquela sala — a freira guia sussurrou. — Os senhores podem achar que o homem escapou pelos fundos.

— Obrigado, irmã — eu disse, surpreso com a humildade em minha voz. Eu estava nas mãos das Hermanas del Sangreal e, por enquanto, sentia-me muito satisfeito em obedecer ordens.

A catedral estava quase vazia. Uns poucos retardatários encontravam-se ainda de pé na entrada principal, dizendo em silêncio suas preces. Imitando as outras freiras, mergulhei o dedo indicador na água benta, ajoelhei-me sobre os dois joelhos de frente para o altar e fiz o sinal-da-cruz bem devagar. Quando estávamos saindo da catedral, notei alguém observando na sombra. Era o velho padre que tinha me ajudado a levantar quando me assaltaram na escada, dias antes. Ele estava sorrindo para mim. Não estava surpreso nem achando engraçado, eu pensei, mas parecia ser um sorriso de aprovação. Ele fez um sinal com a cabeça ligeiramente, como se não quisesse que o gesto de reconhecimento fosse notado por mais ninguém além de mim.

Fora da catedral, formamos uma fila dupla, que devia ser como as freiras costumavam andar pelas ruas de Valência. As tendas do mercado do lado de fora da catedral já estavam quase todas fechadas, mas um filete de luz iluminava as barracas que vendiam milho assado, amendoins, *cuchifritos*, camarões fritos e outros tira-gostos. Irmã Serafina acertou o passo, conduzindo-nos rapidamente pela *calle* La Paz. As ruas estavam repletas de valencianos no seu *paseo* noturno, o tradicional passeio espanhol que começa todos os dias depois que o sol se põe. Era um ritual que me fascinava desde que chegara à Espanha.

Como obedecendo a um sinal invisível, boa parte da população espanhola sai de suas casas e apartamentos todas as noites para caminhar, conversar, encontrar os amigos e exibir suas roupas novas antes da hora do jantar, bem tarde da noite. Todos nas ruas, desde as criancinhas em carrinhos enfeitados a *ancianos* apoiados em bengalas, estavam impecavelmente vestidos. Os homens de terno ou camisas esporte caras, as mulheres quase sempre usando seda, e até os adolescentes se vestiam como se fossem visitar um tio rico. Leques coloridos e mantilhas competiam pela atenção com os decotes profundos e as saias curtas. Todo mundo parecia feliz por estar se exibindo.

Conforme nosso quarteto vestido de preto ia passando pela rua, as pessoas num gesto de cortesia abriam caminho para nós. Os homens de chapéu tocavam na aba, em sinal de cumprimento. As mulheres sorriam. As criancinhas olhavam para nós curiosas. Eu nunca tinha presenciado na minha vida tamanha efusão de afeto e respeito por parte de pessoas totalmente estranhas. No início, senti-me um pouco como uma fraude, sabendo que as pessoas estavam reagindo ao que meu hábito religioso representava, não a mim. Depois, entretanto, descobri que estava gostando da consideração que agora eu impunha.

Com um farfalhar de hábitos e contas de rosários, viramos à direita na *calle* Don Bosco.

No meio do quarteirão ficava a porta do convento. Do outro lado da rua, vi o guarda montando sentinela para La Magdalena ou qualquer pessoa que tentasse vê-la. Mas agora, entretanto, eu não temia mais ser reconhecido como nada além do que uma freira, voltando com suas colegas da missa da tarde.

Uma batida na porta, um olho na vigia de segurança e fomos admitidas no convento. Entramos numa pequena sala de espera, simples, com apenas duas cadeiras. Numa abertura na parede havia uma roleta, que as freiras usavam para vender seu pão anunciado em toda a literatura para turistas. A freira que nos deixou entrar abriu outra porta que revelou a área de recepção principal do convento.

Era uma sala estéril, com piso de madeira polida, um quadro da crucificação numa das paredes, um grande crucifixo negro na outra e retratos, já escurecidos pelo tempo, de duas freiras que imaginei serem as fundadoras da ordem, na terceira parede. Meia dúzia de cadeiras de espaldar reto estavam postadas de um lado e do outro de uma pesada mesa de madeira. Esta era a área de recepção, a irmã Serafina explicou, acessível apenas a visitantes com negócios importantes a discutir com a madre superiora. A pesada porta que levava para os espaços mais íntimos do convento ficava trancada para que gente de fora, sobretudo homens, não pudesse ver, nem de relance, as áreas onde as freiras viviam, trabalhavam e rezavam.

A freira que nos recebeu trazia uma grande argola de chaves. Pelo visto, estava encarregada de cuidar do portão e da segurança durante a noite. Ela me olhou com mais do que uma simples curiosidade, até que irmã Serafina meteu-se entre nós dois e mandou que ela destrancasse a porta. Um longo e estreito corredor conduzia às áreas não públicas do convento. Eu seria o primeiro homem a ver esse corredor? Era uma idéia estonteante, que me fez imaginar se não deveria dar meia-volta e sair antes de ver algo que não era para os olhos de um leigo. Eu não passava de um intruso, prestes a colocar os pés nos alojamentos privados das Hermanas del Sangreal, que havia séculos caminhavam por esses corredores na certeza de que suas atividades estavam preservadas da visão externa. Hesitante, percebi a outra freira me observando. Desconfiada.

Irmã Serafina fez um gesto indicando para que eu a seguisse.

Entrei no corredor. Atrás de mim, escutei a pesada porta se fechar, a tranca recolocada no lugar.

À nossa frente, uma porta lateral se abriu e uma freira apareceu com um saco que parecia ser de lavanderia. Ela sorriu, cumprimentando-nos e, descendo um lance de escada, desapareceu. Um estranho silêncio dominava o lugar. Eu não esperava ouvir sons de televisão, aparelhos de rádio ou de CDs, tudo isso era certamente proibido, mas num prédio com dezenas de moradores era de se esperar escutar uma ou mais vozes. Eu tinha esperança de não ver nenhuma das moradoras à vontade ou em alguma forma de nudez, mesmo parcial, que inocentemente violasse seus votos. Eu só podia contar que irmã Serafina estivesse consciente do risco que estava assumindo ao me trazer até ali.

No final do corredor havia um conjunto de portas duplas. Irmã Serafina bateu uma vez.

— *Pase!* — veio uma voz firme lá de dentro.

Fui introduzido num escritório bastante iluminado, cheio de móveis que poderiam ter sido adquiridos no século XVII. Do outro lado da sala, de costas para a janela, uma freira de aspecto severo estava sentada diante de uma mesa enorme. O crucifixo imprescindível pendia da parede ao seu lado. Na frente da mesa havia uma única cadeira. A freira ergueu os olhos quando irmã Serafina entrou e fechou a porta atrás de nós.

— *Buenas noches*, madre Dominica — falou irmã Serafina. — Trouxe o homem sobre o qual falamos.

Madre Dominica era uma mulher alta, mais ou menos da minha altura, de ombros fortes para uma mulher. A parte do seu rosto visível na sua moldura de linho branco era angulosa, com um nariz estreito e lábios finos; uma mulher séria que, num casaco Chanel, seria a imagem perfeita de uma executiva. Qualquer encontro com La Magdalena dependia de sua aprovação.

— Sente-se — ela me disse.

Não tive outra escolha senão fazer o que ela mandava. Sentei-me onde ela me indicou — um tamborete sem espaldar a um metro da sua mesa, um banco desconfortável que supus fosse reservado para noviças recalcitrantes.

— Seu nome?

— Theophanes Nikonos.

— É americano?

— Grego-americano.

— Tudo bem, sr. Nikonos. Deixe-me explicar a situação. O senhor está agora nos alojamentos particulares do Convento de las Hermanas del Sangreal. Nós somos uma ordem que vive em reclusão, com um mínimo de contato com o público. Pessoas de fora não podem entrar no convento. Obviamente, nossa habitação particular é considerada sacrossanta. Receber um homem aqui, a esta hora da noite, infringe nossas normas mais básicas, e é uma ameaça à castidade de nossas freiras. Se eu chamar a polícia, o senhor será preso como intruso e acusado de violação de propriedade. Só a sua presença aqui sugeriria a acusação mais grave de intenção de violência sexual contra pessoas da nossa comunidade religiosa. E visto que está vestindo roupas que reconheço como sendo minhas, o senhor também pode ser acusado de roubo, sem falar no desvio de comportamento sexual. A polícia trata com muita seriedade essas ofensas a uma ordem religiosa.

Ela parou para deixar assentar essas palavras desalentadoras. E continuou:

— Prefiro não precisar chamar a polícia, mas essa decisão vai depender unicamente de como o senhor vai se comportar. O senhor compreende bem sua situação, sr. Nikonos?

— Sim, compreendo — eu disse, minha voz soando tão fraca quanto a das freiras sobre quem a mulher autocrática governava. O que pensei ser uma forma brilhante de conseguir entrar sem ser observado no convento, uma vez lá dentro, estava se revelando também uma forma para as freiras exercerem total controle sobre minhas atividades. Se um dia cheguei a pensar que as freiras fossem ingênuas servas da hierarquia católica masculina, agora percebia como estava errado.

— Bom — madre Dominica falou. — Suponho que responderá às minhas perguntas com honestidade. Por que veio para Valência?

— Provar as laranjas, comer *paella* e ver o Santo Graal. Ou pelo menos sua versão do Santo Graal. Sou apenas um turista comum.

— Turistas comuns não costumam perseguir nossas freiras.

— Perseguir é a palavra errada — corrigi. — Só quero falar com a freira que a senhora chama de La Magdalena.

— *Eu* não a chamo de La Magdalena. O nome pelo qual *eu* a conheço é irmã Mariamme. Por que está interessado nela?

Não havia mentira, percebi, por mais verdadeira ou absurda que ela pudesse parecer, que me fizesse vencer a barreira de madre Dominica. Eu não tinha certeza se a verdade também conseguiria isso. Resolvi tentar. Talvez não toda a verdade, mas o suficiente para ter acesso a La Magdalena.

— Com sua permissão, gostaria de continuar o trabalho de padre Serrano — falei.

— O trabalho dele foi suspenso pelo gabinete do cardeal.

— Sim. Ele me disse isso, pouco antes de ser morto — respondi. — Penso que os dois fatos estejam relacionados.

Uma freira americana sem dúvida ficaria chocada com a sugestão de uma conspiração tão pérfida, principalmente se houvesse a participação da Igreja. Entretanto, como parte de meu novo aprendizado, as freiras espanholas são de uma raça diferente, mais cínicas em suas atitudes a respeito do mundo fora dos muros do convento.

— Irmã Serafina nos contou sobre isso. Mas, até agora, temos apenas sua palavra de que padre Serrano está morto — ela observou.

— Ele morreu há três dias, na explosão de uma bomba.

— Não fui informada da sua morte.

— Foi numa pequena loja de sucos perto da Plaza de Toros. Eu estava com ele quando aconteceu.

— Mas o senhor continua vivo — ela falou num tom seco.

— Tive sorte. A bomba explodiu quando eu estava no banheiro. Padre Serrano morreu na hora. O rapaz que atendia no balcão também.

A expressão no rosto dela permanecia inalterada, a voz monótona e neutra.

— Ouvi falar da explosão — ela disse. — Essas coisas estão se tornando um hábito na Espanha. Mas, *Díos mío*, não fui informada pela diocese de que padre Serrano era uma das vítimas.

— Isso porque a Guardia recusa-se a confirmar sua identidade. Alegam que não foi o padre Serrano que morreu na explosão, que ele estaria de férias em algum lugar da América do Sul.

— É sabido que a Guardia mente — ela falou.

— O reitor da *Residencia* jesuíta contou-me a mesma história.

— Isso o surpreendeu?

— Bem, eu esperaria a verdade da boca de um padre.

— Padres e policiais dizem o que seus superiores mandam dizer — madre Dominica deu de ombros. — Pode ter sido por influência do gabinete do cardeal. Devem estar com medo de que a mídia comece a fazer perguntas constrangedoras sobre as atividades do padre.

— Está falando das suas investigações sobre La Magdalena?

— Como lhe disse, não existe mais investigação.

— Serrano estava preocupado com isso — lembrei. — Parecia assustado, também. Falou de pessoas poderosas interessadas nela. Por que a investigação foi suspensa?

— Não deram nenhuma razão oficial — ela acrescentou.

— Está querendo dizer que o assunto era melindroso demais para alguém declarar em público suas opiniões.

Pelo seu silêncio vi que ela concordava, então continuei:

— Suponho que a hierarquia da Igreja deve ter se sentido ameaçada de algum modo pelo caminho que a avaliação psicológica estava tomando.

— Muito perspicaz, sr. Nikonos. No início trataram a irmã Mariamme como uma pessoa mentalmente perturbada. Acho que esperavam que o padre confirmasse essa opinião, o que lhes daria a justificativa legal de que precisavam para interná-la numa instituição para doentes mentais.

— Como doente mental, qualquer coisa que ela dissesse seria considerado delírio incoerente de uma lunática.

— Exato.

— Está me parecendo um castigo muito severo para uma crença na reencarnação.

— Não acho que estejam tão preocupados com sua crença na reencarnação. É o que ela diz se lembrar de sua vida passada que os incomoda.

— Por exemplo?

— Seria melhor que o senhor a ouvisse contar com suas próprias palavras. — Durante todo esse tempo, madre Dominica manteve sua atitude severa. — Quanto a mim, jamais permitiria que o senhor falasse com irmã Mariamme. A única razão para estarmos tendo esta discussão é porque ela me disse que queria vê-lo. Por mais que eu fosse contrária ao que o senhor me pediu, não tive coragem de recusar isso a ela.

"Afinal de contas" — madre Dominica continuou — "Ela disse que esperou dois mil anos para vê-lo de novo."

Vinte e oito

Virei-me ao som de uma porta que se abria.

Por aquele vão, depois de uma pausa que pareceu interminável, e com passos hesitantes, tímidos, entrou a jovem freira a que até eu, agora, me referia como La Magdalena.

Ela entrou na sala e parou, ainda na soleira. Inclinou a cabeça de leve, aquele olhar triste de partir o coração procurando na sala um rosto familiar. De início, não pareceu me reconhecer. Madre Dominica observava em silêncio; eu aguardava ansioso, esperando algum sinal de reconhecimento. Por mais impossível que possa parecer, apesar de tê-la visto apenas por brevíssimos momentos, eu estava convencido de que já havia algum vínculo entre nós. A marca vermelha na minha mão começou a latejar. Pensei sentir uma leve sugestão de flores delicadas ou perfume, lavanda, talvez, ou nardos, embora soubesse que madre Dominica jamais permitiria que tal ornamento aromático fosse usado por qualquer uma de suas freiras. Quem sabe era o cansaço ou o estresse daqueles últimos dias, mas ao olhá-la, de repente, fiquei tonto.

O resto da sala pareceu se esvair da minha consciência quando nossos olhares se encontraram. O sorriso dela me fez levantar da cadeira. Não tanto por um gesto de etiqueta, mas por uma força magnética à qual não pude resistir. Fiquei paralisado diante dela, querendo estender a mão, chegar mais perto. Mas uma barreira invisível permanecia entre nós, alertando-me para não me aproximar. Ela era, afinal de contas, uma freira, uma Noiva de Cristo. E, como tal, transformada em algo intocável por tabus que até os ateus respeitavam. Eu não ia querer violar esses tabus, principalmente na presença de madre Dominica. Em vez disso, contentei-me com uma lembrança ligeiramente impura do modo como seu seio tocara as costas da minha mão na catedral. Eu estava convencido de que a suave pressão de carne contra carne fora demorada demais para ser acidental. Ela havia, por algum motivo, escolhido me conceder essa intimidade proibida. Mas por que eu, um estranho? Eu conhecia mulheres que usavam esse contato físico acidental, não como parte do ritual de acasalamento, mas como uma forma de sutilmente seduzir um homem para fazer o que elas quisessem. Mas esse tipo de estratagema sexual exigia um nível de experiência de vida muito acima dos de uma jovem freira protegida de todo o contato, a não ser os mais básicos, com o mundo externo, sem falar com os homens em geral. Era impossível acreditar que essa jovem criatura de ar inocente fosse capaz de tamanha manipulação.

Será que dentro do seu corpo virginal existia a alma de uma outra mulher, mais mundana, que caminhou pela Terra na presença de Jesus Cristo? Se fosse verdade, que segredos notáveis estariam enterrados na sua memória? Se era mesmo Madalena renascida, o que poderia nos contar sobre o homem a quem a Bíblia diz que ela acompanhou até Jerusalém?

Por outro lado, o cético que havia dentro de mim alertou para a possibilidade muito real de existência de uma fraude. E eu, por algum motivo, estava sendo atraído para ela. Histórias absurdas de reencarnação costumam começar de forma bastante inocente, em geral resultado de falsas lembranças originadas da exposição a livros e histórias há muito esquecidas. Esta, com sua promessa de ensinamentos secretos e insinuações feministas, tinha uma atração inerente para a mídia atual. Com boa divulgação por um promotor hábil, a jovem freira não demoraria a se transformar em celebridade internacional, gerando lucros enormes para seus empresários. Esses empresários não iam querer ninguém interferindo nos seus planos. Se o caso era esse, minha vida, como a do padre Serrano, era uma mercadoria substituível. Se ele havia sido assassinado porque estava chegando perto demais de uma verdade proibida, esse era o destino que me aguardava.

Meu devaneio foi interrompido quando La Magdalena começou a rir. Ela levou a mão esguia até a boca para conter o riso.

— Você é muito alto para uma freira — ela disse entre dois risinhos.

Eu tinha me esquecido por completo de que ainda estava com as roupas de freira que tinham me permitido entrar no convento sem que ninguém percebesse.

— É um disfarce... — murmurei. — Fizeram-me trocar de roupa na catedral.

— Desculpe — madre Dominica interveio. — Esqueci de lhe dizer para tirar o véu.

Ela deu um passo à frente para retirar o capuz preto e me ajudar a afastar a touca de linho que envolvia meu rosto.

— Suas roupas foram para a lavanderia — continuou. — O senhor as receberá amanhã cedo.

Chutei longe os sapatos que estavam me dando câimbras nos dedos e passei a mão pelos cabelos, feliz por me livrar da volumosa capa. Ainda estava com o pesado hábito preto, mas sentia-me bem mais confortável. Só precisava agora de um pouco de privacidade para arrancar a meia-calça e o sutiã acolchoado. Mas não queria perder de vista La Magdalena.

— Ela sabe o que aconteceu com padre Serrano — madre Dominica falou com voz suave. — Eu lhe contei assim que soube por irmã Serafina.

A tristeza voltou aos olhos de La Magdalena.

— Você estava lá? — quis saber.

Confirmei com um movimento de cabeça, tendo perdido a voz por alguns instantes.

— Ele sofreu?

Não, balancei a cabeça.

— Por que matam todos a quem amo? — ela gemeu. Fechou os olhos e começou a balançar o corpo para a frente e para trás, num movimento familiar para quem já viu imagens de pessoas chorando a morte de alguém nos funerais palestinos. Eu estava meio na expectativa de que ela começasse a tradicional lamentação monocórdia de luto. Era uma estranha cena para um convento católico romano. Eu queria confortá-la, segurar sua mão, abraçá-la, fazer alguma coisa para aliviar sua dor. Mas, é claro, tocá-la seria violar as normas religiosas, uma transgressão que faria recair sobre mim a ira de madre Dominica.

— Antes de morrer, o padre me pediu para continuar o trabalho com você — falei.

— Mas o gabinete do cardeal... — ela começou a contestar, obediente.

— O gabinete do cardeal ordenou que padre Serrano não tivesse mais nenhum contato com você — falei. — Pelo que sei, a ordem se aplicava apenas ao padre Serrano. Portanto, as entrevistas que eu fizer com você não podem ser consideradas uma desobediência.

La Magdalena olhou nervosa para madre Dominica, que em silêncio concordou comigo.

— Tudo bem — a jovem freira finalmente aceitou. — Mas gostaríamos que rezássemos antes. Primeiro pela alma do nosso querido amigo, Javier Serrano.

Esperei que ela caísse de joelhos, baixasse a cabeça e se benzesse, como as freiras tinham feito na igreja. Em vez disso, ela se virou na minha direção e sorriu. Um sorriso radiante, repleto de um amor que nunca tive de mulher alguma. Sorri de volta, antes de perceber que ela estava olhando atrás de mim. Seus olhos estavam fixos num ponto no infinito, em algum lugar acima da minha cabeça. Virei-me para ver o objeto dessa atenção embevecida, achando que alguém pudesse ter entrado silenciosamente na sala depois de mim. Tudo que pude ver foi uma parede em branco. Não havia nem um quadro para chamar a atenção dela.

— Meu querido Jesus Cristo — ela falou para o espaço vazio. — Meu querido amigo Javier está com você agora. Sei que ainda não me é permitido falar com ele, mas, por favor, diga-lhe que apreciei muito o tempo que passamos juntos. Estou muito, muito feliz porque você o mandou para mim.

Embora sua voz alegre e o sorriso de felicidade não combinassem com a atitude sombria tradicional associada com a oração, decerto correspondiam ao comportamento de místicos como padre Pio quando tinha visões; ou o de Maria, Jacinto e Lúcia quando se comunicavam com as aparições marianas em Fátima. E, como acontece com as testemunhas de experiências como essas, eu não via nenhum sinal externo de qualquer presença do Outro Mundo. Nenhum brilho na parede, nenhuma imagem de Cristo na tinta, nenhuma atividade sobrenatural inexplicada. A única evidência de algo que não era deste mundo se revelando era a própria La Magdalena.

— Ele deve ter sido uma boa pessoa na sua vida anterior — ela continuou. — Porque parecia muito satisfeito com sua vocação nesta vida.

As palavras fluíam com tanta facilidade dos seus lábios que eu quase não entendia seu significado. Mas ali estava um claro resumo da versão mais aceita sobre a teoria da reencarnação, a de que o modo como uma pessoa vive uma vida determina a qualidade da vida seguinte. Eu não tinha esperado ouvi-la pronunciada tão abertamente, na frente da madre superiora.

— Quando nos encontrarmos na outra vida, espero que ele se lembre de mim de modo favorável.

Conforme o padre me avisara, ela não se envergonhava de expressar suas crenças. As referências a vidas passadas e futuras teriam sido perfeitamente aceitáveis como parte de uma oração pelos mortos num tempo budista ou mesquita islâmica. Mas eram heresias na boca de uma freira católica romana. Eu estava entendendo por que o gabinete do cardeal estava preocupado com ela.

Olhei para madre Dominica, mas ela estava perdida na sua própria oração silenciosa e parecia não ter percebido.

— Quanto a mim, meu querido — La Magdalena continuou sua prece —, meus sonhos à noite são cada vez mais com você.

Sua voz caiu para um registro mais baixo. Tornou-se terna e íntima, não tanto a voz de uma freira rezando, mas a de uma mulher falando com seu amante.

— Sei que seu plano para mim ainda está se revelando, mas é difícil ser paciente, agora que minhas lembranças estão retornando.

De repente, com tanta facilidade que não percebi o exato momento da transição, ela passou a falar numa língua totalmente incompreensível para mim. Eu não era um americano monolíngüe, tendo crescido ao lado de pais que falavam grego. Estudei latim e francês na escola, tinha uma sonolenta familiaridade com óperas italianas e alemãs, e já entendia uma ou outra palavra em espanhol, mas não reconheci uma única palavra do que ela dizia. Padre Serrano me dissera que ela falava línguas mortas. Ele afirmou, como o professor Stevenson certamente faria, que essa habilidade lingüística era uma evidência válida de reencarnação. Mas eu não sabia se ela estava falando uma língua autêntica que usara numa vida anterior ou simplesmente era uma algaravia sem sentido, uma glossolalia. Se não tivesse acontecido tão rápido, eu teria conseguido gravar a estranha língua para uma interpretação posterior por peritos em lingüística. Infelizmente, a filmadora que eu tinha comprado estava escondida sob as dobras do hábito, e tentar apanhá-la seria interromper esse momento. Eu só podia escutar e me maravilhar com a mudança que ocorreu nela quando começou a falar na língua misteriosa.

Além das palavras que ela pronunciava, que já eram bastante peculiares, senti que algo diferente estava acontecendo. Fosse lá o que fosse que ela achava estar vendo naquele estranho ponto no infinito, causou nela uma estranha transformação. A tristeza havia abandonado seu rosto erguido, sendo substituída pelo que só posso chamar de verdadeira expressão de beatitude. As pupilas de seus olhos, antes tão escuros e retraídos, pareciam cintilar com o brilho do reflexo de uma imagem luminosa que não estava em lugar algum da sala. Um excitado rubor coloriu seu rosto. Os lábios, que eram finos, secos e determinados, transformaram-se diante dos meus olhos em lábios úmidos de jovem em idade de casar. Em questão de segundos, ela desabrochara de uma jovem freira encantadora, mas tímida, numa mulher sensual com um magnetismo animal que afetaria qualquer homem. Como psicólogo, fiquei fascinado com a transformação física de que era testemunha. Como homem, vi-me reagindo com emoções que pensava mortas.

Virei-me outra vez para ver a reação de madre Dominica. Ela continuava de joelhos, cabeça baixa, absorta na sua forma mais tradicional de rezar. Pelo visto, estava acostumada com esse comportamento.

Padre Serrano não tinha mencionado ter assistido a nada semelhante durante seu trabalho com La Magdalena. Talvez não a tivesse visto rezar, ou talvez temesse que eu pudesse interpretar uma descrição desse tipo como sugestiva de um distúrbio de personalidade múltipla. Tendo visto com meus próprios olhos, entretanto, não pensei que o comportamento dela se encaixava nos critérios clínicos de uma personalidade dissociativa. Quando muito, estava mais perto de uma alucinação.

Os olhos dela, por exemplo, permaneceram fixos e sem piscar desde o momento em que começou sua "prece". Ela falava e parava, como se escutasse palavras que estavam além da minha capacidade de ouvir. Havia certo desligamento do ambiente onde ela se encontrava. Mas ela não estava em estado total de transe, visto que o tom da sua voz oscilava, e ela exibia movimentos faciais que pareciam coerentes com as emoções refletidas nas palavras que pronunciava.

Em algum ponto desse episódio, ela reconheceu minha presença e procurou tocar na minha mão. A princípio, lembrando de como minha mão tinha ficado inflamada desde aquele contato inicial, tive medo de tocá-la. Mas se eu esperava conquistar sua confiança, sabia que qualquer demonstração de medo ou resistência seria contraproducente. Quando por fim tomei na minha sua mão esguia, sua pele me pareceu macia, fria e estranhamente familiar. Seus dedos entrelaçaram-se nos meus como os de uma criança confiante. Por algum motivo desconhecido, ela levou minha mão até a boca. Com infinita ternura, beijou a marca vermelha e começou a esfregá-la.

— Esperei tanto tempo por você — ela sussurrou para mim em inglês.

Eu não tinha idéia do que ela queria dizer com esse comentário. Ela não podia ter ficado esperando por mim. Mas minha mão estava tão à vontade na sua que por um momento esqueci onde estava. Por um momento, imaginei nós dois numa praia vazia de noite. Atrás de nós corria um enorme rio. A atmosfera estava quente e salgada. Sozinhos na praia, estávamos prestes a nos abraçar quando se ouviu uma voz que parecia vir de muito longe.

De repente, eu estava de volta ao convento.

— Basta por hoje — madre Dominica falou, com um toque de irritação na voz. Apoiando-se no espaldar da cadeira, ela se ergueu. — Vocês podem conversar mais amanhã.

Uma disciplinada La Magdalena soltou minha mão. Concordou obediente com madre Dominica e saiu da sala sem dizer mais nada.

— O contato físico com nossas freiras é proibido — madre Dominica repreendeu-me.

Eu ia protestar, observar que a iniciativa fora da própria La Magdalena, mas ela deu a entender que não queria explicações.

— O senhor está lidando com uma jovem sem experiência do mundo lá fora — ela falou. — É ingênua e muito vulnerável. O senhor precisa ter cuidado para que ela não se enamore do senhor; o que vocês psicólogos chamam de "transferência".

Ela me acompanhou até o primeiro quarto no corredor. Do outro lado da porta havia uma cela despojada, cuja única mobília era uma cama estreita e uma cômoda pequena, sobre a qual descansavam um jarro e uma bacia para lavar o rosto. Um urinol tampado fora colocado discretamente debaixo da cama. Um gancho na parte interna da porta sustentava dois cabides de madeira, que aparentemente substituíam o armário. Uma lâmpada fraca no teto era a única iluminação. Na parede sobre a cabeceira da cama ficava um crucifixo preto com um Jesus Cristo de prata.

— Nenhum homem jamais passou a noite no nosso convento — disse a madre.

— Vou me comportar — tentei brincar.

— Estou certa disso. — Sua voz não demonstrava ter achado graça. — A porta ficará trancada pelo lado de fora. O senhor não tem permissão para sair do quarto exceto para se encontrar com irmã Mariamme. Duas freiras o acompanharão nessas ocasiões.

— Exames psicológicos são sempre realizados em privacidade — protestei.

— O senhor não está no seu consultório — ela observou. — Não posso permitir que o senhor fique sozinho numa sala com nenhuma de nossas freiras.

— Mas eu preciso ter privacidade — insisti.

— Impossível. Nossas freiras não vão a lugar algum sem estarem acompanhadas.

— E no confessionário? — dei a contrapartida. — Certamente nenhuma acompanhante fica escutando enquanto elas confessam seus pecados.

Madre Dominica hesitou.

— O senhor não é padre — ela continuou. — Não está aqui para ouvi-la em confissão.

— Pode haver coisas que ela não queira que as outras freiras escutem — prossegui. — Idéias e sentimentos muito pessoais. O diálogo entre um psicólogo e uma paciente é tão sigiloso quanto o do confessionário. Até o Vaticano reconheceu a santidade do relacionamento médico-paciente.

Eu não era médico, não tinha doutorado em coisa alguma. Mas achei que isso era apenas um detalhe técnico, e a referência ao Vaticano parecia estar funcionando.

— Eu poderia fazer a entrevista numa sala com a porta aberta — sugeri. — Assim, suas acompanhantes podem vigiar da soleira, mas sem escutar o que estamos dizendo.

Madre Dominica parecia estar cedendo. Já tinha me mostrado que sabia ser uma mulher autoritária, mas o próprio fato de estar me deixando passar a noite ali sinalizava uma ambivalência tratando-se de La Magdalena.

— Não precisa decidir isso agora — falei. — Só peço que pense a respeito. Pense no que é melhor para ela. Fará isso?

— Vou pensar — ela prometeu.

Fechou a porta e passou o ferrolho, trancando-me ali a noite inteira.

O sono não veio fácil na cama dura. No princípio, eu estava inquieto e desconfortável. Sonhei como sempre com Laura Duquesne e aquela trágica noite em Nova York. Mas depois, supreendentemente, imagens de La Magdalena se intrometeram, algumas, devo reconhecer com vergonha, de natureza erótica. Em algum momento durante a noite acordei com um perfume de lavanda. Embora as janelas estivessem fechadas, a delicada fragrância parecia encher o quarto. No estado hipnagógico, esse vago crepúsculo mental entre o estado de alerta e o sono, imaginei que o aroma vinha da minha mão direita, a mesma que La Magdalena segurara. Levei as costas da minha mão aos lábios num beijo celibatário no exato lugar onde os seus deixaram sua marca invisível.

Depois disso, dormi tranqüilo.

Vinte e nove

A primeira entrevista com La Magdalena começou às 7h52 da manhã seguinte.

Acordei ao raiar do sol, com o canto das matinas, as orações matinais das freiras. Pouco depois, duas freiras apareceram à minha porta. Uma me entregou minhas roupas, limpas e ainda mornas da secadora. A segunda trazia a bandeja do café da manhã com uma grande tigela de aveia, um copo pequeno de suco de laranja e uma xícara de água quente com um saquinho de chá, mas sem açúcar. Depois de me darem tempo para comer, me vestir e terminar minhas abluções da manhã, elas voltaram para me acompanhar até a sala de jantar do convento. Era uma sala grande, com mesas simples sem condimentos nem toalhas. Fui orientado para seguir até uma mesa quadrada no extremo oposto. As duas freiras, que aparentemente eram as acompanhantes, sentaram-se do outro lado da sala. Podiam ver tudo que se passava, mas a uma distância suficiente para ser difícil escutar alguma coisa. Madre Dominica tinha concordado com o meu pedido para ter ao menos uma privacidade parcial.

Enquanto aguardava, ajustei as ferramentas eletrônicas do moderno ofício investigativo, os dois pequenos equipamentos que comprei na loja de aparelhos de som na manhã anterior. O primeiro, uma miniatura de filmadora Sony, garantiria o registro permanente da entrevista. O segundo era um analisador de tensão na voz, que serviria como um rude polígrafo. Suas leituras em tempo real não eram definitivas, mas atendiam ao meu objetivo.

Minutos depois, La Magdalena entrou.

Levantei-me na hora e puxei uma cadeira para ela se sentar. Acertando as dobras do hábito com recato, ela sorriu e se sentou. Eu podia sentir as acompanhantes atentas a qualquer movimento em falso da minha parte.

— Não se importa se eu gravar esta entrevista? — perguntei.

Vendo sua expressão intrigada, percebi que ela possuía pouco conhecimento da tecnologia moderna. Fiz uma demonstração da filmadora gravando alguns segundos da sua imagem.

— É o que chamam de câmera de videoteipe — expliquei. — Ela registra sua voz e sua imagem, para poder ser vista mais tarde.

Quando reproduzi a gravação na telinha, ela abriu a boca espantada, e aí achou graça.

— Irmãs, venham aqui! — ela chamou. — Vejam o que ele trouxe.

Tive de repetir o ritual mais uma vez para as acompanhantes, gravando e reproduzindo suas imagens também. O que estranhei foi que, embora maravilhadas com a demonstração, elas não fizeram nenhuma pergunta sobre a natureza da tecnologia. Seria uma demonstração de fé? Ou falta de curiosidade?

Quando as freiras voltaram aos seus postos do outro lado da sala, a entrevista começou.

— Esta entrevista está sendo realizada no Convento de las Hermanas del Sangreal, em Valência, Espanha, numa terça-feira, 8 de maio de 2001. São 7h52, hora local. Meu nome é Theophanes Nikonos. Esta entrevista faz parte da investigação de um possível caso de reencarnação.

Em geral, começo uma entrevista investigativa de modo relaxado, casual, na esperança de deixar o entrevistado à vontade. Os protocolos Stevenson reconhecem a tendência humana à falsidade e enfatizam a necessidade de distinguir entre a mentira cabal e a invenção inadvertida. Diante da natureza desse caso em particular, decidi forçar a questão da veracidade.

— A senhora acredita em Deus? — perguntei.

— Sim, eu amo Deus.

— Acredita em Jesus Cristo?

— Sim, eu amei Jesus, meu Cristo.

Notei que ela usou o tempo no passado. Foi intencional, ou um lapso? Deixei passar por enquanto.

— Jura por Deus Todo-Poderoso e seu filho, Jesus Cristo, que dirá a verdade nesta e em todas as outras entrevistas?

— Esqueceu do Espírito Santo — ela falou com um sorriso. — As pessoas sempre esquecem. — Ela colocou a mão direita sobre o coração. — Mas, sim, juro dizer sempre a verdade.

— Para registro, pode dizer seu nome verdadeiro?

— Sou irmã Mariamme.

— E qual é o seu nome de família?

— Não tenho nome de família.

— Algumas freiras a chamam de La Magdalena.

— Sim — ela concordou. — Porque já vivi em Magdala.

— E onde fica isso? — perguntei, tentando não manifestar na voz minha excitação. Não esperava entrar assim tão rápido no assunto.

— Magdala é uma pequena aldeia de pescadores às margens do mar da Galiléia. Fica a umas quatro milhas romanas ao norte de Tibério. Mais ou menos um dia de viagem, saindo de Jerusalém. Claro que isso foi há muito tempo, quando se viajava a pé ou no lombo de mulas. Hoje deve levar apenas algumas horas.

— Você vivia em Magdala? — Intencionalmente eu a desafiava. Não era meu estilo, mas esperava que uma abordagem agressiva produzisse resultados rápidos no analisador de tensão de voz. — Como pode ser isso? Fui informado de que a deixaram no convento ainda bebê, que passou sua vida inteira aqui.

— Isso também é verdade.

— Mas não compreendo — argumentei. — Se viveu sua vida inteira aqui em Valência, por que diz que viveu em Magdala?

— Eu vivi em Magdala num tempo diferente.

Atrás de mim eu escutava sussurros e o barulhinho de contas. As duas acompanhantes, sem poder nos ouvir, desfiavam o rosário.

— Não compreendo — eu disse. — Pode me explicar?

— Estamos falando de duas vidas diferentes. Quando vivi em Magdala, na casa de meu pai, foi numa vida anterior.

Eu quase sorri. Era a resposta que eu esperava, uma declaração clara e concisa de uma hipótese que, à primeira vista, parecia impossível. Ela podia ter iludido o padre Serrano e algumas freiras ingênuas com palavras semelhantes, mas eu tinha certeza de que não enganaria o analisador de tensão de voz. Observei a agulha, esperando que ela saltasse. A agulha, entretanto, permaneceu firme. Dei uns tapinhas na unidade para ver se estava funcionando. A agulha oscilou em resposta. Desapontado porque minha tentativa inicial de invalidar sua história havia falhado, respirei fundo e mudei para uma técnica de entrevista mais relaxada.

— Conte-me mais sobre essa sua vida anterior — eu disse. — Foi há quanto tempo isso?

— Segundo o calendário atual, há uns dois mil anos. Foi durante o período do Segundo Tempo, na época de César Augusto... eu contei tudo isso para o padre Serrano.

A agulha tremeu nestas últimas palavras, combinando perfeitamente com o tom de irritação na sua voz. Foi minha prova de que o equipamento funcionava.

— Ele até gravou minha voz numa máquina como a sua, só que a dele não tinha imagem.

— Eu sei. Mas as gravações do padre se perderam. Devem ter sido destruídas na explosão.

Eu não acreditava nisso, é claro. Tinha certeza de que as anotações e gravações de Serrano estavam nas mãos da polícia ou dos responsáveis pela bomba.

— Por que essa seta se move quando falamos? — ela quis saber, apontando para o ponteiro no analisador de tensão.

Percebi, surpreso, que ele havia detectado o que eu julgava ser uma mentira inocente sobre a destruição das anotações.

— É apenas um indicador de volume — menti mais uma vez, e vi a agulha dar um salto, mais violento agora. Eu precisava ter mais cuidado. Por alguma razão, não me ocorrera que o analisador detectaria também minhas mentiras.

— De qualquer maneira, como não tenho as anotações do padre, teremos de começar do início.

Mesmo que eu tivesse as anotações de Serrano, não as teria usado, exceto para conferir as incoerências entre as duas entrevistas. Ao me preparar intelectualmente para minha investigação, decidi seguir os protocolos de Stevenson, que começavam com uma cuidadosa documentação das lembranças de vidas passadas do entrevistado, com um interesse em particular pelo material que pudesse mais tarde ser confirmado em fontes independentes. O método era demorado, mas seria mais bem reconhecido para uma eventual análise futura de algum colega.

— Voltemos à Magdala e à sua vida passada ali.

— Na verdade, quem vivia ali não a chamava de Magdala. Para nós, era *El Mejdel*, o nome da torre que ficava na parte mais alta da cidade.

Era um fragmento de história interessante, mas, como um fato autenticador, não provava nada. Ela poderia ter sabido disso em algum obscuro livro sobre a região.

— Por onde eu começo? — ela perguntou. — Pela minha infância?

— Por onde se sentir à vontade para falar.

— Tudo bem, vamos começar do princípio. Nasci no terceiro mês do nono ano do tempo de Herodes Antipas, como disse, durante o reinado de César Augusto.

Fazia sentido do ponto de vista de uma linha do tempo bíblica, mas era uma hipótese que para mim seria impossível documentar.

— Eu era filha única.

E assim, quase de imediato, ela se distanciava daqueles estudiosos que afirmavam que Lázaro, a quem Cristo ressuscitou dos mortos, era irmão de Maria Madalena, e Marta de Betânia era sua irmã.

— Meu pai era Siro, descendente de Jair. Ele era o sumo sacerdote da sinagoga em Cafarnaum.

Se ela estava inventando, não seguia o roteiro usual. Embora o pai de Maria Madalena nunca apareça identificado na Bíblia, ele foi muitas vezes descrito pelos estudiosos como um "rico mercador". Parecia uma ficção conveniente, criada por acadêmicos medievais que, se pressionados, teriam de admitir que a riqueza que atribuíam ao seu pai tinha origem em negócios não especificados, com mercadorias desconhecidas e sócios não identificados. De fato, como quase tudo no mito de Madalena, a verdade até agora tinha sido impossível de definir, se não suprimida pelos primeiros historiadores cristãos.

— Seu pai foi sacerdote? — perguntei, não porque não tivesse escutado bem, mas porque queria ressaltar a afirmativa para DesRosier ou qualquer outro que pudesse estudar a gravação no futuro.

— Ele era sumo sacerdote em Cafarnaum — ela repetiu. — Um posto que foi ocupado pelo pai dele e pelo pai do seu pai, e por todos os descendentes de Jair, desde os tempos de Davi. Lembro de ir pela primeira vez à sinagoga quando menina. Era uma estrutura magnífica, de mármore branco. Eu tinha muito orgulho do meu pai.

Eu chegara até aqui esperando ouvir generalidades, versões requentadas de lendas antigas, em vez disso estava sabendo de detalhes que desafiavam a sabedoria convencional. Estava encantado com a clareza de minúcias, porque significava que eu poderia confrontar pelo menos parte do que ela contava com os registros históricos. A existência de uma sinagoga de mármore branco em Cafarnaum seria fácil de constatar, mesmo tendo sido demolida há muito tempo. E quanto a Siro, o jairita, e seus predecessores, os nomes de líderes religiosos judeus estavam registrados em antigos documentos romanos. Mas, se havia um registro de que Siro tinha uma filha, isso era uma outra questão.

E esse foi o padrão frustrante que se repetiu durante toda a primeira entrevista. Ela descrevia pessoas, lugares e acontecimentos com espantosos detalhes, fornecendo nomes e fatos que soavam autênticos, mas que apenas arqueólogos e historiadores seriam capazes de confirmar. Escutei com paciência as histórias de sua infância, esperando no final poder determinar o quanto de tudo aquilo era verdade, se é que havia alguma verdade.

— Morávamos numa casa grande, construída em torno de um pátio aberto. Era assim que a maioria das casas das pessoas ricas em Magdala era construída, em volta de um pátio. Éramos uma das duas únicas famílias na aldeia com cisterna própria, o que era um luxo na época. A outra família era a de Josué, o mercador de vinhos. Nossa casa tinha dois andares, e eu costumava brincar no telhado, que era plano e tinha um caramanchão onde eu podia me proteger do sol do meio-dia. Gostava muito de ficar lá em cima, porque não me deixavam brincar na rua, e dali eu observava tudo o que acontecia lá embaixo. Algumas das minhas lembranças mais antigas é a de ficar vendo as enormes caravanas de camelos ao longe. Nossa cidade ficava na encruzilhada das rotas de comércio por terra que vinham do Leste da Babilônia e atravessavam o Sudão e Tiro, e do Sul, do Egito através de Gaza. Podia-se ver tudo do nosso telhado. Era um lugar maravilhoso para uma menina. De noite, eu via o sol se pondo sobre o monte Arbel e, depois de escurecer, podia ver as lamparinas de azeite dos barcos de pesca no mar da Galiléia. Havia sempre gente nos telhados vizinhos. As lajes eram pontos de reunião, onde os vizinhos conversavam fiado e os criados secavam linho, junco e peixes.

"Peixe!" — ela riu. — "Nossa aldeia sempre cheirava a peixe. Os gregos a chamavam de *Tarichea*, uma palavra que significa 'peixe seco'. Minha mãe era uma mulher maravilhosa. Meu pai era muito rígido, como devia ser um sacerdote. Mas nós sempre tínhamos música, canto e dança pela casa. Nosso povo acreditava que a música tinha o poder de afastar os maus espíritos."

Era possível, é claro, que o que eu estava ouvindo não fosse mais do que uma *criptomnésia recitativa*, um artifício de memória no qual um indivíduo recita uma litania de fatos ou informações que podem ter sido adquiridos de forma subconsciente, com a leitura de algum livro há muito esquecido. O exemplo mais famoso de *criptomnésia* era o famoso caso da "Condessa Maud", na Inglaterra, em 1906. Submetida a uma regressão hipnótica, uma jovem mulher descreveu sua vida como uma condessa do século XIV nos mínimos detalhes. Cada fato — desde o que ela comia, as roupas que vestia, os móveis do seu castelo, até as tapeçarias nas paredes — foi em seguida comprovado como verdade em todos os detalhes. Suas espantosas recordações de uma vida anterior convenceram muitos ingleses sobre a validade da reencarnação — até que um pesquisador da Sociedade Britânica de Pesquisas Psíquicas descobriu que todos os detalhes impressionantemente exatos estavam num artigo publicado com o título "Condessa Maud", que a jovem acabou lembrando-se de ter lido.

Como precaução contra essa armadilha da memória, eu a interrompia de tempos em tempos, pedindo mais explicações sobre pontos específicos. Mais cedo ou mais tarde, se estivesse apenas lembrando alguma coisa que tinha lido, ela tropeçaria, entraria em contradição ou seria incapaz de falar mais sobre coisas que deveria saber.

— Gostaria de escutar uma dessas canções — falei. — Pode cantar para mim?

— Posso. — Ela sorriu com timidez e ajeitou o hábito preparando-se para a apresentação. — Esta é do *Livro das Guerras do Senhor*. Acho que ainda não foi encontrada nenhuma cópia escrita dessa canção, o que significa que o senhor vai ouvi-la pela primeira vez em dois mil anos.

Muito conveniente, pensei. Cantar uma canção cuja existência ninguém pode documentar.

Ela começou baixinho, aparentemente constrangida. Sua voz colocava-se num bonito soprano, que aos poucos foi pegando força conforme sua timidez ia desaparecendo, transformando o que no início parecera uma espécie de cântico num persistente cantochão. Ela cantava com desembaraço, como se tivesse feito isso a vida inteira, essa canção que ela dizia não se ouvir desde o século I. Sua voz era suave e pura, às vezes um sussurro, outras vezes elevando-se, brincando com as minhas emoções, de certo modo fazendo com que a música parecesse familiar embora eu não compreendesse uma só palavra. E quando terminou as paredes pareciam reverberar com os ecos silenciosos do que tinham escutado.

— É aramaico — ela disse. — Conta a história de uma grande batalha, as mortes de muitos judeus e a vitória final conquistada pela fé em Javé.

Que mulher era esta, comecei a me perguntar. Ela estava me fornecendo detalhes e mais detalhes sobre uma vida que ela dizia ter vivido como Maria Madalena, até cantando para mim o que ela chamou de canções preferidas de Maria, e o analisador de tensão de voz não acusava a mais leve fraude.

Parei de fazer perguntas, reclinei-me na cadeira e deixei que ela contasse tudo que se lembrava da sua vida anterior. Era um jorrar espantoso de informações, poucas eu poderia confirmar como fato ou refutar como fantasia sem a ajuda de especialistas.

Ela conhecia o nome do arquiteto, os métodos de construção e até a planta baixa do Segundo Templo de Salomão, por exemplo. Sabia os nomes dos filhos e filhas de Herodes, dos membros do Sanhedrin, da concubina do coletor de impostos romano em Jerusalém. Ela parecia saber os detalhes mais íntimos da vida nas comunidades judaicas durante o início do século I: como as mulheres cozinhavam, se lavavam e perfumavam; que utensílios eram usados dentro de casa; os relacionamentos entre homem e mulher e como se lidava ao mesmo tempo com as autoridades romanas e as autoridades religiosas.

Ela explicou que nem todas as escritas eram feitas sobre papiro, que muitas anotações rápidas, cartas e recibos comerciais eram escritos em lascas de cerâmica. Que a cor púrpura era a tintura mais procurada e era obtida recolhendo-se a secreção de crustáceos apanhados na costa de Tiro. Ela descreveu os sapatos de pele de foca de que a mãe tanto gostava, contou que os trabalhadores usavam o azeite de oliva para tratar as queimaduras de sol e loções à base de ervas para espantar as moscas, que a peste, as doenças de pele e dos olhos eram as enfermidades mais comuns. Explicou que o mês começava na lua nova, e foi capaz de citar não só *Abib*, "o mês dos ouvidos", e *Zib*, "o mês das flores coloridas", mas também todos os outros meses, cujos nomes os estudiosos já não sabiam mais. Ela me ensinou as diversas formas de medidas: o *ômeres*, *efás* e *hômeres* para medir o trigo, o *hins*, *baths* e *kors* para medir o vinho, os *palmos* e *côvados* das medidas lineares. Ela até demonstrou como essas medidas eram determinadas: o *palmo* era a distância da ponta do dedo mindinho até a ponta do polegar da mão aberta de um homem; um *côvado* era a distância da extremidade do segundo dedo até a ponta do cotovelo. Era um jorrar enciclopédico de nomes e datas (que deveriam ser transcritas do calendário hebraico), lugares e costumes. No seu alcance, profundidade e amplitude, era uma dissertação formidável para sair da boca de uma jovem freira que havia passado sua vida inteira num convento na Espanha. Eu a deixei falar à vontade, indo de tópicos corriqueiros, como o clima, a outros complicados, como as leis dietéticas.

Ela parecia encantada em falar sobre aqueles tempos, e eu estava fascinado com a facilidade com que ela descrevia os acontecimentos. Ela falou horas seguidas, parando apenas para beber a água que uma das acompanhantes lhe trazia ou quando as fitas de vídeo de 90 minutos tinham de ser substituídas. Se estava fingindo, inventando a história ou fazendo um discurso previamente decorado, era um espetáculo de virtuosismo. As únicas vezes que o analisador de tensão de voz registrou alguma reação significativa foi quando ela falava de fatos trágicos, como a morte da mãe, a doença que deixou uma amiga de infância aleijada e outros assuntos tristes.

No meio da manhã, nós dois precisávamos de um intervalo.

La Magdalena deixou a sala, seguida pelas duas freiras acompanhantes. Trancaram com cuidado a porta ao saírem, o que considerei um pouco de exagero quanto às medidas de privacidade. Estiquei-me e andei pela sala, parando finalmente diante de uma das janelas com grades que davam para a rua. Lá embaixo, vi pelo menos dois, talvez três, homens que não pareciam ter outro motivo para estarem ali a não ser o de vigiar.

Embora pudesse sair do convento quando quisesse, na realidade eu era prisioneiro da minha própria investigação. Se saísse, isso chamaria imediatamente a atenção dos meus espiões para o meu interesse por La Magdalena. Traria a Guardia para dentro do convento, exporia La Magdalena a mais repercussões dentro da Igreja e talvez até a colocasse em risco físico. O responsável pela bomba que matou Serrano ainda estava solto, e era impossível saber se La Magdalena era ou não seu alvo final.

Eu estava com o celular de Jean-Claude DesRosier preso no cinto. Se pedisse uma limusine para me apanhar no portão da frente no meio da noite, poderia sair sem ser reconhecido. Mas isso revelaria o envolvimento de DesRosier, e ele havia me alertado para não fazer isso. Era possível que houvesse dentro da van da Guardia lá fora o usual equipamento de monitoração eletrônica, o qual captaria e registraria qualquer telefonema dado de um celular. Eles não só identificariam a nós dois, como saberiam exatamente como e quando eu planejava escapar.

As acompanhantes voltaram com chá e biscoitos salgados para mim, e indagaram solicitamente se eu precisava usar o banheiro. La Magdalena demoraria alguns minutos, explicaram. Parece que madre Dominica tinha algum assunto a discutir com ela.

Haveria tempo suficiente para planejar minha saída mais tarde, decidi. Enquanto bebia o chá, pensei na solução para um outro dilema.

Eu agora estava com três fitas de vídeo repletas ou de relatos inestimáveis de uma testemunha ocular da vida pré-cristã na Terra Santa, ou de uma montagem sem nenhum valor de ficções resultantes da imaginação fértil de uma freira enclausurada.

Um especialista em história hebraica talvez não demorasse para determinar se havia algum fio de verdade ligando suas reflexões. Mas o panorama de vida que ela pintava poderia exigir anos de estudos e comparações com textos antigos e artefatos até que por fim eu pudesse definir sua autenticidade.

Percebi que já estava atordoado. Eu era psicólogo e investigador — e, claro, fascinado por história antiga e tradições religiosas. No monte Atos, mergulhei fundo nas tradições esotéricas do cristianismo. E a biblioteca de padre Serrano havia me proporcionado um curso intensivo de lendas a respeito de Maria Madalena e sobre a teoria da ressurreição. Mas o que eu tinha gravado era muito mais do que eu sabia sobre a Terra Santa. Eu estava impaciente para ouvir falar sobre os ensinamentos secretos de Cristo e as partes perdidas do Evangelho de Maria. Mas estávamos seguindo numa ordem cronológica, o sistema padrão de sondagem da memória. Os "segredos", se existiam, viriam depois, junto com mais exemplos definitivos de habilidades lingüísticas antigas. Não obstante, se ficasse comprovado que pelo menos metade do que ela tinha me contado até aquele momento era verdade, as fitas que eu já possuía seriam uma mina de ouro para arqueólogos, genealogistas e antropólogos bíblicos.

Quanto a provas, consistentes, factuais, de que ela era mesmo a Madalena reencarnada, eu até agora não tinha escutado nenhuma.

Em parte, é claro, pela pobreza de informações sobre essa figura polêmica. A importância de Maria Madalena para Jesus Cristo foi demonstrada quando a escolheu como a primeira pessoa a quem se revelou depois de ressuscitar. No entanto, encontram-se apenas pouquíssimas referências, espalhadas e ambíguas, a seu respeito no Novo Testamento. O Evangelho de Tomás explica essa negligência, mas o fato é que continuava não havendo quase nenhum registro com o qual eu pudesse confrontar qualquer uma das informações pessoais que ela estava me fornecendo.

Quanto mais eu escutava, menos acreditava que estava ouvindo lembranças inventadas. Os fatos pareciam fluir com naturalidade. Ela jamais se contradizia, embora de vez em quando corrigisse uma data, ou fizesse um esforço para se lembrar de um nome, como todos nós costumamos fazer.

Os Protocolos de Stevenson postulavam várias explicações alternativas, que tinham de ser todas descartadas antes de se poder levar a sério uma reencarnação. Eu havia questionado Serrano sobre muitas delas e, depois de uma observação pessoal, agora concordava com suas avaliações. Ela, nitidamente, não sofria de distúrbio de identidade dissociativo. Não demonstrou nenhuma mudança de personalidade durante toda a entrevista. Não vi nenhum sinal de qualquer rápido piscar de olhos, alterações faciais, mudanças no tom de voz ou quebra da cadeia de pensamentos... todos indícios comuns de indivíduos que mudam de uma identidade para outra. Ela permaneceu dentro da *persona* de irmã Mariamme, mesmo quando recordava acontecimentos de dois mil anos. Esquizofrenia e outras explicações psicológicas também não pareciam se encaixar nas suas recordações aparentemente normais e racionais de uma vida passada.

Havia diversas explicações paranormais para esse comportamento, mas eu podia descartá-las basicamente pelas mesmas razões. *Canalização, almas penadas, xamanismo, bolas de cristal* e outras formas de comunicação com os mortos, todas implicam alguma forma de transe mediúnico, seja auto-induzido ou alcançado por meios artificiais. Em nenhum momento a jovem freira pareceu estar em transe.

Serrano havia rejeitado a idéia de *possessão por espírito* e, pelas minhas observações pessoais, eu concordava com ele. Nesses casos, o "espírito" invasor assume total controle sobre o corpo hospedeiro. Teria sido fácil detectar, se tivesse acontecido na presença de Serrano.

Eu também descartava a possibilidade de que ela tivesse encontrado um jeito de acessar o *inconsciente coletivo*, esse conjunto primordial de histórias e imagens, descrito por Carl Jung como residindo nas psiques de todos nós. As lembranças dela eram detalhadas demais para caber em arquétipos junguianos.

Mas, apesar da extraordinária sessão que tinha acabado de conduzir, meu treinamento não me permitia aceitar que estivesse realmente lidando com um caso de reencarnação. Não enquanto ainda restasse uma explicação alternativa.

A explicação alternativa que eu estava considerando era um cenário particularmente perturbador, que havia causado grandes polêmicas na comunidade psiquiátrica e estava atualmente sendo encenado em tribunais por todos os Estados Unidos.

Essa explicação daria conta do porquê padre Serrano, um psiquiatra sensato, havia se tornado o mais forte defensor de La Magdalena.

Explicaria também por que ele foi afastado do caso.

Era uma coisa terrível de se acreditar a respeito de um homem morto cuja última vontade eu estava satisfazendo.

Do ponto de vista diagnóstico, era bem mais aceitável do que acreditar em reencarnação.

Trinta

A memória é um mecanismo mais falível do que a maioria das pessoas foi levada a crer.

Não só esquecemos coisas que deveríamos lembrar, como experimentos controlados demonstraram que também nos lembramos de coisas que nunca aconteceram. No processo de armazenagem e recuperação, ainda não totalmente compreendido, as memórias de coisas que aconteceram adaptam-se para se encaixarem em noções preconcebidas; imaginações metamorfoseiam-se em fatos e coisas que nunca existiram são lembradas com vivacidade como as trovoadas do temporal de ontem. As experiências sobre distorção da memória realizadas por Bartlett também demonstraram como elementos estranhos à estrutura conceitual do paciente são distorcidos ou omitidos da memória, enquanto outros que estão ausentes, mas seriam esperados naquela situação, são inconscientemente acrescentados à memória. Este efeito de "preenchimento" é muito conhecido dos investigadores policiais e advogados de defesa, que o consideram a principal razão para não se poder confiar nos depoimentos de testemunhas oculares.

A natureza fluida da memória também a deixa vulnerável à confusão de fontes, na qual o indivíduo identifica de modo errado a origem da informação; e à reconstrução da memória, quando o indivíduo preenche inconscientemente as lacunas de fatos lembrados apenas em parte; e outras formas de contaminação.

Com essas vulnerabilidades intrínsecas, não é raro virem à tona "falsas" lembranças.

Era possível que uma vida inteira de treinamento religioso propiciasse a estrutura esquemática na qual uma mente jovem, inteligente e maleável, vertesse suas febris imaginações, criando uma memória que, para ela, era tão real quanto a minha era para mim. Isso explicaria por que o analisador de tensão de voz não detectava nenhum sinal de falsidade: La Magdalena *acreditava* na sua história.

Mas, não explicaria a incrível torrente de detalhes que ela fornecia sobre a vida na época anterior ao cristianismo, cuja maior parte eu estava convencido de que apenas os estudiosos mais especializados conheceriam.

Não explicaria a maturidade e a confiança que ela demonstrava ao falar sobre as atividades de uma mulher que tinha muito mais experiência de vida do que ela.

Não explicaria o aparente episódio xenoglóssico que ela exibiu ao cantar. Eu sabia que não era grego nem latim, mas não tinha idéia se era aramaico, uma das línguas "mortas" que Serrano afirmou que ela falava e escrevia com fluência. Eu precisava achar um jeito de testá-la nesse ponto.

E não explicaria as atitudes aparentemente hereges na capela do convento. Embora essa atividade pudesse ser sintomática de uma personalidade reprimida rebelando-se contra uma vida inteira de prisão, o momento parecia de uma extraordinária coincidência.

Havia, entretanto, uma explicação aceitável do ponto de vista científico para tudo que eu tinha visto e escutado.

Não tinha nada a ver com reencarnação.

E apontava diretamente para o padre Serrano. Seu psicoterapeuta. A pessoa que passou meses explorando os mais profundos segredos da sua psique. Como qualquer psiquiatra experiente, ele sondara seus sonhos, medos e fantasias. Ficou conhecendo a estrutura e os limites da sua inteligência. E, informado de seus segredos mais profundos e íntimos, ele pode, como acontece às vezes com os psiquiatras, ter desenvolvido um sentimento romântico por ela. Ou pela pessoa que ele imaginava que ela fosse.

Serrano era um homem muito instruído, um jesuíta, membro da ordem sacerdotal mais disciplinada do ponto de vista intelectual. Como indicava sua biblioteca, era um estudioso da Bíblia. Devia ter estudado e estar intimamente familiarizado com os detalhes da vida na era pré-cristã. Ele parecia ter um interesse excessivo pelas lendas de Maria Madalena. Provavelmente, conhecia tudo que se pudesse saber relacionado com este personagem.

Ele, consciente ou inconscientemente, teria lhe fornecido lembranças artificiais?

Diante da fragilidade do mecanismo da memória, isso não é difícil. Especialmente sob o disfarce de terapia. Entrevistas guiadas, perguntas repetidas com esse enfoque, conversas periféricas nas quais se misturam fatos, pistas verbais quando o paciente reage de modo adequado a determinado tema e sugestão de leituras são apenas alguns meios para levar o paciente à descoberta de lembranças específicas que o psicoterapeuta pretende encontrar.

Essas "memórias" recuperadas têm sido um dos grandes escândalos da psicoterapia americana, particularmente nos casos de suposto abuso sexual na infância.

Eu não estava preparado para concluir que Serrano pudesse ter reconstruído intencionalmente as lembranças de La Magdalena. Afinal de contas, ele entrou em cena depois que ela já havia afirmado ser Madalena reencarnada. Talvez tivesse feito uma análise prematura, talvez algo no seu comportamento o tivesse convencido do que ela dizia. Fosse qual fosse a razão inicial, sua aparente crença nessa reencarnação poderia ser resultado de uma análise que satisfazia suas próprias expectativas, levando a um relacionamento de mútua admiração que tornava os argumentos dela ainda mais verossímeis.

O único problema da minha hipótese, pensei, era que ela seria difícil de provar. Padre Serrano estava morto. E os caprichos da armazenagem e recuperação de memória tornariam impossível convencer La Magdalena de que suas "lembranças" talvez fossem forjadas.

Meus devaneios foram interrompidos por uma súbita agitação de contas de rosários e excitados sussurros no vão da porta. Virei-me, e uma acompanhante vinha correndo aflita na minha direção.

— Venha rápido — ela insistiu. — É La Magdalena. Aconteceu uma coisa horrível.

Trinta e um

Corri atrás dela, com a segunda acompanhante nos nossos calcanhares. Havia um bando de freiras aglomeradas na porta do gabinete de madre Dominica. Mais freiras estavam lá dentro, algumas zangadas, outras aparentemente confusas. Madre Dominica, sentada à sua mesa, balançava a cabeça com ar de quem não estava acreditando.

La Magdalena ergueu o rosto para mim. Os olhos vermelhos, os cílios molhados de lágrimas. Seu queixo tremia. Quase infantil na sua tristeza, ela mordia o lábio num evidente esforço para não ter outra crise de choro. Estava sentada numa cadeira sem encosto, rodeada de freiras compadecidas, nenhuma delas sabendo o que fazer.

Como terapeuta, meu primeiro instinto foi estender a mão, tocá-la,mostrar-lhe que alguém se importava. Mas, coibido pela proibição anterior da madre quanto a qualquer contato físico, só me restava indagar o motivo de sua angústia.

— O que houve? — perguntei, numa expressão que deve ter soado de uma impotência grotesca.

Ninguém disse nada. La Magdalena não deu nenhuma explicação para seu sofrimento, voltando o olhar para madre Dominica. No início, a freira mais idosa nem se deu conta de minha presença. Parecia ignorar o círculo de freiras mais jovens à sua volta. A mão direita agarrada ao crucifixo pendurado no pescoço, apertando-o com tanta força que os nós dos dedos estavam brancos. Eu não sabia dizer se isso era uma manifestação de raiva ou se ela estava tentando de algum modo buscar energia no símbolo de sua fé. As freiras observavam sua madre superiora, ao que tudo indicava esperando alguma decisão. Esperei em silêncio com as outras até que por fim ela se virou para mim e falou:

— O cardeal voltou de Roma. Fui informada de que uma ambulância chegará esta noite para levar irmã Mariamme.

— Não! — gritou uma das freiras. As outras murmuraram sua desaprovação. A freira ao meu lado começou a rezar.

— Uma ambulância? — indaguei. — Mas por quê?

— Disseram-me que, depois de analisarem todas as provas, a respeitada opinião dos psiquiatras do Vaticano é a de que irmã Mariamme requer imediata hospitalização. Ela será levada para *el* Hospital de Santa Dymphna.

Supus, sem ninguém precisar me dizer, que o Santa Dymphna não era um hospital comum. Dymphna foi uma moça belga que se transformou na santa padroeira dos doentes mentais e dos profissionais ligados à saúde mental.

As freiras ali reunidas começaram a protestar. Reconheci as palavras *loco* e *imposible*, e uma freira falando entre os dentes cerrados confirmou minha suspeita: "Ela não é louca!" Eu nunca tinha visto uma reunião de freiras tão exaltadas, lamentando-se, erguendo os punhos e gritando imprecações. Uma das acompanhantes, a mais jovem, de óculos de lentes grossas e um queixo acentuado, traduzia para mim boa parte da revolta.

— Elas estão dizendo que os padres ainda têm medo das mulheres da sua Igreja. Elas dizem que os padres querem destruir La Magdalena. Tiveram medo dela há dois mil anos e estão novamente com medo. Ninguém que tenha sido internado no Santa Dymphna jamais saiu de lá. Precisamos fazer algo.

Madre Dominica ergueu os braços pedindo silêncio. Quando a gritaria acalmou, ela me perguntou:

— E o que o senhor pensa, sr. Nikonos? O senhor é psicólogo. Acha que nossa irmãzinha está louca?

Na atmosfera carregada, com todos os olhos agora em cima de mim, não era hora de me equivocar.

— Não — eu disse. — Não acho, não.

Era uma resposta honesta. Mesmo que a jovem fosse vítima da síndrome da falsa memória, e mesmo que isso afetasse seu comportamento e suas interações pessoais, não havia como forçar um diagnóstico para se encaixar na definição de insanidade. De fato, insanidade é mais um termo legal do que psicológico, usado nos tribunais para determinar se um indivíduo deve, ou não, ser responsável por suas ações.

— Então o senhor acredita que ela é a Madalena reencarnada? — madre Dominica perguntou.

Eu não tinha certeza se ela estava tentando me fazer cair numa armadilha ou se era uma pergunta honesta. Precisava ter cuidado.

— Minha investigação ainda está nos estágios iniciais — respondi. — Mas até agora não descobri nenhum indício de que irmã Mariamme sofre de qualquer psicose grave. Ela parece bastante normal e, de fato, tem excelente conhecimento de história bíblica.

O objeto das minhas observações deu um sorriso pálido, o rosto marcado de lágrimas.

— Eles usaram realmente a palavra "louca"? — perguntei. — Parece um termo muito duro.

— Palavras duras para pessoas duras — uma das freiras que falava inglês resmungou.

— Ofendeu-me, também — madre Dominica falou baixinho. — Posso não concordar com a hipótese de reencarnação de irmã Mariamme, mas acredito que ela recebeu uma graça especial. — E sorriu para La Magdalena com expressão de afeto e simpatia. — E muita coisa, não tudo, mas muita coisa que ela diz parece ser verdade.

— Como os psiquiatras do Vaticano chegaram a essa conclusão? — perguntei. — Esteve alguém aqui para entrevistar irmã Mariamme?

— Não, pessoalmente não. Eles usaram as anotações de padre Serrano, que foram entregues ao cardeal, e os resultados de um extenso exame clínico, aos quais não tive acesso.

Embora isso fosse mudar o resultado, eu sabia que os psiquiatras do Vaticano não estavam com todas as anotações de Serrano. Alguém tinha ficado com o conteúdo da sua maleta perdida, alguém disposto a matar para colocar as mãos nas informações contidas naquelas anotações e fitas.

— Ela tem de tomar essas pílulas — madre Dominica deu-me uma caixinha de plástico para eu examinar. — Disseram que são tranqüilizantes, mas eu não tenho idéia de que tipo. Ela tem de tomar duas de quatro em quatro horas.

A substância não estava identificada no rótulo, o que achei estranho. Abri a caixinha e examinei o conteúdo.

Qualquer pessoa com certa experiência na área da saúde mental reconheceria os comprimidos redondos, revestidos de cor laranja, como Thorazine. Era uma das drogas psicotrópicas mais usadas, em geral receitadas para pacientes excessivamente agitados, maníacos ou perturbados. As letras pretas SKF identificavam o laboratório como Smith Kline & French. Por debaixo estava o código da dosagem T79, que revelava que cada comprimido continha 200 miligramas do princípio ativo, cloreto de clorpromazina.

— Ela já tomou dessas pílulas antes? — eu quis saber.

— Não — madre Dominica disse. — Que eu saiba, ela nunca tomou nenhum remédio. Tem algum problema?

Quem receitou a medicação estava levando o caso de La Magdalena muito a sério mesmo. A dose inicial normal de Thorazine começa com 25 miligramas, com um adicional de 25 a 50 miligramas, recomendado para sintomas graves. Com dois daqueles comprimidos que a madre superiora me mostrou, La Magdalena estaria tomando 400 miligramas, um nível de dosagem a que se deveria chegar aos poucos, ao longo de uma semana. Se ela tomasse a segunda dose quatro horas depois, já estaria perto da dosagem máxima eficaz diária de mil miligramas. A administração dessa quantidade de Thorazine no primeiro dia era um tratamento de choque químico que a colocaria em estado comatoso.

Se já começavam com medidas tão extremas, eu nem queria imaginar o que a aguardava. Durante o meu trabalho de campo, ainda na faculdade, no Willowbrook Hospital, eu tinha visto pacientes que, mesmo depois de terem sua medicação reduzida, não passavam de zumbis. Eram vítimas de lobotomia química; sua capacidade de se comunicar, comer, fazer algo mais do que ficar olhando fixo para as paredes da sua prisão havia sido anulada. Mas esses eram alguns dos elementos mais depravados da sociedade, pacientes que os tribunais julgaram criminalmente loucos: assassinos e estupradores que infligiram aos corpos de suas vítimas inenarráveis atos de horror. Não havia mais ser humano capaz de reabilitá-los. A sedação permanente, por mais questionável que seja do ponto de vista ético, era a única maneira de acalmar a fúria de perversidade em suas mentes.

Uma jovem freira que dizia ter vivido uma vida anterior mereceria o mesmo destino?

Quatro séculos atrás, os hereges eram queimados na fogueira. Mas tudo levava a crer que o castigo moderno era um incêndio químico que deixava a carne intacta enquanto destruía a memória. Eu não tinha muita certeza de qual dos dois era o mais cruel.

— É um remédio usado para doenças neuropsiquiátricas — falei. — Acho que ela não precisa disso.

Coloquei as pílulas em meu bolso.

— Isso não resolve nada — madre Dominica disse com voz amarga. — Eles vão trazer mais quando vierem buscá-la.

— A senhora não pode deixar que a levem embora — protestei. — Tem de encontrar um jeito de impedi-los.

— O que acha que tenho feito? — ela retrucou. — Passei a manhã inteira ao telefone tentando colocar um fim nisso. Conversei com o gabinete do cardeal duas vezes. Entrei em contato com minhas superioras em Madri, até liguei para Roma e falei com madre geral Rittinger, que aconselha o papa em todas as questões relacionadas com ordens de mulheres religiosas.

— E...?

— Nada — ela admitiu. — Estão todos sabendo do caso, mas todos concordam com a decisão dos psiquiatras. Ordenaram-me que não interferisse.

— Não lhe parece estranho? — perguntei.

— A burocracia da Igreja é muito rígida.

— Quero dizer: não ficou surpresa com o fato de todos saberem a respeito de irmã Mariamme? Não é estranho que o caso de uma simples freira em Valência desperte tanta atenção nos níveis mais altos?

— Sim... pensei nisso, também. Mas não há mais nada que eu possa fazer. A ambulância já saiu de Madri. Por mais que eu queira ajudar, sou obrigada por meus votos de obediência a não interferir.

— Então, talvez a senhora tenha de sair da sala — eu falei.

— O quê? — espantou-se ela. — Como ousa?

Eu podia perceber as freiras reunidas ali agitadas, quase como se estivesse se preparando para me atacar por ter desafiado sua líder.

— Não tive intenção de desrespeitá-la, madre Dominica — expliquei rapidamente. — Mas não estou preso aos mesmos votos que a senhora. Pretendo interferir. Acharei um jeito de impedi-los. E se a senhora não souber o que estou fazendo, não estará infringindo seus votos.

Ela começou a sorrir, e então parou de repente.

— E as outras freiras? — perguntou. — Elas estão presas aos mesmos votos que eu.

— Teoricamente, a senhora é a única pessoa aqui que recebeu ordens de não interferir. Se não disser nada, elas estão livres para seguir a própria consciência.

— Teoricamente, sim. Mas... — ela começou a argumentar, porém, vendo as expressões nos rostos de suas subordinadas, parou. — O senhor tem uma mente muito traiçoeira, sr. Nikonos. Se alguém pode ajudar a irmã Mariamme, acho que será o senhor. Acho que vou para a capela rezar pelo senhor. — Ela sorriu para as outras irmãs e acrescentou: — Por todas vocês.

Assim que ela saiu, virei-me para La Magdalena.

— Quanto tempo falta para a ambulância chegar de Madri?

— Umas três horas, talvez quatro, no máximo.

— Temos de tirá-la daqui.

— Como? O portão de entrada está sendo vigiado. Sou seguida por toda parte. Dirão ao motorista da ambulância onde me encontrar.

— E a porta dos fundos?

— Foi lacrada há 50 anos, para os padres não entrarem.

— Janelas?

— Todas com grade.

— E o porão? Estes prédios antigos não costumam ter túneis passando por baixo da calçada?

— Nossa lavanderia funciona ali, e algumas despensas, mas os túneis antigos foram murados já faz muito tempo.

— Este lugar é como uma prisão. — Minha coragem estava virando desespero. — Não tem outro jeito de sair daqui?

— A única maneira é pela porta da frente.

— Onde as equipes de vigilância estão esperando pela senhora? — lembrei.

— O senhor conseguiu passar por eles ontem à noite — disse La Magdalena. — Estavam procurando pelo senhor na catedral, conheciam seu rosto, mas o senhor conseguiu passar direto por eles sem ser descoberto. E acho que eles ainda não sabem que o senhor está aqui.

Fiquei olhando para ela, sentindo-me um completo idiota por não ter pensado nisso.

— Se funcionou com o senhor, por que não pode funcionar comigo? — ela perguntou.

Não era assim tão simples, é claro. Meu rosto não era assim tão familiar para os homens com ordens de me seguir. Mas La Magdalena era muito conhecida pelas equipes de vigilância. Eles a seguiam há semanas. Conheciam seu rosto, seu modo de andar, de virar a cabeça atenta ao trânsito antes de atravessar a rua. A variedade de pistas gravadas na memória acumulada durante semanas de cuidadosa observação lhes permitia reconhecê-la à distância, distinguindo-a das outras freiras mesmo quando mal se via seu rosto.

E, no entanto, pensei, havia um jeito de enganar até o mais experiente membro da equipe de vigilância. Levaria tempo para armar tudo. E seria complicado.

Mas, como Madre Dominica observou, eu tinha uma mente traiçoeira.

Trinta e dois

Vestido de novo com meus trajes de freira, parti logo para o *Jardín de Turio* para me encontrar com o recepcionista do Adriático Hotel. Estava começando a me sentir confortável com os panos pretos enroscando-se no meu corpo, a touca de linho engomado que encaixotava minha cabeça e as contas enormes do rosário que faziam barulho a cada passo que eu dava. Felizmente para os meus dedos dos pés, uma freira com pés bem grandes ofereceu um par de seus cômodos sapatos, que couberam melhor em mim do que os que eu tinha calçado no dia anterior. Eu estava me acostumando também com a consideração com que era tratado pelos valencianos na rua. Exceto uma ou outra criancinha assustada com as minhas roupas pretas, a maioria das pessoas me cumprimentava com um afeto e um respeito que nunca recebi antes de pessoas estranhas. Caminhando em direção ao parque, eu me vi cada vez mais assumindo essa nova identidade. Eu andava de cabeça baixa, o olhar evitando o contato direto com o de outros homens, mas respondendo com recato os cumprimentos de mulheres. Mantinha os braços enfiados dentro das volumosas mangas e movia-me com passos mais curtos, mais cuidadosos. Se ontem eu temera ser desmascarado como um impostor, ou coisa pior, como o mais vil travesti, hoje eu me movia com tranqüila segurança. Havia passado com facilidade no meu primeiro teste, que foi sair do convento sem chamar a atenção dos vigilantes. Eles não estavam interessados em quem não se parecesse com La Magdalena.

Assim que tive certeza de não estar sendo seguido, telefonei para Alfredo. Era uma ligação que não me arriscaria a fazer do convento, onde qualquer telefone com fio ou sem fio estaria sendo monitorado. Minhas instruções para ele foram complicadas, mas o dinheiro que ofereci venceu qualquer confusão que ele pudesse fazer. O adiantamento de DesRosier estava sendo regularmente consumido.

Agora eu esperava Alfredo no parque, depois de escolher um banco que me permitisse uma boa visão periférica da área. Eu sabia que ia levar um tempo para ele cumprir a tarefa que lhe dera, mas depois de uma hora e meia comecei a ficar preocupado. A ambulância estava na estrada, vindo de Madri. Se Alfredo não aparecesse logo, meu esforço teria sido inútil.

Uma freira, uma hora e meia sentada num banco de praça, despertaria sem dúvida olhares curiosos e uma atenção indesejada. As mães empurrando carrinhos de bebê não pareciam se incomodar com minha presença. Nem os transeuntes mais idosos. Mas um homem, um jardineiro, fazia questão de passar na minha frente a cada minuto. O tempo estava se esgotando, e eu começava a ficar com medo de que alguém viesse perguntar se eu precisava de ajuda. Minha voz nitidamente masculina me denunciaria de imediato. Para me proteger contra esse tipo de intromissão, comecei a dedilhar as contas do rosário pendurado na minha cintura. De início, inconscientemente, depois, com crescente interesse, me vi usando as palavras que aprendi na escola paroquial. Com o tempo se esgotando, só me restava mesmo rezar.

Eu devia estar parecendo a própria religiosa devota quando um rapaz de cabelos cor-de-rosa e um anel no lábio inferior passou por mim.

— Alfredo! — chamei.

Ele parou e olhou ao redor, me viu, desviou o olhar, e aí olhou de novo como se não estivesse acreditando no que via.

— Onde está sua amiga? — perguntei.

Ao som da minha voz, seu rosto se abriu num sorriso conspirador.

— *Qué bonita, señor.* Dá uma bonita freira.

Senti o rosto corar de vergonha, e ele imediatamente tomou isso como um reconhecimento de que eu era mesmo um travesti.

— É só um disfarce — tentei explicar.

— *Sí, señor*, e muito bonito.

— Pare com isso — resmunguei. E, percebendo que o timbre profundo da minha voz estava chamando a atenção do jardineiro, dei uma pancadinha no banco ao meu lado e pedi em voz baixa para Alfredo se sentar.

Ele ainda estava olhando para mim com aquele sorriso idiota.

— Não é o que você está pensando — sussurrei.

— *Sí, señor*, o que quiser.

— Faz parte do meu plano.

— *Yo comprendo*. É um plano diferente, não?

Desisti. Deixei que ele pensasse o que quisesse, desde que seguisse minhas instruções.

— Onde está sua amiga? — perguntei de novo.

— Vai chegar logo. Teve de ligar para a mãe.

Ele deve ter visto o susto no meu rosto, porque acrescentou logo:

— Pode confiar nela, *señor*. Ela tem muitos amigos também.

Ignorei a observação e estendi o braço para pegar a sacola que ele tinha trazido. Era espantosamente pequena.

— Está tudo aqui? — perguntei.

— *Sí, señor*, mas acho que o vestido não vai lhe servir. Minha amiga é mais baixa e tem um... tamanho diferente do seu. Também... — ele olhou para a bainha da minha túnica — ... pés menores.

— Onde ela está? — perguntei de novo. — Não tenho muito tempo.

— Daqui a pouco ela chega — ele me garantiu e brincou comigo. — Sabe como as mulheres são...

A seqüência inteira era um diálogo idiota com uma pessoa imatura, pensei. Mas eu não tinha tempo para explicações.

— Não posso esperar mais — levantei-me. — Mande-a para o convento assim que ela chegar.

— O dinheiro, *señor*. E o dinheiro?

Dei-lhe um envelope, que ele abriu com sofreguidão.

— Trezentos dólares agora — falei. — O resto quando ela chegar no convento. Mas se ela não aparecer em 30 minutos, não leva nada. Trinta minutos, compreende?

— *Sí, señor. Comprendo*. E não se preocupe. Seu segredo está seguro conosco.

Eu podia sentir seus olhos me acompanhando quando me afastei. Qualquer constrangimento que eu pudesse estar sentindo desapareceu enquanto a minha mente se concentrava nas próximas etapas do meu plano.

As freiras estavam reunidas na sala de jantar, quase infantis na sua ansiedade para examinar o que havia dentro da sacola. *Escarpins* vermelhos de salto alto e meia-calça preta, uma saia vermelha de couro surpreendentemente curta e roupas de baixo de babados... destoavam por completo dentro das paredes austeras do convento. Eu esperava uma reação escandalizada dessas mulheres enclausuradas. Em vez disso, as freiras mais velhas pareciam curiosas, e as mais jovens pareciam transportadas por alguns momentos a um outro mundo, enquanto acariciavam as lembranças de como poderia ter sido a vida para elas. Um ronronar delicado de encanto saudava cada peça à medida que iam passando de mão em mão. Fiquei imaginando se teriam a mesma reação na presença austera de madre Dominica.

— Não temos muito tempo — avisei.

Três freiras mais jovens, parecendo autodesignadas ajudantes, recolheram as roupas e sumiram pelo corredor afora.

— La Magdalena está rezando em seu quarto — alertou uma das freiras restantes que falavam inglês. — Estava com medo de que o senhor não voltasse mais.

— Ela devia rezar mesmo por ela — falei. — Rezar para que eu consiga tirá-la daqui.

Era a coisa errada para se dizer. Agindo em uníssono, as freiras de repente pareciam se dar conta de que La Magdalena estaria viajando sozinha comigo, um homem que elas mal conheciam.

Avançaram em minha direção. O grupo, que um segundo antes havia me mostrado o lado descontraído e até frívolo da sua natureza, agora voltava a ser um bando das ameaçadoras figuras de preto que tanto me assustavam quando garoto na escola.

Uma delas deu um passo à frente para falar em nome das outras. Era uma mulher pequena, mas sua voz era mais grave do que qualquer pregador do apocalipse.

— La Magdalena é inocente — a freirinha falou. — Não importa o que ela lembre da sua existência anterior, nesta vida ela ainda é pura e imaculada. Se lhe fizerem algum mal, nós saberemos. Se o senhor a desonrar ou lhe causar algum dano, nós rezaremos até o fim de nossos dias para que a ira de Deus o atormente e destrua, o enlouqueça e o mande arder no fogo do Inferno por toda a eternidade.

Não acredito em Inferno. Mas em meus estudos aprendera o suficiente sobre o poder místico de pensamentos negativos concentrados para saber que essa não era uma ameaça fútil. Quem acreditar, como estabeleceu o Estudo

Harvard, que o poder místico da oração pode produzir resultados benéficos deve também aceitar o corolário, a crença igualmente tradicional de que o mal pode recair sobre aqueles para quem os pensamentos maldosos são direcionados. Eu jamais faria nada que pudesse colocar uma ordem inteira de freiras dedicadas rezando pela minha perdição.

Não escutei a porta se abrindo. Tudo que ouvi foi uma série de gritinhos sufocados e murmúrios de surpresa.

Eu não podia ver por cima dos véus negros, que pareceram se virar em uníssono para a origem da perturbação. Por um instante, esqueceram de mim. E então, bem devagar, com um roçagar de túnicas e contas de rosário, o grupo se dividiu, abrindo caminho para me deixar ver a mulher que tinha entrado na sala.

De imediato, não a reconheci.

Podia ter sido uma dessas espanholas incrivelmente sensuais que freqüentam as capas de *Hola* — a popular revista da Espanha —, que vinha mostrar às moradoras do convento a beleza que povoava o mundo lá fora. As freiras a olhavam com admiração — essa criatura encantadora de cabelos louros curtos e longas pernas douradas.

Ela ficou parada, olhando para mim.

Vestia uma roupa que mal lhe cobria o corpo. Um suéter decotado que era alguns números menor e não cobria a farta promessa de seus seios. Uma saia vermelha de couro, cuja bainha mal cobria suas nádegas. E entre o suéter e a saia havia uma ampla faixa de pele nua, revelando um umbigo oval perfeito e altamente sugestivo, em parte escondido por uma corrente dourada. Não foi à toa que a primeira freira que a viu manifestou sua surpresa de forma tão sonora.

Ela parecia estar pedindo minha aprovação.

O mais impressionante de tudo, o que eu quase não conseguia acreditar, era no seu rosto. A autora da transformação devia ter sido uma das jovens freiras com mais experiência do mundo, com prática anterior no uso de cosméticos. Era simples, mas uma obra de arte. Apenas algumas pinceladas de batom para chamar a atenção para a boca, um toque de máscara para levantar as sobrancelhas e escurecer os cílios e uma leve sugestão de cor nas maçãs do rosto transformaram a inocente freirinha numa elegante sedutora. Brincos de argola dourados, do tipo que Salomé costumava usar, completavam a imagem.

Um feixe de raios de sol da tarde escolheu aquele momento para aparecer por detrás das nuvens, filtrado através da janela alta e isolando-a com o seu brilho suave. As paredes de madeira escura atrás dela forneciam um contraste melancólico. As filas de freiras de um lado e de outro em primeiro plano acrescentavam uma perspectiva e mistério ao cenário. Era um quadro vivo, mágico.

Se os mestres do Renascimento estivessem trabalhando naquele dia, estou certo de que seria assim que retratariam a moderna Maria Madalena.

Era realidade, ou alguma ilusão de uma mente cansada?

Ela desapareceria quando eu me aproximasse, retirando-se para o sonho que, crédulo, julgava estar vivenciando?

Não lembro de como cheguei perto dela, não tenho lembrança de ter atravessado a sala. Pelo que sei, eu poderia ter flutuado de um lado para o outro numa espécie de levitação milagrosa. No entanto, ali estava eu, a centímetros de distância dessa mulher dourada. Deixando-me envolver na sua aura feminina. Próximo o suficiente para ouvir sua suave respiração. Próximo o suficiente para sentir seu perfume de lavanda que parecia emanar mais intenso do que nunca dos seus poros. Quando ela inclinou a cabeça e sorriu para mim, perto o suficiente para eu ver as delicadas curvas dos cantos de seus lábios, estive prestes a desobedecer as ordens da madre superior para não tocá-la. Se eu pudesse beijá-la nem que fosse de leve, pensei, estava disposto a sofrer todas as agonias que as freiras protetoras pudessem me desejar.

Tentei lutar contra o impulso. A pouca área racional do meu cérebro que ainda funcionava me alertou para não ceder ao seu fascínio. Mas não dei importância. Sentia como se tivesse nascido para essa mulher, que a minha vida inteira não passara de um prelúdio, uma preparação para esta convergência mística. Assim tão perto, sentindo seu doce e morno hálito no meu rosto, foi fácil entender o poder que ela exerceu sobre Serrano, por que ele deve ter de fato acreditado que ela era a reencarnação de Maria Madalena. Ela era uma mulher digna de uma obsessão, aquela que, como o Nag Hammadi descreveu sua homônima, podia ser "amada acima de todas as outras".

Foi ela que se afastou, retraindo-se ligeiramente daquele jeito enlouquecedor que as mulheres têm de deixar sempre os homens frustrados. Com um leve movimento dos olhos de um lado para o outro, ela me fez lembrar de onde estávamos. Virei-me para olhar as outras freiras, esperando um jorrar de hostilidade dessas protetoras confessas da virtude da sua colega. Mas o que vi foram rostos cheios de muda admiração. Como uma platéia no final de uma peça de teatro, cada uma estava perdida em seus próprios pensamentos. Algumas, eu tinha certeza, projetavam-se naquela situação. Outras talvez estivessem vendo na transformação de irmã Mariamme a realização de fantasias muito reprimidas. Mas até a mais insensível delas, pelo que se via, tinha um traço romântico. Não vi testas franzidas condenando meu comportamento.

O encanto se partiu com o toque da sineta da porta.

— *La ambulancia!* — uma das freiras gritou.

La Magdalena escondeu-se atrás de mim. Eu podia sentir seu corpo estremecendo de medo.

— Não deixe que me levem — ela implorou.

Trinta e três

Nosso medo virou espanto quando vimos quem entrou pela porta da sala de jantar.

Em vez do esperado motorista da ambulância, a criatura que entrou na sala só podia ser descrita como um duplo de La Magdalena.

À primeira vista, ela era uma réplica perfeita: a mesma altura, o mesmo peso, a mesma tez pálida, loura também, embora de uma tonalidade mais clara. Estava vestindo uma imagem espelhada do suéter que deixava a barriga de fora, a saia indecorosamente curta, os *escarpins* vermelhos, a corrente dourada na cintura e os brincos de argola dourados que Magdalena agora usava. Mas, olhando melhor, as longas pernas da sósia não eram tão bem-feitas, seu corpo não era tão provocante e o rosto, apesar da maquiagem pesada, não chegava nem perto de ser tão encantador quanto o da jovem mulher encolhida atrás de mim.

Ainda assim, eu tinha certeza de que a semelhança era suficiente para enganar as equipes de vigilância lá fora.

Esta era uma das muitas amigas de Alfredo, a que ele havia escolhido com base nas minhas especificações. Foi ela quem comprou as roupas que La Magdalena vestia, comprando também idêntico figurino. Os homens que vigiavam o convento a teriam visto entrar. Era de se esperar que, durante os 15 ou 20 segundos que a viram, na maior parte de costas enquanto esperava que alguém abrisse a porta, os olhos das equipes de vigilância estivessem voltados para suas pernas e roupas provocantes, não para o seu rosto. Os homens lá fora tinham visto La Magdalena dezenas de vezes, seguindo-a na ida para a catedral e depois de volta, conheciam sua aparência e como ela andava. Mas nunca a tinham visto com outra coisa que não fossem o véu e o hábito de freira, que cobria tudo, exceto uma pequena porção de seu rosto e de suas mãos. Quando ela saísse vestida exatamente igual à amiga de Alfredo, eu estava certo de que nenhum deles a reconheceria. As longas pernas, a minúscula saia de couro e o umbigo de fora não os deixaria pensar em mais nada.

O único problema eram os cabelos. A amiga de Alfredo tinha os cabelos engomados para cima num estilo moicano punk.

La Magdalena espiou devagar por trás de mim, aparecendo somente quando lhe assegurei de que não estava correndo perigo.

As duas mulheres se olharam sem entender nada.

— Que diabos...? — A amiga de Alfredo começou a dizer numa voz de quem está mastigando chicletes. Percebendo onde estava, ela rapidamente se corrigiu. — Quero dizer, desculpe. O que está acontecendo aqui?

Os olhos das freiras passavam de uma mulher para a outra. Próximas, as semelhanças entre as duas ficavam mais tênues. A amiga de Alfredo sentiu-se de repente constrangida, talvez percebendo suas próprias deficiências. A maquiagem, que ela sem dúvida aplicara com todo cuidado, parecia excessiva e de mau gosto ao lado do colorido mínimo acrescentado ao rosto de Magdalena. A pele da sósia parecia áspera, as maçãs do rosto sem vida, a postura e os gestos desajeitados, embora eu ache que seu acanhamento tivesse alguma coisa a ver com sua perplexidade diante da situação em que se encontrava.

Entreguei-lhe um envelope contendo a segunda metade do pagamento prometido. Ela contou com cuidado as três notas de 100 dólares e as enfiou dentro de uma bolsa de couro a tiracolo.

— Você não comprou uma outra bolsa — eu a repreendi. — Vamos ter de usar a sua.

Ao ouvir minha voz, ela deu um passo atrás.

— Você não é freira — ela falou. — É aquele cara de quem o Alfredo me falou. — Seu rosto se abriu num sorriso enquanto me examinava. — Está muito bem; me enganou direitinho. Mas não é meio desconfortável?

— A bolsa — eu disse. — Temos de pegar emprestado sua bolsa. E talvez você possa fazer alguma coisa a respeito do penteado de irmã Mariamme.

— Ela é freira? Eu não sabia. Quer dizer, se eu soubesse que estava comprando roupa para uma freira, teria escolhido algo mais... conservador, eu acho.

— O que você comprou está ótimo — falei. — Talvez seja até melhor para o que queremos. Agora, e o cabelo? Não temos muito tempo.

— Ainda estou querendo saber o que está acontecendo aqui. — Ela estava inflexível. — Alfredo não me disse muita coisa.

De propósito, eu não havia contado a Alfredo sobre os meus planos, pedindo-lhe apenas que encontrasse uma amiga de determinada altura e cor de cabelo, que a instruísse a comprar duas mudas de roupa idênticas e fazer com que ela aparecesse no convento. Felizmente, Melba — este era o seu nome — acabou sendo a escolha ideal para o que eu tinha na cabeça. Ela era uma jovem mulher ousada e, como Alfredo, possuía forte aversão à autoridade. Bancar o chamariz na trama de fuga de uma freira agradou ao seu lado rebelde. Com um pote de *mousse* que tirou da bolsa, ela rapidamente modelou os cabelos de La Magdalena numa duplicata do seu topete moicano.

Eu estava ficando nervoso. Quase três horas tinham se passado. A ambulância chegaria a qualquer momento. Estava ansioso para sair dali. Soquei rapidamente minhas roupas civis e o material da entrevista dentro da sacola preta.

Uma das freiras entrou correndo.

— Um representante do gabinete do cardeal está a caminho — ela gritou. — E é uma pessoa que conhece La Magdalena.

Era uma complicação com a qual eu não contava, que tornava a tarefa ainda mais urgente.

— Depressa! — eu disse. — Temos de sair daqui. Agora!

— E eu? — Melba perguntou. — O que vai acontecer comigo? Se eu saio com as mesmas roupas que ela, a polícia vai ver que alguma coisa está acontecendo. E... ninguém me disse para trazer outra roupa.

— As irmãs cuidarão de você — eu disse com um sorriso. — Estou certo de que vai parecer uma bonita freira quando sair.

— Legal — Melba respondeu.

Tentei apressar La Magdalena em direção à porta da frente. Não acostumada com os saltos de oito centímetros, ela andava meio cambaleando.

Nosso caminho foi barrado pelo súbito aparecimento de madre Dominica. Ela ficou na frente da porta, os braços cruzados, o rosto com uma expressão hostil. Esperei que não tivesse mudado de idéia no último minuto. Meu plano, que parecia estar indo tão bem, podia agora desabar.

— Não concordei com isto — ela falou.

— A senhora prometeu que não colocaria obstáculos.

— Estou falando das roupas de irmã Mariamme. — Ela olhava com desaprovação a tira de pele visível entre a saia e a blusa. — É... escandaloso. Como ousa fazer isto com ela? E você, irmã Mariamme, como pode concordar em exibir o seu... corpo assim?

— Foram os padres que nos colocaram vestidas de preto — disse La Magdalena. — Foram os padres que nos fizeram sentir vergonha de mostrarmos o corpo.

— Lá vem você de novo — a velha freira suspirou.

— Fiquei um pouco chocado também — eu disse. — Mas, quanto mais ousada for a roupa, maior as chances de não ser reconhecida.

— Não estou gostando nada disso. — Madre Dominica balançava a cabeça desaprovando. — Mas talvez o senhor esteja certo — ela finalmente falou, inclinando-se para beijar La Magdalena no rosto. — *Vaya com Diós, hermana.* Agora é melhor correr antes que chegue o representante do cardeal.

La Magdalena respirou fundo, abriu a porta e saiu para a rua sozinha, de cabeça bem erguida. Madre Dominica riu e balançou a cabeça ao ver sua freirinha atravessar decidida a rua para permitir às equipes de vigilância uma visão melhor do seu corpo.

— Talvez seja melhor assim — ela falou, de novo séria. — Acho que ela nunca fez parte de nós de verdade.

Um dos homens da Guardia soltou um longo e melancólico assobio quando a jovem mulher de cabelos louros pontiagudos e saia curta de couro desapareceu no final da rua. Quando olhei de novo para madre Dominica, seus olhos estavam úmidos. A freira austera puxou um lenço de dentro de uma das suas volumosas mangas e virou de costas. Foi um deslize momentâneo. Quando ela se virou de frente outra vez, já havia recuperado o controle das emoções.

— O senhor precisa cuidar bem dela — falou. — Eu a protegi enquanto pude. Ela agora está sob sua responsabilidade.

Madre Dominica enfiou um pedaço de papel na minha mão.

— Talvez isto lhe seja útil — ela disse.

Antes que eu pudesse examinar o papel, ouviu-se a sineta da porta — um toque sonoro e impaciente.

— Deve ser o representante do cardeal — disse a madre. Parecia aliviada com a interrupção. — Não se preocupe. Ele não irá reconhecê-lo. A única freira na qual ele está interessado é irmã Mariamme.

Ela me arrastou para a porta e, ao cumprimentar o padre de meia-idade que esperava do lado de fora, deu-me um leve empurrão.

— *Buenos días, monsignor* — ela falou, fazendo um gesto, com o outro braço, para ele entrar.

— *Buenos días, madre* — falou o padre, olhando bem para mim.

Por um momento, achei que estava desmascarado. Felizmente, uma das freiras mais hirsutas havia me emprestado o barbeador que ela usava de vez em quando nos próprios pêlos faciais e o meu rosto estava liso como o de qualquer mulher. Sua voz ríspida aprovou-me com um curto "*Buenos días*" e ele passou direto por mim. Chega de cortesias clericais, pensei, enquanto me afastava para deixá-lo entrar.

A essa altura eu já estava me sentindo seguro no meu disfarce. Já tendo entrado e saído do convento duas vezes, eu era uma entidade familiar para as equipes de vigilância. Não tinha medo de que me fizessem parar. Carregando a sacola preta, desci a rua calmamente, na direção oposta à que La Magdalena havia tomado. Pouco depois nos encontramos, conforme combinado, na sala de espera da Estación del Norte. Ela já estava com os nossos bilhetes do trem para Benicasim, onde o carro de DesRosier devia estar esperando por mim no estacionamento da Prefeitura.

Formávamos um estranho par, ela nas suas roupas curtas e penteado punk, e eu vestido de freira. Eu estava impaciente para me livrar das pesadas túnicas e da touca apertada. La Magdalena, por outro lado, parecia se divertir com a liberdade antes proibida que sua reduzida vestimenta prometia.

— Sinto-me quase nua — ela riu, olhado ao redor para ver quantos homens estavam olhando para ela.

— É por que a senhora *está* quase nua — eu disse em tom de censura.

— Acha que sou bonita? Ou estão olhando para mim por causa da roupa?

Tive de sorrir. Dezenove anos no convento e ela de repente estava constrangida e preocupada com sua aparência como qualquer mulher jovem normal.

— A senhora é a mulher mais bonita da estação — lhe garanti. — Mas também é por causa da roupa. Temos de lhe arranjar uma vestimenta mais respeitável.

— Mas posso ficar com esta, não posso? — Virando-se de repente com ar faceiro para mim. — Por favor, Theo?

— Não me chame de Theo — eu disse nervoso. — Pelo menos não enquanto eu estiver vestindo um hábito.

— Então como devo lhe chamar? — ela brincou. — *Irmã* Theo?

Não pude deixar de rir.

— Chame-me apenas de irmã — eu disse com uma gargalhada. — Pelo menos até eu estar de novo vestido com minhas roupas. E a partir de agora eu a chamarei apenas de Magdalena, está bem?

— Por que não? É o meu nome.

Era uma tranqüilidade ver como ela era normal. Se eu tivesse alguma dúvida sobre sua saúde mental, ela já teria se desfeito totalmente com a rapidez com que Magdalena estava se ajustando à vida leiga. Era extraordinário. A maioria das pessoas que passaram a vida inteira num ambiente enclausurado teria dificuldade para reentrar no mundo moderno.

Quem estava tendo problemas de adaptação era eu. Sentado ao lado de Magdalena, meus olhos estavam sempre se voltando para a vasta extensão de pernas que a minissaia revelava. Ela fingia não perceber, mas sua atitude sugeria que estava gostando da atenção. Eu teria ficado tão fascinado com seu corpo se não soubesse que ela era uma freira? Talvez não.

Quando o trem partiu de Valência tomando o rumo norte, fiquei pensando se já não teria cruzado uma fronteira ética invisível. Magdalena era objeto de uma investigação que eu estava conduzindo. E como tal deveria ser tratada, com frio distanciamento profissional. Em outro nível, desde que a havia abordado como psicólogo e já tínhamos tido nossa primeira entrevista, eu também tinha de considerá-la minha paciente. Os códigos de ética dos psicólogos proíbem não só qualquer relacionamento romântico com os pacientes, como também os relacionamentos sociais, até aqueles inofensivos, como tomarem juntos uma xícara de chá. E ali estava eu, seguindo sozinho com ela para um destino desconhecido e tentando desesperadamente reprimir o que sentia.

Pairando sobre minha cabeça, e com um peso ainda maior do que as considerações profissionais, estava minha fidelidade à memória de Laura Duquesne, a única mulher a quem amei de verdade.

Enquanto o trem seguia, fechei os olhos e pensei em Laura. O amor que sentia por ela não era correspondido e ficara sem solução, pelo menos nesta vida. Nunca tive oportunidade de lhe falar sobre os meus sentimentos enquanto ela era viva, nunca a tocara, exceto para cuidados terapêuticos nas sessões de desintoxicação. Mas ela havia feito o supremo sacrifício, deu sua vida para salvar a minha. Se isso não era amor, não sei o que mais poderia ser.

Entramos juntos na vida após a morte, ela como minha etérea e encantadora guia. Eu queria ficar ali com ela para sempre, mas foi ela quem me mandou de volta, dizendo que o meu trabalho ainda estava incompleto. Foi ela que me prometeu que, chegando a hora da minha jornada final para a Luz, estaria ali para me receber, e permaneceríamos juntos por toda a eternidade.

Minha vida desde então tem sido guiada pelo vínculo celestial entre mim e Laura. Continuei celibatário, sem necessidade de nenhuma outra companhia feminina, evitando até amizades inocentes. Em muitos aspectos, minha atitude parecia a de um monge medieval, feliz na minha solidão. Meu primeiro pensamento, todas as manhãs, e o último, antes de dormir, eram para Laura.

Pelo menos até a noite anterior. Confuso e cheio de culpa, lembrei que depois de horas de insônia, antes de finalmente pegar no sono, meus últimos pensamentos tinham ido para La Magdalena e o misterioso aroma de lavanda que parecia pairar ao seu redor. E lembrei também que só dormi depois de pousar os lábios contra a marca nas costas da minha mão, onde achei que poderia sentir a doçura do seu beijo.

Eu me perguntava se esses pensamentos violavam algum contrato celestial, se o que estava sentindo por Magdalena poderia comprometer minhas chances de passar a eternidade com minha amada Laura.

Estaria eu correndo o risco de trocar as alegrias do Paraíso pelo prazer terreno? Era uma pergunta metafísica para a qual eu não tinha resposta.

Eu era profunda e eternamente apaixonado por uma mulher morta que prometera esperar por mim, e agora corria o risco de me apaixonar por uma mulher que dizia ter vivido antes.

Comecei a me achar, eu mesmo, um candidato à psicanálise.

Trinta e quatro

— Isto me lembra de quando fugimos de Cesaréia.

Magdalena falava olhando pela janela, vendo o dia escurecer.

— Foi mais ou menos nesta mesma hora que fomos para o barco. Não se lembra?

— Ainda não me contou sobre isso — falei. — Quando foi que aconteceu?

— Depois da Ressurreição. Não se lembra mesmo?

Era um comentário estranho. Mais estranho ainda quando ela mergulhou num encadeamento de palavras tão indecifráveis para mim que até agora não sou capaz de registrar nada parecido numa folha de papel. Ela estava falando numa língua desconhecida pela segunda vez desde que eu a conhecia. Seria um caso real daquilo que Stevenson chamava de xenoglossia, a inexplicável capacidade de falar línguas que não poderiam ter sido aprendidas nesta vida? Ou era simplesmente o balbuciar sem sentido da glossolalia, como acaba sendo a maioria desses casos? Descobrir que era tudo bobagem cortaria pela raiz minha hipótese de reencarnação. Mas, se fosse aramaico ou uma dessas outras "línguas mortas" que padre Serrano insistiu que ela falava... bem, então, pensei, isso seria interessante.

Seria difícil encontrar alguém para confirmar o conhecimento de La Magdalena de línguas antigas. O lugar óbvio para se procurar alguém era numa universidade espanhola ou num museu, especialmente um que tivesse um departamento de estudos sobre o Oriente Médio. Mas eu tinha medo de expor Magdalena a um pensador independente, agindo por conta própria, que talvez descobrisse que ela havia saído de um convento e, no processo, alertasse as autoridades diocesanas. Uma abordagem muito melhor, mesmo ele estando no Líbano, seria achar um jeito de entrar em contato com o professor de lingüística que padre Serrano havia mencionado. O professor Naghib Abramakian já conhecia o caso e, segundo Serrano, tinha muito interesse em falar com Magdalena. Eu não tinha nem endereço nem número de telefone. Mas poderia encontrá-lo pela Internet, no *site* da Universidade do Líbano. Por sorte parecia haver cyber cafés espalhados por toda a Espanha. Eu daria uma parada no primeiro que encontrasse.

A viagem de cerca de uma hora até Benicasim levou menos que isso. Um estacionamento assim tão fora de Valência poderia parecer distante demais para se pegar um simples carro. Mas DesRosier tinha escolhido bem o lugar. Para alguém tentando escapar de possíveis perseguidores, o local ficava afastado do perímetro urbano o bastante para neutralizar qualquer vantagem que a Guardia tivesse na populosa Valência.

Dezoito passageiros desceram do trem conosco em Benicasim, na maioria homens. Lembro do número exato porque tentei guardar de memória os seus traços, até o rosto enrugado da velha com a mala de papelão presa com fita adesiva. Se os visse de novo nos próximos dias, saberia que tínhamos de fugir dali. Como mais uma precaução, levei Magdalena por um longo caminho circular, dobrando de volta duas vezes, antes de decidir que era seguro apanhar o carro. A garagem ficava a apenas dois quarteirões da estação de trem, numa rua com pouco trânsito. O carro estava estacionado exatamente onde o mapa indicava. Era um Corsa Opel cinza de aparência bastante comum, um carro pequeno de quatro portas, difícil de distinguir entre uma dezena de outros modelos. Exatamente o tipo de veículo sem muitas características definidas que podia com facilidade se perder no trânsito. Não havia espaço suficiente no banco de trás para mudar de roupa. Tive de encontrar um canto escuro da garagem onde pudesse me livrar do meu disfarce sem constrangimento para mim ou para Magdalena. Eu tinha usado aquela apertada touca e as túnicas pesadas durante apenas algumas horas de dois dias. Não obstante, despi-las e me enfiar no meu confortável jeans foi uma experiência extraordinária de liberdade. Eu podia imaginar o impacto psicológico que transição semelhante deve ter causado em Magdalena, que havia usado trajes de freira durante toda sua vida adulta.

— Aonde vamos agora? — ela perguntou, quando voltei para o carro.

Examinei o estreito porta-luvas. DesRosier tinha tido o cuidado de abastecê-lo com um mapa da Espanha, alguns guias turísticos e os documentos originais do carro, caso a *policía* nos fizesse parar no meio do caminho.

— Não sei — admiti enquanto estudava o mapa.

Certamente, não queríamos ir para o Sul, de volta para Valência. A Leste ficava o Mediterrâneo. Montanhas e planícies áridas nos aguardavam a Oeste. O

Norte, com suas numerosas cidades costeiras, parecia a rota mais lógica. A mais famosa delas, Barcelona, devia oferecer mais possibilidades para uma pessoa se esconder. Se eu tinha alguma dúvida de que o Destino pretendia que seguíssemos para o Norte, elas desapareceram quando abri o bilhete que a madre superiora tinha me entregado.

Datilografadas cuidadosamente no centro do papel estavam quatro linhas curtas:

Hermana Maria Generosa
Casa Dolorosa
1007 Vía Rampala
Barcelona

Intrigado, li em voz alta o nome e o endereço.

— Isso significa alguma coisa para você? — perguntei. — Reconhece o nome?

Magdalena olhou para o bilhete com os olhos sonolentos.

— Acho que sim... — ela falou. — Sim, faz muito tempo, mas eu me lembro dela. Irmã Vinagrosa.

Olhei para o nome outra vez.

— Aqui diz irmã Generosa, não Vinagrosa.

— Sim, mas quando eu era menina, costumava chamá-la de *hermana Vinagrosa,* por ela estar sempre com uma cara azeda, como se tivesse acabado de beber vinagre. — Magdalena sorriu com a lembrança. — Mas era uma pessoa maravilhosa, uma freira muito devota, e me tratou sempre bem.

Será que eu havia escutado corretamente? De repente fiquei alerta.

— Conheceu essa freira quando era menina?

— Ah, conheço irmã Vinagrosa desde que me entendo por gente. Ela foi uma espécie de babá para mim, se é que se pode chamar uma freira de babá. Dizem que ela foi uma das que cuidou de mim quando eu era bebê. Mais tarde, todas as freiras de certa forma me adotaram, mas "irmã Vinagre" sempre foi minha preferida.

— Uma espécie de vínculo mãe-filha?

— Acho que sim, embora eu saiba que ela não é minha mãe. Não podia ter sido. Tinha quase 60 anos quando me deixaram no convento.

Minha mente corria acelerada.

— Mas ela pode ter conhecido sua mãe — eu disse. — Pode ter estado com ela, até falado com ela.

— Duvido. Isso ela teria me contado. Conversávamos muito, sobre uma porção de assuntos. Éramos muito amigas. Ela não teria escondido isso de mim.

— Você deve estar certa — falei.

O que eu não disse foi que no mundo cheio de reservas da vida tradicional de um convento, onde se espera que as freiras renunciem a todos os laços com o mundo exterior, seria uma prática comum para "irmã Vinagrosa" ocultar essa informação. Especialmente no caso de uma freira solitária que se via no papel de mãe adotiva de uma criança abandonada. A natureza humana sendo o que é, ela detestaria fazer qualquer coisa que pudesse romper de algum modo o vínculo mãe-filha criado entre as duas. Talvez agora, no crepúsculo da sua vida, fosse possível convencê-la a revelar o que sabia.

— Sempre quis conhecer Barcelona — eu disse, engrenando a marcha do carro.

Segundo o mapa, a capital da região autônoma da Catalunha ficava a 235 quilômetros, seguindo pela costa. Durante o dia, era um passeio extraordinariamente pitoresco. De noite, uma viagem entediante por longos trechos de um breu total, numa estrada às escuras e mal sinalizada. Paramos uma vez para comer, numa cidade costeira iluminada com o brilho amarelado horrível das lâmpadas de vapor de mercúrio. O pequeno restaurante, que atendia aos caminhoneiros, tinha uma churrasqueira na parte externa. Pedi um combinado de *gambas* e *sardinas*, que acabou saindo uma coisa temperada demais com sal marinho e quase negra como carvão. Magdalena pediu um prato mais simples, a onipresente omelete de batatas espanhola. Comemos na calçada, sentados num rústico banco de madeira, tomando Fanta e limonada, e ficamos vendo o luar cintilando sobre o mar. Em outras circunstâncias, ficar sentado na beira da praia com uma linda jovem poderia ter sido um interlúdio romântico. Mas eu estava "elétrico" e pegamos a estrada de novo assim que terminamos de comer.

Todo o cansaço e incerteza que eu devia estar sentindo desapareceram, substituídos pela carga de adrenalina que os investigadores curtem quando descobrem uma nova pista. Eu mal podia esperar chegar em Barcelona e descobrir que segredos a irmã Generosa estaria disposta a me contar. Eu não tinha muitas esperanças de que ela conhecesse a identidade dos pais de Magdalena. Apesar do interesse de DesRosier em sua genealogia, para mim esse tipo de informação era na verdade secundário para a investigação. O que eu esperava saber era como Magdalena tinha sido criada, o que lhe ensinaram, como ela poderia ter adquirido seu extraordinário conhecimento e se ela poderia ter sido influenciada por outras pessoas em sua crença na reencarnação.

Chegamos nos arredores industriais de Barcelona por volta de uma hora da manhã. Minha sobrecarga de energia de antes tinha baixado, esgotada pelas horas passadas de olho pregado na luz dos faróis em sentido contrário. Nada mais se podia fazer até a cidade acordar, portanto, saí da estrada para uma área de estacionamento onde poderíamos descansar um pouco. Quando a aurora rompeu sobre Barcelona, estávamos ferrados no sono.

Ainda era cedo quando o calor do sol espanhol tornou impossível continuar descansando. Magdalena já estava fora do carro, passeando num campo próximo. Fiquei sentado observando enquanto ela gozava a liberdade da sua primeira manhã fora do convento Uma leve bruma pairava sobre o campo e os raios de sol eram suaves. Os fotógrafos chamam esse momento do dia de "hora mágica", um precioso interlúdio, quando a combinação do sol da manhã com os vestígios da névoa noturna costuma dar às fotografias uma característica irreal de sonho. Mais tarde, quando o inclemente sol da Espanha queimasse a juventude do dia, esse mesmo campo voltaria a ser o terreno árido de ervas daninhas sem nome que sempre foi. Mas, agora, era um cenário quase do Outro Mundo. Mentalmente, eu via minha companheira caminhando por campos sem fim de lavanda, uma brisa suave soprando os longos cabelos soltos sobre o rosto, rindo e me chamando para ir ter com ela ao parar para colher uma flor púrpura. Era uma imagem de sonho, uma ilusão criada por uma mente ainda sonolenta, vista com olhos apenas entreabertos. No entanto, eu não queria que ela se fosse, preferindo sua gentil delicadeza, levemente desfocada, à realidade de um campo infestado de ervas daninhas ao lado de uma fábrica de pneus.

O barulho da porta do carro batendo arrancou-me do devaneio.

— Alguma coisa errada? — ela perguntou.

— Acho que ainda estou acordando — falei, sem querer admitir que talvez estivesse tendo alucinações.

Olhei para o campo onde ela estivera caminhando. Era nada mais do que uma grande extensão de mato à beira de um parque industrial. Um saco plástico de mercado, preso numa moita de cardos secos, adejava frenético ao vento. Era hora de sair dali.

Nossa rota até Barcelona nos jogou no "cinturão litorâneo". A via contornava as montanhas corcoveantes conhecidas como Montjuic, de cujas alturas era organizada a defesa da cidade no passado. Atravessamos a área do porto. A cidade erguia-se na planície inclinada à nossa esquerda. À direita ficava o mar. Virei à esquerda na *vía* Layetana e encontrei um estacionamento público exatamente onde o guia indicava. Deixamos o carro e atravessamos a rua para entrar no bairro Gótico, a parte mais antiga da cidade. As ruas para pedestres, estreitas e sinuosas, eram tão confusas e cheias de gente como as de Veneza. Seria fácil para nós desaparecer no meio da maravilhosa massa de turistas, estudantes e gente fazendo compras, embora, depois de uma noite inteira na estrada, estivéssemos parecendo mais aqueles jovens andarilhos reunidos em volta da fonte perto da catedral. Magdalena insistiu dizendo que não podíamos ir falar com irmã Generosa enquanto não estivéssemos mais apresentáveis.

Ainda bem que o bairro Gótico era apinhado de lojinhas que vendiam de tudo, desde sapatos femininos até artigos para camping. Ela me levou de loja em loja, estudando o conteúdo de cada vitrine, examinando o que as outras mulheres estavam vestindo e interrogando sobre o que seria adequado. Aos 19 anos de idade, ela ainda era virgem no que se referia a fazer compras. Aprendeu rápido, entretanto, e duas horas depois estávamos cheios de sacolas e prontos para encontrar um lugar para ficar.

Depois de algumas tentativas frustradas, decidimos por dois quartos numa pensão sem elevador numa rua lateral perto da Rambla. A fachada encardida do prédio parecia não passar por uma faxina desde o século XVI. Lá dentro, entretanto, os proprietários tinham dado um jeito de driblar as leis de preservação do patrimônio histórico e criado uma série de quartos modernistas, mais ao estilo de Picasso do que de Cervantes. Eu preferia algo condizente com a personalidade dessa parte antiga da cidade. Mas Magdalena pensava o contrário. Estava cansada de móveis velhos e salas escuras, disse. E gostou da cama enorme. Nesse ponto, tive de concordar com ela. Aluguei dois quartos separados, um do lado do outro. Tomamos um banho, trocamos de roupa, fizemos um lanche rápido com *leche flan* num café próximo dali e partimos à procura de *hermana* Generosa.

A *vía* Rampala ficava na parte norte da cidade. A parada de metrô mais próxima era Sagrada Família, que nos deixou em frente do ponto turístico mais famoso de Barcelona, a espetacularmente inacabada igreja da Sagrada Família, de Antonio Gaudí. Magdalena, que tinha passado a vida inteira nos arredores da catedral de Valência com sua severidade gótica, parecia atordoada com sua primeira visão das imensas e elegantes torres. Ela parou no final da escadaria do metrô e ficou imóvel por longos minutos, absorvendo a beleza quase absurda da construção.

Mal olhando para mim, ela atravessou a praça e cruzou os portões. Parou sorrindo, com o rosto erguido — como as dezenas de outros turistas — para as esculturas narrativas que decoravam a entrada Naixement, do Nascimento de Cristo. Ao contrário dos outros, entretanto, ao ver os entalhes sobre o portão oeste retratando a Paixão, ela ficou agitada. Como psicólogo, eu já havia assistido a mudanças de personalidade ocasionadas por distúrbios bipolares. O que estava acontecendo diante de mim parecia outra coisa bem diferente. Parecia uma raiva autêntica, a expressão de alguma fúria há muito reprimida. Não demorou nada e ela estava despejando uma torrente de insultos ininteligíveis. Não em espanhol, mas outra vez numa língua que eu não compreendia. Os turistas perto dela se afastaram, na certa temendo que sua raiva aparentemente irracional desse lugar à violência. Talvez eu devesse ter intervindo mais cedo, mas fiquei fascinado com esta terceira exibição de xenoglossia. Senti não ter trazido a filmadora para poder registrar a explosão.

Magdalena não resistiu quando, por fim, a tirei dali.

— Por que tudo isso? — perguntei.

— Não sabe? Você estava lá. Viu tudo, como eu vi.

— Eu a vi perder o controle. E o que estava gritando?

Mais calma, ela me olhou intrigada.

— Não se lembra de nada, não é mesmo?

Ela falava por enigmas, e não tentei decifrá-los.

A Casa Dolorosa ficava alguns quarteirões mais ao norte. E numa rua repleta de exemplos exuberantes do estilo arquitetônico do *modernisme* catalão havia uma estrutura insípida, inexpressiva. Ela se destacava, pela simplicidade e singeleza, quase como um desafio, entre as sacadas rodopiantes de concreto e decorações de ferro forjado de suas vizinhas. A freira que atendeu à campainha era simples como o prédio, e quase tão velha quanto ele.

Ficou combinado que Magdalena é quem ia falar. Embora a freira a saudasse em espanhol, Magdalena logo passou para o inglês, falando devagar e com palavras simples para a irmã entender e eu poder acompanhar.

— Gostaríamos de falar com irmã Generosa.

— *Qué?*

— Irmã Generosa. Podemos vê-la?

— Ela não está mais aqui.

— Onde podemos encontrá-la?

— *En el cementerio.*

— *Muerta?*

— *Sí. Muerta.*

Eu não precisava de tradutor para compreender o que isso significava. A expressão de Magdalena me dizia tudo que eu precisava saber.

Eu a havia treinado cuidadosamente para falar com irmã Generosa. Tínhamos ensaiado as várias maneiras de convencer a "freira-babá" a revelar o que sabia sobre os antecedentes de Magdalena. Por mais meticuloso que eu acreditasse ter sido, só não havia preparado Magdalena para a possibilidade de sua querida "irmã Vinagre" ter morrido. E no entanto, considerando-se que essa era uma casa para freiras aposentadas, era o final mais previsível.

Por um momento, nenhum de nós soube o que dizer. A freira na porta parecia tão pesarosa com a situação quanto nós. Embora no meu caso, não conhecendo irmã Generosa, eu estivesse mais triste por ter perdido minha pista mais promissora para chegar ao passado de Magdalena.

— *Requiescat in pace* — Magdalena finalmente murmurou em latim.

— *Amen* — a freira respondeu, quando as duas baixavam as cabeças, em uníssono.

— Quando foi isso? — perguntei em inglês.

— Faz quase um ano — a freira respondeu, passando para um inglês com sotaque carregado. — Ela morreu tranqüila, dormindo.

— Deviam ter me contado — Magdalena de repente reclamou com voz zangada. — Por que não fui informada?

Sua explosão surpreendeu a freira, que deu um passo para trás e reavaliou seus visitantes. Pensei que ela fosse bater a porta na nossa cara. Se Magdalena não tivesse abandonado seu penteado punk e trocado a minissaia por um vestido florido de mangas compridas, conservador, estou certo de que era isso que teria acontecido.

— Qual o seu interesse por irmã Generosa? — a freira quis saber.

— Eu a amava — Magdalena disse. — Ela foi como uma mãe para mim.

— Sim, muitas jovens sentiam o mesmo por ela. Nós todas sentiremos muito sua falta.

— A senhora não compreende. Ela cuidou de mim quando eu era criança. Irmã Generosa foi a única mãe que conheci.

— Havia uma criança... — a freira disse, a voz assumindo um tom desconfiado — ... mas não pode ser você. Essa criança foi criada num convento em Valência, e está lá até hoje.

— O Convento de las Hermanas del Sangreal — Magdalena disse. — Esse é o convento para onde me levaram quando menina. Meu nome é Mariamme. Tenho certeza de que irmã Generosa falou de mim.

— Mas... suas roupas. E este homem...

— Ele é detetive — Magdalena acrescentou. — Está me ajudando a saber de onde vim. Quem são meus pais. A senhora pode nos ajudar?

— *Perdón, señorita.* Não acredito no que está dizendo. Não sei o que os senhores estão querendo, mas estou certa de que não é a Mariamme de quem irmã Generosa cuidou.

— Por quê? — Magdalena a desafiou. — Só porque não estou vestindo o meu hábito de religiosa? Acha que as roupas são a única identificação de uma pessoa religiosa?

— Não, *señorita*. Reconheça que tenho mais inteligência do que isso.

— Então, por quê? — Magdalena persistiu. — Por que a senhora está tão ansiosa para se ver livre de mim?

— Porque se fosse realmente Mariamme já estaria com a carta de irmã Generosa.

— Que carta? — interrompi.

— Prevendo a morte, irmã Generosa escreveu uma carta a irmã Mariamme.

— Eu nunca recebi essa carta — Mariamme falou.

— Irmã Generosa disse que a carta devia ficar guardada aqui depois da sua morte. Se irmã Mariamme viesse indagar sobre seus pais, só então nós lhe entregaríamos a carta. Ela disse que ali estaria tudo explicado para a querida menina.

— E onde está a carta?

— Ora, eu a entreguei ao representante da verdadeira irmã Mariamme.

— A senhora deu a carta a um impostor — eu disse.

— Não me tome por tola, *señor*. Ele confirmou sua identidade contando-me coisas que só irmã Mariamme saberia.

— Tais como?

— Bem, por exemplo ele sabia o apelido que Mariamme dera a irmã Generosa.

— Irmã Vinagrosa — Magdalena falou.

A arrogância da freira se dissipou.

— Como sabe?

— Quando esse homem apareceu? — perguntei.

— Não faz mais de uma hora.

— Pode descrevê-lo?

— Era mais baixo do que o senhor. Um homem mais pesado. Espanhol, diferente do senhor. Ele tinha um bigode. — Com uma expressão assustada, ela se virou para Magdalena. — A senhora é mesmo Mariamme, a menina que ela criou? É realmente ela?

— É um pouco tarde para esta pergunta, agora — Magdalena falou.

— Mas por que alguém ia se dar tanto ao trabalho de vir pegar a carta de irmã Generosa? — a freira perguntou.

Por quê?, na verdade, fiquei imaginando. E mais importante ainda: como ele soube de sua existência?

Trinta e cinco

O jogo de repente tinha virado.

Quem quer que estivesse nos seguindo conseguiu passar à frente, como prevendo nossos movimentos. Mas como?

É claro que alguém mais estava atrás das mesmas respostas que eu. Mas por quê?

O homem misterioso tinha nos vencido na corrida até a carta de irmã Generosa por meras duas horas, o que me fez sentir como um idiota. Que espécie de investigador eu era? Se tivéssemos ido direto à Casa Dolorosa, em vez de perder todo aquele tempo procurando um quarto de hotel, fazendo compras, tomando banho e parando para uma *merienda*, a carta de irmã Generosa estaria em nossas mãos. Agora a carta que "explicaria tudo para a criança" estava irrecuperavelmente perdida. Levada por um homem misterioso que usou o apelido de Mariamme para a freira aposentada para estabelecer sua legitimidade. Quem seria ele?, eu me perguntava. A descrição que a freira tinha feito provavelmente servia para um em cada cinco adultos do sexo masculino na Espanha. Pela lógica, tinha de ser alguém que sabia do relacionamento entre irmã Generosa e Magdalena. Isso se resumia a talvez umas mil pessoas na diocese de Valência, incluindo parentes do sexo masculino e amigos das irmãs do Santo Graal. Se eu olhasse de uma perspectiva diferente, do ponto de vista de que a visita do homem misterioso foi sugerida por alguém com um interesse especial por Magdalena, eu teria de ampliar o círculo de suspeitos para incluir psiquiatras e outros oficiais em Roma, assim como os responsáveis pela morte de Serrano. Sem falar no grandalhão que me derrubou diante da catedral e fugiu com o envelope de Magdalena para Serrano.

Desisti, desesperado. A lista de suspeitos não era apenas longa, mas todos nela me eram desconhecidos.

— Por que está tão desapontado? — perguntou Magdalena. Estávamos no metrô, de volta ao bairro Gótico. — É só uma carta.

— Era a pista para o seu passado.

— Eu sei tudo sobre o meu passado.

— Eu quero dizer seu passado recente, não o que você diz que lhe aconteceu há dois mil anos. Se irmã Generosa se deu ao trabalho de escrever uma carta em que explicaria tudo, por que não a enviou pelo correio a você? Por que instruiria outra freira para guardá-la na possibilidade de você vir a perguntar por ela?

— Não sei. Você sabe?

— Talvez fosse alguma coisa que ela não queria que você soubesse antes de estar pronta.

— O quê, por exemplo?

— Alguma coisa importante, é óbvio. Talvez o motivo de você ter sido levada para o convento. Talvez a identidade de seus pais.

Agora eu estava começando a imaginar que DesRosier poderia estar certo, que talvez valesse a pena investigar os ancestrais de Magdalena.

— Você acha isso importante?

— Bem, você nunca pensou nisso? Quem era sua mãe? Ou seu pai?

— Penso nisso, às vezes, sim. Mas tive diferentes pais em diferentes vidas. Se não conheço um casal de pais, pelo menos tenho boas lembranças da minha vida com Siro e Marta.

Ela falava num tom sem emoção, quase casual, sobre o que em geral é um dos vínculos humanos mais profundos e sentimentais. Os diários dos psicólogos estão repletos de histórias de pacientes que fazem análise na tentativa desesperada de entender como tiveram a vida afetada pelos pais. A atração do relacionamento entre pais e filhos é tão forte que empresas especializadas em encontrar pessoas vivem sob pressão para atender os pedidos de filhos adotivos querendo achar os pais biológicos que nunca conheceram. No entanto, Magdalena não mostrava nenhum interesse pelo assunto. Até a morte de uma freira que fez o papel de mãe substituta parecia afetá-la muito pouco. Ela ficou mais preocupada com o fato de não ter sido informada da morte de irmã Generosa do que com a questão maior, que era a morte da mulher que havia cuidado dela na infância.

Quem concluísse precipitadamente que seu comportamento era indicativo de Distúrbio de Personalidade Limítrofe estaria cometendo um grave erro. Mesmo que o desapego emocional fosse um dos critérios para o diagnóstico de DPL, a aparente indiferença de Magdalena com relação à morte era muito semelhante à dos sobreviventes de uma experiência de vida após a morte.

Era uma atitude mental que eu conhecia muito bem. Depois de ter visto o que nos aguarda do Outro Lado, quem retornou à vida não compartilha mais do medo universal da morte que persegue o resto da humanidade. A perspectiva da nossa própria morte final não desperta mais ansiedade; as mortes dos outros, inclusive daqueles que nos são mais caros, não são motivo de tristeza. Por isso eu não via nada de anormal na tranqüila aceitação da morte por parte de Magdalena. Qualquer pessoa que dissesse ter vivido antes deveria também ter experimentado a jornada da morte para o Outro Mundo. O fato de a indiferença de Magdalena com relação à morte espelhar tão bem a dos sobreviventes de vida após a morte na verdade era uma evidência a favor da reencarnação.

Saímos do metrô na Plaza de Catalunya, uma ampla área aberta onde lentamente dei a volta na fonte, fingindo estudar as rebuscadas gárgulas enquanto na verdade observava se havia alguém demonstrando um interesse incomum por nós. Era um gesto inútil, mas uma precaução que eu estava convencido que tinha de se tornar rotina. Só quando fiquei certo de não estarmos sendo seguidos foi que voltei com Magdalena para o hotel. Quando ela estava a salvo em seu quarto, com instruções para não deixar ninguém entrar, exceto eu, saí em busca de um cyber café.

Na Europa, onde os computadores pessoais não têm a penetração que tiveram nos Estados Unidos, os cyber cafés são mais abundantes. Descobri três a poucos quarteirões do hotel. Eram maravilhosos exemplos das incoerências que caracterizam a Espanha moderna: minúsculos postos de tecnologia do século XXI em módulos pré-fabricados enfiados no piso inferior de prédios mais velhos do que os Estados Unidos. Os dois primeiros estavam apinhados de gente jovem esperando a vez. Talvez por ser mais caro, o terceiro tinha dois terminais disponíveis. Fiz a conexão usando um filtro que me permitia fazer minha pesquisa em inglês.

Encontrar a página da Universidade do Líbano levou menos de um minuto. Infelizmente, o site era malfeito. Consistia na maior parte de uma prosa autoelogiosa, mais adequada a um folheto de propaganda do que a um portal de universidade. Embora houvesse uma relação dos vários departamentos, inclusive o Departamento de Estudos Lingüísticos, era impossível acessar mais informações sobre cada um deles. Tentei pesquisar no catálogo de cursos, mas, outra vez, tratava-se apenas de generalidades. Havia muitas informações vagas sobre o "distinto corpo docente". O perfil do presidente da universidade era generosamente traçado. Um a um, professores como Abramakian eram ignorados. A única informação que consegui obter foi o número da central telefônica em Beirute.

Digitei o número no telefone celular que DesRosier me deu. Estava ocupado. Liguei de novo e de novo. Sempre ocupado. Levei meia hora para conseguir uma ligação com a mesa telefônica da universidade. A essa altura eu já tinha voltado para o hotel. A primeira operadora a atender não falava inglês e desligou em vez de me dar atenção. Levei mais dez minutos para conseguir outra ligação.

Quando finalmente encontrei o professor Abramakian, a ligação estava ruim. Eu tinha de gritar para ser ouvido. A voz dele era áspera, sumindo e voltando, como uma antiga transmissão por ondas curtas.

— A-lô! Sim, aqui é o professor Abramakian!

— Meu nome é Theophanes Nikonos. Padre Javier Serrano me deu seu nome.

— Padre Serrano?

Apesar da ligação ruim, pude sentir uma mudança na sua voz, como se ele estivesse esperando por esse telefonema.

— Sim! Muito bom! E como está Serrano?

— Nada bem — eu disse. — O padre morreu.

— Oh, não, não! Não acredito! Como foi isso? Falei com ele há apenas duas semanas! O que aconteceu?

— Foi uma bomba. Dizem que foram os terroristas. — Eu não via sentido em assustá-lo com minhas suspeitas. — De qualquer modo, antes de morrer padre Serrano pediu-me para continuar com seu trabalho.

A voz distante recobrou o ânimo.

— O senhor também é psiquiatra?

— Psicólogo, na verdade.

— Muito próximo! — No estilo típico de professores acostumados a falar em auditórios de faculdades pelo mundo afora, Abramakian pronunciava com cuidado cada palavra e colocava pontos de exclamação no final de cada frase. — O padre estava me contando sobre uma jovem freira que despertou sua curiosidade!

— Irmã Mariamme — eu disse.

— Sim! Irmã Mariamme! Eu estava muito interessado no caso dela, também!

— Tem a questão das línguas que ela diz falar — acrescentei.

— Certo! Uma das línguas que ela dizia falar era o antigo aramaico, que ninguém nos tempos modernos escutou na sua forma falada original!

— O senhor acha... possível que ela realmente fale essas línguas?

— Ora! Foi a mesma pergunta que Serrano fez! Mas eu nunca a ouvi falar! Tudo que Serrano me mandou foi um bilhete que ele disse que a freira tinha escrito!

— Pensei que ele lhe havia mandado uma fita.

— Não! Foi só um bilhete que ele disse ter sido escrito pela freira! O bilhete parecia autêntico! A gramática estava correta, a ortografia estava correta, até os acentos e a caligrafia eram coerentes com a escrita do primeiro século! Mas não tenho idéia das circunstâncias em que o bilhete foi escrito! Ela pode tê-lo copiado de um texto antigo! Eu lhe disse que não poderia lhe dar mais do que uma suposição.

Então Serrano mentiu quando me disse que Abramakian tinha confirmado o conhecimento de línguas mortas de Magdalena.

— Essa não é uma questão para ser vista superficialmente! — o professor Abramakian berrou.

Tive de afastar o fone da minha orelha. Sua voz, afiada por anos fazendo-se ouvir pelo último aluno da última fila, tinha no mínimo duas vezes o nível de decibéis de uma voz humana normal. Ela dominava facilmente a interferência eletrônica no fone.

— Encontrar alguém capaz de falar essas línguas como eram faladas há dois mil anos, inclusive com o conhecimento de expressões idiomáticas e gírias que Serrano disse que essa mulher possuía, do ponto de vista lingüístico seria o mesmo que abrir o túmulo de Tutancâmon! Reputações se fazem e se destroem com essas descobertas! Eu não estava disposto a arriscar minha reputação com uma análise por telefone! Ofereci-me para voar até Valência à minha custa para conhecê-la pessoalmente. Por algum motivo, entretanto, Serrano não quis que eu me encontrasse com a jovem!

— Estaria disposto a vir até Barcelona?

— A jovem está aí?

— Sim, ela está comigo.

— E posso vê-la, falar com ela e testar suas habilidades?

— O que for preciso. Só quero saber se ela está realmente falando em línguas mortas, ou apenas fingindo.

Por um momento, tudo que escutei foi o sempre presente chiado. Eu podia imaginar o professor andando de um lado para o outro na frente da sua mesa enquanto pensava na resposta.

— O senhor tem motivos para acreditar que ela possa estar... como diz, "fingindo"?

— Não sei — admiti. — É por isso que preciso da sua opinião especializada.

— Sim! Muito sensato da sua parte! Mas antes de investir meu tempo e meu dinheiro nessa história, tenho algumas perguntas para lhe fazer! — Sua voz de estentor ficou cautelosa. — Entrou em contato com alguém a respeito dessa pessoa? Um outro lingüista?

— Não. O senhor é o único especialista em línguas que conheço.

— E o padre Serrano? Ele falou com outras pessoas da minha área?

— Não que eu saiba.

— Ótimo! Nesse caso, voarei até Barcelona e examinarei essa jovem freira! Como vou gravar tudo que ela disser, vou precisar de uma sala silenciosa, sem interferência de ruídos da rua ou de outros sons externos!

— Compreendo. — Era o mesmo tipo de ambiente que eu preferia para gravar minhas próprias entrevistas.

— Todas as gravações que eu fizer serão de minha propriedade.

— De acordo. — Eu estava começando a me sentir como um agente, negociando termos legais em nome de minha cliente.

— Eu também me reservo o direito de publicar minhas descobertas, inclusive as fotografias que tirar durante as sessões!

— Isso poderá ser um problema — discordei.

— É prática entre os pesquisadores publicar suas descobertas, sr. Nikonos! As habilidades lingüísticas da jovem, se autênticas, serão de enorme interesse para os estudiosos de línguas.

— E nem faria mal à sua reputação — observei.

— Sim! É claro! Já deve ter ouvido falar de "publicar ou morrer"! Ora! A comunidade de cientistas estudiosos de lingüística pode ser muito pequena, mas também é muito competitiva! De qualquer maneira, acredito que esse é um toma-lá-dá-cá justo! O senhor fica com a opinião especializada de que precisa e eu fico com o prestígio de publicar essa opinião!

— Só acho que não queremos publicidade em torno de irmã Mariamme. Pelo menos não agora.

Ouvi uma risada curta através de outra explosão de chiados.

— Estamos falando do *The Journal of Linguistics*, não do *New York Times*! — ele proclamou. — Qualquer artigo que eu escrever terá de ser avaliado por uma junta revisora antes de se considerar sua publicação! Agora a imprensa popular poderia pegar a história, mas mesmo que eu apresentasse um artigo hoje, ele levaria dois meses para ser impresso! Espero que esse tempo seja aceitável porque, se não puder publicar minhas descobertas, não vejo muita vantagem em pegar um avião até aí!

— Tudo bem — concordei ao final. — É só que eu não esperava que fosse tão complicado assim.

— Estou apenas sendo honesto com o senhor! O que vocês americanos dizem ser o correto!

Eu não havia me identificado como americano, mas, para um lingüista experiente, bastariam algumas palavras para definir com precisão não só minha nacionalidade, mas também a região, o estado e talvez até a cidade onde fui criado.

— Só não queria apanhá-lo de surpresa aparecendo aí com meu equipamento de gravação, documentos de cessão de propriedade e formulários legais! — ele explicou. — Bem! Deixe-me anotar o número do seu telefone, por favor! Farei minha reserva numa companhia aérea e ligo de volta para avisar da hora da minha chegada! Estou certo de que será uma experiência fascinante para todos nós!

Meu ouvido doía de escutá-lo falar, e fiquei agradecido quando ele desligou. Em menos de 15 minutos ele ligou de volta, anunciando sonoramente que não havia vôos diretos de Beirute para Barcelona. De qualquer modo, ele conseguiu um lugar no vôo 213 da Middle East Airlines, saindo de lá às 8h30 da manhã, com traslado em Genebra para o vôo 4493 da Ibéria, e chegando no Aeroporto Internacional de Barcelona às 15h10, hora local. Mais uma vez, ele repetiu sua ansiedade para começar logo. A interferência estava tão forte quanto antes, o que me fez pensar que talvez pudesse haver algum problema com o telefone celular de DesRosier.

Para jantar, levei Magdalena pela Rambla até a área da Barceloneta. Era uma noite de temperatura agradável, e ela escolheu um café onde pudéssemos sentar numa mesa na calçada e ver os barcos de passeio entrando e saindo da marina. Pedimos uma *bouillabaise*, um cozido de frutos do mar que é uma especialidade tanto de Barcelona como de Marselha. Magdalena estava excitada. Usava um vestido curto estampado com flores que deixava à mostra suas surpreendentes pernas. A *mousse* fora lavada com xampu e seus cabelos agora revelavam um leve ondulado natural. Ela colocou os cotovelos sobre a mesa, o rosto apoiado nas mãos e, abrindo um sorriso, sugeriu que dividíssemos uma garrafa de vinho. Tinto.

— Tem certeza que agüenta? — perguntei. — O vinho que servem aqui não é o vinho da missa.

— Em Marselha sempre bebíamos vinho nas refeições. Imagina, bebíamos vinho o tempo todo.

— Quando esteve em Marselha? — perguntei inocente.

— No ano antes da morte de Jesus, meu Cristo — ela falou.

— Oh!

— Não se lembra?

Ela me olhava com aquele sorriso estranho outra vez, como se soubesse de algo que eu desconhecia. Enquanto eu hesitava, ela partiu um pedaço de pão e besuntou com manteiga.

— Acho que li algo a respeito — falei.

De fato eu sabia muito mais do que estava disposto a reconhecer. Algumas das tradições orais mais reverenciadas na França descrevem o ministério de Maria Madalena em Marselha e no Sul da França, onde ela foi morar depois da crucificação. Soube dessas lendas durante minha estada no monte Athos, mas, não tendo interesse na época pela mitologia madaleniana, não prestei muita atenção. Agora, entretanto, sentado à mesa diante de uma mulher que dizia ter vivido aquela vida, essas lendas ofereciam uma ótima oportunidade. Um dos

Protocolos Stevenson consistia em retornar com o paciente aos locais de acontecimentos significativos da vida passada. Voltando com Magdalena aos lugares onde sua xará esteve, eu teria a chance de avaliar a exatidão de suas lembranças. Ela seria capaz de identificar a gruta de Ste. Baume, o local de desembarque em *les Saintes-Marie-de-la-Mer*? Antes de levá-la até lá, eu não queria lhe dar nenhuma pista sobre essa parte das minhas investigações.

O garçom nos trouxe uma garrafa de Sangre de Toro, que disse ser um dos melhores vinhos da Catalunha, da região de Penedes ao sul de Barcelona, e também o "*más económico, señor*". Na certa tentando impressionar minha bela parceira, ele passou por todo o ritual recomendado para retirar a rolha, apresentando-a para que eu a cheirasse, derramando uma pequena quantidade no meu copo para ser girada e provada, e em seguida, com minha aprovação, enchendo nossos copos até a costumeira marca pela metade.

Brindamos sem dizer uma palavra. O vinho era digno do ritual. Era um tinto encorpado, com um buquê intenso de flores — o complemento perfeito para a refeição de temperos fortes que íamos saborear.

Nosso garçom nos trouxe uma travessa onde estavam expostos os frutos do mar que entrariam na nossa *bouillabaise*, que ele explicou com tradução rudimentar que o nome certo seria sopa de mariscos. Cuidadosamente arrumados no prato estavam gordos camarões, minúsculos filhotes de polvo castanho-avermelhados, amêijoas, enxovetas vermelhas, um filé de arraia, alguns *langostines* e dois siris de tamanho médio. Duvido que Magdalena tivesse visto uma exibição tão rebuscada de frutos do mar no convento.

— Tudo isso para nós? — ela perguntou sem acreditar.

— Não é tanta coisa assim como parece — garanti. — Tirando as espinhas e as cascas, não sobra muita coisa.

Talvez eu devesse estar trabalhando, questionando Magdalena diante da minha filmadora, observando o ponteiro da unidade de tensão de voz para determinar se ela estava mentindo. Afinal de contas, eu tinha um cliente ansioso para descobrir a verdade sobre essa jovem mulher. Eu estava ansioso, também, e preocupado com o homem misterioso que conseguira chegar na Casa Dolorosa duas horas antes de nós.

Mas eu sabia que era importante aparentar tranqüilidade diante de Magdalena. Para ela confiar em mim como seu analista, eu tinha de agir como se estivesse no controle da situação, por mais confusa que ela pudesse ser para mim. Um jantar agradável ao lado do porto era a receita ideal, pensei.

Quando terminamos de beber nosso primeiro copo de vinho, o garçom voltou com uma tigela grande. Ele armou uma bandeja auxiliar ao lado da nossa mesa e retirou da tigela os frutos do mar. Um ajudante, empunhando nada mais do que uma colher e um garfo, removeu habilmente cascas e espinhas enquanto observávamos, admirados com sua destreza. Mais uma vez as partes comestíveis foram exibidas para nossa aprovação. Dois pratos de sopa apareceram. Porções de peixes, camarões, polvos, amêijoas e o resto foram artisticamente arrumados nos dois pratos. Com um floreio, o garçom apresentou uma concha grande e encheu os pratos com o líquido vermelho fumegante.

Eu não poderia ter pedido um serviço mais elegante.

— *Bon appétit* — ele disse, escorregando incongruentemente para o francês.

Magdalena estava deslumbrada. Ficou um bom tempo olhando para o prato, estudando os nacos de frutos de mar que se erguiam como minúsculas montanhas por cima do caldo.

— É maravilhoso — ela disse. — Nunca comemos nada assim no convento. Obrigada, Theo. Obrigada.

Bebi mais um gole de vinho e sorri com tristeza.

Ela era tão bonita e no entanto intocável.

Não era a ética profissional que me continha. Normas promulgadas por algum comitê obscuro de administradores da saúde mental não podiam competir com os sentimentos que essa jovem despertava em mim. Eu não era nenhum Pigmalião, reagindo a uma criatura idealizada que eu mesmo havia produzido. Mas era responsável pela metamorfose que acontecia diante de mim. Vinte quatro horas atrás, ela era uma jovem freira anônima, isolada do mundo, com tudo, salvo as mãos e o rosto, protegido de olhares curiosos por mantos negros e linho branco. Agora ela estava sentada do outro lado da mesa, os cabelos e a face iluminados pelos últimos raios de sol da tarde. Os braços nus, as pernas expostas, os seios mal cobertos por um decote profundo. Ela estava bebendo vinho, tomando sopa de mariscos, rindo e, sim, me provocando. Se ela fosse outra pessoa, se a ocasião fosse outra, eu me permitiria ficar loucamente apaixonado por ela.

Talvez eu já estivesse, mas tinha medo de reconhecer.

— Você não está comendo — ela disse. — Está tã-ã-o bom. Quer um pouco do meu?

De brincadeira, ela me ofereceu uma colherada do seu caldo.

Será que eu teria ido longe demais com ela?, pensei. Ela era, eu não podia esquecer, uma Noiva de Cristo, comprometida pelos seus votos com uma vida inteira de pureza. Eu a havia tirado da santidade do convento, da proteção de suas irmãs e a trouxera aqui para beber vinho e expor sua beleza para todos os homens que passavam.

Quando estendi o braço para pegar a colher, oferecida com tanta alegria, o talher de repente começou a tremer na mão dela. Gotas do caldo vermelho respingaram sobre a toalha. Ela olhava fixo para a marca vermelha nas costas da minha mão.

— O que aconteceu? — perguntei.

— Nada... Eu... sinto muito.

— Está tremendo.

— Estou... estou com frio.

Eu lhe ofereci meu *blazer*. Ela o colocou sobre os ombros, agasalhando-se bem.

— Quer comer lá dentro?

— Não... não — ela disse, o queixo batendo. — Acho que gostaria de ir agora. Você se importa?

Coloquei o braço ao redor da sua cintura e ela se inclinou apoiando-se em mim. Eu sentia seu corpo tremendo.

— *Me siento enferma* — ela conseguiu murmurar para o garçom, que parecia desapontado por mal termos tocado na sofisticada refeição.

Pegamos um táxi de volta para o hotel.

— Quer que chame um médico?

— Não. Vou ficar boa. Acho que só estou exausta.

A explicação fazia sentido naquela hora. Nenhum de nós dois tinha dormido muito nas últimas 24 horas. Eu a ajudei a subir a escada até nossos quartos no segundo andar. Ela se encostou na parede enquanto eu destrancava a porta.

— Tem certeza de que não precisa de um médico?

— Uma boa noite de sono é tudo de que preciso — ela respondeu com voz fraca.

Apesar das minhas apreensões, eu não tinha motivo para não acreditar nela.

Trinta e seis

Minha segunda entrevista com Magdalena aconteceu logo depois do café da manhã do dia seguinte. Ela estava radiante e animada. Exceto pelos círculos escuros sob os olhos, indicando uma noite maldormida, ela parecia plenamente recuperada do mal-estar que a havia atacado durante o jantar. Fechei as janelas e as cobri com um cobertor para abafar ainda mais o barulho da rua.

Embora o bairro Gótico fosse uma área de pedestres, entregas motorizadas eram permitidas na parte da manhã. Eu não queria que o ruído de lambretas e ocasionais gritos de vendedores obstruíssem algum trecho importante da gravação.

Depois de um teste simples de iluminação, foco e nível de som, eu estava pronto para começar.

— Esta é a entrevista número 2 com irmã Mariamme, freira do Convento de las Hermanas del Sangreal. A entrevista está sendo conduzida no Quarto 17 do Hotel Luna, em Barcelona, Espanha. Hoje é quarta-feira, 9 de maio de 2001. A hora local é 8h45 da manhã. Meu nome é Theophanes Nikonos.

Só minha voz estava sendo gravada. A filmadora, que eu havia colocado sobre a mesa entre nós dois, estava focalizada em Magdalena. A imagem no visor era maior do que a tomada padrão *head shot*. Eu queria registrar todas as linguagens corporais que ela mostrasse, que poderiam mais tarde ser examinadas para encontrar sinais de nervosismo ou outros indicadores de possíveis mentiras.

— Lembra-se de onde parou na nossa primeira sessão, irmã?

Ela parecia perfeitamente à vontade, não mais curiosa a respeito da filmadora ou do analisador de tensão na voz.

— Eu estava falando da minha infância em Magdala — ela disse.

Eu fiz um ajuste mínimo no volume enquanto ela falava.

— Estava lhe contando sobre meus pais e como eles viviam, e como eram os meus vizinhos — ela continuou. — Era uma vida muito comum e pacata. Acho que eu era uma criança bem comportada. Eu lhe contei sobre os contadores de histórias profissionais?

— Não, mas gostaria de ouvir.

— Bem, meu pai estava sempre ocupado com o templo, e mais tarde com seus interesses comerciais. Naquela época, era comum os sacerdotes suplementarem sua renda com outras atividades. Ele adquiriu uma pequena frota de barcos de pesca e logo estava embarcando peixes frescos para Canaã e outras comunidades.

— Um sacerdote mercador?

Era uma alteração interessante na sua descrição anterior de Siro, mas que pelo menos o colocava mais de acordo com a tradição. Se ela estava inventando isso, entretanto, atribuir um duplo papel a um sacerdote era uma complicação desnecessária, e que talvez ficasse em aberto para ser confirmada.

— Com todas as suas obrigações, ele ficava muito ocupado, tinha pouco tempo para mamãe e para mim. Então ele contratava um contador de histórias para ir a nossa casa duas vezes por semana. Era uma forma de divertir e educar muito comum naquele tempo. Meu contador de histórias preferido era Achan.

Era um homem idoso e nos contava histórias sobre heróis romanos, sobre César e como as legiões conquistaram as províncias, como os judeus eram gloriosos, o povo escolhido de Deus, e sobre os reis de Israel e os profetas.

Em vez de olhar para ela, eu olhava para a imagem no visor. Ele me dava, pensei, o distanciamento profissional de que eu precisava.

— Minha mãe era a responsável pela minha educação. Seu eu fosse um menino, meu pai teria se encarregado da minha instrução. Mas a educação das meninas ficava sempre a cargo das mães. Tínhamos de aprender tarefas domésticas, como tecer e cozinhar, mas mamãe era uma mulher instruída e queria que eu aprendesse mais do que apenas cuidar da casa. Ela me ensinou a ler e a escrever, a falar não só latim, mas também grego, as duas línguas usadas quase com tanta freqüência quanto o aramaico na nossa região. Quer que eu fale alguma coisa nessas línguas?

— Não. Acho melhor deixar isso para o professor Abramakian. Ele deve chegar lá pelas quatro horas.

Expliquei a razão da sua visita antes de continuarmos.

— Tudo bem — ela falou. Não parecia preocupada em ter um especialista escutando seu aramaico. — Sempre que meu pai estava fora, eu dormia com minha mãe na cama dela. E então uma noite... — Ela fez uma pausa, respirando fundo. — ... Foi muito estranho. Lembro que os criados não me deixaram entrar no seu quarto. Eu a escutava lá dentro, tossindo, e sabia que ela estava doente, mas não me deixavam entrar. Estavam todos muito assustados. Naquela noite, dois criados foram embora. Fugiram. Nunca mais os vi. Quando tentei entrar no quarto da minha mãe, ela gritou para eu me afastar. Eu fiquei sentada diante da sua porta naquela noite, chorando.

"De manhã, meu pai me pegou no colo e me explicou que eu não podia entrar no quarto porque minha mãe não queria que eu ficasse doente também. Mas ele me deixou vê-la e falar com ela do vão da porta. Ela ficou doente quase uma semana. Eu coloquei uma cadeira do lado de fora do quarto e ficava horas sentada ali, observando-a. Às vezes ela cantava para mim com a voz fraca. Lá pelo segundo ou terceiro dia, notei que ela estava vomitando. O que saía de sua boca era uma espuma vermelha, como framboesas. E ela se queixava para meu pai de um inchaço no pescoço. Eu via o inchaço de onde estava. E via que um dos seus braços estava ficando roxo."

O ponteiro do detector de mentiras batia violentamente contra a bucha de borracha no ponto máximo da sua amplitude. Embora ela mantivesse sua voz relativamente calma, a agulha estava registrando um intenso nível de estresse que não era evidente para mim. Eu podia interpretar essa reação do analisador de duas maneiras: a primeira e mais óbvia era como um indicador de blefe, de que ela estava mentindo. Mas não tinha havido nenhum sinal anterior de falsidade durante toda a descrição da sua infância em Magdala, o que sugeria que o aparelho devia na verdade estar confirmando sua história. A escala de fatores de estresse de Holmes-Rahe relaciona alterações de saúde de uma das pessoas da família como um dos fatores mais fortes. A lembrança da grave doença da mãe, por mais distante que fosse, certamente seria a responsável pelo comportamento desenfreado do analisador.

— No quarto dia, meu pai queimou cinco ratinhos dourados em sacrifício. Eu sabia o que isso significava, porque uma amiga tinha me contado que o pai morrera depois que cinco camundongos dourados haviam sido sacrificados. E foi dito e feito, não se passaram sete dias e minha mãe morreu.

O ponteiro do analisador de estresse continuava firme colado no ponto máximo. A morte da mãe estaria no ponto mais alto da escala de Holmes-Rahe.

— Eu fiquei no vão da porta olhando enquanto a embrulhavam na mortalha. Os lençóis da cama estavam encharcados de sangue da hemorragia. Uma grande parte do seu corpo já estava preta. Mais tarde soube que isso é comum na peste, que atacou nossa aldeia naquele verão.

Pelos sintomas que ela descreveu, a "peste" a que se referia era a bubônica, a temida "peste negra", assim chamada porque a pele e os membros ficavam escuros, resultado da necrose dos tecidos devido à formação de coágulos intravasculares e outras interrupções do fluxo sangüíneo. A morte provocada pela peste chega rápido e com muito sofrimento, em geral em questão de dias, como Magdalena descrevera. Observar a mãe sofrendo as agonias da peste negra e ver o resultante cadáver descorado seriam um acontecimento terrivelmente traumático para qualquer criança. Infelizmente, essa era a causa mais comum de morte naquela época.

— Ela foi enterrada no dia seguinte. Seu quarto foi limpo, lavado, suas roupas foram queimadas, que era o ritual de costume quando alguém morria de peste. Não restou nada seu em casa como recordação. Nenhum lenço, nenhum manto, nenhuma sandália. Tudo foi queimado. Só ficou um quarto vazio onde ninguém pôde dormir durante dois meses. A única lembrança que eu tinha de minha mãe era seu túmulo, que eu visitava todos os dias.

Exceto por um ocasional tremor na voz, Magdalena não demonstrava nenhum sinal externo de emoção enquanto contava a história.

Mas quis um copo de água mineral antes de continuar.

— Eu visitei seu túmulo todos os dias durante meses... talvez até anos. Não lembro exatamente. Alguma coisa aconteceu comigo depois da sua morte.

Muita coisa ficou nebulosa. Lembro de rezar para os deuses, os deuses romanos, os deuses gregos, a Moisés, a Jeová e a todos que me passassem pela cabeça... pedindo que me devolvessem minha mãe. Sempre que eu ia ao cemitério, tinha esperanças de que ela estivesse ali viva de novo, sentada nas pedras, esperando por mim de braços abertos. Eu costumava conversar com ela em casa, como se ainda estivesse viva.

O que ela estava descrevendo, a recusa em aceitar a inevitabilidade da morte, fazia parte do processo de luto. Para um adulto, esse comportamento pode parecer um tanto exagerado. No caso de uma criança que é filha única e perdeu a mãe, não deve ser nada de tão extraordinário.

— Foi assim por muitos e muitos meses — ela continuou. — Eu deixei de ver minhas amigas. Quase não comia. Fiquei muito magra. Sentia que estava ficando cada vez mais fraca, mas não me importava. Não conversava com os criados. Mal falava com meu pai. E então, um dia, quando estava rezando no túmulo da minha mãe, comecei a sangrar.

Ela bebeu mais um gole de água. A agulha do detector iniciou mais uma vez a oscilação violenta.

— Pensei que o sangramento era um sinal dos deuses de que iam me levar para junto de minha mãe. Fiquei tão feliz! Observei a mancha de sangue aumentando na minha túnica. Não saí de perto do túmulo dela a tarde toda e até o começo da noite, sangrando aos poucos. Meu pai apareceu com dois criados. Eu lhe disse que estava morrendo, que estava feliz porque finalmente ia ver minha mãe. Ele colocou um pedaço de pano entre as minhas pernas e me pegou no colo. Ah, como eu lutei. Eu não queria sair de perto do túmulo da minha mãe. Gritei e chorei o caminho todo até em casa. Uma das criadas me levou até o meu quarto e explicou que eu não ia morrer, que era perfeitamente normal que meninas da minha idade começassem a sangrar em determinadas épocas do mês. Mas eu não acreditei nela. Sabia que estavam mentindo para mim. Que estavam tentando impedir que eu fosse ver minha mãe.

Como psicólogo, eu estava fascinado e horrorizado com o relato. Uma criança que associa a morte hemorrágica da mãe com o súbito aparecimento da sua primeira menstruação pode sofrer conseqüências psicológicas devastadoras.

— Disseram que eu estava impura e me trancaram num quarto escuro durante cinco dias. Eu chorei e chorei mas disseram que era a lei judaica.

Essas atitudes com as mulheres menstruadas não faziam parte apenas de antigas leis judaicas, eu sabia, mas eram típicas de muitas culturas, e são praticadas até hoje entre povos tão diversos como as tribos primitivas da Nova Guiné e da floresta tropical amazônica.

— Estranhas coisas começaram a acontecer comigo naquele quarto — ela continuou. — Vi meus braços e pernas ficarem pretos, como os de minha mãe. Escutei vozes me dizendo que eu estava sendo castigada. De noite, escutava Satanás rindo de mim, e não conseguia dormir. As vozes diziam que minha mãe tinha morrido por minha culpa, que eu não a havia amado o suficiente. Tinha uma criatura hedionda sentada num canto do meu quarto... eu não sabia se era humana ou animal porque estava escuro, mas ela observava cada movimento meu.

O que Magdalena estava descrevendo era quase um caso típico da evolução de uma depressão comum, cuja etiologia tinha origem na morte da mãe, para um grande episódio depressivo com características psicóticas. O início, com a chegada da puberdade, era muito significativo. Episódios depressivos são duas vezes mais freqüentes nas mulheres do que nos homens, sendo que o fator de risco maior é o período que cerca as primeiras menstruações. Sem a presença da mãe para explicar o que estava acontecendo, a ocorrência venceu os mecanismos de defesa já frágeis da jovem adolescente.

— Tentei me matar — ela disse em voz baixa.

Idéias suicidas são o nono e último sintoma da depressão psicótica.

— O suicídio era um meio de ir para perto da minha mãe.

Até minha garganta estava seca. Sem tirar os olhos do meu equipamento de gravação, dei um gole na água mineral.

— Achei a idéia de morte muito atraente — ela continuou. — A morte seria uma forma de escapar de uma vida que tinha se tornado insuportável. Eu pensava nisso todos os dias, e até tentei conversar com meu pai a respeito. Lembro de lhe pedir certa vez para me ajudar a me matar. Ele ficou muito preocupado. Não zangado, veja bem, mas preocupado com o que estava acontecendo comigo. Ele mandou vir médicos, alguns de lugares distantes como Jerusalém. No princípio, eles disseram que era um problema "do coração", que eu era apenas uma jovem que não conseguia superar a perda da mãe. Disseram que ia passar.

A agulha do detector de mentiras voltou para a posição "normal".

— Não lembro de muitos acontecimentos específicos nos anos seguintes. Tudo parece envolto numa névoa distante, como se meus atos pertencessem a outra pessoa. Eu dormia muito pouco, e quando pegava no sono acordava exausta. Disseram-me que eu costumava andar pelas ruas de Magdala de noite, às vezes chorando, às vezes chamando baixinho por minha mãe. Lembro, sim, de ouvir vozes sussurrando o tempo todo, como um comentário contínuo que eu não conseguia desligar. As vozes falavam de mim, às vezes discutindo a meu respeito. Não tenho idéia do que diziam, mas quando eu me virava para olhar, não tinha ninguém. Em outras ocasiões, eu via estranhas criaturas, assustadoras, à espreita, no escuro. Eu tinha medo de sair, mas estava assustada demais para ficar no meu quarto, onde podia facilmente ser apanhada numa armadilha. Minha mente parecia envolta numa névoa densa. Acho que as criadas me vestiam e, às vezes, até me alimentavam contra a minha vontade.

O que Magdalena estava descrevendo era nada menos do que um ataque de loucura. Mas não havia nenhuma histrionice acompanhando seu assustador relato; nenhuma emoção fingida ou tentativa dramática que um charlatão usaria para convencer os outros do medo que sentia ao ver aquelas terríveis criaturas de noite. Era uma exposição simples, direta, de fatos que, segundo ela dizia, poderiam estar acontecendo com qualquer pessoa. Esse "efeito de despersonalização" era uma cortina de proteção bastante comum nos depressivos recuperados, salvaguardando-os dos horrores de seu passado.

— As pessoas de Magdala me diziam que eu estava possuída. Os médicos diziam para meu pai que eu tinha sete demônios dentro de mim.

Finalmente, tínhamos chegado a um terreno familiar. Os "sete demônios" eram as famosas palavras do Novo Testamento que tinham sido deturpadas ao longo do tempo para manchar a reputação de Maria Madalena. Aguardei para ver se a jovem freira passaria agora para a conhecida história de Maria Madalena como uma pecadora e prostituta, talvez usando seu passado triste como uma desculpa para o mau comportamento. Embora imortalizada por séculos de arte e literatura religiosa, eu sabia que a história era uma mentira, e qualquer tentativa de recontá-la agora a marcaria de imediato como uma fingida.

— Anos mais tarde, meu pai disse que mandou chamar curandeiros, mágicos, sacerdotes, astrólogos... qualquer pessoa que ele achava que pudesse me ajudar — ela falou. — Todos falharam. Ele me contou sobre sua aflição vendo que eu piorava. O povo da aldeia fugia de mim. As crianças atiravam pedras em mim. Meu pai mandou uma criada me seguir para garantir que não me fizessem mal.

Ela teve sorte, eu pensei, em ter um pai tão amoroso. Nos tempos bíblicos, as pessoas com distúrbios mentais eram temidas até por suas famílias pelos danos físicos que podiam ocasionar, assim como a vergonha que causavam. Quem sofria de distúrbios mentais era muitas vezes repudiado por seus parentes, abandonado vagando sem teto até ir parar no deserto e morrer. Não muito diferente de como os doentes mentais são tratados por suas famílias hoje em dia.

— Tinha dias em que meu corpo coçava e eu achava que estava sendo consumida por insetos. Eu me arranhava e arrancava as roupas. Outras vezes, eu embrulhava com cuidado meus braços e minhas pernas para impedi-los de apodrecer. Durante o dia, eu tinha medo que o sol caísse do céu e me queimasse. De noite, eu pensava que o sol jamais voltaria a aparecer. Eu vivia sempre com medo de que as pessoas da cidade estivessem planejando me matar. Eu escutava seus sussurros, até quando estava sozinha em meu quarto. Tinha medo até de que as atitudes do meu pai fizessem parte de uma trama para me fazer mal, que ele é que tinha matado minha mãe, e que todos os curandeiros e mágicos que ele contratava um dia me matariam também.

Sem tratamento, a depressão grave em geral leva à morte prematura, seja pela realização de idéias suicidas ou como resultado de doenças físicas que surgem com a incapacidade de manter padrões mínimos de saúde.

— Meus temores me fizeram sair da minha própria casa. Abandonei meu pai e fui morar numa caverna fora da cidade. As criadas vinham todos os dias colocar comida na minha porta, mas eu achava que estavam querendo me envenenar. Eu me alimentava de frutinhas silvestres e do que roubava dos jardins. Acho que algumas mulheres da aldeia com pena de mim deixavam algumas sobras de vegetais nos seus jardins; não fosse isso, não sei como teria sobrevivido.

Era um estilo de vida não muito diferente dos sem-teto de hoje, a grande maioria deles também sofrendo de vários distúrbios mentais.

— E então, um dia, meu pai chegou com um novo curandeiro.

Os olhos dela focalizaram um ponto no espaço atrás de mim. Seus lábios se abriram num sorriso luminoso. Eu esperei, já prevendo o que ela ia dizer.

— Seu nome era Jesus.

Trinta e sete

— Ele parou na entrada da caverna e estendeu os braços para mim. No princípio, fiquei com medo. Ele era um estranho, não era da nossa aldeia. Pensei que estivesse ali para me fazer mal. Recuei mais para o fundo da caverna. Então ele me chamou pelo nome. — Seus olhos se arregalaram, como se ainda estivesse abismada com a lembrança. — Ele disse meu nome e os sussurros dentro da minha cabeça de repente pararam. Ele disse meu nome de novo, e eu não sentia mais medo. Aproximei-me dele, então. Fui até ele e olhei no seu rosto e nos seus olhos pude ver que eu estava curada. Compreende, Theo? Ele não falou nada, exceto meu nome, e eu fiquei curada! Não tinha mais medo. Os sete demônios tinham desaparecido.

Relaxei na cadeira, estranhamente aliviado por ela ter evitado a armadilha inventada por líderes religiosos há muito falecidos.

O Evangelho de Lucas havia, inocentemente, descrito vários dos seguidores de Cristo como... *algumas mulheres que tinham sido curadas; Maria chamada Madalena, de quem saíram sete demônios...* Em si, a referência aos "sete demônios" não tinha muita importância, sendo nada mais do que a descrição do século I de uma doença mental específica.

Mas no século VI, na basílica de São Clemente, em Roma, o papa Gregório, o Grande, cometeu uma das maiores calúnias da história do cristianismo quando declarou que Maria Madalena era a mulher pecadora que Lucas descrevera em outro lugar; que os "sete demônios" significavam "todos os vícios" e que a Madalena "usava ungüento para perfumar o corpo em atos proibidos".

A partir de então, teólogos e autoridades da Igreja usaram implacavelmente a expressão "sete demônios" para difamar o passado de Madalena, retratando-a como uma prostituta, uma mulher da rua cujos pecados foram perdoados por Cristo. Foi uma caracterização tão bem aceita que ela se tornou a santa padroeira das prostitutas, e os lares para prostitutas recuperadas ficaram conhecidos na Inglaterra como "casas de Madalena".

Mas quando Magdalena se referia às suas lembranças de uma vida passada, nem uma só vez sequer ela deu a entender algum interesse por atividades lascivas, muito menos por pecados de qualquer natureza. Pelo contrário, ela descreveu uma torturada depressão da qual Jesus a salvou.

Somente nos dias recentes é que os estudiosos concluíram, e a Igreja Católica concordou, que os "sete demônios" de Lucas significavam problemas mentais relacionados com grave depressão. Era bem possível que Magdalena soubesse disso, e estivesse usando essa interpretação mais verdadeira para me impressionar. Mas, ainda assim, isso não explicava seu relato assustadoramente detalhado, e clinicamente preciso, não apenas da etiologia e dos indicadores de um sério episódio depressivo, mas do concomitante declínio para um comportamento psicótico. Sua descrição de como o povo da Judéia reagia a esses casos também correspondia ao que os psicólogos sabem sobre o tratamento das pessoas mentalmente perturbadas nos tempos antigos. E, é claro, havia o testemunho mecânico do analisador de tensão vocal, que reagia sempre no momento certo. Se ela era uma fraude, estava se revelando uma especialista nisso. Especialista o bastante para me fazer desejar ouvir mais sobre as suas "memórias".

Tínhamos chegado a um ponto crítico nas nossas entrevistas. Tudo que ela dissera até então fora um prelúdio, um panorama interessante mas relativamente monótono que mais tarde poderia ser confirmado por peritos. O que eu realmente queria escutar era o que ela tinha a dizer sobre o relacionamento com Jesus. Esse era o mistério central de Maria Madalena: o que muita gente achava que havia sido suprimido desde a morte de Cristo.

Por mais ansioso que eu estivesse, entretanto, essas revelações teriam de ficar para depois.

Magdalena estava emocionalmente exausta. Tínhamos trabalhado três horas sem parar. Estávamos ambos famintos. E ainda tínhamos a sessão marcada para aquela tarde com o professor Abramakian. Por mais que eu quisesse continuar, percebi que era hora de dar a sessão por encerrada.

Escancarei as janelas, deixando o sol quente do verão inundar o quarto. Lá fora, as ruas estreitas do bairro Gótico já estavam se enchendo de turistas e compradores. Aderimos à multidão da hora do almoço, abrindo caminho pelo mercado das flores na Rambla, parando para rir dos mímicos em suas bizarras fantasias pintadas de ouro e prata. Atravessamos a Boqueria, o mercado mais antigo de Barcelona, e encontramos um pequeno restaurante barulhento nos fundos onde nos acomodamos para um almoço descontraído na base de *fritura mixta* e *vino blanco*. Ela estava vestida de preto hoje. Nada parecido com o modesto hábito negro que as freiras vestem, mas um suéter preto colado no corpo, calças compridas pretas e sapatilhas rasas pretas. Sua roupa era de um tecido elástico que aderia tão bem ao corpo que revelava cada curvinha e reentrância da sua anatomia. O vestuário vagamente erótico atraía olhares de admiração, alguns bastante ousados, dos homens que passavam. Essas reações pareciam agradar a Magdalena. Francamente, eu sentia um prazer culpado em acompanhar uma mulher que os outros homens achavam tão atraente.

Depois do almoço, estávamos dando um passeio pela Rambla quando notei um rosto familiar que me olhava na primeira página de *El Periodico*, um jornal de Barcelona. O rosto era o meu; a fotografia era uma das que a Guardia Civil havia tirado durante meu interrogatório. Comprei um exemplar e me afastei logo dali, esperando que o jornaleiro não fizesse a associação. De volta ao hotel, abri o jornal. *"Deseado!"*, dizia a manchete sobre a minha foto.

— Quer dizer "Procura-se" — Magdalena traduziu. Debaixo da fotografia havia um subtítulo em negrito: *Búsqueda del fugitivo para bombardeo del terrorista y de la monja que secuestrean.* As palavras sinistras me foi possível reconhecer mesmo antes da tradução de Magdalena. — Diz "Fugitivo procurado por explosão de bomba terrorista e... — ela parou, antes de continuar intrigada — ... e seqüestro de freira".

Em silêncio, ela leu o resto do artigo.

— Estão falando de mim — disse. — Não me identificam pelo nome, mas sou eu. A Guardia pensa que você me seqüestrou! Que terrível engano!

— Não tive nada a ver com a bomba.

— Claro que não. E também não me seqüestrou. Estou aqui de livre vontade. Devemos entrar em contato com eles. Tenho de lhes dizer que não fui seqüestrada.

— E depois? — perguntei. — Acha que vão acreditar em você? Vão achar que eu a forcei a mentir ou que você foi uma vítima da "Síndrome de Estocolmo".

— Mas eu não sou de Estocolmo.

Eu tinha esquecido o quanto ela estava afastada dos marcos culturais do mundo moderno.

— Síndrome de Estocolmo é o vínculo de solidariedade que muitas vezes acontece entre um refém e o seqüestrador. Se você tentar me defender, vão supor que é vítima dessa síndrome. Mesmo que acreditassem em você, eles me prenderiam por causa da bomba e a mandariam passar o resto da sua vida numa cela acolchoada do Santa Dymphna. Vamos esperar que ninguém me reconheça e ligue para a Guardia.

Eu tinha planejado curtir a tradicional *siesta* do meio-dia depois do almoço. O artigo no jornal tornou isso impossível. Quando Magdalena voltou para o quarto, deitei-me na cama, os olhos arregalados, analisando minha difícil situação. Então, agora eu era um fugitivo. A fotografia devia ter sido enviada para os jornais de todo o país, escaneada, digitalizada e distribuída instantaneamente pelos computadores da Guardia Civil. Policiais, guardas de segurança e a população paranóica estariam procurando por mim, examinando o rosto de todos os estrangeiros suspeitos em busca de traços semelhantes aos meus. O artigo que acompanhava a fotografia dizia com detalhes como eu era perigoso. A bomba terrorista de Valência, que sugeria que eu talvez tivesse algum vínculo com a organização basca ETA, tinha resultado em duas mortes. Um dos dois homens mortos, segundo o artigo do jornal, ainda não fora identificado. Não contente com o assassinato de inocentes, o jornal noticiava que eu também havia cometido o sacrilégio de raptar uma freira, cujo nome não era mencionado, do Convento de las Hermanas del Sangreal. Era possível, eu pensei, que o seqüestro de uma freira despertasse mais indignação entre os espanhóis do que a explosão da bomba. Devia ser por isso que Velarde acrescentara mais essa acusação.

O som de passos pesados subindo as escadas colocou-me em estado de alerta. Escutei quando os passos pararam na frente da minha porta. A madeira frágil estremeceu sob os nós dos dedos do meu visitante. Atravessei o quarto de mansinho para espiar pelo olho mágico.

O homem lá fora era mais baixo do que eu esperava, sua cabeça mal chegava ao nível do olho mágico. Era um sujeito magro, agitado, vestindo um terno marrom, camisa branca e gravata preta estilo borboleta. Sua bagagem de couro curtido descansava no chão ao seu lado.

Ele bateu de novo na porta, mais impaciente desta vez.

— Sr. Nikonos? — ele chamou. — Sou o professor Abramakian.

Aliviado, abri a porta.

— Bem-vindo a Barcelona — eu disse. Sua mão era mole e pegajosa quando a apertei. — Como foi o vôo?

— Cansativo. Muito cansativo. — Ele olhou para o quarto atrás de mim, procurando ver quem mais estaria ali comigo. — Estou muito cansado da minha longa viagem. Tive de trocar de avião em Genebra, o senhor sabe.

— Sim, o senhor mencionou isso ao telefone. Como estava o tempo? — Eu esperava que ele não tivesse visto os jornais de Barcelona no aeroporto.

— Estava chovendo como sempre em Genebra, o que causou certo atraso. Acho que me resfriei.

Isso explicaria por que sua voz soava diferente. Ele ainda pronunciava suas palavras com precisão, como fez ao telefone, mas a ênfase professoral diminuíra.

— Carregar suas malas pelo bairro Gótico não ajudou — eu falei erguendo as duas malas de couro. Uma parecia mais uma maleta grande. Na outra cabiam dois ternos e pequenos itens, com as etiquetas da companhia aérea ainda intactas. — Eu deveria ter lhe dito que era um bairro de pedestres.

— Está tudo bem — ele suspirou. — Só preciso recuperar o fôlego. Posso me sentar? — Ele afundou numa das duas cadeiras do quarto antes que eu pudesse responder. — Tem água?

Eu lhe ofereci uma garrafa de água mineral. Suas mãos tremiam no esforço para abri-la. Ele parecia nervoso, por algum motivo.

— Estou realmente exausto — repetiu quando notou que eu observava seus movimentos. — Mas gostaria de começar logo. Onde está essa jovem de que me falou?

Eu bati na parede. Era o meu sinal pré-combinado para Magdalena vir para o meu quarto.

Terminadas as apresentações, ele escancarou a mala menor no colo e começou a remexer no conteúdo. Retirou uma Polaroid antiga, um gravador bastante usado e um grande bloco de papel tamanho ofício amarelo. Examinou cada item cuidadosamente, como se nunca os tivesse visto antes. Tive de sorrir. Eram os movimentos de um típico professor distraído. Depois de se atrapalhar um pouco, ele conseguiu tirar uma foto de Magdalena. Sem nunca ter estado exposta à televisão ou à mídia de massa, ela não tinha idéia da quantidade de brinquedos de consumo aos quais o público nem presta mais atenção. Para uma mulher que nunca se viu numa fotografia, o conceito de fotografia instantânea parecia quase um milagre.

— Posso ficar com ela? — perguntou. Deu um salto e, como uma criança encantada, comparou a imagem no papel com seu reflexo no espelho.

O professor Abramakian achou graça na reação dela e concordou. Ele a fez pousar para mais algumas fotos, close-ups, perfis e corpo inteiro, e até tirou umas fotos de mim.

O nervosismo inicial desapareceu logo. À medida que se sentia mais à vontade conosco, ele se acalmou e começou a assumir o controle da situação. Abriu o gravador, colocou uma fita cassete e testou o volume. Quando comecei a armar minha filmadora e meu analisador de tensão vocal, ele protestou.

— Nada de vídeo — ele disse. — Nenhum equipamento de gravação ou eletrônico de qualquer tipo exceto os meus. Foi isso que combinamos por telefone.

— Não me lembro disso — falei.

— É o procedimento de praxe — ele continuou. — Esta é minha sessão, e procederemos de acordo com as minhas regras. E agora pode sair do quarto, por favor.

Magdalena olhou para mim, surpresa e um tanto assustada. Ficar sozinha num quarto com outra pessoa que não fosse eu parecia não lhe agradar. Eu também não gostei da idéia.

— Não — eu disse. — Eu fico.

Coloquei-me num canto atrás do professor, de onde pudesse observar sua técnica de entrevista sem atrapalhar muito.

— Sr. Nikonos — ele objetou. — Como profissional, certamente o senhor compreende que é necessário privacidade numa sessão como esta.

— O senhor não é médico. Não é psiquiatra, nem advogado. Pelo que sei, professores de lingüística não estão protegidos pelas normas de privacidade profissional. Esta entrevista não acontece sem minha presença.

— O senhor me coloca numa posição difícil — ele falou. — Vim do Líbano até aqui para me encontrar com esta jovem.

— Minhas regras — eu disse. — Eu fico.

— Acho que não tenho outra opção — ele aceitou. E voltando-se para Magdalena: — Tudo bem, senhorita, por favor diga seu nome.

— Meu nome é irmã Mariamme.

— *Irmã* Mariamme? Mas a senhorita não parece uma freira... quero dizer, não está vestindo...

— É uma longa história — interrompi. — Não se preocupe com isso, vá em frente, professor.

— Tudo bem. Pode me dizer a data e o local do seu nascimento, irmã?

— Disseram-me que nasci no dia 22 de julho de 1982...

Parte do mito, pensei. Em 22 de julho comemora-se o dia de Maria Madalena.

— ... Quanto a onde nasci, não sei — ela falou. — Disseram-me que fui levada para o convento quando tinha dois meses de idade.

— O nome da sua mãe?

— Não conheci minha mãe.

— E do seu pai.

— Não o conheci, também.

— Tem tias, tios, algum parente vivo que seja do seu conhecimento?

— Não. Já lhe disse, fui deixada no convento com dois meses de idade.

Ela estava ficando aborrecida. O analisador de tensão vocal, se estivesse ligado, estaria no ponto máximo.

— Tem alguma idéia de onde nasceu? Foi na Espanha? Ou foi na França?

— Não sei — ela olhou de novo para mim. — Por que ele está me fazendo todas essas perguntas, Theo? É mesmo necessário tudo isso?

Antes que eu pudesse responder, o professor Abramakian deu a explicação:

— Antes de testar suas habilidades lingüísticas, precisamos documentar sua história lingüística. O lugar onde nasceu e as línguas que seus pais falavam são fundamentais para qualquer análise que eu possa fazer.

Pareceu lógico para mim. Concordei, sinalizando para Magdalena que ela devia continuar.

— Não sei onde nasci — ela falou. — Não sei onde meus pais nasceram. Não sei se estão vivos ou mortos, ou por que fui deixada no convento.

— Não sabe nada sobre seu nascimento, no entanto tem certeza de que é a reencarnação de Maria Madalena?

— Ei!, um minuto — interrompi. — Esta pergunta não interessa. Não tem nada a ver com o motivo pelo qual o senhor está aqui.

— Perdão — o professor rapidamente se desculpou com Magdalena. — Seu amigo está certo. Eu não deveria ter perguntado isso.

— O senhor nem deveria saber disso — eu falei, de repente desconfiado. — Nunca falei sobre esse assunto com o senhor.

— Deve ter sido o padre Serrano que me contou — ele respondeu sem se virar para olhar para mim. — Nós tivemos algumas conversas antes, o senhor sabe.

— Nesse caso, o senhor já deveria saber que ela era uma freira. Por que pareceu surpreso quando eu lhe disse isso?

— Estava apenas tentando ser gentil. — Ele deu de ombros. — Achei que estava lhe fazendo um elogio observando sua beleza. Veja, era exatamente por causa dessas distrações que eu queria conduzir esta entrevista em particular. Agora, com sua licença, posso continuar?

— Prossiga.

— Quem cuidava da senhora no convento?

— Muitas freiras ajudavam, mas a que foi como uma mãe para mim era irmã Generosa. Eu estava sempre do seu lado. Ela foi minha babá, minha professora, minha amiga, até minha companheira de brincadeiras.

— Ela a ensinou a ler e escrever?

— Sim.

— E que idiomas a irmã Generosa falava?

— Espanhol. Só espanhol.

— Tem certeza?

— Ela falava *castellano* puro. Ela dizia que era a língua da grande rainha Isabel, a Católica, e se recusava a falar qualquer outro idioma ou dialeto. Ela era de Toledo, e se orgulhava disso.

— E as outras freiras que estavam no convento quando a senhora era criança? Que línguas elas falavam?

Era uma linha interessante de indagação, pensei. Cobria quase todo o terreno que eu havia discutido com o padre Serrano, mas o professor sondava com mais detalhes, e eu podia escutar as respostas diretamente de Magdalena.

— Elas falavam espanhol, é claro, em todos os dialetos. Mais o catalão, o português, o *euskadi*, que é a língua dos bascos. Também italiano, francês e uma ou duas falavam alemão. Ah, e inglês, também. Sem dúvida alguma, o inglês era a segunda língua mais comum.

— E o hebraico?

— Não. Durante 500 anos, desde que os judeus foram expulsos da Espanha, ninguém no convento falou hebraico.

— Exceto a senhorita — o professor disse. — Diz que sabe falar em hebraico.

— Sim, mas não falo no convento, porque ninguém compreende a não ser eu.

— Pode por favor dizer alguma coisa para nós em hebraico?

— O que quer que eu diga?

— Qualquer coisa que lhe vier à cabeça. Vou gravar o que disser, portanto pode continuar falando em hebraico por no mínimo dois minutos? — Ele conferiu no relógio. — Gravando... agora!

Ela começou a falar, primeiro lentamente depois com mais rapidez, numa língua suavizada com sons sibilantes. Eu não compreendi uma só palavra. Sem uma filmadora para rever, não posso mostrar nem mesmo algo parecido. Não obstante, ela continuou por dois minutos até que o professor a cortou aparentemente no meio de uma frase. Em seguida ele lhe entregou um bloco de folhas de papel em branco sem pauta para que ela anotasse o que tinha dito. Ela cuidadosamente estampou duas páginas com letras que me fizeram lembrar os jornais judeus que tinha visto.

— Gostaria que eu dissesse a mesma coisa em aramaico? — ela perguntou num tom surpreendentemente cooperativo.

O professor Abramakian concordou logo. Seguiu-se o mesmo procedimento, primeiro verbal e depois escrito.

— É claro, essas línguas são bastante parecidas — ele disse.

Com um menosprezo um pouco excessivo, pensei.

— De certo modo, sim — Magdalena concordou. — São ambas línguas judaicas, mas o aramaico era a língua dos essênios e era falada por Jesus, meu Cristo.

Freneticamente, sinalizei para ela com o olhar para não levar mais adiante esse assunto.

— Quer me testar em alguma outra língua? — ela perguntou naquela inflexão que agora eu reconhecia como sendo seu tom de brincadeira.

— Soube que também fala latim.

A resposta veio em latim, uma língua que eu tinha estudado no vestibular. Algumas palavras eram-me vagamente familiares, as que explicavam que ela sabia falar e escrever em latim. Mas eram ditas rápido demais para mim, faladas com a segurança de alguém que aprendeu a língua quando criança. E conforme ela foi oferecendo a Abramakian seus dois minutos de idioma gravado, pensei detectar um certo riso na sua voz, como se ela considerasse tudo uma espécie de brincadeira. A pedido dele, ela de novo escreveu o que tinha dito, com tanta rapidez e facilidade como alguém que estivesse mandando um bilhete para uma amiga.

Abramakian olhou para o papel escrito, concordou com um movimento de cabeça e o colocou na sua maleta junto com os outros.

Ele a interrogou em grego, uma língua que, graças aos meus pais, me era mais familiar. Mas, como tinha acontecido com o latim, ela falava tão rápido e com um sotaque tão diferente que tive dificuldade para acompanhar. Muitas palavras eu nunca tinha escutado antes. Eram termos arcaicos? Parte da língua que ficou adormecida desde os tempos bíblicos? Desejei que Abramakian usasse seu conhecimento dessas línguas para explorar essa possibilidade. Seu questionamento preliminar tinha sido hábil, mas agora ele parecia ter escorregado para um modo neutro, sem desafiá-la nem tentar esmiuçar nada do que ela dizia. Não era o tipo de teste lingüístico que eu esperava dele. Só me restava supor que ele estivesse obtendo informações suficientes com as falas de dois minutos e as provas por escrito para fazer sua análise.

Ele pediu que ela repetisse o exercício em protoprovençal, que me pareceu um lapso da sua parte. Esse nome, conforme explicara Serrano, era um título moderno aplicado ao dialeto que fora um precursor do antigo provençal. Magdalena não tinha idéia do que ele queria dizer com "protoprovençal", até ele explicar que queria que ela falasse no dialeto local usado na Gália na época dos romanos.

A essa altura eu estava ficando impaciente com o comportamento de Abramakian. Não conseguia entender por que ele não a testava ou desafiava. Acho que estava esperando que ele pelo menos travasse com ela uma conversa espontânea em uma ou mais línguas. Como qualquer professor de línguas sabe, a conversação é a maneira mais segura de determinar a competência num idioma estrangeiro. O relato de dois minutos era uma breve recitação que poderia ter sido memorizada com antecedência. Eu não estava muito certo do que isso de fato provava. E eu também estava interessado na análise vocabular histórica. Abramakian não procurou determinar se o conhecimento dela sobre as línguas limitava-se apenas a essas palavras que teriam sido usadas nos tempos da Bíblia. Para um homem que Serrano descreveu como sendo fluente em diversas línguas semíticas, o professor parecia excepcionalmente desinteressado em travar com ela uma conversação direta, muito menos demonstrar sua capacidade lingüística com no mínimo algumas palavras em hebraico.

Quando o vi fechar a maleta, não consegui mais me conter. Fui com ele até o corredor, onde Magdalena não pudesse escutar, e falei sobre minhas apreensões.

Ele sorriu e explicou por que não achava necessário questioná-la do modo como eu descrevia.

— Essas perguntas seriam inúteis — argumentou. — Para falar a verdade, toda essa viagem se revelou uma perda de tempo e dinheiro para mim. Eu não preciso analisar as fitas gravadas para lhe dar minha opinião de especialista.

Não era o momento para o meu telefone celular preso no cinto começar a tocar. O professor pareceu surpreso com a interrupção. Conferiu a hora no relógio com impaciência, como se desejasse ter certeza de não perder mais nem um minuto do seu precioso tempo. Desliguei o telefone, não desejando aborrecê-lo ainda mais.

— Sinto muito. Sr. Nikonos — ele disse, afastando-se de mim. — Não sei por que sua freirinha está fazendo isso, mas ela está brincando com o senhor. Parece que ela só tem um conhecimento rudimentar dessas línguas. Ela conhece poucas palavras, principalmente em grego e latim, que podem ser facilmente adquiridas com um pouco de estudo.

Ele já estava com as malas na mão e se dirigia para a escada.

— Ela é uma fraude — ele anunciou por cima do ombro. — Ela é uma fraude.

Trinta e oito

Não restava mais nada a dizer, pensei.

Se Madalena estava mentindo ao dizer que falava essas línguas, o que mais ela estaria inventando? Como eu poderia acreditar nas suas palavras? Aquelas histórias sobre a antiga Judéia? Tudo ficção. A descrição dos "sete demônios", que eu, na minha vaidade, diagnostiquei de imediato como um grave episódio depressivo com características psicóticas? Uma rocambolesca invenção. Eu estava lidando, na melhor das hipóteses, com uma jovem delirante que vivia num mundo de fantasias. Embora as autoridades da Igreja pudessem estar exagerando quando resolveram interná-la numa instituição para doentes mentais, era óbvio que já haviam chegado à mesma conclusão. Que idiota fui, interferindo nos seus esforços para solucionar o problema.

Depois de me desiludir com seu pronunciamento, nosso visitante não perdeu mais tempo. Eu o vi desaparecer escada abaixo. Pode ter sido uma indelicadeza sua não se despedir de Magdalena mas, naquelas circunstâncias, era perfeitamente compreensível.

Fiquei no corredor muito tempo, tentando entender. Um dos aspectos mais complicados era o envolvimento de padre Serrano. Um psiquiatra com muito mais experiência em distúrbios mentais do que eu deveria ter reconhecido os delírios da cliente. Não me consolava o fato de ele ter sido enganado com a mesma facilidade com que eu fui.

A pior de todas as hipóteses, a que eu não queria acreditar, era a de ter sido vítima de uma brincadeira de mau gosto, cometida pelos dois. Uma brincadeira na qual eu fora chamado para representar um papel específico. Afinal de contas, o que foi o contato inicial entre o seio dela e minha mão, se não uma forma de me escolher no meio dos muitos turistas na catedral? Visto por essa perspectiva, a carta endereçada ao padre Serrano era uma forma descarada de me colocar nas mãos dele, quando ele iria me enganar com sua história de intrigas na Igreja. Mas, com que finalidade?, eu me perguntei. Por que motivo? E que papel pretendiam de mim?

A essa altura eu não estava apenas desiludido, mas totalmente confuso.

Pelo vão da porta entreaberta eu podia escutar Magdalena cantarolando uma melodia desconhecida, mas estranhamente obsessiva. Quando entrei no quarto, sua cadeira estava virada para a janela, deixando parte do seu rosto na sombra. Seu sorriso se apagou ao ver minha expressão.

— O que aconteceu, Theo? — ela perguntou.

De início, eu não sabia o que dizer. Não queria mentir e fingir que estava tudo bem. Também não queria acusá-la de mentir para mim, coisa que eu tinha certeza levaria a uma cena desagradável.

— Está preocupado com alguma coisa? — ela quis saber. E em seguida, com rapidez: — É alguma coisa que esse homem lhe disse?

Ainda confuso, estudei seu rosto, procurando algum sinal de dissimulação.

— Não gostei desse homem — ela disse. — Não confio nele.

Seria isto uma pista? Atacar o mensageiro era um método tradicional de desviar a atenção de uma verdade desagradável.

Eu não via o mais leve sinal de malícia na sua expressão. Ela me olhava com o mesmo ar ingênuo, vulnerável, que havia mostrado em nosso primeiro encontro. Infelizmente, os sorrisos mais inocentes muitas vezes mascaram os distúrbios mais perturbadores.

— O que vocês estavam conversando lá fora? — ela perguntou preocupada. — Estavam falando de mim?

— Só um segundo — eu pedi. O telefone celular tinha me interrompido no corredor. Agora eu o usava como desculpa para não lhe dar uma resposta imediata. — Preciso retornar uma ligação.

O número no visor de cristal líquido era local. Apertei a tecla e recebi uma resposta quase imediata de alguém que pelo visto estava aguardando impaciente minha chamada.

— Alô!

A voz parecia familiar.

— Aqui é Theo Nikonos. Estou retornando sua ligação.

— Theo! Finalmente consigo falar com você! Está acontecendo uma coisa terrível!

Ele não precisou me dizer quem era. O tom professoral da voz era a mesma que eu tinha escutado vociferar numa ligação telefônica ruim ontem. Não havia como confundir sua identidade. Era o professor Naghib Abramakian.

O *verdadeiro* professor Naghib Abramakian.

Trinta e nove

— Quero esse seu motorista idiota preso! — Abramakian gritou. — Está me ouvindo? Preso!

— Desculpe, professor, mas não sei do que está falando.

— Estou numa cama de hospital com uma perna quebrada, uma patela fraturada e uma leve contusão! Esse motorista idiota que você mandou...

— Não mandei nenhum motorista.

— Claro que mandou! Ele me encontrou no portão! Tinha um cartaz com o meu nome! Disse que se chamava Abelito e tinha sido enviado por você para me levar dali direto ao seu hotel!

— Professor, não mandei nenhum motorista buscá-lo — repeti. Minhas negativas não pareciam ser registradas em sua cabeça. A essa altura ele estava gritando no telefone.

— Ele pegou minhas malas, sr. Nikonos! Pode imaginar? O bastardo me atropelou com o seu carro e em seguida disparou com minhas malas! Ele roubou minhas malas e me deixou deitado na rua como um cachorro! Nem em Beirute, durante as épocas mais difíceis, ninguém agia assim! Um homem desse precisa ser preso! Ele tem de ir para a cadeia!

— Ouça, professor — eu disse com voz paciente e firme. — Eu não mandei ninguém apanhá-lo. Compreende? Eu não mandei ninguém ao aeroporto.

Fez-se uma pausa na outra extremidade da linha.

— Então quem era aquele homem? — ele insistiu.

— Não faço idéia.

— Mas ele sabia o meu nome! Ele estava esperando quando eu desci do avião! Ele me disse que o senhor estava ansioso para me ver! E as minhas malas? Está me dizendo que não viu minhas malas?

Fiquei com vergonha de reconhecer que tinha visto suas malas e, ao vê-las, supus que o homem que as carregava fosse o dono. Foi um erro inadmissível de minha parte; não o primeiro que cometi, mas sem dúvida o mais idiota. As pistas estavam ali o tempo todo, em cada palavra que o impostor dizia. O sotaque era parecido, mas a entonação e a fala estavam erradas. Pior ainda, percebi as diferenças, mas aceitei a desculpa de que ele estava resfriado. Foi muito inteligente da parte do impostor trazer a bagagem do professor. Como eu poderia duvidar da sua identidade se eu estava vendo as etiquetas com o nome dele e o timbre da Universidade de Beirute? Um resfriado é capaz de deixar uma voz fanhosa, mas não muda o modo de falar. E, no máximo da ironia, eu havia permitido que esse charlatão fizesse o papel de um lingüista. Que grande idiota o impostor deve ter me achado.

— Como era o homem que foi se encontrar com o senhor? — perguntei.

— Era um homem baixo, feio e gordo! Bem, não realmente gordo, mas pesadão! Usava um boné de motorista, portanto não pude ver seus cabelos! Mas estava com uma barba de um dia, isso eu vi!

Sua descrição não se encaixava com o homem que entrevistara Magdalena. Deviam ser dois, pensei. Um para o trabalho rude e o outro, mais experiente, para a impostura.

— Conte-me exatamente como foi.

Abramakian se acalmou um pouco ao relatar o que tinha acontecido.

— Ora! Como eu disse! Ele me encontrou quando eu estava saindo do avião! Tinha um cartaz branco com o meu nome escrito! A ortografia estava errada, mas quando me aproximei dele me disse que tinha sido enviado por você! Por Theophane Nikonos! Eu lhe digo, ele sabia seu nome, também! Não hesitei em ir com ele.

— Tinha alguém junto? — perguntei. — O senhor o viu falando com alguém?

— Não! Ele falava apenas comigo! Ele me levou para o setor de recuperação das bagagens, onde ficamos esperando aparecer minha maleta! Disse que se chamava Abelito! Disse que vocês estavam esperando num hotel numa área chamada Barceloneta!

Era uma mentira, é claro, uma mentira inconseqüente, considerando-se que Abramakian tinha o número do meu celular e podia me localizar com facilidade. Mas a coincidência do nome Barceloneta me fez pensar se eu não teria sido seguido na noite anterior.

— Na verdade, estou no bairro Gótico — falei.

— Que importa? Não conheço Barcelona! De qualquer forma, ele foi bastante gentil carregando as malas para mim! Tivemos de atravessar a rua para chegar no carro!

— Que tipo de carro era?

— Pequeno! Achei isso estranho! Em geral, quando um motorista vem me pegar, ele está dirigindo um carro maior! Aquele não era um carro de motorista! Era um carro preto pequeno!

— Lembra da marca? O nome do carro?

— Não sei! Talvez um carro espanhol! Ou italiano! Aconteceu tudo muito rápido depois disso! O motorista colocou a bagagem na parte de trás do carro! Disse que tinha de abrir a mala pelo lado de dentro! Esperei junto com as minhas malas para não serem roubadas! Isso me aconteceu uma vez, sabe! Na Itália, no aeroporto de Fiumicino! Um ladrão me levou a maleta ali! Mas nada como isso!

— Calma, professor. Calma.

— Calma! Eu quase morri e o senhor me diz para ter calma!

— O senhor estava me contando o que aconteceu.

— Sim! Estou lhe dizendo que ele abriu o porta-malas, exatamente como disse que faria! Coloquei minhas malas lá dentro e fechei a tampa, e aí, bum! Fui atropelado pelo carro! Ele deu marcha à ré em cima de mim! Caí no meio da rua! Minha cabeça bateu na calçada! Minha perna quebrou! Pouco antes de perder a consciência, eu o vi sair em disparada! Nem esperou para ver se eu estava machucado!

— Havia alguém no carro com ele?

— Por amor de Alá, como vou saber? Eu estava deitado na rua agonizando! Não estava olhando para ver quem estava no carro!

— Sinto muito, professor. Sinto muito, mesmo. Mas eu lhe garanto, não tive nada a ver com o que aconteceu no aeroporto. Não mandei ninguém encontrar com o senhor. Talvez eu devesse ter ido pessoalmente. Aí, então, quem sabe, nada disso teria acontecido.

— O mundo está cheio de ladrões! Mas não tem nada de valor para um ladrão nas minhas malas! Acho que as malas em si são mais valiosas do que o seu conteúdo!

— Onde está agora, professor?

— Eles me trouxeram para o Hospital de la Santa Creu i Sant Pau! Tenho uma tomografia marcada para daqui a algumas horas! Dizem que é apenas por garantia!

— Estou certo disso, professor.

Consultei meu guia de turismo. Segundo o mapa, o hospital ficava uns três quilômetros a noroeste de onde estávamos, na área do Camo del Arta.

— Estarei aí em meia hora, professor.

— E a freira? Irmã Mariamme! Ela está com você?

— Sim, ela está aqui.

— Posso falar com ela?

— Ela vai comigo.

— Venho lá de Beirute, estou deitado numa cama de hospital e você não vai me deixar falar com ela um momento pelo telefone? Volto a pedir, sr. Nikonos! Por favor, deixe-me falar com ela!

Passei o telefone para Magdalena. Pelo jeito, ela nunca tinha segurado um telefone antes, e o manteve a uma desajeitada distância da orelha.

— *Hola* — disse, instintivamente retornando ao espanhol.

Ela deu um salto ao ouvir a voz possante ressoando através do minúsculo fone de ouvido. Ele falava tão alto que dava para eu escutar a um metro de distância, embora não conseguisse entender seu espanhol veloz.

Ela respondeu em espanhol, sorrindo com a novidade de falar com alguém que não podia ver.

A conversa mudou para outras línguas, curtas rajadas de cada uma, conforme ela respondia às perguntas dele. Ela parecia muito mais animada e relaxada falando com Abramakian do que com o impostor.

— Gosto dele — sussurrou ao me devolver o fone.

— Bem! Estou impressionado! — o professor disse. — Agora estou mais ansioso ainda para conhecer essa jovem! Mas, por favor, tenha cuidado! Esta Barcelona! Estou achando que pode ser uma cidade perigosa!

Ele estava certo quanto a isso, pensei. Especialmente perigosa para qualquer pessoa associada a Magdalena. Havia pelo menos dois homens lá fora que sabiam onde estávamos. Dois homens que já haviam jogado um carro em cima de Abramakian e o deixado inconsciente no meio da rua. Parecia um jeito muito violento de lhe roubarem as malas para interpretar seu papel. Eu não tinha idéia se estariam ligados à explosão da bomba em Valência, mas, com certeza, iriam usar as táticas que achassem necessárias para alcançar seus objetivos.

— O que aconteceu com esse professor? — Magdalena perguntou. — Por que ele está no hospital?

— Alguém tentou matá-lo.

— *Dios mío!* Foi o homem que veio aqui?

— Havia um outro homem, também. Um motorista.

O problema agora era sair do hotel sem sermos seguidos. Eu não desejava afligir mais o professor Abramakian conduzindo até ele seus atacantes.

— Está pronta para mais compras? — perguntei.

— Pensei que íamos para o hospital.

— E vamos — expliquei. — Mas antes temos de nos certificar de que os homens que tentaram matar Abramakian não vão nos seguir.

Felizmente, as únicas roupas que tínhamos eram as que havíamos comprado na véspera nas lojas por ali perto. Coloquei tudo, inclusive meu equipamento de gravação, em duas sacolas de compras. Paguei a conta do hotel e fomos para a rua, visitar as lojas cujos nomes estavam impressos nas duas sacolas. Trocamos uma peça em cada loja, chamando bastante atenção nesse processo para quem estivesse nos observando. Magdalena achava tudo uma brincadeira. Estava acostumada a ser observada e seguida em Valência, e se divertia com o "jogo" que estávamos fazendo. Compramos mais algumas roupas; ela experimentou alguns sapatos; eu comprei uma camisa de tricô de mangas curtas. Caminhamos pelas ruas como duas pessoas despreocupadas fazendo compras, fingindo ainda não ter percebido que tínhamos sido enganados. Paramos em mais uma ou outra loja, aos poucos nos aproximando da *vía* Layetana, onde o Opel estava estacionado. Pouco antes de atravessar a Layetana, paramos numa última loja, uma sapataria modernista, toda espelhada.

Enquanto Magdalena experimentava um par de sandálias atrás do outro, eu buscava nos espelhos o vislumbre de algum tipo de vigilância. Procurava alguém que estivesse à toa num vão de porta do outro lado da rua, alguém que olhasse mais do que de relance para o interior da loja, ou alguém que passasse pela calçada mais de uma vez. Eu estava interessado, em particular, em alguém que se encaixasse na vaga descrição que Abramakian tinha feito do homem barbado que o atropelou. Mas, sendo este país a Espanha, homens com barba eram bastante comuns. Depois de identificar pelo menos 15 homens com ar suspeito, acabei desistindo. Magdalena comprou sandálias amarelas e atravessamos a rua continuando a fingir que estávamos fazendo compras. Eu tinha as chaves do carro à mão. Subimos pela rua tranqüilamente, até chegarmos perto do meu carro no estacionamento a céu aberto. Desdobrei meu mapa turístico e fingi pedir orientação ao funcionário da garagem. Apontando para vários lugares a fim de esconder nossas verdadeiras intenções, escorreguei para o homem uma nota de 5 mil *pesetas*, mais do que o suficiente para cobrir a taxa de dois dias. Nessa hora havia pouco tráfego na *vía* Layetana. Embora a internacionalização e a mudança para a União Européia tivessem acabado com a tradicional *siesta* espanhola, as horas após o almoço continuavam sendo um período letárgico do dia. Quando tive certeza de que não havia nenhum táxi à vista, Magdalena e eu pulamos para dentro do Opel. O motor pegou de imediato e eu entrei na rua quase vazia.

Pisei no acelerador e vi pelo espelho retrovisor um homem barbudo correr para a rua, procurando freneticamente um táxi. Desta vez meu *timing* foi perfeito. Alcancei o primeiro sinal pouco antes de fechar e, com a segurança das luzes sincronizadas para reter possíveis perseguidores, disparei na frente virando à direita na Fontanella, à esquerda na Carrer Girona, à direita na Gran Vía e depois de pouco mais de um quilômetro perdi-me na confusão do enorme cruzamento na Placa de los Glories Catalanes. Dali, era um breve percurso na direção norte até o hospital.

— O homem que nos visitou, o que me fotografou, eu sabia que não era quem ele dizia ser — Magdalena falou. — Eu lhe disse que não confiava nele, mas você não acreditou em mim.

— Peço desculpas — falei.

— Há muitas coisas a meu respeito nas quais você não acredita.

— Sou um investigador. O ceticismo faz parte do meu trabalho.

— E quem o mandou me investigar?

— Padre Serrano — respondi. — Foi seu último pedido. Já lhe disse isso.

— Sim, eu sei que foi o padre. E sei por que ele fez isso. Mas acho que tem outra pessoa para quem você está trabalhando, também.

Ela olhava para a frente, quase como se já soubesse a resposta.

— Quem é essa pessoa que está tão interessada em mim?

— Quem? — eu ri. — Pelo que parece, a lista é grande. — Tentei não dar muita importância. — Vejamos, tem as pessoas que estavam vigiando você em Valência, tem os psiquiatras e alguns funcionários anônimos do Vaticano, tem o cardeal em Valência... mais quem quer que seja que matou Serrano, os homens que quase mataram o professor Abramakian, o impostor que apareceu no nosso hotel, o homem atrás de nós que tentou fazer sinal para um táxi para nos seguir até aqui... quer que eu continue?

— Quero dizer a pessoa que está lhe pagando — ela falou. — A pessoa que está lhe pagando para me investigar.

Suas palavras eram o equivalente verbal de uma bofetada na cara.

— É isso que pensa de mim? — perguntei. — Acha que estou fazendo tudo isso por dinheiro?

Percebi, tarde demais, que sem querer havia reconhecido que sua acusação era verdadeira.

Olhando-a de relance, pude ver uma surpreendente tristeza em seus olhos.

— Gostaria de pensar que não — ela disse baixinho. — Mas agora sou *eu* que não tem certeza se devo acreditar em *você*.

Dirigi em silêncio alguns quarteirões, sem saber exatamente como responder. Não era momento para evasivas, e ela não era uma pessoa que eu quisesse enganar. Uma meia verdade seria melhor do que uma mentira completa, decidi.

— A verdade é que estou continuando o trabalho do padre Serrano — falei. — Fui contratado por Serrano, mas as minhas despesas estão sendo pagas por um certo homem... um homem bem intencionado, penso eu... que é amigo e patrono do convento. Eu prometi não revelar seu nome, mas estou certo de que suas intenções são as melhores. Não fosse por ele, você já estaria no Santa Dimphna, de onde provavelmente nunca mais sairia.

— Não. Penso que se não fosse por você, eu estaria no Santa Dimphna — ela me corrigiu. — Penso que talvez você esteja certo quando diz que não está fazendo isso só por dinheiro. Você já se arriscou muito para me ajudar, Theo. Não parece o tipo de homem que arrisque a vida por dinheiro. Então, se me permite perguntar, por que está fazendo isso por mim?

Em algum momento da história, os grandes pensadores do mundo ocidental decidiram que seria má idéia os psicólogos e investigadores particulares terem relacionamentos românticos com seus clientes. Como eles estavam certos! Simples mortais como eu ignoram essas normas de conduta profissional por sua própria conta e risco. No meu último caso investigativo, os pesadelos recorrentes não resolvidos eram o preço que eu continuava pagando por ter me apaixonado pelo sujeito da investigação. Agora, aqui estava eu, em outro caso, com outra mulher, reagindo de modo tão familiar. Que traição era essa? Eu estava esquecendo meu juramento à mulher que deu a vida para me salvar? Seria eu uma criatura tão sozinha e vulnerável — e, claro, desprezível —, capaz de me aproveitar de uma jovem freira colocada aos meus cuidados? Senti vergonha de reconhecer que estava alimentando tais sentimentos.

— Tenho me perguntado a mesma coisa — eu disse, ao final. Era apenas uma resposta pela metade, mas era a mais sincera que eu podia dar.

Quarenta

Eu nunca tinha visto uma casa de saúde que se pudesse comparar em nada com o Hospital de la Santa Creu i Sant Pau. Em termos de tamanho, superava todos os complexos hospitalares que eu conhecia nos Estados Unidos, inclusive o Instituto Rockefeller e o Centro Médico da Cornell University, juntos. O local era de tirar o fôlego. Ficava na parte noroeste de Barcelona, com os contrafortes de Collserola elevando-se no pano de fundo enevoado. Umas três dúzias de prédios separados, cada um dedicado a uma especialidade médica, erguiam-se espaçados num belo campo ajardinado do tamanho do Central Park. Em qualquer outro país, eles seriam estruturas funcionais de aço e vidro. Mas na exuberante expressão do *modernisme* espanhol, o arquiteto utilizou cerâmicas coloridas e tijolos, e uma pedra matizada para revestir as fachadas, acrescentou torrinhas e domos, e curvas ondulantes, copiou livremente as influências barrocas e mouriscas, e criou uma terra encantada de estruturas criativas que me fez sorrir.

Este era o estilo de criatividade único de que foram pioneiros Gaudí e Miró, naturais de Barcelona. Embora os administradores de hospital mais conservadores talvez fechassem a cara para esse alegre excesso arquitetônico, evidências cada vez mais numerosas sugeriam que ele também podia ser útil do ponto de vista terapêutico. Escolas de medicina, incentivadas pelas descobertas de centenas de projetos de pesquisa, começam a reconhecer a importância do vínculo entre a psique e a parte somática nos resultados com os pacientes. Estão agora começando a fazer parte da mentalidade médica um tratamento melhor para a pessoa doente, ambientes hospitalares mais confortáveis e favoráveis ao ego e até a aceitação dos poderes curativos da oração.

Os arquitetos do Santa Creu estavam pelo menos um século à frente do seu tempo, pensei.

Levamos meia hora para encontrar o prédio onde o professor Abramakian estava se recuperando.

Quando entramos no quarto, ele mal me olhou. Seus olhos se voltaram de imediato para Magdalena. O rosto carrancudo se abriu. O olhar se iluminou.

— *Buenos días, señorita!* — ele disse. Não conseguiu esconder seu tom de voz ressonante de sala de palestras, mas deu jeito de suavizá-lo para ela.

— *Buenos días, profesor* — ela sorriu, e foi para o seu lado.

Ela parecia uma criança perto de um homem enorme. Embora as carnes dele estivessem flácidas pela idade, as proporções físicas de Naghib Abramakian combinavam com a grandiosa escala da sua voz. Suas mãos davam duas das minhas. Sua testa era enorme, com grandes bolsas debaixo dos olhos num rosto fino e comprido que terminava numa papada de pele frouxa, feito a de um peru, sob o queixo. A largura da cama mal dava para acomodar seus ombros e era ela curta para suas pernas; a que estava no gesso projetava-se para fora uns 20 centímetros. Julguei que estivesse perto dos 60 anos.

Ele esticou o braço para cumprimentá-la, e ela satisfeita lhe deu a mão.

— *Ah, qué linda, qué bonita* — ele disse suspirando. Colocou a outra mão por cima da mão dela e a segurou com delicadeza como se fosse um passarinho. Por um momento, cheguei a pensar que ia levá-la aos lábios para beijar. — Agora compreendo por que padre Serrano a escondia de mim. É mais bonita do que ele me fez acreditar.

— *Gracias, señor profesor* — Magdalena respondeu com um risinho nervoso.

— Estou tão feliz por finalmente conhecê-la. — O tom ressonante desapareceu da sua voz, substituído por uma afetuosa intimidade.

Seria possível? Eu olhava pasmo. Ele estava mesmo acariciando a mão dela? Estava tentando seduzi-la bem na minha frente? Será que eu a estaria colocando nas mãos de um velho lascivo? Ele poderia estar acostumado a fazer o papel de Svengali com suas jovens alunas, mas certamente eu não ia deixar que fizesse a mesma coisa com Magdalena.

O que eu queria mesmo era esbarrar "acidentalmente" na sua perna machucada, mas resolvi que isso seria óbvio demais. Em vez disso, focalizei a câmera nele, fingindo captar aquele momento particular de carinho para a posteridade. Ele logo recolheu as mãos, como previ que ia acontecer, e adotou um atitude mais profissional para a gravação.

— Conversaremos mais tarde — ele garantiu. — Depois da entrevista.

"Em seus sonhos, professor", não pude deixar de pensar. Se não precisasse da sua perícia lingüística, teria tirado Magdalena dali.

— Como vamos saber se é mesmo o professor Naghib Abramakian? — perguntei.

O ar romântico, sonhador, desapareceu de seu rosto.

— Porque estou lhe dizendo! — O tom professoral nitidamente pontuado estava de volta. — Falei com o senhor no telefone ontem! Quem mais eu seria?

Notei que Magdalena havia lentamente se afastado dele.

— Tem alguma identificação? Passaporte, ou qualquer outra coisa com uma fotografia?

— Isso é um insulto! Claro que sou o professor Abramakian!

— Recebemos uma visita há poucas horas de um homem que dizia ser o professor Abramakian. Ele nos deu um cartão que o identificava como Abramakian.

O nome e o endereço eram os mesmos das etiquetas na bagagem. Dentro da sua maleta estavam os papéis de carta pessoais de Abramakian, da Universidade do Líbano. Ele se revelou um impostor, e não pretendo ser enganado mais uma vez. Agora, repito, tem um passaporte ou alguma coisa com uma fotografia que confirme sua identidade?

— Você é um idiota! O homem que o visitou era o ladrão que roubou minhas malas! — ele gritou. — Devia ter chamado a polícia!

— Se não apresentar nenhuma identidade em 30 segundos, vamos embora — eu disse. Magdalena me deu a mão para mostrar que concordava. — Por mim, o senhor pode ficar dois dias gritando para as paredes.

Eu não tinha muitas dúvidas se ele era ou não o verdadeiro Naghib Abramakian. Estava só fazendo um jogo mental, para desviar sua atenção dos encantos de Magdalena e fazer com que se concentrasse na seriedade da situação em que estávamos todos metidos.

Com um sonoro rugido, ele girou a ampla estrutura apenas o suficiente para alcançar a mesinha ao lado da cama. Da primeira gaveta, retirou um passaporte verde libanês e o jogou com desdém nos pés da cama. Comparei ostensivamente a fotografia com seu rosto, e pedi a participação de Magdalena nisso. Quando terminei com minha pantomima, recoloquei o passaporte na gaveta.

— Ele estava com suas malas — eu disse. — Mas não acho que fosse o ladrão. Não se encaixava na sua descrição do motorista.

— Então, devem ser dois! — ele falou.

— Certo — confirmei, contente por ter finalmente sua total atenção.

— Mas por que iriam procurar o senhor?

— Por que queriam ter acesso a irmã Mariamme — eu disse, voltando ao nome pelo qual ele a conhecia. — Foi por isso que roubaram as malas. Não foi um roubo por acaso. Eles planejaram tudo para fingir que era o senhor. A voz do homem parecia diferente, mas quando ele apareceu com malas, seu nome nas etiquetas, seus papéis e o equipamento de gravação, supus que fosse realmente o senhor.

— Sim! Agora compreendo! Isso explica por que o motorista jogou o carro em cima de mim!

— Queriam tirá-lo do meio do caminho. Não queriam se arriscar a ver o senhor aparecer de repente enquanto o impostor ainda estivesse conosco. E, francamente, professor, o senhor teve sorte.

— Sorte? Chama uma perna quebrada e uma patela fraturada de sorte?

— Eles na certa pretendiam matá-lo.

— *Quê?*

— Pense no que aconteceu com o padre Serrano.

— Acha que foram os mesmos homens que o mataram?

— Não sei. É possível.

— Mas por quê? Por que alguém chegaria a esse ponto para se encontrar com esta... esta inocente freirinha?

Procurei não sorrir do modo como ele agora tentava verbalmente distanciar-se dela. De uma bela jovem cuja mão ele havia acariciado, ela de repente se transformara numa "inocente freirinha". Seu ardor pelo visto esfriara com a primeira sugestão de que um vínculo com Magdalena podia ser fatal. Ele a olhava agora com uma curiosidade que parecia um pouco mais apreensiva do que amorosa.

— Isso também não sei — eu disse. — Só tenho certeza de que estão nos seguindo. E quem está nos seguindo às vezes parece saber aonde vamos antes mesmo de chegarmos lá.

— Agora eu não entendo o senhor! Como pode ser?

Contei-lhe sobre a visita à Casa Dolorosa e o homem misterioso que esteve lá duas horas antes de nós.

— Mas como sabe que é o mesmo homem?

— Não sei. E esse é o problema. Se soubesse quem está atrás de nós, ou quantas pessoas estão envolvidas, talvez eu fosse capaz de lidar com isso.Tudo que podemos fazer agora é tentar ficar na dianteira.

— Foram seguidos até aqui?

— Houve uma tentativa, mas acho que nos perdemos.

— O senhor acha! Estou aqui preso numa cama e o senhor só *acha* que foram seguidos? E se eles aparecerem aqui está noite, enquanto eu estiver dormindo? De quem vai ser a culpa? Eu devia ter ficado em Beirute! Pelo menos lá eu sei quem são meus inimigos!

— Sinto muito — eu disse. — Quando liguei para o senhor não imaginava que fosse sofrer algum dano.

— É tarde demais para lamentações! Mas agora estou aqui! Então vamos acabar logo com isso! Já que meu equipamento de gravação foi roubado, o senhor fará a gentileza de filmar a sessão para mim! Tem fita suficiente?

— Acabei de colocar uma fita de 90 minutos nova. Aviso quando tiver de trocar.

— Ótimo! Agora, não quero nada complicado, por favor! É uma fita para pesquisa — ele disse e, com alguns comandos rápidos, demonstrou familiaridade com a linguagem da mídia visual. — Pode começar com um close-up meu, depois passar para uma tomada fechada de nós dois e, em seguida, dê preferência a close-ups de irmã Mariamme! Suponho que é assim que prefere que eu a trate na fita!

Com um gesto, pediu ajuda para se levantar da cama. O gesso na perna tornou a transferência desajeitada e dolorida, mas finalmente o coloquei numa cadeira perto da janela, de frente para Magdalena. Ele pediu o *blazer* azul e um espelho, e depois de vestir o casaco e pentear para trás os cabelos ralos, pediu emprestado um lenço vermelho que viu na sacola de compras de Magdalena. Numa exibição de vaidade profissional, ele amarrou o lenço no pescoço como se fosse um *foulard*, completando sua transformação de paciente de pijama em um senhor elegante. Pelo menos da cintura para cima, porque se eu baixasse um pouquinho mais a câmera revelaria uma perna magrela e a outra num molde grande de gesso.

— O senhor está bem — tive de admitir.

— Ótimo! — ele ordenou. — Filmando!

Ele deu um título para a fita mais ou menos como eu tinha feito, com seu nome, data, local e identidade da sua entrevistada. E entrou logo num extenso diálogo com Magdalena em espanhol, fazendo-lhe perguntas e aparentemente contestando algumas das suas respostas. Eu mantive a câmera apontada sobretudo para Magdalena, que estava relaxada e confortável falando com ele. Eu não estava tão relaxado, porque pelo pouco que sabia de espanhol deu para perceber que ele perguntava sobre o seu passado. Parei a gravação.

— Por favor, professor. Tenho de lhe pedir para não indagar sobre suas crenças religiosas ou qualquer lembrança incomum que ela possa ter.

— Mas eu preciso definir onde ela aprendeu as línguas que diz conhecer!

— O senhor pediu permissão para publicar suas descobertas sobre o conhecimento dela de línguas mortas. Concordamos apenas com isso. Qualquer coisa sobre a história da sua vida ou problemas com a Igreja, ou qualquer outro assunto, está estritamente proibido. É uma questão de privacidade pessoal.

Ele se virou para Magdalena e lhe dirigiu uma longa e complicada pergunta em espanhol. Supus que estivesse tentando convencê-la a respeito do seu ponto de vista. Em vez de responder para ele, ela falou para mim:

— Não se preocupe, Theo. Não direi nada sobre os assuntos que você e eu estivemos discutindo.

Tendo estabelecido sua facilidade com o espanhol, Abramakian mudou para o grego.

Eu ouvia atento, tentando compreender o que diziam. Mas não era o grego que eu tinha escutado meus pais falarem, nem a língua usada pelos monges no monte Athos. Era o grego como deveria ter sido falado há dois mil anos, pronunciado com entonações e expressões que o tornavam difícil para mim, particularmente a versão falada por Magdalena, que era o grego helênico dos palestinos. Quando os obstáculos da mistura de sotaques, construções arcaicas e expressões idiomáticas antiquadas somaram-se aos de uma língua na qual eu não era de fato fluente, fiquei como um sueco tentando compreender inglês antigo falado por um americano com forte sotaque do Brooklyn.

Magdalena entretanto parecia não estar tendo nenhum problema. De fato, estava se divertindo. Se o que Serrano me contara era verdade, que ninguém no convento conhecia o grego antigo, esta era a primeira vez na sua vida que ela podia conversar com alguém que a compreendia. O que mais uma vez levantava a persistente dúvida: onde ela adquiriu a fluência com que falava agora?

Seguindo as orientações de Abramakian, eu mantinha a filmadora focalizada num close-up de Magdalena. Ela parecia relaxada e à vontade com o idioma. Apenas uma vez ela hesitou, quando parecia estar procurando uma palavra mais precisa. Não era a busca desesperada de um estudante de línguas tentando lembrar algo que tinha decorado, porque quando encontrou a palavra seguiu-se imediatamente uma torrente em grego com uma rapidez e complexidade de construção que deixou tanto a mim como a Abramakian tontos.

De vez em quando, eu desviava para o rosto dele, para registrar expressões que iam do encanto à surpresa e dali ao assombro, de queixo caído.

Eles passaram sem interrupção para outra língua, que depois soube ser hebraico. Embora soasse estranhamente familiar, eu não compreendia nada. Ao contrário das línguas românicas, essa continha poucos cognatos ou palavras conhecidas. Como qualquer nova-iorquino, eu sabia algumas expressões em iídiche. Mas palavras como *gonif*, *meshugenah* e *chutzpah* nunca apareceram no diálogo. Pelo menos, não numa pronúncia que eu pudesse compreender.

Eu não tinha idéia se eles estavam falando uma forma pura ou com sotaques adquiridos, embora houvesse uma diferença entre a fala de Abramakian, que parecia mais dura, e a de Magdalena, que era mais fluida, talvez até engolindo algumas sílabas. Como eu realmente não compreendia nada, não podia dizer se estava percebendo na pronúncia algo que de fato não existia.

Depois de meia hora, que pareceu dez minutos, todos nós descansamos. Magdalena acompanhou-me até o corredor atrás de uma máquina de vender refrigerantes.

— Espero que ele não esteja lhe fazendo perguntas sobre suas vidas passadas ou reencarnação — eu lhe disse.

— Não. E eu não lhe contaria se ele fizesse. Isso é só entre mim e você. Pelo menos por enquanto.

Encontramos os refrigerantes no final do corredor, perto da escada dos fundos. Tinha Fanta, a inevitável Coca-Cola e néctar de pêssego.

— Você parece estar se divertindo — falei.

— No início, fiquei nervosa. Especialmente quando ele ficou acariciando minha mão. Mas quando começamos a conversar, ele foi ótimo. Não como aquele outro idiota, que nem compreendia o que eu estava dizendo.

— O impostor? Tive essa mesma sensação, embora também não fosse capaz de compreender o que você dizia.

Ela escolheu o néctar de pêssego. Fiquei com uma Fanta laranja e supus que uma Coca-Cola seria a escolha mais segura para o professor.

— O que eu estava dizendo para o impostor era que não achava que ele soubesse o que estava fazendo — ela riu. — Disse que ele tinha os miolos de uma mosca, o hálito de um camelo e que sua verdadeira vocação na vida seria limpar estábulos. Ele não compreendeu uma só palavra, não importava a língua que eu falasse. Escrevi a mesma coisa nos papéis que ele me entregava.

— Esse não é exatamente o tipo de linguagem que eu esperaria de uma freira.

— Acha que fui cruel?

— Não tão cruel como o que vai acontecer com ele quando o patrão mandar traduzir as notas e as gravações.

De volta ao quarto, Abramakian aceitou a Coca-Cola de má vontade. Parecia ter ficado mais irritado, se isso era possível, enquanto estávamos lá fora.

— Eu tinha cópias de textos antigos bastante complicados na minha maleta! — ele resmungou. — Queria que ela os lesse em voz alta e traduzisse! Seria um teste interessante! Mas agora eles desapareceram, e não vou poder tirar essa conclusão!

Eu não ia pedir desculpas de novo.

— E na minha maleta tinha papel e caneta, para poder testá-la na linguagem escrita!

— Isso é realmente necessário? — perguntei, lembrando a abordagem simplista do impostor. — Quero dizer, o senhor a está ouvindo falar, e eu vou lhe dar a gravação. Seriam as mesmas palavras, não é?

— Respondendo a sua segunda pergunta em primeiro lugar, não! Não seriam as mesmas palavras! Quanto à necessidade, existem diferenças consideráveis entre as formas falada e escrita de qualquer língua! No texto escrito usam-se estruturas mais complexas, que podem ser ignoradas numa conversa casual! Eu estaria procurando construções que só podem ser encontradas na escrita. São diferenças léxicas e gramaticais resultantes de processos mentais mais estruturados! Sem mencionar detalhes como pontuação, letras maiúsculas, sinais de acentuação e outros mais! E apesar do grande valor que o senhor dá aos seus vídeos, sr. Nikonos, o mundo acadêmico ainda confia muito na palavra escrita!

É publicando artigos acadêmicos que os estudiosos constroem suas reputações de especialistas. Se Abramakian estava pensando em escrever um artigo sobre essa sessão, cópias com a caligrafia de Magdalena seriam muito mais úteis do que a transcrição de uma fita.

— Por favor, conseguiria para mim papel e caneta na sala de enfermagem? — ele perguntou.

Não confiei nesta súbita gentileza da sua parte. Perna quebrada ou não, nem por um momento eu o deixaria sozinho com Magdalena. Um homem como ele era capaz de muita malícia intelectual nesse tempo. Apertei o botão ao lado da cama para chamar a enfermeira e fiquei de olho pregado em Abramakian até ela voltar. Ele era um homem cheio de manha, pensei. Fiquei na dúvida se poderia confiar que ficasse de boca fechada no caso de Magdalena.

O professor agora estava conversando com ela em latim. O latim dele era duro e formal, como o dos meus professores na escola paroquial. Livre das regras tediosamente estudadas, entretanto, o latim de Magdalena era a língua dos colonizadores romanos, fluente, rápida e com os primeiros toques melodiosos do idioma italiano que o sucederia. No meio da conversa, Abramakian voltou de repente para o hebraico. Magdalena foi apanhada levemente de surpresa, mas não teve dificuldade em mudar de novo. Eu estava espantado com a maravilhosa variedade de sons que enchiam o quarto enquanto eles passavam de uma língua para outra.

Mesmo na minúscula telinha da filmadora, eu podia detectar um crescente assombro no rosto de Abramakian. O comportamento do professor era cada vez mais como o de um estudante. Seu padrão de fala ficava com freqüência pomposo. Magdalena o corrigia de vez em quando, o que o deixou irritado no início, mas logo ele aceitou com serenidade. Magdalena parecia estar no total controle da situação. A *Apostola Apostolarum,* ele havia chamado a Maria Madalena original: a "Apóstola dos Apóstolos". Era fácil ver Magdalena nesse papel, falando pacientemente em línguas antigas com esse homem culto, convertendo-o aos poucos num seguidor.

Percebi quando mudaram para o aramaico, porque a comunicação ficou mais difícil. Magdalena não compreendia muito bem o siríaco moderno de Abramakian, e seu aramaico antigo estava causando ainda dificuldades para Abramakian. Eles seguiram aos tropeções verbais, cada um esforçando-se para entender tudo o que o outro dizia. Era uma acrobacia lingüística, sem dicionários ou intérpretes como rede de segurança. Eu observava, sem compreender nada do que ouvia, mas sabendo que era na certa o diálogo mais importante da tarde.

Ele voltou rápido para o latim, depois para o hebraico e, daí, para o grego. Dessa vez ela pareceu intrigada com algumas palavras. Ele insistiu, como se estivesse aplicando um teste de vocabulário, no qual, pelo que me parecia, ela de repente estava fracassando. Comecei a me sentir menos confiante nela, ainda mais quando Abramakian pareceu satisfeito com sua falta de reação.

— E agora chegamos no protoprovençal!— ele disse. E virando-se para mim explicou no seu tom professoral: — Protoprovençal era a língua falada no Sul da França quando a área era conhecida como Gália! Essa língua foi absorvida pelo influxo de romanos e palestinos por volta do início da "Era Cristã"! Era completamente diferente do dialeto provençal posterior, que foi popular no século IX e hoje ainda é falado de vez em quando! Portanto, não posso determinar a autenticidade das suas palavras! Contudo, como pesquisador, quero muito amostras da língua para estudos futuros!

Voltando para Magdalena, ele disse:

— Devo confessar que conheço muito pouco sobre essa língua! Portanto, vou lhe fazer perguntas em latim, e você por favor responda no idioma do Sul da França na época dos romanos... se é que o conhece!

— Claro que conheço.

— Muito bem! Em seguida eu lhe pedirei para traduzir o que disse, palavra por palavra, em latim! Isso me permitirá compreender suas respostas.

Parecia razoável para mim. Pelo menos ele finalmente reconhecia ter algumas limitações, o que me surpreendeu. Teria encontrado em Magdalena alguém à sua altura? Ela sorria, pelo visto certa de tê-lo convencido.

A técnica bilíngüe funcionou muito bem. Em vez de um discurso unilateral, como o impostor havia requisitado, Abramakian participava da conversa com ela. Ele a questionou bastante, e as respostas dela eram longas e bem detalhadas. As partes em provençal eram mais sonoras do ponto de vista fonético do que o latim, embora soassem um pouco mais parecidas com o francês moderno. A sessão estava se prolongando mais do que eu tinha esperado. Já tinha trocado a fita de 90 minutos uma vez e o contador indicava que estávamos na metade da segunda. Com no mínimo dois perseguidores supostamente atrás de nós, eu também estava ficando nervoso por estar no mesmo lugar há tanto tempo. Será que eles teriam sido espertos o suficiente para conferir se Abramakian tinha sido levado para algum hospital? Achei que não. Era mais provável que o considerassem morto.

Por fim, Abramakian se calou. Fez o tradicional gesto da mão cortando o pescoço sinalizando para a suspensão da gravação. Quando obedeci, ele se virou de novo para Magdalena e bateu palmas com entusiasmo.

— *Estupendo! Estupendo!* — exclamou. Com a filmadora desligada, ele se sentia livre para expressar seu encanto. — Esteve soberba! Abriu um portal para a Antiguidade que os especialistas passarão anos estudando! Só resta agora a parte escrita, *señorita*!

Ele retirou um maço fino de papéis do bolso interno do *blazer*.

— Selecionei alguns textos curtos e mandei datilografar antes de sair de Beirute! — ele explicou. — Felizmente, eu os examinava no avião e não os coloquei de volta na maleta!

Enquanto ele desdobrava os papéis, afastei-me para perto da janela. A escala dos jardins do hospital era enorme. Canteiros de arbustos muito bem cuidados espalhavam-se por amplas extensões de grama. Bancos de madeira sob a sombra das árvores maiores, caminhos para pedestres ladeados de flores, pequenas pistas para carros circulando entre o cenário pastoral. Da janela, eu via boa parte dele. Procurei pelo homem que correra para a rua atrás de nós antes, mas não vi ninguém parecido com ele. Não obstante, eu estava ficando nervoso.

— Sr. Nikonos! — Abramakian interrompeu meu devaneio. — Gostaria que o senhor gravasse este procedimento! Pode começar com o plano bem aberto para identificar a pessoa que está escrevendo e depois fechar o máximo que puder para mostrar o que está sendo escrito! Seria útil ver as letras sendo formadas uma por uma!

Liguei a filmadora, focalizando no professor quando ele entregava a primeira folha de papel para Magdalena e lhe dava as instruções.

— E agora, *señorita* — ele disse numa voz surpreendentemente respeitosa —, pode fazer a gentileza de traduzir este texto para o grego? Em letras de fôrma, por favor!

Girei a filmadora para focalizar Magdalena, gravando sua imagem quando ela pegou o bloco, leu o texto, concordou e foi logo traduzindo. O zoom da máquina permitiu que eu me sentasse com Abramakian do nosso lado da cama e ainda ver os caracteres que ela ia cuidadosamente traçando.

— Este é o teste final! — ele sussurrou para mim. — Conforme lhe expliquei, a linguagem escrita é mais complexa. Erros que podem ser ignorados na fala casual não podem ser ocultados no papel.

— O que ela está traduzindo? — perguntei. — Que texto o senhor lhe deu?

— Tive o cuidado de evitar qualquer coisa que fosse da Bíblia! Senão um comitê de colegas revisores poderia atacar as traduções com base em que ela talvez as tivesse estudado no convento!

Achei razoável.

— Para este primeiro texto, selecionei uma tradução *standard* em inglês da inscrição na Pedra de Roseta. Um dos três textos gravados está em grego helenístico do século II a.C. Poderei comparar sua versão em grego helenístico com a que está na pedra.

Quando Magdalena terminou, ele passou outro texto. Enquanto ela trabalhava nesse, ele me explicou:

— Agora ela vai traduzir do hebraico. Eu lhe dei a tradução judaica de uma transação imobiliária romana do século I d.C. Sua tradução em latim pode ser comparada com o original. Veja, esses textos são todos em línguas já traduzidas do original. Portanto, na verdade eu a estou colocando diante de um duplo obstáculo, exigindo a maior precisão possível em suas respostas.

Ajustei a câmera para compensar uma ligeira mudança na posição em que ela estava escrevendo. Enquanto ela traduzia, Abramakian analisava a primeira amostra concluída, e eu fiquei de olho na rua lá fora.

O terceiro texto foi a tradução em latim de um obituário biográfico anunciando a morte de Herodes Antipas, o tetrarca de Galiléia e Petras, publicado em 39 d.C.

— Capte a expressão do rosto dela quando ler este texto! — Abramakian falou baixinho.

Abri o plano, a tempo de pegar um sorriso triste quando ela leu a notícia da morte do homem que mandou decapitar João Batista e se recusou a intervir na sentença de Jesus Cristo, deixando a decisão para Pôncio Pilatos.

— Ele morreu na Gália — ela murmurou. Fechei o zoom no seu rosto quando disse: — Jesus, meu Cristo o perdoou, e eu também.

Com facilidade ela traduziu o anúncio da morte de Herodes em latim de volta para o aramaico palestino judaico no qual fora originalmente escrito.

Cada texto que ela concluía era ansiosamente examinado por Abramakian, que manuseava as folhas de papel como se fossem tesouros.

O quarto texto foi em grego. Era a descrição de um povoamento judeu destruído por Alexandre, o Grande, que ela traduziu de volta para o original em hebraico.

O quinto e último texto seria uma tradução para o protoprovençal.

— Não restou nenhum texto nessa língua! — Abramakian disse. — Eu lhe dei um texto simples em latim descrevendo a Gália, sua geografia e habitantes.

Não saberei se a tradução dela está correta ou não, mas o que ela escrever será útil na reconstituição da língua.

Quando a jovem terminou, o professor dobrou com cuidado os papéis e os recolocou no bolso do casaco. Virou-se para mim e disse:

— Devo lhe agradecer por me dar esta oportunidade! Valeu a perna quebrada! Agora pode me dar as fitas, por favor?

— O senhor precisa me dar uma avaliação — lembrei. — Esta sessão só aconteceu para o senhor poder avaliar suas habilidades lingüísticas e me dar sua opinião.

— Pensei já ter dado! — ele falou. — Eu disse que ela abriu um portal para a Antiguidade que os especialistas estudarão durante anos.

— Belas palavras — eu disse. — Mas não exatas o suficiente para o que preciso. Eu quero saber se ela de fato fala essas línguas como eram faladas há dois mil anos.

Depois de escutar primeiro Serrano e, depois, o que parecia um interminável Abramakian, já conhecia um pouco sobre ciência da datação das línguas — o bastante para perceber que o modo como Magdalena falava poderia se revelar a única pista importantíssima para a hipótese de reencarnação. Depois de observar as reações de Abramakian durante a sessão, convencera-me de que ela não estava declamando o blablablá sem sentido da glossolalia. Mas, se ela falava línguas que podiam ser datadas num período posterior, então não falava a língua de Maria Madalena. Simples. Talvez houvesse outros mistérios que valiam a pena descobrir, tais como as circunstâncias do seu nascimento, como ela aprendeu as línguas, ou por que era tão atentamente vigiada por tanta gente; mas isso seria o fim da minha investigação desse suposto caso de reencarnação. E seria necessário um perito da estatura de Abramakian para me dar a palavra final.

— O senhor quer demais! — Abramakian disse. — É difícil ser preciso! As línguas mudam! Não temos registros vocais dessa época! Portanto, ninguém sabe ao certo exatamente como as pessoas falavam, ou pronunciavam as palavras nos tempos bíblicos!

— O senhor tem registros escritos.

— Mas como qualquer um que já tenha estudado línguas sabe, pode haver uma enorme diferença entre a palavra escrita e a falada! Na China, por exemplo, existe uma única língua escrita, expressa em ideogramas e usada por todos! Mas quando essa língua é lida em voz alta no Norte da China, ela é enunciada como mandarim, que é totalmente incompreensível para um residente da China do Sul, que fala o dialeto cantonês! No entanto os ideogramas têm significados idênticos! Assim, temos muitos estudiosos judeus que sabem ler o aramaico antigo, mas quase nenhum que possa, com absoluta certeza, falar a língua como era falada durante a época de Cristo!

Ele mudou de posição na cadeira e estendeu as mãos para que o ajudássemos a voltar para a cama.

— Não preciso de sermão — reclamei. — Só quero uma resposta. Uma resposta definitiva.

— Estou tentando explicar como é difícil responder à sua pergunta! — Ele apoiou o peso todo sobre a perna boa e com um sonoro rugido de dor deslocou-se para a cama. — Até na língua inglesa, por exemplo, podemos ler *Beauwolf* na sua forma em inglês antigo e compreendê-lo. Mas a Grande Mudança de Vogal do século XV mudou drasticamente a forma falada da narrativa! O inglês falado no século XIII era muito diferente do que era falado apenas três séculos depois! Considerando todas as mudanças ocorridas ao longo do tempo, o senhor há de concordar que determinar a autenticidade de qualquer língua como era falada há dois mil anos é, na melhor das hipóteses, uma arte imprecisa!

— O senhor não parecia muito impreciso ao telefone — fiz questão de lembrar. — Estava tão seguro de si que insistiu na autorização para publicar suas descobertas numa revista acadêmica.

Uma expressão matreira passou pelos seus olhos.

— Mas só se um exame mais minucioso das gravações e textos escritos justificar isso! E, é claro, teria de ter a aprovação de uma banca examinadora.

Depois de colocar os textos escritos cuidadosamente debaixo do travesseiro, ele tirou o *blazer*. Magdalena o pendurou no armário.

— Bem, não podemos esperar por bancas examinadoras e revistas acadêmicas. — Olhei pela janela de novo. — Tem gente nos seguindo, provavelmente as mesmas pessoas que mataram Serrano e tentaram matar o senhor. Preciso de uma resposta agora.

— O senhor está me colocando numa posição difícil!

— Por que de repente tudo virou um problema tão grande? — perguntei. — O senhor veio de Beirute para me dar sua opinião e agora se recusa a fazer isso.

— Paciência, sr. Nikonos! Paciência! Essas questões não se prestam a análises instantâneas! Sejam quais forem minhas conclusões, elas serão adequadamente reveladas num foro acadêmico, onde especialistas podem avaliar os resultados por eles mesmos! Seria imprudência minha permitir que discussões prematuras, ou o que vocês americanos chamam de "vazamentos", ocorram antes da publicação.

— O que o faz pensar que eu deixaria "vazar" sua opinião?

— Ora, sr. Nikonos! O senhor é um escritor! Pensa que não sei que escreveu um livro? Talvez já esteja trabalhando em outro! Exatamente sobre este assunto!

Eu estava perdendo a paciência.

— Sem esses vídeos, o senhor não vai poder publicar nada — eu disse, abanando as fitas na sua frente. — Agora, se quer as fitas, responda à minha pergunta. Se fosse escrever seu artigo hoje, baseado apenas na sessão de hoje, qual seria sua conclusão?

— Bem! — Ele olhou ansioso para as fitas cassete. — Haveria desmentidos, é claro! — Ele engoliu em seco, nervoso. — Notas de pé de página, transcrições e cópias dos textos que ela escreveu para comparar com os originais! — Ele se virou para Magdalena e continuou, respondendo para ela: — Eu escreveria, com base no meu conhecimento de línguas semíticas e anos de estudos de seus dialetos antecedentes, que tenho plena convicção da sua extraordinária habilidade para falar pelo menos cinco línguas exatamente como eram faladas na Judéia e na Gália no início do século I!

Magdalena olhou para mim, os lábios compondo um sorriso enigmático.

— Esta é minha opinião! — Abramakian falou. — Com base no que escutei e vi neste quarto hoje! Agora fico com as fitas, por favor?

Eu as entreguei sem discutir.

Quarenta e um

A opinião de Abramakian, quando foi finalmente emitida, surpreendeu-me.

Eu estava esperando um veredicto menos conclusivo; talvez sucesso em uma ou duas línguas, fracasso nas outras. Isso pelo menos teria dado chance ao cético que existe dentro de mim de argumentar que em algum momento da sua vida Magdalena fora instruída ou tivera a oportunidade de estudos independentes. Essa linha de pensamento foi totalmente derrubada pela natureza inequívoca da opinião do professor.

Ainda não provava as afirmativas de Magdalena quanto à reencarnação. Mas era um grande passo nesse sentido.

Não me restava muito tempo para pensar nisso. Do meu lugar perto da janela, vi um veículo preto familiar na rua, vindo em nossa direção. Deve haver centenas de carros iguais a esse na Espanha, todos com o já conhecido brasão da Guardia Civil pintado em vermelho na lateral. Estávamos longe de Valência. Pelo que eu sabia, ninguém tinha nos seguido desde o centro de Barcelona. Não havia nenhum motivo lógico para eu supor que os passageiros do veículo fossem alguma ameaça para mim. No entanto, observei, fascinado, o carro serpentear ao longo da estrada sinuosa e parar no pátio bem embaixo de nós. O primeiro homem a sair estava com o uniforme de gala da Guardia, com a corda branca que ia desde a dragona no seu ombro até a pistola no coldre. Ele abriu a porta de trás e se afastou para deixar um homem de terno cinza sair do carro.

Fiquei olhando sem acreditar para o homem que empertigava os ombros. O homem de terno cinza era o coronel Velarde, o arrumadíssimo oficial que me interrogara em Valência. Ele parou do lado do automóvel um instante, desamassando o paletó e ajeitando a gravata. Com a minha atenção concentrada nele, eu não tinha percebido dois outros oficiais fardados saírem pelo outro lado. Agora eram quatro. Uma equipe de busca e prisão. Afastei-me da janela.

— A Guardia está aqui — eu disse. — Vieram nos buscar.

Magdalena deu um pulo e veio para o meu lado. Não a deixei aproximarse da janela, para não ser vista.

— Quantos são? — ela quis saber.

— Quatro. Três de uniforme; um à paisana.

— Por que acha que vieram nos buscar?

— Não são daqui. São de Valência. Reconheço o que está à paisana. Ele me interrogou depois da explosão da bomba.

— Quem é essa Guardia? — Abramakian perguntou.

— A polícia civil.

— E o que querem com vocês?

— Prender-me, provavelmente. Acham que sou terrorista. Acham que tive alguma relação com a bomba em Valência. A que matou o padre Serrano. — Vendo a expressão alarmada nos olhos de Abramakian, decidi não falar nada sobre a acusação de seqüestro. — Eu não tive qualquer coisa a ver com o atentado — expliquei. — Quem fez aquilo quase me matou também. — Rapidamente guardei a filmadora e me encaminhei para a porta. — Temos de sair daqui.

— A escada dos fundos — Magdalena sugeriu.

— Espere! — Abramakian pediu. — E eu? Se estão achando que o senhor é um terrorista, e eu? Vim de Beirute! Vão suspeitar de mim, também!

Eu hesitei.

— As fitas — eu disse. — É melhor dá-las para mim.

— Por quê?

— Magdalena aparece nas fitas... isso automaticamente o implicará no desaparecimento dela. E a Guardia ficará sabendo das línguas que ela fala na gravação. Eles provavelmente confiscarão as fitas para serem traduzidas, e as apresentarão como prova.

Abramakian hesitou.

— Eu mando para seu endereço em Beirute — falei.

Ele não queria entregá-las.

— Prometo que coloco no correio para o senhor — falei. — Ou o senhor me dá as fitas ou a Guardia as confiscará. Só Deus sabe quando as terá de volta.

Abramakian virou-se para Magdalena e falou com ela numa língua que parecia hebraico. O que ela lhe disse em resposta o fez sorrir. Ele lhe entregou as fitas e os papéis. Ela se inclinou para lhe dar um beijo no rosto.

— Não se preocupe comigo! — ele disse. — Já lidei com a polícia de Israel! Esses espanhóis não podem ser piores!

— Pode lhes dizer que está indo para Madri — falei, já na porta.

— Compreendo! — ele gritou. — Boa sorte para vocês!

Havia duas enfermeiras cuidando de um paciente no fundo do corredor. Um enfermeiro se aproximava de nós com uma bandeja. Senti Magdalena me apressando.

— Caminhe devagar — eu disse, contendo-a. — Finja que estamos indo para a máquina de refrigerantes.

— Mas a Guardia...

Eu a agarrei com mais força.

— Não corra a não ser que escute que estão vindo atrás de nós.

A máquina de refrigerante ficava cinco portas mais à frente. A escada dos fundos ficava logo depois, dobrando o corredor. Foi excruciante para mim, como deve ter sido para Magdalena, andar devagar, cada passo o mais silencioso possível, e o tempo todo escutando, esperando ouvir o barulho do elevador pronto a despejar seus passageiros.

Quando soou a campainha do elevador, nós congelamos. Estávamos a dois passos de dobrar o corredor. Não entre em pânico, eu disse para mim mesmo. Coloque apenas um pé adiante do outro. Eu ouvi as portas do elevador se abrindo atrás de nós. A essa altura tínhamos acabado de sumir de vista com segurança, dobrando o corredor. Fiz sinal para ela ficar calada enquanto nos dirigíamos para a porta da escada. Não ouvi a voz de Velarde. A campainha de outro elevador tocou. Escutei vozes dessa vez, mas não sabia se uma delas era a de Velarde. O coração disparado, fiquei em dúvida se a porta que dava para a escada tinha alarme, como muitas portas de incêndio têm. Tarde demais para me preocupar com isso, pensei, e lentamente girei a maçaneta.

Por sorte, o professor seguraria a Guardia o tempo necessário para descermos as escadas. Descemos correndo quatro lances de degraus de concreto, atentos o tempo todo para ouvir o barulho de uma porta abrindo acima de nós. Quando chegamos no térreo, a última porta tinha escrito em grandes letras vermelhas:

SALIDA DE EMERGENCIA

E embaixo, em letras pequenas:

Alarma sonidos cuando se abre la puerta

Não era preciso ser um gênio para imaginar que isso significava que um alarme soaria se abríssemos a saída de emergência. A liberdade estava do outro lado da porta; o alarme de repente a colocava fora de alcance. E agora?

— Vamos ter de sair pelo saguão — Magdalena disse.

— Velarde pode ter deixado um dos seus homens ali.

— Vou ver — ela disse, de repente assumindo o controle da situação. — Estão procurando por você, não por mim.

— Podem estar procurando por nós dois a essa altura.

— Não vão me reconhecer — ela falou. — Não sem meu hábito de freira. Você espera aqui. Eu aviso se estiver seguro.

Não havia sinetas de alarme na porta que levava ao saguão. Ela abriu a porta, olhou ao redor e entrou no saguão, queixo para cima, ombros para trás, como se fosse para o cadafalso. Eu, que tinha sido o líder até agora, fiquei escondido nas sombras da escada. Fiz força para escutar ruídos indicando a presença da Guardia. Depois do que pareceu um longo tempo — mas deve ter levado apenas alguns segundos —, a porta se abriu devagarinho.

— Nada — ela falou com um sorriso. — Não tem nenhum guarda no saguão. Talvez lá fora, perto do carro, mas não no saguão.

Encontramos a porta lateral.

— Talvez fosse melhor nos separarmos — Magdalena disse. — Estão procurando duas pessoas, não uma só.

Sorri da rapidez com que ela estava pegando o traquejo de um fugitivo. Ela esperou que eu passasse pela porta giratória primeiro e, comigo lá fora, saiu também, não logo atrás de mim, mas de lado, como se fosse um visitante passeando pelos jardins. Eu fui para o oeste e aí, depois de alguns metros, dei a volta numa fonte, sentei-me num banco para me certificar de não estarmos sendo seguidos e, finalmente, caminhei para o norte, na direção do estádio de esportes, para o estacionamento coberto onde tinha deixado o Opel.

Quando ela se encontrou comigo no carro, segui para a Cinturo de Ronda, o cinturão rodoviário de Barcelona.

— Para onde vamos agora? — Magdalena perguntou. Parecia excitada com nossa arriscada fuga. — Não para Madri, não é?

— Não — sorri. — Isso foi só um truque sujo. Nem sei se Velarde vai cair nisso. Se é tão esperto como penso, vai imaginar para onde vamos. Só espero que Abramakian o segure tempo suficiente para nos dar uma boa dianteira.

Depois de alguns quilômetros, peguei a saída para a N11, seguindo ainda mais para o Norte.

— Estamos indo para a França, não é? — ela quis saber.

— É nossa melhor opção. Não estamos assim tão longe da fronteira. E, uma vez na França, não precisamos mais nos preocupar com a Guardia Civil.

Pegamos a N11 em direção à Costa Brava. O trecho inicial de estrada que sai de Barcelona era plano e não muito pitoresco, embora seguisse paralelo à costa. Boa parte da nossa visão do Mediterrâneo estava bloqueada por prédios industriais e de apartamentos. Depois de passar por Mataro, a estrada ficou mais fotogênica. Extensas paisagens de praias largas apareceram à nossa direita. Os prédios de apartamentos deram lugar a hotéis e casas de praia. Os estacionamentos para camping estavam repletos de trailers prateados, muitos com toldos coloridos que identificavam seus proprietários como alemães em férias, que achavam os preços na Espanha mais convidativos do que na vizinha França. Eu dirigia em velocidade constante, 20 quilômetros acima do limite permitido, diminuindo a marcha só quando atravessávamos umas dezenas de cidadezinhas de veraneio ao longo do caminho. Era uma estrada relativamente reta, mas com o intenso tráfego de turistas ficava difícil saber se alguém nos seguia.

Eu não me sentiria seguro enquanto não estivéssemos fora da Espanha e do alcance da Guardia. Com a descarga de adrenalina exaurida, Magdalena logo adormeceu. O rosto apoiado no ombro, um leve sorriso nos lábios. Pensando numa coisa e outra, imaginei se as técnicas para análise de sonhos não ajudariam a saber a verdade a seu respeito. Mas, é claro, se sua história sobre reencarnação fosse fictícia, nada impediria seu subconsciente de inventar sonhos para comprová-la.

Ao norte de Blanes, a estrada ficou sinuosa ao passar por regiões mais montanhosas. Era o início da Costa Brava, a costa acidentada onde rochas pontiagudas, estranhas formações arredondadas e pedras esculpidas pelo vento erguiam-se íngremes sobre praias protegidas. Fiquei contente por ainda restarem algumas horas de luz do dia. Não tanto para apreciar o cenário, espetacular como ele era, mas porque as rochas e as curvas fariam da estrada um lugar perigoso de dirigir de noite. A sinalização marcava nosso progresso através de Tossa de Mar, com suas casas caiadas, a Ermida de Sant Elmo, Palamos com seus barcos de pesca. As montanhas à nossa direita eram encimadas por castelos desertos e muralhas em ruínas.

Enquanto dirigia, não pude deixar de pensar nas forças misteriosas que pareciam ter me colocado nesse caminho. Ah, eu poderia explicar cada tentáculo de nossa viagem com bases puramente racionais: saímos de Valência porque eu não queria que Magdalena passasse o resto da vida num hospital psiquiátrico; eu a havia trazido para Barcelona para encontrar sua "freira babá", aquela que a criara e talvez tivesse informações sobre seu passado; e agora eu a estava levando mais para o Norte ainda, porque a fronteira com o país vizinho nos colocaria fora do alcance da Guardia Civil.

Nessas circunstâncias, nenhum outro destino faria sentido. E, no entanto, eu me perguntava se outros fatores inexplicáveis estariam operando no mapeamento da nossa rota. Seria o destino? Carma? Predestinação? Fosse qual fosse a teoria de determinismo divino aplicada, estávamos sendo inexoravelmente atraídos, como por uma invisível mão, para o Norte. Por um acaso que parecia acidental demais para ser simples coincidência, estávamos nos encaminhando para o Sul da França, o único lugar da Europa, se não do mundo inteiro, que poderia ter a chave para provar ou invalidar as alegações de Magdalena.

Qualquer investigação policial inclui uma visita à "cena do crime". Investigações de casos de reencarnação seguem um padrão semelhante. Mas, em vez da cena do crime os investigadores visitam os locais da vida anterior da pessoa investigada. Ali, com depoimentos de testemunhas oculares, registros históricos e artefatos comuns do dia-a-dia, as reencarnações podiam ser confirmadas ou refutadas.

Desde o início eu havia descartado a idéia de levar Magdalena de volta à Terra Santa em busca de evidências comprováveis. Os romanos tinham metodicamente destruído os registros judaicos depois da revolta de 70 d.C, apagando qualquer esperança de encontrar documentos escritos sobre sua vida. Séculos de esforços de líderes da Igreja para ofuscar e reescrever a história da vida de Magdalena tinham corrompido qualquer tradição oral ou lenda que ainda pudessem ser descobertas na Palestina ou em Roma. A Terra Santa não possuía nenhuma relíquia conhecida de Maria Madalena, nenhum prédio onde ela tivesse morado um dia. E as tensões entre árabes e israelitas faziam da terra onde ela um dia caminhou um lugar difícil, senão perigoso, de se visitar.

O único local que oferecia algo próximo de uma evidência confiável das atividades de Magdalena era o Sul da França, onde supostamente ela passou os últimos 30 anos de sua vida. Ali, entre as relíquias físicas e os lugares onde ela exerceu seu ministério, eu talvez achasse as pistas para desvendar o mistério dessa jovem freira que dizia ter caminhado com Jesus Cristo. Era para a terra da Madalena que estávamos indo.

Eu nem sabia das surpresas que me aguardavam.

Quarenta e dois

Graças à política de fronteiras abertas da União Européia, não havia funcionários da imigração para nos impedir de fugir da Espanha. Ninguém para comparar meu passaporte com a lista de fugitivos da lei. Ninguém para perguntar por que Magdalena não tinha passaporte.

Uma vez atravessada a fronteira, o coronel Velarde deixava de ser uma ameaça. Se não estava brincando nas suas acusações publicadas no jornal, certamente daria início à papelada para a extradição. Mas, com a lenta burocracia dos dois países, isso levaria meses. E ele teria primeiro de nos encontrar. O que não seria fácil, porque as autoridades espanholas tinham poucos amigos nessa parte da França. Estávamos seguindo a rota de milhares de refugiados que fugiram pela fronteira durante a Guerra Civil espanhola, provavelmente próximo de onde tínhamos atravessado. Não importa qual seja a filosofia do governo seguinte, descendentes de refugiados que perdem seus lares e pessoas da família raras vezes perdoam o país de onde fugiram.

A estrada nos levou por um longo declive até a região de Languedoc-Roussillon. Embora tivéssemos deixado para trás Velarde e DesRosier, recordações da antiga fraternidade que os unia ainda eram abundantes. Somadas suas tradições madalenianas, essa parte da França foi um dia a cidadela dos legendários defensores do Santo Graal. Vestígios de castelos templários outrora considerados inexpugnáveis ocupavam as cristas das montanhas a oeste de nós. Eles serviam de lápides para os homens, mulheres e crianças mortos dentro de seus muros durante a Cruzada Albigense do século XIV. Milhares de templários, como os cátaros, seus aliados religiosos, preferiam morrer na fogueira a renunciar aos seus votos... ou revelar o conhecimento secreto que tinham fama de possuir. Durante muitos anos, os Cavaleiros do Templo foram considerados extintos. Na realidade, estavam apenas escondidos nas sombras da história, seu tesouro e conhecimento secreto ainda intacto e transmitido de geração em geração até seus descendentes ressurgirem, séculos mais tarde, denominando-se franco-maçons, rosa-cruzes e, por fim, outra vez Cavaleiros do Templo. A aparente riqueza de Jean-Claude DesRosier e a influência do coronel Fulgencio Velarde sugeriam que eles continuavam sendo uma força poderosa na Europa.

Eu estava ansioso para ir direto até Saintes-Maries-de-la-Mer, onde se acredita que Maria Madalena tenha pisado pela primeira vez ao chegar à França. Eu queria ver a reação que o local de desembarque evocaria em Magdalena. Mas estava ficando cansado, e sabia que não chegaríamos lá antes de escurecer. Saí da A9 e me dirigi para as pequenas aldeias de pescadores que salpicam a região costeira, atravessando Cerbere perto da fronteira francesa e seguindo para o Norte por Port Vendres e Banyuls. Foi só por acaso que me decidi por Collioure, uma aldeia que se distinguia das outras por um grande castelo que dava para o porto. Numa maravilhosa ilustração do *mélange* cultural que ainda prosperava na região, meu guia explicava que embora estivéssemos na França a bandeira listrada de vermelho e amarelo que adejava sobre o castelo era na verdade catalã; o próprio castelo tinha sido construído no século XIII pelos templários, e havia alguns excelentes restaurantes bascos na cidade.

Magdalena acordou quando eu descia a montanha para o *centre-ville*. O maciço Chateau Royal ocupava o topo de um enorme afloramento de rocha que ficava entre duas belas praias em forma de meia-lua, cortando a visão de uma praia para a outra e dividindo igualmente o centro da cidade em duas seções. O castelo era visível de todas as partes de Collioure, inclusive das ruas e dos becos mais estreitos. Tão importante para os seus defensores, tudo que se fazia nas ruas lá embaixo podia ser visto das ameias do castelo.

Sua remota localização fazia de Collioure o esconderijo perfeito para turistas em férias buscando privacidade, o que também a fazia ideal para fugitivos como nós. Evitei estacionamentos próximos ao Chateau Royal por ficarem muito expostos. Portanto, dei a volta subindo a colina e deixei o carro numa tranqüila área residencial, onde não seria notado por quem estivesse nos procurando. Dali, descemos a pé para procurar um hotel.

Ignorei as escolhas óbvias: o Hotel Les Templiers ou seus vizinhos ao longo do canal, ou os hotéis de frente para as praias. Preferi entrar pela passagem em arco até o velho quarteirão Moure, área de pedestres, sem calçadas. Por sorte, as ruas estreitas não só estavam vazias de carros, como também de lambretas, que predominam de forma tão incômoda no Sul da Europa. As pedras corretamente dispostas sobre as quais caminhávamos tinham uma ligeira elevação no meio da rua, formando um sistema natural de drenagem das águas dos temporais. Os prédios eram feitos de pedra, a maioria revestida com uma camada de concreto aparente.

— Isto me lembra Jerusalém — ela falou, e riu envergonhada. — É claro, não havia luz elétrica quando eu estava lá. E a esta hora do dia, quando a refeição da noite estava sendo preparada, havia sempre uma densa camada de fumaça de lenha no ar. Em dias calmos, quando não havia brisa, a fumaça queimava os olhos e não se enxergava muito longe. As pessoas idosas e as crianças tinham dificuldade para respirar.

O quadro que ela pintava era fácil de visualizar no velho quarteirão. Coloque os turistas em mantos e sandálias, ignore as lojas de *souvenirs* e barracas de *gellato*, e poderíamos estar caminhando no meio de qualquer das dezenas de cidades da antiga Judéia.

Para suplementar sua renda durante a estação de turismo, muitos dos residentes locais alugavam *chambres* vazios em suas casas ou apartamentos. Depois de analisar alguns com problemas de privacidade ou encanamento, finalmente nos decidimos por quartos contíguos num prédio estreito perto do arco. Eram quartos minúsculos, recortados de um único quarto grande no terceiro andar. O que eu gostei foi da localização. Nossos quartos tinham cada um uma janela que dava para a rua, com vista para o arco de entrada. Durante os meus momentos mais paranóicos, eu podia olhar pela janela e ver se vinha alguém. E se a paranóia virasse pânico, o jardim no terraço do andar de cima oferecia uma saída de emergência pelos telhados dos prédios anexos.

— Ela diz que este era o quarto do filho — Magdalena traduziu as palavras da dona do prédio, madame Ernestine Gramont. — Ele morreu há 50 anos, na Guerra da Argélia, e ela não suportou ver o quarto continuar vazio.

Madame Gramont estava na sétima década de uma vida cujos sofrimentos acumulados haviam cobrado um terrível tributo físico. O lado esquerdo do seu corpo estava parcialmente paralisado. Ela andava com dificuldade, a perna dura forçando-a a subir os degraus um a um. O braço esquerdo congelado num ângulo estranho, os dedos para sempre deformados. A paralisia, que parecia vestígio de um enfarte acontecido há muito tempo, também afetou o lado esquerdo do rosto, imobilizando parte da sua boca e forçando-a a falar com um movimento mínimo dos lábios. Como acontece com muitas pessoas idosas, entretanto, ela parecia querer partilhar as lembranças que mais a perseguiam. Nós escutamos polidamente, Magdalena continuando a traduzir, enquanto a velha arrastava os pés pelo quarto, arrumando as persianas da janela, alisando a colcha da cama, endireitando o abajur, sem parar de falar numa conversa fiada que devia descarregar em cima de todos os que alugavam o quarto do filho. Fiquei imaginando quantas pessoas teriam sido afastadas por suas mórbidas reminiscências. Em algum ponto de nossa vida, todos ocupamos quartos cujos antigos donos já morreram. Muitas vezes dormimos na maior inocência em camas de hotel e de hospital onde alguma alma passou seus últimos momentos na Terra, arquejando inutilmente por esse último suspiro. Por sorte, não ficamos sabendo dessas desconfortantes realidades. A lei não exige do senhorio uma lista das pessoas que morreram ali; não há placas sobre as camas de hospital homenageando as dezenas de pessoas que expiraram sobre sua superfície esterilizada.

Madame Gramont, *née* Ernestine Malvoir, nascera em Collioure, numa casa menor sobre a colina. Casara-se jovem, aos 16 anos, com um homem mais velho "*très beau, très merveilleux*", chamado Henri Gramont, de cuja família herdaram a casa estreita de três andares. Como muitos da sua geração antes que o turismo virasse a principal indústria em Collioure, Henri era pescador de anchovas. Todas as noites, ele e outros saíam para o mar com luzes para atrair os cardumes. O casal teve um filho, Charles, em homenagem a De Gaulle. Quando Charles estava com dez anos, Henri se perdeu no mar. Seu corpo nunca foi encontrado. Mas Ernestine Gramont compensou sua falta dedicando-se totalmente ao menino. Ela aceitou pensionistas e Charles, quando cresceu um pouco mais, trabalhou em vários lugares. Mas ela jamais — e ela acenava a mão direita repetindo a palavra *jamais* —, ela jamais permitiu que ele fosse pescador. Charles acabou alistando-se no Exército francês e foi mandado para a Argélia, onde foi capturado e supostamente executado pelos rebeldes. Seu corpo nunca foi devolvido.

Não há tristeza maior do que a da mãe que perde seu único filho. Maridos, por mais que sejam amados, são simples hóspedes passageiros na vida de uma mulher. Um filho, entretanto, é a expressão máxima da sua feminilidade, parte do seu corpo como mão ou perna, ou, como qualquer mãe confirmará, seu próprio coração. O tempo ajuda a maioria das mulheres a lidar com a perda de um filho. Ficou claro para mim que madame Gramont não era uma dessas mulheres. Embora falasse muito à vontade sobre o trágico acontecimento, seu corpo moído e a melancolia persistente na voz sugeriam que ela ainda estava bloqueando a dor. Era um mecanismo psicológico de defesa muito comum de quem não quer ou não consegue enfrentar realidades desagradáveis. O resultado é um embotamento das emoções, o isolamento social e a adoção do que Wilhelm Reich rotulou de *armadura de caráter*, tudo destinado a proteger o indivíduo de outros sofrimentos que o mundo possa querer lhe causar. Ernestine Gramont, decidi, era um exemplo extremo da tese de Reich. Cinqüenta anos de luto haviam lhe deixado rugas profundas de tristeza naquele lado do rosto que não estava congelado pela paralisia. Seus olhos haviam recuando para dentro de covas profundas de onde olhavam um mundo que não mais lhe interessava. Sua voz, quando ela falava, era um grasnar de desespero. E, segundo ela mesma reconhecia, afastara-se dos velhos amigos, preferindo ficar sentada no quarto escuro onde um dia fez as refeições com Henri e Charles.

Apagar 50 anos de tamanha tristeza, só por um milagre.

Para Magdalena, bastou um segundo.

Assisti fascinado quando ela colocou um dos braços sobre os ombros da velha e a puxou para si. Ela pressionou a palma da outra mão contra o rosto paralisado da mulher e lhe falou com uma voz tão cheia de compaixão que os olhos da outra se encheram de lágrimas. Gentilmente, com carinho, como a mãe que beija um filho, essa jovem simples de 19 anos beijou a testa enrugada de uma viúva 50 anos mais velha do que ela.

Ernestina Gramont pareceu estremecer por um instante, como alguém que se livra dos efeitos persistentes de um longo sono. Por incrível que pareça, eu quase pude ver a tristeza deixando seu corpo. O rosto dela se ergueu. Os ombros se endireitaram. A carranca congelada derreteu-se; o lado esquerdo do seu rosto parecendo primeiro relaxar e depois voltar à sua configuração normal, os cantos dos lábios se erguendo num sorriso completo que só podia ser descrito como de alívio. Os sulcos profundos na sua testa não desapareceram, mas ficaram mais suaves, mudando de rugas nítidas de raiva para as rugas próprias da idade. Ela ergueu a mão direita, olhando incrédula enquanto abria o punho e conseguia movimentar e flexionar os dedos pela primeira vez em décadas. Seus olhos se encheram de admiração ao testar a perna, levantando-a primeiro e depois girando o tornozelo para ver se funcionava, e finalmente apoiando todo o seu peso sobre ela.

A admiração foi substituída por lágrimas de alegria e Ernestine Gramont caiu de joelhos e beijou os sapatos de Magdalena.

— *Merci, merci, madame* — a velha soluçava. — *Je remercie de votre bénédiction. Vous êtes vraiment une Sainte.*

Magdalena colocou as mãos sobre a cabeça da mulher.

— *Je vous aime* — ela falou. — *Le bon Dieu vous aime.*

Ela ajudou a mulher ajoelhada ficar de pé.

— *Allez et rendez grâces à Dieu.*

Com lágrimas escorrendo incontidas pelo rosto, a velha baixou a cabeça e foi se afastando de nós, sem se virar, batendo no peito e murmurando orações, até a porta.

Durante todo esse extraordinário episódio, fiquei mudo, pasmo com o que estava testemunhando. Só depois que madame Gramont se foi é que recuperei a fala.

— O que aconteceu com ela? — perguntei. — Quero dizer, o que fez com ela?

— Nada. Simplesmente lhe dei uma *bénédiction*. Uma bênção.

— Uma bênção? — Eu estava tentando compreender o que tinha visto. — Você lhe deu uma bênção?

— Por que está tão surpreso? Acha que só os padres podem abençoar?

— Não entendo muito o francês, mas acho que ela a chamou de santa.

— Por que acha isso tão extraordinário? A Igreja Católica há muito tempo elevou Maria Madalena à condição de santa.

— Mas... o que lhe disse? — persisti.

— Eu lhe disse que a amo. Eu lhe disse que Deus a ama.

— Só isso? Foi só isso que você lhe disse?

— O que mais alguém precisa ouvir?

Pude ver que eu não estava chegando a lugar algum. Ela havia realizado uma cura — eu tinha de chamar a isso de cura, embora os psicólogos raramente usem essa palavra —, e era uma cura que desafiava tudo que eu sabia sobre medicina e psicoterapia. A ciência médica ainda não era capaz de reverter os efeitos de um derrame cerebral.

Psicólogos populares e curandeiros que usam o poder da fé, profissionais da medicina holística da Nova Era e os filósofos da moda que costumam freqüentar o programa da Oprah pregam descaradamente o poder de cura do amor. Eu mesmo, acreditando nisso, sempre imaginei esse poder como uma resposta interior gradual que faz crescer a auto-estima e dá ao ego ferido uma razão para se recuperar. Pesquisadores médicos, como fazem sempre, examinaram toda essa questão com seus microscópios eletrônicos, ultra-sonografias do cérebro, imagens por ressonância magnética, fatores de regressão de proteínas e dezenas de outras experiências com cobaias e humanos, e finalmente reduziram todo o processo a uma função química na qual o cérebro libera endorfinas que fluem para a corrente sangüínea ativando a produção de proteínas que realizam funções terapêuticas. Seja qual for a explicação, eu nunca tinha visto uma transformação tão imediata e dramática.

Magdalena não fez outra coisa além de tocar na mulher e falar algumas palavras gentis em voz baixa. Não houve perguntas e respostas, nenhum diálogo, nada mais do que aquelas poucas palavras.

Eu me recusava a acreditar que um punhado de palavras sobre Deus e amor, por melhor que fosse a intenção, pudesse ter produzido tais resultados. A única explicação era que meu diagnóstico inicial estava errado; talvez a velha não fosse vítima de um acidente vascular cerebral, mas simplesmente uma histérica, ou sofria da montanha-russa emocional de um distúrbio bipolar. Nesse caso, ao que eu tinha assistido era uma catarse: o momento emocional decisivo que ocorre quando os temores e ansiedades mais profundos de um paciente são de repente purgados trazendo-os a um nível consciente. Mas a catarse é um momento dramático, em geral reservado para filmes sobre psiquiatras. A realidade costuma ser uma melhora gradual no decorrer de anos de sessões. Mesmo um programa de psicoterapia de curto prazo em geral requer 26 sessões. Essa "cura" tinha acontecido em questão de segundos.

Mas era realmente uma cura?

Talvez fosse apenas uma aberração momentânea, um fenômeno hipnótico que se evaporaria na ausência do hipnotizador.

Eu teria de ver como madame Gramont se comportaria no dia seguinte, antes de atribuir a Magdalena qualquer poder de cura milagrosa.

Quarenta e três

Jantamos num minúsculo restaurante ali perto, onde a especialidade da casa era uma sopa simples de peixe conhecida na região como *bullinada*. Servido em pequenas tigelas de barro, o cozido avermelhado era uma versão camponesa da *bouillabaisse*, feita com peixes menores e temperos mais fortes.

Enquanto eu partia um pedaço de *baguette*, Magdalena começou a falar sobre Jesus.

— Ele não era como a maioria das pessoas pensa — foram suas primeiras palavras.

Pensei em interrompê-la, pedir para que reservasse seus comentários para quando estivéssemos de volta ao meu quarto no hotel, onde eu poderia gravar o que ela dizia. Mas ela parecia pensativa, talvez por causa do encontro com madame Gramont, e podia ser uma chance de explorar suas impressões mais pessoais a respeito de Cristo. Eu poderia voltar a esse assunto mais tarde, diante de uma filmadora.

— Por exemplo — ela falou —, ele não tinha uma voz possante, como a de João Batista ou dos padres nas igrejas, hoje, que falam com tanta autoridade. Ele falava num tom normal, assim como estou falando com você. Quando expulsou os demônios de mim, não gritou nem vociferou. Simplesmente pegou na minha mão e olhou dentro dos meus olhos e disse muito tranqüilo: "Você está curada." Só isso. Mas quando ele pronunciou estas palavras, eu senti um calor... não o calor do sol ou do deserto, mas um calor que vinha de algum lugar bem no fundo do meu corpo. Ele sorriu para mim, como se soubesse o que estava acontecendo, como se pudesse sentir o que se passava comigo. Foi o momento mais maravilhoso da minha vida, e no entanto acho que ninguém à nossa volta escutou o que ele me disse.

Seu olhar passou por mim, pela janela, em direção ao oceano.

— Foi quando me apaixonei por ele — ela murmurou. — No instante em que o vi pela primeira vez.

As palavras pairaram entre nós por um longo momento.

A *bullinada* foi temporariamente esquecida.

Era um momento cuja intimidade preferi não interromper.

Se ela era uma fraude, se tudo não passava de informações adquiridas de fontes secundárias ou fornecidas por um cúmplice conspirador, era uma grande artista. Seus olhos permaneceram focalizados no horizonte distante, como se estivessem mesmo olhando para trás no tempo.

Quando os olhos dela voltaram até mim, e ela percebeu onde estava, deu um sorriso tímido e voltou a se ocupar com a sopa.

— É claro, todos nós estávamos apaixonados por ele — ela disse. — Como seria possível não amar um homem capaz de tocar na alma das pessoas? Mas, você sabe disso. Você o amou, também.

Eu não tinha lá muita certeza do que ela estava falando. Sem querer distraí-la, deixei passar.

— Acho que nunca o vi perder a paciência — ela continuou. — Sei que aqueles homens que escreveram os evangelhos diziam que ele se zangou ao expulsar os mercadores e agiotas do templo. Mas eles não estavam lá. Eu estava. E o que vi foi um homem decepcionado com o que encontrou e determinado a restaurar a santidade de um local de adoração. Ele não gritou ou levantou a voz, nem os açoitou.

Era o extremo oposto da versão de João para a limpeza do templo. E uma daquelas divergências desnecessárias da tradição que acrescentava credibilidade aos seus relatos. Uma charlatã jamais tentaria contestar os ensinamentos dos evangelhos.

— Ele não era o tipo de pessoa que se zangasse — ela disse. — Não era seu estilo. E teria sido tolice. Os agiotas tinham guardas que o atacariam por perturbar seus negócios. O que ele fez foi deixá-los envergonhados. Eles saíram reclamando, mas de livre vontade. — Ela sorriu. — E tudo que fizeram foi levar suas tendas para fora do templo, onde continuaram com o comércio. Não foi nada tão dramático como se lê na Bíblia, embora o resultado tenha sido o mesmo.

— Como ele era fisicamente? — não pude deixar de perguntar.

Era uma pergunta capciosa; mais uma tentativa de ver se conseguia pegá-la em erro, ou forçá-la a exagerar na mentira.

Uma coisa que eu tinha aprendido com pintores de ícones ortodoxos no monte Athos era que a aparência física de Jesus estava tão aberta a especulações quanto os seus famosos "anos perdidos".

As imagens que alguns estudiosos um dia afirmaram ser de Cristo foram encontradas em ampulhetas, sarcófagos e nas paredes de catacumbas sob o Vaticano. A maioria delas, entretanto, é muito parecida com imperadores romanos ou deuses gregos e romanos. Essa camuflagem visual era uma prática comum naqueles primeiros séculos, quando um peixe era usado como símbolo de Cristo e a cruz era muitas vezes disfarçada de âncora. Conseqüentemente, essas primeiras imagens de Cristo não podem ser consideradas mais confiáveis do que o retrato reconhecidamente impreciso da Santa Ceia por Leonardo da Vinci, que mostra os apóstolos sentados diante de uma mesa, em vez de reclinados em estrados baixos, como era costume servir as refeições naquela época.

Os pintores de ícones acreditam haver apenas três imagens de Cristo que seriam representações exatas de como ele era. Duas desapareceram nas brumas da história e uma é submetida a constantes investigações científicas e controversas. O lendário Retrato de Edessa era uma pintura de Jesus Cristo que ele mesmo enviou, junto com uma carta, a Agbar V de Edessa. A correspondência entre os dois foi documentada por Eusébio, o pai da história eclesiástica, nos seus escritos durante o século III. A carta foi vista pela peregrina aquitana Aetheria, em sua viagem à Terra Santa em 383, e a existência do retrato foi confirmada mais uma vez no século VI, por Evágrio Escolástico. O retrato apareceu e desapareceu ao longo dos séculos, indo de Edessa a Constantinopla, quando a cidade era o centro da fé cristã, e depois outra vez desaparecendo. A segunda imagem é a do véu de Verônica. Segundo as lendas, a imagem ficou estampada no pano como por um milagre quando Verônica enxugou o rosto de Jesus carregando a cruz. Embora não se fale sobre isso em parte alguma do Novo Testamento, a cena "Verônica enxugando o rosto de Jesus" foi venerada pela Igreja Católica Romana como o sexto passo da Via Crucis. Depois de quase mil anos de fervorosas orações diante dele, o papa Paulo II substituiu o sexto passo em 1991, levantando dúvidas sobre a validade da lenda. Não obstante, o véu, com sua imagem quase apagada, ainda é exposta de vez em quando ao público.

A terceira, a mais controversa, e talvez a mais legítima imagem de Cristo existe no Sudário de Turim. Essa foi a suposta mortalha que envolveu o corpo de Cristo quando ele foi colocado no túmulo. É uma imagem anatomicamente correta, umas das poucas existentes a colocar com precisão as marcas dos pregos nos pulsos de Cristo, onde os ossos carpais servem de apoio, e não nas palmas das mãos, onde a carne entre os ossos metacárpicos teriam se rasgado com o peso do corpo dele. A imagem parece tridimensional quando vista no negativo, e oferece uma representação detalhadíssima do seu rosto. Muitos cientistas afirmam que um teste com carbono-14, publicado em quase todos os jornais e revistas, "provou" que o Sudário foi criado não antes do século XIV, embora não saibam explicar como ele foi criado, nem por que tem vestígios de pólen da Judéia do século I entranhado no tecido. Essas afirmações foram refutadas por estudiosos que apresentaram registros históricos provando que o Sudário tem sido exibido e que há textos escritos a seu respeito desde o século VI. A metodologia do teste de carbono foi mais tarde desacreditada. Mas os céticos continuam com seus ataques.

Com tanta confusão e tão poucas informações concretas, artistas e escultores vêm criando suas próprias interpretações de Jesus Cristo há séculos. Minha pergunta, que superficialmente podia parecer muito simples, era na verdade uma armadilha, um convite para ela extrapolar e inventar algo absurdo.

— Ele tinha quase dois metros de altura — ela começou, hesitante. — Mais ou menos como você. Um pouco mais gordo, embora não muito robusto. Ah, ele era forte, só não tão musculoso como se esperaria do filho de um carpinteiro.

Essa descrição podia servir para metade dos homens da Galiléia, pensei.

— Não se parecia com José, o que era de se esperar, já que ele não era seu pai. Seu irmão Tiago é que se parecia com José.

Não me surpreendi com a referência a Tiago. Apesar da crença comum de que Jesus era filho único, a própria Bíblia revela que Tiago era de fato irmão de Jesus... e, de fato, não era seu único irmão. O que achei intrigante, entretanto, foi a ressalva teológica que ela construiu com seu comentário sobre a semelhança física entre José e Tiago. Definir José como pai de Tiago preservava o conceito da singular divindade do nascimento de Cristo.

— Na verdade, José e Tiago eram os bonitões da família. Jesus se parecia com Maria, que era muito sem graça.

Não era exatamente uma avaliação brilhante da aparência do Salvador, ainda mais vindo de uma mulher que dizia amá-lo. Talvez ela achasse que uma certa crítica ajudaria a estabelecer sua credibilidade.

— Ele tinha um rosto comprido, fino, como o da mãe.

Até que enfim, ela estava tornando-se específica.

— Tinha um nariz comprido, comprido mesmo, com um pequeno defeito na narina esquerda.

— O que quer dizer? — perguntei.

— Sabe, quando a pessoa não tem o nariz perfeito? Bem, eu me lembro que sua narina esquerda era menor do que a direita. — Ela deu um risinho nervoso. — Pode parecer tolice para você, eu lembrar de um detalhe pequeno como esse.

— Não é nenhuma tolice — eu disse. — Quanto mais detalhes lembrar, melhor.

— Sua pele não era clara, como se vê em todos os quadros dele. Ninguém que vivesse naquela região tinha pele clara... somente as mulheres romanas, que não apanhavam sol.

Então o Salvador era bronzeado, como milhões de outros palestinos. Não era uma observação particularmente dramática, pensei.

— Tinha um sulco profundo no meio da testa — ela continuou. — Como se tivesse passado muito tempo com os olhos semicerrados por causa do sol, talvez por ter estado no deserto.

Tínhamos esquecido nossos pratos, que permaneciam pela metade sobre a mesa enquanto ela continuava a desenhar o retrato falado de um homem que dizia ter conhecido há dois mil anos.

— Ele tinha cabelos pretos...

Como 90 por cento dos hebreus naquela época.

— ... que não cortava; eram compridos, até os ombros.

O estilo padrão.

— Sua barba não era cheia. Não se encontrava debaixo do nariz. Você podia ver a pele e uma reentrância entre o nariz e o lábio superior. Sabe, bem aqui. — Ela apontou para o pequeno vale acima do centro do seu lábio superior. — E a barba não crescia por baixo do seu lábio inferior. Havia uma linha ali, também. Quase como se ele se barbeasse debaixo da boca.

À medida que ela acrescentava detalhes, alguns tão superficialmente insignificantes como o jeito de a sua barba se dividir num V de cabeça para baixo sob seu queixo, eu ficava mais intrigado.

— Ele tinha olhos penetrantes, castanhos — ela continuou. — Havia alguma coisa nos seus olhos que nunca vi em nenhum outro ser humano. Nem naquela época, nem agora. Eles pareciam maiores do que o normal, quase como os de uma coruja. E eram fundos, com cílios grossos, e ele sempre olhava para as coisas com muita intensidade. Quando olhava para você, era difícil desviar o olhar. Era como se ele fosse capaz de ver dentro da sua alma.

Até agora, essa foi a única parte da sua descrição que chegou perto do que se poderia chamar de místico. Um olhar sobrenatural era uma descrição que tradicionalmente se aplicava às pessoas com poderes místicos, como padre Pio e Katherine Neumann, assim como a praticantes do controle da mente mais sinistros como Charles Manson. Como psicólogo, eu sabia que essas avaliações interpessoais tendiam a ser puramente subjetivas e muitas vezes exageradas por aqueles mais suscetíveis à influência de personalidades carismáticas.

E nisso... vi aqueles olhos misteriosos na minha mente: o modo como sondavam e pareciam ter uma inteligência própria; como pareciam tristes quando viam dor e sofrimento, mesmo naquelas outras pessoas que não têm piedade. Sacudi a cabeça para apagar a imagem repentina.

— Ele tinha as maçãs do rosto salientes. Quando jejuava, elas ficavam ainda mais ressaltadas.

Apesar dos meus esforços para me livrar dela, a imagem persistia. Eu tinha escutado falar de projeção mental, que uma pessoa era capaz de plantar uma imagem na mente de outra. Entretanto, nenhum desses experimentos produzira uma imagem tão vívida como a que eu estava agora recebendo.

— Outra coisa peculiar — ela disse. — Sua sobrancelha esquerda era mais alta do que a direita.

Isso era comum, também. Os dois lados do rosto raramente são idênticos, a não ser que a pessoa tenha passado por cirurgias corretivas.

Se ela tivesse dito que se lembrava de um rosto beatificado como os pintados pelos velhos mestres, ou de uma luz sagrada brilhando nos olhos do Salvador, teria sido muito mais fácil descartar seu retrato falado. O que ela descrevia, com muito mais detalhes do que eu esperava, eram características faciais individuais que poderiam ser as mesmas, em maior ou menor grau, da maioria da população masculina da Judéia. Uma sobrancelha direita mais alta, um sulco profundo no meio da testa, um nariz grande com defeito numa das narinas: eram detalhes tão específicos e no entanto tão gerais que pareciam não provar nem contestar coisa alguma. O que ela descrevia era um homem comum, não muito bonito, com olhos misteriosos e narigudo. E, no entanto, eu me vi reagindo de modo estranho ao seu retrato falado.

Eu começava a acreditar que tinha visto o homem que ela estava descrevendo.

Mas onde?

Onde eu havia encontrado aquele rosto?

Tentei me lembrar. Costumo ter boa memória para rostos, mas ela estava me falhando agora. A barba deveria ter facilitado a identificação. Mas eu não conseguia fazer a associação mnemônica. Era alguém que eu tinha conhecido em minhas viagens? Um dos monges ortodoxos barbudos do monte Athos? Um rosto na multidão visto de relance em algum aeroporto ou estação de trem? Ou alguém tão distante no passado vago de quem eu não conseguia lembrar mais do que o rosto?

— E ele tinha dois cachinhos de cabelo caindo soltos no centro da testa — ela concluiu.

Eu conhecia o homem!

Quanto mais ela o descrevia, mais convencido eu estava de conhecer aquele rosto de algum lugar!

— Aceita dólares americanos? — perguntei de repente ao garçom.

— *Mais oui, monsieur.*

Empurrando de lado meu prato por terminar, contei mais do que o suficiente para pagar a conta e a gorjeta. A quantia deixada sobre a mesa despertou um sorriso no rosto do garçom.

— *Merci, merci beaucoup, monsieur. Vous êtes très gentil.*

— Para onde vamos? — Magdalena perguntou quando me levantei da mesa.

— Você vai ver — eu disse.

Quarenta e quatro

Arrastei Magdalena para fora do quarteirão mourisco até a praia. Era uma noite quente, e a calçada e seus restaurantes a céu aberto estavam cheios de turistas famintos. A pequena praia em si estava deserta, exceto por alguns namorados caminhando descalços na beira da água. Um mímico vestido de gladiador romano divertia a multidão. Por cima de tudo isso, iluminado por holofotes, o imponente Chateau Royal montava guarda sobre a cidade.

Exatamente como tinha feito em Valência, fui procurar um artista que pudesse desenhar um retrato verossímil a partir de uma descrição verbal. Não há cidade turística no mundo que não tenha um artista de rua fazendo retratos instantâneos. Essa parte de Collioure tinha três. Escolhi o que estava debaixo de uma árvore perto do Centro de Informações Turísticas, um jovem artista do carvão que trabalhava mais rápido do que os outros dois. Ele ofereceu todo animado a cadeira reservada aos clientes para Magdalena, pensando que eu queria que ele fizesse o retrato dela. Felizmente, ele compreendia inglês e consegui explicar o que desejava com um mínimo de confusão. Magdalena ficou ao meu lado atrás dele, de onde podíamos observar enquanto ele desenhava o rosto que ela ia descrevendo.

Ele começou, como a maioria dos artistas, com o formato da cabeça: uma figura oval grande representando o rosto comprido, apoiada em duas linhas que formavam o pescoço. A parte seguinte mais importante do rosto, no que lhe dizia respeito, era a posição dos olhos. Ele foi muito preciso no modo de abordar o projeto, pedindo detalhes a Magdalena numa determinada seqüência, e traçando apenas o contorno, para ser preenchido depois que as correções dela e sua borracha garantissem a precisão do trabalho. Os olhos, por exemplo: havia o problema da posição dos olhos dentro da cabeça, a distância entre eles, o tamanho e o formato, os cílios, se havia bolsas sob os olhos, sulcos, sombras ou rugas. Só quando ela ficou satisfeita com o que via é que ele passou para as sobrancelhas, o nariz, a boca, o sombreado das bochechas, a linha no meio da testa, a barba, o cabelo.

Eu observava, fascinado, suas mãos disparando pelo papel, traduzindo com perícia características faciais com um ou outro toque do seu lápis. Orientado por Magdalena, o rosto começou a assumir um jeito familiar.

O retrato ainda era um esboço quando ele colocou os cachinhos de cabelo caindo sobre a testa.

— Pare! — pedi.

— Mas *monsieur*, ainda não terminei.

— Não. Está ótimo. — Virei-me para Magdalena. — Ele era assim?

— Sim. Exatamente como me lembro dele.

— É só um croqui, *monsieur* — o artista protestou. — Só mais uns minutos e eu termino. Só precisa de um pouco de sombreado, acrescentar um pouco de dimensão.

Olhei para o trabalho dele. Havia uma familiaridade no traçado do lápis, no estilo de esboço rude do croqui que conseguiu acionar minha memória. O que pensei estar lembrando era o rosto que Magdalena descrevera, quando na realidade, o que realmente lembrava, era de um esboço quase idêntico a esse.

Num maravilhoso exemplo da hipótese de especificidade codificada de Tulving, o esboço dava as pistas visuais específicas que trouxeram de volta não só o lugar onde eu tinha visto a imagem, mas também uma enxurrada de informações adicionais relacionadas.

Na biblioteca do mosteiro do monte Athos, havia um livro antigo documentando a obra de Paul Vignon, um estudioso francês que dedicou grande parte da sua vida ao estudo científico do Sudário de Turim. Vignon fez uma análise exaustiva comparando a imagem de Cristo no Sudário com outros retratos anteriores do Salvador. Até o século VI, quase todas as imagens sagradas eram de um Cristo jovem, imberbe, idealizado, que mais se parecia com deuses romanos ou gregos, e podiam ser facilmente descartadas como ficções. Os primeiros retratos do Cristo barbudo que conhecemos hoje, só foram feitos por volta de 565 d.C. Restaram poucas relíquias desse período, mas as que Vignon estudou, inclusive o vaso de Emessa, a pátena de prata de Riha e o ícone de Cristo na igreja de Santa Catarina no Sinai, todas têm uma surpreendente semelhança com o homem do Sudário.

Excitado com a descoberta, Vignon começou uma análise comparativa de ícones bizantinos, moedas e outras imagens dos séculos VI e VII, e comparou-os com o Sudário. Ele conseguiu identificar 20 características faciais distintas, muitas tão diminutas quanto um traço em U na testa, que ligavam todas as imagens. Ele publicou seu estudo em 1938, complementado com um esboço identificando essas características. Tal esboço, naquele livro, era quase idêntico ao croqui em carvão que eu estava olhando em Collioure.

Agora, com a memória refrescada, eu podia lembrar claramente minha excitação quando vi a ilustração no livro de Vignon. A documentação dele tinha me convencido de que eu estava olhando para o verdadeiro rosto de Jesus. Havia alguma razão para eu duvidar agora?

— Ele era assim — Magdalena disse, como se respondendo à minha pergunta não formulada.

— Um rosto fascinante — o artista falou, afastando-se do cavalete para avaliar melhor sua obra. — É amigo de vocês?

— De muito tempo — Magdalena disse, a voz quase um sussurro.

Um pequeno grupo de pessoas começou a se juntar atrás de nós.

— Esse homem, acho que ele é um homem bom — o artista falou. — Desenho muitos rostos, às vezes 15, 20 por dia. Mas nunca um rosto como esse. Tão bondoso. Tão gentil. Tão triste.

Entre as pessoas que observavam, ouviram-se murmúrios de concordância. Nenhuma pareceu reconhecer o tema do retrato.

— Você o captou perfeitamente — Magdalena disse. — É muito talentoso.

A multidão continuava crescendo.

— Não, não fui eu — o artista disse. — Foi você. Minha mão foi guiada por suas palavras.

Eu estava começando a pensar que era algum tipo de manobra, uma tentativa de nos adular antes de cobrar um preço exorbitante pelo desenho. Mas, quando quis pagar, o artista não quis aceitar.

— Ele é seu, *monsieur*. Ele lhe pertence e à bela dama. Por favor. *S'il vous plaît.*

A platéia aplaudiu a generosidade do artista, enquanto ele cuidadosamente enrolava o desenho e o colocava dentro de um tubo de cartolina antes de entregá-lo para mim.

— *Merci* — eu disse. — *Merci beaucoup.*

— *Il n'y pas de quoi* — ele respondeu. — Sinto-me honrado em servi-lo. — Voltando-se para Magdalena, fez uma mesura com um floreio galês. — E a senhora também, *madame. Enchanté.*

Quando nos afastamos, percebi que tínhamos virado objeto de curiosidade. A agitação na barraca do artista tinha chamado a atenção dos espectadores que estavam jantando e bebendo nos cafés na calçada. Seus olhares nos seguiram até atravessarmos os portões do antigo quarteirão mourisco.

Eu só esperava que nenhum deles tivesse visto os jornais de Barcelona hoje, com minha fotografia e a descrição dos meus crimes na primeira página.

Quarenta e cinco

De manhã acordei com um som que parecia a voz de um anjo, uma doce e gentil voz louvando o Senhor. Por um momento, pensei estar de novo no Outro Lado, onde lembrava de ter escutado esses sons seráficos no espaço misterioso ao longe. Fiquei deitado quieto, temendo me mexer e interromper a melodia celestial. Aos poucos, reconheci os versos como uma das matinas que tinha escutado no convento. A voz era de Magdalena; ela estava cantando suas orações matinais.

Os primeiros raios hesitantes de sol já se filtravam pelas persianas de madeira. Parecia estranho não ouvir os outros sons, nenhum dos usuais ruídos dissonantes que sinalizam o despertar de uma aldeia. Quando abri as persianas, vi por quê. Em vez de saírem para suas atividades da manhã, um pequeno grupo de moradores da cidadezinha estava parado na rua, olhando para a janela de Magdalena. Estavam fascinados, como eu, com a beleza do canto. A voz dela flutuava livre e sem esforço, um soprano natural sem o ranço da técnica. Ela percorria os registros mais altos com uma tremeluzente facilidade de causar inveja a Sarah Brightman. O canto terminou quando os sinos da igreja tocaram chamando para a missa. Só então foram retomadas as atividades normais da vizinhança.

Um toque na porta anunciou a chegada de uma jovial madame Gramont, com um café da manhã que eu não havia pedido. A velha estava sorridente e animada, e ia de um lado para o outro com uma mobilidade que não conhecia há anos. Todos os sinais das suas deficiências tinham desaparecido. Seja lá que mágica Magdalena tinha feito com ela, pelo visto durou a noite toda. Ela trouxe a bandeja com um bule de café, um prato de queijo, dois grandes *croissants*, geléia e manteiga. Os *croissants* tinham acabado de sair do forno, seu perfume quente misturando-se maravilhosamente com o aroma forte do café recém-passado. Madame Gramont colocou a bandeja sobre a mesa, perto da janela, de onde eu podia apreciar a vista do Mediterrâneo enquanto tomava o café.

Ela olhou em volta pelo quarto até seus olhos baterem no desenho a carvão, que eu tinha espetado do lado de dentro da porta na noite anterior. Devia ser isso que ela estava procurando, porque atravessou correndo o quarto para examiná-lo mais de perto.

— Este é o desenho que Eduard fez ontem de noite? — ela perguntou. — Quando o senhor estava passeando com a senhora?

— Sim. Mas como sabe? — Na excitação, o artista tinha esquecido de assinar o nome.

— Estavam falando sobre isso esta manhã.

— Quem estava falando? Onde?

— O padeiro e a mulher dele. Dizem que é o rosto de Jesus.

— Como o padeiro soube disso?

— Pelo irmão, que falou com Eduard. A essa altura muita já gente sabe. Fazer um retrato tão bonito, só com as palavras dela, Eduard diz que não compreende como fez.

— Devia estar inspirado — eu falei. Era uma observação casual, o tipo de elogio à toa, para não ser levado muito a sério.

— Foi o que Eduard disse. Ele ia desistir da sua arte, sabe. Nunca conseguiu muito dinheiro com ela. Mas agora, depois de fazer o desenho mais bonito da sua vida, ele disse ao irmão que está inspirado para ir para Paris e estudar na École. Ele trabalhou a noite inteira desenhando dezenas de cópias desse retrato, que estão todas vendidas. Todo mundo na padaria está comentando sobre essa jovem senhora que está com o senhor, e como ela influenciou a vida de Eduard para o bem.

— Fico feliz por ele — eu disse. No que me dizia respeito, esse era um exemplo de incidente que aumentava muito pelos fofoqueiros de plantão, que não tinham coisa mais interessante para falar.

— Ela tem um dom divino, sua jovem senhora.

— Não estou tão certo disso — contestei. Deixei-a olhando para o retrato enquanto me ocupava com o café da manhã. Os *croissants*, apesar de já estarem frios, eram maravilhosamente crocantes por fora e macios por dentro. O café era forte e escuro; misturei com creme fresco na proporção de um para um.

— Minha vida mudou, também — madame Gramont continuou. — A grande tristeza foi aliviada do meu coração. Eu saí ontem de noite, pela primeira vez depois que meu filho morreu. Fui ver uns velhos amigos no café ao longo do canal, e descascamos *crevettes* e bebemos vinho até depois da meia-noite. Todos na padaria sabiam da minha cura esta manhã. Eu lhes disse que era por causa da jovem senhora. Ela é mesmo uma santa.

— E suponho que disse a todos que está aqui, na sua casa.

— Mas é claro — madame Gramont falou. — Tenho orgulho de hospedá-la.

Isso explicava as pessoas na rua de manhã, e por que escutavam tão atentas às matinas de Magdalena.

— Ela não é uma santa — eu disse.

— É verdade que ela disse a Eduard que conhecia o homem do retrato?

— Sim — falei. Não havia motivo para negar o que ela dissera ao artista; eu tinha certeza de que ela repetiria isso a qualquer um que perguntasse.

— Então, se ela conhece Jesus, ela é uma santa.

— Ela é apenas um ser humano comum — contestei. — Como a senhora e eu.

— Pessoas comuns não curam doentes.

— Os médicos curam.

— Médicos não louvam ao Senhor de manhã. Não como ela.

— Talvez devessem — murmurei. Não ousava revelar que Magdalena era na verdade uma freira, cantando suas matinas. A velha certamente tomaria isso como mais uma prova de santidade.

Madame Gramont não parecia ter pressa de sair.

— Tem mais alguma coisa a dizer? — perguntei, iniciando meu segundo *croissant*.

— Tem uma mulher... — ela disse. — Marguerite Diderot... prima do meu primo... ela tem um filho, Philippe...

Esperei enquanto ela tentava encontrar as palavras certas para expressar o que queria.

— O menino não fala... é o que nós chamamos em francês de *muet*.

— É mudo?

— *Oui*. A criança tem só quatro anos. — As palavras saíam mais rápidas agora. — É de partir o coração. Um menino tão bonito e não consegue nem falar "mamãe".

— Sinto muito por ele — falei. Já sabia onde isso ia acabar, e estava ficando sem saber o que fazer.

— O senhor acha que a jovem senhora poderia... ajudá-lo a falar? — ela perguntou.

— A senhora está pedindo um milagre.

— Sim. Um milagre. Ela tem o dom, não tem?

Sua voz refletia a fé inocente de quem já havia sido curado. Será que se eu tentasse negar o "dom" de Magdalena estaria arriscando arruinar a súbita recuperação de madame Gramont depois de décadas de depressão? Estava convencido de que, se tinha acontecido uma "cura", ela se dera em algum nível do subconsciente dessa senhora, e sabia que a situação podia reverter com a mesma facilidade com que ocorrera.

— O que funcionou para a senhora talvez não funcione com o menino — alertei. Não queria abalar sua fé quando nada tinha acontecido. — Mesmo que ela tenha o dom, pode não ser capaz de realizar milagres de encomenda.

Não era a resposta que madame Gramont queria.

— Uma santa pode fazer milagres a qualquer hora — ela declarou. — E eu acredito que ela seja uma santa.

Resoluta na sua fé, ela saiu e me deixou terminar o café da manhã. Eu só podia esperar que ela não sofresse uma recaída quando o esperado milagre não acontecesse.

A suposta "milagreira" atendeu à porta parecendo mais uma jovem turista despreocupada do que uma santa. Vestia uma blusa branca sem mangas e calças justas brancas, e estava colocando um par de brincos de conchas de prata. Um par de sandálias brancas de verniz esperavam corretamente ao lado da sua cama, enquanto ela caminhava descalça pelo quarto. Para uma mulher que nunca tinha usado maquiagem até três dias atrás, quando a amiga de Alfredo pintara seu rosto, ela mostrava uma incrível habilidade com o batom e o delineador.

— Então! — ela disse. — Veio me fazer mais perguntas?

— Onde quer sentar? — perguntei.

Ela se sentou no meio da cama e assumiu uma posição de ioga, pés descalços dobrados sob as coxas. Espetei o retrato a carvão na parede, o que pareceu lhe agradar. Olhando Magdalena pelo visor da filmadora, eu tinha de me lembrar que essa bela criatura de roupas justas até poucos dias tinha sido uma inocente freirinha escondida num convento espanhol. O que as outras freiras pensariam caso pudessem vê-la agora, sentada descalça e de pernas cruzadas na cama, sozinha num quarto com um homem que, obviamente, estava admirando seu corpo? Como se soubesse o que eu devia estar pensando, ela me deu um sorriso afetuoso, quase um flerte.

— Esta é a terceira entrevista com irmã Mariamme — inseri as usuais formalidades no título do vídeo. — Esta sessão está acontecendo em Collioure, França, num quarto do terceiro andar de uma pensão de propriedade de madame Ernestine Gramont. Hoje é quinta-feira, 10 de maio de 2001. São 8h13, hora local.

Antes de continuar, revi os acontecimentos da noite anterior para tornar o vídeo o mais completo possível. Fiz Magdalena repetir sua descrição de Jesus, descrevi como o croqui tinha sido feito e, depois, gravei uma longa tomada em close-up do desenho. Com esta parte eliminada, voltei a focalizar a filmadora no rosto de Magdalena.

— Agora — comecei — conte-me sobre seu relacionamento com Jesus.

Em geral, eu não começaria uma entrevista com uma pergunta tão provocante, mas estava ficando impaciente com o lento progresso de nossas sessões e ansioso para atacar os mitos mais provocantes que cercavam a exata natureza da amizade entre Magdalena e o Salvador.

Como previ, a pergunta apanhou-a de surpresa.

— O que quer dizer? — ela indagou num tom de voz de repente cauteloso.

O ponteiro do analisador de tensão de voz pulou para a área vermelha. Era a segunda vez que a máquina registrava uma leitura tão forte em nossas sessões.

— Qual era a natureza do seu relacionamento com Jesus? — repeti.

— Eu era um dos seus seguidores — ela disse.

O ponteiro continuava parado na área vermelha. Isso não sugeria que ela estivesse mentindo; simplesmente indicava que, apesar da tranqüilidade que procurava demonstrar, a unidade estava detectando alto nível de estresse em sua voz.

— Você disse que o amava — lembrei.

— Claro que eu o amava. Nós todos o amávamos.

— Mas ele a amava mais do que aos outros — insisti. — É o que está escrito no Evangelho de Maria. E no Evangelho de Felipe está escrito que ele a beijou nos lábios.

Ela de repente parecia não poder, ou não querer, responder. Observei intrigado seu rosto corar, sua respiração ficar pesada, sua expressão enrijecer. A veia na sua testa começou a latejar, sugerindo um aumento do ritmo cardíaco e da pressão arterial.

Fiquei atordoado ao ver a súbita demonstração de constrangimento.

Foi nesse momento — os dois olhando um para o outro, mudos — que comecei a admitir para mim mesmo que eu poderia, só poderia, estar lidando com um caso autêntico, provável, de reencarnação. Tudo, até aquele momento, poderia ter sido inventado. As histórias da sua infância na antiga Judéia poderiam ter sido produto de falsas memórias ou até de cuidadoso treinamento por pessoas desconhecidas. Seu domínio de línguas mortas era mais problemático, mas até agora eu tinha apenas o testemunho do professor Abramakian para confirmar o que ela dizia. E havia uma tênue, embora verossímil, explicação psicológica para sua cura "milagrosa" de madame Gramont.

O que estava diante de mim, agora, entretanto, era uma evidência mais simples, mais básica: o constrangimento de uma mulher de repente confrontada com revelações íntimas que teria preferido manter em segredo.

As manifestações fisiológicas de vergonha são produzidas pelo ramo simpático do sistema nervoso autônomo. Elas são respostas instintivas difíceis, senão impossíveis, de invocar até por atores experientes com a mesma rapidez com que apareceram nos traços de Magdalena.

Na verdade, teria sido muito mais fácil, se ela era uma fraude, contar alguns detalhes deliciosos e comprometedores sobre seu relacionamento com Cristo.

Com os olhos apertados e a voz lutando para manter a compostura, ela retomou do ponto onde tínhamos ficado na última sessão.

— Eu tinha 23 anos quando Jesus meu Cristo me curou. Eu tinha me tornado uma mulher enquanto estava possuída pelos demônios. Durante esse tempo, meus amigos de infância se afastaram de mim. Tornei-me uma estranha para todos, exceto para meu pai e seus criados. Depois que fiquei curada, eles me lavaram, compraram roupas novas para mim e trouxeram um espelho para me mostrar a bela mulher que eu havia me tornado. Fiquei satisfeita com o que vi. Os homens na aldeia que tinham me desprezado agora me olhavam com desejo. Meu pai estava muito feliz em ver sua filha de novo com saúde. Minha vida era boa.

E continuou:

— Mas, eu me sentia atraída pelo homem que me curou. Jesus meu Cristo estava pregando por toda a Galiléia e, com a permissão de meu pai, deixei minha casa para me tornar um de seus seguidores. Em parte o que me atraía era sua atitude com relação às mulheres. Naquela época, as mulheres judias não tinham direitos civis ou legais, eram segregadas nas sinagogas e não tinham permissão para rezar em voz alta nem na privacidade de suas próprias casas. Os rabinos insistiam para que as mulheres não aparecessem em público, para não incentivar a luxúria. Os homens não podiam falar ou olhar para as mulheres, tratando-nos como se fôssemos alguma espécie desprezível. Um marido podia se divorciar da mulher se ela falasse com um estranho. Uma mulher considerada culpada de adultério morria apedrejada, enquanto o marido em geral escapava com uma simples repreensão. Era terrível ser mulher, naquela época. Até Jesus meu Cristo aparecer. Ele violou abertamente muitas proibições contra a amizade com mulheres. Ele falava com as mulheres em público, até com mulheres que não conhecia... qualquer mulher que se aproximasse dele era bem recebida. E ele desafiava quem dissesse que isso era errado, inclusive Pedro e os outros apóstolos do sexo masculino. Jesus meu Cristo curou mais mulheres do que homens, e quando fazia isso ele as tocava fisicamente, como fez com a mulher com a febre; ou permitia que elas o tocassem, como a mulher com hemorragia. Ele entrava na casa de Marta quando não havia homens presentes, e conversava longamente com a irmã dela, Maria. Parte das Boas-novas que ele pregou foi que mulheres e homens eram iguais aos seus olhos. Era uma idéia tão radical que até seus discípulos tinham dificuldade em aceitá-la.

Ela parou um momento, como para recompor seus pensamentos.

— Éramos sete as mulheres que se tornaram suas discípulas. Além de mim, havia Joana, a esposa do camareiro de Herodes, Susana, Salomé e as três outras Marias de Jerusalém e da Galiléia. Os 12 discípulos homens não gostaram da idéia de mulheres fazerem parte do ministério, mas tiveram medo de reclamar porque sabiam que Jesus meu Cristo tratava as mulheres como iguais. — Ela deu um sorriso torto. — Também, eles não podiam se queixar porque éramos nós mulheres que dávamos apoio financeiro para o ministério, e sustentávamos Pedro e os apóstolos homens também. Eles abandonaram seus ofícios para seguir Jesus meu Cristo, e nós cuidávamos deles com nossos próprios meios. Usávamos a renda de nossas fazendas, vendíamos propriedades e jóias, o que fosse necessário. Mas, ainda assim, os homens se ofendiam com nossa presença.

Certamente, não havia nada que se pudesse questionar nesse relato. Qualquer leitura do Novo Testamento confirma que Jesus recebia bem suas discípulas e que elas o sustentavam financeiramente. Mas é preciso procurar referências de que as mulheres eram de fato discípulas, visto que os tradutores e editores dos evangelhos as reduziram ao papel de "seguidoras".

— Nós viajamos com Jesus meu Cristo e testemunhamos seus milagres. Foi uma época maravilhosa, aqueles dias da entrada em Jerusalém. Muitas pessoas doentes foram curadas. Em muitas cidades, levavam os doentes ao mercado para poderem tocar a borla da sua túnica. Você lembra desses milagres, Theo?

Ela me olhava com uma expressão curiosa.

— Li a respeito — eu disse.

— Lembra do milagre do homem cego em Jericó?

— O Bartimaeus — respondi. — Filho de Timeus e Lia. — Eu ia continuar, mas parei, pensando de onde é que eu teria tirado o nome da mãe do homem cego. Pelo que me lembro, o nome dela não é citado em lugar algum do Novo Testamento. Devo ter lembrado de alguma outra leitura, pensei.

— Sim — ela sorriu. — Isso mesmo. Lia. Fico contente de você se lembrar dela.

Ela continuou durante algum tempo falando sobre os muitos milagres que dizia ter testemunhado: quando Jesus ressuscitou Lázaro, acalmou a tempestade, andou sobre as águas e muitos outros. Os milagres foram parte essencial do seu ministério, ela sustentou. Eles eram prova de divindade, os sinais que as pessoas exigiam antes de o aceitarem como profeta.

— Até sua mãe e seus irmãos não acreditavam nele no princípio — ela disse. — Pensavam que Jesus estava louco. Tentaram intervir e impedir sua pregação. Foram os milagres que acabaram por convencê-los de que ele estava cumprindo a profecia. Mas, é claro, você sabe disso, não sabe?

Ela estava citando quase literalmente o terceiro capítulo de Marcos. Como muita coisa que ela dizia vinha tanto de fontes bíblicas como não bíblicas respeitáveis, seria fácil descartar boa parte disso como prova apenas de um conhecimento enciclopédico. É claro, da mesma forma também é fácil considerar nessas fontes a confirmação de suas lembranças de vidas passadas.

A narração continuou por mais meia hora, até uma luzinha vermelha na filmadora sinalizar que tínhamos chegado ao fim da fita de 90 minutos. Enquanto eu colocava uma fita nova, ela estendeu os braços curvando-se para trás na cadeira num movimento felino que me deixou constrangido com a consciência da sua feminilidade.

— Podemos parar agora? — ela perguntou. — O dia está tão bonito. Por que não descemos até a praia?

Sem esperar a resposta, ela deu um salto e se dirigiu para a porta.

— Vamos, preguiçoso — ela chamou do vão da porta aberta.

Era tarde demais para impedi-la.

Eu devia tê-la avisado de que estariam esperando por ela no final da escada.

Quarenta e seis

Eu estava tão preocupado com a entrevista que me esqueci de contar a Magdalena sobre o pedido de madame Gramont.

Tentei alcançá-la na escada, mas cheguei tarde. Ela já estava rodeada por uma multidão que enchia o minúsculo vestíbulo e escapava rua afora

Ouvia-se a voz de madame Gramont tentando restabelecer a ordem.

— Calma! Calma! — ela gritava.

Diminuí o passo, observando madame Gramont apresentar Magdalena a uma prima, Marguerite.

A prima era uma mulher alta, subnutrida, de cabelos pretos e um nariz proeminente bem francês. Nos seus braços ossudos estava um menino pequeno, vestido com um incompatível terno preto de veludo, camisa branca e gravata vermelha, o tipo de roupa de gala que os garotos da idade dele usavam apenas em casamentos ou na primeira comunhão.

Ele estava bem mais nutrido do que a mãe, sinal de que ela cuidava mais do bem-estar dele do que do dela. As bochechas do menino eram rosadas, seus olhos, castanhos, brilhantes, os lábios fazendo beicinho, e uma covinha no queixo. Os cabelos estavam molhados e recém-penteados. Era como se tivesse acabado de tomar um banho especialmente para a ocasião.

Esse, percebi, seria Philippe.

O mudo.

Observando Magdalena se aproximar dele, vi o terror nos olhos do menino. Todas as mulheres se comprimindo, brigando por uma visão melhor do encontro, tagarelando excitadas o tempo todo, assustavam-no. Incapaz de expressar com a voz o medo que estava sentindo, o pequeno Philippe não podia fazer outra coisa a não ser se agarrar firme com as mãozinhas no colo da mãe.

Senti pena da criança assustada.

E senti pena pela decepção que sua mãe sem dúvida sentiria quando o milagre pelo qual ela devia estar rezando com tanto fervor não se concretizasse.

A multidão de mulheres de repente se calou. A mãe de Philippe começou a explicar a situação dele para Magdalena. Eu compreendia o francês dela mas, pela expressão de angústia e a voz entrecortada, vi que estava implorando por socorro. No meio do seu apelo, começou a chorar. A visão da mãe chorando encheu de lágrimas os olhos do pequeno Philippe também. A mãe tentou consolá-lo, alisando seus cabelos e beijando-o no rosto, enxugando as lágrimas dele com os lábios. Não demorou e metade das mulheres na multidão estava chorando também.

Magdalena aproximou-se do menino.

Ela sorriu e sussurrou alguma coisa para ele.

O pequeno Philippe tentou sorrir.

Ela sussurrou alguma coisa de novo.

Ele fez que sim com a cabeça, lentamente. Seu medo de repente se evaporou, substituído por uma expressão de espanto.

Magdalena sussurrou de novo, e dessa vez estendeu a mão e tocou na garganta dele.

Pude sentir a eletricidade disparando pela multidão. Todos pareciam ter parado de respirar, aguardando que o menino respondesse.

Eu sabia que não ia haver resposta. Como podia ser? Magdalena era uma simples freira que se deixava levar pela excitação do momento. O que realmente me preocupava era como toda aquela gente iria reagir quando o "milagre" que estavam ali para assistir não acontecesse. A psicologia da turba podia mudar de repente, com conseqüências imprevisíveis e perigosas. Quando a expectativa virasse decepção, bastaria uma única centelha, talvez a explosão irada de uma única mulher, para direcionar a fúria delas para Magdalena. Eu tinha de tirá-la dali antes que a situação se complicasse.

Forcei passagem no meio do aglomerado de pessoas.

Philippe estava sorrindo para Magdalena quando cheguei ao seu lado.

— Vamos — eu disse, talvez um pouco mais brusco do que deveria ter sido. Como eu esperava, o menino não tivera nenhuma reação que sugerisse uma cura.

— Por que está me interrompendo? — Magdalena perguntou.

Ela se virou de novo para Philippe e, com a mão na garganta dele, repetiu as palavras que eu tinha escutado antes:

— *Je t'aime. Le bon Dieu t'aime.*

Philippe sorriu e estendeu a mão para tocar na sua boca. Ela beijou os dedinhos como uma mãe amorosa beijaria.

— Está bem — ela falou para mim. — Podemos ir para a praia agora. Já acabei.

Desapontada com a ausência do milagre pelo qual esperava, a mãe de Philippe ficou olhando triste enquanto eu empurrava Magdalena pelo meio da multidão. Os espectadores, agora calados, de cara feia, se afastaram para nos deixar passar.

Na porta, ouvi uma estranha, angustiada, gritaria atrás de nós.

Toda aquela gente que tinha nos deixado passar até ali de repente bloqueava nosso caminho. Não podíamos dar mais um passo.

O estranho barulho se repetiu. Era quase como o balido de uma cabra.

De repente, senti um arrepio.

Um murmúrio começou a encher o vestíbulo. As mulheres que bloqueavam nossa passagem começaram a nos empurrar de volta para dentro.

Quando ouvi de novo o som, ele parecia estar lutando para assumir as características de uma voz humana. Ainda quase animalesca, mas gritando para ser ouvida.

E então, finalmente, encontrando a voz que lhe fugira toda a vida, o pequeno Philippe chamou:

— *Maman! Maman!*

A mãe do menino soltou um grito:

— *Philippe, Philippe, tu parles! C'est un miracle!*

— *Maman! Maman!* — A voz do garoto de repente estava mais clara, não mais aflita, a voz leve e alegre de uma criança: — *Je t'aime, maman!*

As primeiras palavras do menino foram para dizer à sua mãe que a amava.

Com mãe e filho soluçando e abraçados, as pessoas que estavam ali assistindo a tudo caíram de joelhos rezando. Aproveitei a oportunidade para tirar Magdalena dali, antes que todos se recuperassem do choque e nos cercassem de novo. Ninguém na rua lá fora sabia exatamente o que tinha acontecido, mas certamente percebendo, pelos gritos e sons de gente rezando, que algo extraordinário tinha se passado, olhavam para Magdalena com o misto de espanto e curiosidade que o nosso mundo moderno costuma reservar para as celebridades.

Depois do que testemunhei, tenho de admitir que dividia com eles seus sentimentos. Estaria eu na presença de uma santa? Recuperar o poder da fala a uma criança que nasceu muda com certeza qualificar-se-ia como um milagre. E a maioria das religiões aceita milagres como prova de santidade. Mas o que eu tinha visto era um autêntico milagre? Ou era algo mais benigno, uma remissão espontânea de um distúrbio psicossomático bastante comum, detonado pela fé de uma mãe devota e o toque amoroso de uma estranha?

É claro, em função desses critérios reducionistas muitas curas realizadas por Cristo, inclusive os "sete demônios" retirados de Maria Madalena, não se colocariam no nível de milagres. Nem, eu pensei, alguns milagres atribuídos à própria Maria Madalena.

No entanto, qualquer que seja a explicação dada pelos descrentes, havia inegável simetria entre a cura à qual eu havia acabado de assistir e as curas bíblicas de homens cegos, mulheres hemorrágicas, o coxo e o aleijado.

Como se dera com a "cura" anterior de madame Gramont, Magdalena estava exibindo uma habilidade mística que estava muito além da capacidade de um ser humano normal. A habilidade para fazer milagres, entretanto, era um dos talentos que as antigas lendas francesas atribuem a Maria Madalena. E, segundo os Protocolos de Stevenson, a demonstração de habilidades especiais que não se podia esperar que a pessoa tivesse adquirido na sua vida presente era forte indicador de reencarnação.

A não ser que houvesse ali uma fraude, e eu estava aturdido demais e com muita pressa para voltar agora mesmo e investigar melhor o incidente, parecia que a jovem freira estava de posse de habilidades curativas semelhantes às atribuídas a Madalena. Era uma descoberta estonteante: um tipo de prova de reencarnação particular que o próprio Stevenson havia postulado, buscado... mas raramente encontrado.

O que a tornava muito convincente era que os aparentes milagres aconteciam numa cidade onde nenhum de nós tinha estado antes, uma aldeia isolada escolhida por mim por impulso. Ninguém podia de antemão ter sabido que estávamos chegando em Collioure, muito menos hospedados na casa de madame Gramont, o que tornava improvável que uma "cura" fraudulenta tivesse sido combinada.

Quarenta e sete

Enquanto eu a apressava para sairmos dali, Magdalena agia como se não tivesse feito nada de extraordinário. Quem a visse, acharia que ela era uma das dezenas de mulheres bonitas da sua idade que estavam ali de férias. Da mesma forma que elas, a "santa" era atraída pelas vitrines com roupas de praia e a moda típica de balneários. Quando chegamos na calçada da praia, ela soltou minha mão, tirou os sapatos e correu pela areia. Eu sorria enquanto ela enfiava fundo os pés na areia morna e soltava gritinhos de prazer como uma garotinha ao ver os finos grãos escorrendo por entre os seus dedos. Era um desses prazeres simples que quase todos experimentamos na infância. Sentei-me num muro de pedra baixo que margeava a praia e fiquei observando, pasmo, essa mulher de 19 anos que momentos antes tinha realizado o que parecia ser um milagre e agora estava feliz concentrada na sensação da areia entre os dedos dos pés.

Estávamos no meio da manhã e a pequena praia começava a encher de gente. Os adoradores do sol espreguiçavam-se em suas esteiras, as crianças chapinhavam na beira da água com seus pais e, mais adiante, a uma distância quase perigosa da praia, um nadador solitário buscava a solidão do mar aberto. Magdalena estudou o cenário com uma expressão pensativa que me fez imaginar se não estaria lamentado todos aqueles anos passados presa dentro de um convento. Duas jovens mulheres da sua idade passaram gritando felizes, correndo em direção à água.

— Acho que gostaria de comprar um maiô — ela me disse. — Seria possível?

— Desde que não diga a madre Dominica que fui eu que paguei por ele — eu disse, lembrando da minha promessa à rígida freira.

Dei-lhe o dinheiro que tinha certeza de ser mais do que o suficiente e fiquei esperando sentado no muro. Eu precisava de tempo para pensar no que tinha testemunhado na casa de madame Gramont. Fiel à minha natureza cética, eu ainda não estava totalmente convencido de que era um milagre. Em termos teológicos, milagre é um acontecimento que exige a suspensão das leis físicas que governam nosso universo. Se a incapacidade de falar do menino era devido a alguma deformidade da laringe, então sua "cura" era mesmo um milagre. Mas havia uma outra explicação possível. A não ser que houvesse evidências médicas anteriores de algum defeito físico em suas cordas vocais, o menino poderia ter sofrido de uma rara forma de distúrbio de conversão conhecido como *afonia*. O distúrbio é de natureza psicológica, um dos muitos problemas com forma somática que imitam doenças médicas agudas. Os pacientes que sofrem de afonia podem exibir uma súbita recuperação da sua capacidade de falar, mas isso em geral acontece só depois de longos períodos de psicoterapia. O que Magdalena fez foi simplesmente sussurrar algumas palavras e tocar na garganta dele. Isto se encaixava nos critérios de um milagre? Não necessariamente, eu não parava de me dizer.

E no entanto, eu tinha de admitir, ele estava curado. Se era um milagre ou não, Philippe tinha se curado com o toque de Magdalena... súbita e dramaticamente curado, na frente de dezenas de testemunhas.

Poderia ser o resultado de alguma extrema coincidência. Ou uma extraordinária reação psicológica à personalidade de Magdalena. Seja o que for, era difícil para mim acreditar que essa mulher que estava agora comprando um maiô era capaz de realizar milagres.

— Que tal? — Magdalena perguntou. — O que acha?

Levantei a cabeça para vê-la exibindo uma inacreditável extensão de pele exposta interrompida por dois pedaços de pano colorido em locais estratégicos.

Ela fez uma pirueta, oferecendo-me uma visão de 360 graus de um corpo que eu jamais acreditaria que uma freira pudesse ter. Apesar das sugestões dadas por suas roupas nos últimos dois dias, eu não estava preparado para a nudez quase total diante de mim. Ela estava vestindo um biquíni estampado de flores amarelas e azuis com um sutiã mínimo e uma tira na parte de baixo, ambos deixando muito pouco para a imaginação completar. Ela estava absolutamente estonteante.

Eu soube como Philippe deve ter se sentido quando não conseguia pronunciar as palavras que lhe passavam pela cabeça. Só pude ficar olhando em silêncio enquanto Magdalena sorria e desfilava na minha frente adiantando-se em direção à praia. Estava descalça, carregando uma esteira debaixo do braço. Suas roupas estavam socadas dentro de uma bolsa de palha colorida. Fui atrás, fascinado com a transformação.

— E então? — ela voltou a perguntar, depois de se estender na esteira.

Tentei fixar meus olhos no seu rosto, mas, contra minha vontade, eles não paravam de passear pelo corpo dela, pelas áreas de carne que eu olhava constrangido, mas que era impossível evitar. A pele dela, abrigada a vida inteira dos efeitos nocivos do sol, do vento e da poluição atmosférica pelo tecido pesado do hábito, era lisa e perfeita como as bochechas de um bebê.

— Você é linda — eu disse, por fim. — Mas é uma freira. Fez votos. Não está errado exibir-se assim?

— Deus fez meu corpo — ela falou. — Não há nada de vergonhoso em exibir sua obra.

Era a desculpa de todas as mulheres que posam nuas para a revista *Playboy* ou tiram a roupa em bares de *strip-tease*.

Devagar, e com toda a calma, os olhos fixos nos meus, ela colocou as mãos para trás para soltar o sutiã. Observando minha reação, ela lentamente desceu o sutiã, deixando livres seus amplos seios.

Meu queixo caiu. Meu rosto pegou fogo. Eu não acreditava no que tinha acabado de acontecer. Estávamos a menos de um metro um do outro, no meio de uma praia pública cheia de gente e ela estava revelando os seios não só para mim, mas para quem quisesse olhar. Um outro homem olhou, mas sem querer. Estávamos no Sul da França, afinal de contas, e o *topless* era comum nas praias.

Mesmo assim, o que esses homens pensariam se soubessem que esta banhista de seios de fora era uma freira, uma criatura cujos seios a hierarquia da Igreja considerava um fruto proibido, cuja própria existência Santo Agostinho insistia que teria de se ocultar sob hábitos negros, para não despertar pensamentos impuros nos outros.

— E então? — ela voltou a perguntar.

— O que quer que eu diga? — respondi.

— Você acha que é pecado, não é? Deixar as pessoas verem os meus seios?

Eram seios lindos, maiores do que eu imaginara quando a vi pela primeira vez em roupas de passeio.

— É que me pegou meio de surpresa — falei.

— Por que você deveria se surpreender? Tem muitas mulheres fazendo *topless* na praia. Por que não eu?

Pelo que eu podia ver, nenhuma das outras mulheres tinha seios tão belos como os dela. A jovem estava naquele momento perfeito em que seu colo estava plenamente desenvolvido mas ainda não sofrera os danos da gravidade, dos anos, ou da amamentação. Eram seios de virgem, com biquinhos saltados eretos no centro de grandes aréolas rosadas. Desviei o olhar, fixando os olhos no mar enquanto tentava me livrar de pensamentos lascivos que corriam pela minha cabeça.

— Você é uma freira — eu a repreendi. — Não devia estar se expondo assim.

Ela sorriu com meu aparente constrangimento e procurou alguma coisa dentro da bolsa.

— Disseram para eu me proteger com esta loção, ou minha pele vai ficar queimada de sol — ela disse. — Esse é um problema de que nunca ouvi falar no convento.

Continuei de rosto virado enquanto ela começava a aplicar a loção. Mentalmente, eu podia ver sua mão espalhando o líquido branco cremoso no sulco entre os seios, e dali dirigindo-se gentilmente até o umbigo e depois de volta aos seios, acariciando e massageando a pele sem nenhum acanhamento. Com medo de olhar, eu podia imaginar seus seios brilhando e movendo-se com petulante graça enquanto ela sustentava a pele macia e passava a loção primeiro por baixo, depois em volta e, finalmente, nas rígidas protuberâncias dos mamilos.

Como investigador de casos de reencarnação, eu deveria estar procurando marcas de nascença no seu corpo, essas marcas biológicas herdadas de uma vida passada que Stevenson considerava a evidência mais importante de reencarnação. Mas não conseguia dominar meu constrangimento.

Em vez disso, tentava concentrar minha atenção num barco a vela que passava pelo farol no final do quebra-mar. Outros homens próximos estavam olhando para ela, alguns tentando não parecer muito óbvios, embora um senhor de meia-idade numa tanga mínima tivesse se virado totalmente na sua toalha e olhava sem tentar disfarçar para seus seios. Mentalmente, o amaldiçoei por ousar olhar com tamanha avidez a carne nua que eu evitava com tanto puritanismo.

— Passa nas minhas costas? — ela perguntou.

No princípio hesitei. Mas quando vi o cara de meia-idade fazendo menção de se levantar para atender ao seu pedido, mudei logo de idéia. Peguei a loção e, desviando o olhar, coloquei-me atrás dela. Espremi um fio branco do líquido cremoso ao longo dos ombros esguios e comecei a espalhá-lo pelas suas costas. A loção cheirava a óleo de coco. Tinha uma consistência lubrificante que permitia que minhas mãos escorregassem suavemente pelo corpo dela. A carne era morna e macia. Sob sua pele eu podia sentir os contornos das suas costelas. Minhas mãos continuaram alisando suas costas, escorregando pela superfície mesmo depois de a pele ter absorvido a loção. Ela não parecia se importar.

— Não sou prostituta — ela murmurou.

— Eu sei.

— Nunca fui prostituta.

Ela se recostou nas minhas mãos, como se gostasse da massagem.

— Todos esses anos, como uma menina criada no convento e escutando o que padres e freiras diziam, eu pensava que Maria Madalena era uma pecadora, uma rameira, uma prostituta que se perfumava para atos diabólicos. Diziam que ela era uma mulher adúltera que teria morrido apedrejada pelos seus pecados não fosse a intervenção de Jesus.

— Estavam errados — eu disse.

Senti os músculos das suas costas se retesando com a raiva que crescia dentro dela.

— Quando criança, pensei que estavam falando de uma mulher má, alguém que tivesse caído nas mãos de Satanás. Pode imaginar como me senti quando percebi que a mulher de quem eles falavam... a rameira... a prostituta... era eu numa vida passada?

Ela estava rígida, e eu passava as mãos pelos seus ombros, massageando com os dedos os músculos de repente contraídos, tentando aliviar o estresse.

— Foi um engano — eu disse. — A Igreja reconheceu que errou.

— Nunca soube disso — ela respondeu.

— A maioria das pessoas não sabe — concordei. — Foi feito em surdina, pelo papa Paulo VI.

Os músculos do seu pescoço afrouxaram ligeiramente. A essa altura, o olhar curioso do admirador de meia-idade se voltara para outras mulheres que tinham chegado e estavam retirando os sutiãs.

— Foi em 1966 — continuei. — A Igreja reconheceu oficialmente que estava errada a respeito de Maria Madalena. Ela não era uma pecadora nem uma mulher adúltera.

— Eles mentiram a meu respeito — ela disse. — Por que fizeram isso?

— O Vaticano agora diz que foi um erro, o que eles chamam de uma "confabulação errada". Dizem que foi uma confusão nos antigos ensinamentos.

— Confusão? Acho que não — ela disse. — Por quase dois mil anos eles mentiram a meu respeito. Padres e bispos, e papas, disseram ao mundo que eu era prostituta, proclamando em alto e bom som que eu era culpada dos sete pecados, que eu perfumava meu corpo para atos pecaminosos, e agora, como ladrões sussurrando no meio da noite, eles dizem que se enganaram?

Eu massageava com mais força, apertando com os dedos a faixa rígida dos músculos esternomastóides onde os trapézios se encontram.

— Pelo menos reconheceram isso — aleguei.

— Se foi um erro, eles fizeram segredo desse reconhecimento. Eu não ouvi um só padre confessar esse engano num sermão de domingo. Todos aqueles anos na missa dominical enchendo as cabeças dos fiéis com a imagem de uma Madalena pecadora e agora vão começar a reconstruir essa imagem? Duvido. E todos aqueles quadros em que apareço como uma pecadora. E esses quadros?

— Existem muito mais quadros mostrando você como testemunha da morte e ressurreição de Cristo — falei e, percebendo meu erro, rapidamente corrigi minhas palavras. — Quero dizer... quadros que mostram Maria Madalena testemunhando a morte e a ressurreição de Cristo.

O tempo todo eu tinha tido o cuidado de manter em minha mente a identidade de Magdalena e a da verdadeira Maria Madalena separadas. Agora, com um único pronome mal colocado, eu tinha realizado meu próprio ato de confabulação.

Foi um lapso?

Ou um ato falho freudiano?

Teria sido uma mensagem do meu subconsciente? Num nível subliminar, eu já estaria acreditando que Maria Madalena vivia nessa mulher seminua cuja pele morna se arrepiava sob os meus dedos?

Quarenta e oito

— Fizeram isso de propósito — ela disse.

— Fizeram o quê?

— Arruinaram meu bom nome. Deve ter começado com Pedro. E talvez com André. Mesmo quando lhes disse que vi Jesus meu Cristo ressuscitar dos mortos, eles não acreditaram em mim. Ele me disse para lhes dar a boa-nova, mas eles não acreditaram em mim. Eles nunca acreditaram nas mulheres.

Era mais uma daquelas afirmativas tiradas diretamente dos evangelhos. Dias atrás eu teria descartado isso como mais um factóide que ela provavelmente lera em algum lugar; agora soava mais como verdade em primeira mão.

— Éramos todos seguidores, seguidores iguais. Jesus disse que não havia diferença entre homem e mulher. Mas Pedro sempre se recusou a nos aceitar como iguais.

Acho que eu já sabia o que vinha em seguida.

— Eu disse a Jesus que tinha medo de Pedro por que ele detestava a raça feminina.

Era uma citação quase direta de *Pistis Sophia.*

— Pedro queixava-se com Jesus meu Cristo de que "as mulheres não merecem viver" — ela disse.

Lembrei de ter lido essa surpreendente declaração no último parágrafo do Evangelho de Tomás.

— Jesus meu Cristo lhe disse que qualquer pessoa inspirada pelo Espírito Santo está divinamente obrigada a falar, não importa se é homem ou mulher.

Mais uma vez, *Pistis Sophia.*

Eu estava esperando que ela me desse mais detalhes, talvez explicasse aquelas passagens dos evangelhos que diziam que Jesus costumava beijá-la nos lábios. Eu me perguntava que relacionamento era o deles realmente.

— Ele me amou mais do que aos outros — ela disse, como se ouvindo minha pergunta silenciosa. — E eu o amava.

Seus ombros cederam. A tensão de seus músculos relaxou, sem precisar mais da minha ajuda, e eu de repente tinha consciência de uma estranha sensação. Como se já estivesse estado ali antes, fazendo a mesma coisa. *Déjà vu*, pensei. Era uma sensação que tinha experimentado antes, às vezes escutando determinadas frases, outras caminhando por lugares com os quais eu não deveria estar familiarizado. Mas esta era uma sensação mais forte do que qualquer outra que eu já tivesse sentido antes. Afastei as mãos das costas nuas de Magdalena, mas a estranha sensação persistia. O que a detonara, fiquei imaginando? Podia ser o local, com o ondular suave do litoral fazendo-me lembrar de Orchard Beach, em Nova York. Ou um som ou perfume conhecido. Quase tudo, eu pensei, poderia ter despertado essa súbita sensação de familiaridade.

Mas nunca ela durou tanto tempo. Limpei as mãos e me levantei, como se repetindo um gesto há muito esquecido, e parecia já saber o que ela ia dizer em seguida, antes que ela o dissesse. Para provar a mim mesmo que não era nenhuma distorção do meu sistema límbico, ou um súbito deslocamento da coordenação direita-esquerda do cérebro, meus lábios articularam baixinho para mim mesmo, antes de ouvi-las, as palavras que ela disse.

— Eu o conheci como só uma mulher é capaz de conhecer um homem.

Era uma frase surpreendente, sem base em nenhum dos quatro Evangelhos Canônicos ou nas Epístolas Paulinas.

É claro, os Evangelhos Canônicos tinham sofrido muitas edições ao longo dos anos, com partes que até os estudiosos tradicionais do Vaticano reconheciam terem sido acrescentadas por mãos desconhecidas, e outras eliminadas pelos primeiros líderes da Igreja, tais como Irineu e Clemente de Alexandria, e talvez de forma mais significativa pelo imperador Constantino. O fato de não haver nenhum registro escrito do relacionamento de Maria Madalena com Jesus não significa automaticamente que ele não tenha existido. Não havia, afinal de contas, nenhum registro escrito dos famosos "anos perdidos de Cristo", mas obviamente ele viveu e viajou entre as idades de 11 e 30 anos. A ausência de uma referência não provava nada.

E se colocada no contexto das distorções promulgadas sobre o caráter moral de Maria Madalena, a ausência de tais documentos assume um motivo diferente. Uma razão que pode bem ser explicada nas palavras que Magdalena usou em seguida:

— Eles tinham inveja de mim, eu acho. Inveja porque pensavam que nunca poderiam ser tão íntimos dele como eu.

Esse era um terreno teológico perigosíssimo, percebi. Se ela dissera essas coisas para Serrano, estaria explicada a decisão do vigário-geral de dar um fim ao contato do padre com ela. E explicaria por que nenhum outro psiquiatra fora designado para cuidar do seu caso. E, certamente, seria uma justificativa para interná-la numa instituição onde permanecesse sedada e impedida de contar suas histórias para outras pessoas. Mesmo a história fictícia de uma freira que se lembra de ter tido um caso com Jesus Cristo chamaria a atenção dos tablóides mais sensacionalistas e *talk shows* da tevê. A Igreja, sem dúvida, não ia querer enfrentar tal constrangimento.

Mas seria mesmo uma heresia? Até Hipólito de Roma, o grande inimigo das heresias do século II, martirizado por sua fé, sugeriu que Maria Madalena poderia ter sido a esposa de Jesus Cristo.

Fiquei olhando as costas nuas de Magdalena, a pele perfeita, macia e úmida de loção. Eu a vi erguer os braços, com as mãos arrumando os cabelos para trás. Seria possível que Jesus olhasse para a carne dessa mulher com semelhante adoração na sua vida passada? Ele admirou a obra do Pai, que criara um torso feminino tão perfeito, um fluir tão belo de superfícies e curvas, uma criatura digna de amor divino? Ele passou a mão pela sua espinha, como eu tinha feito? Caí de joelhos, quase cedendo ao impulso muito humano de tomá-la em meus braços e abraçá-la, como Deus queria que homem e mulher ficassem.

O que me impediu foi compreender que, na verdade, um dia ela talvez tivesse sido o objeto do amor divino. E se isso aconteceu, quem era eu, um simples mortal, para colocar as mãos na mulher que um dia o filho de Deus possuíra?

Impotente para intervir na recém-encontrada liberdade de Magdalena, eu a vi reclinar-se na areia, o corpo exibindo-se para quem passasse. Eu sabia que não escutaria os meus pedidos de recato. Que tipo de mulher era esta, eu me perguntei, que se dizia uma discípula de Cristo, que lamentava sua descrição como uma mulher licenciosa e no entanto estava disposta a expor seu corpo para que todos vissem?

Havia alusões sobre o que possa ter acontecido entre Jesus e Maria Madalena nos Evangelhos Gnósticos, que reconheciam um relacionamento muito mais profundo entre eles. Mas até esses registros haviam sido expurgados. Não se sabe da existência de nenhuma versão completa do Evangelho de Maria. Quase todas as cópias foram metodicamente destruídas por seitas concorrentes nos primeiros dias da Igreja. E desses fragmentos que restaram partes decisivas foram destruídas num incêndio misterioso no Cairo, em 1966. As pessoas encarregadas de manter esse assunto longe dos olhos do público, pelo visto, continuavam atuantes. Seriam suficientemente ativas, pensei, para eliminar quem quer que se aproximasse de Magdalena?

Fossem as recordações fictícias ou autênticas, eu queria saber mais. Queria comparar sua história com o que aprendera nos meus estudos no monte Athos e o que tinha lido na biblioteca de Serrano. E, sinto vergonha em admitir, estava ansioso por fofocas sagradas da mesma forma que as pessoas querem saber dos últimos boatos sobre celebridades. Mas isso não iria acontecer.

Ela se afastou de mim.

— Eu não devia ter dito isso — ela sussurrou, olhando em volta para ver se alguém mais poderia ter escutado. — Essas coisas não devem ser ditas em voz alta. Nem entre nós dois.

Tornando a vestir depressa a parte de cima do biquíni, e de novo uma moça recatada, ela procurou a blusa na bolsa. Só então percebi um pequeno aglomerado de pessoas na beira da praia, esperando por ela. No meio estavam mulheres que tinham testemunhado sua "cura" do menino. Entre elas estava o artista do carvão da noite anterior. Ele fazia croquis apressados, mas cópias bastante precisas, do que tinha feito na noite passada. Agora ele contava com um ajudante, que as vendia com a mesma rapidez. O aglomerado se dividiu quando Magdalena pisou na calçada da praia. No princípio ela sorriu. Mas quando uma das mulheres começou a se benzer com o sinal-da-cruz, o sorriso de Magdalena congelou. Chocando os espectadores, ela agarrou a mão da mulher.

— *Arrêtez!* — ela ordenou para a mulher parar.

Assustada, a outra recuou. Um murmúrio percorreu a multidão, que na sua sabedoria religiosa coletiva pareceu concluir que a atitude dela era um exemplo de santa humildade, e todos estenderam as mãos para tocar em suas roupas.

O fervor dos fiéis sempre me intrigou, com sua capacidade de transformar seres vivos, corpos, ossos e peças de roupa em objetos de veneração. O que eu achava ainda mais fascinante era a evidência de que, em muitos casos, o contato com tais objetos tem curado pessoas doentes, com doenças incuráveis, atendido a preces e operado outras maravilhas dignas da palavra *miracle*. Se as relíquias santas possuem elas mesmas esses poderes taumatúrgicos, ou se os resultados sobrenaturais são função da força de uma fé concentrada, nunca ficou devidamente documentado. Agora aqui estava eu, com chance de estudar o fenômeno em primeira mão. Entrei numa lojinha de *souvenirs* e comprei um crucifixo, sem Magdalena perceber. O vendedor colocou-o numa caixa e embrulhou para presente.

Alcançando Magdalena, eu a segui alguns passos mais atrás, sempre empurrado pela multidão. Pouco antes de entrarmos no Quarteirão Mourisco, me afastei para comprar o jornal de Barcelona numa banca. Queria ver se já haviam identificado corretamente o padre Serrano como a vítima da explosão.

Em vez disso, me peguei tentando traduzir a notícia sobre um outro homem morto. Em Barcelona. Um cidadão do Líbano, sufocado na cama de hospital. A fotografia ao lado do artigo era a mesma que eu tinha visto no seu passaporte.

A vítima de assassinato era o professor Naghib Abramakian.

E, mais uma vez, eu era citado como principal suspeito.

A única coisa boa da reportagem era que ela não incluía minha fotografia. Mesmo assim, olhei ao meu redor nervoso, para ver se tinha alguém me seguindo. Entre o congestionamento normal do meio-dia de turistas na praia e a multidão que acompanhava Magdalena, era impossível distinguir alguém com ar suspeito.

Exceto por um homem. Teoricamente, ele não estava me seguindo. Estava parado na calçada no topo do Chateau Royal. De lá, ele podia ver tudo o que acontecia em Collioure. O que significava que havia assistido quando Magdalena tinha tirado o sutiã do biquíni, me visto passando loção nas suas costas e agora me observava lendo a notícia a meu respeito no jornal.

Quando viu que eu olhava para ele, recuou, escondendo-se nas sombras duras do sol do meio-dia. Mas não antes que eu o reconhecesse.

Era o velho padre que me ajudara na frente da catedral.

Quarenta e nove

— Mas ele estava vivo quando o deixamos no hospital — disse Magdalena.

Estávamos no meu quarto, onde ela havia acabado de traduzir o artigo para mim. Citando o coronel Velarde, a matéria do jornal explicava que a Guardia tinha chegado segundos antes de Abramakian ser assassinado. Os funcionários do hospital tinham visto um homem e uma mulher que se encaixavam na descrição dos dois fugitivos procurados pela explosão de uma bomba terrorista em Valência. Um dos fugitivos, uma mulher, acreditava-se ser uma freira que fora seqüestrada de seu convento, e era provavelmente cúmplice contra a vontade. O fugitivo do sexo masculino, Theophanes Nikonos, estivera preso antes na cidade de Nova York, acusado de assassinato, desfalque e fraude. Acreditava-se que os fugitivos tinham cruzado a fronteira com a França. A Interpol fora notificada e as autoridades francesas prometeram cooperar.

— Devíamos chamar a polícia — Magdalena aventou.

— E dizer o quê? — contra-argumentei. — Que estamos aqui em Collioure, para que venham nos prender? Acho até que já vão nos encontrar muito rápido sozinhos.

— Poderíamos lhes dizer que o professor estava vivo quando o deixamos.

— E dois minutos depois ele estava morto? Quem iria acreditar em nós?

— Ele acreditariam em mim. Sou uma freira.

— Uma freira que acha que é Maria Madalena — lembrei. — Tenho certeza de que o gabinete do cardeal contou tudo sobre você à Guardia, sobre os psiquiatras do Vaticano e que eles iam interná-la numa instituição para doentes mentais. A Guardia não vai acreditar em nada do que você disser.

— Poderíamos lhes mostrar as fitas do professor. Você ainda não colocou as fitas no correio, colocou?

— Tudo isso só provaria que Abramakian estava vivo quando nós estávamos lá. Eles usariam a hora marcada nas fitas para provar que não houve tempo para alguém entrar no quarto de Abramakian antes de a Guardia entrar.

Ela se sentou na cama e cobriu o rosto com as mãos.

— Talvez eu devesse me entregar — ela suspirou. — Deixar que façam comigo o que quiserem.

— Ei, pare com isso, o que aconteceu com seu espírito de luta? — perguntei. — Até bem pouco tempo você estava zangada porque destruíram a reputação de Maria Madalena. Parecia disposta a fazer alguma coisa a respeito. Agora está acontecendo tudo de novo. Exceto que desta vez a acusação é de assassinato. É muito mais grave do que ser chamada de prostituta.

— Mas como podem acreditar isso de mim?

— Fácil — eu disse. — Já passei por isso antes, portanto sei como funciona. A polícia procura padrões de comportamento, exatamente como faz o psicólogo. E no seu caso... eu diria, no nosso caso... o padrão sugere um desvio de comportamento.

— Desvio?

— Bem, para início de conversa, há o seu comportamento disruptivo na capela e no convento, rasgando Bíblias e discutindo com os padres na missa.

— Mas isso tudo foi sobre religião e os erros dos evangelhos.

— A polícia não está preocupada com questões de teologia. Eles verão suas atitudes como um comportamento violento, explosões contra a autoridade, destruição criminosa de propriedade.

— Mas... ninguém, chamou a polícia por causa disso.

— Claro que não. O gabinete do cardeal dirá que se tratava de um assunto interno, que eles concluíram que você talvez estivesse mentalmente instável, e chamaram um psiquiatra. Esse foi padre Serrano. E depois de trabalhar com você certo tempo, Serrano foi morto na explosão de uma bomba.

— Não podem pensar que tive alguma coisa a ver com a explosão.

— Na época, não. Eu era o principal suspeito. Mas a polícia vai querer saber o que aconteceu depois. Uma ambulância foi enviada para levá-la a uma instituição para doentes mentais. Automaticamente, eles a rotularam como psicótica, talvez perigosa.

— Não estou louca — ela protestou. — Você sabe que não estou louca.

— Veja pelo ponto de vista da polícia. Pouco antes de chegar a ambulância para levá-la para o hospital, você desaparece do convento. É vista pela última vez em companhia do homem que eles acreditam ter matado Serrano.

— Mas você não...

— Claro que não, mas de repente estamos ligados. Dois fugitivos, um fugindo da polícia, o outro, de um manicômio.

— Você faz as coisas parecerem terríveis — choramingou ela.

— Vai ficar pior. Nós seguimos para Barcelona, onde visitamos Abramakian no quarto do hospital. Naquela hora, a Guardia aparece, Abramakian está morto, e nós estamos a caminho da fronteira com a França.

— *Ó Díos mío!* — ela gemeu. — O que vamos fazer agora?

— Seguir em frente — eu disse começando a colocar meus míseros pertences numa sacola de compras. Retirei o croqui a carvão de Jesus de detrás da porta. — Só nos resta seguir em frente e esperar que ninguém nos reconheça.

O artista de rua em Valência, o que fez o retrato do mochileiro, tinha me dado um tubo para carregar seu desenho. Magdalena ficou me olhando retirar esse primeiro retrato do tubo e abri-lo sobre a cama, onde eu pretendia enrolar os dois juntos.

— Quem é esse homem? — ela perguntou quando viu o retrato do mochileiro.

— Alguém que vi em Valência.

— Parece familiar — ela falou. Levantou-se da cama e estudou o desenho.

— Já o viu antes? — perguntei.

— Sim, acho que sim. Sim, tenho certeza. Eu o reconheço. Mas costuma carregar uma mochila azul.

Uma mochila azul! Prendi a respiração enquanto esperava que ela continuasse.

— Eu o vi na catedral — ela falou devagar, tentando se lembrar. — Costuma estar na companhia de um padre idoso. Muito idoso... e muito alto. Ele caminha de cabeça curva, e esse rapaz está quase sempre com ele. Quem é o rapaz?

— Acho que ele é o homem que matou padre Serrano.

— Não acredito — ela disse. — Ele parecia um homem tão bom. Sempre sorria para mim. Os dois sorriam.

— Até assassinos apreciam seu trabalho — eu disse.

Cinqüenta

A verdade é que eu não pensava de fato que estivessem ali para matar Magdalena.

Estava convencido de que era atrás de mim que eles estavam.

Padre Serrano havia me alertado de que nosso destino já estava selado pelos misteriosos "vigilantes" que observavam todos os que entravam em contato com Magdalena. Ela mesma estava a salvo, ele tinha dito de modo enigmático. Mas ele e eu estávamos condenados, avisou. Na época, não fiz caso do comentário. Afinal de contas, que mal havia em conversar com uma jovem freira inocente?

Momentos depois de me contar sobre Magdalena, Serrano estava morto. E momentos depois de entrevistar Magdalena, o professor Abramakian estava morto, também. Agora os "vigilantes", fossem quem fossem, tinham conseguido nos localizar em Collioure. Eu não tinha ilusões quanto ao motivo de estarem ali.

Enquanto Magdalena ia para o quarto tomar banho, tentei imaginar um plano de fuga. Depois de 20 minutos de desesperada concentração, eu não tinha chegado a nada que fizesse sentido. Para onde quer que fôssemos, poderíamos ser vistos do Chateau Royal. Quando ela voltou para o meu quarto, decidi que a única esperança era tentar chegar até o carro e despistar deles na estrada. Mas, para chegar até o carro, eu precisava de ajuda.

Magdalena ficou me olhando enquanto eu digitava o número pré-programado no celular que DesRosier me dera. A voz familiar da telefonista respondeu de imediato e me pediu a gentileza de esperar um momento.

— Para quem você está ligando? — Magdalena perguntou.

— Para o homem que me contratou. É a única pessoa que pode nos ajudar.

Esperei mais uns segundos enquanto o sistema da mesa telefônica me conectava com o homem que estava pagando as contas. Ele não perdeu tempo com amenidades.

— O senhor está encrencado, sr. Nikonos. — DesRosier disse. — Estive lendo a seu respeito nos jornais.

— É tudo um engano.

— Estou certo que sim. Devo reconhecer, o modo como livrou irmã Mariamme do convento foi brilhante. E como evitou a polícia em Barcelona, soberbo. Suponho que estejam agora em algum lugar da França. Está fazendo progressos na sua investigação?.

— No momento, estou com um problema — eu disse.

— Quer dizer que os vigilantes estão atrás de vocês? — Eu podia jurar que quase o ouvi sorrir, como se não levasse o perigo a sério. — O velho padre e o rapaz?

— Eles nos seguiram até aqui. Sabem onde estamos.

— Foi muito descuido seu — DesRosier disse. — Irmã Mariamme está com o senhor agora?

— Sim. Ela está bem.

— Quero dizer literalmente, sr. Nikonos. Ela está no mesmo aposento com o senhor?

— Sim, está.

— Confio que não esteja... como vou dizer... se envolvendo emocionalmente com ela.

Sua voz tinha adquirido um tom mais duro.

— Claro que não.

— Bom. Muito bom. Porque eu ficaria muito muito decepcionado se alguma coisa acontecesse entre vocês dois. Se é que compreende o que estou dizendo.

— Compreendo — eu disse, intrigado de momento com o rumo que a conversa estava tomando. — Mas não foi por isso que liguei. Preciso de ajuda para tirá-la da cidade.

— Como patrono do convento, me preocupo muito com o bem-estar de nossas freiras — ele continuou, como se não tivesse me escutado. Havia um toque de irritação em sua voz, um lembrete de que ele me considerava não apenas seu empregado, mas também um de seus inferiores. — Eu não gostaria que nada... inesperado... acontecesse com irmã Mariamme. As repercussões seriam muito graves.

— O senhor não está me ouvindo — eu disse impaciente. — Disse que preciso de ajudar para sairmos da cidade.

— Não se irrite comigo, sr. Nikonos. Estou sabendo muito bem da gravidade da situação. O senhor está ligando do seu hotel em, onde é isso, Collioure?

— Como sabe?

— Ora, ora. O senhor não pensa que eu o deixaria por sua própria conta, não é mesmo? Collioure é terra basca. Tenho homens aí que podem ajudá-lo.

— Tito e Manolo? — perguntei. — O senhor os mandou até aqui?

— Felizmente para o senhor, sim.

— Como souberam que estávamos aqui? Não os vi nos seguindo.

— Tito e Manolo são muito bons no que fazem — DesRosier disse. — Espere 20 minutos. Depois vocês podem sair da casa de madame Gramont. A essa altura o problema estará resolvido.

Eu não tinha mencionado o nome de madame Gramont. Era uma informação fornecida pelos bascos... ou o meu patrão bilionário tinha outras fontes?

— Agora, por favor, quero falar com irmã Mariamme — ele disse.

Como parecia um pedido razoável, passei o telefone para ela. Magdalena de início pareceu intrigada, mas aos poucos relaxou e logo estava sorrindo e tendo uma conversa pelo visto agradável com o meu patrão. Infelizmente, eu compreendia muito pouco do que ela estava dizendo, o diálogo transcorreu em rápidas tiradas em francês.

— Ele parece um homem muito gentil — ela falou, ainda sorrindo depois de desligar. — Muito fácil de conversar.

— Um tanto loquaz — murmurei.

— O que é "loquaz"? Não conheço a palavra.

— Fala rápido demais — retruquei.

— Ah, sim — ela concordou, sem compreender o verdadeiro sentido da expressão. — Nós sempre falamos mais rápido em francês do que em inglês.

— Temos 20 minutos antes de sair — disse, montando meu equipamento para entrevistas. — Podíamos aproveitar para continuar nosso trabalho.

De fato, um incidente na calçada da praia tinha me lembrado de uma pergunta que estava me perturbando.

— Quando estávamos voltando da praia, uma mulher começou a fazer o sinal-da-cruz, você a interrompeu. Achei sua atitude muito rude.

— Sim, acho que foi. — Ela baixou a cabeça. — Sinto muito se a ofendi.

— Padre Serrano disse que você foi apanhada destruindo crucifixos na capela, e que teve de ser impedida de fazer o mesmo na catedral. É verdade?

— Sim — ela murmurou.

Eu dei uma olhada no analisador de tensão de voz. A resposta monossilábica tinha enlouquecido o ponteiro. Era curioso como a simples menção do crucifixo podia causar uma reação tão forte. Por que era tão sensível a esse tema?

— Tenho um presente para você. — E lhe entreguei o embrulhinho que tinha comprado na loja de *souvenirs*.

Seus olhos brilharam.

— O que é?

— Abra e veja.

Com um prazer infantil, ela rasgou o papel de embrulho. Eu estava com a câmera apontada para o seu rosto para registrar sua reação. Quando penso, chego à conclusão de que foi a brincadeira mais de mau gosto que eu poderia ter lhe impingido. Mas estava ficando cansado dessas sessões de perguntas e respostas, e queria testemunhar eu mesmo sua reação a um crucifixo.

Ela hesitou antes de abrir a caixa.

— Obrigada — ela disse. — Obrigada, Theo.

O sorriso no seu rosto congelou quando abriu a caixa.

Olhando para ela estava o Cristo crucificado, pregado na cruz, o ícone mais sagrado da fé cristã.

Ela o deixou cair sobre a cama, encolhendo os dedos como se queimados pelo contato. Virou-se para mim, aqueles olhos lindos flamejantes de raiva, aquela boca bonita congelada numa expressão irada.

— Como pôde fazer isso comigo, Theo? — Os olhos inundados de lágrimas. — Eu pensei que não seria capaz de me fazer passar por isso! É horrível! Tire isso daqui!

Ela avançou para a filmadora, que estivera registrando automaticamente sua reação para a posteridade, mas eu consegui tirá-la de seu alcance.

— Por quê, Theo? Por quê? — ela gemeu. — Por que me magoar assim?

Cinqüenta e um

Mais castigado do que chocado, peguei o crucifixo, coloquei-o dentro da caixa e guardei numa gaveta. Esperei em silêncio que ela se recuperasse e secasse os olhos. Tinha feito algo inominável, percebi. Temia ter comprometido nosso relacionamento e, com isso, a chance de outras entrevistas.

Mas quando ela se recuperou, sorriu com ar abatido e começou a explicar. Inesperadamente, ela me pediu para ligar a filmadora para que suas palavras ficassem registradas.

— Sinto muito — ela falou. — Mas não suporto olhar para um crucifixo.

— Por quê?

— Porque é uma coisa terrível. Você precisa entender... eu estava lá. Eu o vi quando foi condenado. Suas roupas ensangüentadas e rasgadas pelo terrível flagelo da noite anterior. Eles nem tiveram a consideração... — Ela lutava para se controlar. — ... nem tiveram a consideração de esconder seus ferimentos. — Ela fechou os olhos, como se isso ajudasse a apagar a lembrança. — Eu o acompanhei enquanto ele carregava a cruz pelas ruas de Jerusalém. Sua mãe e outras mulheres estavam ali. Você não imagina como nos sentíamos, vendo-o tropeçar, vendo-o sangrar. Tinha gente zombando dele, amaldiçoando-o por dizer que era o Filho de Deus. Eles se viraram contra ele porque não acreditavam que Deus permitisse que seu Filho fosse tão humilhado. E para ser bastante sincera, até eu me perguntava isso.

E prosseguiu:

— Eles o insultaram com uma coroa de espinhos, mas, com exceção desse detalhe, ele foi tratado como qualquer outro criminoso condenado à morte. O flagelo no pilar era prática comum. E a cruz, essa monstruosidade diabólica, nunca me esquecerei da sua imagem. — Ela fechou os olhos. — Quando a memória da minha vida passada começou a voltar, essa foi a primeira lembrança que tive. A cruz onde ele morreu era feita de dois pedaços pesados de pinheiro. A parte vertical foi arrastada por cavalos até o Gólgota, onde tinham cavado um buraco para recebê-la. Essa trave era no mínimo cinco metros mais longa. A horizontal tinha cerca de dois metros e meio de comprimento. Essa foi a que ele teve de carregar pelas ruas de Jerusalém.

— Ele não carregou a cruz inteira? — perguntei. Este era outro fato obscuro que podia ser conferido, pensei.

— Teria sido muito pesada — ela disse. — Os condenados em geral carregavam apenas a barra transversal. Mas a que escolheram para ele devia pesar mais de 100 quilos. Eles a amarraram nos seus ombros para que ele não pudesse deixá-la cair ou mesmo arrastá-la. Sabe, eles nem tiravam a casca quando atavam uma barra na outra? Queriam que ele sofresse o máximo possível. A casca raspava nos seus ombros, causando ferimentos profundos na carne. Era uma visão terrível, mas como eu podia virar as costas? Parecia impossível que ele sobrevivesse à jornada. Ele caiu, não sei quantas vezes, muito mais que três. Estava perdendo sangue. Tentamos lhe dar água, enxugar seu rosto, mas os guardas nos empurravam para longe. Quando acharam que ele poderia morrer antes de chegar ao Gólgota, permitiram que Simão, o Cireneu, o ajudasse um pouco. Foi muita coragem de Simão. Porque assim ele revelou sua devoção, e eu pensei que os guardas o matariam também. Eu não vi Pedro e nenhum dos outros. Deviam estar escondidos. Quando chegamos no Gólgota, duas cruzes já estavam erguidas. Os outros homens que iam ser crucificados estavam amarrados nas cruzes, não pregados. Essa última tortura estava reservada para Jesus meu Cristo.

Ela não estava me olhando enquanto falava. Olhava pela janela, os olhos focalizando algum ponto onde o mar se encontrava com o céu.

— Eles arrancaram suas roupas. Todas as roupas. — Ela repetia as palavras com ênfase. — Ele ficou totalmente nu, não como o homem de tanga que você vê nas pinturas ou nos crucifixos nas igrejas, mas totalmente nu. Fizeram isso porque sabiam que a visão seria chocante demais para nós, que sempre nos lembraríamos dele desse jeito, uma humilhação que ficaria conosco pelo resto de nossa vida. — Ela fez uma pausa. — Dava pena olhar para ele. Aquele homem que tinha atraído milhares de pessoas, que tinha falado de amor e de perdão, que tinha estendido a mão para aleijados e doentes, para mulheres e escravos, e para crianças, que teria feito muito mais se lhe tivessem permitido continuar seu ministério... estava diante de nós nu e sangrando, muito fraco, que de tanto carregar o tronco pesado não tinha forças para fechar a boca. Sua respiração era ofegante. Seu corpo banhado em sangue. E quando começaram a pregá-lo na cruz... *Dios mío*, os pregos eram tão grandes...

Ela começou a tremer. Dessa vez, deixei de lado minha preocupação com o decoro religioso e a abracei para confortá-la. Aos poucos, ela parou de tremer. E, afastando-se de mim, continuou:

— Quando pregaram suas mãos na barra transversal, ele entrou em convulsão. Ele gritava, e com isso o sangue brotava da sua boca e do seu nariz. Foi a visão mais horrível que alguém poderia ter. Sua mãe, Maria, desmaiou nos meus braços. Eu estava acostumada com a brutalidade dos romanos, mas eles o trataram nesses últimos momentos do mesmo modo horrível como tratavam os condenados pelo assassinato de soldados romanos. E esse era um homem cujo único crime era o de pregar a palavra de Deus. Ele não roubou nada. Não matou ninguém. Não desobedeceu nenhuma lei romana. No entanto, eles pareciam querer que ele sofresse o máximo possível nesses seus últimos momentos de vida.

E Madalena continuou:

— Foram necessários quatro homens, com a ajuda de cordas, para colocar a barra na posição certa para ser amarrada ao mastro principal, com Jesus meu Cristo pendurado em agonia. Qualquer movimento produzia gritos de dor. Só quando a trave estava no lugar é que eles pregaram seus pés na plataforma inferior. Os guardas então riram e soltaram piadas, depois se sentaram para almoçar enquanto esperavam que ele morresse. Quando ele estava carregando a barra transversal, seu sangue se misturava com o suor e brilhava sobre seu rosto. Mas ali, dependurado debaixo do sol quente, dos seus poros só saía sangue, que começou a secar e formar uma crosta. Quando um dos soldados finalmente enfiou uma lança nas suas costelas, restava pouco sangue para jorrar do ferimento. Fiquei ali com a mãe dele, e a irmã Maria, a esposa de Clopas, e Maria Salomé, e mais algumas mulheres que acompanharam Jesus meu Cristo desde a Galiléia. Nenhum dos 12 apóstolos homens estava ali. Os únicos homens que ficaram conosco foram José de Arimatéia, João Evangelista e Nicodemos, que o tinham defendido no Sanhedrin. — Ela sacudiu a cabeça e disse, triste, mas não zangada: — Fomos os únicos discípulos a testemunhar sua morte. Pedro, que o havia negado, estava escondido com André e os outros. Eles não viram nada do horror da cruz, as terríveis agonias que ele sofreu naquela amaldiçoada árvore.

Sua voz falhou quando ela se virou para mim. Com lágrimas escorrendo pelo rosto, a boca entreaberta, ela era a réplica perfeita da angustiada Madalena no Retábulo de Isenheim, em Grunewald.

— E você ousa me perguntar por que não suporto a visão do instrumento da sua morte? — ela gemeu. — Como é possível glorificar um homem construindo imagens que mostram seus últimos momentos?

— Ele morreu pelos nossos pecados. — Repeti as palavras que numerosos padres e freiras tinham enfiado na minha cabeça. — Ele não precisava morrer. Ele deu a vida por nós.

— Não foi isso que provou que ele era divino — ela respondeu, enxugando os olhos com um lenço de papel. — Muita gente morre para que outros possam viver. Todos os dias, tem gente disposta a sacrificar sua vida pela vida dos outros. Isso os torna heróis; não os faz serem divinos.

Ela tinha razão, é claro, e meus pensamentos se voltaram imediatamente para Laura Duquesne, que recebeu a bala que era dirigida a mim.

— Ele sofreu por nós. — Pronunciei mais um conjunto de palavras, percebendo o inerente erro filosófico nelas contido assim que saíram de minha boca. Por mais que isso pudesse um dia ter me soado como um grande sacrilégio, naquela hora fui obrigado a reconhecer que a história estava repleta de cristãos que tinham sofrido tanto, ou até mais, do que o fundador da sua fé. Alguns, como aqueles assados sobre brasas, ou lentamente cozidos em óleo durante a Inquisição, suportaram sofrimentos administrados não por mãos romanas ou pagãs, mas pelos chamados seguidores de Cristo, com o entusiasmado endosso de seus líderes eclesiásticos.

— Mas a cruz é um símbolo — eu disse, ainda hesitando em ceder totalmente ao seu ponto de vista. — Ela nos ajuda a lembrar a missão de Cristo na Terra.

— Se um homem fosse morto com uma adaga, nós reverenciaríamos a adaga? Se nós realmente amássemos uma pessoa que morreu num acidente de automóvel, nós nos lembraríamos dela com uma imagem do carro em que ela morreu? Alguém nos Estados Unidos reza para a bala que matou Kennedy? Eu vi o que a cruz fez a Jesus meu Cristo, como ele sofreu e morreu nela. Fazer do instrumento da sua morte o símbolo mais sagrado da fé que ele fundou não homenageia sua memória. Celebrar sua morte não homenageia sua vida.

— O que deveríamos celebrar? — perguntei, sentindo-me como o estudante que Serrano deve ter se transformado.

— Sua ressurreição dos mortos é o que devemos celebrar — ela respondeu. — Foi sua ressurreição que provou sua divindade a um mundo descrente. Não fosse sua ressurreição, Pedro e os outros teriam voltado a pescar. Não fosse sua ressurreição, não haveria comunidade cristã. É sua ressurreição que deve ser celebrada, não sua morte.

Ela olhou ao redor, como se tivesse esquecido por um momento de onde estava.

— Sinto muito — ela disse. — Eu não queria lhe pregar um sermão. É só que a cruz me traz lembranças terríveis. Eu gostaria de arrancar todas as cruzes de todas as igrejas do mundo e destruí-las.

— Teria também de arrancar todos os quadros da crucificação de todos os museus do mundo — eu disse sorrindo, tentado animá-la um pouco. — E todas as reproduções dessas pinturas de todos os livros de todas as casas e bibliotecas do mundo inteiro.

— Você acha que é uma meta inútil, não é mesmo? — ela disse, ainda séria.

— Muita coisa aconteceu nos últimos dois mil anos para serem desfeitas por uma única pessoa.

— Isso depende da pessoa — ela disse.

Era uma conversa que teria de continuar numa outra hora, pensei olhando o relógio. DesRosier tinha prometido que poderíamos sair com segurança em 20 minutos. O tempo tinha se esgotado. Paguei a madame Gramont e, depois de examinar a rua, tomamos coragem.

DesRosier cumpriu a palavra. Ninguém nos incomodou enquanto subíamos a colina até a rua onde tínhamos deixado o carro. Nenhum padre idoso ou jovem mochileiro saltou entre os prédios para nos desafiar. Ninguém parecia estar nos seguindo. O carro estava exatamente onde o havíamos deixado.

Eu não contava era encontrar Manolo e Tito nos esperando ali também.

O corpo aparentemente sem vida de Tito estava dobrado sobre o capô.

O de Manolo, maior, era pesado demais para os seus agressores levantarem, e ficou esparramado no chão perto do carro, do lado do motorista.

À primeira vista, ambos pareciam mortos.

Cinqüenta e dois

O ataque devia ter ocorrido momentos antes, com tamanha rapidez e silenciosa eficiência que não chamara a atenção de ninguém ali por perto. A não ser por nós, a rua estava deserta. As casas próximas eram na maioria construções de estuque branco com telhados de tijolo vermelho, arbustos cuidadosamente podados e muros baixos de pedra. Como era costume nos verões do Sul da França, as persianas das janelas e as portas ficavam fechadas para não deixar entrar o calor do meio-dia. Embora eu tivesse certeza de que estávamos sendo observados, não podia detectar onde os atacantes estariam escondidos.

Magdalena congelara. No princípio, ela parecia assustada demais para reagir. Mas, como se houvesse outra personalidade lutando dentro dela, ela veio logo ver se podia ajudar.

— Eles não estão mortos — eu lhe garanti.

Um rápido exame revelou um único ferimento em cada um dos bascos: um golpe na testa que resultou num ferimento mínimo, mas deixou uma contusão muito grande e feia que certamente aumentaria nos próximos dias. A localização dos ferimentos indicava um ataque frontal, o que significava que eles tinham visto os atacantes. Mas o ataque acontecera com uma rapidez que os deixou sem defesa. Era difícil acreditar que o velho padre, contra quem os bascos deviam estar me protegendo, fosse capaz de um ato de violência tão rápido.

Enquanto Magdalena observava, verifiquei a respiração deles e o pulso, que pareceram relativamente normais. Com sua ajuda, arrastei-os para a sombra de uma oliveira longe do carro. Naquelas circunstâncias, era o máximo que um bom samaritano ousaria fazer. Até isso, eu temia, poderia ter sido um erro meu Se era uma armadilha, eu já tinha caído nela.

Tentando ocultar meu medo de Magdalena, cuidadosamente inspecionei as redondezas. Subindo o quarteirão, um carro com riscas cor de laranja entrou devagar na rua, parou para nos olhar e continuou em seu caminho. A não ser isso, não houve nenhum movimento suspeito, nenhuma atividade de qualquer espécie que chamasse minha atenção. No entanto eu não podia ignorar que violência e morte pairavam à minha volta. Não era o momento de esperar para ver o que ia acontecer. Como não parecia haver nenhum inimigo escondido nas moitas, minha atenção se voltou para o carro. Eu não sabia muita coisa sobre bombas em carros, além do que lia nos jornais ou via nos filmes de Bruce Willis. Supostamente, bananas de dinamite ou explosivos de massa plástica costumavam ficar ligados no motor, ou presos debaixo do carro. Ajoelhei-me e olhei debaixo do chassi. Eu não tinha certeza do que devia procurar, mas sabia como um carro era por baixo. Só vi debaixo do Opel as coisas de sempre: o silencioso, o catalisador, o chassi, a tubulação de freio e cabos, tudo coberto por uma camada negra de fuligem. Qualquer coisa que não fosse dali se perceberia no mesmo instante.

O compartimento do motor era uma outra história. Um cipoal de fios, muitos deles conectados a objetos cilíndricos, dos quais qualquer um poderia conter uma bomba tão facilmente quanto o óleo do freio ou o líquido para refrigeração. Isso me fez perceber como sou analfabeto em mecânica. Se continuasse vivo o suficiente para retornar a Nova York, jurei gastar um pouco mais de tempo olhando por cima do ombro do sujeito da oficina mecânica. Como tinha acontecido com a parte debaixo do carro, acabei confiando nas manchas de óleo e poeira do asfalto para determinar se alguma coisa havia sido alterada recentemente, e rezar para estar certo.

Com a voz mais calma que consegui encontrar, sugeri a Magdalena que ficasse de olho nos dois bascos enquanto eu tentava ligar o motor. Ela era inocente demais em coisas como bombas colocadas em carros para desconfiar que eu queira mantê-la a uma boa distância do veículo caso minha inspeção provasse ter sido inadequada.

Meus nervos estavam a ponto de explodir quando virei a chave na ignição.

Ouvi um ligeiro clique que não tinha notado antes, seguido de um rugido e uma forte vibração. Levou um segundo para eu perceber que o motor estava girando feito um louco, conseqüência de um motorista em pânico estar inconscientemente pisando fundo na embreagem. Soltei o pé e deixei o motor se aquietar até um zunido constante. Só por segurança, deixei o motor ligado e saí do carro. Esperei um minuto inteiro antes de entrar de novo. Só então fiz sinal para Magdalena me acompanhar.

Esse comportamento pode parecer ridículo; meu nervosismo, uma reação exagerada. Tendo sobrevivido a um atentado a bomba, entretanto, eu não queria dar aos meus inimigos uma segunda chance.

Minha meta agora era sairmos dali com a maior rapidez e segurança possíveis.

O carro parecia funcionar bem, o que me surpreendeu. Teria sido simples cortar um fio ou desconectar a bateria, ou então derramar um pouco de açúcar no tanque de gasolina. Mas tudo parecia normal. Não obstante, continuei conferindo os medidores e testando os freios para me certificar de que nenhuma alteração mais traiçoeira tivesse sido feita no veículo. O espelho retrovisor revelava uma estrada vazia atrás de nós. E não relaxei enquanto não estávamos a meio caminho de Perpignan, passando acelerados pelos amplos tanques para secagem de sal de um lado e do outro da auto-estrada. Não havia mais nenhum carro à vista.

— Você conhecia aqueles homens? — Magdalena perguntou.

— Deviam funcionar como nossos guarda-costas.

— Guarda-costas? — Ela estava intrigada. — Não conheço a palavra.

— Guarda-costa é alguém que protege as pessoas do perigo.

— Da mesma forma como você está fazendo comigo?

— É, mais ou menos.

— Esses guarda-costas trabalhavam para o homem com quem falei pelo telefone? Aquele que você disse que era o *patrón* do convento?

— Sim. Eu não queria os guarda-costas no princípio, mas acho que ele estava preocupado com nossa segurança.

— E este carro, ele lhe deu o carro, também?

— Felizmente, sim — eu disse. — Se não tivéssemos o carro, já estaríamos em custódia da Guardia.

— E o telefone, também? O telefone também é dele?

— É para usar em caso de emergência. — eu disse. — Ele o configurou para que possamos ligar um para o outro apertando apenas uma tecla. Para ligar para ele, só preciso apertar o número 1. Para ligar para mim, acho que ele disse que aperta a tecla marcada com o número 5 no telefone dele. É o que chamam de discagem rápida. Ela nos conecta automaticamente um ao outro.

— E podem falar um com o outro onde quer que estejam? Sem fios?

— Certo. É a moderna tecnologia.

— Interessante — ela falou. Em seguida acrescentou: — Parece que ele pensou em tudo, esse *patrón*.

— Ele é um homem muito bem-sucedido, muito rico. Homens como ele sempre pensam em tudo. É assim que ficam ricos. Estão sempre pensando um ou dois passos à frente de todo mundo.

— Você tem sorte de conhecer alguém assim.

— Não muita sorte para os guarda-costas — eu disse.

— Mas o *patrón* estava tentando nos ajudar. E por isso eu acho que devíamos lhe agradecer.

Devíamos?, fiquei pensando.

Para um homem de negócios rico, que deve ter centenas de outros assuntos competindo por sua atenção, ele estava se mostrando muito interessado na minha investigação. Minha primeira impressão, a de que ele era um patrício fraco e não particularmente agradável, com forte personalidade maquiavélica, estava se provando correta. Apesar da rápida resposta ao meu pedido de ajuda, incomodou-me o fato de estar acompanhando tão de perto nossos movimentos. Ele sabia exatamente onde estávamos e, pelo visto, até onde o carro estava estacionado. Não tinha coisa melhor para ocupar o seu tempo? O fato de ter mandado os bascos para proteger o interesse que podia ter na minha missão me perturbava. Mas o que me perturbava mais do que tudo era sua atitude com relação a Magdalena. No início, ele tinha dito que queria que eu provasse que ela estava mentindo. Mas parece que a desconfiança que ele demonstrou em nosso primeiro encontro desapareceu muito rápido. A conversa que os dois tiveram pelo telefone foi afetuosa e cordial demais.

E o alerta que me fizera quanto a qualquer envolvimento emocional com ela não deixava de ser inesperado. Ele teria uma agenda secreta?

Talvez eu estivesse fantasiando demais a situação.

E talvez, apenas talvez, eu estivesse com um pouco de ciúme do crescente interesse de Magdalena pelo seu protetor.

Cinqüenta e três

A mão invisível que parecia estar me guiando agora nos orientava cada vez mais para dentro do território madaleniano. Íamos na direção Norte até a Provença, e dali eu esperava chegar em Arles ao anoitecer. De Arles, teria início a parte mais importante de minha investigação.

Se eu disser que estava começando a me convencer da história de Magdalena, devo ressaltar que a palavra principal era *começando*. Alguns investigadores que se vangloriam de terem descoberto a "prova" da reencarnação baseiam suas afirmativas em evidências bem menos verossímeis do que as que eu havia acumulado. Eles talvez considerassem a evidência lingüística apenas como prova suficiente. Com certeza, as fitas contendo o extenso exame de suas habilidades lingüísticas realizado por Abramakian causariam sensação dentro da comunidade científica, forçando muitos céticos a considerarem o resto do seu testemunho de uma vida anterior com uma seriedade que talvez não demonstrassem em outra situação. As "curas" eram talvez ainda mais incisivas, e se elas se confirmassem sob uma análise médica mais minuciosa, no futuro, poderiam gerar uma explosão de fervor religioso que ajudaria muito, obrigando a Igreja a investigar o que ela dizia com a mesma seriedade.

Mas, quanto a mim, a parte mais importante da investigação ainda estava por vir, na terra onde Maria Madalena passou os últimos anos de vida.

Ao contrário de alguns estudiosos, eu tendia a acreditar nas antigas lendas da chegada de Maria Madalena na França. Minha crença baseava-se numa cuidadosa análise das notas que padre Serrano deixou no seu próprio exemplar da Bíblia, nas quais associou determinados trechos do Novo Testamento com o Livro de Atos e as Epístolas de Paulo. As notas marginais do padre apontavam para o fato de que, com exceção da Mãe de Cristo, Maria Madalena é inquestionavelmente a mulher mais importante citada nos quatro Evangelhos Canônicos. Todas as vezes que o nome dela aparece junto com o de outras mulheres, Serrano ressaltou, o dela vem sempre em primeiro lugar. Grandes pontos de exclamação enfatizavam todas as descrições do papel de Maria Madalena nos evangelhos: que ela e as outras mulheres sustentavam Cristo e os 12 apóstolos homens. Que ela testemunhou a crucificação e ajudou a carregar Cristo para o túmulo. Que sozinha naquela noite ela chorou do lado de fora do túmulo. E, é claro, que ela foi a primeira pessoa a testemunhar a ressurreição, e foi instruída por Cristo a "contar a boa-nova" aos outros. Até os teólogos mais tradicionais concordam que ela foi a figura central na história de Cristo. Quando todos os outros apóstolos abandonaram Cristo, ela foi a única fiel seguidora que testemunhou a paixão, a crucificação, a morte e a ressurreição do seu Salvador.

E, no entanto — as notas de Serrano apontavam —, ela está totalmente ausente do Atos dos Apóstolos de Lucas, e das Cartas de Paulo, que recolheram e interpretaram a história cristã depois da ressurreição. Era um fato que eu nunca tinha percebido antes. Reli essas partes da Bíblia duas vezes, mas Serrano não se enganara. A mulher que seguiu Cristo desde suas pregações na Galiléia até sua morte e ressurreição desapareceu totalmente do Novo Testamento depois de ter contado a Boa-nova da Ressurreição aos apóstolos homens!

Por quê?

Afinal de contas, em Atos dos Apóstolos, Lucas descreve com detalhes as atividades dos 12, o trabalho de Paulo, a formação da Igreja primitiva e o importante papel das mulheres naquela Igreja recém-nascida. Mas não menciona jamais o nome de Maria Madalena. É possível, claro, que ele tenha sido eliminado de propósito por editores das Escrituras mais tarde. Os teólogos reconhecem que essas coisas eram comuns quando a Igreja estava tentando estabelecer sua primazia sobre outras seitas concorrentes. Entretanto, essa teoria perde consistência quando contrastada com os Evangelhos Canônicos, nos quais o papel central de Maria Madalena como primeira testemunha da divindade de Cristo permanece intocado. É inconcebível que esses editores anônimos desastrados a eliminassem do Atos de Lucas, sem censurar do mesmo modo os quatro Evangelhos Canônicos. É também inconcebível que a mulher que representou um papel tão proeminente na parte mais importante da experiência de Cristo permitisse que calassem sua voz. A conclusão lógica é de que Maria Madalena não é mencionada no Livro de Atos de Lucas porque o autor perdeu o contato com ela. Maria Madalena já deveria ter se mudado da Judéia para a França.

A teoria de Serrano também é sustentada nas Epístolas Paulinas. Paulo só começa a pregar e a escrever depois da sua conversão na estrada de Damasco. A "conversão", segundo o que ele mesmo relata, se deu depois da morte e ressurreição de Cristo, visto que, nas próprias palavras de Paulo, Cristo lhe apareceu *depois* de aparecer para os 12 apóstolos homens e os 500 outros apóstolos anônimos. Depois da sua conversão, Paulo viajou por quase toda a região do Mediterrâneo, exortando e descrevendo as crescentes comunidades cristãs.

Mas, como Serrano observou, em nenhum lugar Paulo menciona a mulher que levou a boa-nova da ressurreição de Cristo aos apóstolos. Certo, as Cartas de Paulo mostram um forte preconceito contra as mulheres. Mas ele descreve o trabalho de várias delas nas primeiras comunidades cristãs. Então, por que não mencionar Maria Madalena, mesmo prestando-lhe um falso louvor? A conclusão lógica é de que ele não conheceu Maria Madalena. Se ela partiu para a França logo depois da crucificação, como insistem as antigas lendas, ela estaria ausente na época em que Paulo esteve na Judéia.

Como é costume nas Bíblias, a de Serrano também tinha um mapa das viagens de Paulo, e este o colocava em quase todos os países da bacia do Mediterrâneo. Exceto, como Serrano observou nas margens das páginas, na província romana da Gália, para onde Maria Madalena tinha ido. A figura mais importante da história da ressurreição jamais é mencionada por Paulo simplesmente porque ele não a conheceu. Ele nunca esteve na Gália, a única terra onde ela pregou e espalhou a boa-nova do Senhor.

O fato de Paulo jamais mencionar Maria Madalena também elimina pela base as alegações daqueles que, desde o século VI, têm promovido a ficção de que ela foi martirizada e enterrada em Éfeso. Embora alguns estudiosos da Bíblia tenham levantado dúvidas quanto a Paulo ser o autor da Epístola aos Efésios, está bem documentado que ele viveu em Éfeso pelo menos três anos, dedicando seu tempo à construção da comunidade cristã e a pregar a ressurreição de Cristo. É inconcebível que não tivesse sabido da presença em Éfeso da primeira testemunha da ressurreição, ou que Maria não tivesse participado ativamente da comunidade cristã. A não ser, é claro, que ela não estivesse lá.

Era um trabalho de detetive bíblico brilhante e original, uma exegese digna dos melhores estudiosos do Vaticano. Que a análise saísse da cabeça de um obscuro jesuíta espanhol era assombroso; que sua única recompensa tenha sido morrer num atentado a bomba era revoltante; que as duas ocorrências estivessem de algum modo relacionadas era inegável. Por isso eu não deixaria jamais de seguir para Provença, em busca de respostas, mesmo que os acontecimentos em Barcelona e Collioure não tivesse me forçado para o Norte.

Magdalena ficou calada enquanto seguíamos pela costa quase toda plana, beirando o lado oriental dos Pireneus. A estrada era suave e reta, e com pouco movimento. Boa parte do tráfego no início do caminho era de caminhões pesados vindos da Espanha. Passamos rapidamente por Perpignan, meia hora depois por Narbonne e em mais meia hora por Montpelier. Quando pegamos a A9, começávamos a ver um movimento maior de turistas. A tarde estava terminando quando entramos no Sul da Provença. Era como se estivéssemos em outro país.

Os cientistas físicos até hoje não conseguiram explicar de modo satisfatório a magia da luz do sol que brilha sobre a Provença. Alguns dizem que é uma ilusão, um mito inofensivo incentivado por promotores da região e pelo Serviço de Turismo francês. Mas qualquer pessoa que olhe para as obras de Van Gogh, Cézanne, Matisse, Courbet até Gauguin, antes de partir para o Pacífico Sul, não pode deixar de se maravilhar com o intenso colorido e a luminosidade dos quadros que pintaram na Provença. De fato, a paisagem ia mudando. Magdalena comentou que as papoulas ao longo da estrada pareciam mais brilhantes, as cores eram mais intensas. Era como se a própria atmosfera tivesse mudado. Se ela estava encantada com o que via, eu estava igualmente deliciado com a oportunidade que me esperava mais adiante.

A Provença seria o último, e mais crucial, teste para o que ela dizia. Uma coisa era falar de lembranças e personalidades de vidas anteriores na tranqüilidade de um convento ou de um quarto de hotel. Outra, totalmente diferente, era ver se ela era capaz de retraçar ou reconhecer, sem nenhuma ajuda minha, marcos e localidades onde nunca esteve nesta vida. Eu estava certo de que muitos lugares para onde eu a estava levando estariam irreconhecíveis dois mil anos depois. Mas até isso, dependendo das mudanças ocorridas, podia ser uma prova.

Cerca de uma hora ao Sul de Arles, saí da A9 e me dirigi para o mar sem nenhuma explicação. A essa altura Magdalena já estava acostumada com os meus desvios evasivos para garantir que não estávamos sendo seguidos. Não perguntou para onde estávamos indo.

O desvio nos levou para uma estrada de asfalto estreita, de mão dupla, cercada de ambos os lados por arbustos baixos e grama típica de solo alcalino. Não era um caminho muito pitoresco. O mar ainda estava longe. A terra era plana, sem prédios a não ser uma ou outra estrutura em forma de corcova.

Quase toda a terra estava plantada, surpreendentemente, com arroz. Um rebanho de gado preto descansava em um dos campos. Uma garça estava de pé sobre o telhado de uma pequena meia-água. Em outro campo, três cabras destruíam um arbusto. Um cartaz escrito a mão anunciando *Promenades a cheval* erguia-se sobre uma estrebaria com robustos cavalos brancos.

Mais acima, do outro lado de Aigues-Mortes, ficava Saintes Maries-de-la-Mer, o local onde o barco trazendo as Marias e seus companheiros devem ter aportado. Eu estava esperando para ver em que ponto Magdalena diria reconhecer onde estávamos. Eu prestava atenção também para observar se ela via algum cartaz que revelasse nossa localização.

Estávamos na margem sul do famoso Camargue, o amplo e pantanoso delta criado pelo Ródano quando deságua no mar. Boa parte do Camargue é uma reserva natural, habitat de rebanhos de cavalos brancos selvagens e da maior variedade de pássaros aquáticos encontrados no Mediterrâneo.

Atravessamos a cidade medieval murada de Aigues-Mortes, que não despertou nenhuma reação em Magdalena. Era compreensível. Embora a cidade seja conhecida por todos os estudantes franceses como o lugar onde Luís IX partiu para as Cruzadas, ela não existia antes de 1241.

Virei na primeira estrada, outra faixa estreita de asfalto de pista dupla, desta vez protegida de um dos lados por uma cerca de arame farpado enferrujada. Continuava não havendo cartazes para informar Magdalena, mas ela parecia estar alerta. Apesar do terreno plano e desinteressante do lado de fora do carro, ela estava sentada ereta, excitada como uma menininha voltando para casa. Virava constantemente a cabeça, olhando de um lado para o outro da estrada, com se esperasse ver alguém que ela conhecia.

Mais acima, um espesso cobertor cor-de-rosa erguia-se lânguido de uma área pantanosa e subia devagar até o céu. Pensei que meus olhos estivessem me pregando uma peça até nos aproximarmos mais do cobertor ondulante e vermos que era composto de milhares de flamingos cor-de-rosa. Os enormes bandos de flamingos são o orgulho de Camargue, um dos únicos três lugares da Europa onde é possível encontrar essas aves exóticas soltas na natureza.

— Não são lindas? — Magdalena suspirou. — Eu gostava de observá-las ao anoitecer. Mas na época eram muito mais numerosas. Quando saíam voando, parecia o pôr-do-sol.

Estacionei para podermos sair do carro e ter uma visão melhor. Os flamingos estavam voando em direção ao interior, longe do mar.

— Estão procurando árvores mais altas — ela disse. — Onde podem se empoleirar nos galhos com mais segurança.

Ela fechou os olhos e respirou fundo, aspirando para dentro dos pulmões o espesso odor lamacento do pântano. Achei o cheiro do lodo estagnado levemente desagradável, mas ela parecia gostar.

— Isso me leva de volta — ela disse. — De volta àqueles dias, faz tanto tempo.

O olfato é o mais primitivo dos sentidos. Uma vez marcado no cérebro, um cheiro é capaz de despertar não só lembranças específicas como também emoções. Este em particular trazia lembranças para mim também, mas a única imagem que me vinha era a de um acampamento nos pântanos de New Jersey.

Outra marca registrada do Camargue são os enormes enxames de mosquitos que se levantam todas as noites para atacar qualquer criatura viva. Corremos para a segurança do carro, enquanto eu espantava aos tapas os insetos que nos seguiram até lá dentro.

— Esqueci dos mosquitos — Magdalena riu. — Costumávamos esfregar alho nos braços para espantá-los, mas nem isso parecia funcionar muito bem.

À nossa direita, na direção do mar, o brejal verde aos poucos cedia espaço às salinas, uma espetacular extensão de tanques acetinados de águas rasas. Os diversos estágios de evaporação davam a cada tanque sua tonalidade única de azul, variando do índigo profundo ao cerúleo mais claro. Recortados numa série confusa de formas irregulares por pistas de sal branco, os charcos pareciam nada mais do que um enorme vitral.

— Pare o carro — Magdalena disse de repente.

— Por quê?

— Conheço este lugar. — Sua voz era de surpresa, como se não acreditasse no que estava vendo. — Estive aqui antes. Conheço esta região. Costumava vir aqui para trazer a Boa-nova a alguns colonos.

Eram as palavras que eu estava esperando ouvir. Encostei à margem da estradinha e desci do carro com ela.

— Está diferente agora — ela falou. — Os tanques de sal são muito, mas muito maiores do que eu me lembro. Mas, fora isso, continua a mesma coisa.

Estudei os tanques lustrosos, tentando imaginar como teriam sido há dois mil anos. A diferença não deveria ser muito grande, conforme ela disse, a não ser pelo tamanho dos tanques. O processo de extrair sal da água do mar por evaporação não mudou muito desde que o homem primitivo descobriu a primeira crosta de sal numa poça formada pela maré. A única mudança desde aquela época era o equipamento usado para a colheita, no qual os animais de carga haviam sido substituídos por máquinas especializadas que permitiam uma produção em escala maior.

— Ainda estamos longe de onde nosso barco encostou — ela disse, olhando em direção ao horizonte. — Mas eu lembro desses charcos quando passamos por aqui a caminho de Narbo.

Protegendo os olhos do reflexo do sol, ela observou os tanques de sal. Era uma viajante no tempo procurando pontos de referência que talvez não existissem mais. Havia poucas pistas diante de nós, exceto pelo fato de os tanques de sal estarem dispostos de um lado da estrada apenas.

— Nós descemos... mais ou menos ali, acho. — Ela apontou para o outro lado dos tanques, na direção Sudeste, para o golfo de Lyon.

Poderia ter acertado por acaso, pensei. Mas ali, diante de uma paisagem estéril, sem olhar para o meu mapa, sem ter visto um cartaz na estrada desde que saímos da A9, sem nenhum sinal visível de civilização, ela estava apontando na direção exata de Saintes-Maries-de-la-Mer. A estrada não levava naquela direção. Eu não via nenhum desvio na nossa frente.

— Não estamos na estrada que costumávamos pegar — ela disse.

Consultei meu mapa rodoviário. De fato, Saintes-Maries ficava a menos de 10 quilômetros de distância, exatamente para onde ela apontava. Infelizmente, a única estrada no mapa, aquela onde estávamos, seguia direto para o mar onde terminava sem se esperar. Segundo o mapa, eu havia tomado o caminho errado, virando antes da hora para uma estrada de serviço de recolhimento de sal. Não havia estradas secundárias ligando-a ao nosso destino. Para chegarmos em Saintes-Maries, parece que teríamos de refazer nosso caminho de volta até Aigues-Mortes, ou retornar à A9 e descer a partir de Arles.

Eu estava no meio da manobra para voltar quando ela colocou a mão no volante.

— Por que está voltando? — perguntou.

— Porque esta estrada não leva a lugar algum — eu disse. — Segundo o mapa, é uma estrada sem saída.

— Mas havia uma estrada mais adiante.

Aqueles pêlos míticos na base do pescoço que se arrepiam em momentos fantasmagóricos começaram a vibrar. Esta poderia ser uma daquelas provas que todo investigador de vidas passadas espera encontrar. No meio do lugar mais isolado onde já estive, ela não só estava me orientando para um local onde sua predecessora devia ter aportado, como afirmava saber a respeito de uma estrada misteriosa que não existia no meu mapa.

Subi no teto do carro de DesRosier. Eu estava certo de que ele não se importaria com alguns arranhões quando eu lhe explicasse que queria ter certeza de não haver nada na nossa frente, nenhum sinal ou seta, ou marco, de qualquer tipo, que ela pudesse ter visto com seus olhos mais jovens.

— Acho que fica a uns dois quilômetros daqui — ela gritou para mim. — À esquerda.

A estrada onde estávamos formava a margem oriental dos charcos de sal. Eu só via à nossa esquerda capim e charcos. Se havia outra estrada mais adiante, estava muito bem escondida.

— Os únicos desvios que vejo são as estradas de serviço que vão dar nos tanques de sal — eu lhe disse. — Não estou vendo nenhuma desviando para o Leste.

— Está lá. Eu sei que está lá.

Estávamos lidando agora com algo mais forte do que lembranças. Se eu lhe tivesse perguntado sobre os tanques de sal em uma de nossas entrevistas, com certeza não se lembraria da estrada. Mas as pesquisas demonstravam que o reconhecimento é mais forte do que a memória. Qualquer pessoa visitando um local da sua infância conhece o jorrar intenso não só de lembranças esquecidas, mas também de emoções, que vêm à superfície. Eu só podia imaginar o que devia estar se passando na cabeça de Magdalena se estávamos mesmo nos aproximando do local da sua vida anterior na França.

— Estamos falando de uma estrada que existia há dois mil anos — eu disse descendo do carro. — Esta é uma área pantanosa. Mesmo que tivesse existido uma estrada naquela época, pode ter desaparecido agora.

Eu estava lhe dando uma desculpa perfeitamente racional que ela poderia usar para explicar mais tarde por que não encontramos a estrada. Mas ela continuou firme.

— Era uma estrada romana — ela falou. — E os romanos construíam suas estradas para durarem para sempre. Algum pedaço dela ainda deve estar lá.

Isso era verdade. Havia exemplos de estruturas romanas por toda a região da Provença, não só coisas simples como estradas, mas o aqueduto Pont du Gard, em Nimes, as arenas em Arles e Avignon, os anfiteatros, templos e banhos ainda de pé, apesar, em muitos casos, da negligência e do vandalismo a que nenhuma estrutura moderna seria capaz de sobreviver. Até os predadores que baixaram sobre essas estruturas em séculos posteriores não conseguiram sair dali com todos os trabalhos em pedra.

Mas se a estrada romana existia mesmo, o problema seria encontrá-la. Estávamos bem no meio da linha de demarcação entre as vastas planícies de sal e o pântano aparentemente impenetrável. À nossa direita, nenhuma vegetação conseguia sobreviver à beira dos tanques de evaporação.

Até a trilha menos usada pelos colhedores de sal era nitidamente visível. À nossa esquerda, entretanto, onde devia estar a estrada antiga, a maré alta lavava os charcos duas vezes por dia, alimentando um verdejante tapete de trepadeiras, moitas e gramas tão denso e encharcado que nem mesmo os cavalos selvagens de Camargue pareciam ter entrado ali. O interminável ciclo de crescimento e apodrecimento havia formado uma camada úmida de húmus que se erguia ligeiramente acima do nível do solo onde estávamos. O que significava que a estrada, se existira um dia, estava coberta com uma grossa camada de lama e vegetação.

— É ali adiante — Magdalena disse. — Tenho certeza.

Saímos do carro e começamos a andar. Era uma noite úmida de verão. Para mim, a forte presença de sal na atmosfera funcionaria como uma espécie de repelente, mas os insetos já deviam ter se acostumado há muito com isso. Eu tentava afastar as nuvens de mosquitos e moscas pretas com as mãos, sem muito resultado. A poeira de sal secava no meu rosto, e quando esse pozinho era colhido pelo suor, riachos salinizados picavam meus olhos.

— Acho que já passamos — Magdalena falou.

Parecia que já tínhamos caminhado uns seis quilômetros, mas olhando para o carro lá atrás concluí que não passavam de uns três ou quatro. Não tínhamos visto nenhum sinal de desvio que pudesse ter sido usado por homem ou veículo nos últimos dez anos. Eu não esperava que a busca fosse fácil, mas estava percebendo agora que podia ser impossível. Os únicos espaços sem vegetação do lado pantanoso da estrada eram poças de água, o que sugeria que boa parte do pântano talvez fosse um tapete flutuante de vegetação sem chão firme por baixo. Podia suportar o peso de um homem ou de um cavalo em alguns trechos, mas um passo em falso e a criatura mergulharia na água. Talvez fosse por isso que os cavalos selvagens e outros animais grandes que habitam o Camargue evitavam essas áreas.

— Sei que está aqui — Magdalena insistiu. — Era uma estrada costeira que ia do Ródano a Montpelier. Nós a usávamos para ir até Narbo.

Voltei para o carro e conferi de novo o mapa, e passei os olhos na pilha de folhetos turísticos. Narbo não constava. Devia ser um nome antigo romano para Narbonne, um importante porto na época de César. As únicas estradas visíveis nos mapas eram pouco parecidas com aquela em que estávamos, estendendo-se como dedos do interior para o mar. Não encontrei menção alguma a uma estrada costeira, mesmo abandonada, nos folhetos.

— É tudo um pântano — eu disse. — Se havia uma estrada aqui, deve ter sido erodida pelas tempestades.

— Está aqui — ela insistiu. — Lembro muito bem. Foi construída quase um metro acima da linha da maré alta. E saía do pântano, bem aqui.

— Se era dessa altura, ainda devia estar visível. — Eu não estava vendo nada no pântano que se parecesse com os vestígios de um viaduto. — Tem certeza de que este é o lugar certo? As coisas podem mudar muito em dois mil anos. Especialmente num delta de rio.

Embora pudesse parecer que eu estava discutindo com ela, não havia outra coisa que eu quisesse mais do que encontrar sua misteriosa estrada. Se havia uma estrada assim ali, e ela se revelasse um caminho costeiro romano com dois mil anos de idade, de cuja existência só ela sabia, isso significava que ela teria adquirido esse conhecimento numa vida anterior. E quanto mais difícil fosse encontrar a estrada antiga, quanto mais escondida ela estivesse, quanto mais tempo ela tivesse ficado esquecida, mais valor teria como documentação não só de uma vida anterior, mas também das lendas orais sobre a migração de Maria Madalena para a França.

— O pântano parece mais alto do que me lembro — ela se admirou.

— Pode ser em função do acúmulo de sedimentos trazidos pelo rio — eu disse.

Eu me vi querendo acreditar na existência da sua estrada misteriosa.

Podia ser um caso de racionalização de um desejo, mas eu me convencera de que ela estava ali.

A questão era encontrá-la.

Espantando os mosquitos, eu me identificava com os arqueólogos e caçadores de dinossauros, geólogos e historiadores, com todos os estudiosos obrigados a vasculhar no meio de detritos acumulados ao longo dos séculos para encontrar um objeto que só eles acreditam existir.

No meu caso, os detritos eram um atoleiro de charco e vegetação impenetrável para os humanos. Só os animais mais espertos conseguiam abrir caminho por ali. Eu sabia que devia haver diversas criaturas sobrevivendo com os alimentos disponíveis no pântano. Não só peixes, anfíbios e flamingos e outras aves selvagens que entravam voando, mas os predadores e comedores de carniça que se alimentavam deles também. O banquete dentro do pântano era muito convidativo para que raposas, gatos selvagens e outros carnívoros famintos o ignorassem.

Fiquei ali, pregado no chão.

— O que foi? — Magdalena perguntou.

Não sou naturalista. Nunca fui escoteiro, muito menos lenhador. Não sabia a diferença entre as pegadas de um javali e as de um cachorro do mato. Mas tinha visto muitos programas especiais sobre a natureza na tevê para saber que esses predadores de quatro patas saem de noite em busca de comida. Podiam ser máquinas assassinas muito eficientes, mas eram, em essência, mamíferos da terra. Para encontrar comida, precisam de solo firme. Se alguém podia encontrar um caminho no pântano, esse alguém seria um animal faminto. Se os restos de uma estrada antiga continuavam acima do nível da água, as criaturas noturnas já a estariam usando como um caminho para encontrar o que comer. Isso não significava que seria fácil para nós encontrar o caminho deles. Esses mesmos programas sobre a natureza mostravam a astúcia desses animais para camuflar seus refúgios.

— Procure por qualquer tipo de pegada na beira da estrada — eu disse. — Estamos procurando uma trilha que os animais possam estar usando para entrar no pântano.

Mas descobrimos logo que não havia nenhuma pegada. A faixa de acostamento na beira da estrada estava coberta por uma grossa camada compacta de sal. Nem uma martelada deixaria uma impressão visível.

O sol estava ficando baixo. As sombras, longas. Os mosquitos cada vez piores. Estávamos numa estrada vazia, a quilômetros do ser humano mais próximo, buscando sinais... de quê? Um cão vadio que poderia ter passado por ali? Uma cabra perdida vivendo no pântano? E se um dos javalis selvagens do Camargue aparecesse rugindo entre os arbustos, zangado porque ousávamos perturbar sua toca? Estremeci ao lembrar de um narrador da tevê descrevendo a facilidade com que as presas de um javali conseguem destripar um homem.

Qualquer ser humano racional teria desistido da busca. Mas eu havia extrapolado os limites da racionalidade. Naquela altura dos acontecimentos, estava operando num plano diferente.

Cinqüenta e quatro

As mais frágeis pistas resultaram em algumas das maiores descobertas arqueológicas de todos os tempos. Um pedaço de pedra aparentemente insignificante num vale egípcio, por exemplo, revelou ser o primeiro dos 26 degraus que levaram Howard Carter ao túmulo perdido de Tutancâmon. Foi uma trilha usada por cabras nos rochedos de Qumram que conduziu os pastores aos potes de barro contendo os Documentos do Mar Morto. No nosso caso, algumas folhinhas secas de grama nos levaram a uma descoberta com implicações muito maiores para o futuro do cristianismo do que qualquer túmulo de faraó ou manuscrito antigo.

Magdalena notou as folhas de grama seca primeiro. Elas estavam no lado pantanoso da estrada. Poderiam ter sido sopradas pelo vento, só que estavam amassadas, como se pisadas por alguma criatura. Descansavam, quase como um tapete, numa pequena abertura em forma de túnel na grama, era pouco maior do que o meu punho. Mas era uma abertura: um buraco isolado numa parede sólida de vegetação. Debrucei-me para examinar mais de perto. Afastando a grama, vi que a abertura continuava. Era uma trilha de animal! A passagem que estávamos procurando para entrar no pântano!

Que espécie de animal usava a trilha, eu não sabia, e não estava interessado em saber. O importante era se ela continuava em terra seca. Abrindo a vegetação na minha frente, segui o túnel por uns 12 passos. O solo cedia esponjoso debaixo dos meus pés, úmido mas não totalmente saturado. Era, eu esperava, uma camada de vegetação e húmus sobre uma base mais firme. Quando tentei cavar para ver o que havia por debaixo, o emaranhado de raízes recusou-se a ceder. Estava ficando tarde para ir de carro até a cidade mais próxima atrás de uma pá. Felizmente, na mala do carro tinha uma chave de porcas, uma dessas ferramentas para trocar pneus com quatro pontas e uma cunha para soltar as calotas. Eu usei a cunha como uma sonda, enfiando-a na trilha.

A ponta penetrou uns dez centímetros antes de bater numa pedra. Passei para o outro lado e enterrei de novo a ponta no chão. Ela bateu na rocha firme mais uma vez. Excitado, passei para o outro lado da trilha, onde a sonda se enfiou como uma cunha entre o que deviam ser duas pedras, uma do lado da outra. Os mosquitos foram esquecidos enquanto eu continuava sondando para determinar a largura das pedras sob a superfície. Quando atingi o lado macio dos dois lados, eu tinha furado um pedaço de quase 12 passos de largura. Era a largura padrão das estradas romanas: ampla o suficiente para duas colunas de soldados. Embora a camada de vegetação fosse razoavelmente plana, minhas medidas indicavam que as pedras lá embaixo estavam 15 centímetros mais altas no meio do que dos lados: a forma usual de drenagem nas estradas imperiais. Raspando um pouco para a frente e para trás deu para saber as dimensões dos blocos de pedra. Eram retângulos, cada um deles medindo mais ou menos 60 centímetros de comprimento e uns 30 de largura.

A essa altura eu suava copiosamente e minhas mãos e joelhos estavam cobertos de lama. Mas eu ria encantado, descrevendo aos gritos para Magdalena cada nova descoberta. Usando minha sonda, tracei a estrada cerca de uns nove metros para dentro do pântano.

— Procure ao longo da beira da estrada — Magdalena gritou. — Procure uma pedra estreita com o topo redondo. Haverá uma inscrição nela.

— De que altura é a pedra?

— Meio metro mais ou menos acima da estrada.

Uma inscrição? A busca estava ficando interessante. Com renovada energia, eu balançava a chave de porcas para a frente e para trás, como se fosse uma faca de mato, cortando a grama enquanto ia caminhando de volta na sua direção. A uns cinco metros de onde ela estava, a cunha bateu em alguma coisa que parecia um toco de árvore coberto de limo. Estava uns 30 centímetros acima do chão por onde eu caminhava. Bati outra vez, agora mais forte. Era como se a ferramenta estivesse batendo em madeira podre. Um último golpe me premiou com a sólida sensação do metal contra a pedra.

— Encontrei! — gritei.

— Eu sabia que estava aí! — Ela batia palmas satisfeita, mas não fez nenhum esforço para juntar-se a mim no meio das ervas daninhas.

O trabalho de retirar com um formão dois séculos de líquen e limo revelou uma pedra estreita com um topo arredondado. Exatamente como Magdalena previra. Matéria orgânica obscurecia em parte a inscrição que ela tinha dito que eu encontraria.

— O que é? — perguntei.

— Um marco romano. Se me lembro bem, a inscrição lhe dirá a distância até o Ródano de um lado e até Montpelier do outro.

Esfreguei a pedra com um punhado de lama, aumentando o contraste das linhas esculpidas. Do lado do marco que dava para o pântano, que seria a direção do Ródano, estava a letra R. Do lado oposto, estava a letra M, que supus significasse Montpelier. Sob as duas marcas, havia alguns números romanos. Eram as medidas de distância, como ela dissera. Havia outras marcas em volta de toda a pedra.

— Deve haver outras inscrições visíveis — ela gritou. — As iniciais do imperador estão aí também?

— Júlio César — eu murmurei fixando os olhos no J e no C esculpidos com precisão. Em sinal de respeito, as iniciais de César estavam gravadas mais fundo na pedra dos que as informações sobre a direção.

— Ele era imperador de Roma quando a estrada foi construída — ela disse. — Isso foi 30 anos antes de chegarmos aqui. Você deve encontrar também as iniciais de Pôncio Máximo — ela continuou. — Ele foi o governador romano da província que autorizou a construção.

O P estava parcialmente lascado, mas o M estava legível como no dia em que foi esculpido.

Tenho de admitir que estava achando toda a história assustadora.

Ela estava afastada uns quatro metros de mim, o que significava que não podia ver as marcas. No entanto, sabia exatamente o que estava gravado na pedra. Ela conhecia o marco e sabia onde encontrá-lo. Sabia, de fato, a localização exata de uma antiga estrada romana que se supunha não mais existir.

— Como você sabia da existência desse marco? — perguntei, quando voltei para perto dela. — Poderia estar mais para dentro do pântano.

— Lembrei que a estrada virava aqui — ela disse com um sacudir de ombros. — Os romanos sempre colocavam um marco onde a estrada mudava de direção.

— Ela muda? — olhei por cima dos charcos de sal. — Então onde está o resto?

— Estamos pisando em cima — ela falou.

Olhei para baixo. A estrada por onde entramos era mais ou menos da mesma largura que a estrada misteriosa. Os resíduos de séculos de colheita de sal poderiam ter obscurecido as pedras originais da pavimentação romana muito antes do final do primeiro milênio.

— Ela parte deste ângulo em direção ao rio Ródano, o qual se atravessava de barco.

— Mas por que construir uma estrada atravessando o pântano? Havia muitas estradas no interior.

— O Camargue era em grande parte desabitado, exceto pela pequena aldeia de pescadores chamada Rtastis, na costa. Os generais convenceram o governador de que uma força inimiga poderia aportar secretamente na área e usá-la como base para invadir Arles, Narbo ou até Marselha. Se construíssem uma estrada beirando a costa, os generais poderiam entrar sem demora com suas tropas para atacar os exércitos invasores.

Parecia uma estratégia típica dos romanos. Eu sabia, pelos meus próprios estudos de história, que os romanos haviam construído seu fabuloso sistema rodoviário basicamente por motivos militares. O fato de a estrada ter ficado abandonada depois que eles deixaram a Gália, no século IV, não era de surpreender. Uma estrada no meio do pântano exigia manutenção, sobretudo as pontes de madeira que cobriam áreas encharcadas. Bastava a queda de parte dessas pontes para tornar intransitável todo o resto da estrada. Quando isso acontecia, as pedras da pavimentação eram levadas pelas pessoas do local, assim como grande parte dos aquedutos e fóruns foi desmontada. Com o tempo, quase toda a estrada tinha desaparecido.

— Você parece muito interessado na estrada — ela disse. — Posso traçar um mapa do que me lembro para você.

— Seria ótimo — eu disse. — Gostaria muito de ter um mapa.

Peguei a filmadora e, com a luz do crepúsculo, filmei cuidadosamente a inscrição no marco, a chave de porcas espetada no que parecia ser o meio da estrada, as redondezas e pontos de referência, para poder encontrar de novo o local. Afinal de contas, existiria um modo melhor de provar um caso de reencarnação do que com uma descoberta arqueológica tão digna de figurar nos jornais como essa? Antes de sair dali, cobri de novo o marco com limo, escondendo sua identidade. Eu não queria que ninguém mais o encontrasse antes de poder usá-lo como prova.

Magdalena parecia não ter idéia da importância de sua estrada misteriosa. Num país que fez da comercialização de sua história uma arte, todas as arenas, muros, pontes, ruínas e pedras romanas na França foram cuidadosamente catalogados, descritos, sinalizados e transformados em mercadoria para turistas. Encontrar uma estrada romana há muito esquecida em qualquer lugar da França era um feito extraordinário. Encontrá-la no Camargue poderia reescrever a história daquela região. E isso só foi possível porque uma jovem freira espanhola dizia lembrar-se dela de uma vida anterior.

Será que eu encontrara a prova irrefutável de reencarnação que escapara a Stevenson e outros pesquisadores?

Eu estava achando que sim.

Cinqüenta e cinco

Depois de me perder por completo no entrelaçamento enlouquecedor das ruas antigas de Arles, desisti do mapa e entrei no primeiro hotel com uma vaga para estacionar na porta. Embora me sentisse encabulado com o fedor de coisa podre impregnado nas minhas roupas sujas de lama, o funcionário na recepção parecia estar acostumado com turistas saindo do Camargue em minhas condições. Ele me deu o endereço da loja de roupas mais próxima, onde troquei minhas vestes arruinadas por outras novas; e de uma farmácia ali perto, onde comprei um tubo grande de ungüento para picadas de mosquitos. Depois de tomar um banho quente de chuveiro e de fazer a barba, eu estava quase me sentindo normal outra vez. Exceto pela coceira irritante das dezenas de marcas vermelhas no meu rosto e nos meus braços.

Jantamos sob as estrelas essa noite, num café na calçada em frente ao maciço anfiteatro romano. No restaurante, espantei-me por Magdalena não parecer ter sofrido uma única picada de mosquito. Os insetos que me atacaram com tanta fúria pelo jeito não quiseram lhe causar nenhum sofrimento.

— Os mosquitos nunca me picam — ela disse. — Não nesta vida.

Como se isso explicasse tudo.

Como sempre, ela parecia chamar a atenção de todos os homens à vista, até dos que estavam jantando com outras mulheres. Ela vestia calças justas brancas e uma blusa vermelha sem mangas de um tecido tão lustroso que lançava um reflexo rosado em seu rosto. Posso ser acusado de excesso de idealização, mas ela estava parecendo particularmente virginal naquela noite. Seus cabelos, ainda úmidos do chuveiro, pareciam frescos, limpos e inocentes de qualquer artifício químico. Os olhos eram límpidos e confiáveis; a boca intocada por lábios masculinos. Era esse ar de pureza que continuava me fascinando. Mas eu tinha bastante noção da realidade para saber que era seu corpo de mulher plenamente desenvolvido que atraía a atenção dos outros homens.

Estávamos bebendo, a título de chacota, Chateauneuf du Pape, um vinho tinto dos vinhedos vizinhos que um dia pertenceram aos papas de Avignon. Era um dos melhores da região do Ródano. Eu estava contente por ela estar gostando, e feliz observando-a beber. Podia imaginar o líquido vermelho escorrendo por dentro do seu longo e macio pescoço. Quando a ponta rosada da sua língua surgiu devagarinho para lamber a última gota de vinho nos lábios, esqueci de respirar.

— Acho melhor pedir — falei rápido.

O garçom recomendou que começássemos com *Aigo-boulido*, uma sopa tradicional da Provença, feita com o alho-doce de casca rosada de Albi.

— Alho é bom para afastar os mosquitos, *monsieur* — ele acrescentou, numa referência por demais óbvia aos vergões vermelhos no meu rosto.

Magdalena sorriu solidária.

— O alho da região é muito mais delicado do que o alho de Valência — ela falou. — Ou de Jerusalém. Especialmente a variedade *rose d'albi*. Eu sentia falta dele quando era garota no convento.

Magdalena tinha este hábito de escorregar por acaso entre as lembranças de suas duas vidas, como se fizessem parte do mesmo *continuum*. No início, eu achava isso desconcertante, mas já estava me acostumando. Estava começando a parecer quase normal.

A sopa estava maravilhosa, muito mais suave do que eu esperava. Além do alho, ela era preparada com folhas de sálvia, açafrão, vegetais verdes picados e queijo ralado. Quando elogiei a sopa para o garçom, ele me deu uma desdenhosa sacudidela de ombros gálica, como se eu estivesse fazendo muita história a respeito de uma simples sopa.

— Talvez seja por isso que vivi tanto tempo — ela disse. — Por causa do alho que eu comia.

Embora não estivesse com minha filmadora, não podia deixar passar a oportunidade.

— Exatamente quanto tempo você viveu? — perguntei. — Quero dizer, não é obrigada a responder se for um assunto muito melindroso.

— Não precisa ficar constrangido — ela disse. — Padre Serrano me fez a mesma pergunta.

Ela terminou a sopa e enxugou aqueles lábios belos e sem maquiagem antes de responder.

— Morri 30 anos depois da morte de Jesus meu Cristo. Tinha 60 anos.

— Isso é notável — comentei. — As pessoas não costumavam viver tanto naquela época.

— Em especial as mulheres — ela disse baixinho.

Ficamos em silêncio enquanto o garçom retirava nossos pratos de sopa.

— Como foi — hesitei, incapaz de me decidir a aplicar a palavra "morrer" àquela encantadora companheira de jantar — ... que isso aconteceu?

— De uma forma muito comum — ela disse. — Eu estava velha. Estava cansada. Tinha... — ela parou no meio da frase. Aquele segundo par de olhos, aqueles que pareciam me observar por trás dos olhos reais, me estudaram como se tentando decidir o que me contar. Quando ela voltou a falar, o tom da sua voz era diferente. Convenci-me de que ela esteve prestes a revelar alguma coisa sobre sua vida que desejava manter em segredo.

— O que aconteceu foi que fiquei doente com uma febre... o que agora você chama de influenza. Ela foi piorando, e eu tinha dificuldade para respirar. O mistral soprava e fazia frio. Lembro que havia uma leve camada de neve sobre as montanhas. Naquela última noite, tossi muito até quase perder o fôlego. Meus amigos estavam comigo. Eles ferveram água para encher o quarto de vapor, e isso pareceu ajudar. Mas durante a noite, quando todos dormiam, minha alma saiu do meu corpo. — Sua voz baixou. — Não doeu.

— E depois, o que aconteceu? — persisti.

Nosso garçom chegou com os pratos principais bem na hora de ouvir sua resposta irritada.

— O que importa? — ela perguntou. — Eu morri. Não é isso que você queria saber?

Olhei para o garçom. Ele levantou as sobrancelhas, mas fingiu ignorar a conversa. Colocou sobre a mesa uma travessa com *loup de mer* grelhado sobre um leito de folhas de funcho, girando-a com cuidado para que a cabeça do peixe ficasse de costas para ela, à direita. A leve fragrância do anis exalava do prato. Meu *cassoulet* foi servido numa terrina de barro vitrificado. Depois de me avisar que o recipiente estava "*très, très chaud*", o garçom retirou a tampa com um floreio, revelando a mistura ainda borbulhante de feijão, carneiro, porco, *bacon*, lingüiça e vegetais. Era um prato agradável, perfeito para depois de um longo dia dirigindo e me enfiando no lodo do pântano.

— Costumávamos fazer isso numa terrina grande — ela disse observando o vapor que saía do prato na minha frente. — Colocávamos tudo que tínhamos, coelho, carneiro, pato, cebolas...

— Alho — brinquei.

— Sim. Alho. E todos os vegetais que tínhamos. Jogávamos dentro da panela tudo que encontrávamos. Era nossa versão da *paella*, só que com feijão em vez de arroz.

Com risco de irritá-la outra vez, decidi voltar ao assunto da morte.

— Queria falar a respeito do que aconteceu quando você... faleceu... porque queria saber do que se lembra do seu estado desencarnado.

— Desencarnado?

— Depois que você se separou do seu corpo... o período antes de reencarnar. O intervalo foi de quase dois mil anos. Como foi?

Depois de soprar a colher, fiz minha primeira tentativa de provar o *cassoulet*. Estava soberbo. Se era assim que os provençais preparavam a comida "camponesa", a *haute cuisine* da região devia ser absolutamente ambrosíaca, pensei. Mantive a primeira prova na boca por um longo momento, saboreando o tempero do qual não consegui distinguir nem um só ingrediente. A soma era na verdade mais suave do que suas partes.

— Lembra-se do túnel? — perguntei quando retornei aos meus sentidos.

Ela parou com o garfo suspenso no ar.

— Como sabe do túnel? — ela respondeu.

Era uma pergunta que eu não ousava responder, ou seja, contar que eu possuía considerável experiência na área de jornadas no após-vida e que eu lhe havia escondido isso intencionalmente até aquele momento. Toda a defesa de seus argumentos sobre reencarnação dependia, afinal de contas, das delicadas excentricidades da memória distante. Qualquer detalhe do após-vida que eu fornecesse poderia facilmente contaminar essas lembranças ou, pior ainda, fazer com que ela subconscientemente alterasse suas respostas para se encaixarem no que ela pensava que eu queria ouvir. No meu melhor estilo profissional, fiquei calado, sem querer revelar nada sobre mim mesmo que pudesse afetar a integridade da entrevista.

— Mas é claro — ela mesma respondeu. — Você deve ter passado pelo túnel quando morreu.

Concentrei-me em meu *cassoulet*, fingindo não ter escutado.

— Não se lembra de como morreu? — ela perguntou.

O que eu me lembrava era de ter tido muito cuidado para não lhe contar nada sobre os tiros ou minha experiência de quase-morte, ou EQM.

— Não se lembra de nada da sua vida anterior, Theo?

Continuei ocupado com o *cassoulet*, que estava mesmo delicioso.

— Devia tentar se lembrar — ela falou. — Todo mundo devia tentar se lembrar de suas vidas passadas.

Começou a me ocorrer que ela não estava se referindo à minha EQM. A vida passada de que ela estava falando era uma existência anterior. Uma encarnação anterior. Deixei que continuasse.

— Se fizer um esforço como eu fiz — ela disse —, vai se lembrar de detalhes surpreendentes sobre uma vida passada, mesmo que os tenha vivido há dois mil anos.

Limpei a boca com o guardanapo antes de tomar um gole de vinho.

— Você é quem diz que viveu há dois mil anos, não eu — contra-argumentei, sorrindo para não ofendê-la. — Sou apenas um investigador. Podemos voltar ao túnel?

— Você quer eu me lembre de uma vida anterior — ela fez beicinho —, mas não quer nem tentar se lembrar da sua.

Um dos truques profissionais de qualquer bom entrevistador é permanecer calado, ainda que isso seja superdesconfortável, até o sujeito se sentir compelido a preencher o espaço vazio. Observei enquanto Magdalena cutucava o *loup de mer*, trabalhando com a faca de peixe para retirar a espinha. Terminei em silêncio meu *cassoulet*.

— Tudo bem — ela disse por fim. — Vou lhe contar sobre o túnel.

Cautelosa a princípio, ela começou a descrever sua jornada no após-vida. Era quase a mesma história relatada pelas centenas de Quase Mortos que entrevistara para o professor DeBray. Magdalena falou do momento de calma, da cessação das dores, do sentimento de paz infinita, do zumbido e da separação do corpo através da abertura brâmica. Ela descreveu como pairou sobre seu corpo morto e da estranha viagem pelo que parecia ser um túnel. Eu tinha escutado tudo isso antes. De pessoas que tinham morrido em acidentes, em mesas de cirurgia, de ataques cardíacos. Gente que tinha ido para o Outro Lado e retornado. Não estava surpreso com sua descrição dos momentos imediatamente após a morte, porque meu trabalho anterior havia me convencido da universalidade dessa experiência. Embora a morte venha de muitas formas, todos seguem o mesmo caminho até o após-vida. A pergunta que fica sem resposta é por que algumas almas retornam logo para seus corpos, acordando depois que os médicos as declararam clinicamente mortas; enquanto outras almas, algumas ainda apegadas a lembranças de uma vida anterior, são mandadas de volta do após-vida para habitarem novos corpos.

O garçom levou nossos pratos e voltou quase de imediato com uma travessa de especialidades provençais. Magdalena as reconheceu logo e começou a me descrever seus méritos. Quem não soubesse dos seus antecedentes acharia esse conhecimento incomum para uma freira que nunca tinha saído de Valência.

— Os queijinhos redondos são *tomme de Camargue* — ela explicou. — São feitos com leite de vaca e de cabra, e são maravilhosamente cremosos. Os figos são de Marselha. São muito mais doces do que os da Itália ou do Jordão. As pequenas formas ovais são *callisones d'aix*. Debaixo dessa cobertura de creme tem uma camada de amêndoas.

O garçom, de cuja função de explicador ela havia se apossado, ficou escutando, pronto para intervir caso ela cometesse algum erro.

— *Bravo, mademoiselle* — ele disse depois que ela descreveu todas as 12 especialidades. — A senhorita é daqui?

— Já morei aqui — ela disse. — Faz muito tempo.

Pedi outra garrafa de vinho, um vinho branco do Ródano para combinar com os queijos e as frutas.

Enquanto descascava os figos para mim, ela me contou sobre a Luz, o Guia, a Revisão da Vida e uma dúzia de outros detalhes familiares a quem tem experiência nessa área. Não contestei nem fiz indagações, porque tudo que ela dizia sobre a jornada para o Outro Lado se encaixava perfeitamente no que eu já sabia. Tínhamos muito mais coisas em comum do que ela estava achando.

— Nunca falei sobre essas coisas para ninguém. — Ela fez uma parada.

— Por que não?

— Porque tudo parece tão... inacreditável.

— Mais do que ser a reencarnação de Maria Madalena?

— Bem, não, acho que não. Só é diferente. Em minha vida passada, fui uma pessoa real. Era uma mulher, um ser humano que caminhava no chão, comia, bebia, penteava meus cabelos, me apaixonava e tinha um corpo de verdade.

Enquanto ela falava, anotei mentalmente para lhe perguntar sobre a parte de se apaixonar.

— E, nesta vida, sou uma pessoa real de novo. — Ela estendeu a mão e envolveu com os seus dedos esguios os meus. — Está vendo? Posso sentir você e você pode me sentir. Nós somos reais. Mas, no intervalo entre essas duas vidas, não sei quem fui. Não me lembro de comer, beber ou dormir. E isso foi assim durante dois mil anos, Theo, exceto que a impressão é de que foi um tempo muito curto. Como posso esperar que alguém acredite que eu existi nesse estado se não consigo nem descrevê-lo direito?

Eu entendia sua frustração. Até os crentes mais fervorosos no após-vida, inclusive sobreviventes de EQM como eu próprio, achavam sempre difícil descrever a exata natureza da entidade que deixa o corpo no momento da morte. Ela tem sido identificada como a alma, o espírito, o corpo astral, o ser etéreo, o *bardo*, a forma animadora, a centelha da vida. A forma que ela assume é também difícil de caracterizar. Alguns a descrevem como uma duplicata perfeita da matéria corporal, outras como um fantasma ou uma sombra, até uma coleção de pensamentos e lembranças.

Escutei com paciência enquanto ela falava sobre o Ser de Luz e os Campos Elísios, sobre a estranha música etérea e a vista panorâmica de todos os momentos da sua vida que lhe teriam sido revelados. Estava surpreso por ela não fazer referência a Jesus Cristo, que eu supunha teria saudado sua fiel discípula assim que ela entrou em seu Reino.

— O que aconteceu depois da Revisão da Vida? — perguntei.

— Ela aconteceu perto de um regato — disse. — O Ser de Luz, que suponho fosse Deus, estava de pé ao lado de uma ponte.

Estávamos chegando à parte que mais me interessava. Só quem se aventurou mais fundo no após-vida viu a ponte. Na tradição zoroastriana, ela era conhecida como a *Chinvato Peretu*, a Ponte do Separador; na literatura de visão ocidental, ela em geral assume a forma de uma ponte para uma experiência de purgatório. Ninguém que tenha retornado de uma EQM jamais viu o que havia do outro lado da ponte. De lá ninguém voltava. Atravessar a ponte significava deixar para trás sua vida antiga para sempre.

— Era uma ponte estreita sobre o que seria, à primeira vista, um pequeno riacho, mas, ao atravessá-la, o rio foi ficando cada vez mais largo até parecer que eu nunca chegaria do outro lado, e quando finalmente consegui chegar lá, não enxerguei mais onde eu tinha estado.

Alguns dos escritos esotéricos descrevem a ponte como a travessia do rio Lete, cujas águas purificam todas as lembranças conscientes para preparar a alma para a próxima vida. Ninguém sabe com exatidão o que acontece, porque o único testemunho documentado sobre a existência da ponte vem de pessoas que experimentaram a quase-morte, como eu, e nenhuma delas jamais afirmou ter colocado os pés em sua estrutura. Durante minha própria jornada no após-vida, lembro de me aproximar da ponte e ter forte consciência de que, uma vez do outro lado, nunca mais retornaria a minha vida antiga. Eu queria desesperadamente atravessar a ponte, unir-me por toda a eternidade a Laura, mas fui impedido de fazer isso. E, quase imediatamente, retornei ao meu corpo e os paramédicos ficaram com o crédito de terem me ressuscitado.

— O que aconteceu depois que você atravessou a ponte? — perguntei. — O que viu?

— Nada demais. Esperei. De certo modo, senti que estava esperando pelo corpo certo.

O período de espera entre vidas é descrito nas religiões orientais como o *estado bardo* ou "intervalo". O tempo de duração do intervalo parece ser bem elástico: aqueles cuja morte é prematura ou violenta retornam com mais rapidez, enquanto os que morrem em paz permanecem no *estado bardo* por mais tempo. Stevenson relata casos em que o renascimento acontece quase no mesmo instante depois da morte do corpo antigo, mas há outros relatos de casos em que o *estado bardo* dura milhares de anos. Os antigos egípcios, por exemplo, acreditavam que o ciclo padrão era de três mil anos. A maioria dos estudiosos da reencarnação, entretanto, define a duração média do intervalo entre duas vidas como 49 dias da Terra.

— Pode descrever o que fez, ou onde estava, enquanto esperou? — perguntei.

— É vago, mas me lembro de estar perto da água. Talvez eu estivesse perto do rio que corre sob a ponte. Mas estava meio nublado, e tudo parecia indistinto.

O riacho de novo, pensei. O riacho, ou rio, parece ser uma imagem inevitável na literatura da morte e da reencarnação. O rio Estinge ficou famoso nas palavras de Dante como o ponto final da encruzilhada entre a vida e a morte. Platão e Orígenes falaram de um riacho em cujas margens as almas descarnadas aguardam um novo corpo. Muitas anamneses indianas de Stevenson incluíram relatos das margens de um rio como uma espécie de "área de adaptação" do após-vida. Embora isso possa ser um fenômeno cultural fortemente influenciado pelo papel central do rio Gânges nos rituais indianos de morte.

Seus olhos assumiram uma expressão distante, como se ela estivesse tentando espiar de volta no passado.

— Quanto tempo fiquei ali, não sei — ela falou. — O tempo parecia não ter importância. O que importava era esperar exatamente pelo corpo certo. Parecia não ser apenas uma questão de nascer de novo, você sabe. Eu tinha a sensação de que havia um papel muito específico que eu precisava cumprir na minha próxima vida. O que significava que eu tinha de renascer na família certa, se ia ter a oportunidade de representar esse papel.

— Você tinha de nascer na família certa — concordei. Essa predeterminação parecia ser um princípio básico da teoria da reencarnação. — Dos pais certos. E no entanto você nunca soube quem foram esses pais.

— Exatamente.

— Mas você não ficou desapontada por ter de voltar a uma nova vida, voltar à mortalidade?

— O que quer dizer?

— Bem, você esteve tão perto de Jesus na sua vida anterior. Não esperava unir-se a ele depois de morrer?

— Eu o vi. Ele era parte do Ser de Luz.

— Mas não quis ficar com ele por toda a eternidade?

— Sim, claro. Mas não era a hora.

— Como você soube disso?

— Não sei. Apenas soube. Eu sabia que tinha de viver pelo menos mais uma vida.

— Mas por quê?

Era um enigma que eu me perguntava se conseguiria resolver um dia. Quanto mais fundo eu sondava esse caso, mais misterioso ele parecia. Segundo tudo que eu tinha lido sobre reencarnação, nas teorias de carma e samsara, nas crenças no tao e na filosofia grega, até nas palavras dos primeiros líderes cristãos, o ciclo de vida e renascimento é uma escola para o aperfeiçoamento da alma. A nova vida oferece a oportunidade de arrepender-se de crimes e maldades, de trabalhar conflitos não resolvidos e desejos não realizados e outras imperfeições espirituais que atrapalham a iluminação. Para algumas pessoas, o ciclo leva muitas vidas até ser completado.

Mas Maria Madalena era a "mulher que conhecia o Todo", o "eterno feminino", a "companheira de Jesus Cristo", a "Apóstola dos Apóstolos". Sua ajuda tornara possível a Jesus e aos apóstolos cumprir seus ministérios. Seu currículo espiritual incluía feitos que nenhum outro ser humano podia reivindicar. Ela esteve tão próxima da perfeição espiritual na sua vida anterior quanto era possível estar.

Por que foi mandada de volta?

Que assunto inacabado ela teria de terminar antes de se reunir com seu Salvador?

Se ela sabia, não estava me dizendo.

Depois do jantar, ela me levou para dar um passeio pelo velho quarteirão romano. Não me surpreendi quando ela se mostrou capaz de encontrar o caminho até os pontos que desejava me mostrar. Embora muitos prédios originais tivessem sido demolidos ou drasticamente reformados ao longo dos últimos dois milênios, o desenho básico das ruas estreitas continuava o mesmo. Ela disse que tinha estado em Arles muitas vezes em sua vida anterior, apontou para casas que um dia pertenceram a amigos com quem ela se hospedava. Citou o nome de muitos deles e me contou histórias engraçadas sobre a vida em Arles durante o primeiro século. Eu não tinha levado a filmadora, e ela prometeu repetir os nomes mais tarde para que eu pudesse comparar com os registros que ainda existissem. Alguns desses amigos eram os filhos e netos de veteranos da Sexta Legião do Exército romano, ela explicou. Esses veteranos formavam a colônia original de romanos que povoaram a cidade. Ela me contou sobre a ponte de barcos que foi construída sobre o Ródano.

Um cético diria facilmente que tudo que ela me contava podia ter sido tirado de livros de história e da literatura para turistas, mas minhas dúvidas a seu respeito estavam retrocedendo. Talvez ainda houvesse mistérios sem respostas sobre quem ela era na realidade, mistérios que eu talvez nunca solucionasse nesta vida, mas eu estava começando a aceitá-la como a pessoa que ela dizia ser.

Ao mesmo tempo, começava a achar cada vez mais difícil negar o efeito afrodisíaco de um passeio sob um céu estrelado numa noite quente de verão, numa das cidades mais românticas da Provença. Com a mais pura das intenções, segurei sua mão. Seus dedos eram pequenos e delicados, encaixando-se confortavelmente entre os meus. Numa era em que até favores sexuais são concedidos tão ao acaso, poderia parecer ridículo dois adultos amadurecidos sentirem um prazer culpado num ato à primeira vista inocente como o de se darem as mãos. No entanto era muita intimidade para ambos. Ficamos temerosos de ir mais adiante, mas encantados por que finalmente estávamos nos entendendo. Ela sorriu para mim e caminhamos o que restava para chegarmos de novo no hotel em mudo contentamento. Não ousei lhe dar um beijo de boa-noite, embora tivesse certeza de que ela não teria recusado.

Não havia mais nenhum sentido em negar que eu estava aos poucos, talvez de maneira inevitável, me apaixonando por Magdalena. Embora eu pudesse racionalizar o crescente vínculo emocional entre nós como um produto sem volta do medo e da forçada inseparabilidade de dois fugitivos, eu não podia negar o prazer que sentia em tê-la ao meu lado. Eu me senti envolto num brilho cálido quando voltei para o quarto.

O estado de espírito radiante desapareceu quando descobri que um intruso tinha estado ali na minha ausência.

Cinqüenta e seis

As gavetas da cômoda não estavam reviradas e não havia travesseiros esfaqueados. Não obstante, quem revistou o quarto não tinha feito nenhuma tentativa de dissimular seus movimentos. Colchas e travesseiros tinham sido levantados e recolocados no lugar, marcas no chão indicavam que a cômoda tinha sido arrastada e os meus míseros artigos de toalete estavam arrumados de outra maneira. Como eu tinha pouca coisa, bastou um segundo para saber o que estava faltando. O tubo com os desenhos de Jesus e do mochileiro barbudo não estava mais lá. Mais importante do que isso, também tinham desaparecido as dez fitas de vídeo com as 15 horas de entrevistas com Magdalena, o teste lingüístico do professor Abramakian e a descoberta da estrada romana no Camargue.

A filmadora tinha ficado, como se fosse o sinal de uma mensagem. O compartimento para colocar a fita estava com a portinhola aberta, revelando seu interior vazio. Três fitas virgens, ainda envoltas no plástico, também ficaram intocadas.

O que significava que meu visitante não era um ladrão de galinhas desconhecido, atrás de alguma coisa de valor. As fitas seriam úteis apenas para alguém interessado em minha investigação. Deixar a câmera e as fitas virgens para trás foi um ato de arrogância, o alerta não tão sutil do intruso de que qualquer outra futura gravação teria o mesmo destino.

Imediatamente liguei para DesRosier. Ele parecia mais preocupado com o conforto de Magdalena do que com as fitas roubadas.

— Esqueça as fitas — ele me disse. — Seu testemunho será o suficiente para mim. Estou mais preocupado é com irmã Mariamme. Ela está em segurança?

Hesitei, envergonhado por ter pensando primeiro em ligar para meu patrão, em vez de ir ver como estava Magdalena.

— Ela está em segurança? — ele repetiu. — Depois de tudo que aconteceu, temo por ela.

— Não se preocupe, ela está bem — eu disse, esperando que ele desligasse para correr até a porta ao lado e me certificar de que de fato ela estava bem.

— Bom. Confio no senhor para protegê-la. Por favor, transmita-lhe meus cuidados.

— O senhor disse que não queria que eu usasse seu nome.

— A essa altura talvez seja melhor o senhor usar. Pode revelar minha identidade. E também pode lhe assegurar que, se alguma coisa acontecer ao senhor, ela pode pedir minha ajuda.

— Estou certo de que ela... — comecei a dizer, mas ele já havia desligado.

Sua reação à notícia do arrombamento me deixou intrigado. Eu esperava decepção, talvez até revolta, porque todas as evidências que eu tinha acumulado estavam perdidas. Afinal de contas, foi para isso que ele havia me contratado. Na verdade, ele nem perguntou o que havia nas fitas, ou se eu estava perto de concluir minha tarefa. Ele parecia só estar interessado no bem-estar de Magdalena. Não com o fato de ela ser ou não a fraude que ele originalmente considerara. De repente, ele não só queria que eu lhe revelasse seu nome, mas que lhe garantisse sua proteção caso alguma coisa me acontecesse. Era demonstração de benevolência de sua parte? Ou a pista de que havia algum plano oculto?

Magdalena veio atender quando bati na sua porta vestida com uma camisola comprida até os pés, uma das suas aquisições em Barcelona. Um delicado barrado de renda chamou-me a atenção para o decote, sob o qual se erguiam aqueles lindos seios que eu ficara tão constrangido de olhar em Collioure. A sexualidade que ela transpirava era enervante. Para não assustá-la resolvi não dizer nada sobre o intruso que tinha estado em meu quarto.

— Acabei de falar com o homem que me contratou — eu disse, cumprindo, obediente, as instruções de DesRosier. — Ele queria que eu lhe dissesse que está preocupado com sua segurança.

— Muito gentil da parte dele.

— Se me acontecer alguma coisa...

Ela ergueu a mão tocando nos meus lábios.

— Não fale essas coisas — disse.

Eu quis beijar as pontas dos seus dedos quando eles roçaram minha boca. Só uma força de vontade sobre-humana me impediu de fazer isso.

— ... ele me prometeu que tomaria conta de você — terminei a frase. — É claro, espero que nada aconteça comigo, mas, caso aconteça, o homem que você deve procurar, o homem que a ajudará, chama-se DesRosier. Jean-Claude DesRosier.

— DesRosier? — ela repetiu intrigada. — Acho que conheço esse nome.

— Talvez do convento ou da catedral.

— Sim, deve ser onde o escutei — ela falou. — Tenho certeza de que esse DesRosier é uma boa pessoa, como você me disse antes. E muito atencioso também, se está tão preocupado comigo.

Um lampejo de ciúme deve ter transparecido em meu rosto, porque ela rapidamente tocou no meu braço e acrescentou:

— Mas enquanto você estiver comigo, ele não precisa se preocupar.

Vindo de qualquer outra pessoa, eu teria recebido o comentário como uma delicadeza comum, um esforço para aliviar meu orgulho ferido. Mas o poder das emoções começando a se agitar dentro mim ampliavam cada palavra, cada gesto seu, imbuindo-os de um sentido mais profundo do que talvez fosse sua intenção. Ela deve ter percebido a luta que se travava dentro de mim, porque seu rosto corou e ela escondeu num gesto faceiro o corpo atrás da porta, colocando-se parcialmente fora do campo de visão e, ao mesmo tempo, de alcance. A atmosfera de repente parecia sexualmente carregada. Sem termos trocado nenhuma das palavras amorosas que por tradição os amantes se dizem, sem termos nos tocado de nenhuma forma romântica, sem termos feito nada exceto nos olhar nos olhos, algo mudou entre nós, e ambos percebemos isso.

— Mais alguma coisa? — ela perguntou, numa voz que quase me convidava para continuar a conversa num nível mais íntimo.

— Eu... eu só queria lhe dizer... — Tropeçando nas palavras, tossi para limpar a garganta e retornei logo para o meu tom profissional. — Só queria lhe desejar boa-noite. A viagem de carro amanhã vai ser longa.

De volta ao meu quarto, percebi que ainda estava com o telefone na mão e, frustrado comigo mesmo, tive vontade de jogá-lo contra a parede.

O que estava errado comigo? Eu era capaz de enfrentar assassinos, advogados, jurados, a Guardia Civil. Consegui sobreviver a tiros, bombas e até a morte. Mas, diante de uma jovem mulher que tinha passado a vida inteira trancada num convento, via-me reduzido à situação de um admirador imaturo que sabia exatamente o que desejava dizer, mas estava aterrorizado demais para pronunciar as palavras. Aterrorizado, talvez, porque não sabia por quem estava, na verdade, sendo atraído.

Seria a irmã Mariamme, a jovem virgem ingênua cuja vida religiosa eu não ousava destruir com uma ligação sexual?

Ou seria Maria Madalena, a mulher que conheceu os segredos mais íntimos de Jesus, uma mulher com tamanho significado religioso que parecia um pecado pensar nela em termos amorosos?

Cinqüenta e sete

Um carro preto colou atrás do nosso quando saímos de Arles de manhã.

Ele nos seguiu pela ponte do Ródano, passando o trevo até a estrada que levava ao Camargue. No início, parecia não haver nada de estranho no veículo atrás de mim. Centenas de carros fazem o mesmo caminho todas as manhãs por ser a D570 a única estrada de Arles a Saintes-Maries-de-la-Mer. O que me chamou a atenção nesse carro em particular foi a velocidade constante que ele sustentava atrás de nós. Se eu tirava o pé do acelerador, outros carros passavam à minha frente. Se pisava fundo, outros carros ficavam para trás. Todos, exceto o carro preto, que nunca variava de distância. Pelo que eu conseguia enxergar pelo retrovisor, parecia haver dois homens no automóvel. Estavam muito longe de mim para eu identificá-los melhor. Por enquanto, pareciam satisfeitos em nos seguir.

Eu não disse nada sobre nossos perseguidores a Magdalena, não querendo assustá-la. Ela estava apreciando a paisagem, as fazendas de arroz e os vastos tanques.

A D570 nos levou diretamente para a beira do Mediterrâneo, onde numa estreita faixa de areia quase toda rodeada de água fica a cidade de Saintes-Maries-de-la-Mer. Na praia de frente para a cidade, segundo a lenda, foi onde o barco com Maria Madalena e suas companheiras aportaram. Como se prevendo nossos movimentos, o carro preto desviou pouco antes de chegarmos na estrada da praia.

Encontrei um lugar para estacionar e levei Magdalena até a areia. Eu a observei enquanto ela estudava o local com atenção, procurando um lampejo de reconhecimento em seus olhos. A praia vazia que supostamente recebeu as viajantes havia sido retalhada por empreendedores imobiliários, planejadores urbanos e ativistas ambientais. O que fora uma praia ininterrupta, agora estava cortada pela metade por um quebra-mar de pedra que guardava a entrada para uma marina. Mais de cem barcos de passeio e iates estavam ancorados dentro do seu abraço protetor. Outros píeres de pedra mais adiante cortavam as duas longas faixas de praia em seções menores. Assentada inesperadamente perto da marina ficava uma enorme praça de touros de muros brancos, rodeada de espaços para estacionamento. A praia movimentada ficava separada da cidade por uma estrada de quatro pistas, duas podiam ser usadas, as outras estavam ocupadas por veículos estacionados. Outras centenas de carros enchiam longos estacionamentos do lado mediterrâneo da estrada. O outro lado era a usual fachada de restaurantes com mesas na calçada, lojas de *souvenirs* e butiques, que relutantes davam lugar às casas caiadas e *villas* de veraneio que há muito tinham substituído os lares simples de pescadores.

Com todo o desenvolvimento, eu não acreditaria em Magdalena se ela dissesse que reconhecia a cidade. O que ela disse, entretanto, foi de uma precisão surpreendente.

— Não foi aqui que descemos do barco.

— Aqui é Saintes-Maries-de-la-Mer — eu disse. — No tempo dos romanos, era conhecida como Ratis. Segundo as lendas, foi aqui que seu barco encostou.

— Não, não foi. Esta cidade não é Ratis.

— Claro que ela parece diferente agora. As coisas mudam em dois mil anos.

— Nós desembarcamos na foz do rio Ródano — ela disse. — A Ratis que eu conheci ficava na margem do Ródano. Você podia descer o Ródano, de Arles até Ratis. Se é Ratis, onde está o rio?

A pergunta ia direto à essência de sua credibilidade. Mais uma vez, ela estava demonstrando um conhecimento que ia na direção contrária à da crença atual. Com espantosa exatidão, ela estava se lembrando de uma paisagem que deixara de existir séculos atrás. O Camargue é uma terra de intermináveis mudanças, sua própria existência depende dos sedimentos carregados rio abaixo pelo Ródano. Como a região do delta do Mississippi, os sedimentos do rio criavam ilhas lamacentas, pântanos e praias de areia que apareciam e desapareciam conforme as forças da natureza e o homem faziam o rio mudar de curso. Na época dos romanos, um dos principais braços do Ródano de fato desaguava no mar em Ratis. Está documentado em um dos mapas da edição de 1912, de Serrano, de *A History of Alluvial Sedimentation in the Rhône Delta*. Mas quando encontrei esse volume, ele ainda estava em sua capa de celofane original, indicando que não tinha sido aberto, não tinha sido lido. O que significava que Serrano não podia ter compartilhado com Magdalena essa informação. Ela estava se baseando numa memória antiga.

— Hoje a foz do rio fica a uns 30 quilômetros naquela direção — apontei para o Leste, para Port St. Louis. — Tem também um braço menor, o Petit Rhône, a poucos quilômetros a Oeste.

— Então, por que me trouxe aqui?

— Porque é aqui que o Ródano desembocava no mar no primeiro século — eu disse. — Ou pelo menos um dos três braços do rio que existiam na época.

— Então isto *era* Ratis?

— Não exatamente. A aldeia original ficava mais ou menos por ali.

Apontei para o mar.

— Talvez a uns dois ou três quilômetros de onde estamos — eu disse. — A erosão e as tempestades alteraram a linha da costa. A praia desapareceu aqui e foi refeita mais para o Oeste. Ela continua sofrendo a erosão do oceano... e é por isso que construíram todos esses píeres de pedra, para impedir a erosão.

— E o Templo de Artemis, onde nos abrigamos depois de desembarcar?

— Está lá, também. Quem sabe qualquer dia desses os mergulhadores encontram algum artefato.

Ela olhou para água, protegendo os olhos do sol, na direção onde eu disse que o Templo de Artemis jazia afogado.

— Foi também o que deve ter acontecido com a antiga estrada romana — eu disse. — Quase tudo está debaixo da água ou das dunas de areia.

— Então eu estava certa a respeito do rio — ela falou.

— Sim, você estava certa.

— Você sabia disso o tempo todo.

— Sim, eu sabia.

— Você queria ver se eu sabia. Estava tentando me testar.

— Desculpe — eu disse. — É só uma técnica de investigação. Um meio de estabelecer a credibilidade.

A manhã já estava adiantada, o céu não tinha uma nuvem e o sol começava a esquentar. Eu a levei para uma área sombreada atrás do escritório de Informações Turísticas na beira da praia. Não havia sinal do carro preto ou de alguém que parecesse estar interessado em nossos movimentos.

— Gostaria de ver o lugar onde desembarcamos — Magdalena disse. — Gostaria de pisar na mesma areia onde encostamos nosso barco. — Ela se virou para olhar de novo para o mar. Ficou pensativa. — Nós nos sentíamos tão sozinhas, tão perdidas quando deixamos o porto de Cesaréia. Aconteceu dois meses depois que crucificaram Jesus meu Cristo. O barco foi carregado e preparado para a viagem por amigos, para não chamar a atenção daqueles que tentariam nos impedir. Saímos depois de escurecer. Ninguém falava enquanto o barco estava sendo empurrado para fora. Estávamos assustados e tristes, sabendo que nunca mais voltaríamos para nossas casas.

— Por que vocês foram embora? — perguntei. — Pedro e os outros ficaram.

— Pedro? — Ela pronunciou o nome com desprezo. — Pedro que fugiu e se escondeu quando Jesus meu Cristo foi crucificado? Pedro que ficou escondido no seu quarto temendo pela própria vida, deixando que nós carregássemos o corpo até o túmulo? Pedro que não acreditou na ressurreição até Jesus meu Cristo aparecer no quarto trancado? — Ela balançou a cabeça lembrando. — Pedro foi quem quis que eu fosse embora.

— Pensei que tinha havido uma perseguição geral aos seguidores de Cristo.

— O clima estava tenso, mas não havia nenhuma perseguição séria, não de imediato. Se houvesse, Pedro teria sido o primeiro a fugir. Seus atos antes e depois da crucificação mostraram o tipo de pessoa que ele era.

— Ele morreu como mártir — observei. — Estava disposto a morrer por sua fé.

— Como muitos outros — ela contra-argumentou. — Mas isso foi mais tarde, depois que ele atraiu seguidores. Talvez tenha mudado.

— Você não gostava dele — declarei. — Não é uma atitude muito cristã.

— Era Pedro que não gostava de mim — ela insistiu. Falava sem rancor, como condizia com a recordação de algo distante no passado. — Ele não gostava de mulheres, e não gostava especialmente de mim porque eu era... — Ela parou para reformular o que estava prestes a dizer. — Porque eu era mais íntima de Jesus do que os outros. Porque os ensinamentos secretos eram revelados a mim, não a ele. Ele se recusou a acreditar que Jesus meu Cristo revelasse esses ensinamentos a uma mulher, não a ele. Felizmente, Levi estava ali para repreendê-lo.

Agora estávamos entrando no Evangelho de Maria, com sua descrição, em parte obliterada, do "olho do meio" de Cristo usado para profecias, e o trecho que se perdeu onde ele contava a Maria como realizava os milagres.

— Pedro tinha ciúme de mim. Ele me via como uma ameaça, e me convenceu a partir.

— Se você tinha os ensinamentos secretos, por que não ficou na Galiléia em vez de vir para a França?

— No meu estado... — ela começou a dizer, e então rapidamente consertou — ... porque eu era a pessoa mais próxima de Jesus meu Cristo, tanto Pedro como eu temíamos que fosse perigoso para mim continuar lá. Também era hora de começar nossas missões, espalhar as boas-novas, e ele queria se livrar de mim. Foi idéia minha vir para a Gália, visto ser o mais longe possível que eu poderia ficar de Pedro. Ele concordou logo. Prometeu que se eu fosse para a Gália divulgar a palavra, ele não me seguiria, nem mandaria nenhum dos outros discípulos interferir em minha missão ali. E cumpriu a palavra, pelo qual sou muito grata.

Um dos fatores que me faziam continuar achando tão convincentes as lembranças de uma vida passada de Magdalena era a maneira casual como ela misturava temas familiares, como o relato de *Pistis Sophia* das discussões provocadas por Pedro, com suas conclusões originais, tais como o até agora desconhecido acordo que mandou Magdalena para a França. A atitude de Pedro com relação às mulheres foi bem documentada. Como também o fato de que, embora os apóstolos originais tivessem ido pregar por todo o mundo romano e grego, nenhum deles foi para a Gália enquanto Maria Madalena viveu, exceto Felipe, que a acompanhou no barco. Até Paulo, que falava do seu desejo de um dia viajar para a Espanha, jamais imaginou uma visita à Gália. No entanto as cidades do Sul da Gália eram as colônias romanas mais importantes. A própria Arles era chamada de "Roma da Gália". E a grande população judaica era um alvo maduro para o trabalho missionário. O relato de Magdalena sobre um tratado secreto com Pedro era a primeira explicação lógica para o que para mim sempre tinha sido uma enorme negligência com relação à província mais importante de Roma, tanto por parte de Pedro quanto de Paulo. Era uma idéia espantosa que, segundo o que eu sabia, nunca tinha sido levantada por nenhum estudioso da Bíblia. Numa área do saber em que as reputações se constroem com o estudo de minúsculos fragmentos de papiros antigos que podem revelar uma única palavra ou data, é difícil exagerar a importância dessa nova percepção. Mas, como era característico de Magdalena, isso foi mencionado quase de passagem, sem nenhum esforço para me impressionar.

A algumas centenas de metros da praia, uma igreja-fortaleza medieval erguia-se sobre a cidade. A Église de Saintes-Maries era conhecida por ser o local onde tinham sido sepultadas três mulheres que desembarcaram com Maria Madalena. O interior da igreja consistia em uma única nave grande e, para um lugar supostamente de enorme significado religioso, encontrava-se num estado de extremo abandono. Lá dentro, nós nos juntamos a um grupo bastante disperso de turistas: uma dúzia de pessoas idosas, três freiras e dois casais que pareciam em lua-de-mel. Mais uma vez, não vi ninguém com ar suspeito, ninguém que parecesse ter um mínimo de interesse por nós. Um dos cidadãos mais velhos tinha se posicionado no meio do corredor central e parecia estar lenta e metodicamente filmando todo o interior sombrio da igreja, apesar do cartaz proibindo fotografias. O foco da sua câmera estacionou bem acima do altar onde, na abertura retangular do que foi um dia a Sala da Guarda, descansa o relicário contendo os ossos que se julga serem das Saintes-Maries. Foram colocados ali depois de desenterrados em 1448 pelo rei René.

— Podemos ir até lá? — Magdalena perguntou.

— Acho que está trancado — eu disse, depois de ler o folheto para turistas. — Eles baixam o relicário até o chão da igreja em certos dias de festas, mas, fora isso, é vedado ao público.

— Então vamos rezar aqui — ela disse.

Obediente, ajoelhei-me ao seu lado. Afinal de contas, eram das suas amigas os ossos que se supunha estarem descansando no relicário.

— Elas foram minhas companheiras mais queridas — Magdalena disse ao concluir suas preces. — Maria Jacó era a esposa de Clopas, e mãe dos apóstolos Judas e Simão. Maria Salompe era a esposa de Zebedeu e mãe dos apóstolos Tiago e João. Tem gente que diz que elas só desistiram de todas as suas riquezas e propriedades para seguir Jesus meu Cristo porque queriam estar perto de seus filhos. Mas elas realmente acreditavam na sua palavra, e foi por isso que o seguiram. Como eu, elas deviam ser consideradas *diakones*.

Ela usou o termo grego para diáconos, palavra que foi aplicada tanto aos homens como às mulheres na Igreja primitiva até o século II, quando se decidiu que todos esses títulos ficariam reservados apenas aos homens.

— Elas vieram aqui espalhar as boas-novas, como Jesus meu Cristo nos instruiu a todas.

Ao contrário da crença popular atual, e certamente ao contrário do que Pedro desejava, as mulheres que seguiram Jesus eram consideradas *diakones*, palavra que em grego significa “mensageiros”.

Por essa razão, os estudiosos concordam que elas tinham tanta autoridade para pregar a palavra de Deus como seus irmãos. Muitos teólogos defendem que Maria Madalena tinha uma autoridade ainda maior para isso do que os apóstolos. Essa autoridade, eles acreditam, deriva dos Evangelhos de Mateus e de João. Nesses dois relatos, o primeiro ato de Cristo ressuscitado foi aparecer a Maria Madalena, tornando-a a primeira testemunha da sua divindade. Depois de instruída a “ir e levar as novas aos meus irmãos”, Maria Madalena foi quem levou a notícia da Ressurreição do Senhor aos outros apóstolos. Com seus atos e palavras, os estudiosos alegam, Jesus apontou Maria Madalena como sua primeira e mais importante mensageira para o mundo. Embora a importância desse fato fosse mais tarde diminuída pela hierarquia masculina da Igreja medieval, Hipólito e outros líderes cristãos primitivos não só reconheceram a condição especial de Maria, como a homenagearam como a *Apostola Apostolarum*: a Apóstola dos Apóstolos.

Passamos por debaixo do altar até a cripta, que abriga as relíquias e a estátua de Santa Sara, a criada egípcia negra que acompanhou Maria Madalena. A cripta estava quente e abafada, cheia do calor e da fumaça de quase 200 velas acesas. Apesar de ter sido uma criada, e não uma das Saintes-Maries de quem a cidade e a igreja receberam o nome, é ela que atrai o maior número de pessoas. Todos os anos, no dia 25 de maio, milhares de ciganos de lugares distantes como a África e a Grécia convergem para essa pequena igreja para prestarem homenagem a Sara, a quem consideram igual a eles, e a quem adotaram como santa padroeira.

— Minha querida, doce Sara — Magdalena falou baixinho, ajoelhando-se diante da efígie de Sara vestida de forma rebuscada.

Outra vez, eu me ajoelhei ao seu lado. O chão de pedra era frio. Não demorou muito e meus joelhos começaram a doer. Descansei meu peso ora numa perna, ora na outra, mas não adiantou. O homem com a filmadora pairava por trás de nós. Não gostei da idéia de ser fotografado para diversão dos outros, mas não ousava interromper a concentração de Magdalena.

Uma Magdalena mais controlada contou-me os detalhes da viagem depois do almoço. Estávamos sentados num café na calçada em frente à praia, de onde eu podia olhar a água e imaginar como teria sido naquele dia nublado quando o barco chegou na França.

Eram 27 pessoas no barco, ela explicou, incluindo o capitão e quatro tripulantes. Alguns nomes me eram bastante familiares. Eram as santas diante de cujos relicários tínhamos acabado de rezar. Magdalena descreveu rindo como o trio se refugiou no vestíbulo do templo pagão de Artemis. Ela me falou sobre Marta de Betânia, e de como ela acabou fundando um convento de virgens piedosas, vivendo a vida de uma penitente meditativa. O irmão de Marta, Lázaro, era outro passageiro: o mesmo Lázaro que Cristo ressuscitara dos mortos e mais tarde se tornara o primeiro bispo de Marselha. Outro passageiro era o apóstolo Felipe, cuja descrição da hostilidade de Pedro para com Maria Madalena foi depois incorporada por outro escritor do evangelho que levava seu nome. Ela me contou sobre Maximino, que se tornou bispo de Aix-en-Provence, e continuou seu amigo e conselheiro até ela morrer. Ela explicou que José de Arimatéia as acompanhou no barco, mas seguiu imediatamente para o que hoje é conhecido como Grã-Bretanha, onde fundou a primeira Igreja cristã daquele país, em Glastonbury. Havia outros nomes que eu desconhecia: Marcilla, que era criada de Marta; Cedon, um homem cego que foi curado por Cristo; Aurélio de Paro, um médico grego; quatro veteranos do arrogante Oitavo Batalhão do Exército romano, que se apresentaram como voluntários para servir de guarda-costas das mulheres; também Sidônio, Marcial, Eutrópio, Trofimo, Saturnino e dois outros convertidos que se juntaram à expedição no último instante. Era uma carga completa de missionários partindo para a Gália, tendo Maria Madalena como líder.

Aqueles que reverenciam a história religiosa e as tradições orais do povo francês argumentam que o verdadeiro início da fé cristã na Europa pode ser localizado na chegada de Maria Madalena ao Sul da França, logo depois da crucificação de Jesus Cristo. A chegada de Maria Madalena na França, de barco, e a identidade dos outros passageiros foram documentadas por muitos estudiosos, historiadores e líderes da Igreja. Um dos primeiros estudos, muito importante, confirmando a base factual para as histórias orais foi publicado pelo teólogo Raban Maar, no século VIII. Quando uma versão manuscrita da sua pesquisa forense foi redescoberta no início do século XV, ela foi considerada tão importante para a história religiosa européia que inspirou a fundação do Magdalen College, na Universidade de Oxford. Vi pela primeira vez uma tradução do manuscrito de Maar durante os meus estudos no monte Athos. O resto do que eu sabia sobre esse acontecimento e o subseqüente impacto sobre a tradição cristã francesa veio da pequena, porém soberba, biblioteca do padre Serrano.

No início, as pregações de Maria Madalena na Provença caíram em ouvidos moucos. Ela viajou para o interior, visitando pequenos postos avançados no Camargue, até finalmente chegar a Marselha. Conhecida como Masillus naquela época, já era um importante porto comercial, o ponto final de barcos que vinham de Roma, Tiro, Sídon, Alexandria e Atenas. A cidade era um ímã para caçadores de fortuna e comerciantes, marinheiros e prostitutas, mercadores e vagabundos. Enquanto almoçava, eu imaginava como teria sido Marselha quando Maria Madalena chegou. As cenas foram idealizadas por pintores renascentistas, mas imagens proibidas que de repente passaram como raios pela minha cabeça me faziam pensar que eles estavam errados. Não teriam visto a sujeira, o lixo nas ruas, o cheiro de peixe e dos esgotos a céu aberto. As imagens eram tão fortes, tão estranhamente reais que me vi tossindo para limpar o nariz e os pulmões.

Embora as primeiras tentativas de evangelização de Maria Madalena tenham fracassado, estudiosos da Bíblia diriam que ela teve sorte em sobreviver. Numa sociedade onde as mulheres hebraicas eram consideradas bens móveis de seus maridos, elas não podiam ser donas de suas propriedades, não eram educadas além dos deveres domésticos, não tinham permissão nem para entrar na sinagoga, a simples idéia de uma mulher tentando pregar em público certamente faria recair sobre ela a condenação da comunidade masculina dominante. No primeiro século, isso quase sempre significava apedrejamento ou exílio. Para uma mulher tentando pregar para os ocupantes romanos de Marselha, isso era um ato de coragem incrível, ainda mais quando o tema era a divindade de um homem recentemente executado por um governador romano.

Mais imagens dispararam pela minha mente: uma mulher jovem e bonita, com traços não muito diferentes da que estava sentada ao meu lado. Seus cabelos eram mais compridos, é claro. Mas de um louro-avermelhado muito parecido. Ela estava em cima de uma carroça, chamando as pessoas para se reunirem à sua volta. Suas palavras flamejavam na minha cabeça: palavras pronunciadas numa língua que eu não compreendia, mas que soavam extraordinariamente iguais às das línguas que Magdalena tinha falado com o professor Abramakian.

As lendas atribuem o sucesso de Maria Madalena a um milagre que aconteceu na hora certa, por acaso. Os relatos diferem quanto à exata natureza do citado milagre. Entre os livros de Serrano constava uma tradução da *Legenda Aurea*, do século XIII, que identifica o beneficiário do milagre como Peregrino, governador da província de Marselha. Nessa versão, Peregrino prometeu converter-se ao cristianismo se Maria Madalena rezasse para sua mulher ter um filho. Em resposta às preces de Maria, a mulher engravidou. Quando a mulher morreu durante uma viagem, Peregrino deixou a criança viva no seio da mãe morta numa pequena ilha. Depois de dois anos na Terra Santa, Peregrino retornou à ilha e encontrou o filho brincando na praia. A criança correu até a mãe morta, que prontamente ressuscitou. Os três voltaram para Marselha, onde foram batizados cristãos.

Segundo suas notas nas margens dos livros, a única parte do "milagre" que Serrano foi capaz de confirmar é a que diz que Peregrino realmente se converteu ao cristianismo, um ato extraordinário para um governador romano. A conversão ocorreu não muito depois do nascimento do seu primeiro filho, na época em que as lendas colocaram Maria Madalena em Marselha.

O que há de verdade nessa e em outras histórias de milagres que lhe foram atribuídos é irrelevante. O que importa é que as pessoas da Provença pelo visto acreditaram. Maria Madalena logo criou um grupo de seguidores. Ela ia de cidade em cidade, por toda a região, pregando a boa-nova de Jesus Cristo e convertendo da mesma forma judeus e gentios. Outros milagres, não muito bem documentados, foram-lhe atribuídos. As lendas contam que ela finalmente se retirou para uma gruta em Sainte Baume, onde viveu o resto dos seus dias rezando e meditando. Ela morreu, segundo a maioria dos relatos, no ano 63, aos 60 anos de idade. Embora algumas tradições afirmem que ela tenha sido enterrada em Toulon, ao lado de Lázaro, os relatos mais dignos de crédito são aqueles que localizam seu túmulo numa cripta construída pelo seu bom amigo Maximino, não muito longe de Sainte Baume. A tumba foi guardada por monges cassianitas durante todo o século IV, mais tarde foi escondida dos invasores e redescoberta no dia 9 de dezembro de 1279, debaixo do que hoje é a Basilique Ste. Marie Madeleine, na cidade de Saint-Maximin-la-Sainte Baume. A descoberta foi autenticada pelo papa Bonifácio VIII. O crânio de Maria Madalena, desprovido de carne mas ainda com longos fios de cabelo grudados, foi colocado num relicário de ouro doado por Carlos, o rei de Nápoles. A sinistra relíquia permanece em exibição até hoje na Basilique.

O sucesso do ministério de Maria Madalena é atestado pela reverência que sua memória ainda evoca por toda a Europa. Durante séculos, reis, rainhas e nobres do continente fizeram peregrinações até seu refúgio em Sainte Baume. Foi um local de orações para os cruzados; um sítio sagrado para os Cavaleiros do Templo, um santuário para os cátaros. Centenas de igrejas católicas foram dedicadas à sua memória, inclusive o ponto turístico La Madeleine, em Paris. Há fontes fidedignas que afirmam que até as famosas catedrais de Notre Dame, em Paris e Chartres, construídas pelos templários, foram secretamente dedicadas a ela. Na última contagem que se fez, 1.100 hinos tinham sido escritos para ela só na França, e muitos mais na Alemanha, Bélgica e Itália. Como uma demonstração da influência que essa mulher notável continua exercendo sobre os franceses, o povo da Provença ainda celebra seu dia todos os anos com desfiles, festas e orações. Milhares de fiéis reúnem-se nesse dia em St. Maximin, para encher as ruas e aplaudir enquanto seu crânio desfila pela cidade.

Sempre haverá céticos, eu sei. Afinal de contas, eu mesmo fui um deles. E até estou disposto a reconhecer que a objetividade que eu possa ter trazido a essa investigação tenha sido comprometida pelos meus sentimentos por Magdalena. Mas estou convencido de que o que escutei naquele dia foi nada menos do que o relato de uma testemunha ocular sobre as dificuldades que o grupo enfrentou durante aqueles primeiros dias na Provença. Como psicólogo, eu tinha bastante experiência em ambientes clínicos com pacientes delirantes, indivíduos perdidos em seus próprios mundos complicados de fantasia e mentirosos patológicos. Até os mais convincentes eram incapazes de manter uma coesão linear de estrutura e detalhes que Magdalena havia demonstrado desde nossa primeira conversa. Diante da enorme quantidade de informações, às vezes obscuras, que ela estava oferecendo, e o tom coloquial com que respondia às minhas perguntas, eu não compreendia como alguém era capaz de duvidar dela.

E no entanto, quanto mais ela falava, mais eu me convencia de que não estava me contando toda a história. Ela estava disposta a falar quase sem parar sobre o que todas as suas companheiras fizeram durante aqueles primeiros meses na Gália. Mas parecia muito misteriosa sobre suas próprias atividades. O que ela estava escondendo?

Talvez quando confrontada com a realidade da sua própria tumba ela finalmente revelasse seu segredo.

Quando saímos de les Saintes-Maries-de-la-Mer, o carro preto estava atrás de nós outra vez.

Cinqüenta e oito

Meu plano original era seguir direto para Marselha, onde Maria Madalena mais fez pregações e algumas das conversões mais importantes. Embora muitos prédios antigos e áreas históricas de Marselha tivessem sido devastados por guerras, explosões imobiliárias mal orientadas e as pressões do crescimento populacional, ainda restavam vários locais, como o *vieux port*, que poderiam despertar suas lembranças. O antigo porto era agora a segunda maior cidade da França, superpovoada, tumultuada e, segundo as almas bondosas que escrevem os guias, uma cidade às vezes perigosa. Parecia um lugar ótimo para dois fugitivos se esconderem. Mas antes eu tinha dois outros lugares para visitar, e pelo caminho esperava despistar o carro preto que estivera nos seguindo a manhã inteira.

O Corsa Opel não tinha força para se distanciar deles, seja na D570 ou nas vias expressas mais adiante. Então, voltei para Arles, dirigindo devagar para que pensassem que estávamos voltando para nosso hotel. A parte histórica de Arles, onde ficavam nossas acomodações, é um confuso labirinto de alamedas estreitas, algumas com apenas três quarteirões, projetadas para o tráfego antigamente puxado a cavalo. O emaranhado de ruas que tanto me frustrou quando eu estava procurando um hotel agora era meu aliado. Dirigi sem rumo subindo e descendo as ruas apertadas de mão única, indo e voltando sem outro objetivo a não ser esperar aquele momento de sorte, quando o motorista do carro preto finalmente ficasse para trás o suficiente para eu poder virar uma esquina sem ser visto e sumir. Isso aconteceu perto do rio, quando alguém com uma motoneta encostou de repente atrás de mim. Depois de algumas curvas evasivas, consegui achar meu caminho de saída para a *avenue* Victor Hugo, a rota para o norte, em direção a Tarascon e St. Remy.

De St. Remy, desci de novo para Aix-en-Provence. Era um percurso tortuoso, que me dava muitas chances de me certificar de ter despistado nossos perseguidores. O cenário pelo caminho mudara dos arbustos baixos, enfezados, e dos charcos de sal para as paisagens montanhosas tão amadas por Cézanne. De Aix-en-Provence, segui para o Leste e para o Sul até a minúscula cidade de St. Zacharie.

Eu estava pegando de propósito o caminho inverso ao do nosso próximo destino, esperando mais uma vez testar a memória distante de Magdalena.

No mapa Michelin, a D480 parece ser uma estrada agradável no meio de uma reserva florestal. Na realidade, era uma estrada de terra de uma pista só, quase uns mil metros morro acima, numa série de curvas fechadas até o topo da Grande Bastide. Passamos por apenas um veículo durante o longo percurso, uma van estacionada ao lado de um regato enquanto os passageiros saboreavam um lanche de queijo com lingüiça. No alto da Grande Bastide, tive uma boa visão da estrada lá embaixo. Ninguém nos seguia.

Também não havia nenhum cartaz para alertar Magdalena sobre o nosso destino. Mas assim que fizemos a última curva em direção ao Plan d'Aups, ela de repente se endireitou no banco.

— Sainte Baume — murmurou.

Os brilhantes rochedos de calcário branco do Massif eram visíveis a quilômetros de distância. Era uma enorme parede vertical que formava todo o lado oriental do vale. Em algum ponto naquele paredão havia uma caverna que Maria Madalena usou como ermida, e onde dizem terem ocorrido alguns dos acontecimentos mais improváveis da sua vida. A essa altura eu já me acostumara com a capacidade de Magdalena de reconhecer lugares associados com Maria Madalena. É claro, tenho de admitir que eu mesmo reconhecia esse lugar, pelas fotografias nos livros de Serrano.

— Costumávamos vir aqui a cavalo — ela disse entusiasmada. — Não havia estrada, apenas uma trilha estreita. Levava dois dias para vir de Marselha até aqui. Vínhamos com burros carregados de comida e tendas para nos abrigar. Não havia nenhuma casa ou lugar para parar. Toda essa região era deserta.

— Ainda é, pelo menos pelos padrões modernos — eu disse. — As lendas dizem que Maria Madalena passou os últimos 30 anos da sua vida na gruta de Sainte Baume.

— As lendas estão erradas — ela retrucou. — Eu vinha para a gruta apenas para um retiro, em geral 40 dias, como fazia Jesus meu Cristo ao ir para o deserto.

Sua explicação parecia razoável. A idéia de uma mulher indo para a França para passar 30 anos numa caverna sempre me parecera sem sentido, ela poderia ter feito a mesma coisa na Judéia, mais próximo de onde seu Salvador havia pregado.

— Mas você veio *mesmo* aqui — eu disse. Desta vez eu não estava errando no uso do pronome pessoal. Ele caiu tão bem quando o pronunciei que decidi deixar de lado as referências artificiais a Maria Madalena e tratar as vidas das duas como a continuação de um só espírito. — Você sabe, apesar das lendas, alguns padres da região dizem que você nunca esteve na gruta.

A negação pelos padres locais parecia-me igualmente implausível: como poderiam ter tanta certeza a respeito de acontecimentos sobre os quais não havia nenhum registro escrito?

— Muita gente vinha aqui — ela disse. — Houve um tempo em que os pagãos vinham aqui para rezar para Ísis, a deusa da Sabedoria. Você vai ver quando chegarmos na gruta.

— Nesse caso, suponho que as histórias sobre você ficar nua, coberta apenas pelos cabelos, também não eram verdade — eu provoquei.

Isso despertou no seu rosto um sorriso constrangido.

— O máximo que jamais se viu do meu corpo na França foi na praia, em Collioure, onde você ficou com vergonha de olhar para mim.

Paramos o carro no estacionamento ao lado da antiga Hostellerie la Ste. Baume e atravessamos os campos abertos, seguindo o caminho de reis e papas que iam prestar homenagem à primeira encarnação da mulher que me acompanhava. A trilha ficou íngreme, atravessando grupos de árvores de madeira de lei, bordos e faias, com abetos espalhados aqui e ali. A temperatura estava mais agradável, não muito mais fresca mas certamente menos úmida. Havia outros peregrinos na nossa frente. Estavam mais bem preparados do que nós para a caminhada, com jeans grossos e sapatos pesados. Magdalena estava com sandálias de sola fina e os meus sapatos tinham um solado de couro que tendia a escorregar na superfície lisa das pedras. Levamos meia hora para chegar até o mosteiro dominicano que guardava a entrada da gruta. Paramos para olhar para trás. Estávamos a centenas de metros acima do chão do vale

Heuvaune, a uma altura suficiente para olhar para baixo e ver uma águia planando nas correntes térmicas aos nossos pés. Magdalena me levou para dentro da gruta. O interior era muito mais amplo do que parecia lá de baixo. Acho que caberiam lá dentro umas cem pessoas. Magdalena fez uma careta para os crucifixos que tinham sido instalados nas laterais da caverna e para o altar de mármore branco. Apertei sua mão como um aviso para que não fizesse escândalo. Ela franziu a cara e mordeu o lábio, mas ficou quieta. O altar era ladeado por duas escadas de mármore que levavam para o fundo da caverna.

— Na última vez que estive aqui, não tinha nada na gruta exceto algumas pedras para se sentar — Magdalena disse. — Minha pedra preferida ficava no fundo, onde eu podia ficar sentada totalmente envolta pela escuridão e olhar os campos lá fora, como se estivesse olhando do fundo de um poço. Essa era uma das coisas que faziam este lugar tão maravilhoso para meditação, mas agora com o altar impedindo a visão acho que não se pode mais fazer isso.

Ela me levou até o fundo da gruta para procurar a pedra, que já tinha sido retirada fazia muito tempo. Se as pessoas que a tiraram dali soubessem que era a pedra onde Maria Madalena costumava se sentar para meditar, provavelmente seu fim teria sido numa igreja qualquer, ou lascada em centenas de pedaços para coleções particulares de padres ou benfeitores paroquiais.

— Poliram o chão — ela comentou. — Está tão liso agora. Era áspero e incômodo para ajoelhar.

— Não foi polido — eu lhe disse. — Foi desgastado pelos passos de todos os peregrinos que estiveram aqui ao longo dos séculos.

Ela estava perplexa.

— E as paredes — ela passou os dedos por grandes áreas esburacadas. — O que aconteceu com as paredes?

— Caçadores de lembranças, acho eu. Onde a rocha era mais macia, eles quebravam um pedaço para levar para casa.

— Interessante — ela murmurou.

Na extremidade mais distante da gruta, iluminada por centenas de velas votivas e rodeada de ramalhetes de flores frescas, estava uma imagem de Maria Madalena sustentada por anjos.

— E os anjos? — perguntei.

— Que anjos?

— Tem uma história que diz que dois anjos a visitaram antes de você morrer. Supostamente, eles a ergueram e a levaram até Maximino, que lhe deu a comunhão antes de falecer.

Ela sorriu.

— Você não acredita nisso, acredita?

— É uma das histórias — eu disse. — Pensando bem, não é mais inverossímil do que a idéia de reencarnação.

— Bem, em primeiro lugar, eu não morri aqui em cima. Morri numa casinha em Aix-en-Provence. E os únicos anjos que estavam comigo no momento eram duas mulheres que cuidavam de mim.

— Nada de levitação, também? — procurei sondar.

— Nada de levitação — ela disse. — Eu era apenas uma mulher comum que tinha tido a sorte de ser... — Mais uma vez, como tinha acontecido antes, ela parou e corrigiu o que ia dizer — ... de ter participado de acontecimentos realmente extraordinários.

Cinqüenta e nove

Uma das tradições mais hediondas da fé católica tem sido a mutilação dos cadáveres de seus membros mais santificados. Desde o início da Igreja, os fiéis valorizam relíquias daqueles que consideram santos. Embora algumas delas, como recortes de tecido das roupas usadas pelo personagem venerado sejam recordações benignas de uma vida santa, a maioria das relíquias guardadas como tesouros são na verdade pedaços de corpos. Essas recordações sinistras costumam ser retiradas quando o corpo é exumado como parte do processo de elevação à santidade. Em muitos casos, como o de Francisco Xavier ou Catarina Labouré, ou dezenas de outros santos, descobre-se que os corpos desafiaram as leis normais de decomposição. Observadores independentes, com freqüência não católicos e céticos assumidos, descrevem a carne ainda rosada e com aspecto real, olhos ainda claros e úmidos, sangue ainda fluido e não coagulado, e muitas vezes um perfume doce e agradável emanando do personagem. Isto é verdade não só quando se trata de corpos enterrados em caixões herméticos, de chumbo, mas no caso de Charbel Markouf e Francisco Xavier, também de corpos jogados em poços cheios de calcário ou mergulhados em túmulos pantanosos.

Mas em vez de venerar essas descobertas aparentemente milagrosas, a prática tradicional tem sido a de desmembrar o corpo e distribuir dedos, ossos, corações, até línguas, a várias igrejas e conventos, onde são cultuados em relicários dourados de um exagero muitas vezes vergonhoso. A fama de uma igreja ou catedral muitas vezes está diretamente relacionada com a importância das relíquias exibidas. Mas nem todas são autênticas. O número de santos é limitado. E como acontece com todos os outros artigos em escassez no mercado, isso levou a afirmativas espúrias e até falsificações. No caso de Maria Madalena, por exemplo, seis igrejas diferentes afirmam serem o lugar do descanso final dos seus restos, e há ossos suficientes exibidos em outras igrejas para compor mais três esqueletos.

De todas essas várias reivindicações, entretanto, somente as relíquias na Basílica de Santa Maria Madalena em Saint-Maximin-la-Sainte-Baume trazem o *imprimatur* oficial da Igreja Católica.

Os restos foram encontrados no dia 9 de dezembro de 1279, escondidos sob uma cripta na igreja de São Maximino. Num triste testemunho da importância do cadáver, os caçadores de relíquias já tinham levado uma perna, na época do enterro. Dezesseis anos depois, o papa Bonifácio VIII declarou oficialmente que os restos mortais eram os de Maria Madalena. O crânio, ainda com tufos de cabelo, foi retirado e montado num relicário de ouro para exibição pública.

Foi com grande apreensão que desci com Magdalena as escadas até a acanhada cripta.

Qual seria sua reação ao ver o crânio da mulher que ela havia sido um dia?

Eu estava para submetê-la a um teste que nem o professor Stevenson havia imaginado.

Na literatura sobre reencarnação, havia dezenas de casos em que os renascidos eram levados para visitar os túmulos de seus antigos "eus". Enquanto alguns sentiam náuseas ou entravam em pânico, a maioria simplesmente ficava deprimida. Howard Darden da Bretanha, por exemplo, fazia peregrinações anuais ao túmulo do homem que ele fora um dia. Mas em todos esses casos a evidência física dos predecessores mortos estava coberta de terra ou trancada num mausoléu.

Nenhum, que eu soubesse, jamais tinha visto o corpo real de seu eu antigo, muito menos seu ex-crânio com as órbitas vazias e a dentadura exposta. Era um espetáculo que eu mesmo não estava interessado em ver.

Descemos até a cripta, o mesmo espaço onde o corpo fora encontrado havia oito séculos. O chão da cripta estava escurecido por milênios de fumaça de velas. O ar era úmido e cheirava a mofo. Estava mais frio lá embaixo; Magdalena cruzou os braços para se aquecer.

Em nossa frente, no nível de nosso olhar, havia uma alcova protegida por vidro à prova de bala e uma grade de barras de metal preta. Por trás das barras, cintilando no cone de um único ponto de luz, estava o relicário dourado. A forma era a de uma cabeça e ombros de mulher, sustentada por dois anjos dourados. Montada no metal polido, onde devia estar o rosto, estava um crânio enegrecido pelo tempo. Fragmentos de pele curtida grudavam-se em alguns pontos. Fiapos amarelados de cabelo eram visíveis entre o crânio e a baixela.

Ao meu lado, a reação de Magdalena era de uma estranha insensibilidade. No seu rosto havia uma expressão de curiosidade. Ela se aproximou mais das barras de metal para examiná-lo melhor.

— Não sou eu — ela disse com calma.

— O quê?

— Tenho certeza de que não sou eu — ela falou. — Se fosse, eu teria sentido alguma coisa. Como na gruta, ou na antiga estrada romana. Mas não sinto nada.

— É uma reação bastante subjetiva — eu disse.

— Não é o meu crânio — ela insistiu.

— Conhece a história dessa relíquia? — perguntei. — Foi autenticada por papas e venerada por reis e rainhas da França desde o século XIII. Milhares de fiéis vêm do mundo inteiro para vê-la desfilar pelas ruas todos os anos no dia de Maria Madalena. Essa deve ser a relíquia mais festejada da França.

— Não sei de quem é esse crânio, mas não é meu — ela insistiu. — Não é o crânio de Maria Madalena.

Eu não sabia o que responder. Tínhamos ido até ali para chegar ao que eu julgava que seria um confronto emocional com o passado, só para vê-la negar a própria razão da existência dessa enorme basílica.

— Eu mesmo costumo não acreditar nessas coisas — comentei. — Mas tratando-se de uma tradição tão antiga como essa, acho que você não deveria descartá-la com tanta facilidade.

— Theo, esse crânio não é meu — ela continuou insistindo. — Sei como eu era, e mesmo que seja apenas um crânio, não se parece comigo. Para começar, os dentes estão errados. Esses dentes da frente são largos e chatos, e estão colocados numa linha reta. Meus dentes eram arredondados, e não tão grossos como esses, e faziam uma curva mais natural. E as maçãs do rosto... eu tinha as maçãs do rosto mais altas. E esse cabelo é amarelado. Quando morri, meus cabelos estavam quase totalmente brancos. Esse é o crânio de uma outra pessoa, não meu.

Antes que eu pudesse protestar mais uma vez, alguém atrás de mim começou a bater palmas.

— Bravo! Você percebeu a fraude — disse uma voz familiar.

Virei-me para ver um sorridente Jean-Claude DesRosier, que tinha descido a escada em silêncio e devia ter escutado toda a nossa discussão. Estava impecavelmente vestido, como antes, e com muita elegância. Seu *blazer* era de veludo preto, com um lenço de seda vermelho no bolso com o brasão de família; sua camisa era de seda rosa-claro, suas calças imaculadamente brancas, como os seus *escarpins*. Eu pensava que Bally não fazia sapatos brancos, mas ali estavam eles, esguios, macios e sem um arranhão, como se estivessem sendo usados pela primeira vez.

— É verdade — ele disse, dando um passo à frente. — Esse não é o crânio de Maria Madalena. É um substituto escolhido cuidadosamente para se parecer com o original.

— Como chegou até aqui? — eu perguntei — Como sabia que estávamos nesta basílica?

— Isso não importa — ele respondeu. — O importante é que esta jovem mulher, que nunca viu a relíquia antes, identificou-a de imediato como sendo falsa. Isso não o surpreende?

— Nada que Magdalena diz me surpreende mais — falei.

— Tem razão! Ela é realmente uma mulher notável.

Não gostei do jeito que ele sorria para ela: um sorriso intrometido, insinuante, que me deixou furioso. Especialmente quando minha encantadora e inocente jovem Magdalena retribuiu sorrindo também.

— *Enchanté, mademoiselle* — ele pegou na sua mão e, inclinando-se ostensivamente, beijou-lhe os dedos. O tipo de gesto que eu gostaria de fazer com a mesma naturalidade. A galanteria, que me parecia tão falsa, deixou o rosto de Magdalena corado de prazer.

— *Je m'appelle Jean-Claude DesRosier, comte d'Anjou, Grand Chevalier du Templier. A votre service.*

Se não me enganava, ele tinha acabado de se identificar como um templário, um grande cavalheiro, nada menos do que isso.

— Como sabe que é falso? — perguntei.

— Não pretende aceitar a palavra desta encantadora jovem? — ele sorriu para Magdalena de novo. — Um homem na minha posição tem muitas fontes de informação. De qualquer maneira, eu não diria exatamente que é uma fraude. É um crânio de verdade, cuidadosamente escolhido para se parecer com o original. Mas é um substituto. O original foi levado para Roma e submetido a testes de carbono-4. Esses testes estabeleceram a data da morte na segunda metade do século I.

— O que estaria de acordo com a data da morte de Maria Madalena — eu disse.

— Exatamente — DesRosier sorriu.

Ao meu lado, eu podia sentir Magdalena fechando a cara.

— Por que isso? — ela perguntou. — Por que retirar os meus ossos de onde ficaram descansando durante tanto tempo?

— O Vaticano, assim como Deus, opera de formas misteriosas — ele deu de ombros.

— Por favor, não misture Deus nisso — Magdalena disse. — Conte-me como foi que aconteceu.

DesRosier hesitou, olhando para mim. Pela sua expressão, ele não se sentia à vontade para falar sobre essas coisas na minha frente. Mas não podia recusar o pedido de Magdalena.

— Há dois meses, um emissário do Vaticano chegou à basílica de surpresa — ele disse. — Trazia uma carta da Secretaria da Sagrada Congregação para a Doutrina da Fé. A carta autorizava o emissário a examinar o relicário contendo o crânio de Maria Madalena. E também o autorizava a tirar certas amostras da relíquia. Na época, é claro, o relicário continha o crânio original de Maria Madalena. Tenho confirmações independentes desse fato. Minhas fontes me dizem que o reitor ficou alvoroçado. Um representante do Vaticano? Isso era extraordinário. Ele quis chamar o bispo, mas o emissário lhe disse que tinha instruções específicas para não dizer nada a ninguém. Era, pelo visto, uma missão secreta. Ninguém devia saber, nem depois de ter acontecido.

DesRosier hesitou de novo, olhando nervoso para mim e por trás de mim, como se alguém estivesse escutando. Virei-me, também, mas não vi ninguém nas escadas atrás dele. Estávamos sozinhos na cripta.

— Talvez eu esteja revelando demais.

— Não — Magdalena retrucou. — Quero saber o que aconteceu com o meu crânio. Como ele desapareceu. E onde está agora?

— Posso lhe garantir que está seguro — DesRosier disse. — Mais seguro do que a *Pietá* ou os manuscritos originais de São Paulo. Pelo que sei, está guardado numa sala especial nos Arquivos Secretos da Biblioteca do Vaticano.

— Suas fontes parecem ter lhe fornecido muitas informações — eu disse.

DesRosier deu de ombros e continuou sua história.

— Se você visse o crânio original, que é muito semelhante ao que está agora dentro do relicário, veria que ainda tinha cabelos agarrados. Não uma cabeleira inteira, de modo algum. Apenas uns fiapos e alguns tufos. O resto havia sido tirado ao longo dos séculos por padres e cardeais, e tenho certeza de que parte foi vendida. Na Idade Média, houve um comércio enorme de relíquias religiosas. Estou surpreso de não terem levado os dentes. De qualquer modo, parece que o emissário estava interessado nos cabelos, naquela época, pelo menos. Ele pegou oito fios, cada um de uma parte diferente do crânio. Os fios tinham cerca de 30 centímetros de comprimento. Depois de retirar as amostras de cabelo, o emissário fez o reitor jurar sigilo.

— Juramento que ele não cumpriu — observei.

— O reitor estava intimidado. Juramentos sob coação não valem.

— Fios de cabelo? — Madalena estava intrigada. — Para quê?

Sua mão tocou seus próprios cabelos. Ela parecia estar prestes a dizer mais alguma coisa.

— Para testes — DesRosier falou.

— Testes? O que quer dizer? — ela perguntou.

— Oh, claro, *pardonnez moi, mademoiselle*. Esqueci que não há televisão ou jornais no convento. Não sabe nada sobre testes de DNA, sabe? É muito complicado, mas basicamente todos os humanos, animais e plantas contêm moléculas de DNA. Essas moléculas podem ser extraídas e examinadas para determinar todos os tipos de informação, inclusive a programação genética de um indivíduo.

— Mesmo de pessoas que morreram há dois mil anos? — ela perguntou.

— Mais do que isso — DesRosier falou. — O teste de DNA tem sido usado nas múmias dos faraós que morreram há quatro mil anos.

— E também os restos de cinco mil anos de idade de um homem que encontraram nos Alpes italianos — eu me intrometi, meu ego exigindo que eu mostrasse a Magdalena que sabia tanto sobre o assunto como DesRosier. — As amostras de DNA retiradas dos cabelos e pele deles revelaram muita coisa sobre seu histórico médico.

— Esse DNA dura assim tanto tempo? — Magdalena perguntou intrigada.

Eu comecei a responder, mas DesRosier interrompeu.

— Permita-me — ele disse. — Meses atrás, tudo que eu sabia sobre DNA era o que tinha aprendido assistindo ao julgamento de O. J. Simpson e no filme *Parque dos Dinossauros*. Desde então, aprendi muito a respeito.

Ele rapidamente me surpreendeu com uma explicação muito mais detalhada do que a que eu iria dar.

— Há dois tipos de DNA que são usados para exames — ele disse. — Um tipo é o que eles chamam de DNA nuclear, que vem do núcleo da célula. O problema do DNA nuclear é que ele pode se deteriorar rapidamente, dependendo da sua exposição aos elementos. Mesmo nas melhores circunstâncias, torna-se inútil para comparação depois de 300 ou 400 anos. O outro tipo de DNA é o chamado DNA mitocondriano. Se você tiver a oportunidade de ver um filme chamado *Parque dos Dinossauros*, esse é o tipo de DNA que devem ter usado para recriar os dinossauros.

— De mosquitos capturados no âmbar 100 mil anos atrás — eu observei, ajudando. — Embora não fique explicado como esses minúsculos mosquitos conseguiram penetrar no couro grosso e duro de um dinossauro.

— De qualquer modo — ele continuou —, o DNA mitocondriano é quase invulnerável à decomposição. Ele pode ser extraído de amostras de tecido e ossos que têm milhares de anos. Além de orientar comparações de amostras, ele também pode ser usado para traçar a ancestralidade pela linha materna. Por estranho que pareça, o DNA nuclear segue a consangüinidade paterna, enquanto o DNA mitocondriano segue a linha materna. O que mais uma vez prova a primazia do feminino.

— Tudo bem — Madalena disse impaciente. — Tudo bem, acho que compreendo tudo isso. Mas fale-me sobre os cabelos que eles levaram. O que aconteceu com eles?

— Os oito fios de cabelo não foram enviados para um laboratório local — ele continuou. — O emissário os levou para Roma, para o gabinete do secretário da Sagrada Congregação para a Doutrina da Fé, onde foram entregues a um laboratório do Vaticano.

DesRosier olhou para trás de mim novamente antes de continuar sussurrando, como se estivesse nos contando um grande segredo.

— Um mês depois, o emissário voltou com dois assistentes. Traziam uma caixa grande. Obedecendo às ordens deles, o reitor fechou a basílica ao público e destrancou o portão de metal que protege o relicário. Mandaram que ele saísse da cripta, para não ver o que eles faziam. Quando terminaram, ele teve de jurar segredo mais uma vez, agora sob a ameaça de excomunhão. Não obstante, depois que os visitantes partiram, o reitor desceu até a cripta para ver o que tinham feito. Foi quando descobriu, depois de examinar bem, que o crânio tinha sido trocado por outro.

— Por quê? — Magdalena perguntou.

— Esta é uma pergunta que terá de ser respondida outra hora — DesRosier falou. — Talvez devamos almoçar agora. Reservei um salão de banquete particular para nós no Hotel Sainte, em Baume.

Aturdido com as estranhas revelações de DesRosier, subi a escada atrás dele até a nave principal da basílica. Era uma magnífica estrutura gótica, mal conservada, mas talvez o melhor exemplo desse tipo de arquitetura na Provença.

Como aproveitando a deixa, ressoaram as primeiras notas de um enorme órgão no fundo da igreja. O organista estava tocando *Panis Angelicus* de Franck. As suntuosas notas graves dos compassos de abertura, ampliadas pela força do órgão imponente, reverberaram pela basílica. Era um som tão magnífico que tive de parar.

A distração, se é que foi planejada assim, funcionou. Dois *gendarmes* uniformizados surgiram de repente do meu lado. Antes que eu pudesse me dar conta do que estava acontecendo, meus pulsos estavam algemados em minhas costas.

O coronel Velarde saiu de trás de uma coluna para explicar o que estava acontecendo.

— Sr. Theophanes Nikonos, é meu dever informar-lhe de que está sendo preso pelo ato de terrorismo que resultou nas mortes dos cidadãos espanhóis Javier Serrano e Frederico Zangara, e pelo subseqüente assassinato de Naghib Abramakian, natural do Líbano, que também ocorreu em solo espanhol. Devido à natureza terrorista dos crimes, as autoridades francesas expediram um processo de extradição. Estou de posse de todos os papéis necessários. O senhor pode ler se quiser.

Recusei a oferta, certo de que o meticuloso coronel havia cumprido minuciosamente todas as formalidades.

— Nesse caso — ele disse — o senhor agora retorna conosco para a Espanha, onde será julgado.

Dois oficiais uniformizados da Guardia Civil assumiram o posto dos seus colegas franceses. Enquanto saíam comigo da basílica, virei-me para procurar Magdalena.

Ela e DesRosier tinham desaparecido.

Eu só esperava que ele não a traísse como aparentemente havia me traído.

Sessenta

Renunciei ao direito de extradição e fui levado no trem noturno para Valência, onde me largaram no Refugio, uma cadeia para suspeitos aguardando julgamento. Era uma estrutura no estilo fortaleza que Velarde explicou ter sido usada no passado como um esconderijo para quem estava fugindo de invasores sarracenos. A fachada era uma muralha quase ininterrupta de blocos de pedra maciços. As únicas fendas na parede eram umas poucas aberturas estreitas que tinham servido como postigos, mas agora estavam disfarçadas de janelas.

Apesar do seu exterior imponente, por dentro o Refugio parecia uma prisão comum. O piso desgastado, as paredes nuas. O odor ácido de suor humano rançoso desafiava o sistema de ventilação. Portas de cela invisíveis abriam e fechavam com uma regularidade que sugeria a imensidão do lugar.

Velarde acompanhou-me durante o processo de registro, assistindo impassível eu ser revistado, receber um macacão cor de laranja de detento e um número de identificação, e ser fotografado. Contou com bastante cuidado os 5.250 dólares restantes do dinheiro de DesRosier na minha frente, colocou-os numa caixa de papelão cinza, junto com meu passaporte, a carteira de dinheiro, a filmadora e o analisador de voz, e me fez assinar um recibo. Minhas roupas civis seguiram numa mala em separado.

— Gostaria que informasse o Consulado Americano — eu lhe pedi. — Diga que preciso de um advogado.

Velarde apontou para o telefone celular, que não tinha ido para a caixa junto com meus outros objetos pessoais.

— Diga você mesmo — ele falou. — Pode ficar com o telefone. Uma cortesia que concedemos aos nossos hóspedes mais distintos.

Ele me deixou, então, e um guarda me conduziu através de dois conjuntos de portas gradeadas e por um longo corredor com celas para dois homens, de um lado e do outro. A minha ficava perto do final do corredor. Tinha duas camas com os colchões afundados, uma pia pequena, um vaso sanitário, um espelho e uma pequena estante.

Meu companheiro de cela estava sentado em sua cama, lendo um grosso manual técnico. Ele me olhou, cumprimentou com um movimento de cabeça e voltou para seu livro até o guarda sair. Só então ele se levantou e se apresentou. Era um homem alto, magro, uns 15 centímetros mais alto do que eu, e se movia com lânguida desenvoltura. A cabeça totalmente calva, a pele do rosto tão esticada que chegava a brilhar. Óculos de leitura com armação de titânio pousavam no meio do nariz. Marcando a página onde estava no livro com um dedo ossudo, ele me estendeu a outra mão e se apresentou com uma elegância que eu jamais esperaria de alguém que eu saberia em breve estar preso por envolvimento com drogas.

Seu nome era Orlando Panay, e a primeira coisa que fez foi me acusar de ser um informante. O que despertou sua desconfiança foi o telefone celular. Ele o examinou atentamente, explicando que esses objetos não costumavam ser permitidos nas celas, não importava o que coronel Velarde tivesse dito. Ergui os braços para que ele pudesse me revistar em busca de fios escondidos, microfones ou equipamentos de gravação. Naturalmente, ele não encontrou em mim nada que me incriminasse, embora continuasse a olhar para o celular com desconfiança durante todo o tempo que fomos companheiros de cela.

Em vez de ligar para o Consulado, que a seção de turismo do *New York Times* tinha me convencido de que não me seria de muita ajuda, liguei para Jean-Claude DesRosier. Ele sabia que eu estava preso, disse, e iria providenciar para que um dos seus advogados em Valência fosse me visitar. Parecia muito prestativo e mais interessado no meu bem-estar do que eu previra. Garantiu-me que Magdalena estava bem, apesar de preocupada comigo. Ambos concordamos sobre a importância de mantê-la escondida da polícia.

O advogado de DesRosier apareceu no final daquela mesma tarde. Edgardo Guzmán era um homem com o rosto marcado de varíola, lábios grossos, os lóbulos das orelhas pesados e dedos grossos, um personagem de aparência rude, vestido com um terno azul-escuro feito sob medida, aparentando ser caríssimo, e com uma maleta de couro de crocodilo lustrosa. Por mais rude que tenha sido sua vida no passado, e pelas cicatrizes nas juntas dos dedos e na sua face direita, ele talvez tivesse sido um lutador de rua na juventude, e agora transpirava a prosperidade de um homem no auge da profissão. Ele não fez mais do que resmungar e balançar a cabeça até estarmos a sós na salinha dos advogados.

— A primeira coisa — ele disse, antes mesmo de abrir a maleta — é que o senhor jamais tocará no nome do homem que o contratou. Compreende?

— Sim.

— Se o nome dele sair da sua boca, eu lhe prometo que o senhor jamais tornará a ver o sol da Espanha. Jamais! Compreende?

Eu estava surpreso com a dureza do seu tom de voz.

— E Magdalena? — perguntei. — Gostaria de falar com ela.

— Impossível. Estamos fazendo o possível para protegê-la. Para sua segurança, não podemos permitir mais nenhum contato do senhor com ela.

Aparentemente, ele estava aqui só para dizer isso. Fez algumas anotações apressadas e me disse que providenciaria para que um outro advogado assumisse o caso. Nunca mais o vi. O novo advogado que apareceu dias depois era um homem jovem, recém-formado na escola de direito, que me visitava com freqüência, tomava muitas notas e me dizia sempre que a primeira audiência aconteceria "*muy pronto*".

Meu companheiro de cela lia quase o tempo todo. Eram livros técnicos: química e física, principalmente. Na primeira semana, ele falou pouco. Quando não estava lendo, não tirava os olhos do meu celular. O início do nosso relacionamento foi quando o deixei usar o telefone para ligar para alguns amigos. Tendo finalmente conferido que o aparelho não era um gravador da polícia disfarçado, ele concluiu que eu não devia ser um informante, mas um legítimo suspeito de assassinato. Depois disso, nós nos demos muito bem.

Como eu, Orlando era um homem instruído, embora sua formação fosse em ciências físicas. Era natural de Ávila, estudara biologia molecular na Universidade de Salamanca e, depois de formado, entrara diretamente para o departamento de pesquisa e desenvolvimento da DuPont Pharma S.S., uma das maiores empresas farmacêuticas da Espanha. Quando descobriram que um computador podia fazer quase todo o trabalho teórico pelo qual ele era responsável, Orlando foi demitido. Seis meses depois, o cientista desempregado foi preso, acusado de produzir e distribuir drogas.

Embora demonstrasse uma confiança superficial em mim, ele tinha o cuidado de jamais admitir ter feito algo ilegal. Pelo visto, um informante levara a polícia até um apartamento numa área industrial de Valência onde apreenderam grandes quantidades de Ecstasy, Rohypnol, cristais de metanfetaminas, LSD e o equipamento e matéria-prima para produção de dezenas de outras drogas populares. A polícia prendeu Orlando quando ele apareceu na manhã seguinte. Tinha sido uma cilada, afirmou. Ele havia ido até o apartamento atrás de um emprego, depois de saber por alguém que uma pequena empresa de pesquisas estava querendo contratar alguém com suas credenciais. O fato de estar com a chave da porta não provava nada, ele insistia; tinham lhe dito que ela estava debaixo do tapete. Ele tinha explicações semelhantes para todas as outras provas possíveis que a polícia pudesse apresentar. Para mim, parecia que ele estava repetindo a estratégia de defesa que seus advogados usariam no julgamento.

— Ao contrário de você — ele disse —, meus advogados são muito bons.

Tive de concordar. As visitas do jovem advogado foram diminuindo, até que na quarta semana ele apareceu apenas uma vez. Quando lhe disse que queria contratar um outro advogado, ele respondeu que isso retardaria minha audiência, porque toda a papelada necessária já estava preenchida com o nome dele. Qualquer mudança na representação legal exigiria novo preenchimento de todos os documentos. Eu estava preso a um dilema que não me permitia ir adiante nem voltar atrás.

— Você não parece um terrorista — Orlando disse um dia. — Você não é espanhol. Qual é sua ligação com os bascos?

— Não tenho nenhuma ligação com os bascos — respondi. — Não tenho nada a ver com a explosão da bomba no Naranjas.

— Sinto muito — ele disse sorrindo. — Esqueci. Somos todos inocentes aqui.

Não fazia sentido discutir. Ao contrário dele, eu não tinha advogados experientes para me dar o tipo de defesa que até um homem inocente precisa na Espanha.

Durante as semanas seguintes, imagens de Magdalena me faziam companhia. Quando o sol quente escorria para dentro da nossa cela, eu lembrava da praia ensolarada em Collioure, e do calor da sua pele nas minhas mãos. Quando o sol se punha e surgiam as primeiras estrelas, eu lembrava daquelas noites maravilhosas em Barcelona e Arles, e de como ela alternava entre implicar comigo e me encantar com aqueles olhos doces e inocentes. Acordado de noite, na cama, eu me torturava pensando no que poderia ou deveria ter acontecido entre nós se eu não fosse tão regrado por tabus religiosos e minha própria timidez com as mulheres. Era ridículo, eu pensava. Sofria por que estava separado de uma mulher a quem eu não tivera coragem de expressar meus sentimentos.

— Você tem uma mulher esperando lá fora? — Orlando me perguntou certa manhã.

— Eu? Não. Infelizmente, não.

— Você falou dormindo — ele disse. — Não foi a primeira vez. Você fala com ela todas as noites.

— Deve ser Laura — eu disse, um pouco constrangido. A recordação em câmara lenta da sua morte era um sonho noturno, mas eu nunca soube que dizia o nome dela em voz alta.

— Laura, não — Orlando me corrigiu. — O nome que você chama é Magdalena. Acho que ela é espanhola, e que você deve amá-la muito.

Sessenta e um

À medida que as semanas se passavam sem uma data definida para a audiência e visitas cada menos freqüentes do meu advogado, eu ocupava meu tempo estudando a língua dos meus captores. Enquanto outros prisioneiros assistiam a partidas de futebol no pátio de exercícios, eu ficava na biblioteca da prisão com um dicionário Espanhol-Inglês. Orlando sugeriu que eu lesse os jornais do dia, e isso foi de grande ajuda, principalmente os anúncios e histórias em quadrinhos, em que as palavras vêm acompanhadas de ilustrações.

Orlando estava se revelando um companheiro de cela ideal para um acadêmico como eu. Nós passávamos muitas tardes discutindo nossas áreas de interesse intelectual, e descobri que a fronteira entre ciência e filosofia era muito mais estreita do que eu pensava. Conversávamos sobre Platão e Arquimedes, os méritos relativos de Newton e Feynman, as dinastias egípcias e Ming. E, numa tarde, estávamos sentados na cela discutindo reencarnação.

— Imagino que todos lhe dizem que não existe uma base científica para a reencarnação — ele falou.

Tínhamos acabado de chegar do pátio de exercícios. Ele estava deitado em seu catre, olhando o teto. Eu estava estudando o meu vocabulário de espanhol.

— A migração de almas não é algo que se preste a investigações científicas — comentei.

— Essa é a percepção comum — ele continuou. — Mas não é totalmente verdade.

Baixei o livro que estava estudando. Nas longas conversas noite adentro, eu nunca tinha escutado Orlando Panay afirmar alguma coisa que não pudesse sustentar. Ele era o protótipo do cientista, cauteloso na sua avaliação dos fatos, e não costumava expressar opiniões em assuntos sobre os quais não estivesse bem informado.

— Pelo que sei — instiguei —, a ciência nem mesmo provou a existência da alma humana.

— Você está errado neste ponto — ele respondeu. — Falando como um biólogo molecular, isso é fácil de provar. Claro que depende do que você chama de alma.

Ele prendera minha atenção; vi que estava satisfeito com isso.

— Tudo bem. Só a título de discussão, vamos partir das definições mais comuns — sugeri. — O dicionário define a alma como uma essência imaterial, um princípio animador, o sopro da vida, que não tem propriedades físicas ou materiais, mas é responsável por nossos pensamentos, nosso livre-arbítrio e nosso comportamento.

— É um conceito razoavelmente fácil de provar, e posso pensar em, no mínimo, duas abordagens diferentes — ele falou. — Por estranho que pareça, a primeira tem suas raízes na Universidade de Yale, a qual, acreditando-se em William Buckley, não está muito entusiasmada com questões religiosos nos últimos tempos. Na década de 1930, os professores de Yale, Harold Burr e F. C. Norton, descobriram a existência do que chamaram de "arquiteto elétrico" em todas as criaturas vivas. A evidência experimental, que foi apresentada à Academia Nacional de Ciências e elogiada no *New York Times*, demonstrou que existe um campo eletrodinâmico dentro do corpo humano desde o estágio pré-embrionário até a morte. O campo, ao que tudo indica, difere ligeiramente de um ser humano para outro, e é responsável pela organização das células, o que acaba por determinar nossas personalidades e quem somos.

Isso era típico das conversas que eu tinha com Orlando. Dê-lhe um tema, qualquer um, e ele sai falando, montando elaboradas dissertações fascinantes, mesmo que eu não concordasse plenamente com elas.

— Ora, o arquiteto elétrico foi uma teoria importante na época — ele continuou. — Ainda mais porque correspondia à idéia do *corpo astral*, que até ali estava sendo discutida pelo movimento espiritualista, e sem dúvida sustentou o conceito posterior da *fotografia Kirlian*. Tudo que aprendemos a partir daí acrescenta mais provas de que este componente eletrodinâmico é a força vital imaterial sem a qual o corpo não sobrevive. Tanto o cérebro como o coração dependem de uma carga contínua de eletricidade para funcionar. E se avalia a atividade desses dois órgãos com instrumentos que medem a atividade elétrica... o eletrocardiograma e o eletroencefalograma. Visto que a morte ocorre quando esses instrumentos registram a cessação de atividade elétrica, só nos resta supor que a atividade elétrica é a força vital ou, se você preferir, o princípio animador.

— Isto me parece muito simplista — objetei.

— Alguns dos melhores fatos científicos são simples — Orlando respondeu. — Mas se você quer uma definição mais complicada, vamos falar um pouco de DNA, que todos acham que respondeu a todas as nossas dúvidas sobre crescimento e função humanos.

— Sei um pouco sobre DNA — eu me adiantei, ainda mordido pelo modo como DesRosier me derrubara nesse assunto.

— Então você está no mesmo barco com a maioria dos cientistas — Orlando disse. — Parafraseando o grande físico da teoria quântica Richard Feynman, quanto mais descobrimos sobre isso, mais percebemos que não sabemos quase nada.

— Sei que é o acrônimo de ácido desoxirribonucléico. — Eu me sentia forçado a mostrar que não era totalmente ignorante na sua especialidade. — É a famosa hélice dupla que se supõe existir dentro de todas as células.

— Isso é mais do que muita gente sabe. Agora imagine o tamanho minúsculo de uma única célula. Tão infinitesimal que você precisa de um microscópio para vê-la. E no entanto a única fita de DNA enrolada no núcleo, o centro de cada célula, se esticada totalmente teria mais de dois metros de comprimento. Mais do que sua altura. Impressionante, não é mesmo?

Concordei. Uma coisa que eu já tinha aprendido faz tempo era ouvir. E com Orlando ouvir era sempre uma revelação.

— Agora pense: todas as fitas de DNA no seu corpo são idênticas. Cada fita contém milhões de bits de informação, os genes que determinam a cor dos seus olhos, a forma dos seus dedos, sua altura, quantos pêlos você tem nas pernas. Todos os cientistas sabem disso. Mas nenhum explica o que faz uma fita de DNA comandar sua célula para fazer parte de uma unha do dedão do pé, enquanto outra fita de DNA idêntica comanda sua célula para fazer parte de um cérebro capaz de pensar, ter livre-arbítrio, tomar decisões, sentar-se aqui e se comunicar comigo sobre a alma humana.

"Ah, eles falam de proteínas e RNA, mas o básico é que *alguma coisa* comanda certos genes na fita de DNA a ligar e desligar, o que por sua vez faz a célula crescer como parte de um fígado ou de um lóbulo de orelha. E quando fazemos o caminho de volta, vemos que uma carga elétrica representa um papel central nessa decisão. Então retornarmos àquelas primeiras descobertas em Yale, que pré-dataram e, como boa dose de ciência, previram o trabalho dos pesquisadores atuais do DNA. O que Burr e Northrup descobriram em suas pesquisas foi que o campo eletromagnético não era apenas uma carga elétrica aleatória ativando proteínas. De algum modo ainda obscuro para nós, o seu 'arquiteto elétrico' operava com um modelo em mente, decidindo que as células realizariam tais e tais tarefas, inclusive a de pensar. E isso, meu caro, não só sugere que o campo elétrico possui conhecimento preordenado do que um ser humano deve ser, como também sugere que ele é responsável por nossas capacidades intelectuais. O que, para mim, se encaixa na sua definição de alma."

Orlando ainda estava deitado na cama, expondo sua teoria para o teto e não para mim. Isso me fez lembrar algumas conversas que tive com meu colega de quarto na faculdade, um sujeito veemente da Nova Inglaterra, que saiu das aulas de psicologia para a escola de teologia no Moody Institute, em Chicago.

— Agora pense na natureza cósmica desse campo eletrodinâmico. — Orlando continuou com sua explicação. — Você pode medir o campo, pode provar que ele existe, mas não pode vê-lo nem senti-lo, seja no seu corpo ou no corpo de outra pessoa. E quando a atividade elétrica desse campo cessa, a morte vem em seguida, quase de imediato. Agora, isso pode não se encaixar totalmente na sua definição religiosa ortodoxa oriental de alma, mas é uma prova científica razoavelmente aceita como "centelha da vida", cuja origem pode ser encontrada na sopa primordial da criação.

— Uma teoria interessante — admiti.

— Não é apenas teoria — insistiu ele. — E, se você duvida, vá a qualquer hospital e veja os equipamentos de ECG e de EEG que usam para monitorar a vida.

— Tudo bem, tudo bem — argumentei. — Digamos que eu aceite seu arquiteto elétrico como uma definição grosseira de alma. Ou pelo menos de parte da alma. Isso ainda não prova nada a respeito da reencarnação.

— Eu estava chegando lá — ele disse. — Reencarnação, como eu a entendo, é a crença de que a alma reaparece depois da morte em um novo corpo.

— Não é só uma questão de reaparecer num novo corpo — eu disse, sem querer facilitar a explicação dele. — Um caso real de reencarnação significaria a transmissão de informações, personalidade, até memória de uma vida anterior para uma vida nova.

O meu desafio, que eu achei que ocasionaria uma pausa, não perturbou Orlando nem um pouco. Ele continuou falando sem parar, como se estivesse apenas aquecendo os motores.

— Agora voltemos ao DNA — ele disse. — Os mapas para o cérebro e o sistema nervoso central estão contidos nesses milhões de bits de informação programada em cada dupla hélice. Mas esses dois sistemas, até num bebê, não são criados como recipientes vazios. Em algum ponto pelo caminho, os humanos aprenderam certos padrões de comportamento que são necessários para a sobrevivência. O bebê, sem que ninguém ensine, já sabe sugar o seio da mãe. A criança ao crescer, sempre que tem medo, recebe uma descarga de adrenalina que a torna capaz de lutar ou fugir com mais eficiência. Você é psicólogo. Sabe o que é comportamento instintivo.

Concordei, começando a compreender aonde ele queria chegar.

— Então, basicamente, o mesmo DNA que constrói o cérebro também contribui com as memórias de comportamentos que permitiram aos nossos ancestrais sobreviver. O fato de existir o comportamento instintivo prova que esse conhecimento pode ser transmitido ao longo de diferentes gerações.

— Isso pode ser a defesa da memória genética — eu disse. — O que também explicaria os traços de personalidade transmitidos de um avô distante a uma criança que talvez nunca tenha conhecido esse ancestral específico — admiti. Eu tinha lido as historinhas nas minhas aulas de psicologia comportamental. — Mas não prova a reencarnação em corpos geneticamente não aparentados. E só para lhe dar um obstáculo intelectual totalmente impossível, há a questão do *ciclo cármico*.

— Quer dizer a Roda da Vida budista.

Acho que eu não deveria ter me surpreendido com seu conhecimento sobre a teoria da reencarnação. Isso explicaria por que ele parecia tão fluente e bem ensaiado em suas explicações.

— Segundo a qual todos nós nos movemos por uma progressão de vidas até a iluminação — eu disse. — Cada nova vida é supostamente determinada pela qualidade da vida anterior. Somente vivendo uma vida boa podemos no final alcançar o nirvana.

— O que significa que o processo de renascimento não é aleatório — ele concordou. — Portanto, a alma boa deve de algum modo encontrar uma nova vida na qual possa se aprimorar, enquanto a alma ruim está condenada a uma vida na qual deverá corrigir seus erros.

— Você sabe mais sobre esse processo do que admitiu de início — eu disse.

— Qualquer um sabe um pouco sobre reencarnação. — Orlando sorriu. — Talvez porque todos sejamos provas vivas de que ela existe.

— Você ainda não me deu a prova — observei.

— Em um nível molecular, existem inúmeros exemplos do tipo de atração que chamaria uma alma "boa" para um corpo "bom". Janes Ward fez uma analogia dessas afinidades químicas nas suas famosas palestras em Gifford, na Universidade de Cambridge. Ele descreveu como um átomo liberado dos seus vínculos moleculares se comporta de modo inesperado. Ward identificou isso como o estado "nascente", que literalmente quer dizer "começando a existir". O aspecto fascinante desse comportamento do átomo nascente é que ele não combina com o primeiro átomo livre que encontra, como os cientistas poderiam esperar. Pelo contrário, ele só combina com um átomo com o qual tenha afinidade. E como Ward disse em sua palestra, se um átomo liberado pode fazer isso, certamente um espírito liberado fará o mesmo, se não melhor.

— Nada mau — elogiei. — Pelo menos, você tem uma boa analogia científica.

— Ah, mas há outros exemplos por toda parte. — Seus olhos deram com o meu celular, que estava sobre a mesa. — É muito comum usarmos computadores para explicar como o cérebro funciona. E esse é um ótimo exemplo. Mas você também pode usar o telefone celular para explicar como a alma migra para um outro corpo. O telefone celular é um objeto físico, assim como o corpo humano. Você pode vê-lo, tocá-lo, segurá-lo. Mas tem um minúsculo cérebro eletrônico dentro desse telefone capaz de enviar uma mensagem eletrônica invisível, que só pode ser recebida pelo cérebro eletrônico num único telefone celular específico, que às vezes está do outro lado do mundo. Só que o cérebro humano é muito mais poderoso do que o chip de computador no seu telefone celular. E ele também opera com uma carga eletrônica. Então, por que uma carga eletrônica que deixa um corpo quando ele morre não pode ser transmitida para um feto com um cérebro compatível?

— Uma idéia interessante — fiquei pensando.

— A idéia não é minha — disse meu interlocutor. — O crédito é de Julian Huxley, o grande biólogo. Quando jovem, ele não acreditava em reencarnação. Mais velho, depois de estudar as evidências, ele escreveu sobre "uma individualidade espiritual que sobrevive de forma permanente transmitida na morte como um aparelho sem fio envia uma mensagem". Ele postulou que a individualidade espiritual permanece invisível e inaudível na atmosfera, exatamente como a mensagem sem fio, até retornar à realidade da consciência ao fazer contato com algo que pode funcionar como um aparelho receptor da mente.

Orlando pegou meu telefone celular e o sacudiu para dar mais ênfase ao que estava dizendo.

— E isso foi antes mesmo de inventarem o telefone celular...

Ele parou no meio da frase, olhando intrigado para o aparelho na sua mão. Virou, examinando a parte de trás da unidade. De repente, como se fosse um objeto peçonhento, ele o deixou cair sobre a mesa e se afastou. Com o rosto transfigurado de raiva, ele se virou para mim. E agarrando-me pela frente da camisa, ele me jogou contra as grades da cela.

— Seu *puto*! — Ele sibilou entre os dentes cerrados. — Seu filho-da-mãe!

Ele estava louco de raiva. O intelectual educado que eu pensava que era meu amigo socou-me contra as grades até eu começar a sentir os ombros doerem e temer que meu crânio rachasse.

— Você é um informante! Um informante desgraçado! — Ele falava baixo, quase num sussurro irritado. Uma gota de saliva da sua boca irada respingou no meu rosto. — Você e o seu desgraçado telefone celular. Eles estavam escutando o tempo todo!

— Não sei do que você está falando.

— Não se faça de inocente comigo. Esse telefone celular tem transmitido cada palavra falada nesta cela. Você trabalha para a polícia! Mandaram você aqui com esse telefone para ver se consegue que eu me incrimine. E têm um aparelho gravando o tempo todo em algum lugar.

— Não, eu juro! Não é verdade! É só um telefone celular comum. Você mesmo fez uma ligação.

Ele parou de me socar contra as grades, embora não soltasse minha camisa.

— Não me tome por idiota — ele falou. — Sei como funciona um equipamento de escuta. Esse telefone foi alterado para conter um equipamento especial de transmissão. Todos os sons que ele capta, inclusive meus telefonemas, estão sendo enviados para um receptor específico.

— Você está imaginando coisas. — Tentei acalmá-lo.

— Por que acha que nossas audiências no tribunal estão demorando tanto? — ele perguntou. — Estão esperando que eu diga alguma coisa que possam usar contra mim. Mas fui mais esperto do que eles. Desconfiei de você desde o início. *Gracias a Dios*, sempre tive cuidado com o que dizia.

— Eu lhe asseguro, juro por Deus — falei. — Não foi a polícia que me deu esse telefone. Ele não saiu das minhas vistas desde o momento que fui preso.

— Então, por que está quente? — ele perguntou. — Um telefone celular só esquenta quando está carregando a bateria ou quando a bateria ficou em uso durante muito tempo. O seu telefone está fora do carregador desde hoje de manhã. Então, se não está num modo de transmissão constante, por que está quente?

Sessenta e dois

Orlando tinha razão.

A parte de trás do telefone estava quente, como ele disse. A tecla Liga/Desliga estava desligada, a luz do visor apagada, e toda a aparência externa do telefone estava no modo inativo. Mas o calor inconfundível nos fundos da caixa era sinal de que a bateria estava sendo usada por algum motivo. Lembrei das instruções de DesRosier. Ele foi muito preciso a respeito de recarregar o telefone todas as noites. Na hora me pareceu desnecessário, especialmente se eu não tivesse usado o telefone durante o dia. Mas quando não fiz isso, quando viajamos de noite para Barcelona, o indicador sinalizou que a bateria estava baixa. Se Orlando estava certo, e agora eu acreditava que sim, isso significava que o telefone estivera transmitindo o tempo todo, mesmo quando eu não o estava usando. E Jean-Claude DesRosier devia ser a pessoa que estava recebendo a transmissão.

Mas, por que ele iria querer escutar minha investigação?

Afinal de contas, eu estava trabalhando para ele. Tinha todo o direito de esperar que eu lhe relatasse tudo que soubesse sobre Magdalena. Estaria impaciente demais para esperar? Não confiava em mim?

Ou haveria um motivo mais sinistro por trás disso?

Pressionei a tecla de discagem rápida. Escutando os bipes eletrônicos fazendo contato com o telefone de DesRosier, não pude deixar de pensar na analogia de Huxley sobre uma alma em busca de um novo corpo. Todas as vezes que liguei antes, o escritório de DesRosier atendeu no segundo toque. Agora, contei seis toques distintos antes de escutar a voz feminina familiar.

— Sinto muito — a voz disse. — A pessoa para quem você está ligando está fora do país, fora de área para receber sua ligação. Se quiser deixar uma mensagem, por favor aguarde o sinal.

Uma mensagem gravada? Fiquei surpreso. DesRosier tinha prometido que poderia ser encontrado onde quer que estivesse através da sua telefonista.

— Aqui é Theophanes Nikonos. Tenho um assunto importantíssimo para discutir. Por favor, ligue-me assim que possível.

Orlando tirou o telefone da minha mão e apertou a tecla de discagem rápida ele mesmo. Revirou os olhos ao ouvir a mensagem gravada. Silenciosamente, fechou o telefone e o recolocou debaixo do travesseiro para não ser escutado.

— Você está ligando para dizer a eles que descobriu tudo — ele disse. — Espera mesmo que retornem sua ligação?

— Orlando, eu juro. Eu não sabia que o celular estava grampeado.

— Grampeado? — ele ficou momentaneamente intrigado. — Não conheço esta palavra.

— Desculpe... é gíria. Quero dizer que eu não sabia que o telefone estava adulterado.

Ele bufou para mostrar que não estava gostando da história.

— Nesse caso, você é muito idiota. Quem lhe deu o telefone?

— O homem que me contratou. Ele me deu 10 mil dólares em moeda americana, o telefone celular e um carro.

Isso fez Orlando assobiar baixinho.

— E você não desconfiou de nada?

— Ele me prometeu mais 50 mil dólares quando eu terminasse a investigação — disse eu, percebendo, à medida que as palavras saíam da minha boca, como tudo aquilo parecia pouco provável.

— E agora você está na prisão e seus advogados nem vêm vê-lo mais.

— Eu devia ter percebido — suspirei, afundando na beirada do meu catre. — Era dinheiro demais para o que ele queria que eu fizesse.

— E onde está essa garota com quem você sonha?

— Magdalena? Pelo que sei, a polícia não a prendeu. Ela está segura.

— Quem diz? — Orlando perguntou. E antes que eu pudesse retrucar, ele mesmo respondeu. — O homem que o contratou?

Derrotado, só pude concordar com um movimento de cabeça. Orlando teve pena de mim, sentou-se na cama e colocou seu braço no meu ombro.

— Acredito que você não seja um informante, *compadre* — ele suspirou. — Acho que é só um idiota. Você é muito instruído, mas idiota para certas coisas.

— Tem razão. Eu deveria ter notado que o telefone estava quente — disse, subestimando-me. — Eu deveria ser mais desconfiado, como você.

— Ah, mas eu mesmo ignorei o calor quando examinei o aparelho pela primeira vez. Quando você o carrega preso no cinto, o calor de seu corpo aquece todo o estojo. Eu achei que era por isso que ele estava quente. Mas quando você deixou o telefone sobre a mesa a manhã inteira, ele deveria ter esfriado.

— Mesmo que eu tivesse notado, não saberia que era um equipamento de escuta — falei. — Pensei que esses equipamentos fossem apenas circuitos pequenos que não precisam de baterias.

— Esses circuitos pequenos sobre os quais a gente lê a respeito, aqueles que parecem botões de camisa? Esses são transmissores passivos que têm um alcance muito limitado. — Ele riu baixinho e explicou. — Estou bem informado sobre equipamentos de escuta, porque muitos dos meus... amigos... foram condenados com base em evidências obtidas através de espiões telefônicos e escutas clandestinas. Calculando pela quantidade de calor sendo gerado, seu telefone contém um transmissor ativo ligeiramente mais potente, com um alcance talvez de uns cinco quilômetros, dependendo da qualidade e da capacidade do equipamento de recepção. Do ponto de vista da recepção, ele poderia retransmitir para qualquer lugar.

Um raio de cinco quilômetros significaria que tudo que Magdalena e eu tínhamos dito em qualquer lugar, até nas planícies descobertas do Camargue, alguém poderia estar escutando sem ser visto.

— Os transmissores passivos menores não geram calor, portanto sua presença não é detectada a não ser que você abra a parte de trás do telefone. — Orlando continuou. — Mas o seu sistema cobre um raio maior, portanto ele requer uma energia que vem da bateria. O calor que você sente está na verdade vindo da atividade molecular da bateria, não do transmissor em si. E este aparelho tem uma bateria íon de lítio especial de 2700 mAH capaz de transmitir até 20 horas com uma única recarga. Poderiam estar escutando o dia inteiro, sem você perceber.

— Mas eu estava usando o telefone, fazendo ligações. Se o telefone estava em modo constante de transmissão, como eu poderia ligar para pessoas diferentes?

— O transmissor fica num circuito separado. Ele opera independentemente da transmissão do telefone. Por outro lado, ele capta ambos os lados de qualquer conversa telefônica.

Todas as explicações do mundo não me fariam sentir melhor por ter sido enganado por DesRosier. Não há nada mais deprimente para uma pessoa como eu do que ser passado para trás por alguém que eu considerava intelectualmente inferior a mim. Eu tinha saído do encontro no seu chatô pensando que ele era um diletante inofensivo, vivendo da herança de um império de negócios criado por seus ancestrais. Os acadêmicos são conhecidos por desprezarem a capacidade mental, se não o caráter moral, desses indivíduos. Era difícil aceitar que o homem que descartei como um diletante tivesse conseguido me fazer de bobo.

— Acho melhor destruirmos o telefone — suspirei. — A não ser que você saiba como desligar o dispositivo de escuta.

— Não, não, não — Orlando disse. — É por isso que eu digo que você é tolo para certas coisas. Se fizermos alguma coisa para cortar a transmissão, em vez de deixar a bateria morrer, seus amigos saberão que o seu plano foi descoberto. Podem não estar respondendo a sua ligação, mas isso não significa que não estejam ouvindo tudo que dizemos aqui. Temos de encontrar um jeito de tirar vantagem desse conhecimento.

— E como faremos isso?

— Não sei. Ainda não. Mas vamos descobrir. Só tenha cuidado com o que disser. Não podemos manter o telefone coberto, ou eles vão desconfiar que sabemos que estão escutando. A melhor coisa é falar normalmente, e se você tiver alguma coisa para dizer que não quer que eles escutem, use o travesseiro ou escreva num papel.

Como estratégia não era lá essas coisas, mas pelo menos era uma tentativa. Francamente, não tinha muito o que esconder em termos de conversa. Quase tudo que tínhamos conversado naquele mês e meio era o que agora pareciam discussões científicas e filosóficas vãs, uma tentativa subconsciente de nos sentirmos mais inteligentes do que os criminosos comuns que ocupavam as outras celas. Ajudava a compensar nossa frustração em ver a rapidez com que esses prisioneiros menos dotados estavam sendo julgados, tinham suas audiências concedidas e eram soltos ou levados para outras prisões para começarem a cumprir suas sentenças.

Os dias seguintes passaram devagar. Enquanto suspirávamos num cativeiro que parecia interminável, o telefone celular era uma lembrança constante do meu fracasso para julgar o caráter das pessoas. Tentei ligar mais algumas vezes para DesRosier. A máquina respondia sempre que ele estava fora do país e me dava a falsa esperança de que ele retornaria minha ligação. Orlando não encontrava nenhum plano para usar o telefone para outra coisa a não ser contar piadas para os bisbilhoteiros. Ele continuava estudando seus livros técnicos. E com sua ajuda eu estudava o meu espanhol. Sem ter imaginado nenhum modo para usar o celular que nos servisse, eu afinal o entreguei aos guardas, que supostamente o passaram para o coronel Velarde.

No final do segundo mês confinado, eu sabia falar e compreender espanhol o suficiente para travar uma conversa mínima. Na leitura eu era melhor. Na verdade, estava ficando bastante letrado no idioma. Já compreendia grande parte do que lia nos jornais nas minhas visitas diárias à biblioteca. Lia sobre a política local e nacional, as páginas de esportes, os quadrinhos, a seção imobiliária. Nada do que eu lia tinha alguma importância para minha situação, é claro.

Até o dia que abri a seção de *Sociedad* de manhã e vi a fotografia de Jean-Claude DesRosier com sua noiva. Não precisei ler a legenda para reconhecer a bela mulher sorrindo para o meu traiçoeiro ex-patrão.

A noiva era Magdalena.

Algo semelhante a um leve tremor de terra fez o papel vibrar nas minhas mãos.

As lâmpadas no teto começaram a piscar. Por algum estranho motivo, a fotografia ficou granulosa, borrando a imagem de Magdalena a ponto de ficar irreconhecível. As luzes foram se apagando. De repente, alguém bateu a minha testa contra a mesa dura de carvalho.

Sessenta e três

Quando acordei, estava deitado numa cama da enfermaria da prisão. Um medidor de pressão automático estava preso no meu bíceps esquerdo. Um tubo de plástico transparente conectava uma bolsa de glicose a uma agulha no braço direito. Uma enfermeira de cabelos grisalhos com seios volumosos sorria para mim.

— *Buenas noches, señor* — ela disse.

— *Cómo lo suciedidio?* — no meu recém-adquirido espanhol, eu lhe perguntei o que tinha acontecido.

Ela respondeu num espanhol rápido demais para que eu compreendesse.

— *Lentamente, por favor* — eu lhe pedi.

Ela me disse que eu tinha de esperar o médico.

— *Quisiera el periódico* — pedi, querendo ver o jornal de novo.

Ela voltou a me dizer para esperar o médico.

— *Solamente las páginas de la sociedad* — eu disse, explicando que desejava ver apenas as colunas sociais.

Mas ela ficou firme, sem querer fazer nada que não estivesse autorizado pelo médico.

O médico acabou aparecendo meia hora depois. Era um jovem espanhol entediado, brusco e até um pouco arrogante, talvez por achar que seus pacientes na prisão não estavam à altura de sua capacidade.

Ele explicou que não tinha nada de errado comigo. A bibliotecária da prisão pensou que eu tivesse tido um ataque cardíaco, mas os exames provaram o contrário. O eletrocardiograma não revelou nenhuma disfunção. Minha pressão arterial tinha baixado muito, era verdade, mas agora tinha voltado ao normal. Todos os meus outros sinais vitais também estavam normais. Aparentemente, eu tinha desmaiado. A única lesão que ele encontrou foi a equimose onde a minha cabeça tinha batido na mesa.

De novo, pedi o jornal. Ele franziu a cara, como se não estivesse acostumado a um prisioneiro ter a ousadia de fazer um pedido tão trivial a um homem da sua óbvia importância.

— *Solamente las páginas de la sociedad* — persisti.

Ele deu de ombros e fez um sinal para a enfermeira de que estava tudo bem.

Quando ela me trouxe o jornal, virei rápido para a página com a fotografia do noivado. Dessa vez, consegui controlar melhor minhas emoções.

Magdalena estava ainda mais linda na foto do jornal. Usava um vestido longo branco com o corpete fartamente bordado. Decotado e de mangas compridas, era elegante e conveniente a um vestido de casamento. Três fios de pérolas adornavam seu pescoço. Nas orelhas o que pareciam ser preciosos brincos de diamante. Um grande anel de diamante, supostamente de noivado, era visível no seu dedo anular. Os cabelos estavam mais compridos do que a última vez que a vi, penteados por um profissional para ressaltar suas orelhas e cacheados embaixo, onde tocavam de leve os ombros nus.

Ela foi fotografada sentada, com uma expressão que parecia um sorriso de amor para Jean-Claude DesRosier, de pé, altivo, com uma das mãos apoiada numa atitude possessiva em seu ombro. A legenda anunciava o iminente casamento do "conhecido industrial e filantropo" com uma jovem identificada apenas como Mariamme Magdala. A cerimônia de casamento, um acontecimento de gala no chatô ancestral de DesRosier seria o ponto alto da temporada social, devido, basicamente, ao que parecia, ao número de representantes de casas reais presentes. Não era uma lista da nata da realeza européia. Embora fosse normal esperar que o rei Juan Carlos estivesse presente ao casamento de um dos cidadãos mais ricos da Espanha, ele estava fora do país, num encontro com o presidente dos Estados Unidos. De fato, nenhuma outra cabeça coroada estava na lista dos convidados. As Elizabeth e Rainier deste mundo em geral limitam sua presença aos casamentos de outros membros da realeza ou de chefes de Estado. Essa, pelo contrário, era uma "Lista B" muito estranha, um misto de representantes secundários das famílias reais reinantes da Europa, assim como dos supostos herdeiros de alguns dos mais ilustres tronos vagos do continente. A lista incluía representantes das casas de Windsor, Saxe-Coburg, Bourbon, Habsburg, Savóia, Mântua e Hohenzollern, junto com as exiladas princesas de Veneza e Toscana, princesas da Romênia, Hungria e Baviera, vários viscondes, duques e duquesas, e até o pretendente ao trono do Império Russo. Completando a lista havia um conjunto extraordinariamente ecumênico de líderes religiosos, entre eles o cardeal católico romano de Bordeaux, o rabino chefe de Madri, o arquimandrita grego ortodoxo de Alexandria, o patriarca ortodoxo de Leningrado, o bispo luterano de Munique, os representantes da Igreja Anglicana, da Igreja Metodista, da Igreja Batista Reformada, da Igreja Mórmon, da Igreja da Ciência Cristã e do Concelho Mundial de Igrejas. Curiosamente, entretanto, a lista não incluía nenhum dos magnatas dos negócios, figuras políticas ou celebridades do showbiz, que costumam aparecer nessas ocasiões. Não havia ninguém na lista que não tivesse um título nobre ou religioso anexado ao nome.

Exceto, é claro, Jean-Claude DesRosier e a mulher identificada como Mariamme Magdala.

Não se falava no artigo que ela era uma freira. E exceto por uma breve e bajuladora menção ao seu império nos negócios, não havia nenhuma explicação para a importância que a nobreza européia atribuía a esse casamento.

Os convidados estavam chegando hoje, segundo o artigo, a maioria em jatinhos particulares. A noiva seria apresentada numa cerimônia especial que antecedia o casamento, marcado para as 21h daquela noite, 22 de julho. Olhei para o relógio na parede. Faltava um hora e 48 minutos. O artigo seguia descrevendo os preparativos para o casamento no "histórico Chateau DesRosier, um magnífico castelo do tempo dos cruzados, do século XIII, que domina o litoral do seu posto no alto da montanha". O artigo bajulador seguia descrevendo os ancestrais de DesRosier como "nobres cavalheiros que lutaram pela liberdade das Terras Santas e voltaram para ajudar a defender a Espanha de inimigos invasores". Era um exagero de elogios típico de um cronista social esperando ganhar as graças dos ricos e poderosos. Não mencionava que 22 de julho era o dia de Maria Madalena.

Obviamente, DesRosier não estava se importando com o fato de que a mulher com quem pretendia se casar já era uma Noiva de Cristo, uma mulher que já tinha feito o voto de castidade e dedicado sua vida a serviço de Deus. E pela sua expressão na fotografia, Magdalena também não estava se preocupando com isso. Ela parecia encantada com seu rico Svengali. Fiquei imaginando se não teria sido o plano de DesRosier desde o início. Teria se apaixonado de longe pela jovem freira e, temendo colocar em risco sua reputação, contratara-me para inconscientemente entregá-la nos seus braços? Isso explicaria o telefone grampeado. Assim ele poderia nos seguir, escutar nossas discussões e saber onde aparecer exatamente na hora de ser o herói que a "salvou" da Guardia. Se fosse verdade, eu só poderia supor que foi ele que disse ao coronel Velarde onde me encontrar. E sem dúvida eram suas instruções aos advogados que me mantinham trancado na prisão sem fiança.

No entanto, parecia uma manobra extremamente complicada. DesRosier não precisava de mim para entregar Magdalena às suas garras. Com o seu dinheiro e influência, poderia muito bem ter feito algum acordo escuso com as autoridades da Igreja para alcançar o mesmo objetivo. Por que me envolver na história? E, tendo me envolvido, por que agora era necessário que eu ficasse preso? Ele tinha medo do que eu sabia sobre Magdalena?

No relógio da parede, o tempo passava. Uma hora e 44 minutos agora. Magdalena estaria fazendo os últimos preparativos antes de desfilar na igreja. E aqui estava eu, preso numa cama de hospital, numa prisão a mais de duas horas de distância. Mesmo que quisesse fazer alguma coisa para interferir no casamento, não poderia. Estava tudo acabado. Em desespero, fechei os olhos e enterrei a cabeça no travesseiro.

Seria tudo isso obra do carma? Uma forma de retribuição cármica por uma maldade numa vida anterior? Por que eu estaria condenado a repetir sempre esse cenário terrível? Há dois anos, havia perdido a mulher amada, sem ter a chance de lhe falar dos meus sentimentos. Agora, uma série de circunstâncias misteriosamente semelhantes parecia estar ocorrendo à minha volta. Por que, por que, por que eu não me permitira reconhecer meu amor por Magdalena quando ela estava ao meu lado? Por que esperei até ser tarde demais? Por que, mais uma vez eu tinha deixado escapar a oportunidade de amar? Ah, eu poderia apresentar muitas razões para minha reticência, desde minha criação religiosa, passando pela ética profissional, o código de conduta do investigador particular e, ainda, uma dúzia mais de itens caso fosse pensar nisso para valer. Mas, bem lá no fundo, eu sabia que nenhuma dessas razões era válida.

Na verdade, tratava-se da herança de um casamento infeliz. Desde o meu divórcio, há muito tempo, eu me retraíra do contato com mulheres. Eu era um celibatário, vivendo uma existência quase de monge. Durante o trabalho para o professor Debray, eu tinha preferido os prazeres frios da atividade cerebral às conseqüências às vezes desagradáveis do envolvimento emocional. Agora, deitado na solidão de uma cama de hospital penitenciário na Espanha, percebia que estava me tornando um homem com medo de se abrir para outra mulher. Eu tinha medo da intimidade. Medo de amar.

Atormentado com tais idéias, não ouvi os passos dos homens que entraram no quarto. Só quando senti um toque de mão no meu braço é que abri os olhos.

E vi o rosto cadavérico do velho padre da catedral.

Ao seu lado estava o jovem mochileiro que tinha saído do Naranjas momentos antes da explosão.

— *Buenas noches* — o mochileiro disse sorrindo.

Estavam ambos vestidos com hábitos marrom-escuros, com capuz.

Assustado, tentei alcançar a campainha para chamar a enfermeira. A mão do velho padre agarrou a minha antes que eu pudesse pedir socorro. Apesar da idade, seus reflexos eram muito rápidos. Seu punho derrotaria Sylvester Stallone em qualquer competição de queda-de-braço.

— Quem é você? — perguntei.

— Sou Abelard de Montbrison — ele respondeu. — Este é meu protegido, Lucien Poussin.

Nomes franceses, pensei. Sotaques franceses, também. Mas eram padres franceses, ou franceses se fazendo passar por padres?

— Como chegou aqui? — perguntei, incapaz de disfarçar o medo na minha voz.

— Aqui estão suas roupas — Montbrison colocou sobre a cama uma sacola grande de papel. — Vista-se. Temos de sair rápido.

Sessenta e quatro

Eu não ia obedecer às ordens de estranhos, principalmente desses dois, que tinham o hábito de aparecer sempre que coisas ruins estavam para me acontecer.

— Não vou a lugar algum — protestei.

O jovem padre Lucien deu um passo ameaçador em minha direção.

— O que vai fazer? — perguntei em tom de desafio. — Vai me matar? Como matou o padre Serrano?

— Se eu quisesse matá-lo, você já estaria morto — o jovem padre falou.

— Pare com isso! — Montbrison ordenou.

O olhar de ameaça desapareceu na hora do rosto de Lucien. Obediente, ele se retraiu colocando-se atrás do padre velho.

— Não temos tempo para bobagens — Montbrison continuou. — A morte de Serrano foi o resultado de um infeliz engano. Deveríamos ter sido mais cautelosos.

— Quem de vocês dois fez isso? — perguntei. — Quem de vocês dois o matou?

— A culpa foi minha. — O jovem Lucien baixou a cabeça. — Eu sou o responsável pela morte dele. Estou envergonhado do que fiz. Carregarei o peso da minha culpa pelo resto da vida.

— Seu assassino filho-da-mãe! — xinguei.

— Lucien não matou o padre Serrano — Montbrison falou.

— Não escutou? Ele acabou de dizer que o matou.

— Ele disse que era responsável pela morte de padre Serrano — Montbrison gentilmente me corrigiu. — Mas ele não disse que o matou.

— Minha tarefa era seguir o padre — Lucien explicou. — Eu estava lá para ouvir e observar, para saber tudo que o padre sabia, se fosse possível.

— O que ele sabia? — perguntei. — Sabia sobre o quê?

— Eu não deveria tê-lo deixado naquela hora.

— Lucien foi atraído para fora — explicou Montbrison — por um cúmplice do terrorista, sem dúvida, que sabia que ele estava ali para vigiar o padre. Foi tudo rápido demais, não deu tempo para impedir. Jogaram uma sacola com uma bomba dentro do bar.

— Se eu estivesse lá dentro, teria me atirado na direção da bomba — o jovem disse.

Sua voz era sincera, sem o mais leve toque de falsa bravura. Esses não eram homens comuns do clero, pensei. O jovem era nitidamente um militante, disposto a qualquer sacrifício que sua missão exigisse. O mais velho olhava com ar de aprovação, como se ele tivesse feito o mesmo.

— Vista-se — Montbrison repetiu a ordem anterior. — Precisamos sair daqui rápido.

— Estamos num hospital penitenciário — protestei. — Não estou em condições de me levantar e sair por aí.

— Falamos com o seu médico — Lucien disse. — Sua saúde está perfeita. Só teve um desmaio, provavelmente causado por um choque emocional súbito.

— Você não é mais um prisioneiro — Montbrison acrescentou. — Os documentos necessários já foram assinados. Você está sendo solto sob nossa custódia. Por favor, vista-se.

— Deixe-me ver os papéis de soltura — eu disse, ainda desconfiado.

Lucien tirou do bolso um envelope grosso. Continha cinco documentos separados, cada um aparentemente assinado por Fulgencio Velarde, coronel, Guardia Civil. Cada uma das assinaturas de Velarde tinha o timbre oficial atestando a autenticidade. Com o espanhol que aprendi durante o meu confinamento, fui capaz de entender o texto o bastante para confirmar o que Montbrison dizia. Minha mão tremia quando devolvi os documentos a Lucien. Depois de dois meses e três semanas na prisão, a liberdade parecia acenar na minha frente.

Mesmo assim, eu não tinha pressa em deixar a segurança da minha cama de hospital para acompanhar esses dois no meio da noite. Não enquanto não soubesse mais detalhes.

— Você hesita — Montbrison disse. — Tem medo de nós?

— Francamente, sim

— Não vamos lhe fazer mal.

— Vocês têm me seguido e me vigiado. Por quê?

— Nosso interesse é proteger o *Sangreal*.

— O Santo Graal... o cálice na catedral? O vaso que supostamente guardou o sangue de Cristo?

— O que ela lhe disse sobre isso? — Montbrison perguntou.

— Sobre o Santo Graal? Nada. Nunca conversamos sobre isso.

Os dois padres trocaram olhares de dúvida.

— Acho difícil acreditar — Lucien disse. — Você esteve vários dias com ela. Nunca saiu do seu lado. Certamente ela lhe contou alguma coisa sobre ele.

— Não tenho idéia do que você está falando.

— Talvez ele esteja falando a verdade — Montbrison disse.

— Precisamos ter certeza — Lucien continuou. — O risco para a irmandade... — Ele começou a acrescentar e, então, vendo a curiosidade nos meus olhos, parou.

Mas já era tarde. Ele tinha falado demais. Minha mente já estava fazendo as inevitáveis associações que qualquer historiador religioso teria feito há muito tempo. Só havia uma "irmandade" cuja missão era proteger o Santo Graal. Esse grupo era a ordem de monges guerreiros fundada por Hugues de Payen, em 1118.

— Vocês são Cavalheiros do Tempo — exclamei. — É claro! Eu deveria ter percebido.

Seus rostos, há muito acostumados a proteger segredos, ficaram impassíveis, inexpressivos.

— E Velarde... ele estava usando um alfinete dos templários. Foi assim que vocês conseguiram que ele assinasse os papéis de soltura. Ele é um templário. Vocês trabalham juntos, não é?

Por isso Velarde sabia o que tinha acontecido no Naranjas. Sua "testemunha ocular" não era um policial. Era Lucien, posando de misterioso estudante mochileiro. Que idiota Velarde deve ter me achado quando insisti dizendo que o mochileiro é que tinha explodido a bomba.

— Mas se você viu a sacola com a bomba sendo atirada para dentro do Naranja... — comecei a pensar melhor — ... e contou para Velarde... então ele sabia que eu não tinha nada a ver com a morte de Serrano. Mas ele me prendeu. Ele me perseguiu pela Espanha e me trouxe de volta e me deixou preso dois meses. Por quê?

— Foi para sua própria segurança — Montbrison falou. — Padre Serrano estava morto. O professor Abramakian foi assassinado. Suspeitávamos que você seria o próximo.

— Mas vocês me prenderam.

— Teria vindo de livre e espontânea vontade?

— Provavelmente, não.

— Estávamos preocupados também com o *Sangreal*.

— Vocês estão sempre falando no Santo Graal — eu disse. — Alguém o roubou da catedral?

— Esse não é o *Sangreal*. O cálice na catedral não é o verdadeiro *Sangreal*.

— Mas o Vaticano o autenticou.

— Isso foi uma ficção, parte de uma longa série de falsidades inventadas para confundir os fiéis.

— Então, onde está o verdadeiro *Sangreal*?

O velho padre se virou para seu protegido mais jovem como se a resposta devesse ser aprovada por unanimidade. O mais jovem deu de ombros. Depois de passar os olhos pelo quarto para se certificar de não ter ninguém escutando, ele finalmente me respondeu.

— O *Sangreal*, o verdadeiro *Sangreal*, que os templários e seus predecessores juraram proteger desde a chegada na França, há dois mil anos, está hoje de posse de Jean-Claude DesRosier.

— Um traidor dos seus ancestrais — Lucien rosnou.

— Ele devia proteger o *Sangreal* — Montbrison continuou. — Agora ele o quer para si próprio. Tudo para sua própria fama e glória. Veja!

Ele jogou o jornal da manhã sobre a cama. Estava aberto na mesma página que eu estivera examinando. Baixei os olhos para a fotografia de DesRosier e Magdalena.

— Achamos que ela estaria segura com ele. Agora ele planeja se casar com ela!

Tinha alguma coisa ali que eu não estava entendendo bem.

— Não podemos permitir que esse casamento aconteça — Montbrison falou. — Precisamos da sua ajuda para impedi-lo.

Impedir o casamento? Eu não pensava em outra coisa.

— Por que eu? Por que acha que eu posso ajudar?

— Porque ela confia em você.

— Pode ser — me resignei. — Mas ela vai se casar com DesRosier.

— Você quer que ela se case com esse homem? — Montbrison perguntou. Vendo minha hesitação, ele sorriu e respondeu por mim. — Acho que não. Acho que você a ama demais para vê-la cometer esse erro. Eu observei vocês dois em Barcelona, como você sorria para ela. Eu vi vocês na praia em Coullioure, quando ela lhe mostrou os seios, e de novo quando passeavam pelas ruas em Arles e les Saintes-Maries-de-la-Mer. Eu o vi apaixonando-se por ela, e acho que ela também sente alguma coisa por você.

Como era possível ver essas coisas de longe?, imaginei. Nunca nos abraçamos, em público ou em particular; nunca trocamos palavras de carinho que pudessem ser ouvidas por outras pessoas. Tudo que se passara entre nós foram leves sinais de afeto: toques casuais seguidos de recuos constrangidos, silêncios súbitos enquanto nos olhávamos olho no olho, a satisfação de estarmos simplesmente um perto do outro. Os abismos espirituais e culturais entre nós nos deixavam inseguros quanto ao nosso próprio comportamento, sem falar nos tremores, nos sinais hesitantes que um dava ao outro. Se estávamos tão inseguros, como nossos sentimentos podiam ser percebidos por alguém que nos vigiava de longe?

— Se é verdade que ela sente alguma coisa por mim — eu falei, esperando que fosse verdade —, então, por que está se casando com DesRosier?

— Acho que ele a enganou, como tem enganado tanta gente, inclusive nós. Ele é um homem que enriqueceu com a habilidade que tem para manipular as pessoas.

— Por mais que eu quisesse ajudar vocês — eu disse —, desconfio que o casamento já é negócio fechado.

— *Qu'est-ce que c'est* "negócio fechado" — Lucien quis saber.

— É modo de falar — expliquei. — Quer dizer que já está resolvido. É tarde demais para fazer qualquer coisa. Eles se casam esta noite. — Olhei o relógio. — A cerimônia está marcada para começar em uma hora. O chatô fica a pelo menos duas horas daqui. Mesmo que saíssemos agora mesmo, o casamento já teria terminado quando chegássemos lá.

— Ele está certo — Lucien disse. — Por que estamos perdendo tempo com este *idiota*? Já podíamos estar no meio do caminho. Vamos partir agora, com ele ou sem ele.

— *Calmez-vous, calmez-vous* — Montbrison falou, sem desviar os olhos de mim. — Você deve perdoar Lucien. Ele é jovem e impaciente. Mas a urgência faz sentido. Devemos partir. Tempo é fundamental.

— Mesmo que cheguemos ao chatô a tempo, como pretende entrar? Você não pode simplesmente ir entrando numa propriedade com guardas na porta, sem ser convidado.

— Atacaremos o chatô de frente, se necessário.

Pensei no chatô no alto da montanha, nos guardas ao longo da estrada particular, na segurança adicional que deve ter sido contratada para o casamento, os guarda-costas pessoais que inevitavelmente acompanham os membros de várias famílias reais.

— Nós três? Atacar um castelo fortemente vigiado? — perguntei. — Está brincando.

— Nove cavaleiros defenderam o Templo de Salomão contra os infiéis durante as Cruzadas. Três cavaleiros devem ser páreo para as defesas do Chateau DesRosier.

Eu não sabia se ria ou chorava olhando para os rostos ansiosos desse padre ancião e do seu jovem assistente subnutrido. Era o par mais improvável que eu poderia imaginar comparando-se com os ferozes monges guerreiros da Idade Média. Eles pareciam não se dar conta de que os gloriosos dias dos

Cavaleiros do Templo terminaram em 1307, quando seus heróis foram chacinados pelo exército do rei Felipe. Os capítulos templários modernos, pelo que eu sabia, tinham muito pouca coisa em comum com seus ilustres antepassados, seus membros reunindo-se com propósitos fraternais e de negócios em vez de partir em batalha contra os inimigos do cristianismo. Apesar de suas fanfarronadas, esses dois padres não pareciam possuir armas nem treinamento nas artes da guerra. Que lógica truncada convencera esses clérigos, sob outros aspectos racionais, que poderiam lutar contra a cidadela de um dos homens mais ricos da Espanha?

Não conseguia me decidir se acompanhá-los seria um ato de coragem ou de loucura. No momento, entretanto, eu não estava nem um pouco preocupado com a necessidade de resgatar o *Sangreal*, ou mesmo se o místico Graal realmente existia.

Só me importava ver Magdalena de novo.

Sessenta e cinco

Houve momentos naquela noite em que senti como se tivesse entrado no *set* de filmagem de uma versão moderna de *Dom Quixote*. Montbrison estava perfeito no papel do ancião excêntrico cuja mente se aturdira com o excesso de livros sobre cavaleiros e cavalaria. Lucien era uma versão mais jovem e mais esguia de Sancho Panza, com seu Ford sedã preto maltratado servindo de burro. E eu, apesar das dúvidas sobre a sanidade mental deles, era um companheiro voluntário daquela viagem, preparado para me unir a eles no seu ataque ao castelo na esperança de estar de novo ao lado da mulher que eu amava. Só me restava rezar para que o amanhã nos encontrasse mais vitoriosos do que nossos predecessores fictícios.

— Vai haver muita segurança no chatô — eu repetia o meu aviso anterior enquanto pegávamos velozes o rumo norte saindo de Valência. — Muitos convidados levarão seus próprios guarda-costas. Como vocês pretendem passar por eles?

— Vamos descobrir um jeito — Montbrison disse com calma.

— O pessoal da segurança está armado — observei.

— Já lidamos com esse tipo de gente antes — ele disse.

— Eu também — falei, lembrando daquela noite terrível em Nova York. — E não deu muito certo comigo.

Lucien dirigia sem se preocupar muito com o limite de velocidade, talvez supondo que seu hábito de padre lhe conferia alguma imunidade legal.

— No hospital você mencionou alguma coisa sobre o Santo Graal — comecei a dizer.

— Não o Santo Graal — Montbrison me corrigiu. — O *Sangreal*.

— Tudo bem, o *Sangreal* — eu disse. — Embora eu não saiba qual a diferença. Na literatura, na maioria das vezes, os dois termos são usados quase um pelo outro.

— Se você conhece francês ou espanhol medieval, saberá a diferença — disse Lucien.

— É bom lembrar seus votos, Lucien — o velho padre advertiu. — Você não deve falar sobre essas coisas com estranhos.

— Somos apenas três contra muitos — Lucien retrucou. — Se só ele continuar vivo, deve saber a verdade sobre nossa senhora.

— Só quem tem permissão para falar essas coisas é nossa senhora.

Eles ficaram uma hora inteira calados. Nada que eu dissesse evocava uma resposta de qualquer um dos dois. Eu não parava de consultar o relógio. Não havia como chegarmos ao chatô antes da hora marcada para o casamento. O sol desapareceu por trás das montanhas litorâneas. Lucien acendeu os faróis, um gesto quase inútil, considerando-se que na velocidade em que ele estava dirigindo era impossível deixar de atropelar qualquer ser vivo distraído em nossa frente.

Chegamos em Peniscola pouco depois do escurecer. Lucien diminuiu a velocidade e, seguindo as instruções de Montbrison, saiu da estrada para estudarmos o chatô. Pousado no alto da montanha, ele parecia uma fortaleza inexpugnável, seu exterior sombrio estava fortemente iluminado pelos holofotes.

— Agora começa — Montbrison disse. — Rezemos para que nossos esforços tenham sucesso.

E que todos nós continuemos vivos, acrescentei em silêncio.

— São três quilômetros e meio de estrada até lá em cima — Montbrison falou. — São cinco barreiras, duas com portão e claramente visíveis, as outras três ficam escondidas. Uma dessas três é um posto móvel, cuja localização muda todo dia.

— Você já esteve aqui antes — eu disse.

— Nesse castelo, em particular? Não. Mas falei com gente que tem acesso aos mapas antigos de todos os castelos templários.

— Mapas antigos? Antigos de quando?

— Antigos como os próprios castelos.

— Estamos nos baseando num mapa do século XIII? Não acredito.

— O castelo não saiu do lugar. A estrada ainda tem três quilômetros e meio.

— E todas as barreiras? As cinco barreiras estão marcadas no mapa?

— Só as visíveis. As três escondidas são uma tradição templária. Felizmente, essas defesas devem estar sendo controladas pelos bascos. Não devem nos causar problemas.

— Não devem nos causar problemas? Eu tive a impressão de que os bascos eram destemidos. DesRosier me disse que eles lutam até a morte.

— Isso é verdade — Montbrison falou. — Mas eles não são templários.

— Não temos medo de ninguém, só dos templários — Lucien acrescentou, num tom de bravata que achei tolice.

— A primeira barreira será a mais visível — Montbrison continuou com as instruções. — É um portão localizado nos limites entre a parte pública e a particular da estrada. Esse limite fica no ponto onde a estrada pavimentada termina e começa a de cascalho. A primeira barreira escondida deve ficar meio quilômetro depois, mais ou menos na distância em que qualquer invasor começará a relaxar. Nesse ponto mostra uma ponte sobre um riacho. Parece o lugar ideal para uma barreira escondida.

Lembrei de ter passado por um portão no pé da montanha e outro no topo quando os bascos me levaram até o chatô, mas achei que não adiantava muita coisa falar sobre isso. Eu estava mais interessado no comentário de Lucien.

— Você diz que só teme os templários — interrompi, sem querer deixar passar a incoerência. — Mas é um castelo templário que você está atacando. E o próprio DesRosier é um templário. Ele é um *Grand Chevalier*.

— Um título que não quer dizer nada — Montbrison franziu o nariz. — DesRosier é o chefe de uma moderna Ordem Fraternal de Cavaleiros Templários na Espanha. Mas é apenas um grupo social que se reúne a portas abertas. Ele não é um guerreiro, como seus ancestrais foram.

— Como nós somos — Lucien acrescentou.

— Ele gosta do prestígio da sua posição junto ao público, e a usa com objetivos sociais e de negócios. Mas como a maioria dos membros desse grupo moderno, ele não se dá conta de que alguns de nós somos verdadeiros templários, treinados nas técnicas e tradições dos nove Cavaleiros do Templo originais.

— Estamos perdendo tempo — Lucien interrompeu. — Deveríamos estar atacando em vez de ficarmos falando.

— Tem razão, Lucien. — Montbrison continuou suas instruções num tom de voz cerrado, digno de um comandante militar. — Depois de cruzar a ponte, a próxima barreira escondida será provavelmente numa rocha onde a estrada mais uma vez se estreita. Quanto à barreira móvel, não tenho idéia de onde está. Temos de nos mover com muito cuidado para tirá-los da toca.

Esse seria o momento para qualquer herói de mentirinha apresentar uma desculpa para ficar por ali mesmo. Mas, pelo que eu podia ver dos seus rostos no escuro, parece que meus companheiros estavam levando a sério o ataque. O que me deixou muito nervoso. Uma coisa era falar de barreiras escondidas e de temer apenas quem fosse templário, mas até agora eles não tinham mostrado suas armas.

Escutando esses dois padres discutirem calmamente a impossível tarefa de tomar as barreiras e atacar o castelo, duvidei de sua saúde mental. O comportamento deles sugeria que talvez estivessem sofrendo de um distúrbio delirante de grandeza, também conhecido como megalomania. Entre os sintomas usuais estão um sentido exagerado de mérito, poder e conhecimento, muitas vezes levando as vítimas a se identificarem com uma divindade ou pessoa famosa, o que esses dois estavam demonstrando. Eles estavam vendo o mundo por um prisma feito de fragmentos de história lembrada, e reagindo de acordo com ele. O distúrbio não representa nenhum perigo em particular para o paciente, exceto um sentimento de poder desproporcional e de invulnerabilidade pessoal. Esse desprezo pelo perigo, quando direcionado para fins nobres, é a matéria de que são feitos os heróis. Em geral, heróis mortos.

— Onde estão as armas de vocês? — perguntei.

— Não precisamos de armas — Lucien sussurrou impaciente.

— Haverá câmeras de segurança espalhadas na estrada. Eles nos verão chegar.

— Não vão se incomodar com um homem apenas num carro.

— Um homem?

— Sim, você. Você vai dirigir o carro — disse Montbrison. — Nós ficaremos na floresta, onde não seremos vistos.

— Então, qual é o plano? — perguntei, não tendo escutado os dois discutirem nenhum plano de ação além da descrição das barreiras.

— Você dirige, nós vamos a pé — Lucien disse.

— Dirija devagar — Montbrison instruiu. — Bem devagar, de modo que possamos acompanhá-lo pela floresta adiante do carro.

Pelo visto era só isso que eles estavam dispostos a me contar sobre o plano, porque rapidamente se separaram, desaparecendo nas moitas dos dois lados da estrada.

Esperei um tempo razoável antes de dar a partida no carro. Não era assim que eu tinha imaginado o "ataque" ao chatô. Eu tinha achado que ia me esgueirar pelo mato junto com eles, em vez de dirigir abertamente no meio da estrada, onde seria o alvo perfeito para qualquer guarda esperto no gatilho que tivesse jurado proteger os distintos convidados reunidos no chatô. Pior ainda, eu recebera instruções para dirigir devagar, o que me deixou ainda mais nervoso. Tentei me convencer de que estava exagerando, que ninguém ia atirar em mim... primeiro iam me fazer parar... ao que certamente eu obedeceria. Eu não ia avançar derrubando nenhum portão no meio de uma saraivada de balas.

A única coisa que me fazia continuar subindo a estrada escura devagar como Montbrison pedira era saber que ela me levaria até Magdalena.

O primeiro portão ficava onde o velho padre havia previsto, marcando o lugar onde a estrada de asfalto passava a ser de cascalho. Era uma pequena guarita cinzenta, grande o suficiente para abrigar uma única sentinela. A cancela, por estranho que pareça numa noite de convidados tão ilustres, já estava erguida. Reduzi ainda mais a velocidade, esperando ser interpelado. Mas a guarita estava fazia.

Ninguém veio me perguntar nada.

Intrigado com a falta de segurança, segui em frente. A estrada fez uma curva pronunciada subindo a montanha. Mantive o carro em marcha reduzida, tentando avaliar a rapidez dos padres movendo-se no meio da mata. Seis quilômetros e meio por hora era a velocidade normal de um ser humano caminhando em terreno plano. Tentei manter o velocímetro em 5 quilômetros por hora. Não podia deixar de imaginar se eles estavam mesmo ali em algum lugar, ou se tinham me dado uma missão absurda.

Lá na frente estava a ponte. Até agora, Montbrison tinha acertado na descrição da área. Por nenhum outro motivo além de segurança, pelo que parecia, a estrada estreitava-se numa pista única ao chegar na ponte, o que a tornava ideal para um ataque de surpresa por quem estivesse guardando o acesso ao chatô. O brilho dos faróis dava às moitas um tom cinza-prateado e reforçava a escuridão das sombras. Pela janela aberta, eu escutava o barulho da água escorrendo pela rampa íngreme. Uma vez na ponte, eu não poderia fazer a volta ou manobrar. O acostamento era estreito demais para uma curva em U. Se uma sentinela escondida ia me fazer parar, pensei, pela lógica esse era o lugar certo.

Os pneus dianteiros deram um solavanco ao baterem no beiral de madeira da ponte. Lá na frente, a estrada estava vazia. Nervoso, estudei as moitas ao longo da estrada. A qualquer momento eu esperava que um dos bascos de boina vermelha de DesRosier aparecesse na frente do carro. O que eu faria? O que poderia fazer, a não ser parar? Um solavanco me sacudiu quando os pneus de trás deixaram a ponte. Eu estava de novo na estrada de cascalho de pista dupla. Surpreendentemente, ninguém havia me parado. Todos os meus instintos, todo o medo herdado e a lógica adquirida gritavam para eu pisar fundo no acelerador e sair dali. Mas continuei subindo naqueles cinco quilômetros por hora e virei na segunda curva.

De repente, pisei no freio.

Um homem, um homem assustado, cruzou cambaleante a estrada na minha frente. Sua boca sangrava. Os olhos arregalados num olhar vazio de pânico. O braço direito dependurado do ombro numa estranha e aparentemente indefesa posição. Apanhado pelo brilho dos meus faróis, ele caiu de cara no cascalho. Antes que eu pudesse reagir, uma figura encapuzada saiu do mato. Vi sem acreditar nos meus olhos quando o velho Montbrison agarrou o homem caído no chão pelo cinto e o arrastou quase sem dificuldade de volta para as moitas. Esperei, o coração disparado, até Lucien aparecer do outro lado da estrada e me fazer sinal para seguir em frente. Ao mesmo tempo, ele fez um gesto para que eu fosse mais devagar.

Ele não parecia nem um pouco nervoso... pelo menos não tanto quanto eu. Confundi-me entre a embreagem e o câmbio até conseguir colocar de novo o carro em movimento.

Montbrison tinha dito que haveria cinco barreiras. Desconfiei que o homem que tinha tentado escapar do velho padre era da segunda barreira. Com isso, deveria haver mais três. Talvez por alguma feliz circunstância, talvez porque os guardas de DesRosier se distraíssem com a aproximação do meu carro, os padres tinham conseguido dominá-los. Que armas eles usaram? Tacos de madeira? Pedras? As mãos? Podiam ter tido sorte até aquele momento, mas estávamos apenas a meio caminho do castelo.

Diante de mim havia uma enorme fenda na pedra do lado da estrada. Ela subia reta, uns seis metros. Em cima do penhasco havia uma pedra grande e arredondada. Teria sido colocada ali de propósito, para fechar a estrada ou esmagar um veículo? Aquilo era alguém movendo-se atrás da pedra, tomando posição para fazê-la rolar em cima de mim? Ou era apenas o meu nível de ansiedade num crescendo, vendo perigo numa simples formação de rocha? Mordi o lábio inferior tentando controlar minhas emoções e continuar subindo. Ao passar pela pedra ameaçadora, relaxei. Atrás de mim, ouvi um baque, quase como o som de uma abóbora caindo no chão. O brilho vermelho dos meus faróis traseiros quase não deu para iluminar uma massa informe na estrada. A massa parecia estar vestida com calças e camisa. Concluí que tinha acabado de passar pela terceira barreira.

Por mais feroz que fosse a fama dos bascos, a equipe escolhida a dedo por DesRosier até agora, pelo visto, não era páreo para dois padres desarmados. Que estranhas habilidades eles possuíam, fiquei imaginando. Eu zombara das suas pretensões de cavalaria templária, desprezando-as como fantasias de psiques reprimidas. Mas, pelo jeito, eles estavam limpando a estrada com implacável eficiência. Mas faltavam ainda dois quilômetros para chegar ao chatô, e ainda havia mais duas barreiras na estrada escura.

Por uma brecha nas árvores, pude distinguir o brilho distante dos holofotes do castelo contra o céu noturno. Não era um brilho de boas-vindas, e sim como a luz dura da realidade, sinalizando para mim uma terra de ninguém repleta de homens armados. O que ia acontecer quando chegássemos ao castelo? Uma coisa era atacar guardas de DesRosier isolados na escuridão no meio da estrada. Talvez os bascos fossem mal treinados. Mas o chatô com certeza estaria cercado por uma tropa de elite com profissionais hábeis, trazidos pela realeza reunida para o casamento de DesRosier. Devido ao estado de quase paranóia que aflige os nobres europeus hoje em dia, esses guarda-costas teriam sido treinados e equipados para repelir qualquer coisa, desde terroristas suicidas até ataques noturnos coordenados por grupos armados. Que chances teríamos nós três contra esse pequeno exército?

Procurei dos dois lados da estrada sinais da próxima barreira escondida. Um amontoado de vegetação da altura de um ombro do lado direito era um lugar ideal para se esconder. Atento para ver se alguém pulava de dentro da moita percebi, tarde demais, um movimento do lado oposto da estrada. Pela janela aberta, escutei um grunhido alto, um roçagar de galhos e em seguida o súbito retorno do silêncio. Outro guarda tinha sido despachado? Senti um arrepio e continuei subindo a montanha.

A última guarita era cinza como a primeira, com um portão branco barrando a entrada. Ao contrário da primeira, nesta havia uma sentinela com a tradicional boina basca. Uma segunda sentinela, também com uma boina basca, estava sentada numa cadeira ao seu lado.

Diminui a marcha, rezando para que os dois padres chegassem a tempo de me salvar.

A primeira sentinela fez sinal para eu parar. Por um momento, pensei em abalroar o portão numa tentativa desesperada de... de quê? Era uma idéia maluca, pensei. Em vez disso, coloquei o carro em ponto morto e acionei o freio de mão quando a sentinela alta se aproximou.

Atrás dela, do outro lado do portão, estava o histórico Chateau DesRosier, cada centímetro quadrado banhado numa luz forte. No pátio em frente, corretamente estacionados em três fileiras de 20 vagas cada, estava o maior conjunto de carros de luxo europeus que eu já tinha visto. Ao contrário dos veículos mais baratos, esses podiam ser reconhecidos por suas silhuetas clássicas: havia no mínimo uma dúzia de Rolls-Royces, outros tantos sedãs Jaguar e enormes Mercedes, e até, quase incompatível com o resto, um amplo Lamborghini amarelo baixinho, provavelmente dirigido por uma das princesas de Mônaco.

E para onde quer que eu olhasse, caminhando entre os carros, ao redor do chatô, ociosos debaixo das árvores, estavam os guardas. Alguns corretamente vestidos de terno, um ou outro mais à vontade, e até uma meia dúzia com roupas de camuflagem. Era uma defesa impenetrável. DesRosier e seus convidados podiam relaxar sem medo de intrusos indesejados.

Talvez fosse melhor que me pegassem, pensei. Qualquer ataque ao chatô seria certamente malfadado, se não suicida.

Sessenta e seis

Onde estavam os dois padres?

Teriam encontrado um adversário à altura na última barreira escondida?

Estariam feridos, ou, até pior, mortos, lá fora no escuro?

E o que seria de mim?

O homem de boina evitou o brilho dos faróis. Era difícil distinguir seus traços na sombra. Só quando ele chegou na janela e sorriu para mim foi que o reconheci. Caí para trás no banco e deixei escapar um suspiro de alívio.

Era Lucien!

Junto com a boina, ele estava usando uma camisa jeans azul e calças azul-escuras, que parecia ser o uniforme não oficial dos bascos de DesRosier. Para ninguém perceber que a camisa era pequena demais, Lucien tinha enrolado as mangas. Manchas de grama nos joelhos e cotovelos eram o único sinal de que não tinham sido entregues de boa vontade pelo dono.

— Deixe as luzes acesas e o motor ligado — ele ordenou. — E siga-me.

Obedeci, sentindo-me um idiota por ter me deixado dominar pelo medo.

— Graças a Deus você está bem — eu disse, acompanhando-o até a guarita onde encontramos Montbrison sentado numa cadeira, esperando por mim. Montbrison levantou-se e tirou a boina quando nos aproximamos.

— Você agiu bem — ele disse. — Os guardas se concentraram no carro, o que nos permitiu apanhá-los de surpresa.

— Como... o que vocês fizeram com eles?

— Fizemos o que era necessário — Lucien falou.

— Acho que eles não morreram, se é o que quer dizer — Montbrison acrescentou. — Mas não vão assustar ninguém por um bom tempo.

— Então, o que fazemos agora? — perguntei. — Deve haver dúzias de guardas ao redor do chatô. Vocês não podem passar por todos eles.

— Vista isto — Lucien falou, entregando-me uma trouxa de roupas, ainda quentes do seu último dono.

— E isto — Montbrison colocou uma boina na minha cabeça.

— Depressa — Lucien recomendou. — Estamos perdendo tempo.

As calças caíram razoavelmente bem, mas houve um problema com a camisa. Uma mancha de sangue, ainda úmida, escurecia o peito. Eu lhes disse que não queria vestir aquilo.

— Vista — Lucien mandou.

— A mancha de sangue vai ajudar — Montbrison disse. — Distrairá a atenção deles do seu rosto.

— E o carro? — Eu quis saber. As luzes ainda estavam acesas, o motor funcionando. — Já deve ter chamado a atenção.

— Exatamente — Montbrison disse. Ele espalhou um pouco do sangue da minha camisa no seu rosto. — Agora vamos enfrentar o inimigo.

O velho padre, que tinha sido forte o bastante para dominar os guardas no escuro, de repente parecia fraco, trôpego. Eu rapidamente o segurei pelo braço para não cair. Lucien já estava do outro lado. Seguindo as orientações de Montbrison, que foram dadas numa voz forte que traía sua aparentemente falsa fraqueza, saímos para a estrada. Os faróis do carro nos iluminaram. Mais adiante, a uns 100 metros, dois agentes de segurança nos viram aproximar. Os dois com uma das mãos nas costas, na certa escondendo uma arma.

Devíamos compor um estranho trio: Lucien e eu com as boinas e as roupas de nossos adversários derrotados, e Montbrison, ainda com o seu hábito de monge agora sujo, e ele fraco e tropeçando nos pés, entre nós dois.

— Quem será esse velho maluco? — um dos guardas de segurança perguntou com sotaque britânico.

— *El padre es muy loco* — Lucien respondeu, rapidamente passando a falar em inglês com forte sotaque espanhol. — Ele diz que é missionário, que está aqui para converter os pagãos.

— *In nomine Patri...* — Montbrison começou a murmurar, parando a uma sacudidela de Lucien.

— Tinha alguém no carro? — o guarda britânico perguntou.

— *Só o loco padre* — Lucien disse.

— Parece que ele deu trabalho a vocês. — O guarda acenou com a cabeça para a minha camisa suja de sangue.

— Você sabe como são esses *locos* — Lucien falou. — Vamos prendê-lo no porão até a cerimônia terminar.

O guarda afastou-se para nos deixar passar. Eu não podia acreditar que a farsa tinha funcionado tão bem. Só podia supor que fosse porque eram guardas estrangeiros. Se tivéssemos encontrado um dos bascos, tenho certeza de que teriam acabado logo com nossa brincadeira. Consultei meu relógio. O casamento deveria ter começado há uma hora. Com sorte, conseguiríamos entrar e interromper tudo antes dos votos.

— Espere aí — o segundo guarda de repente gritou.

Congelamos.

— *Cómo?* — Lucien perguntou, sem se virar.

Senti Montbrison retesar-se entre nós dois, como se estivesse se preparando para entrar em ação.

— Não podem deixar o carro bloqueando a estrada — o guarda falou.

— *Sí*. Vamos tirá-lo dali assim que trancarmos o prisioneiro.

— Não se preocupe com isso — o primeiro guarda disse. — Eu tiro o carro para eles.

— Não devemos abandonar nossos postos — o segundo guarda argumentou.

— Pelo amor de Deus, Harry, só estou ajudando. E se outro figurão aparece e vê um carro bloqueando a estrada e nós estamos aqui só olhando? Vai levar só um minuto.

— *Muchas gracias* — Lucien gritou por cima do ombro enquanto nos dirigíamos para o chatô.

Por toda parte, os guardas de segurança faziam a ronda: no pátio iluminado, sob as árvores, entre as moitas. Dois grupos de guardas patrulhavam o fosso seco com cachorros, pastores-alemães que estiraram as guias quando nos viram, provavelmente por causa do cheiro do sangue fresco em minha camisa "emprestada".

Lucien, seguindo as instruções sussurradas de Montbrison, guiou-nos até a porta de serviço. O segurança postado do lado de fora daquela entrada nos viu chegar. Eu esperava outra interpelação.

Ele deu um passo à frente para nos interceptar. Mas, talvez por nos ter visto passar pela vistoria do perímetro externo, limitou-se a uma inspeção superficial de Montbrison, que mantinha a pose de um homem alquebrado, os olhos fixos no chão. Lucien repetiu sua explicação do "*loco padre*". O guarda resmungou algo ininteligível e segurou o velho padre pelo queixo, girando-o grosseiramente de um lado para o outro. Montbrison evitou fazer contato visual com o guarda. Finalmente, o guarda se afastou e fez sinal para entrarmos.

Embora a segurança no chatô fosse suficiente para protegê-lo de qualquer coisa, menos de um ataque com tanques, faltava coordenação. Cada convidado tinha trazido seus próprios guarda-costas, que estavam acostumados a agir de forma independente, quase sempre de acordo com suas normas culturais. Os gregos, acostumados com a guerrilha, sumiam no meio do mato. Os ingleses, dois dos quais já tínhamos encontrado, perambulavam no perímetro externo com arrogante visibilidade. Os russos não se afastavam do chatô. Os monegascos rondavam perto dos carros estacionados, o que lhes dava não só cobertura mas também assunto para conversar. Os italianos e os franceses se colocavam em extremidades opostas do chatô. Os belgas eram os que apareceram com uniformes de camuflagem. E os espanhóis tinham os cães de ataque. O único grupo que parecia ter uma missão específica era o contingente basco de DesRosier, que devia ter cortado todos os acessos ao longo da estrada.

O resultado da falta de coordenação foi um excesso de proteção na parte externa do chatô e quase nenhuma no interior. Nós entramos na cozinha, apinhada de criados, cozinheiros e assistentes extras, todos tão concentrados nas suas tarefas que mal nos viram passar. O Salão das Bandeiras estava desprotegido. Supus que o resto dos guarda-costas estivesse no salão de banquete principal, onde seus patrões estavam reunidos para o casamento. As portas estavam entreabertas. A música de um quarteto de cordas competia com o burburinho excitado de centenas de conversas e cadeiras sendo arrastadas.

O casamento tinha terminado? Estaríamos atrasados?

Lucien saiu na frente para espiar. Voltou sorrindo.

— Ela ainda não chegou — ele sussurrou.

— Para cima, então — Montbrison disse.

Sem ninguém para nos impedir, abandonamos o subterfúgio que podia ser considerado "prisioneiro-e-guarda" e subimos correndo os amplos degraus atapetados. Embora a escada continuasse por mais dois andares, Montbrison nos fez parar no primeiro piso.

— Ela está neste andar — ele disse. — O dono do castelo e seus convidados mais importantes ficam sempre no segundo andar, de onde têm acesso fácil ao andar principal.

Mas onde, eu me perguntei? A planta do interior do castelo tinha a forma de um H, com seis portas de cada lado de cada uma das quatro barras laterais, mais duas portas no espaço intermediário.

— Estes parecem ser os aposentos maiores deste andar — eu disse.

— Estamos perdendo tempo — Lucien disse, escancarando a primeira porta.

O quarto era imenso, com teto alto, janelas enormes, uma cama com dossel, uma escrivaninha, uma área para sentar, um sofá e uma lareira. Era o quarto de um homem. O quadro grande sobre a lareira era um retrato de Jean-Claude DesRosier, montado num cavalo branco empinado, vestido com uma cota de malha com a sobrepeliz de tecido branco e a cruz vermelha de pontas espalmadas: o uniforme de batalha dos Cavaleiros do Templo.

Montbrison deixou escapar um riso de desdém, usando um epíteto francês cujo significado só poderia ser obsceno.

Lucien recuou e entrou no quarto ao lado. Eu estava logo atrás quando ele abriu a porta de supetão. Mesmo antes de vê-la, o aroma de uma fragrância familiar me disse que estávamos no quarto certo.

Havia três mulheres lá dentro. Duas eram criadas, mulheres idosas de cabelos brancos, com longos vestidos pretos. Assustadas com a chegada de homens que ousavam abrir a porta sem bater, elas recuaram, afastando-se da mulher a quem estavam ajudando.

A mulher cujo casamento estávamos ali para impedir estava de pé diante de um espelho. Estava vestida com uma longa túnica branca — não o que hoje se consideraria um vestido de noiva, mas provavelmente a roupa preferida para casamentos nos tempos bíblicos. A túnica parecia ter sido feita de um único pedaço volumoso de tecido branco acetinado, as amplas dobras cobrindo os braços e chegando até o chão. Um longo véu do mesmo tecido estava enrolado no seu pescoço e cobria-lhe a cabeça.

Era Magdalena, mais bela, se isso fosse possível, até mesmo do que parecia nos meus mais idealizados sonhos.

Quando ela se virou para me ver, seus olhos espiando por debaixo da prega do véu, o gesto foi uma fantasmagórica réplica do assustador quadro de Savolda mostrando o portador de mirra voltando-se para ver o Cristo em ascensão.

— Tiago — ela falou.

Olhei em volta, pensando que ela estivesse se dirigindo a alguém atrás de mim. Mas o corredor estava vazio. Os únicos homens visíveis eram eu e os dois padres, que caíram imediatamente de joelhos, inclinaram as cabeças e juntaram as mãos ao peito, como se estivessem diante de alguém da realeza.

— Diga aos seus amigos para se levantarem — ela falou.

Sua voz era mais profunda e cheia, mais madura do que eu lembrava. Parecia vir de muito longe.

Cutuquei Lucien e Montbrison nos ombros. Relutantes, eles ficaram de pé.

— Sabia que você viria, Tiago — ela disse.

Era a segunda vez que ela me chamava pelo nome errado. Foi quando me convenci de tê-la perdido. Durante dois meses, eu havia trazido a imagem da encantadora jovem fixa na minha cabeça; pensamentos a seu respeito ocupavam minhas horas de vigília e se intrometiam em meus sonhos de noite. Eu invocava fantasias de uma feliz reunião, de um abraço terno, palavras de amor sussurradas entre nós dois... e agora parecia ter sido tudo inútil. Eu a perdera completamente, ela nem se lembrava do meu nome. Essa foi a parte mais surpreendente, mais humilhante: ela nem sabia o meu nome. O que teria lhe acontecido nesses últimos meses?

— Mas... você está sangrando? — ela perguntou, ao ver a mancha escura no peito da minha camisa. — Eles o machucaram?

— O sangue não é meu — respondi. — A camisa é emprestada.

— Você precisa ter cuidado — ela avisou. — Tem gente muito perigosa aqui. — Virando-se para uma das criadas. — *Por favor, Elena, traiga una camisa.*

A menor das duas mulheres respondeu com um movimento de cabeça e saiu correndo para buscar uma camisa limpa.

— Minha senhora, permite-me falar? — Montbrison pediu, num tom de voz que me surpreendeu pela humildade.

Madalena consentiu.

— Estamos aqui para salvá-la.

— Salvar-me? — Magdalena pareceu se divertir com a idéia. — *Você* vai me salvar? De quê?

— Desse homem mau que quer se casar com a senhora.

— Jean-Claude? Mas ele é um templário como você. Um *Grand Chevalier* nada menos do que isso.

Ela parecia estar implicando com Montbrison. Eu não compreendia por quê.

— Minha senhora, eu imploro, não deve se casar com ele.

— E por que me dá um conselho que não estou pedindo? Sem saber o que eu penso?

— Jurei proteger o *Sangreal*, com minha vida se necessário — ele falou. — Não posso permitir que esse casamento aconteça.

— Mas veio gente de toda a Europa — ela disse. — Pessoas importantes. Nobres. Elas representam não só suas nações, mas também as principais religiões do mundo. Elas contarão ao seu povo o que viram e ouviram esta noite. E têm câmeras de televisão, também. O que acontecer hoje à noite ficará registrado para a história. Todos saberão o que aconteceu aqui.

Esta não era a simples freirinha que eu tinha salvo do convento. Ela falava com uma segurança e uma consciência da importância da mídia que me surpreendia.

— Com o devido respeito — Montbrison insistia —, a senhora não pode continuar com isto. Pense no que vai significar para o *Sangreal*.

— Considerei tudo isso muito bem, posso lhe garantir.

— Então, por favor, eu imploro, minha senhora. — A voz de Montbrison tremia de emoção. — Em nome de todos que sacrificaram a vida pela senhora, não faça isto.

Ela olhou para ele com tristeza.

— Não tenho opção. Há dois mil anos que espero por este momento.

Sessenta e sete

— Os outros já estão aqui? — ela perguntou.

— Ainda não, minha senhora — Montbrison respondeu.

Outros? Que outros?

— Não posso esperar mais — Magdalena falou. — Daqui a pouco tenho de descer.

— Boa-noite.

Escutei a voz de DesRosier atrás de mim. Surpreso, eu me virei. Não o vi em lugar nenhum.

— Desculpe o atraso.

Ouvi a voz sem corpo dizer.

Meus dois companheiros estavam tão surpresos quanto eu. A voz de DesRosier soava como se ele estivesse no quarto.

— É Jean-Claude que vocês estão ouvindo — Magdalena falou. — Ele vai fazer o discurso agora, depois eu devo entrar em cena em grande estilo. Será um discurso memorável. — Ela se virou para mim. — O que ele vai dizer responderá a muitas de suas perguntas, Tiago. Talvez você queira ouvir.

— Sim, eu gostaria. Mas meu nome é Theo, não Tiago.

— Claro que sim — ela disse com um sorriso brincalhão.

Notei os dois padres me olhando com ar estranho, quase desconfiado.

Magdalena chamou nossa atenção para o chão do outro lado do quarto.

— Estamos bem em cima do salão de banquete — ela disse. — O que vocês escutam vem direto dos registros.

Antes da era do aquecimento central, os arquitetos usavam registros, que eram aberturas com telas de metal cortadas nos tetos e pisos, para permitir a passagem de ar quente de um andar para o outro. Em vez de retirar a grelha de metal trabalhado quando os fornos modernos foram instalados, os registros ficaram como curiosas lembranças de um tempo passado. Havia dois desses registros no quarto, um em cada canto. A tubulação não só permitia que a voz de DesRosier chegasse até nós, como também, eu descobri logo, oferecia uma visão parcial do aposento embaixo.

Encostando o rosto no chão, eu podia ver a cabeça de DesRosier de costas. Quando ele se virou para se dirigir aos convidados, pude ver seu perfil. Ele estava acabando de fazer a introdução.

— ... e sou particularmente grato a todos vocês que vieram de longe para estar comigo nesta gloriosa noite.

A criada baixinha voltou de mansinho para o quarto trazendo uma camisa limpa para mim. Era de seda azul, com o brasão de família de DesRosier bordado no bolso.

— Coloco-me diante de vocês esta noite com a maior humildade — DesRosier disse. — E agradeço a Deus ter sido distinguido com a imensa honra que em breve me será conferida.

Estava soando mais como um discurso de agradecimento de alguém prestes a se tornar chefe de Estado do que as palavras de um homem que estava para se casar. Sua silhueta iluminada por uma luz forte artificial sugeria que o discurso estava sendo gravado em vídeo para posterior divulgação nos noticiários.

— Como muitos de vocês suspeitaram, este não é um casamento comum, não é a simples união de um homem e uma mulher que se amam. Também não se trata, como tem sido caracterizado nos tablóides europeus, de um bilionário solitário encontrando finalmente o amor, ou de uma jovem deixando o convento para assumir um lugar no cenário mundial. Não, meus amigos, é muito mais do que isso. Para aqueles entre nós que acreditam em Deus, que acreditam que Jesus Cristo era o filho de Deus, que acreditam que o nosso Salvador virá novamente, a cerimônia que terá lugar nesta sala, esta noite, com vocês como testemunhas, reformará as crenças de milhões de fiéis.

Homens ricos como DesRosier são dados a hipérboles, numa tentativa de imbuir suas atividades de um significado sobrenatural. Mas as referências religiosas me pareceram um tanto exageradas.

— Há dois mil anos nasceu uma criança filha de Maria e José — ele continuou. — Seu nascimento, como grande parte de sua vida, ficou envolto em lendas. Algumas tradições afirmam que ele nasceu num estábulo, outras dizem que numa gruta; algumas, que o nascimento aconteceu em Belém, outras, em Nazaré. Quantos de nós nesta sala podemos dizer com absoluta certeza que sabemos a verdade sobre a vida de Jesus Cristo?

Agora ele estava parecendo mais um pregador do que um futuro noivo, pensei.

— Há os anos sobre os quais não se tem notícia, é claro. Não temos idéia do que Jesus fez ou de onde viveu entre os 12 e os 30 anos de idade. Os evangelhos se calam sobre isso. E sobre muitos outros assuntos, desde a apresentação no Templo até a ressurreição de Lázaro, às últimas palavras na cruz e à própria Ressurreição, os evangelhos muitas vezes se contradizem.

E continuou:

— E para piorar ainda mais as coisas, temos as posições confusas dos próprios estudiosos bíblicos. Há os que nos dizem que se a Bíblia é a palavra inspirada de Deus, devemos aceitá-la literalmente; outros estudiosos também reconhecidos nos dizem que parte dela deve ser considerada metafórica e parte literalmente; e outros acreditam que não se deve tomar nada do que ali está ao pé da letra.

Suas observações provocaram uma inquietação entre os convidados. Deviam ser os líderes religiosos, sem saber se deviam ou não se sentir ofendidos.

— Creio, como todos vocês, que Jesus Cristo era o verdadeiro filho de Deus, enviado à Terra para se tornar homem... enfatizo estas palavras, *para se tornar homem*... para morrer por nossos pecados e ressurgir dos mortos em glória e ascender aos céus. Mas também creio, como a maioria dos estudiosos modernos, que os avanços da ciência, da antropologia e da arqueologia podem nos ajudar a conferir essas lendas, e determinar as verdades que possam ter iludido gerações e gerações.

DesRosier fez uma pausa para beber água.

— Esta noite eu terei o prazer de revelar a vocês a verdade sobre uma dessas lendas...

Ele parou outra vez, mas agora era uma pausa retórica para dar ênfase ao que dizia.

— ... a verdadeira natureza do *Sangreal*, que até agora tem sido erroneamente identificado como o Santo Graal.

Ao meu lado, escutei Montbrison respirar fundo, e Lucien murmurar um palavrão ininteligível. Magdalena permanecia soberba, placidamente calma.

— E com essa revelação, meus caros amigos, vocês compreenderão o verdadeiro significado do casamento que estão para testemunhar.

— Está quase na minha hora de descer — Magdalena disse. — Ensaiamos minha entrada ontem. As portas se abrirão para mim no momento mais dramático.

— Se as Escrituras nos deixaram com perguntas sem respostas sobre a vida e a morte de Jesus... — DesRosier continuou — ... é no momento da sua Ressurreição dos mortos que a dúvida mais intrigante ocorre. De todas as pessoas a quem nosso Senhor e Salvador poderia ter revelado seu retorno do mundo dos mortos, por que ele não fez o que qualquer filho amoroso faria: primeiro consolar sua mãe, que estava em tamanha tristeza depois de assistir à morte agonizante do seu primogênito? Ou, se Jesus tinha a intenção de cumprir sua missão divina, por que não apareceu primeiro a Pedro e aos outros discípulos, que estavam se escondendo num quarto na Cidade Velha ali perto? A Ressurreição dos Mortos é o fundamento da nossa fé, o dogma mais importante do cristianismo, a prova definitiva da divindade de Cristo. No entanto, a pessoa que Nosso Senhor escolheu como a primeira testemunha desse acontecimento monumental foi a mulher conhecida como Maria Madalena.

Outra pausa. Dessa vez, a platéia recebeu suas observações em total silêncio. DesRosier aparentemente havia cativado a extasiada atenção de todos, como tinha feito no quarto no andar de cima. Mas, quanto a mim, as palavras soavam estranhamente familiares. Eu as tinha lido antes. Em Valência, lembrei. Nas anotações que padre Serrano tinha feito nas margens dos livros.

— Ele escolheu essa mulher como a primeira testemunha... — continuou — ... e a instruiu para que fosse contar as boas-novas aos outros... o que a tornou "Apóstola dos Apóstolos", a primeira entre iguais, até mais importante... com o devido respeito ao cardinal Amoroso, que está conosco hoje... do que Pedro. Até o grande Pedro, a "rocha" sobre a qual as Escrituras dizem que Cristo planejou construir sua Igreja, recebeu a notícia mais importante da nossa fé em segunda mão. Nosso Senhor escolheu Maria Madalena para transmitir suas Boas-novas ao mundo.

DesRosier deixou as palavras pesando no ar antes de seguir em frente.

— E então surge outro grande mistério do Novo Testamento — ele disse. — A partir desse momento, depois desse ponto central no cristianismo, Maria Madalena desaparece. Não se fala mais dela em lugar algum, nem nos evangelhos, nem nos Atos dos Apóstolos, nem nos escritos de Paulo, nem em qualquer história oficial sobre o início da Igreja cristã.

A um movimento de ombro de DesRosier vi que ele estava lendo um texto preparado. Mas era dele, ou de Serrano?

— Muitos estudiosos atribuem essa estranha omissão à extrema misoginia daqueles tempos dominados pelos homens, que encontrou expressão em grande parte dos escritos de Paulo — ele continuou. — Mas existe uma outra razão, uma razão que provocou a famosa ira de Pedro, o ciúme dos apóstolos, e que até... mais uma vez pedindo desculpas a Sua Eminência... determinou quais dos muitos relatos sobre a vida e os ensinamentos de Cristo seriam incluídos na versão "aprovada" do Novo Testamento.

Que DesRosier havia de algum modo se apossado das anotações de Serrano sobre suas pesquisas ficou comprovado em seus comentários a seguir.

— Gastei o equivalente a 2 milhões e meio de euros nos últimos três anos investigando essa questão — ele disse. — Contratei arqueólogos, teólogos e investigadores particulares. Subornei funcionários do governo e oficiais da Igreja. Fiz coisas das quais não me orgulho. Mas, no final, fiquei conhecendo o grande segredo de Maria Madalena, e o verdadeiro significado do *Sangreal*.

Eu escutava, fascinado. Magdalena sorria enigmática. Montbrison e Lucien mal continham a raiva.

— Nos Evangelhos Canônicos ficamos sabendo que Maria Madalena era uma mulher de dinheiro que com as amigas sustentaram Jesus Cristo e seus seguidores com seus próprios recursos. Em outras palavras, ela sustentou Jesus e lhe possibilitou pregar e viajar pelo interior, comprou-lhe comida, roupas e certamente até o burrinho no qual ele entrou montado em Jerusalém. Nas Escrituras, ela é sempre mencionada em primeiro lugar em qualquer relação de pessoas, o que sugere sua importância. Enquanto os apóstolos se escondiam dos romanos, Maria Madalena acompanhou Jesus até a crucificação, assistiu ao seu sofrimento e morte na cruz, ajudou a carregá-lo até o túmulo e, como eu disse antes, foi a primeira testemunha da sua Ressurreição. Quando criança eu lia essas passagens e pensava nela como a seguidora mais fiel de nosso Salvador. Sem dúvida mais fiel do que Pedro e os outros, que duvidaram, negaram e se esconderam de medo.

Como ele teria conseguido a pesquisa de Serrano? Por intermédio dos seus contatos com a Igreja em Valência?

— Mas esses quatro evangelhos — continuou ele —, pelos quais tenho o maior respeito, fazem apenas uma descrição muito simples do relacionamento de Maria com Jesus. Os estudiosos bíblicos sabem que existem muitas outras obras, outros evangelhos, alguns escritos por testemunhas oculares desses acontecimentos. Mas esses documentos se perderam na devastação de Jerusalém e da Judéia durante a insurreição dos judeus. Todos os documentos sobre Jesus que sobreviveram foram destruídos por ordem de Diocleciano em 303, e aqueles que não estavam de acordo com as crenças cristãs ortodoxas foram confiscados e queimados por Constantino 30 anos depois, em 333... embora as minhas fontes me digam que muitos desses manuscritos antigos ainda se encontram nos Arquivos Secretos da Biblioteca do Vaticano.

Talvez de um modo mais sinistro, o discurso de DesRosier estaria baseado nos conteúdos da maleta perdida de Serrano?

— Para nós, entretanto, foi só em 1945 que começamos a ver o que alguns dos primeiros cristãos escreveram sobre Maria Madalena. Mais ou menos na mesma época em que foram descobertos os Manuscritos do Mar Morto, um jovem árabe cavando em busca de fertilizantes perto da cidade de Nag Hammadi encontrou um jarro grande de barro contendo 32 códices em papiro. Para os cristãos, foi uma descoberta mais importante do que os Manuscritos do Mar Morto, porque era uma antiga biblioteca gnóstica, contendo os documentos mais valiosos dos primórdios da seita cristã.

Se DesRosier estava com a maleta de Serrano, então ele tinha alguma coisa a ver com a explosão da bomba no Naranjas, concluí.

— Um desses documentos era o Evangelho de Felipe. Ao contrário de Mateus, Marcos, Lucas e João, o autor desse evangelho assistiu pessoalmente aos acontecimentos sobre os quais escreveu. Aqui está um parágrafo do Evangelho de Felipe: *"Havia três que sempre caminhavam com o Senhor. Maria sua mãe, a irmã dela e Madalena, a que era chamada de sua companheira"* — ele leu cuidadosamente as palavras escritas nas páginas na sua frente. — Mas a palavra "companheira" não é a tradução precisa do termo em grego helênico, *koinonos*, segundo os especialistas a quem consultei. Eles me disseram, e outros estudiosos hoje concordam, que a tradução certa de *koinonos* é "parceira" ou "consorte". Ambos os termos nos tempos bíblicos significavam uma mulher com quem um homem tinha relação sexual.

Eu mal escutava o que DesRosier estava dizendo. Minha raiva aumentava à medida que eu me dava conta de que ele era responsável pela morte de Serrano.

— Se essa fosse a única referência nesse sentido, poderia ser descartada — DesRosier continuou. — Mas no Evangelho de Tomás lemos o seguinte: *Mas Cristo a amava mais do que a todos os outros discípulos e costumava beijá-la com freqüência na boca. Os outros discípulos sentiam-se ofendidos e manifestavam desaprovação. Eles lhe diziam: "Por que a ama mais do que a todos nós?" O Salvador respondia dizendo: "Por que não os amo como a ela?"* Eu poderia continuar citando dezenas de outras referências que comprovam as lendas de que Maria Madalena era a amante de Jesus Cristo.

Foi para isso que Serrano morreu, para que DesRosier pudesse citar sua pesquisa?

— Ainda não encontrei nenhuma sólida evidência do casamento deles — DesRosier continuou. — Todos os registros legais foram queimados durante a destruição de Jerusalém. Mas é inconcebível que o Jesus moral, o Jesus puro que conhecemos, tivesse tido conhecimento carnal de uma mulher sem o benefício do casamento. Existem vários estudiosos da Bíblia que sustentam que a história da festa de casamento em Canaã contada nos evangelhos era na verdade um relato disfarçado do casamento de Jesus Cristo com Maria Madalena.

Seria este o "grande segredo" a que Serrano aludira antes de morrer? Se era, eu tinha de confessar minha decepção. Já tinha escutado isso antes. Se o casamento realmente aconteceu, isso nunca ficou provado, é claro. E existiam teorias conflitantes sobre o que ocorreu em Canaã, umas delas afirmando que João Evangelista era o noivo naquela ocasião.

— Como todos vocês sabem — DesRosier continuou —, a idéia de que Cristo casou-se com Maria Madalena em Canaã existe desde os tempos antigos, e é um artigo de fé entre certas seitas cristãs, mais notadamente os cátaros e os gnósticos. Devido à primazia que tal união daria a Maria Madalena, alguns estudiosos sugerem que foi por isso que a identidade da noiva e do noivo foi omitida nos evangelhos. Foi também esse o motivo, alguns afirmam, da falsa descrição de Maria Madalena como uma prostituta. Essa terrível calúnia foi um artifício esperto de propaganda destinado a confundir os fiéis e tornar impossível associar o nome dela romanticamente com o do Salvador. Hoje sabemos que esse terrível libelo foi um ato consciente de difamação, perpetrado por homens ambiciosos que queriam proteger suas próprias elevadas posições. Os teólogos a quem consultei sobre a questão do casamento de Cristo estão divididos, mas insistem em que a Igreja não teria problemas com um Cristo casado. A união entre um homem e uma mulher, afinal de contas, seria a expressão máxima da humanidade de Cristo. E também explicaria finalmente por que o Salvador ressurgido escolheu se revelar a Maria Madalena antes de a qualquer outra pessoa. Como um marido amoroso, falar primeiro com a esposa teria sido sua atitude mais natural.

Quando olhei para Magdalena, ela confirmou.

Achei extraordinário que essa prestigiosa platéia ficasse sentada quieta durante o extenso discurso de DesRosier. Eles teriam alguma idéia de aonde tudo isso ia chegar? E por que raios ele estava dando tantas voltas?

— Existe alguma documentação provando que Madalena fugiu de Jerusalém logo depois da Ressurreição — DesRosier continuou. — Sabemos que ela veio para a França, com Lázaro, José de Arimatéia e outros. Sabemos que ela pregou em Marselha. Sabemos que morreu em Aix-en-Provence. As tradições orais da Provença, os documentos históricos datando do quarto século e os registros secretos dos cátaros, dos Cavaleiros do Templo e os arquivos merovíngios sustentam essa história. O que nos remete, é claro, ao mistério do *Sangreal*.

Por um momento, esqueci minha raiva. A história de DesRosier estava finalmente ficando interessante. Os Cavaleiros Templários eram os guardiões históricos do Santo Graal, eu estava com Montbrison e Lucien do meu lado, jurando sacrificar a própria vida para impedir DesRosier de possuir o Graal. Olhei para eles. Estavam ouvindo com a mesma atenção que eu. Montbrison movimentava os lábios, mas não emitia nenhum som. Oração silenciosa? Ou xingamentos silenciosos? Eu não sabia qual das duas coisas.

— Segundo as tradições orais, ao chegar na Provença Maria Madalena trazia algo que ela chamava de *Sangreal* — DesRosier disse. — Foi descrito como um vaso contendo o sangue de Cristo. Até agora, isso é tudo o que sabemos sobre o *Sangreal* que se aproxime da realidade. O *Sangreal* desapareceu logo de vista. Assumiram seu lugar o mito e a lenda. Ninguém sabia exatamente o que ele era. Se continha o sangue de Cristo, as pessoas supunham que deveria ter sido o correspondente a uma taça, ou cálice, ou uma vasilha. Mas as histórias o descreviam simplesmente como o Santo Graal. Essa era a tradução literal a que se chegava dividindo-se *Sangreal* em duas palavras: *San* e *Greal*. Como quem cresceu ouvindo as lendas do Rei Artur sabe, ele era considerado um dos maiores tesouros religiosos de todos os tempos, ao lado da Arca da Aliança e das pedras com os Dez Mandamentos, dadas a Moisés. Embora existam diversas taças, cálices e vasilhas nas catedrais da Europa dizendo serem o autêntico Santo Graal, inclusive um na vizinha Valência, o verdadeiro *Sangreal* estava escondido num convento.

Agora ele me fisgara. Eu sabia que convento ele ia citar. Mas como ele poderia estar escondido ali, enquanto as freiras veneravam um falso Graal na catedral?

— O convento, apropriadamente, era o Convento de las Hermanas del Sangreal, o Convento das Irmãs do Santo Graal. A missão delas era proteger e venerar o *Sangreal*, que pensavam ser o cálice de alabastro na grande catedral. De fato, o verdadeiro *Sangreal* residia entre elas.

Senti Montbrison tenso ao meu lado. Ele estava prestes a explodir. Coloquei a mão no seu ombro, pronto para contê-lo se tentasse sair em disparada para o salão de banquete antes de DesRosier terminar o discurso.

— Dividir a palavra *Sangreal* em "*San*" e "*greal*" foi um erro, provavelmente intencional, perpetrado pelos protetores do objeto sagrado para ocultar a verdade. Os primeiros cristãos muitas vezes disfarçaram sua fé usando símbolos para confundir seus inimigos. O símbolo do peixe representava Jesus, o "pescador de homens". A âncora era na realidade uma cruz disfarçada. E a tradução de *Sangreal* como "Santo Graal" seguiu essa tradição de subterfúgios. Era para enviar os não-iniciados em buscas infrutíferas. Que foi exatamente o que aconteceu ao longo dos séculos. Papas, reis e caçadores de tesouros foram iludidos, enquanto o verdadeiro *Sangreal* permanecia oculto, protegido durante o primeiro milênio por devotados seguidores e no segundo milênio por um grupo leal de fiéis padres e guerreiros, ao qual me orgulho de pertencer.

— Mentiroso — sibilou Montbrison. — Ele nunca foi um verdadeiro templário. Ele nunca foi treinado na arte da batalha, nunca foi ordenado padre. Ele é uma fraude, um fingido.

— Agora, no início do terceiro milênio — DesRosier continuou —, é uma grande honra e privilégio para mim revelar o segredo do *Sangreal* e como ele será protegido nos próximos mil anos.

Nesse ponto, DesRosier fez uma pausa dramática digna de um ator. Eu podia imaginá-lo passando os olhos pela platéia enquanto todos aguardavam suas próximas palavras.

— O segredo do *Sangreal* está escondido dentro da própria palavra — eu o escutei dizer. — Os não-iniciados sempre dividiram a palavra *Sangreal* em duas, "*San*" e "*greal*", que se traduz em Santo Graal. Mas movendo-se uma única letra, o sentido muda totalmente. *Sangreal* passa a ser duas palavras totalmente diferentes: "*Sang*" e "*real*".

Um leve tumulto brotou na platéia de DesRosier. Com ajuda do microfone, sua voz o abafou.

— "*Sang*" é a palavra em francês para "sangue", mas também é uma variante medieval do espanhol *sangre*, que tem o mesmo significado — ele disse. — E, é claro, *real* é a palavra em espanhol para "real". Portanto, o verdadeiro significado de *Sang Real* é "Sangue Real".

Ergueu-se um clamor na platéia. DesRosier continuou falando por cima do alarido.

— Sim — ele proclamou. — Maria Madalena fugiu de Jerusalém e veio para a segurança da distante Provença porque estava grávida! O "vaso" que continha o Sangue Real não era uma taça, um cálice nem uma vasilha... mas o seu útero! Seu útero era o vaso onde Madalena trouxera o sangue do Salvador na forma de uma criança para nascer. O *Sang Real* é a linhagem real do nosso Rei e Salvador, Jesus Cristo. E, assim como o sangue real corre nas veias de muitos de vocês que estão presentes aqui hoje, ela deve continuar. Ela deve se perpetuar.

A referência às suas próprias linhagens reais pareceu tornar tudo mais compreensível para muitos dos convidados ali reunidos. Mas alguns representantes religiosos levantaram-se para questioná-lo.

— Mas que prova você tem dessa teoria? — perguntou um convidado.

— E se essa linhagem de sangue existe, quem é o herdeiro, quem carrega o sangue real? — perguntou outro.

— Em resposta à sua pergunta, tenho quatro provas — DesRosier disse. — A primeira é a carta de uma jovem freira a um padre jesuíta.

Eu o observei enfiar a mão no bolso e tirar de lá um envelope familiar. O lacre vermelho o identificou como a carta de Magdalena. Aquela que me havia confiado. Ele abriu o bilhete de Magdalena, como para ter certeza de citá-lo corretamente.

— *Caro padre* — DesRosier leu. — *Sei agora qual é o meu destino. Sei quem eu sou e por que nasci outra vez. O senhor deve me ajudar a encontrar o homem que cumprirá esse destino. Devo transmitir o Sang Real enquanto ainda estou em idade fértil.*

Então... fora um dos capangas de DesRosier quem roubara a carta! O que significava que ele conhecia seu conteúdo o tempo todo. Ele sabia o que estava escrito ali antes de me contratar. Sabia antes que me encontrasse com padre Serrano no Naranjas.

— A carta está assinada La Magdalena — DesRosier falou. — Este foi o nome dado pelas freiras do Convento de las Hermanas del Sangreal para uma delas, a irmã Mariamme. Eu já havia escutado falar dessa jovem freira, mas a carta foi minha primeira sólida evidência da sua linhagem real. De algum modo, pelo que só posso concluir ter sido um estranho truque de memória genética, ela conhecia sua verdadeira identidade, e estava determinada a garantir a continuidade da linhagem real.

DesRosier dobrou a carta e a recolocou no bolso.

— Minha investigação revelou que ela foi levada para o convento com meses de idade — DesRosier prosseguiu. — Foi criada pelas freiras. Em particular, pela irmã Maria Generosa, que já faleceu. O que a irmã Mariamme não sabia, até eu lhe dizer, era que foi a irmã Maria Generosa quem a levou para o convento.

Agora foi minha vez de me retesar. Pensei ver Montbrison começar a chorar.

— Antes de morrer numa casa para freiras aposentadas em Barcelona, irmã Generosa escreveu uma carta para a jovem freira, explicando como a criança tinha sido levada para o convento. A carta, que chegou às minhas mãos, traça a linhagem de Cristo até suas origens no primeiro século, até a chegada de Maria Madalena na França. Como um sinal de santidade do *Sang Real*, cada geração tem produzido apenas uma criança, sempre do sexo feminino. Até agora, não houve nenhum herdeiro masculino, o que conduz a questões teológicas importantes. Como o rabino pode confirmar, desde a Antiguidade a lei judaica determina a hereditariedade pelo lado materno, não pelo paterno. O que quer dizer que a linhagem de sangue tem se mantido pura.

— Mas você ainda não nos deu uma prova — uma voz isolada persistiu. — Tudo isso está baseado em histórias de ouvir contar, cartas de mulheres que podem estar imaginando coisas.

— O Vaticano estava procurando provas também — DesRosier disse. — Em uma investigação independente, estavam fazendo as mesmas perguntas que eu. Oito fios de cabelo foram retirados da cabeça de irmã Mariamme, amostras de saliva foram colhidas, o DNA foi extraído e comparado com o DNA retirado do crânio de Maria Madalena, que ficou em exibição na basílica em Saint-Maximin-La Sainte-Baume durante os últimos mil anos.

— Mas como podemos ter certeza de que o crânio era de Maria Madalena? — outra voz argumentou. — Houve muito comércio de relíquias durante a Idade Média. Todos nós sabemos que muitas supostas relíquias são imitações, cujo propósito é atrair donativos e freqüência à missa.

— Faz dois meses, representantes do Vaticano retiraram o crânio original da basílica e o substituíram por outro semelhante — DesRosier disse. — O crânio foi submetido à análise por radiocarbono na Universidade de Roma, sob a supervisão de cientistas do Vaticano. A muito custo, consegui obter cópias dos testes de DNA e de radiocarbono. Não só o DNA combina perfeitamente, como três testes separados de radiocarbono-14 realizados na pele, no osso e no cabelo dataram o crânio como sendo de meados do primeiro século, mais ou menos na época em que as tradições orais dizem que Maria Madalena morreu.

Invocar o Vaticano pareceu satisfazer os céticos, que se calaram.

— Mas a maior prova de todas em breve entrará por aquela porta — DesRosier disse. — Quando eu lhes apresentar minha futura esposa, Mariamme Magdala, a descendente feminina direta de Maria Madalena, a futura mãe de meus filhos... os filhos de DesRosier... em cujas veias correrá o Sangue Real de Jesus Cristo.

Murmúrios excitados escaparam entre os convidados.

— Ela foi liberada de seus votos, o que permite que este casamento se realize — DesRosier continuou. — Confio em que vocês a receberão com a dignidade e o respeito que ela merece. Como descendente direta de Jesus Cristo, minha noiva terá uma posição importante em assuntos da Igreja. De fato, ela talvez seja a força unificadora por trás da qual todas as denominações finalmente se unirão. Afinal de contas, não importa que divisões possam ter ocorrido ao longo dos séculos, não importa a variedade de dogmas e rituais, a única crença comum a todo o cristianismo é a da divindade de Jesus Cristo. E agora temos a prova viva de que o Filho de Deus realmente se tornou homem.

A especulação de DesRosier quanto à unificação religiosa não era tão exagerada como a que padre Serrano esboçara nas margens de seus livros, nos quais ele explorava as similaridades entre todas as religiões, mas baseava-se obviamente nas idéias de Serrano.

— Haverá aqueles que tentarão desacreditar minha esposa, talvez apenas pelo fato de ser mulher, ou manter em segredo os fatos da sua vida porque ameaçam a autoridade deles. Mas a verdade prevalecerá.

Claro que sim, pensei. DesRosier tinha deixado de lado as alegações de Magdalena quanto a uma vida passada em favor de uma prova científica de linhagem. Ele preferiu o caminho mais fácil, traçando a genealogia da sua carne e não a da sua alma, o físico e não o espiritual, para definir suas credenciais crísticas. E por falta de argumentos, parece que os distintos convidados estavam acreditando na sua premissa.

— Estou preparado para entregar toda a minha fortuna a essa grande causa — ele disse. — Com sua ajuda para espalhar a notícia, o cristianismo será redirecionado ao seu propósito original. Veremos um tremendo renascer da fé, a restauração da esperança, e uma Igreja Cristã universal com os descendentes diretos de Jesus Cristo em seu centro.

Agora finalmente eu começava a compreender a intenção de DesRosier.

Era uma pretensão de tirar o fôlego, uma ânsia de poder sobre o cristianismo que não se via desde os tempos de Constantino. E eu, com a minha tolice, tinha colaborado para tornar isso possível.

Sessenta e oito

Lá debaixo veio o som do quarteto de cordas com os primeiros acordes da *Marcha Nupcial* de Mendelssohn.

— Está na hora — Magdalena disse.

Ela nos levou até o alto da escada, onde duas jovens acólitas a esperavam, balançando queimadores de incenso tampados para santificar o ar no meio do qual ela caminharia. Na frente, uma menina vestida de branco já tinha começado a descer a imponente escadaria, espalhando pétalas de rosa que retirava de um cesto de vime. Também esperando no salão estava um homem magro com uma cicatriz na face esquerda. Era Tito, o basco. Ele se retesou ao me ver. Por um momento, pensei que fosse sacar de uma arma. Em vez disso, com a insolente calma de um homem que não teme nada, ele esperou que eu desse o primeiro passo.

— Afaste-se — Magdalena lhe disse, num tom de voz que exigia obediência. — Eles estão comigo.

Tito hesitou, desviando o olhar dela para mim e para os dois templários atrás de nós.

— Fazem parte da festa de casamento — ela disse.

Eu estava impressionado com a segurança que ela demonstrava. Ela olhou fixo para Tito até que, com um sorriso torto mascarando suas desconfianças, ele obedeceu ao comando.

Magdalena passou raspando por ele, liderando a descida pela escada em caracol. Eu segui atrás das duas criadas, acompanhado por Lucien e Montbrison, que puxara de novo o capuz para cobrir a cabeça. Tito assumiu o que supus ser uma posição de guarda na traseira.

A música aumentava de volume à medida que descíamos a escada. Os rostos dos antigos guerreiros templários nos olhavam de seus quadros pendurados na parede. No teto, como bandeiras num desfile, pendiam as flâmulas de batalha esfarrapadas dos ancestrais de DesRosier, suas cores há muito desbotadas. Passamos pelos manequins de armadura que flanqueavam o patamar, viramos à direita e fomos saudados por um clérigo bem alimentado e de bochechas rosadas, vestindo o capelo escarlate e o hábito que o identificavam como um cardeal católico romano.

— Sou Joseph Cardeal Amoroso — ele disse. E estendeu a mão com o anel para beijar, uma formalidade de praxe entre os príncipes da Igreja.

Magdalena ignorou o anel oferecido.

O cardeal preferiu ignorar o fato de ela não ter dado atenção à sua mão estendida.

— Que maravilha finalmente conhecê-la, minha querida — ele disse com uma falsa doçura na voz. — Eu a escoltarei até o altar.

As portas do grande salão de banquetes se abriram lentamente. A música continuava subindo de volume. Lá dentro, todos os convidados ficaram de pé, na expectativa de ver pela primeira vez a mulher que DesRosier acabara de descrever, a mulher em cujas veias corria o Sangue Real sagrado. Cardeal Amoroso sorriu e cumprimentou os convidados, obviamente usufruindo seu momento de glória. Magdalena permanecia fora de visão. Interpretando sua reticência como timidez, o cardeal lhe ofereceu o braço.

— Não tenha medo, minha criança — ele disse. — Apóie-se no meu braço. Farei o papel do seu pai ausente e a entregarei em santo matrimônio.

— Eu vou entrar sozinha — ela disse.

— Mas... me disseram...

— Eu entrarei sozinha — ela repetiu. — Você não tem o direito de entrar comigo.

— É puramente simbólico, é claro... ter alguém para entregar a noiva é uma tradição da cerimônia de casamento. E numa ocasião tão importante como esta, o que poderia ser mais apropriado do que ter um representante da Santa Madre Igreja acompanhando-a até o altar?

— Pode vir atrás de mim, se quiser. Mas não na minha frente, e certamente não ao meu lado.

— Com o devido respeito, permita-me lembrá-la de que sou um cardeal da Igreja Católica, bispo de Bordeaux, membro da Comissão Apostólica para a Propagação da Fé. Eu represento sua Igreja.

— Você representa a Igreja de Pedro — ela disse com rispidez. — E, por favor, tire essa cruz. — Ela indicou o grande crucifixo que o cardeal trazia na cintura. — Ofende-me ver essas lembranças do sofrimento de Jesus meu Cristo.

O cardeal fechou a cara e respirou fundo, empertigando-se como para intimidá-la.

— O que me ofende é sua atitude, minha criança. Cristo morreu nessa cruz por nossos pecados.

— Eu sei — ela disse. — Eu estava lá.

O comentário perfeitamente compreensível para mim deixou o cardeal perplexo.

— Sua morte na cruz foi o elemento central da nossa fé — ele disse.

— Morrer não provou que ele era divino — ela contra-atacou. — Foi sua ressurreição dos mortos que provou que ele era mesmo o Filho de Deus. Você devia estar carregando um símbolo da sua ressurreição, não da sua morte. Agora, fique atrás de mim.

A paráfrase das palavras de Cristo a Pedro surtiu efeito no cardeal. De cabeça baixa, ele se afastou para deixá-la entrar na sala na sua frente. Seus gestos eram lentos, seu porte mais régio do que qualquer um dos nobres convidados de pé para aplaudi-la quando entrou na sala. Ela caminhava sobre pétalas de rosas numa nuvem de ar aromatizado com o perfume de incenso.

Sem avisar, uma intensa, quase sobrenatural, luz branca surgiu fixando-se em torno de Magdalena. Ela parecia ser o foco do raio, que acompanhava os seus passos. A fonte de luz era o cinegrafista de televisão, andando de costas a poucos metros diante dela, gravando cada passo seu com uma câmera montada sobre o ombro. Um fotógrafo também caminhava para trás na frente dela, clicando furiosamente. Enquanto a câmera de vídeo permanecia focalizada em Magdalena, o fotógrafo também registrava dezenas de imagens dos distintos convidados, que estavam tão excitados com sua entrada como fãs adolescentes aguardando horas na fila para ver seus músicos preferidos. As mulheres, em particular as princesas e duquesas cobertas de jóias, esticavam-se para ver melhor o rosto de Magdalena, parcialmente coberto com o véu.

Ela caminhou com elegância, devagar, até o meio da sala, onde DesRosier a esperava. Ele estava parado na frente de uma enorme lareira, habilmente camuflada com ajuda de centenas de rosas naturais, velas e imagens de Jesus, a Virgem Abençoada e José. Diante do rebuscado altar *faux* estava uma mesa coberta com uma toalha de renda sobre a qual havia um sofisticado ostensório de ouro sustentando uma hóstia branca de comunhão. A decoração era digna de uma pequena igreja. Notei, mais tranqüilo, a ausência de imagens do Cristo crucificado que pudessem ofender sua noiva. DesRosier tinha planejado bem o casamento.

Com a atenção de todos concentrada em Magdalena, Lucien, Montbrison e eu conseguimos nos esgueirar para dentro da sala sem ninguém perceber, exceto Tito. Encontramos um lugar meio escondido atrás de umas armaduras. Tito nos seguiu de perto, permanecendo a uma boa distância.

A longa mesa de banquetes tinha sido retirada da sala para dar espaço às cinco fileiras de 20 cadeiras cada. As 100 cadeiras devem ter vindo de algum enorme depósito de antiguidades. Eram poltronas de ébano idênticas, profusamente esculpidas a mão, com almofadas de veludo vermelho para acomodar os distintos traseiros dos convidados. Apesar da decoração para o casamento e as alterações para as pessoas sentarem, a sala continuava uma homenagem à herança templária do chatô. As espadas cruzadas, os machados e outras armas de guerra continuavam nas paredes, junto com os enormes quadros a óleo de cenas de batalha, reproduções de catedrais templárias e flâmulas de guerra. Mas ninguém prestava atenção aos artefatos típicos de um museu. Todas as atenções estavam focalizadas em Magdalena.

Ela parou para dizer algumas palavras ao rabino, cumprimentando-o no que pareceu ser o idioma aramaico que tanto impressionara o professor Abramakian. A primeira reação do rabino foi de surpresa, que logo se dissolveu num sorriso de quem está encantado. Ele baixou a cabeça e beijou-lhe a mão, antes de responder em algo parecido com hebraico. Ela retribuiu à altura deixando-o resplandecente de orgulho por ter sido escolhido em primeiro lugar. Com o arquimandrita de Alexandria, ela falou em grego helênico, outra língua que reconheci da sua entrevista com Abramakian. O arquimandrita, pelo jeito ele mesmo um estudioso de línguas, conhecia o idioma antigo, embora respondesse em grego moderno. Ela se virou de novo para falar com o cardeal Amoroso, com um sorriso suave como se o tenso diálogo antes da sua entrada nunca tivesse acontecido. Suas palavras para ele agora foram em latim fluente, o que provocou no cardeal um silêncio de quem não estava compreendendo nada. Era uma língua que ele talvez nunca tivesse usado coloquialmente, mesmo antes de ter sido abandonada pela sua Igreja. Magdalena avançava pela fila de clérigos como uma rainha cumprimentando os líderes da sua Commonwealth, concedendo a cada um a incandescência do seu sorriso e palavras cordiais na língua de seus antepassados. Era uma combinação irresistível até para os homens mais santos. Ela estava confirmando, no seu próprio jeito muito humano, a natureza extraordinária da mulher que cumprimentavam. O tempo todo, Jean-Claude DesRosier observava do seu posto em frente ao altar, radiante de orgulho com o troféu que estava para ganhar.

O *patrón*, resplandecente em sua casaca feita sob medida, era ele mesmo uma figura mundial, acostumado a ter suas fotos estampadas tanto nas seções de negócios como nas colunas sociais dos principais jornais europeus. Ele era o dono do chatô, o anfitrião desse acontecimento espetacular, o noivo. A aura de riqueza e prestígio à sua volta, entretanto, não se comparava com o forte carisma que irradiava da mulher vestida com uma simples túnica branca. O sorriso dela, quando se virou para olhar os convidados, parecia tocar cada um deles num nível profundamente pessoal. A sala ficou em silêncio. Até os fotógrafos cessaram sua incômoda atividade. Eu podia sentir a expectativa enquanto eles aguardavam, na verdade pareciam ansiar por isso, que ela falasse. Seria assim na Provença, quando centenas de pessoas se reuniam onde quer que ela pregasse; onde todos, desde a viúva mais pobre até o governador de Marselha, buscavam sua intercessão? Foi por isso que reis, rainhas e papas construíram mosteiros em sua memória? Por isso ainda se cantavam hinos em sua homenagem por toda a Europa? Por isso o povo de dezenas de cidades desfilavam pelas ruas no seu dia, todos os anos? Vendo a reação desses exaustos ricaços do *jet set* internacional e desses líderes religiosos, eu admirava o poder que a lenda de Maria Madalena ainda exercia dois mil anos depois de sua morte. E tentava desesperadamente não me deixar arrastar pela estranha euforia que parecia presente na sala. Como qualquer um que já tenha estudado psicologia de massa ou participado de um concerto de rock sabe, o estado de espírito de uma multidão pode ter efeitos profundos tanto na consciência quanto na percepção, provocando experiências de alteração da mente que podem imitar os efeitos de várias drogas. Um gatilho, pensei, uma frase ou ação, no momento certo, poderia desequilibrar esta sala fazendo-a cair num estado de histeria de massa comparável às visões em Lourdes, Fátima ou Medjugorje. Eu já percebia isso começando no próprio DesRosier, que olhava para a noiva com o olhar vidrado.

O momento, como eu tinha previsto, aconteceu quando Magdalena decidiu falar.

— O Senhor esteja com vocês — ela falou com voz suave.

Com estas palavras, todos nós, padres, príncipes e princesas, duques e duquesas, rabino, cardeal, arquimandrita, muçulmanos e protestantes, até os bascos, caíram de joelhos e baixaram as cabeças em homenagem ao *Sang Real*. Todos exceto Jean-Claude DesRosier, que continuou de pé, inspecionando friamente a sala e parecendo se envaidecer com a idéia de que todas essas pessoas poderosas se ajoelhariam diante de sua noiva. DesRosier respirou fundo, a imagem de um homem deleitando-se no ar rarefeito da conquista. Um leve sorriso apareceu em seus lábios.

Agora eu sabia o motivo do casamento. DesRosier estava mesmo se casando por amor. Não amor por Magdalena, por mais bela e abençoada criatura que ela fosse. Era o amor pelo poder que o motivava. Apesar de ter chegado ao auge da riqueza, controlando o destino de dezenas de empresas e milhares de funcionários e suas famílias, conquistando o respeito e, até em alguns casos, a obediência de políticos complacentes, ele continuava faminto de mais poder, de mais glória. E que melhor maneira de conseguir isso do que possuindo a fabuloso *Sang Real*, o tesouro espiritual, o supremo mistério que parecia para sempre fora do alcance do homem mortal? Tendo despistado as buscas de figuras míticas como o Rei Artur e Percival, e reais como Ricardo Coração de Leão e, sim, até do próprio Hitler, o legendário *Sang Real* estava agora ao alcance de Jean-Claude DesRosier. Ele mal conseguia conter a alegria. O corpo esguio parecia estremecer com a expectativa do que estava para acontecer.

A quem o Sang Real serve?

Esta era a pergunta proposta nas lendas arturianas de Malory.

A resposta esta noite parecia ser: a Jean-Claude DesRosier. Mesmo contestando-se o poder místico do *Sang Real*, ainda restava a questão muito real da ancestralidade de Magdalena para resolver. Pessoas sensatas talvez duvidem da teoria da reencarnação, encontrando falhas insignificantes nas evidências mais convincentes. Mas os documentos do Vaticano furtados, o DNA mitocondriano e os testes de carbono tinham convencido os níveis mais altos da hierarquia da Igreja Católica Romana de que essa noiva era descendente direta da própria Maria Madalena. E em todas as referências dos Evangelhos Canônicos e dos apócrifos existiu apenas um homem com quem Madalena teve um relacionamento íntimo, um homem que ela sustentou com o seu dinheiro, um homem por quem ela chorou, um homem que "a beijou na boca" e "amou acima de todos os outros".

Esse homem foi Jesus Cristo.

Se ela foi sua "consorte" como diz o Evangelho de Felipe, sua concubina, como os gnósticos estão convencidos, ou sua esposa, como muitos teólogos modernos acreditam, Jesus Cristo foi o único homem que, pela lógica, poderia ser o pai da criança que foi o ancestral de Magdalena. O *Rei dos Judeus* deixou seu legado para a humanidade numa linhagem de sangue real. E agora esse bilionário sedento de poder estava prestes a usurpar essa linhagem, somando sua semente aos genes divinos, tornando-se o pai dos descendentes de Jesus Cristo e Maria Madalena. Esse casamento, quando seu verdadeiro significado fosse revelado ao mundo, poderia reconfigurar os sistemas concorrentes de crenças religiosas cristãs. Era essa a razão desse fascinante cortejo de nobres europeus e líderes religiosos reunidos ali. Eles tinham vindo testemunhar o evento histórico que DesRosier lhes prometera: uma união matrimonial que produziria um novo herdeiro do reino de Deus. Que papa católico, que patriarca ortodoxo, que líder protestante não se curvaria agora diante dessa nova Sagrada Família? Com 6 bilhões de cristãos no mundo, que líder político não buscaria a aprovação desses novos líderes da fé?

Não admira que DesRosier estivesse tão excitado. Ele estava prestes a se colocar num pináculo de poder incomparável desde os dias de Júlio César, Alexandre, o Grande, ou do imperador Constantino. Era uma posição temporal à qual nem o próprio Jesus Cristo jamais almejara. Mas, nitidamente, Jean-Claude DesRosier estava à beira de conquistá-la.

E Magdalena, pensei? Era isso que ela queria também? Eu teria me enganado terrivelmente a seu respeito? Seria ela tão sedenta de poder como DesRosier?

Sessenta e nove

— Considero-me uma viúva... — ela disse ao microfone — ... a viúva de Jesus meu Cristo.

Silêncio total na sala. Ninguém se mexia. Todos, inclusive os bascos, que silenciosamente haviam assumido suas posições junto a nós, um de cada lado, esperavam para ouvir a primeira declaração em público da mulher sobre a qual DesRosier dissera tantas coisas extraordinárias.

— Semanas atrás, Jean-Claude me disse que eu era a descendente direta da união entre Maria Madalena e Jesus meu Cristo. Ele afirma que o Vaticano, em Roma, tem evidências físicas que provam que tenho em minhas veias o Sangue Real, o *Sang Real*.

Sua voz era quente e rouca, a amplificação do microfone acrescentando uma falsa sensação de intimidade. Era o tipo de voz que os homens sonham ouvir em quartos escuros, nas noites cálidas, quando na sua solidão fantasiam o eterno feminino.

— Ele fala do meu corpo com reverência, e conta histórias de seitas secretas e lugares escondidos, e daqueles muitos cavaleiros corajosos, homens e mulheres santos que deram a vida para proteger a santidade da minha linhagem.

O sorriso triunfante de DesRosier murchou quando ele nos viu no fundo da sala. Mas talvez confiante no modo como Tito e Manolo nos mantinham enquadrados, rapidamente retornou à expressão de triunfo.

— Não me lembro de nada disso — ela continuou. — Só me lembro da minha vida com Jesus meu Cristo. Meu corpo, vocês vêem, pode ser o de uma jovem mulher nascida em 1982. Mas minha alma, minhas emoções, minhas lembranças são de uma mulher que caminhou sobre a Terra e compartilhou a cama de nosso Salvador.

Ela estava descambando agora para a teoria da reencarnação, e os convidados, por mais céticos que fossem a respeito dessas coisas, estavam fascinados. Tinham vindo não só para assistir a um casamento, mas porque desejavam participar de uma grande revelação religiosa, para conhecer o segredo do *Sangreal*.

E se a antiga crença no ciclo cármico de renascimento fizesse parte desse mistério, tudo bem.

— Eu sou Maria Madalena — ela proclamou. — Estou aqui diante de vocês, renascida em um novo corpo, preparada para me casar e cumprir minha sagrada missão, que é a continuação da linhagem real de Cristo, o Rei.

Até para mim, a essa altura um crente nos seus argumentos, era uma declaração ousada. Mas não despertou a mais leve contestação por parte da platéia. Era uma demonstração clássica de comportamento de grupo, no qual a descrença normal do mais ardente cético fica submersa na relutância da maioria em questionar o que estava escutando. Some-se a isso, é claro, a influência dos modelos religiosos na primeira fila que permaneciam em silêncio, dando assim a sua *autorização por falta de provas em contrário*, e as influências situacionais eram irresistíveis. Eu não duvidava que esses convidados sairiam do castelo de DesRosier convencidos de tudo que tinham escutado, prontos para espalhar a notícia entre seus pares e seguidores.

DesRosier havia combinado, com um toque de mestre, o momento e o ambiente para transmitir um clima pentecostal aos acontecimentos, convertendo tanto os convidados religiosos como os seculares em fiéis, em apóstolos do reino da sua nova família.

E no entanto era difícil para mim acreditar que Magdalena, a mulher por quem eu tinha me apaixonado, estava participando voluntariamente de tudo isso. Esperei que ela continuasse. Parecia estar olhando em volta nervosa, procurando alguma coisa na sala, até que por fim seus olhos pousaram em mim, e seus lábios se abriram no sorriso mais beatificado que já vi.

— Eu me casei com Jesus meu Cristo num casamento realizado segundo a tradição judaica — ela disse. — Ele foi crucificado, morreu, foi enterrado, ressurgiu dos mortos e ascendeu aos céus, deixando-me para trás com sua semente.

Ela ficou por um momento tomada pela emoção. Quando DesRosier se adiantou para confortá-la, ela recusou com um gesto e continuou:

— Considero-me viúva — ela disse, a voz erguendo-se mais firme, como a de um evangelista proclamando a palavra de Deus. — E como me casei de acordo com a Lei de Moisés, meu destino como viúva deve ser determinado pela Lei de Moisés.

Ela focalizou o olhar diretamente em mim.

— A lei exige que se um homem morre e deixa uma esposa, seu irmão deve assumir a esposa e ter filhos com ela para carregarem o nome do irmão que morreu. É a Lei de Moisés.

DesRosier franziu a cara. Na primeira fila, eu podia ver o rabino e seus colegas líderes religiosos balançando a cabeça, concordando com a referência bíblica.

— A esposa do homem morto não deve se casar com um estranho; o irmão do seu marido deve ir até ela e tomá-la como esposa. Essa é a Lei de Moisés.

Do que ela estava falando? DesRosier pulou para o seu lado, colocando a mão sobre o microfone enquanto lhe sussurrava alguma coisa, zangado. A uniforme imobilidade do grupo ali reunido estava começando a se desfazer. Os padres murmuravam um para o outro, particularmente o rabino e o patriarca ortodoxo russo.

Magdalena empurrou DesRosier de lado e pegou de novo o microfone.

— Portanto, de acordo com a Lei de Moisés, não posso me casar com ninguém mais a não ser com o irmão do meu falecido marido — ela falou.

— Estão todos mortos! — DesRosier exclamou. — Os irmãos de Cristo morreram todos há dois mil anos.

— Sim! — Magdalena disse. — Mas, como eu, um deles renasceu em um novo corpo. Eu o reconheci no momento em que o vi. Ele é Tiago, o irmão mais novo de Jesus.

Minhas pernas ficaram bambas quando escutei aquele nome. Sem desviar os olhos dos meus, ela levantou a mão e apontou para mim com a palma estendida.

— Esse é Tiago — ela disse. — Olhem para ele. É ele que garantirá a sobrevivência da linha do seu irmão. Segundo a Lei de Moisés, Tiago é o homem com quem devo me casar.

Setenta

Algo estalou na cabeça de DesRosier.

— Não! — ele gritou. — Nãããão!

Ver seu magnífico plano frustrado, ver sua chance de imortalidade escorregando por entre os dedos, era algo que ele não podia aceitar. Ele era, afinal de contas, um bilionário, um homem de origem nobre, que não estava acostumado a que lhe negassem as coisas que desejava. Durante anos, ele tinha arquitetado e trabalhado nesse plano glorioso, essa promessa de um poder sem paralelos e, sim, até de imortalidade. Ver tudo isso lhe sendo arrancado das mãos no momento que deveria ser o de seu maior triunfo, e de uma forma assim tão pública, na frente de uma platéia tão distinta, era impossível aceitar.

Ele agarrou Magdalena e a sacudiu com violência. O rosto vermelho, as narinas infladas, as veias nas têmporas latejando, ele gritou para a platéia estupefata:

— Ela é minha! — esbravejou. — Não dele! Minha!

Virando sua ira assassina em minha direção, ele gritou:

— Manolo! Tito! Dêem um fim nele!

Ele gritou mais alguma coisa, algo na sua nativa *euskadi* que soou como mais uma ameaça. Manolo respondeu no mesmo instante.

Um das suas mãos enormes rodeou meu pescoço. Pensei que ia me estrangular, até ver a arma que ele tinha. Não era uma daquelas semi-automáticas leves tão enganosamente elegantes. Uma arma desse tipo não seria apropriada para as mãos imensas de Manolo. E sim um revólver brutal, de grande calibre, do tipo Dirty Harry, grande e volumoso, pesado o bastante para me matar com uma pancada na cabeça se ele preferisse não desperdiçar uma bala em mim.

— Atire nele! — DesRosier berrou. — Agora!

Madalena gritava.

A estranha calma que toma conta das pessoas que enfrentam a morte certa pousou sobre mim. O tempo parecia em suspenso. Os ruídos silenciaram. Eu olhava fascinado para a origem da minha morte iminente, minha atenção focalizada nas gordas balas revestidas de cobre cujas pontas arredondadas eram visíveis no cilindro. Manolo apontou a arma para o meu olho esquerdo. A trajetória, pensei com clínica impassibilidade, levaria o pesado projétil de metal bem para o centro do meu cérebro, explodindo-o e dilacerando a parte de trás do meu crânio. Ao contrário do que aconteceu na última vez que me atingiram com um tiro, agora não haveria possibilidade de recuperação. A dor seria breve, apagada quase instantaneamente. Já tendo morrido uma vez, eu não temia o que me esperava. Só lamentava deixar Magdalena para trás.

O cilindro foi girando lento, quando percebi uma agitação atrás de Manolo.

Era o velho padre, Montbrison, movendo-se com a velocidade de uma criatura feroz atacando a presa. Ele arrancou uma das duas pesadas espadas templárias de uma vitrina na parede com a mesma facilidade como se fossem de brinquedo. Suas mãos envolviam confortavelmente a empunhadura enquanto ele rugia numa língua que eu nunca tinha escutado antes — um rugido que ecoou pelos salões do castelo —, berrando numa ira sanguinária que devia ser familiar aos guerreiros cujos quadros pendiam das paredes, e que fora ouvida na cena de matança na pintura em cima de mim. Era o grito de batalha dos templários, calado há séculos e agora de volta em plena glória — um som pavoroso que congelou Manolo e resultou numa expressão de medo no seu olhar que se supunha desconhecida dos bascos.

Manolo poderia ter me matado naquele momento. Mas talvez imaginando que ainda tivesse chance de barganhar por sua própria vida, hesitou. Num borrão quase líquido, prateado, a espada desceu sobre seu pulso, a lâmina de Toledo cortando carne, tendões e osso com uma espantosa facilidade. O rosto de Manolo empalideceu. A arma, com a mão ainda agarrada, bateu no chão. Ele deu um grito e caiu de joelhos, tentando alcançar a mão decepada. Montbrison rapidamente chutou-a para longe.

Outro grito veio de detrás de mim, agora em basco. Tito, o menor dos dois, tinha apanhado a segunda espada da vitrina e a erguia sobre a cabeça. Enquanto ele lutava com o peso da arma, Montbrison deu um giro e ficou de frente para ele, brandindo sua própria espada sobre a cabeça e pronto para atacar, quando a voz de Magdalena se fez ouvir.

— Parem! — ela gritou. — Em nome de Jesus meu Cristo, parem!

Os dois espadachins hesitaram.

Montbrison olhou para mim, olhou para os convidados e, por fim, olhou para Magdalena. Ele concordou com um movimento de cabeça em obediência, e baixou a espada.

Com o inimigo indefeso, Tito atacou.

Golpeou com a espada o peito de Montbrison, numa cortada que jogou o velho padre contra a parede. A lâmina cortou o hábito marrom de Montbrison, expondo uma larga faixa carmim logo abaixo do coração. Num ato de extrema crueldade, Tito ergueu outra vez a espada, pronto para cortar ainda mais fundo o peito de Montbrison. O velho padre foi poupado de um segundo golpe quando Lucien surgiu por trás de Tito e, agarrando os ombros do atacante pela retaguarda, deu-lhe uma joelhada nas costas que pareceu ter quebrado a espinha do homem magro. Ele caiu em agonia aos pés de Lucien.

— *Securité! Securité!* — ouvi DesRosier chamando pelo microfone em francês. Na sua excitação, ele mudou para espanhol. — *Seguridad! Ayuda! Son terroristas!* — E finalmente: — Depressa! Estamos sendo atacados!

Lucien estava debruçado sobre o velho padre, com uma das mãos apoiando sua cabeça. DesRosier continha Magdalena pelos braços. Escutei as portas da frente do castelo se escancararem, logo em seguida as passadas tonitruantes do que soava como um pequeno exército vindo em resposta ao pedido de DesRosier.

Na corrida, a força invasora derrubou as portas do salão de banquete. Dezenas deles jorraram pela abertura. Pareciam um grupo muito disciplinado, rapidamente distribuindo-se pela sala até estarmos todos cercados. Para minha surpresa, não eram os guarda-costas bem vestidos que eu tinha visto lá fora. Pareciam ser padres, com hábitos marrons com capuzes idênticos aos de Montbrison e, antes disso, de Lucien. Assumindo suas posições ao longo das paredes, estranhos sons metálicos saíam de debaixo de seus hábitos.

Se eu estava surpreso, DesRosier estava totalmente atordoado com o aparecimento dessas criaturas peculiares que haviam respondido ao seu chamado. Dois dos homens encapuzados inclinaram-se ao lado de Lucien para atender a Montbrison. Não havia muito que se pudesse fazer, eu sabia. Aquele grande corte vermelho ia de um lado a outro do seu peito. Aquela ferida grande e sangrenta seria fatal, até para um homem mais jovem.

Em resposta a um comando silencioso, os invasores escorregaram para trás os capuzes, revelando cabeças e pescoços cobertos com uma malha cintilante. Como estátuas heróicas sendo cerimoniosamente descobertas, eles desamarraram seus cintos de corda e deixaram seus hábitos caírem lentamente até o chão. Nenhum de nós estava preparado para o que vimos. A cena era um retorno aos tempos medievais. Neste grande salão de banquete, com seus mostruários heráldicos e artefatos dos cruzados, estávamos rodeados por duas dúzias de homens vestidos com cotas de malha, tendo ao lado espadas enormes. Cobrindo o peito viam-se as túnicas de linho branco com a cruz espalmada vermelha dos Cavaleiros do Templo.

Fiquei atordoado. Estava convencido de ter perdido o contato com a realidade. Estes não eram homens fantasiados para um espetáculo de brincadeira. Eram homens poderosos com ombros largos, que pareciam muito à vontade em suas armaduras flexíveis feitas sob medida. Todos usavam barbas, no tradicional estilo templário. Alguns eram jovens, nos seus prováveis 20 anos; as barbas dos outros já estavam ficando grisalhas. Uma coisa eles tinham em comum: a expressão determinada de homens dispostos a lutar até a morte. Ali mesmo. Agora mesmo, se necessário fosse.

Escutei um gemido no chão. Era Montbrison, que, por incrível que fosse, ainda parecia estar vivo. Sem forças para se levantar, mas vivo apesar de tudo. Quando os homens o ajudaram a retirar o hábito, vi por quê. Embora não estivesse usando o capacete de malha dos outros, Montbrison estava vestido com a mesma armadura de malha. Os braços finos de Tito não tinham tido força suficiente para seu golpe penetrar no trançado de metal protetor. O que eu tinha achado que era uma ferida sangrando era, de fato, a barra horizontal da cruz vermelha templária na sua túnica de linho. Talvez estivesse com uma ou duas costelas quebradas, com dificuldade para respirar, mas estava vivo!

Em uníssono, os Cavaleiros do Templo desembainharam suas espadas, ergueram as lâminas e saudaram Magdalena.

— *Nous salutons le Sang Real!* — Eles gritaram a uma só voz, saudando o *Sang Real* e jurando morte aos inimigos. — *Et la mort à ses ennemis.*

Mas, se 24 Cavaleiros do Templo armados, que pareciam ter saído de alguma estranha teia do tempo, pensavam que poderiam intimidar Jean-Claude DesRosier, estavam enganados. Ele ainda tinha nas mãos seu troféu. Na sua cabeça, a presença dos cavaleiros devia estar confirmando o poder que teria casando-se com Magdalena. Ele ainda não estava preparado para desistir da sua chance de imortalidade. Um pequeno punhal apareceu em sua mão. Ele o pressionou contra o pescoço de Magdalena. A ponta ainda não arrancara sangue, mas já estava fazendo um pequeno talho em sua pele.

— Vamos prosseguir com o casamento — ele sussurrou para ela. O microfone captou suas palavras e as amplificou por toda a sala.

— Não! Jamais me casarei com você.

— Você vai gerar meu filho.

— Prefiro morrer a deixar que um assassino manche a linhagem real.

— Então você morrerá — DesRosier disse com tranqüilidade. — Se eu não puder ter você, ninguém mais terá.

— Não teme a ira de Deus? — gritou o rabino. — Se matar o *Sangreal* estará matando os descendentes de Jesus ainda por nascer.

— É opção dela — DesRosier disse. — Ela é quem está decidindo, não eu. — E voltando-se de novo para Magdalena. — O que vai ser?

— Morte — ela murmurou.

— Então, que seja.

— Espere! — O cardeal Amoroso deu um salto. — Mate-me no lugar dela! Eu troco minha vida pela dela.

— Afaste-se! — vociferou DesRosier.

Outro clérigo, o bispo anglicano alto e magro se levantou, e numa voz polida disse:

— Mate-me, também. Junto-me de boa vontade ao cardeal e morro pelo *Sang Real*.

— E eu — um ministro batista africano se levantou.

Assisti pasmo cópticos e metodistas, anglicanos e judeus, gregos e russos ortodoxos, toda a primeira fila de líderes religiosos colocarem de lado suas diferenças históricas e se erguerem unidos por uma causa na qual todos tinham um interesse em comum.

— Mate-nos a todos — o cardeal disse. — Estamos todos dispostos a morrer para que ela possa viver.

Eles foram acompanhados por uma jovem princesa bávara esguia no fundo da sala:

— E eu — ela disse com voz trêmula. — Estou disposta a morrer pelo *Sang Real* também.

Outra princesa se levantou, e em seguida um casal mais velho, depois grupos de duas e três pessoas de cada vez, até que, finalmente, todos na sala, nobres e religiosos, estavam de pé, todos se oferecendo como mártires para o sangue de Jesus Cristo sobreviver.

Podia não ser o que DesRosier esperava, mas essa comovedora expressão de fé não teve muito efeito sobre ele.

— Pensam que estou me importando com sua tola vida? — ele respondeu. — Eu não trocaria todos vocês pelo *Sang Real*. Nem mesmo multiplicados por dez vezes.

Ele começou a abrir caminho em direção à porta. Com a faca comprimindo a garganta de Magdalena, não restava ao imponente exército de templários outra coisa a não ser olhar. As sirenes lá fora anunciaram a chegada da Guardia Civil. Mais gritos e correria dentro do castelo. O coronel Velarde, de arma em punho, entrou na sala, parando só quando viu Magdalena em perigo. A equipe da SWAT atrás dele assumiu posições no vão da porta.

— Então você está do lado deles agora — DesRosier lhe disse.

— Estou do lado da justiça — Velarde respondeu.

— Você foi meu amigo um dia — DesRosier disse.

— Largue a faca.

— E depois? Deixar que você me prenda? Não sou tão idiota assim.

— Um homem com sua fortuna e influência não tem muito o que temer da lei — Velarde disse. — Tenho certeza de que seus advogados não deixarão você muito tempo na cadeia.

— Suas leis não me interessam — DesRosier disse. — Agora, afaste-se, e diga aos seus homens para baixarem as armas.

Ele comprimiu com mais força a ponta do punhal na garganta de Magdalena. Ela deixou escapar um gritinho.

A faca tinha espetado sua pele; uma gota de sangue se formou no ponto de contato. Foi ficando mais espessa e lentamente começou a pingar pelo pescoço, deixando uma trilha vermelha. Era sangue real, pensei. *Sang Real*. DesRosier havia partido em busca daquilo que tantos outros tinham perseguido, mas ao contrário de incontáveis centenas de cavaleiros, reis e imperadores que o precederam... ele tinha conseguido. E ficara sabendo o segredo mais guardado do Círculo Interior dos Templários, fora mais esperto do que todos, e agora tinha em suas mãos o precioso *Sang Real*. Eu sabia que ele não desistira dela por livre e espontânea vontade. Se conseguisse sair daqui — e com Magdalena como refém, o que era muito provável — ele poderia usar sua fortuna para desaparecer. Poderia subornar um oficial venal em algum país estrangeiro, fazer o casamento que ele queria e ser o pai do filho que o tornaria senhor da linhagem real. Nove meses era o tempo que ele precisava, e então poderia despontar como chefe da família mais importante do cristianismo.

Reformulando a pergunta asturiana: *A quem, então, serviria o Sang Real?*

Eu não podia deixar isso acontecer.

Mas como impedir?

Com a faca na garganta de Magdalena, ninguém ousaria ficar na sua frente. Até os templários fortemente armados estavam impotentes diante da ameaça à vida dela. Não havia nada que eu pudesse fazer. A roda *cármica* girava. Mais uma vez, eu só podia assistir indefeso a uma criatura má dominar a mulher que eu amava. Seria uma forma de represália cósmica por ter permitido que Laura sacrificasse a vida por mim? Eu seria obrigado a vivenciar sempre variações dessa cena, como fazia nos meus sonhos? Vi sem acreditar nos meus olhos os rostos de Magdalena e de seu seqüestrador se transformando nos rostos de Laura Duquesne e seu marido assassino. Chamar o que eu via de flashback, sonhar acordado, alucinação induzida por estresse... fosse o que fosse, era uma repetição exata das horríveis imagens que assombravam os meus sonhos desde aquela noite terrível em Nova York. Fascinado, eu observava a seqüência se passar exatamente como milhares de vezes antes: o último abraço fatal, quando Harrison Duquesne segurou firme o braço esquerdo de Laura antes de ambos mergulharem para a morte. Mas enquanto eu observava, o fluxo do meu sonho/flashback/alucinação que sempre fora idêntico de repente encaminhava-se para uma nova conclusão.

Nessa nova versão do sonho, vi Laura parar e se virar para mim no último momento. Harrison Duquesne desapareceu. Pela primeira vez, o sonho entrou no após-vida, quando Laura explicou por que eu não poderia ficar com ela. Falando numa voz etérea do Outro Mundo, ela havia sussurrado: "Você ainda tem um trabalho a fazer."

E exatamente como antes, quando ela falou estas palavras, eu me vi logo transportado de volta ao mundo dos vivos. O episódio alucinatório, apesar de todo o tempo que ele pareceu se passar em meu inconsciente, não deve ter demorado mais de meio segundo de tempo real. A imagem de Laura foi substituída pela de Magdalena. DesRosier ainda a empurrava para a porta. E eu observava impotente, como sempre tinha feito em meus sonhos.

Antes de DesRosier alcançar a porta, entretanto, dei um passo adiante para bloquear a passagem. Eu não tinha nenhum plano. Não tinha idéia do que ia fazer. Pela primeira vez na minha vida adulta eu tomava uma atitude sem pensar antes nos seus mínimos detalhes. Eu só sabia que tinha de impedir que ele saísse com Magdalena por aquela porta.

— É a mim que você deve matar — eu disse, oferecendo-me para ele.

— Você! Seu filho-da-mãe! — Ele cuspia as palavras. — Você deveria ter morrido com Serrano.

— Se eu tivesse morrido, quem entregaria Magdalena para você?

— Eu teria encontrado um outro meio — ele disse. — Você não era assim tão importante para mim.

— Então, por que não me matou depois que sobrevivi à bomba?

— Dois atentados contra sua vida teriam levantado muitas suspeitas. Afinal, as informações que você conseguia eram úteis. Mas talvez você tenha razão. Eu devia tê-lo matado quando tive chance.

— Pelo visto, esse foi o maior erro da sua vida — eu disse.

Eu estava improvisando tudo isso na hora. Ele não soltava Magdalena. A faca continuava fazendo brotar sangue do pequeno corte no pescoço dela. Os templários e a Guardia ainda estavam com medo de fazer qualquer movimento em sua direção. Ele se mantinha no controle. Mas me escutava. Ele tinha parado, e me escutava. Minha mente corria acelerada para improvisar alguma coisa.

— Não me matando — falei — você perdeu a chance de ser o pai do primogênito de Magdalena.

Eu o apanhara! Podia ver que o havia apanhado! Seus olhos faiscavam furiosos. Eles iam de mim para Magdalena, e de volta para mim.

— O que quer dizer com isso? — ele perguntou.

— Pensei que já soubesse — disse com a maior inocência possível. — Magdalena está grávida. Está carregando um filho meu. Eu serei o pai do *Sang Real*. Não você. A criança sagrada terá meu nome, não o seu.

Setenta e um

Era o golpe mais cruel que eu poderia desferir.

Saber no dia do casamento que sua noiva estava grávida de outro seria devastador para qualquer homem. Ver a notícia sendo dada assim em público, diante de uma platéia tão distinta, tinha de ser o momento mais humilhante da vida de DesRosier. Apanhou-o totalmente de surpresa. Ele tinha arquitetado com tanto cuidado aquele momento. Tinha dedicado anos da sua vida e quantias absurdas de dinheiro para desvendar o segredo do *Sang Real*, e no processo havia traído os segredos mais bem guardados de seus ancestrais templários, subornado oficiais do Vaticano e do governo, contratado capangas para intimidar e até assassinar quem ficasse no seu caminho, para finalmente alcançar aquele momento de glória: quando publicamente assumiria seu lugar como chefe de uma nova Sagrada Família e reescreveria a futura história do cristianismo.

E eu, com meia dúzia de palavras bem escolhidas, tinha destruído tudo.

Era mentira, é claro.

Uma terrível, maravilhosa, extremamente eficaz mentira que surgira espontânea de algum lugar do meu subconsciente.

E eu estava gostando de ver seu efeito. O rosto transfigurava-se numa série de emoções conforme sua mente tentava dar conta do que a gravidez dela significaria para seus planos.

— Sinto muito, querida — eu disse para Magdalena. — Mas isso é muito importante para ficar em segredo.

— Mentira! — DesRosier disse. — Vocês estavam sendo monitorados eletronicamente. Eu escutava tudo que diziam, tudo que faziam. Você nunca foi para a cama com ela.

— Nós fizemos amor naquela noite em Arles — eu disse, pensando rápido. — Deixei o telefone celular no meu quarto e fui para o quarto dela. O seu telefone transmitiu os sons de um quarto vazio.

— Uma noite num quarto de hotel não quer dizer que ela esteja grávida.

— Pode-se dizer pelo rosto de uma mulher — eu falei. — Quando a vi hoje, soube que estava grávida de um filho meu, antes mesmo que ela me dissesse.

O rosto de Magdalena estava mais cheio mesmo, assim como o seu corpo. Mas isso era sem dúvida devido à mudança de alimentação, do convento para a cozinha do castelo, não por causa de alguma coisa que eu tivesse feito.

— Se não acredita em mim, pergunte a ela — eu disse.

Era um tremendo risco o que eu estava assumindo. Como se a faca na garganta dela não fosse motivação suficiente, tanto DesRosier como eu sabíamos que *Sang Real* jamais se deixaria apanhar mentindo.

— É verdade? — ele perguntou.

Como Magdalena não respondia, ele a sacudiu asperamente.

— *Puta!* É verdade?

Ele usou a gíria rude espanhola que tanto podia significar as partes íntimas de uma mulher como "prostituta". O insulto grosseiro provocou espanto e protestos nos convidados atrás de mim. DesRosier não se importou. Estava esperando uma resposta que não vinha.

Em 19 anos de convento, Magdalena sem dúvida jamais ouviu o termo pornográfico em voz alta antes. Ver que ele era dirigido a ela, pessoalmente, a deixou confusa e assustada. Ficou sem voz. Seus olhos se encheram de lágrimas de vergonha. Num incrível acaso de linguagem corporal feminina, sua mão direita tocou em seu ventre. Era um gesto bastante normal para uma mulher assustada, mas, no contexto, parecia quase um gesto maternal, uma confirmação de minha mentira.

— Ela está esperando um filho meu, DesRosier — escarneci. — Meu filho, não seu.

Dei um passou à frente, tentando intencionalmente provocá-lo, desviando sua raiva dela para mim. Ele ficou me olhando quando me coloquei ao alcance de sua lâmina. Eu o vi calcular tranqüilamente a distância. Eu sabia o que ele ia fazer, mas não tive medo. Inspirado talvez por uma alucinação, eu não era mais um acadêmico cauteloso, pesando perdas e danos antes de agir. Nada disso tinha sido planejado com antecedência. Poderia resultar na minha morte. Mas dei outro passo à frente, colocando-me ao alcance do seu braço. Quantos desafios ainda seriam necessários para ele atacar?

— Meu filho — repeti. — Não seu.

Quando o golpe veio, eu estava preparado.

Em vez de recuar, avancei, girando ligeiramente, mas ainda permitindo que a faca penetrasse no meu flanco direito. Ser esfaqueado de propósito pode não parecer um plano lá muito engenhoso, mas foi o melhor que encontrei na hora. Deixei escapar um gemido quando a lâmina entrou. Sempre pensei que um ferimento a faca fosse uma dor seca. O que eu não esperava era sentir como se tivesse levado um soco nas costelas. Talvez tenha sido a violência do golpe, ou o cabo do punhal batendo contra a minha carne quando a lâmina terminou de penetrar. Nesse ponto, ele deve ter girado a faca, porque eu quase desmaiei com a dor repentina excruciante. O fio da lâmina passou arranhando por uma costela. Era como se eu estivesse sendo esfolado vivo por dentro. Teria trocado esse ferimento a faca por outra bala no peito. Mas eu tinha pedido isso. Uma faca nas costelas era o preço que eu tinha de pagar para tirar a lâmina da garganta de Magdalena.

DesRosier tentou arrancar a faca para me golpear de novo. Mas agarrei seu pulso com ambas as mãos, prendendo-o a mim num abraço de morte. Eu não o deixaria escapar. Eu o empurrei para a frente, separando-o de Magdalena, que a essa altura devia estar gritando. Atordoado em minha própria agonia, não escutei nada. Continuei empurrando, estupidamente abraçado com DesRosier, até que nós dois caímos no chão.

Ele continuava socando com a faca, enviando solavancos de dor pelas minhas costelas. Parecia determinado a me matar, e eu não tinha mais forças para resistir.

Eu não tinha medo da morte. Desisti de lutar, fechei os olhos e dei um longo suspiro, preparando-me para a jornada no Outro Lado.

Setenta e dois

A prisão do bilionário mais importante da Espanha dominou a mídia durante semanas.

A existência de um descendente de Jesus Cristo e Maria Madalena jamais foi mencionada. Todas as referências ao *Sang Real* e à linhagem de Cristo foram riscadas das matérias, presume-se que por influência dos templários. A versão higienizada das notícias creditava a solução do caso ao coronel Fulgencio Velarde, da Guardia Civil, de Valência. Uma das notícias descreveu o acontecido:

> *Acionado por um telefonema anônimo no dia do casamento de DesRosier, o coronel Velarde liderou uma equipe da SWAT até o castelo ao norte de Valência, onde efetuou a prisão do bilionário. Na tentativa de escapar, o suspeito esfaqueou um convidado ainda não identificado. Um vínculo entre DesRosier e o movimento separatista basco ETA foi estabelecido na explosão da bomba no Naranjas Café, em Valência, que resultou nas mortes de um padre espanhol e um funcionário do bar. O bilionário está sendo acusado também da morte por asfixia de um professor de lingüística libanês, em Barcelona.*

As reportagens transmitidas pela televisão invariavelmente mostravam vistas do castelo agora vazio, intercaladas com imagens de um DesRosier algemado sendo escoltado de uma van da polícia para o quartel da Guardia. A única referência a Magdalena foi uma nota enigmática dizendo que "a noiva de DesRosier voltou para o convento".

O ferimento a faca, embora grave, cicatrizou logo, exigindo apenas cinco dias de permanência no hospital. Uma semana depois, ao retornar para retirar os pontos, os médicos me deram permissão para voltar às atividades normais. Para mim, isso significava deixar Valência.

Eu estava no meu quarto na Pensión Adriatico, embalando os livros de Serrano para serem despachados, quando o coronel veio me visitar.

— Em nome dos templários, digo-lhe que estamos muito gratos por sua ajuda — ele disse. — Poderíamos ter resolvido a situação nós mesmos, é claro. Mas o senhor demonstrou grande iniciativa e coragem.

Há três dias eu esperava essa visita, desde que a vigilância sobre minhas atividades foram retomadas.

— Os templários pagarão suas despesas de hospital, é claro — ele acrescentou.

— Claro — eu disse. — Pode segurar a tampa desta caixa para mim, por favor? — Passei uma faixa larga de fita adesiva nas extremidades abertas de uma das caixas de papelão e lacrei as laterais.

— E também pagaremos suas contas de hotel. Que, como sabe, são bem altas.

— É muita generosidade — eu disse. Anotei o endereço de meu pai em Atenas dos dois lados da caixa com um marcador preto. Já tendo endereçado três, a caneta deixara um forte cheiro de vapores químicos no ar.

Comecei a embalar a caixa de livros seguinte.

— Ainda sente dor no ferimento? — ele perguntou.

— Ainda está sensível. Especialmente quando me levanto de manhã.

— Os médicos ficaram surpresos com sua recuperação. E, devo dizer, eu também. O senhor é um homem notável, sr. Nikonos.

— É só mais uma cicatriz para um outro policial questionar — eu disse, sem conseguir deixar de lembrar a ele suas suspeitas anteriores.

— O senhor é muito modesto — ele observou. — O que fez naquela noite deixou muita gente impressionada. Sua disposição em sacrificar a própria vida para salvar a de outra pessoa demonstrou uma nobreza de propósito e pureza de alma que os templários sempre valorizaram.

Não confiei muito nesse súbito e efusivo elogio.

— Graças às suas heróicas atitudes, tenho o prazer de lhe informar que foi nomeado membro honorário dos Cavaleiros do Templo.

Em sua mão havia um pano de veludo preto, que ele lentamente desdobrou revelando um alfinete de lapela com a imagem cintilante de dois cavaleiros montados num só cavalo.

— O senhor agora tem o direito de usar o mesmo alfinete de ouro que eu — ele disse. — Agora somos membros da mesma fraternidade, dedicada à proteção do *Sang Real*, uma tarefa à qual você já mostrou o comprometimento.

Escutei ele explicar que, para sua própria proteção, Magdalena estava em segurança isolada em algum lugar do Languedoc, a legendária fortaleza dos templários, onde a população local francesa ainda se mantém fiel aos costumes antigos. Durante mil anos, os templários tinham sido os guardiões do *Sang Real*, e ele me garantia que continuariam a tradição pelos próximos mil anos. A sua exata localização, entretanto, deve permanecer um segredo, desconhecido de todos, menos do Círculo Interior.

Peguei o alfinete e o examinei, as minúsculas figuras brilhavam ao sol da manhã. Parecia um pouquinho maior do que o alfinete que Velarde usava.

— O senhor verá que há muitas cortesias estendidas a quem usa esse alfinete — ele acrescentou. — Nossos membros alcançam os mais altos níveis no governo, nas finanças e na indústria. As portas se abrirão para o senhor, oportunidades lhe serão oferecidas, o acesso providenciado.

— Mas está me dizendo que não me permitirão mais nenhum contato com Magdalena — murmurei, virando o alfinete para examinar o verso.

— *Sang Real* precisa ser protegido — ele falou. — Certamente o senhor compreende a necessidade de sigilo. Viu o que aconteceu com o *señor* DesRosier... a ganância que surge quando homens anseiam pelo poder e o prestígio que pode ser obtido com o *Sang Real*. É por isso que os homens o têm buscado ao longo dos tempos.

— DesRosier era um templário — lembrei. — Segure a tampa desta caixa, por favor?

Guardei o alfinete no bolso da camisa e fixei a tampa da caixa com fita adesiva. Ele ficou observando enquanto eu escrevia o endereço do meu pai no papelão.

— Vai deixar a Espanha, agora? — ele perguntou.

— Não há nada que me prenda aqui, há? Quero dizer, não tenho de testemunhar no julgamento de DesRosier, tenho?

Embora achasse que ele contrataria uma falange dos advogados mais caros da Espanha e talvez tentasse subornar juízes e jurados, DesRosier inexplicavelmente fez uma confissão completa de todas as acusações. Mas ele não era o tipo de homem que desistisse da liberdade sem lutar. Que acordo ele teria inventado em troca de seu silêncio sobre o *Sang Real* e as atividades dos templários?, fiquei imaginando. Quem sabe uma sentença mais curta. Uma tranqüila liberação com base num argumento médico espúrio. E, em última instância, talvez, até a restauração do seu império financeiro. Em troca do que os templários evitariam ter suas atividades submetidas ao intenso escrutínio público que acompanharia um julgamento tão sensacional?

— Não, não haverá necessidade da sua presença — Velarde disse. — Os documentos que irmã Mariamme nos entregou convenceram o *señor* DesRosier de que seria inútil contestar as acusações. Ele está contando com a leniência dos tribunais.

Uma dor súbita nas minhas costelas me lembrou que eu ainda não estava recuperado. Vendo-me contraído, o coronel Velarde me ajudou a deitar na cama.

— Tem certeza de que está bem para viajar? — ele perguntou, numa solicitude pouco característica. — Talvez devesse ficar mais uns tempos em Valência.

— Estou bem — eu disse.

Com a mão sustentando o lado do ferimento, respirei fundo. A dor melhorou, e logo consegui respirar normalmente de novo. Velarde não parecia ter pressa de sair.

— Os jornais o descreveram quase como um herói — eu disse.

— Isso foi obra do pessoal do departamento de relações públicas da Guardia. Eles têm bons relacionamentos na mídia.

— Foram eles que conseguiram deixar os templários de fora dessa história? — perguntei. — Ou os templários controlam a mídia também?

Ele sacudiu os ombros sem saber o que responder.

— Tem coisas que fogem à minha compreensão — ele disse. — Ao contrário do senhor, não busco respostas para todas as perguntas.

— Ainda assim, restam algumas respostas que eu gostaria de ter — falei. — Agora que sou considerado um templário...

— Um templário honorário — ele me lembrou.

— Sim, um templário honorário. Mas que tem conhecimento do papel que os templários representaram nessa questão, e que também conhece o segredo do *Sang Real*...

— Isso é uma ameaça, sr. Nikonos? — ele ficou inquieto. — Porque eu não me deixo ameaçar com tanta facilidade, especialmente tratando-se de questões tão importantes.

— Eu só gostaria de algumas informações. Se eu tentasse contar essa história, ninguém acreditaria em mim. Não enquanto o Vaticano não liberar os resultados dos testes de DNA. E nós dois sabemos que isso nunca vai acontecer.

A dor atacou de novo, provocando uma ligeira contração. Talvez isso tenha despertado a simpatia suficiente para afrouxar sua língua.

— Tem razão — ele disse. — Ninguém acreditaria. Às vezes eu mesmo acho difícil acreditar. Tenho um papel muito pequeno nesses assuntos. Mas orgulho-me dele. E admiro o seu. O senhor sofreu muito, e talvez mereça saber... alguma coisa do que transpirou.

Ele não percebia que eu já tinha conhecimento de tudo. Como qualquer pesquisador, entretanto, eu queria escutar a história de um outro ponto de vista, conferir certos fatos, no caso de um dia querer escrever a respeito.

— Muito do que estou lhe dizendo é confidencial — ele disse. — Como templário honorário, o senhor não está preso aos nossos votos. Mas peço que os respeite, apesar de tudo.

— Prometo não revelar nada do que o senhor me disser — eu falei. — Exceto o que defender a fé.

Era uma enorme evasiva, e pela expressão no seu rosto tenho certeza de que ele a reconheceu. Não obstante, assim como Serrano antes dele, Velarde pareceu contente em ter alguém com quem dividir seus segredos.

— Durante séculos muita gente teceu suposições a respeito do "Conhecimento Secreto" que os nove templários originais trouxeram da Terra Santa — ele falou. — Como o senhor já deve ter desconfiado, parte do "Conhecimento Secreto" que eles trouxeram foram provas documentais do casamento de Jesus Cristo com Maria Madalena. Estava na forma de um contrato de casamento judeu, ainda de posse da nossa fraternidade. Foi esse documento que inspirou os templários a buscarem e protegerem os descendentes dessa união. É o juramento mais sagrado dos templários. E que nós temos cumprido fielmente, arriscando nossa própria vida.

Ele fazia as coisas parecerem muito mais altruístas — coisa que eu já sabia que não eram —, mas não discuti com ele.

— Em certo momento pensou-se que a linha sangüínea tinha se apagado. Entretanto, sabíamos da existência de mais uma criança, a última remanescente que descendia daquele casamento divino. Como protetores do *Sang Real*, estávamos ansiosos para encontrá-la. Sabíamos que a criança era do sexo feminino. Sabíamos o ano do seu nascimento. Mas não tínhamos idéia de onde estava vivendo. Nossos capítulos na Europa, na Ásia, nas Américas do Sul e do Norte mandavam sempre informações para a sede do Languedoc. Emissários foram enviados para investigar os indícios mais promissores. Eles eram muito cuidadosos, até céticos, como o senhor, sr. Nikonos. Não ousávamos correr o risco de uma identificação errada numa questão tão importante.

Sem que Velarde soubesse, minha filmadora estava ligada, fazendo um registro contínuo de tudo que ele dizia. Em determinado momento, eu acreditava, suas declarações poderiam ser usadas para "ajudar a proteger a fé".

— Quando soubemos do estranho comportamento de irmã Mariamme, Abelard Montbrison e Lucien Poussain foram enviados para investigar. Já tinha havido muitos sinais falsos antes, e eles foram instruídos para observá-la de longe. Ajudei nisso, colocando à disposição funcionários da Guardia.

— Você colocou os seus homens em frente ao convento.

— Sim.

— Não foi arriscado, usar o pessoal oficial da Guardia em assuntos templários?

— Como lhe disse, a influência dos templários chega aos mais altos níveis políticos, sr. Nikonos. Eu não tinha motivos para temer por minhas ações.

Ele estava sentado no beiral da janela, o que o colocava bem no foco da filmadora.

— Como um de nossos membros mais importantes na Espanha, o *señor* DesRosier ofereceu seus serviços e influência. No início, ele foi útil, absorvendo alguns custos de nossa vigilância 24 horas. Mas em determinado momento suas ambições pessoais o dominaram. Ele extrapolou os métodos sobre os quais havíamos concordado e começou a subornar oficiais da Igreja. Ele soube que padre Serrano tinha sido nomeado terapeuta de irmã Mariamme. Seu medo de que o padre pudesse descobrir o grande segredo que ela representava levou à explosão da bomba no Naranjas. Eu sinceramente achei que tinha sido um ato terrorista basco, e de fato a bomba foi colocada por um dos bascos de DesRosier. Mas nunca desconfiei dele.

E continuou:

— Sabíamos que ele estava monitorando suas atividades com o telefone que lhe dera. Era uma iniciativa maravilhosa da sua parte, e eu a aprovei. Foi assim que ele o seguiu até o hospital em Barcelona. Infelizmente, seus homens chegaram no quarto de Abramakian antes de nós. Sabemos agora que um deles estava se fazendo passar por enfermeiro.

— Mas por que ele mataria Abramakian?

— Porque, como Serrano, Abramakian estava chegando muito perto da verdade sobre a identidade de irmã Mariamme.

— Tudo bem, então. Por que não me matou também?

— Porque ele achou que você estava entrando no que vocês americanos chamam de "um beco sem saída" nesse negócio de reencarnação. E ele estava usando o senhor, sr. Nikonos. Eu o considero um homem inteligente, mas ele é muito mais. Ele o estava usando para entregar irmã Mariamme a ele. Quando nós o prendemos em Saint Maximin, Magdalena achou que estava sendo salva por um patrono benevolente. E, para ser franco, naquela altura, nós também. DesRosier era um templário. Pensamos que ele devolveria... — Ele rapidamente se corrigiu. — Nós pensamos que ele providenciaria a segurança dela.

Os templários tinham uma estranha definição para a palavra "segurança", pensei.

— Sem que soubéssemos, DesRosier tinha outros planos. Irmã Mariamme era ingênua quanto aos hábitos mundanos, e facilmente manipulável. Ele lhe disse que o senhor não estava mais na prisão e que já tinha voltado para os Estados Unidos.

Essa parte da história era idêntica ao que eu tinha escutado. Ela explicava por que DesRosier tinha arrumado para que eu ficasse preso sem contato com ninguém além dos seus advogados.

— Irmã Mariamme convenceu-se de que o senhor a havia abandonado, e lembrando de todas as coisas boas que o senhor comentara sobre DesRosier, ela aceitou as atenções dele. Para uma jovem mulher tão inocente nos jogos do amor e tão sozinha no mundo, foi fácil passar da gratidão para a admiração e o fascínio e, finalmente, ao noivado. DesRosier prometera usar sua fortuna para corrigir a imagem pública de Maria Madalena, que Magdalena fazia tanta questão. A campanha teria início no dia do casamento, ele prometeu.

— Por isso a cerimônia foi programada para o dia de Maria Madalena.

— Exatamente, a data foi escolhida por seu óbvio simbolismo. Ele disse que reuniria líderes religiosos e nobres do mundo inteiro. O seu discurso seria gravado e distribuído para todos os canais de televisão do mundo.

— Mas o motivo dele para a grande campanha não eram os mesmos de Magdalena.

— Ele convidou todas aquelas pessoas importantes e os canais de televisão para sua própria glorificação. Ele estava disposto a revelar os segredos mais sagrados dos Cavaleiros do Templo... e estava fazendo isso descarada e abertamente, no esforço de se colocar acima dos outros.

— De ser o pai da nova geração de descendentes de Cristo — eu murmurei. — Isso era muito mais importante do que ser um simples bilionário.

— E tudo teria acontecido como DesRosier planejara — Velarde prosseguiu. — Exceto por uma coisa. Sua noiva escutou quando ele falava com os bascos na tarde do casamento. Soube que ele havia ordenado a morte de Serrano.

Pelo menos Velarde estava sendo honesto quanto a essa parte da história. Ele confirmou a história que haviam me contado dois dias antes.

— O senhor pode imaginar o horror de Magdalena quando percebeu que em breve estaria casada com um assassino? Entraria sangue ruim na linhagem de Cristo. Mas o que ela ia fazer? Estava presa num castelo, rodeada de guardas bascos e, se tentasse fugir, DesRosier tinha como lidar com ela. Sua única esperança era o senhor, sr. Nikonos.

De novo, como na primeira vez que escutei esta parte da história, dei graças por ter explicado o funcionamento do telefone celular para Magdalena.

— Ela encontrou o celular de DesRosier e apertou o botão que faz a conexão com o seu, como o senhor lhe havia explicado, onde quer que o senhor estivesse no mundo.

— Mas eu não tinha o telefone — continuei, com inocência. — Eu o tinha dado para o guarda um mês antes.

— Que naturalmente o passou para mim. O telefone tocou na minha mesa, onde eu o guardava. Quando ela explicou o que ficara sabendo sobre seu futuro marido, entrei em contato com a sede dos templários no Languedoc. Como eles não poderiam chegar no castelo a tempo, Montbrison sugeriu que eu o libertasse da prisão. Vocês três formariam uma linha de frente para impedir ou retardar o casamento até chegarem os reforços.

— Então o verdadeiro herói de tudo isso foi Magdalena — eu disse. — E que recompensa ela teve pelos seus esforços?

Era uma pergunta destinada a colocar Velarde na defensiva. Eu sabia exatamente onde ela estava, o que extrapolava o que ele sabia. Mas não ousava deixar que ele desconfiasse disso.

— É mesmo inacreditável — Velarde disse, ignorando minha pergunta. Ele estava sentado no beiral da janela, vendo-me empilhar as caixas num carrinho, mas não se ofereceu para ajudar, mesmo quando viu que eu me contraía de dor. — Pensar que todos esses anos essa mulher incrível... o próprio *Sang Real*... crescia bem aqui num convento, em Valência, e ninguém conhecia sua identidade!

— Exceto uma velha freira — eu lembrei.

— Ah, sim, a freira em Barcelona. O que aconteceu com aquela carta, você imagina? — Ele tentou dar à pergunta um ar de inocência, algo incidental que acabara de lhe ocorrer.

— O senhor deve perguntar a DesRosier — eu disse. — Seus homens pegaram a carta antes de mim.

De fato, eu sabia o que estava escrito na carta. E sabia por que ele estava muito mais interessado na sua devolução do que revelava.

— E tinha também o bilhete para Serrano... — ele disse, como se estivesse se lembrando disso pela primeira vez.

— Acho que o senhor deveria dar uma busca no castelo de DesRosier. Foi um dos seus capangas que me assaltou.

— Infelizmente, não localizamos nenhum desses documentos. Ainda não. Eles não estavam com os papéis que irmã Mariamme entregou, e DesRosier diz que não tem idéia de onde possam estar. Mas vamos continuar procurando, pode estar certo disso.

— Com todas as evidências que vocês já têm, por que estão preocupados com essas duas cartas?

— Só para não deixar nada incompleto, sr. Nikonos — ele disse com um suspiro falso. — A polícia na Espanha é muito parecida com os seus policiais nos Estados Unidos. Não gostamos de nada sem solução, por mais insignificante que possa parecer aos outros.

Como mentira, era bastante eficaz, visto ter sido construída em torno de um truísmo. Entretanto, eu sabia o que ele procurava. Sabia o verdadeiro motivo de sua presença ali, e não era apenas indagar sobre minha saúde e me fazer alguns elogios falsos.

— DesRosier sabia o que estava escrito nos dois documentos — eu disse. — Ele leu a carta de Magdalena em voz alta para os convidados. Ele pode lhe dizer o que havia na outra.

— Ele nos contou sua história. O único modo de ajudar a comprová-la seria encontrando os documentos.

— O que ele diz? Qual foi sua versão da história?

— Infelizmente, essa é uma informação sigilosa.

Claro que era, pensei. E por isso ele queria encontrar os originais. A carta da freira idosa, se fosse um dia publicada, seria devastadora para os templários.

Na carta, irmã Generosa descrevia o caminho sinuoso pelo qual a recém-nascida Magdalena tinha sido levada para o convento. O último desejo de sua mãe fora de que a criança fosse criada longe da influência dos templários. A proteção do *Sang Real* parecia uma nobre causa pela perspectiva de quem estava de fora, mas a realidade era que, sob o nome de "proteção", as ancestrais de Magdalena viveram aprisionadas em fortalezas remotas no Languedoc durante mil anos. Tempo durante o qual todos os aspectos da vida delas foram totalmente controlados por seus "protetores", incluindo a escolha de seus maridos. Visto que apenas a semente de um templário era considerada digna do *Sang Real*, uma vez a cada geração eles nomeavam um dos seus para ser o pai da próxima criança sagrada.

Não querendo o mesmo destino para a filha, a mãe grávida de Magdalena tinha combinado como uma fiel criada para desaparecer com a recém-nascida, fornecendo-lhe a liberdade. Perseguida pelos templários, a criada muito religiosa buscou refúgio no único lugar que ela sabia que nenhum homem, nem mesmo os mais influentes, podia entrar: o Convento de las Hermanas del Sangreal. Num fechamento maravilhosamente fortuito de um antigo ciclo, o recém-nascido *Sang Real* cresceria em religiosa anonimidade, cercado de freiras dedicadas à preservação de um espúrio *Sangreal*. A própria criada fez os Votos Sagrados e se tornou Hermana Maria Generosa, a "freira-babá" que supervisionou a educação da criança.

Ela registrou tudo isso na carta, que devia ser lida apenas por Magdalena. Se os templários soubessem que eu conhecia o conteúdo da carta, isso me custaria a vida. Eu tinha certeza de que uma das razões para Velarde ter vindo me ver era descobrir o quanto eu sabia.

— Gostaria de poder ajudá-lo, coronel. — Eu escolhia as palavras com muito cuidado, tentando parecer não ter mais nenhum interesse nisso e demonstrar apenas uma curiosidade casual. — Mas nunca vi nenhuma das duas cartas e, no que me diz respeito, o caso está encerrado.

Observando-o pelo canto dos olhos, vi que minha resposta não o satisfez por completo. O caso devia estar encerrado, mas nós dois sabíamos, sem que admitíssemos, que não estava.

Como os templários devem ter festejado naquela noite no trem particular, quando devolveram Magdalena para as fortalezas Languedoc! No passado, seus ancestrais saqueadores costumavam levar tesouros para lá. Mas esses cruzados modernos estavam retornando de uma expedição à Espanha com o maior trunfo de todos, o tesouro que tinha sido a origem da autoridade espiritual dos templários, o centro místico da sua própria existência. Sem a posse do *Sang Real*, o controle deles sobre centenas de milhares de seguidores, cuja influência chegava aos mais altos níveis de poder e prestígio em dezenas de países, inevitavelmente se dissiparia. Que grande momento deve ter sido quando eles recuperaram Magdalena, seu tesouro sagrado, e a levaram de volta para a França!

Os templários pensavam que tinham sido mais espertos do que ela, mas eu sabia que eles estavam enganados. Magdalena não estava com eles. Tinha fugido da fortaleza naquela mesma noite, usando a mesma passagem secreta e o caminho que irmã Generosa lhe descrevera na carta. E essa era a verdadeira razão da retomada da vigilância e da visita de Velarde, eu sabia. Sem indicar o motivo, ele estava querendo alguma pista, qualquer coisa no meu quarto ou no meu comportamento que indicasse que eu tinha estado em contato com Magdalena. Não descobrindo nada, ele tinha me presenteado com o alfinete dos templários e o pequeno discurso ridículo destinados a dissimular seu verdadeiro propósito.

— Talvez eu esteja atrapalhando seus preparativos — ele disse, ainda tentando manter uma fachada de civilidade. — Vejo que está ocupado. Talvez eu devesse ir embora. — Mas não fez nenhum esforço para sair do lugar. — Antes de ir, há uma coisa muita importante que preciso discutir com o senhor.

Sua voz continuava calma. Seu discurso foi rápido, mas polido, sem nenhum tom de ameaça, embora o que ele tinha para dizer tivesse me deixado arrasado. Suas palavras, quando revi a gravação na filmadora, ocuparam menos de três minutos na fita. Naquele curto tempo, ele destruiu por completo meus sonhos, minhas esperanças e meus planos para o futuro.

— Sinto muito — ele disse antes de sair. — Não vim aqui para perturbá-lo, mas para agradecer sua ajuda. Sou apenas um policial fazendo o meu trabalho. E, mais uma vez, os templários não se esquecerão de seu auxílio.

Quando ele saiu, sentei-me na cama com a cabeça entre as mãos, sem fazer nenhuma tentativa para esconder meu desespero.

Os templários tinham se vingado de mim.

Setenta e três

Nunca fui uma pessoa muito emotiva. Na minha vida adulta, lembro de ter chorado apenas duas vezes antes disso: no enterro da minha mãe e quando vi Laura Duquesne morrer ao cair de uma janela. Agora, percebendo a enormidade do que eu estava para perder, comecei a soluçar. A princípio, lentamente: o hesitante soluçar, de queixo contraído, de um homem que não está acostumado com as lágrimas. Mas, sozinho naquele quarto, sabendo que não tinha ninguém me vendo, abandonei-me à angústia e chorei sem nenhuma vergonha. Quem disse que chorar faz bem à alma deve ter sido um masoquista. Minhas lágrimas não lavaram minha tristeza. No mínimo, senti-me ainda pior quando me olhei no espelho do banheiro. Como eu enfrentaria minha amada Magdalena com os olhos vermelhos que estavam me olhando de volta? Como encontraria as palavras certas para lhe dizer o que Velarde me havia explicado tão friamente?

Ela esperava por mim lá em cima, no quarto da Pensión Toledano, para onde Alfredo a levara quando vimos o carro da Guardia estacionar. Antes de subir, lavei o rosto com água fria, penteei os cabelos e esperei que ela não notasse meus olhos ainda vermelhos.

Ela esperava por mim, olhando pelo orifício na porta. Antes que eu batesse, ela escancarou a porta e correu para os meus braços como se estivéssemos separados há anos, e não minutos. Seu corpo se amoldou ao meu. Ela me abraçou forte e me beijou no rosto. Alfredo e a namorada estavam no vão da porta observando, provavelmente decepcionados porque eu não reagia com um beijo apaixonado também.

— Fiquei com muito medo — Magdalena disse. — Pensei que ele tivesse vindo para prender você.

Ela estava vestida com um jeans bem justo e uma blusa azul de algodão com dois botões abertos a mais, revelando o sutiã vermelho. Sem dúvida, obra da namorada de Alfredo outra vez, pensei. Quando ela se afastou para me olhar, seu sorriso deu lugar a um franzir de testa intrigado.

— O que é isso? — ela perguntou, olhando para os meus olhos vermelhos. — O que foi?

— Nada — menti. — Antigas alergias atuando.

— Foi Velarde? — ela perguntou. — O que ele lhe disse?

— É atrás de você que ele está, não de mim — eu falei. — Ele não falou nada sobre sua fuga dos templários, mas tenho certeza de que ele acha que você vai aparecer. Ele deixou duas pessoas me vigiando.

— Como sairá daqui, *señor*? — Alfredo perguntou.

— Ele me deixou este alfinete dos templários. — E mostrei o emblema dourado. — Disse que ele abriria portas e criaria oportunidades para mim.

Magdalena fez cara feia. Obviamente, não queria ouvir mais nada sobre o grupo que tinha aprisionado suas ancestrais.

— Não confie neles — ela alertou.

Prendi o emblema no avesso da camisa de Alfredo, onde não ficaria visível para ninguém.

— Não compreendo — Alfredo disse.

— Esta será minha última tarefa para você, Alfredo. Não me sobrou muito dinheiro para lhe dar...

— Por favor, *señor*, já me deu demais. — Ele retirou o alfinete do colarinho e tentou me devolver. — Não posso aceitar mais dinheiro, nem objetos de valor do senhor. E terei prazer em ajudá-los a escapar da Guardia.

Para proteger Alfredo, eu não lhe havia contado nada sobre a verdadeira identidade de Magdalena.

— Por favor, o senhor não precisa me dar esse alfinete.

— Não é um alfinete comum — eu disse. — Na verdade é um rastreador. Foi para isso que me deram. Acham que mais cedo ou mais tarde eu os levarei até Magdalena.

— *No comprendo, señor*. O que é esse "rastreador"?

Virei o alfinete ao contrário para lhe mostrar uma pequena linha onde ele havia sido soldado na borda.

— Tem um minúsculo transmissor dentro — expliquei. — Ele emite sinais de rádio que permitem seguir o alfinete.

— Mas por que dá-lo para mim? — ele perguntou.

— *Stupido!* — A namorada riu, dando-lhe um tapinha no braço. — Ele quer que você os leve para longe daqui, para que ele e a mulher possam fugir. — Me dá isso aqui! — Ela retirou o alfinete da camisa dele e o prendeu no sutiã. — Vou pegar um ônibus e levá-los para dar um giro pela cidade de três horas, e depois deixar o alfinete no banheiro feminino do hotel mais elegante de Valência. — Olhando para mim com ar de espertinha, perguntou: — Três horas bastam?

— É mais do que suficiente — eu disse.

Para o jovem casal, era a oportunidade de pregar uma peça na odiada Guardia.

Para Magdalena e para mim, teria sido a oportunidade de começarmos juntos uma nova vida.

Setenta e quatro

Deixamos Valência naquela noite no *Cyclades*, um magnífico iate de casco de fibra de vidro de 80 pés, capaz de travessias transatlânticas. O dono era Spyros Kyrinos, um magnata grego da Marinha Mercante. Foi colocado à nossa disposição por intermédio de Atanásio, o arquimandrita de Alexandria, que me ajudou a planejar a fuga.

— Eles virão atrás de nós — Magdalena disse baixinho. — Os templários não desistem tão facilmente.

— Dessa vez será diferente — eu disse.

Estávamos de pé no deque da popa naquela noite, observando a silhueta de Valência sumindo ao longe. Estremecendo com a brisa fria do mar, ela buscou abrigo no calor dos meus braços. Seu corpo se aninhou contra o meu, sua cabeça encontrando conforto na concavidade do meu peito.

— Para onde vamos?

— Para um lugar onde não a encontrarão.

— Não acho que esse lugar exista. Eles estão espalhados em todos os lugares e têm e amigos por toda parte.

— Não no Oriente — eu lhe garanti. — Os templários conquistaram inimigos mortais no mundo oriental durante as Cruzadas.

Expliquei que o iate a estava levando para o único lugar no mundo inteiro onde os templários jamais pensariam em procurá-la... o sagrado monte Athos, ao qual nenhuma mulher tivera acesso desde os tempos de Constantino, o Grande. Com o arquimandrita intercedendo, abriu-se uma exceção para Magdalena. Ela teria uma casinha com uma criada e um jardim na encosta que dava para o Leste, onde a brisa atravessa o mar vindo da Terra Santa. Ela poderia ficar ali rezando e meditando o tempo que desejasse e, depois, com a ajuda da comunidade grega ortodoxa, desapareceria no anonimato do mundo oriental.

— Enquanto isso, os líderes religiosos que você conheceu no castelo de DesRosier estão avisando os templários para que fiquem longe de você. Senão a organização e seus membros serão condenados do púlpito de todas as igrejas cristãs no mundo. Tenho certeza de que não mais a incomodarão.

Senti seu corpo enrijecer e começar a tremer.

— Ainda está com medo? — perguntei.

— Não enquanto você estiver comigo, Tiago — ela disse, mais uma vez usando o nome do seu passado. — Quando me levaram de volta para o Languedoc, pensei que tinha perdido você para sempre.

O barco oscilou gentilmente no cavado de uma onda repentina.

— Mas agora estamos juntos, e nada mais importa. — Ela se aconchegou melhor nos meus braços. — Juntos continuaremos a linhagem sagrada. Como irmão do meu marido morto, eu pertenço a você, Tiago. Você será o pai de meus filhos.

Ouvir estas palavras da boca de uma mulher tão fascinantemente bela, mas que eu agora sabia que nunca seria minha, era quase insuportável.

Nenhuma mulher jamais me falara de forma tão direta, tão íntima, oferecendo-se tão completamente. Ela havia escapado de homens violentos para estar com ninguém mais além de mim, e aqui estávamos, juntos num iate de luxo cruzando o Mediterrâneo, e ela seria minha se eu quisesse. Meu corpo ansiava por ela muito mais agora do que naqueles meses na prisão, quando sua imagem enchia meus sonhos e ocupava todas as minhas horas de vigília. Eu queria girar aquele corpo nos meus braços e contemplar seu rosto radiante, inalar a encantadora fragrância de lavanda que sempre a envolvia, e provar a doçura dos seus lábios sagrados. Teria sido tão fácil descer com ela para o camarote particular onde Kyrinos havia recebido as mulheres mais bonitas do mundo.

E, no entanto, eu não podia.

Ela, a fêmea fisicamente mais desejável que eu jamais conhecera, estava se oferecendo para mim. Uma mulher tão importante para a história cristã que os homens sacrificaram sua vida para protegê-la estava me dizendo que queria ter um filho meu. Que honra maior para um homem do que ser responsável pela paternidade de um descendente direto de Jesus Cristo? Ver sua semente tornar-se parte da linguagem real? Ser o esposo do fabuloso *Sang Real*? Alcançar um objetivo pelo qual reis e imperadores de todas as épocas trocariam de bom grado seus tronos?

E no entanto... no entanto... eu não ousava.

Tentei desesperadamente reprimir a paixão que ela me despertava e suportar a força da testosterona avolumando-se nas minhas veias. Eu não tinha relações sexuais com uma mulher havia quase cinco anos, celibatário não por opção mas pelas deprimentes circunstâncias da vida. A qualquer momento, durante aquele período, eu teria me lançado sobre metade da mulher que ela era.

Como suportar o fascínio dessa jovem virgem núbil na minha frente, radiante ao luar, os olhos brilhando, os lábios úmidos, a boca aberta esperando? Seus encantos físicos apenas a faziam uma mulher digna do Salvador da Humanidade.

E por isso exatamente eu a afastava.

Por mais que a amasse, estava consciente de que não podia me permitir fraquejar nesses últimos momentos que tínhamos juntos.

— Por favor, não me chame de Tiago — eu falei. — Meu nome é Theophanes.

— Mas na vida passada você era Tiago, o irmão de Jesus meu Cristo.

— Não tenho lembranças de nenhuma vida passada — respondi com ar severo.

— Talvez ainda não. Mas as lembranças começarão a afluir para você, como aconteceu comigo.

— Não acho — eu disse. — Seu caso não foi comum. A maioria das lembranças de vidas passadas existe apenas em crianças pequenas, e desaparece nos primeiros dez anos de vida.

— Tiago... Theo... por que você está dizendo isso? — Ela se afastou de mim, desvencilhando-se dos meus braços e se aproximando da balaustrada, mas ainda de frente para mim. — Pensei que a essa altura você já acreditasse em mim.

— Se acredito que você é Maria Madalena, renascida dois mil anos depois no corpo de uma de suas descendentes? Sim, acredito. Todas as evidências comprovam isso. Se acredito que também vivi uma vida anterior? Que também sou uma alma velha num corpo novo? Baseado nos seu caso e milhares de outros, acredito que devo ser, sim. Já experimentei exemplos de *déjà vu*, conhecimento sem explicação e outros sinais de reencarnações. Mas, ao contrário de você, não tenho lembranças de vidas anteriores. E, mais especificamente, não tenho lembrança de jamais ter sido o homem que você pensa que sou.

— Mas você tem exatamente a mesma aparência de quando acompanhou sua mãe Maria e seu irmão Jesus meu Cristo a Canaã. Os olhos, o queixo, o formato do rosto, você é exatamente do jeito que eu me lembro. Quando chegou perto de mim na catedral de Valência, eu sabia que era você. Foi por isso que o escolhi para levar meu bilhete para Serrano.

A brisa do mar estava esfriando. Agora foi minha vez de me arrepiar.

Ela pegou minha mão.

— E esta sua cicatriz...

— É só um sinal de nascença — menti.

— Lembra-se de quando estávamos jantando em Barcelona? Naquela noite, quando peguei em sua mão, notei a mesma marca aparecendo de ambos os lados da sua mão.

Ela virou a minha mão de um lado para o outro, para me mostrar algo que eu já sabia. Na palma havia uma marca comprida vermelha que correspondia perfeitamente à marca vertical nas costas da minha mão.

— Nunca ouvi falar de um sinal de nascença que aparece dos dois lados da mesma mão — ela falou.

Os médicos tinham me dito a mesma coisa quando estive no hospital. Eles insistiam dizendo que algum objeto pontiagudo tinha penetrado na minha mão. Eu lhes disse que não me lembrava de ter me ferido na mão, nem quando criança.

— Parece uma ferida causada por uma punhalada, e é na sua mão direita, exatamente no lugar onde a lança penetrou na mão de Jesus.

Quando os médicos chamaram minha atenção para isso, eu imediatamente pensei se não seria um lembrete místico de algum ferimento numa vida passada. Mas os Protocolos Stevenson atribuem essas marcas de nascença apenas a ferimentos mortais. Uma punhalada na mão certamente não seria qualificada como sinal biológico de reencarnação.

— Tire a camisa — Magdalena disse de repente. Ela começou a desabotoar minha camisa. — Tire! Agora.

— O que você está fazendo? — perguntei, afastando-me dela.

— Quero ver seu peito. O irmão de Jesus meu Cristo morreu como mártir. Primeiro foi apedrejado. Depois colocaram uma pedra grande sobre seu peito e um grande peso por cima para sufocá-lo. Como ele não morria, enfiaram uma lança no seu coração. Quem estava lá disse que ele tentou se proteger, e a lança atravessou sua mão e foi parar direto no seu coração.

— Não! — gritei, agarrado ao peito da minha camisa.

— Se houver uma marca no seu peito, uma marca sobre o seu coração igual a que você tem na mão, não haverá dúvidas, você é Tiago, o irmão de Jesus, o homem com quem tenho de me casar.

— Não! — Tinha medo de deixá-la olhar, medo de que ela pudesse ver o resíduo cármico de uma morte brutal numa vida anterior.

— Preciso ver — ela insistiu. — Preciso ver se é verdade.

— Não! — gritei. — Não importa se vivi uma vida anterior, ou quem eu possa ter sido. O importante é que não posso me casar com você.

Ela parou, surpresa com minha explosão.

— Por que não? — ela quis saber.

— Só... porque não posso — eu disse abotoando a camisa.

— Tem medo de mim? — ela perguntou.

Era uma observação cautelosa, pensei. Um *insight* digno de um psiquiatra experiente. De fato, havia um certo temor no tumulto que eu sentia.

— É de minhas lembranças que você tem medo?

Hesitei em responder. Pareceria esquisito ter medo das lembranças de outra pessoa. No entanto, a idéia de que ela pudesse comparar meu toque, meus beijos, minhas carícias com as suas lembranças do homem que "a amou mais do que a todos os outros" era uma perspectiva assustadora. Ousaria pensar que nos momentos mais íntimos da nossa vida de casados eu poderia substituir Jesus nos seus pensamentos?

— Você não está... com ciúme? Está?

Como alguém poderia ter ciúme do Filho de Deus, eu quis perguntar. Intimidado era mais o termo. Intimidado e assustado. Se eu não tivesse sido criado como cristão, se não tivesse sido educado para reverenciar Deus o Pai, o Filho e o Espírito Santo, se não tivesse compartilhado do Corpo e do Sangue de Cristo na Santa Comunhão todos aqueles domingos, talvez eu pudesse conseguir vencer esse medo. Mas o amor de Cristo estava enraizado demais dentro de mim para que pudesse pensar e substituí-Lo no coração dessa mulher. Mas não era essa a razão pela qual eu teria de me recusar a me casar com uma mulher que amava tanto.

— É a minha reputação? — ela perguntou com a voz cheia de dor. — Todas essas coisas ruins que disseram a respeito de eu ser uma prostituta? Uma pecadora? Uma mulher da rua?

Estava ficando cada vez mais difícil para mim não perder de vista que mulher estava falando comigo. A voz inocente da jovem freira ia adquirindo mais e mais a intensa maturidade da mulher que tinha se dirigido aos convidados do casamento com tanta firmeza. Era uma transformação surpreendente, nada menos do que uma mudança de identidade com implicações filosóficas sísmicas, que levantava sérias questões sobre a plasticidade da identidade. Os behavioristas afirmam que a identidade humana nada mais é do que a soma total de lembranças e experiências adquiridas ao longo da vida e é, por definição, relativamente imutável. Os reencarnacionistas, entretanto, argumentam que é preciso mais de uma vida para se alcançar a perfeição como ser humano, com as ações de cada vida determinando a natureza e a personalidade da seguinte. As lembranças de uma vida passada de Magdalena tinham se tornando tão vívidas, tão claras na sua mente que superaram todas as barreiras de tempo, espaço e morte para se transformarem na sua própria identidade.

— Como você pode me recusar? — ela perguntou. — Como você pode se recusar a continuar a linhagem de Jesus meu Cristo?

Como, na verdade, pensei tentando não olhar nos seus olhos, que palavras eu poderia usar para recusar a Apóstola dos Apóstolos, a consorte de Cristo, a figura bíblica, a santa venerada, a mulher capaz de reescrever a história cristã?

Eu teria dado qualquer coisa para passar o resto da minha vida com ela, mas sabia que isso era impossível. Seus olhos imploravam uma explicação, mas as palavras estavam presas na minha garganta.

Decidi deixar que o coronel Velarde falasse por mim. Suas palavras e sua imagem estavam preservadas na minha filmadora, que tinha registrado toda a conversa no início daquele dia. Adiantei a fita para o lugar onde ele colocou Magdalena para sempre fora do meu alcance.

"Irmã Mariamme talvez tente entrar em contato com você em algum momento no futuro", a filmadora reproduzia a voz de Velarde com um som metálico. "Sei que você sente profunda atração por ela, mas devo alertá-lo sobre qualquer tipo de envolvimento."

— Você vai aceitar conselho de um templário? — Magdalena gritou. — Como pode fazer isso?

— Por favor — eu disse. — Ouça.

"Irmã Mariamme não é uma pessoa comum", a voz de Velarde continuou. "Ela não pode ser tratada como um ser humano comum. Ela é, como você sabe, o *Sang Real*, o vaso sagrado que carrega dentro dela os ovos não fertilizados contendo o DNA de Jesus Cristo. Só esse fato a torna uma mulher de enorme importância teológica. É por isso que os templários sacrificariam a vida para protegê-la."

— Proteger? — Magdalena disse. — Ele quer dizer aprisionar. Guardar como uma posse. E decidir entre eles quem me engravidará. Como pode dar ouvidos a esse... esse homem obsceno?

Fiz uma pausa.

— Por favor, Magdalena. Isto não é fácil para mim, mas você precisa escutar. O que ele diz é importante.

"Irmã Mariamme sabe que ela não é um ser humano comum", Velarde prosseguiu. No pequeno quadrado do visor, sua imagem aparecia e desaparecia conforme ele ia de um lado para o outro do quarto. "Quando ela se colocou diante do microfone e contou aos convidados que devia seguir a Lei de Moisés, ela não estava inventando uma desculpa de conveniência para se livrar de um casamento que não desejava consumar. Você não acha que era porque ela realmente acreditava em seguir a Lei de Moisés?"

"Bem... sim, acho que sim", ouvi minha própria voz dizer.

Escutando a gravação, Magdalena concordou em silêncio, com vigor.

"E não acha que existem outras leis religiosas...", a voz de Velarde disse, "... que ela provavelmente sente que será obrigada a seguir?"

"Imagino que sim. Sim."

"As regras que Jesus Cristo estabeleceu com seus ensinamentos?"

— Sim. Sem dúvida, sim — Magdalena aparteou, sobrepondo-se à minha resposta gravada.

"... são, obviamente, muito importantes para ela", minha resposta terminou.

"De fato, qualquer violação desses ensinamentos seria impensável para ela."

"Imagino que sim. Seria uma profanação da memória de Cristo."

"Exatamente!" Escutando a voz do coronel, eu podia ouvir sua satisfação em me conduzir para sua armadilha. Apesar do que eu sentia com relação a ela e ao seu relacionamento templário, não era uma armadilha mal-intencionada. De forma um tanto truncada, ele estava até servindo a um nobre propósito. Mas não deixava de ser uma armadilha, do tipo que mesmo agora eu não conseguia encontrar um jeito de me desvencilhar.

"E qualquer violação dos ensinamentos de Jesus Cristo diminuiriam não só a autoridade moral de irmã Mariamme, mas sua própria identidade. Eu lhe pergunto, sr. Nikonos, durante sua investigação, se ela tivesse repudiado os ensinamentos de Jesus ou agido de algum modo incoerente com eles, o senhor teria acreditado por um momento que ela fosse a reencarnação de Maria Madalena?"

"Duvido", minha voz gravada murmurou.

"Claro que não. E nenhum dos céticos e críticos, que certamente a atacariam."

"Mas os testes de DNA..."

"... pouco significariam se ela fosse vista traindo a memória de Cristo."

"Mas ela não traiu sua memória. Magdalena é tão devota de Jesus quanto... o senhor."

"E o senhor, sr. Nikonos?"

"Bem...", minha voz hesitou na gravação.

"Examinamos seu passado, sr. Nikonos. E fiquei muito preocupado com o que encontramos."

"Está falando no julgamento por homicídio em Nova York? Sabe que fui absolvido."

"O simples fato de ter sido acusado de um crime tão grave poderia certamente representar um problema para qualquer padre solicitado a aprovar o seu casamento com uma mulher com ancestrais tão sagrados. Mas estou falando de algo ainda mais grave. Algo que colocaria Magdalena diretamente violando os ensinamentos de Jesus."

Olhei para Magdalena. Ela escutava atenta, a expressão do rosto de repente séria. Quis desligar o gravador, tentar explicar eu mesmo, mas era tarde demais para isso. E talvez fosse mais difícil repetir as palavras frente a frente.

"Não entro numa igreja há alguns anos", a fita revelou o que eu dizia. "Mas estou preparado para começar a freqüentar."

"Não estou falando de ir à igreja. Estou falando de algo muito mais sério no seu passado. Na investigação que fizemos sobre o seu passado, ficamos sabendo de uma mulher chamada Elizabeth Ann Malatesta..."

Quando a fita revelou o meu gemido de desespero, Magdalena arregalou os olhos.

"... Seu nome de casada era Elizabeth Ann Nikonos."

O rosto de Magdalena ficou branco. Ela deixou escapar um grito abafado e se agarrou à balaustrada. Tentei tocá-la, mas ela acenou para eu me afastar.

"Vocês se divorciaram no estado de Nova York...", o coronel Velarde continuou.

Magdalena olhou para mim angustiada, seus olhos me perguntando se era verdade. Impotente, fiz que sim.

"Mas o senhor pode dizer que os tempos mudaram", a voz de Velarde disse. "Hoje a moral e os ensinamentos da Igreja permitem que uma pessoa divorciada se case. Mas estamos lidando aqui com uma pessoa muito especial."

"Eu sei", minha voz na fita disse. Era apática e sem emoção, a voz de um homem roubado de repente de todas as esperanças. Velarde tinha me destruído. Com um trabalho simples e básico de policial, ele tinha descoberto um jeito de os templários se vingarem de mim. Magdalena estava para sempre fora do meu alcance.

"Magdalena, segundo ela sem dúvida lhe dirá pessoalmente, tem o compromisso de seguir literalmente as palavras de Jesus", a voz de Velarde continuou. "E Jesus disse: 'Aquele que se divorciar da sua esposa e se casar com outra comete adultério contra ela.' Aos olhos de Jesus, o senhor continua casado, sr. Nikonos. Portanto, jamais poderá ter outra coisa além de um relacionamento platônico com irmã Mariamme."

Desliguei a gravação, incapaz de escutar mais nada.

Inclinei-me em direção a Magdalena. Tive medo de tocá-la, medo de que ela me afastasse.

— Sinto muito — eu disse. — Esqueci o que o divórcio poderia significar. Mas ele está certo, não é?

Com os olhos cheios de lágrimas, ela fez que sim.

— Você não precisava tocar essa fita — ela soluçava. — Podia ter mantido o divórcio em segredo. Não precisava me dizer.

— Sei disso — eu falei. — E tenho de admitir, fiquei tentado a destruir a fita. Alguns homens diriam qualquer mentira, cometeriam qualquer fraude para tê-la como sua esposa. Mas eu não posso fazer isso. Não posso fazer isso com você, minha bela Magdalena. Não com você.

Tomei nas minhas as suas mãos molhadas de lágrimas.

— Por mais que a ame — eu disse. — Por mais que você possa me amar, não podemos jamais nos casar. A santidade da linha de Cristo seria destruída por uma união que Jesus consideraria adúltera.

Sentindo a garganta presa e as lágrimas escorrendo dos meus olhos, murmurei:

— Sinto muito.

Nossas mãos tremiam juntas.

— Sinto muito — repeti.

— Não, não se desculpe. — Ela tentou, mas não conseguiu, sorrir por trás das lágrimas. — Você estava disposto a sacrificar sua vida por mim. — Ela delicadamente tocou a ferida no meu quadril. — E agora está disposto a sacrificar seu coração por mim. — Ela colocou a mão no meu peito, escorregando-a por dentro da minha camisa para sentir melhor o bater dolorido. — Jesus meu Cristo o ama tanto quanto eu. Nós, que o seguimos, deixamos para trás todas as nossas posses, tudo que nos era caro. Ele nos ensinou que o maior ato de amor é estar disposto a desistir daquilo que mais amamos.

E em seguida, com infinita suavidade, ela se inclinou para me beijar no rosto.

— Você será recompensado por isso na sua próxima vida.

Não havia mais nada a dizer depois disso. Fiquei sentado aos seus pés, com a cabeça pousada em seu colo. Ela gentilmente alisou meus cabelos e começou a cantarolar uma bela melodia. Depois, começou a cantar uma canção melancólica cujas palavras eu não conhecia. Nessa encantadora voz natural de soprano, era uma canção, eu pensei, que talvez ninguém ouvisse há dois mil anos.

Uma sensação de contentamento tomou conta de mim. A brisa parou de soprar. O mar se acalmou. Os motores poderosos zumbiam debaixo de nós enquanto íamos entrando no Mediterrâneo.

Eu me dispusera a autenticar a vida passada de uma pessoa... para descobrir que eu mesmo tinha uma. Sinais de nascença que sugerem o modo como aconteceu uma morte anterior são um dos indícios mais importantes de reencarnação. Em vez de encontrar essas provas biológicas em Magdalena, eu as havia encontrado em mim mesmo. A marca da morte estava no meu peito, bem ali onde ela disse que estaria. Os médicos tinham observado isso no hospital. Ela combinava perfeitamente com as marcas na minha mão.

Até hoje, quando olho para as marcas reveladoras, fico me perguntando se foi possível Magdalena ter me identificado corretamente como Tiago, o irmão mais novo de Jesus. Como psicólogo, seria fácil rejeitar essa idéia como um caso clássico de transferência, no qual ela estava projetando em mim suas fantasias. No entanto, as manifestações físicas, de qualquer origem, não podem ser negadas.

E se eu era a reencarnação de Tiago, não teria cumprido a Lei de Moisés assumindo a responsabilidade pela viúva de Jesus? Não teria libertado os descendentes do meu irmão de mil anos de cativeiro?

E se eu não era Tiago? Bem, eu tinha autenticado a reencarnação de Maria Madalena e encontrado o "Santo Graal".

"Você ainda tem um trabalho a fazer", me disseram quando fui enviado de volta do após-vida. Certamente, agora, para uma vida, isso já era trabalho suficiente.

Este livro foi composto na tipologia Berkeley Book,
em corpo 11/14.7, impresso em papel
off-white 80g/m², no Sistema Cameron da Divisão
Gráfica da Distribuidora Record.